멈춰 있던 시간을 다시 시작하려 합니다.

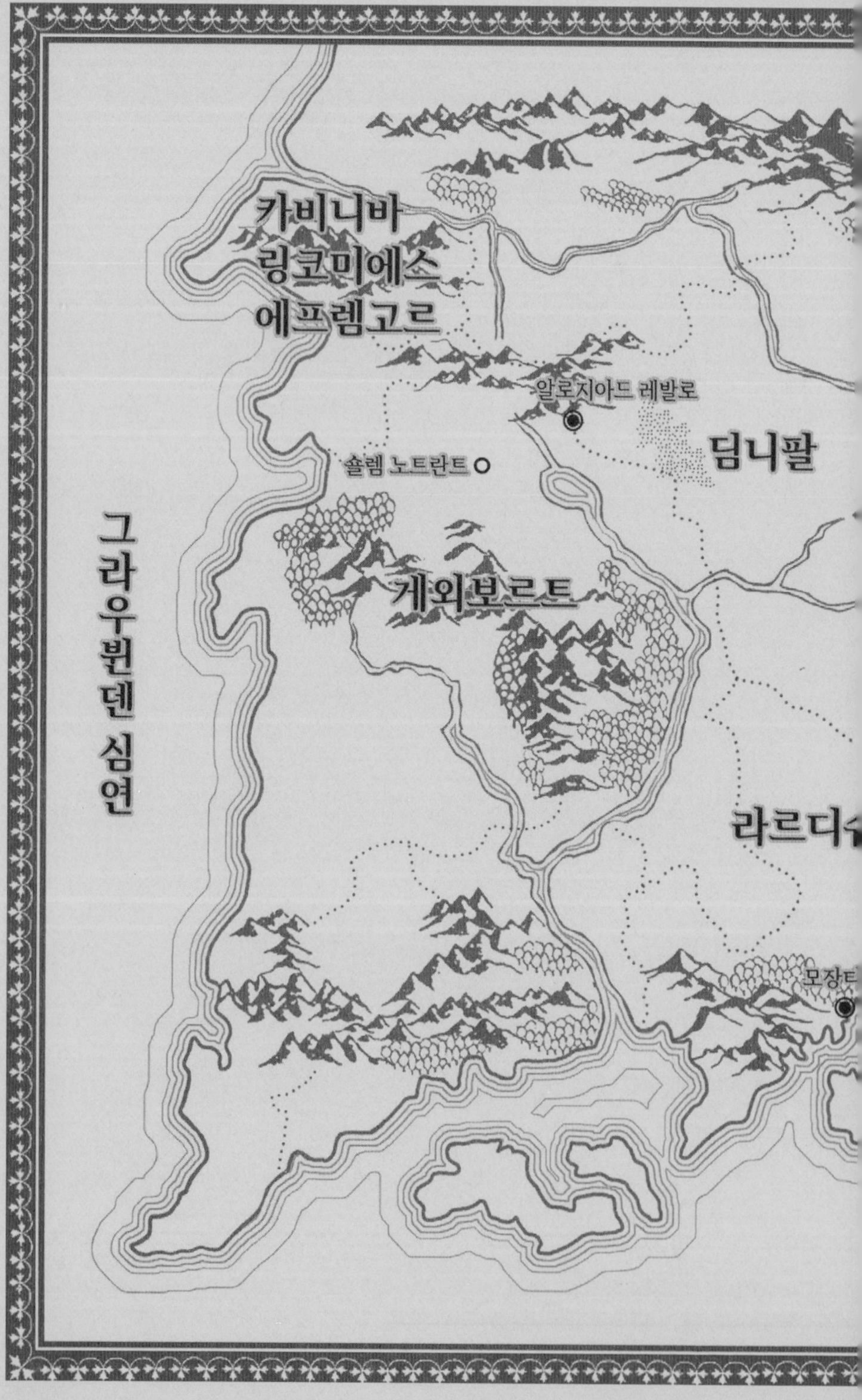
카비니바
링코미에스
에프렘고르
알로지아드 레발로
딤니팔
숄렘 노트란트
그라우뷘덴 심연
게외보르트
라르디
모장

북부 산맥
N
W
E
S
반-나티나모
일라리쿰
동부 연합
오스페다
알로지아드 졸피
알론조
캄비
무타스 민지대
포티미외
사막
생 로욜
남부 상업 조합

나무를
담벼락에 끌고
들어가지 말라

나무를 담벼락에 끌고 들어가지 말라

제3부

– 상 –

윤진아 장편소설

파피루스

CONTENTS

3부

-상-

3부
-상-

외르타는 옛일을 기억하지 못하는 것을 축복이라고 생각하는 사람이었다. 덕분에 그 사람을 만나기 전까지는 대부분 일주일치 기억만을 간직했다. 딱히 의도한 것은 아니었다. 그저 오래도록 함께 지낸 고향이 자신에게 박했고, 세상에는 즐거울 것이 많았기 때문이다. 마른 땅에는 영양가 없는 폭우라도 감사한 법이다. 어쨌든 그때 세상은 크게 나쁘지 않았다.

그리고 어느 순간 삶을 분실했다. 부주의하지도 않았건만 눈 뜨고 코를 베였다. 고통은 손발에 무수한 바늘처럼 남았다. 그녀는 그 수를 셀 수도 있었다. 하루가 하나였다. 일주일을 잊기는커녕 한 해 전도 송곳처럼 박혀 있었다.

당시 외르타는 사실, 지난 열일곱 해가 그녀에 대한 소유권을 주장할 줄로만 알았다. 나는 이 여자와 열일곱 해를 살았으니 네놈의 몇 해 정도는 기억의 무게에 밀려날 것이라고. 그러나 그녀에게는 쌓아 둔 세월이 없었다. 기억이 너무 얄팍해 패배했다. 견디지도 못했다. 무언가 추억하며 견딜 수 있어야 했는데, 덫도 없이 휩쓸려 갔다.

더 이상 손바닥에 바늘 꽂을 자리가 남지 않았을 때, 죽음이 목전에 닥쳤다는 사실을 깨달았다. 딸을 위해 어떤 것도 무릅쓸 수 있었지만 그것을 삶이라고 부를 순 없다. 악바리같이 제 목을 졸라 환각을 보는 셈이다. 그것은 마땅히 죽음이다. 그녀는 죽기를 바랐다.

옛날 까마득한 기억이 가끔 그녀를 괴롭히기는 했다. 머리에 피도 안 말랐을 시절, 그 추운 땅에서는 어떻게 모두가 죽음을 두려워하지 않았을까? 리볼텔라와 발터는 죽음에 있어선 절대 실용주의자가 아니었다. 말할 것이다, 후회는 많아도 비굴한 역사가 없었노라. 실로 그것을 위한 죽음이었다. 두려워하지 않은 것이 아니라, 그저 꼿꼿이 서 있는 것이 더 중요했을 뿐이다. 그편이 나았다. 슬퍼도 후회하지 않고, 후회해도 비굴하지 않았다. 그녀는 그들의 선택을 존중했다. 적어도 그들은 자존심을 지키지 않았나.

생각했다. 내가 여기서 죽는다면, 적어도 꼿꼿이 선 죽음일까? 이미 죽음을 무서워하고 있는데 자존심이라도 지킬 수 있을까? 복수는 할 수 있잖아! 하지만 자존심을 위한 복수는 아니었다. 복수로 완성된 죽음일 것이다! 그러나 여전히 죽는 것이 두려웠다.

막다른 길에 몰려 악다구니를 쓴 것뿐이다. 북녘의 땅은 자신을 부끄러워할 것이다.

외르타는 눈을 떴다.

인상을 찌푸린 채 열심히 시야를 찾았다. 잠깐 동안은 자신이 보는 것이 무엇인지 이해할 수 없었다. 단지 무시무시하게 밝고, 진한 벌꿀 빛이라는 것밖에 구분이 가지 않았다. 번쩍이고 일렁이는 것이 꼭 초봄에 솟아오른 금빛 더부룩한 잔디 같았다. 그녀는 견디지 못하고 다시 눈을 감았다.

북녘의 땅은 나를 부끄러워할 것이다.

기억이 스며들었다. 살아 있다는 기분이 들었다. 또다시, 북녘의 땅은 자신을 부끄러워할 것이다. 죽지 않겠다고 결심한 기억이 있다. 그럼에도 협박에 무너져 동맥을 절단 냈다. 물론 여전히 죽음은 무섭다. 그래서 다시 눈을 뜨려고 이토록 발버둥인 것이다. 끝장이군.

그녀는 메마른 팔을 애써 움직여 보았다. 잔뜩 구긴 종잇장을 서로 문대는 느낌이었다. 손을 들어 올렸다. 혹은, 그리하려 시도했다. 힘이 들어가지 않았다. 얼마나 오래 누워 있었던 것일까? 설마, 한 십 년 정도 지난 건 아니겠지? 눈도 못 뜬 채 입을 열었다. 외르타는 바늘처럼 몰려선 목소리를 쥐어짰다. 휘파람 같은 소리가 흘러나왔다. 그녀는 더 노력했고, 목소리가 아닌 기침을 터뜨렸다.

"에취!"

그와 동시에 손끝이 올라왔다. 움트는 새싹처럼 감각이 돌아온다. 그녀는 안도의 한숨을 쉬었다. 다소 뻑뻑한 손을 여러 번 쥐었다 펴고, 손목을 돌렸다가, 가까스로 팔을 들었다. 이마에 닿는 좁다란 손끝이 생소했다. 외르타는 햇살을 가린 채 조심스레 인상을 찌푸렸다. 점차, 느릿느릿 시야가 트였다. 고작해야 눈을 뜨는 데 이만한 노력을 들여야 한다니 억울했다.

"어……?"

외르타는 신음성에 놀라 발끝을 내려다보았다. 붉은 머리 소녀가 문가에 막 발을 디딘 듯 서 있었다. 그녀는 자신이 저 아이를 언젠가 만났던가 어렴풋이 생각했다. 채도 낮은 붉은 머리, 어두운 벽안. 얼굴뿐 아니라 저 눈은 확실히 익숙한 종류였다.

"이런……. 기다리세요."

소녀는 손에 들었던 꾸러미를 바닥에 던지더니 미련 없이 위층으로 올라갔다. 외르타는 더욱 혼란스러워졌다. 소녀가 타고 오르는 익숙한 계단을 보며, 드디어 이곳이 어디인지 깨달았기 때문이다. 도대체 언제 천장 칠을 바꾼 것인지 모르겠다. 내가 떠난 뒤? 미적 감각이라곤 조금도 없는 무의미한 취향이었다. 외르타는 '제 방', '제 침대' 위에서 허리를 일으키려 노력했다. 물론 아쉽게도 수수깡 같은 근육에는 바람마저 깃들지 않았다.

"공작!"

그녀는 꼭대기 층에서 소녀 목소리가 울리는 것을 듣고는 깜짝 놀랐다. 외마디 호명으로 공작을 부를 수 있는 사람은 그리 많지 않다. 도대체 누구기에 저처럼 어린 아이가 솔 미라이예, 이 방문 앞에 서 있었고 또한 꼭대기 층에 올라 공작을 부를 수 있을까.

외르타는 곧 기억해 냈다.

"리베…… 레도?"

"……이…… 셨……."

낮은 남자 목소리와 함께—속이 쿵쿵 뛴다—더욱 희미한 소녀의 음성이 엉켰다. 대화는 짧았다. 외르타는 도통 무슨 일이 일어나고 있는지 가늠할 수 없어 다만 온 힘으로 양팔에 힘을 주었다. 일어나야 한다. 누워서 사람을 맞이할 수는 없다. 그녀는 이를 부서져라 악물고는 이미 죽은 것 같은 제 몸을 두드렸다. 쾅쾅 두드렸다. 외르타는 어느 순간 엄청난 힘으로 몸을 일으켰다. 힘을 조절하지 못해 침대 머리맡에 뒤통수를 부딪쳤다. 맙소사. 어마어마하게 아팠다.

"젠…… 장."

외르타는 욕설을 내뱉는 것과 동시에 발렌시아를 발견했다. 그는 계단 끄트머리에 얼어붙어 있었다. 그를 뒤따라온 리베 톨레도가, 사태가 중한 듯하니 저는 의원만 부른 뒤 돌아가겠다고, 아버지께서 드리는 선물은 두고 간다고 곱게 말했다. 그러나 그는 고개를 돌리지 않았다. 리베 톨레도의 얼굴에 당황한 기색이 스쳤다. 그는 그녀를 무시하곤 성큼성큼 방 안으로 걸어 들어왔다. 소녀는 당황을 넘어서 황당함까지 느끼는 듯했다. 그녀의 어리둥절한 시선은 곧 닫힌 문틈으로 저물었다.

외르타는 허리를 곧추세운 것으로 용기를 얻은 상태였다. 그녀는 앉아서 인사하지 않기 위해 이불을 걷어 냈다. 발렌시아가 급하게 만류했으나.

"외—."

그녀는 바닥으로 고꾸라졌다. '억' 소리도 내지 못했다. 방금 전 혹이 난 머리가 다시 양탄자에 부딪치자 정말 지독히도 고통스러웠다. 외르타는 누군가 자신을 부축해 올리는 것도 어찌 제지하지 못했다.

코앞에 발렌시아의 얼굴이 있었다. 그녀는 놀라 그를 뿌리치려 했으나, 평시에도 불가능하던 몸짓이 어째 더 무력해진 것 같았다. 외르타는 눈만 둥그렇게 뜬 채 먹힌 목소리를 불러내려 애썼다.

"……."

"침대 위로 올려 드리겠습니다."

"……혼…… 할 수……."

발렌시아는 외르타를 안아 올렸다. 그녀는 두둥실 뜨기 전 어떻게든 발을 땅에 딛으려 했다. 당연히 실패했다. 다리에 힘이 들어가지 않았다. 외르타는 이유를 몰라 덜컥 겁을 집어먹었다.

"……잠깐…… 언제…… 지……?"

"외르타, 당신은 551년 5월 20일 독에 중독되셨습니다."

그녀는 어안이 벙벙한 얼굴로 발렌시아를 바라보았다. 그는 대단히 침착했다.

"지금은 551년 9월 보름입니다. 넉 달 내리 하신 운동이라곤 의원이 근육을 풀어 준 것뿐입니다. 급하게 움직이시면 안 됩니다."

"……."

외르타는 서서히 닥치는 두통에 베개를 찾았다. 발렌시아는 아주 자연스레, 옆에 흐트러져 있는 베개 둘을 잡아 외르타의 머리맡에 끼워 주었다. 그녀는 누가 그것을 자리에 놓은지도 모른 채 정신없이 누웠다. 털썩. 베개가 맥없이 공기를 토해 냈다.

발렌시아는 그녀의 다리 아래에서 잔뜩 구겨진 천을 빼냈다. 손쉽게 이불을 펼쳐, 그녀 위로 덮어 주었다. 외르타는 인사도 없이 등 돌려 몸을 웅크렸다.

"외르타."

대답은 없었다. 발렌시아는 이것을 발전으로 생각해야 할지 갈등했다. 제 시야에 들어오는 것은 그저 갈빛 뒤통수밖에 없었다. 숨도 보이지 않고.

"합하."

그는 옆을 돌아보았다. 조심스레 문을 연 모리가 고개를 숙였다. 그는 짧은 인사를 받는 둥 마는 둥 다소 급하게 상황을 설명했다.

"잠시 깨어나셨다."

"그리고 다시 주무시고요?"

"……."

"세상에 이게 몇 번째입니까."

"그래도 이번에는 많이 나아지셨다. 상체를 일으키고, 심지어 일어서려 노력하셨다."

"그리고 당연히 반사적으로 무언가 말씀하셨겠지요. 합하, 합하를 인지하셨습니까?"

"모르겠다."

"진전이 없군요……."

"……."

"이렇게 또 한참 주무시는 것은 아닐까 걱정됩니다. 첫 번째 간격이 한 달, 두 번째가 사순四旬이었으니 이제는—."

"안…… 자……."

모리는 기겁하여 외르타를 돌아보았다. 외르타는 베개를 끌어안으려 팔을 뻗고 있었다. 눈은 반쯤 감은 채, 자신이 듣기에도 무료한 목소리로 말했다.

"머리 아프다……."

"리베 발미레, 제가 누군지 알아보시겠어요?"

외르타는 어느새 달려와 눈앞을 차지한 모리를 훑어보았다. 아니, 훑어볼 필요도 없었다. 그녀는 상대의 얼굴만 흘끗 응시한 뒤 툭 내뱉었다.

"모리, 라치올."

모리는 바로 달려 나갔다. 외르타는 자신이 이름을 부른 것이 그토록 놀랄 일인가 하여 어안이 벙벙한 채 텅 빈 시야를 바라보았다. 당황스럽다. 듣자니 중간에 몇 번 눈을 떴나 본데, 그 와중 제 행실이 믿음직하지 못했던 듯싶다. 그녀는 이불 속에서 주먹 쥐는 연습을 했다. 넉 달이라고? 온몸의 근육이 맥을 못 추렸다. 머리에서 멀어질수록 힘이 들어가지 않았다.

"외르타."

외르타는 그가 부디 제 발치에서 자신을 부르지 않길 바랐다. 고개를 숙여야 하는데 그것은 너무 번거로운 일, 아니, 작금의 상황에서는 고통스럽기까지 한 일이었기 때문이다. 물론 그녀는 그의 목소리를 알고 있었으므로 한숨과 함께 대답해 주었다.

"발렌시아 경."

"예……."

"나…… 전…… 에도…… 깼니?"

"첫 번째는, 정확히 말해 깨어나신 것이 아닙니다. 깨어나신 줄 알았으나 하루 가까이 잠덧만 하셨습니다. 이전까지 미동도 없으셨던 분이라 모두가 노심초사 호전을 기대—."

"기억이…… 안 나……."

"예. 그러시리라 생각합니다. 잠덧도 오로지 하루뿐이었습니다. 외르타, 한데 그다음도 기억나지 않으십니까?"

외르타는 제 앞으로 돌아온 발렌시아를 바라보았다. 다소 멍하니, 공허하게. 그가 말하는 '다음'이 무엇인지 짐작조차 되지 않았다. 분명히 지금 어떤 상황에 처해 있는지 알고 기억도 생생한데 이상하게도 갈피를 못 잡는 것 같았다. 혼란스러웠다. 천지 갈 곳 없는 고아처럼 시간 속에 불쑥 튀어나온 기분이었다.

"무슨, 다음을 말하는 건지…… 모르…… 겠는데……."

"……."

"……왜?"

"당신은 지난달 초에 한 번 더 깨어나셨습니다."

"정말?"

"시야와 말문이 트였지만 저희를 알아보지는 못하셨습니다. 그리고 고열에 시달리다 다시 하루 만에 정신을 잃으셨습니다."

"모르겠는데."

상대는 할 말을 잃은 모양이었다.

저 사람이 긴장하고 말을 붙이는 기막힌 꼴에 무언가 찬물을 얻어맞은 느낌이 들었다. 벽에 매달린 담쟁이넝쿨처럼 움츠러들어 있는걸. 도대체 자신이 얼마만큼 속을 썩였기에 말 한마디 붙이는 데 저토록 초조해한다는 말인가.

"뤼페닝이…… 나를 협박했던 기억은 있어. 폐하께서 매 식사 때마다…… 안심시켜 주셨던…… 기억도 있고…… 레아도…… 음……. 앙히에한테 고맙다고 말했어. 그는 놀랐고……. 또…… 음…… 약병이……. 그거 뭐였니? 내가 열었…… 열었지."

그녀는 숨을 한 번 들이켰다.

"내가 열었지."

"……누워 계십시오. 몸이 상합니다."

"멀쩡해."

"외르타, 저는 벌써 세 번째 기대하고 있습니다. 이번마저 저를 실망시키실 수는 없습니다. 몸을 생각하십시오."

"난 당신을 실망시킨 기억이 없는데."

"전 당신이 첫 번째 몽예夢囈를 하실 때 곁에 있었습니다. 그런 기쁨이 벌써 세 번째입니다. 저는 이제 반갑기보다는 두렵습니다."

"지금까지 내가 이만큼 명료했던 적이 있니?"

그녀의 말은 평소인 듯 또렷했다. 맥없이 누워 있는 모습만 제한다면 똑 부러지기가 꼭 전쟁터의 그 사람 같았다. 발렌시아는 말을 주저했다. 지금은 믿기지도 않을뿐더러, 믿는다 해도 신뢰보다는 걱정이 훨씬 컸다. 외르타의 기침에 기뻐하기보다는 차라리 실망할 준비를 하는 것이 낫겠다. 그는 턱에 힘을 주었다가, 곧 짧게 인사했다.

"다시 뵙겠습니다. 라치올이 다시 올 것입니다. 부디 의원의 말을 유념하여 건강을 되찾으시길 바랍니다."

"음……."

그 순간, 시의적절하게 모리가 사람을 이끌고 나타났다. 외르타는 반사적으로 몸을 일으키려다, 다시 한번 발렌시아에게 제지당했다. 그녀는 제 어깨를 살짝 짚은 손에 시선을 두었다. 잎사귀가 떨어지듯 스쳐 지나간다.

그는 재차 인사한 뒤 모리에게 신호했다.

외르타는 이미 시선이 멀어진 그를 바라보았다.

"발렌시아 경."

그녀는 자신이 나서 발렌시아를 부르고도 영문을 몰랐다. 그가 뒤를 돌아보지 않은 것은 차라리 다행이었다.

외르타는 그가 그렇게 나간 뒤 며칠은 정말 제게 코빼기도 비치지 않을 줄로만 알았다. 실제로 그러할 기세였기 때문이다. 무엇에 속이 상했는지 모를 딱딱한 얼굴에 뻣뻣한 말씨까지 꼭 말이 통하지 않는 동부 외국인을 보는 것 같았다.

때문에 외르타는 모리와 단둘이 남자마자 급히 문을 잠그라 명령했다. 그녀를 시켜 다른 사람은 없는지 온 방 안을 다 뒤지기까지 했다. 모리는 크게 신경 쓰지 않는 태도로 건성건성 겅중겅중 오가며 아무도 없다는 사실을 확인해 주었다. 외르타는 공연히 성질을 부렸다.

"확실해?"

"예. 확실합니다."

"정말 확실해?"

"확실해요."

"……."

"리베 발미레, 말씀하세요."

"누가 내 발을 봤어?"

모리는 그 말이 무엇을 뜻하는지 누구보다도 더 잘 아는 사람이었다. 그녀는 외르타의 얼굴에 서린 각오를 보았다. 자신의 발을 보이는 일에 각오를 해야 한다니. 아니, '보이는' 것이 아니라 '들키는' 것이리라. 그녀는 아직 제정신도 아닐 사람이 처음 묻는 질문에 슬픔을 느꼈다. 표현하지 않으려 했다. 조금 실패했다. 모리는 자신의 표정이 얼마나 어설플지 알고 있었지만 고치지 못했다.

"처음에…… 시녀 몇이 본 것 같아요. 정말 첫 수습 때요. 왕실에서 실려 오셔서 몸을 씻겨 드렸을 때, 그때 이후로는……."

"뭐라고?"

날카로운 목소리였다. 일상적인, 평범한 흥분이라기보다는 병적인 흥분 같아 마음에 걸렸다.

"정확히는 둘이에요. 꼭대기 층의 하녀 둘이니 신용은 걱정하지 않으셔도 되겠지만…… 합하께 함구해 달라는 부탁에는 확답하지 않더군요. 대신 합하께서 직접적으로 하문하지 않으실 경우에는 조용히 있겠노라 했지요. 어차피 저 혼자 리베의 좌욕을 맡을 수도 없는 노릇인지라…… 결국 저를 포함해 셋은 알게 되었어요."

"……."

"리베."

외르타는 대답 없이 침대에 누웠다. 눈이 깜박깜박 천장만을 응시하고 있었다. 모리는 재차 그녀를 불렀다.

"리베 발미레."

"……고마워. 수고했어."

갑자기 덜컥 문고리가 돌아갔다. 외르타는 놀라선 상체를 세웠다. 반사적인 반응이었다. 물론 모리는 그녀만큼 놀라지 않았고, 솔직히 누구인지 짐작이 갈 것 같아 조용히 일어서기만 했다.

"모리 라치올."

문 너머의 음성. 짐작이 맞았다. 사실 틀릴 수 없기도 했다. 모리는 성이 난 외르타를 무시한 채 문으로 다가갔다. 어차피 맞이해야 할 손님이기는 하지만 예의상 눈짓도 했다. 문고리를 잡고 돌렸다. 인사와 동시에 문을 열었다.

"합하, 리베께서 개인적으로 궁금해하시던 부분이 있어 문단속을 해야 했습니다. 죄송합니다."

"……."

"쇠약해지셨지만 건강에 큰 이상은 없으십니다. 앞으로 며칠은 더 지켜봐야 하겠지만요. 문건은 내일 올릴 예정이고요, 우선 저나 란사소의 최우선 목표는 '걷기'입니다. 몇 주간의 연습이 필요할 겁니다……."

"수고했다."

"아, 예, 예."

모리는 잠시 멍하니 서 있었다. 침묵에 무슨 대응을 해야 할지 모르겠다. 이제 합하께서 나가셔야 할 차례가 아닌가. 그녀는 무례하게도 그를 한번 말로 찔러 보기로 했다.

"저……?"

"리베 발미레께 드릴 말씀이 있다."

"……."

그러니 나가. 발렌시아는 암묵적인 명령을 선호하는 편이고, 그를 평생 모신 모리는 그 사실을 아주 잘 알았다. 그녀는 저으려는 고개를 애써 잡아 쥔 모양으로 공손히 인사했다. 그리고 나오시면 들어가겠다는 들리지도 않는 말을 한 뒤 문을 쑥 빠져나갔다.

"……."

"……."

침묵이 흘렀다.

날카로운 침묵은 아니었다. 그보다는 영문 모를 빛깔이었다. 외르타는 한참 뒤에야 자신이 지나치게 당혹스러운 표정이었다는 사실을 깨달았다. 요약하자면 '당신이 여긴 왜?' 결국 자비를 들여 그녀를 요양시켜 준 사람이 발렌시아 본인일 텐데, 무례한 짓이다. 심지어 그녀가 아픈 이유는 어느 누구도 아닌 그녀 자신이었다.

"우선 고마워."

외르타는 오늘 만나는 모든 사람에게 고맙다는 말을 하기로 작정한 앵무새처럼 딱딱거렸다. 진심인지 인사치레인지 잘 구분이 가지 않는 감사였다. 발렌시아뿐 아니라 어느 누구에게라도 그러했을 것이다. 그녀는 등으로 문을 밀어 닫는 그를 보며 왼발을 꿈지럭거렸다. 반사적인 행동이었다. 설마 이 자리에서 발을 폭로하는 건 아니겠지?

"폐하께선 당신의 건강이 회복되는 즉시 잉그레 무도회에서 당신의 실명을 공포하겠노라 하셨습니다."

맥이 탁 풀렸다. 폭로되는 건 제 발이 아니라 이름이었다. 그녀는 자신이 뻗어 있던 넉 달 동안 기밀이 유지되었다는 사실에 놀라움을 감추기 힘들었다. 지금쯤이면 뤼페닝이 무슨 짓을 해도 아예 끝장을 봤을 텐데? 어떻게 이토록 침묵 일색인지 믿기지가 않았다. 생각해 보니 자신을 대하던 모리도 리베 톨레도도 그렇게 극단적으로 예의 바른 기색은 아니었지만. 그녀는 어쩔 수 없이 질문했다.

"아직까지 비밀인가?"

"……."

"경?"

"아니, 비밀은 아닙니다. 상황이 복잡합니다."

"……."

"……."

외르타는 복잡하면 설명을 하라고 윽박지르고 싶은 기분이었다. 물론 본인이 진이 빠진 상태고, 상대에게 신세 진 탓에 몇 초는 참았다. 다행히 그는 언변을 정리하느라 잠깐 침묵을 지켰던 모양이었다.

"폐하께선 당신이 쓰러진 지 나흘 만에 당신의 본명을 공개하셨습니다. 양쪽 이름 전부."

"……모리는 아무 말도 안 했어."

"라치올에게까지 새어 나가진 않았습니다. 나흘째 되는 날 정오에 십이공회, 십이공회의 직계와 그 방계, 수하 가문에 전달되었습니다. 굉장히 급히 처리된 일이라 폐하께서는 앞으로 보름간 차근차근 단계를 밟아 당신의 이름을 함에 물어 봉하겠다고 말씀하셨습니다. 제대로 처리되었다면 아마 그 과정에서, 혹은 그 뒤 모두에게 확실히 고지되었을 것입니다."

"그런데?"

"일주일째 되던 날 뤄 뤼페닝이 라르디슈 왕실의 이름으로 공포했습니다. '본국의 선대 왕비는 포티미외 전쟁에서 라르디슈 본국을 배반하고 딤니팔과 내통하여 군 기밀을 팔았다. 그 행실이 불충하기 이루 말할 데 없어 사자의 문장으로 철퇴를 내린다.' 여러 증거 문서와 긴 미사여구가 포함된 정식 공문서였습니다. 게외보르트와 뒷거래가 오갔는지 여부는 알 수 없지만 사실 시간상 어려운 일입니다. 뤼페닝은 당신에게 약을 건넸을 때부터 그 공포 문서를 작성해 두었을 공산이 큽니다."

"……."

"당시 폐하께서는 당신의 이름과 함께 현 상태를 공개하셨습니다. 게외보르트는 당연히 언급되었습니다. 암시를 넘어 공식 기록에까지 남아 있을 정도입니다. 정황 증거 역시 모두를 납득시킬 만큼 완벽했습니다. 때문에 사실 관계를 아는 폐하와 저, 몇몇 무명을 제외한다면 게외보르트의 소행이 아니라 생각하는 자는 없었습니다."

외르타는 자신이 누워 있던 사이 오갔을 숨 가쁜 노성과 악과 흥분과 증오와 고민을 생각했다. 자카리는 아마 죽은 자신과 자리를 바꾸고 싶었을 것이다.

"단 사흘 만에 모든 것이 바뀌었습니다. 만일 딤니팔이 라르디슈 공포문 이후 게외보르트를 조준했다면 논리 파악이 안 되는 천치로 보였을 확률이 높습니다. 라르디슈가, 아니, 뤼페닝이…… 당신이 쓰러진 이유를 '암시'했다면 어느 정도 억지를 부려 볼 만한 여지가 있었겠지만, 실제로 그 공포문을 본다면 억지는 불가능합니다. 단어가 분명하여 누구도 다른 생각을 하지 못했습니다."

"……."

"때문에 급하게 십이공회가 소집되어 어떻게든 당신을 묻어 두기로 결정했습니다. 그때부터는 대게외보르트전이 문제가 되는 것이 아니라 망명자를 보호하지 못한 딤니팔이 문제가 되었습니다. 딤니팔은 당신을 딤니팔의 핵인 오스페다, 오스페다의 핵인 삼곽과 그중에서도 왕실과 가장 가까운 미라이예에서 엄중 보호했음에도 당신에게 피해를 입혔다는 책임에서 절대 벗어날 수 없습니다."

좋은 한 수였다. 그녀는 할 말을 잃었다.

"왕명으로 당신의 이름을 돌이켰기 때문에 결국 전부 유야무야되었습니다. 물론 이는 기만적인 행위입니다. 미라이예의 객이 라르디슈 공포문에서 언급된 그 왕비라는 이야기는, 귀가 있는 귀족이라면 전부 한 번쯤은 들어 본 내용이기 때문입니다.

하지만 동시에, 절대다수의 귀족들은 단지 소문을 들은 것밖에 안 됩니다. 십이공회가 그것을 유출할 리 없으니 결국 그 방계와 수하 가문에서 새어 나간 것인데, 이틀이란 시간이 너무 짧았음을 기억하십시오. 그 와중 사실 관계를 제대로 전한 십이공회원은 아무도 없습니다. 때문에 당신에 대한 그 소문은 점차 과장되고 왜곡되어 현재는 진실을 찾기가 어려울 지경입니다. 양식 있는 사람들은 헛소문이라 단언할 정도로 부풀려졌습니다."

"……."

"당신이 소문의 중심이라는 점은 부정하지 않겠습니다. 하지만 누구도 확실히 알지 못합니다. 회복하신 뒤 겨울 잉그레 무도회에서 공식 발표하는 것이 첫 확인이 될 것입니다. 당신이 멀쩡히 증언한다면 사람들은 라르디슈의 '철퇴'에 의문을 품게 됩니다. 또한 딤니팔과 잉그레에 대한 신뢰가 커질 수밖에 없습니다.

폐하께서는 당신이 깨어나실 때까지 그것이 얼마나 오래 걸리든 공식적으로 인정하지 않겠노라 하셨습니다. 라르디슈 공문의 명확한 단어는 이제 역으로 그들을 공격할 것입니다."

"……."

"……."

"연설 끝났니?"

발렌시아는 여전히 방문 앞에 서 있었다. 그는 그녀가 말을 걸자 둑에 구멍이 난 것처럼 또 술술 무언가를 내뱉었다.

"모리 라치올이 당신에게 격 없이 굴었던 이유는 아마 그 소문을 듣지 못했거나, 들었더라도 무시했기 때문일 것입니다. 그녀는 이성적인 사람입니다. 십이공회의 직계인 리베 톨레도는 알고도 사안이 다급해 예를 차리지 못했을 확률이 큽니다. 더군다나 폐하께서 이미 언급을 돌이키셨는데 예를 차리는 것 또한 문제가—."

"발렌시아 경."

왜 저러지? 내가 두서없이 떠들고 있나? 그녀는 조금 난처한, 혹은 걱정스러운 것처럼 보였다. 발렌시아는 그 표정을 이해하지 못했다. 넉 달 동안이나 세상과 단절되어 있었다면 그 무엇이라도 해면처럼 흡수할 수 있을 텐데.

"친절한 설명은 고맙지만 한 번이면 좋겠어. 이해했다. 고마워."

"……."

"폐하께선 많이 노하셨겠군. 내가 도움이 된 일이 없으니 무도회라도 빨리 나가야지."

"외르타, 폐하의 의중은 무시하십시오."

그녀는 자신이 자는 동안 귀가 잘못되었나 생각했다. 그렇지 않고서야 저 역도의 발언을 곧이 들을 수 없을 것 같았다.

"뭐?"

"제게 당신의 생각을 말씀하십시오."

"……?"

"이제 당신은 대게외보르트전을 유발할 수 없습니다. 도구로서의 가치가 없어진 셈입니다. 라르디슈가 큰 수를 두었으므로 당신을 이용하는 것은 차라리 끔찍한 실수가 될 것입니다. 때문에 폐하께서는 이제부터 당신을, 딤니팔의 포용심과 강력함을 드러내는 주구로 삼으실 것입니다. 당신은 라르디슈에 대한 딤니팔의 두 번째 승리입니다. 외르타, 저는—."

"그만, 그만. 누가 듣고 있으면 어쩌려고—."

"듣고 있지 않으니 안심하십시오. 외르타, 저는 당신의 의견을 존중합니다."

외르타는 머리가 아팠다. 자카리의 목적이 무엇 그리 기분 나쁜 일이라고 혼자 저토록 빈정이 상해 자신에게 고자질하는지 이유를 모르겠다. 예전에는 자신이 한번 거하게 이용해 먹었지 않은가? 특별히 손해되지 않는 일에 동조해 주는 것이 그리 불만인가? 이용당한다는 건 순전히 자신을 피해자로만 보고 하는 말이다. 외르타는 오히려 그 생각에 불만이 많았다.

"이용당하는 게 아니라 서로가 좋은 방식으로 행동하는 거란다. 그만해. 존중한다면서 더 억지를 부리네. 나 깨자마자 피곤하게 왜 이래……."

"폐하의 의도대로라면, 당신은 죽을 때까지 오스페다에 머물러야 합니다. 이제는 당신이 무슨 짓을 당해도 라르디슈에 화살이 쏠리는 상황입니다. 그렇다면 게외보르트는 고삐 풀린 개가 됩니다. 그들이 위해를 끼칠 수 있으니, 폐하께서는 당신을 기필코 권속으로 두고자 하실 것입니다. 그래야만 이번처럼 큰 실수를 막을 수 있습니다."

"경."

"……."

"그게 감금만 아니라면 나는 상관없어."

"감금입니다. 솔 미라이예에서 지낸 몇 달을 고스란히, 평생 반복한다고 생각하시면 됩니다."

"아니야. 호위랑 감금은 엄연히 달라. 공식 자리에 얼굴을 보여야 한다는 단 한 가지 제약만 있다고. 한 가지만 제한하는 것과 한 가지만 가능한 건 달라. 만일 내가 정말 폐하의 뜻대로 행동한다면 난 여기저기 얼굴을 비쳐야 할 텐데 감금은 말도 안 되지. 호위는 상관없어. 괜찮다. 그리고 감금만 아니라면 나는, 아니, 됐어. 그만 얘기하자. 경, 나는 당신을 존중해서 당신이 다시 이 주제를 꺼내든 말든 아무 상관하지 않겠어. 하지만 지금은 그만. 정말 피곤해."

발렌시아는 잠시 침묵했다. 애태우던 용건을 생각 없이 말한 사람 같았다. 외르타는 그의 정적을 이해할 수 있었다.

"……그런데 폐하께선 정말 노여워하셨겠구나. 뤼페닝의 손장난 한 번에 오래도록 준비하신 계획이 박살 났으니……."

"하나 더."

"경."

"아니요, 그것이 아닙니다. 당신의 이야기가 묻힌 이유가 하나 더 있습니다."

"뭐……?"

"비전하께서 회임하셨습니다. 덕분에 좋지 않은 상황임에도 잉그레는 평온합니다."

외르타는 잠시 침묵했다. 그런 반응밖에 보일 것이 없었다. 그녀는 따끔거리는 목 뒤를 조심조심 쓸었다.

"외르타?"

"레아에게 축하한다고 말해야겠어."

"우선 회복하셔야 합니다."

"이미 건강해."

"일어서 걸어 보십시오."

"비겁하게."

"외르타, 저는 당신의 건강을 염려합니다. 상황이 호전되었으니 당신은 몸을 회복하는 것에만 신경 쓰셔야 합니다."

"회복해 봤자 얼마나 더 건강해지겠어? 체감상 별로 달라진 것도 없단다.”

“그만하십시오. 노력하는 사람에게 무례한 언사십니다.”

“…….”

그녀는 입을 다물었다. 발렌시아와 말씨름하는 것이 이제 와 무슨 의미인가 싶기도 했고, 아니, 사실 그저 갑작스럽게 피곤했다. 복부가 쑤셔 왔다. 조심스레 자리에 누웠다. 순간 자신을 따라오는 발렌시아의 시선이 느껴졌다. 그녀는 자연스레 돌아누웠다. 움찔거리며 호소했다.

“웃기는 일이야…….”

그렇게 몸을 혹사하고 약을 먹고 자결하고 또다시 자해를 하고선 아이를 부러워하다니 웃기는 일이다.

“외르타?”

“어, 어?”

“‘웃기는 일이야’라고 말씀하셨습니다.”

“또 무슨 헛소리겠지.”

“정신은 온전하십니까?”

“이 사람이 진짜……. 멀쩡해.”

“다른 사람이라면 몰라도 당신만큼은 제게 화를 내실 수 없습니다.”

“도대체 고생했으면 얼마나 고생했다고 계속 들먹여…….”

그녀는 말을 뚝 멈췄다. 정말 극적이다시피 예의가 없는 말이었다. 발렌시아에 대한 예의가 아니라기보다는 인간에 대한 예의가 아니었다. 외르타는 말을 주워 담고 싶어서 이불을 뒤집어썼다. 새로 태어나긴 했는데 머리 없이 태어난 모양이다. 정신 들고 잘한 말이 한마디도 없구나. 엉뚱한 사람에게 화풀이나 하고.

“미안한 줄은 아십니까.”

“…….”

그녀는 얼굴을 내놓지 않았다.

"얼굴을 보여 주십시오."

"……."

"당신이 또 의식을 잃으신 것 같아 불안합니다."

외르타는 한숨을 쉬며 살짝 이마만 보여 주었다. 화끈한 바람이 닥쳤다. 그녀는 눈썹을 움찔거리다, 그것이 얼마나 우습게 보일지 생각하곤 우뚝 멈췄다. 어쨌든 외르타는 그의 불안을 덜어 줄 심산이었다. 그녀는 이불 안쪽에서 떠오르는 대로 웅얼웅얼 말을 건넸다.

"경, 내가 걱정되는 건 알겠지만 이렇게 계속 방에 출입하는 건 모양이 별로 좋지가 않아. 설마 당신 내가 누워 있을 때도 이랬니?"

"지금보다 더했습니다. 외르타, 제게 모양을 말씀하셨는데 당신이라면 그러지 않았을 것 같습니까?"

"……."

그는 말실수를 한 것처럼 입을 꾹 다물었다. 외르타는 더듬더듬 안쪽 이불을 잡아 내렸다. 발렌시아는 이미 자리를 벗어나려는 듯 몸을 돌린 상태였다. 그녀는 급하게 그를 불렀다.

"경."

그녀는 더 급하게 손짓했다. 말은 적었지만 신호가 분명했다. 그는 인상을 찌푸렸다가, 폈다가, 다시 찡그렸다. 좀처럼 표정이 변하지 않는 사람이라 재미 있었다.

그는 평소에 비하면 배는 느린 걸음으로 그녀에게 가까이 다가왔다. 껑충 키가 큰 사람이 옆에 서자 얼굴을 보기 힘들었다. 그녀는 앉으라는 듯 침대 옆을 통통 두드렸다. 발렌시아는 그 직접적인 요구에 당황한 것처럼 보였고, 그녀는 그런 당혹을 이해하는 사람이었다. 단 한 번도 여자 침대에 앉아 본 적이 없었을 것 같은 사람인데. 외르타는 그가 우두커니 서 있자 한숨을 쉬며 팔을 끌어당겼다. 발렌시아는 어정쩡하게 끌려 앉았다. 시선을 어디에 둘지 모르는 얼굴이었다.

그녀는 그의 팔뚝을 더 꽉 쥐었다. 예전과 달라진 것이라곤 없는 끔찍이 단단한 팔. 하지만 처음처럼 무작정 두렵지만은 않았다. 두렵기는 무슨, 그냥 사람을 만질 뿐이다.

"경, 나도 당신이 고생한 건 알겠어."

"……."

"미안해. 그렇게 노력했는데 약병이나 열어서 모두 망치고. 걱정하지 말고 화내렴."

"저는 당신에게 화를 내고 싶지 않습니다."

"난 어떻게 항상 당신에게 미안한 건지 모르겠다. 내 생 하나 건사하겠다고 너무 많은 투정을 부렸구나."

정적. 투정이라는 단어를 인정하는 침묵에 웃음이 나왔다. 그녀는 웃음이 사그라지기 전, 자세를 고쳐 누웠다. 베개가 불편한 자리에 있었지만 차라리 이편이 나았다. 상대방이 시선을 피할 수 없게 되었으므로.

"나 봐 봐."

"……."

"사람이 말을 할 땐 좀 봐."

"……."

"……."

그의 시선이 내려왔다. 처마 끝에서 미끄러지는 눈처럼 속수무책이었다. 아슬아슬하게 꽁지에 멈춘 눈…… 이었다가 끝내 우수수 내리꽂혔다. 외르타는 평소와 다름없는 그의 시선에 기분이 좋아졌다.

아니, 이런. 네 용건을 생각해라. 물론 자신의 용건은 웃을 만한 게 아니다. 외르타는 스스로를 윽박질렀고, 다행히 들키지 않고 웃음을 숨길 수 있었다.

"……."

"……."

"미안해."

그녀는 대뜸 말하곤 먼저 시선을 피했다.

"그리고 고마워. 나도 갚…… 는다고 말하면 싫어하겠지. 그럼 그냥 내게 부탁하렴. 충분히 들어줄 만한 사이잖니."

"……."

"그냥…… 지금 내가 이만큼 위할 수 있는 사람은 당신이 유일해. 그러니 부탁할 것이 있다면 거리끼지 말고 하거라. 내가 할 수 있는 것들이 많지는 않겠지만……."

"……."

"언짢다면 물론—."

"괜찮습니다."

"내가 도를 넘은 거면 정말 미안—."

"외르타, 별것 아닌 일에 사과하지 마십시오. 아니, 사과하지 마십시오. 당신은 제게 사과할 필요가 없습니다."

"또 또 과장한다."

"과장이 아닙니다."

다시 제멋대로 벽이 되었다. 고집에 혀를 차며 몸을 돌리는 순간, 이마가 그의 허리에 부딪쳤다. 정말 당황스러울 정도로 불편한 베개였다. 외르타는 잠깐 멍하니 그의 허리에 이마를 대고 있었다. 뜨끈하고 단단한 모양으로 조용히 호흡하는 허리. 그녀는 깜짝 놀라 상체를 벌떡 일으켰다. 이토록 가까운 자세가 끔찍이도 오랜만이라 맥이 쿵쾅쿵쾅 뛰었다. 발렌시아 앞에서 눕고, 이만큼이나 가까이 와? 갓 정신이 들어 냉정이 없는 건지, 아니면 모든 것이 '무너져' 발렌시아를 꽉 붙들었던 석 달 전 순간의 연장인지—.

'무너져.'

갑작스러운 어절에 덜컥 심장이 내려앉았다. 저 단어와 함께 기절하기 직전, 발렌시아 앞에서 '무너졌'던 이유가 기적처럼 되돌아왔기 때문이다. 아주 명확했다. 이 순간 그것을 기억하지 못한다면 차라리 죽는 편이 나을 것이다.

말은 급했다.

"발렌시아 경, 혹시 내 아이는, 아이가 어떻게 되었는지 아니?"

"……."

"경?"

발렌시아는 뜬금없는 칼에 찔린 사람처럼 보였다. 외르타는 자신이 그의 표정을 이만큼이나 잘 읽어 낼 수 있다는 사실에 놀랐다. 그의 숨 하나하나, 주저하는 한마디마저 붙잡을 수 있었다. 그녀는 재촉하기 위해 입을 열었다. 그러나 사실, 말하기 전부터 그가 변명할 것을 알고 있었다. 맙소사. 언제부터 이렇게.

"더 건강해지신 뒤 말씀드리겠습니다. 적절한 때가 아닙니다."

"지금 말해!"

외르타는 숨이 딱 막혔다. 무슨 일이 있기에 언급을 꺼리는 것일까? 설마 실제로 화장이라도 했다는 말인가? 세상에. 외르타는 벌떡 상체를 일으켜 그의 팔뚝을 잡았다.

"경, 당장 말해."

"……."

"당신은 침묵할 권리가 없다. 사실을 알지 말지는 내가 결정해."

"……외르타."

"제발."

발렌시아는 코앞에 있는 외르타를 바라보았다. 그녀는 급하게 숨을 들이켰다. 그 순간 모든 장면이 현실의 물감을 뒤집어쓰고 들이닥쳤다. 그의 표정을 읽어 내던 여자는 사라지고 다시 둔감한 지진아 하나가 돌아온 것이다.

외르타는 이제 그의 시선을 이해할 수 없었다. 사실 아주 평범한 상황이다. 기사의 표정 위로 희뿌연 천 하나가 있어, 농담이라도 나는 저 사람을 알겠노라 말할 수 없었다. 그가 천천히 입을 여는 모습이 보였다. 외르타는 순간적으로 그의 말을 막고 싶다는 충동을 느끼고는 제 이중성에 놀랐다. 그는 말했다.

"저는 지금껏 당신을 위하겠노라 함구한 역사가 많습니다. 하지만 이제는 거듭되는 실패에 지쳤습니다."

"……."

"또한, 저는 당신에게 거짓말을 하고 싶지 않으며, 아니, 더 나아가 제게 그것을 결정할 권리가 없다는 사실을 압니다. 저는 당신에게 사실을 말해야 합니다. 외르타, 당신 따님은 현재 솔 미라이예의 지하 석실에 있습니다."

그녀는 그 말을 의심할 여력조차 없었다. 그 과정조차 궁금하지 않았다. 외르타는 눈을 홉뜬 채 지네처럼 물었다.

"어떤 상태지?"

"손상된 곳은 없…… 외르타? 외르타, 외르타?"

발렌시아는 허리를 숙였다.

뤼페닝은 붉은 손목을 가만히 들여다보았다. 채찍을 잘못 놀려 다친 상처들이 많았다. 가신의 성에서 사람 같은 짐승을 다루다 헛손질한 흔적이었다. 그는 소매를 풀어 내렸다. 여름 내내 짧은 옷 하나 못 입겠군. 따뜻한 라르디슈에서라면 그리 행복하지 않은 일이다.

마차 문을 열었다. 생 로욜의 둥근 지붕 위로 저무는 어스름이 보였다. 노랗고 붉다가 서서히 푸른빛으로 변했다. 부채 끝을 물에 적신 듯했다. 고향이었다.

뤼페닝은 소매를 정리하며 바닥에 내려섰다. 어째 조경이 달라 보이는 것이 키가 조금 더 자란 모양이다. 열 달 만에 왕도에 돌아왔으니 큰 착각은 아닐 것이다. 그는 더 높아진 고개를 돌려 노루아에게 답했다. 가까이 다가온 수행인에게 망토를 맡겼다. 수행인은 망토 대신 금빛 갈기를 형상화한 브로치를 달아 주었다.

뤼페닝은 걸어가며 습관처럼 목을 조여 맸다. 레스트왈이 자신을 어떤 낯짝으로 반길지 궁금해졌다. 딤니팔을 떠난 뒤로도 수도에 돌아오지 않고 국내 요충지를 점검하던 자신이다. 그 와중 레스트왈의 수도 장악은 한여름 밤의 꿈으로 사라졌고, 본격적으로 군사를 일으키기엔 아직 계획이 부족하고, 고모님들과는 소통이 안 되고, 무엇보다도 자신과 말이라도 섞어 봐야 적을 읽을 수 있지 않겠느냐 생각하는 제 아우를 떠올리자 약간 웃음이 나왔다.

몇 달간 분노가 억눌린 필체만을 보다 드디어 마주할 기회가 오니 슬며시 긴장되었다. 그는 자신을 긴장하게 만드는 단 한 명의 상대가 바로 제 핏줄이라는 점을 겸손하게 인정했다. 기분 좋은 날카로움. 망토 자락 스치는 소리가 꼭 칼날 소리 같았다. 삭삭 소름 끼치는 비명을 지르며 벼려진다.

뤼페닝은 자신에게 인사하는 모든 이를 무시했다. 그나마 그의 뒤를 따르는 호위 몇과 노루아가 화답해 주었지만, 사실 그들 역시 걸음을 재촉할 수밖에 없는 처지였다. 노루아는 반대편에서 다가오는 드 방지거에게 손짓했다. 그는 종잡을 수 없는 얼굴로 걸어와 레스트왈의 험악한 기색을 전했다.

침묵. 뤼페닝이 반응 없이 계속 걷기에 어쩐지 위치가 어정쩡해진 드 방지거는 잠깐 방황하다 노루아를 찾았다. 그녀는 가까스로 걸음을 멈추고 그에게 붙잡혀 주었다. 그는 제법 성실하게 귀족원의 상황을 전했으나 노루아는 듣는 둥 마는 둥 초조한 얼굴로 앞서 나가는 뤼페닝을 바라보기만 했다.

드 방지거는 내 말을 듣냐며 볼멘소리를 했다. 그녀는 소스라치게 불쾌한 말을 들은 것처럼 그를 노려보았다. 그는 욕이라도 기대하는 얼굴로 섰다가, 아마 아예 무시당할 줄은 상상도 못 했을 것이다. 노루아는 별말 없이 등을 돌려 뤼페닝을 따라잡았다.

뤼페닝은 제 뒤에 선 기척을 눈치챈 듯 부드럽게 물었다.

"특별히, 있던가?"

"레스트왈이 귀족원 첫 단에 자기네 꾼들 몇몇과 함께 앉아 있다고 합니다. 경계할 이유는 없어 보입니다."

"내게 말은 안 전하고?"

"예. 드 방지거가 주욱 서 있었는데 말 한 번 붙이지 않더랍니다. 전하를 기다리는 것 같습니다."

"조신하기도 하군."

노루아는 미소 짓지 않았다. 항상 그러했듯 과하게 날이 서 있는 모습이었다. 뤼페닝은 그녀를 한 번 돌아보고, 입을 벌렸다가, 다시 느릿느릿 닫았다. 저 모양으로 있으면서도 모든 대처에 여유가 넘치는 게 희한하고 신기했다. 칼날 같은 여유라니 말이나 될 법한 수사인가. 그는 낮은 한숨을 쉬었다.

"들어가 쉬어."

"예?"

웃음이 터진 건 뤼페닝 쪽이었다. 그녀의 목소리가 웃겼다. 상상도 못 할 말로 얻어맞은 어린아이 같았다.

물론 곰 인형에 대해 특별히 잔인한 심성을 가진 친구여야 할 것이다.

"사흘 동안 안 잤잖아. 가서 자라."

"예? 아니, 괜찮습니다. 괜찮아요."

“같은 말을 반복하는 걸 보니 괜찮지 않은데.”

“지금 레스트왈을 보고 쉬려면 얼마든지 쉴 수 있습니다. 조금만 더 전하 곁에 있지요.”

“말을 들을 거란 생각도 안 했지만……. 노루아, 그런데 아까 마차에서 장에게 뭘 물은 거지?”

“아, 정리하고 보고드리려 했습니다. 출처 불명의 특사가 레스트왈에게 도착한 것 같습니다. 그 관련이었어요. 백방으로 수소문했지만 아직 제대로 된 증거도 없고……. 있는 거라곤 정황 의심뿐입니다. 사실 확인이 안 되어서 아직 보고드리지 않았습니다.”

“언제?”

“사흘 전이요. 우리가 낌새를 알아차린 건 바로 어제 일입니다.”

“더 찾아.”

“예.”

“확실하지 않은 건 네가 걸러라. 요새 캉탈 때문에 일이 바쁘다.”

“예.”

뤼페닝은 모퉁이를 돌았다. 긴장할 만한 길이를 가진 복도와 그 끝에 이어진 아치형 문이 보였다. 그는 노루아를 뒤로 밀어냈다. 그녀는 잠시 걸음을 멈추었다가 몇 걸음 물러난 뒤에서 그를 쫓기 시작했다.

그들은 귀족원에 들어섰다. 노루아는 여기서 넉 달 전 몇이나 죽었는지를 기억하며 지루해했다. 이런 웅장한 궁륭이라니. 무시무시한 명화名畫 주변으로 주렁주렁 보석이 열린 천장, 그를 마주 보는 방패 문양 바닥, 왕이 서는 자리의 붉은색 벽과 반짝이는 크리스털 장식물, 정복 전쟁 시대를 연상시키는 거대한 천. 노루아는 한숨을 쉬었다. 아치형 창문이라든가 대리석 기둥, 스테인드글라스가 어쩐지 이 자리를 예배당인 듯 보이게 했다. 아마 권력을 위한 예배를 올리는 곳일 터다.

“뤼페닝.”

중앙에 보란 듯 앉아 숨길 바랐을 리 없다. 서기 표판이 붙은 대리석 탁자 너머, 직위에 맞지 않는 인간이 앉아 있었다. 뤼페닝은 레스트왈을 바라보았다. 확 찌푸린다. 주인이 천연덕스럽게 대처할 줄 알았던 노루아는 살짝 놀랐다.

"문제 있나?"

"내가 사흘 전 웬 놈의 특사를 받았어."

서론도, 인사치레도 없는 무례한 용건이었다. 평범한 사람을 상대로 해도 무례하다는 소리를 들을 법한데 하물며 그의 쌍둥이 형제에게라면, 결코 좋은 말이 나오지는 않을 것이다.

그러나 노루아조차 그에 신경 쓰지 못했다. '사흘 전', '특사'. 자신이 몇 분 전 뤼페닝에게 보고했던 그대로 말하고 있지 않은가. 그녀는 그토록 어마어마한 비밀을 제 입으로 지껄이는 레스트왈이 믿기지 않았다. 어디서 온 특사든 그것은 그의 첫째가는 비밀이 되어야 옳다. 아니, 이렇게 친절할 수가?

노루아는 가까스로 뤼페닝을 향해 고개를 돌릴 수 있었다.

"안다."

"어디서 온 특사인지도 아시나?"

"……."

그녀는 일부러 침묵할 시간을 주는 레스트왈이 얄미웠다. 모르는 것을 알면서 저리 능청스러운 것이다. 뻔뻔한 놈. 노루아는 뤼페닝이 침묵하는 모습을 보는 것이 정말 끔찍이도 싫었다. 그것이 마치 자신의 잘못 같았다. 아니, 자신의 잘못이다. 그녀는 이 영겁 같은 시간이 빨리 사라지기만을 바랐다.

"딤니팔?"

"……."

"내가 모를 리 있나. 그런데 왜?"

뤼페닝은 순식간에 승기를 잡았다. 그녀는 기가 막혀 웃음 지었다.

"빨리 안 말하면 용건이 없는 줄 알겠다."

"……그래, 딤니팔."

레스트왈은 상대가 넘겨짚었다는 사실을 잘 아는 모습이었다. 하지만 이 자리에서 근거를 대라며 투정 부릴 수는 없다. 제법 구차해 보일 테니까. 노루아는 그가 무슨 말을 할지 궁금해졌다. 레스트왈은 잇몸을 짧게 깨문 뒤 입을 열었다.

"그쪽에서 말하더군."

"……."

"뤼 뤼페닝이 딤니팔에 지원을 구걸했다. 그런데 그가 우습게도 우리 믿음을 배반하고 '외르타 발미레'까지 해쳤으니 마음을 돌이켜 너를 지원하겠다."

"……."

"내 귀를 의심했지. 도대체 이게 무슨 일이야? 내 친애하는 형제가 잉그레에 가서 머리를 조아려?"

"……."

노루아는 주인의 뒤처리를 잘하는 짐승이었다. 이것만큼은 목을 걸고 자신할 수 있었다. 그녀의 솜씨를 생각한다면 레스트왈은 정말로 뤼페닝이 간 곳을 몰랐을 것이다. 5월, 뤼페닝이 전 왕비에 대한 치죄를 공포했다지만, 그렇다고 자신이 어디 있소 외치진 않았다. 딤니팔에도 수많은 프레몽트레가 있지 않나. 고작해야 배신자 하나를 죽이겠다고 왕당파의 수장이 국외로 나간다니 말도 안 되는 소리다. 노루아는 당시 자신이 정말 잘 숨겼다고 생각했다. 두 번이고 세 번이고 확신할 수 있었다.

그러나 딤니팔이 이따위로 폭로해 버린다면 이야기는 완전히 달라진다. 노루아는 그들이 레스트왈에게 손을 내밀 것이라곤 상상도 못 했다. 첫째, 딤니팔은 패전국의 왕자와 껄끄러운 사이일 수밖에 없고 둘째, 딤니팔의 지원은 이미 게외보르트를 확보한 ―것이라 생각되는― 레스트왈에게 아무 매력이 없으며 셋째, 딤니팔 역시 자존심상 게외보르트와 입찰을 다투고 싶지 않을 테니까. 그런데 얼마나 감정에 휘둘렸으면 저 망할 놈의 금칠 장상이…….

"나도 바보는 아냐. 봄 즈음에 네 위치를 알아차렸다. 그런데 그래도…… 네가 딤니팔에 있는 건 다른 이유가 있기 때문이라고만 생각했지, 외세 구걸은 정말 떠올리지도 못했다. 내 상상력을 뛰어넘었어. 아주 칭찬할 만해. 흘레붙은 놈아, 넌 제정신으로 그러고 싶었냐?"

"그만."

"그만은 무슨, 정신 나갔군. 그렇게 잘난 체를 하더니 결국엔 딤니팔에 무릎을 꿇어? 우리의 암묵적 합의는 어디다 팔아먹었어? '타국을 끌어들이지 않는다.' 네 눈엔 이게 웬 저잣거리 종이쪽으로 보이냐? 놀랍다. 귀로 들으면서도 믿기지가 않더라."

"오해가 있다."

"개소리 그만해."

"오해야. 나는 네가 게외보르트에 지원을 요청한 줄 알았다. 약속을 어긴 건 네가 먼저라고 생각한 거지."

"짖지 마. 누가 정신 나갔다고 게외보르트에 지원을 요청하냐? 그것들 뭘 믿고?"

"특사를 보냈잖나."

"널 지원하지 말라는 내용이었다. 처음 간 이후로 감감무소식, 문서가 체결되지 않아서 발터하임부르겐이 실제로 그렇게 해 줬는지는 모르겠지만. 그리고 이것도 변명이 안 돼. 제기랄, 넌 내가 타국에 도움을 요청할 거라 생각했냐? 내가 그럴 만한 사람이라고 생각했어? 반편이 같은 새끼. 도대체 머리는 어디다 버리고 다니는 건지, 저 덜떨어진, 평지도 허벙저벙 걸을 새끼가…….”

뤼페닝의 눈썹이 살짝 꿈틀거렸다. 노루아는 어쨌든 욕설은 아무것도 아니라는 사실을 알고 있었다. 뤼페닝이 신경 쓰는 것은 욕설이 아니다. 문제가 되는 것은 오로지 본인의 실수. 모든 것을 참지만 자신의 실수만큼은 못 참고 폭발해 버리는 왕이 바로 저 사람이었다. 그녀는 옷자락 속에서 보이지 않게 주먹을 꽉 쥐었다.

“그 모자란 머리로 어디 왕을 하겠다고, 사람 웃기는군. 내가 얼마나 나눠 먹기를 싫어하는지 그 긴 시간을 싸워 오고도 모르냐? 게외보르트에 라르디슈 지분을 넘겨주는 건 아주 내 생살점을 떼어 주는 기분일 거라고. 제길, 그래. 우리가 실제로 어떤 약속을 한 건 아니다. 하지만 너나 나나 이 성질머리가 똑같아서 암묵적으로 합의를 본 거잖아. 내가 다른 건 몰라도 그 욕심 하나만큼은 믿고 있었는데…… 진짜 잘도 박살 낸다. 딤니팔이랑 나눠 먹기를 바라는 왕이라니. 아주 웃겨. 대단하다. 이 나라가 박살 나면 사서司書들이 너를 칭송할 거다. 머저리 같으니라고. 인내, 냉정은커녕 간단한 논리마저 없지. 어디서 참새 같은 추론을 가져와선 내가 게외보르트에 지원을 요청했느니…….”

“정황상 의심이 들 수밖에 없었다.”

“정황은 무슨! 내가 게외보르트로 특사를 보냈다는 어렴풋한 추측을 빼면 뭐가 있는데?”

“그 정도면 추측할 만하지 않나.”

“그러니까 그 머저리 같은 추측은 때려치웠어야 한다고! 나를 모르냐! 미친놈…….”

“나는 너를 안다고 생각하지만 그 불확실성으로 남의 목숨을 걸 수는 없었다. 최대한 안전—.”

“그 안전이! 외세라고! 뚫린 입으로! 잘도 말한다!”

“그만해, 개새끼야. 나도 후회하고 있다.”

노루아는 입 안에서 욕설을 따라 해 보았다. 재미있는 맛이 났다. 그녀는 어쩐지 속옷을 들킨 새색시 같은 기분이 되어 주변을 둘러보았다. 물론 이미 레스트왈이 달궈 두어 아무도 놀라지 않은 모양이었다. 그녀는 다시금 뤼페닝을 돌아보았다. 천성적으로 붉으락푸르락하지 않는 그의 얼굴이 지금은 어찌나 다행인지. 그녀는 그가 저만큼 노엽고 겸연쩍고 당황해했던 일이 있었는지 기억을 반추해 보았다.

아무래도 없는 것 같다. 노루아는 상황이 흥미로웠다. 그녀에게는 그가 실수를 인정했다는 사실이 너무 놀라웠다. 그를 따르는 신하로서도 그러했다. 그녀는 뤼페닝이 부득부득 말하는 모습을 주의 깊게 지켜보았다.

"난 게외보르트가 나를 지원한다고 했을 때 거절했다."

"……."

"놀라워? 레스트왈, 레스트왈. 네가 발터하임부르겐에게 무슨 분탕질을 쳤는지 몰라도 그의 성질머린 짐작하고 있었어야지."

"나는 외르타가 자살할 줄 알았어. 증거가 인멸될 줄 알았다고. 어떻게 아직까지 살아 있지? 그게 살아 있어서 들통난 건가?"

"입 닥쳐. 나를 그따위로 모함하고도 지껄일 말이 남—."

"딤니팔에 가서 머리 처박은 네가 할 소리는 아니지. 너나 입 닥쳐."

"그만."

"네가 그만하셔야지."

뤼페닝은 낮게 이를 갈았다. 그는 화를 꾹 참는 모양으로 노루아의 팔을 잡았다. 부러뜨릴 듯한 힘이었다. 그녀가 시선을 보낼 틈도 없이, 갑작스레 따듯한 숨이 귓가에 와 닿았다. '사람 물려.' 그녀는 옷 안쪽의 칼자루를 매만지며 고개를 끄덕였다.

"다시 한번 강조한다. 난 외르타 일로 딤니팔과는 완전히 담을 쌓은 상태다. 게외보르트도 확실히 거절했고. 거절뿐이랴, 나는 그들이 우리 내전에 참견하지 않겠다는 확언까지 받아 냈다."

"아마 저번 라르디슈 포고를 제물로 삼았겠지. 외르타를 우리가 해쳤다고……. 그래, 이것만큼은 봐주지. 네가 안 그랬으면 내가 그랬을 테니 주체를 따지고 싶진 않아, 개자식아."

"그러니 이 자리에서 확실히 매듭짓자. 서류를 쓰든 증인을 쓰든, 우리 내전에는 외세를 끌어들이지 않도록."

"마치 본인이 딤니팔 국왕에겐 가지도 않았던 것처럼 당당하구만! 사리판단이라곤 영원히 못 할 놈. 넌 오해로 인해 몇 달을 허비했다. 시간뿐 아니라 명예까지 팔아먹어선……. 그런데 죽어도 그 자존심 하날 못 굽히냐, 넌 어떻게."

"실수는 인정했다."

"넌 모가지가 잘려 효시돼도 콧대만 살아서 주저리주저리 분석질만 하고 있을 거다. 선지자적 자부심에 들뜬 파리 새끼."

"그만하라고 했—."

순간이었다.

레스트왈은 탁자에 붙박인 제 손을 내리찍었다.

대리석이 비명을 지른 뒤에야 그가 무엇을 손에 쥐었는지 알 수 있었다. 노루아는 숨을 들이켰다. 어디서 단검이 나왔는지도 목격하지 못했다. 팔이 부채꼴처럼 한 바퀴 돌아오는 그 끝, 반짝이는 칼날, 주저없이 단호한 손. 이것만이 그녀의 눈에 잡혔을 뿐이다. 이런. 그녀는 가까스로 칼에서 살로 눈을 돌렸다. 과녁에 화살이 꽂힌 듯 못 박힌 새끼손가락. 그녀는 다급하게 제 주인을 바라보았다. 그의 오른손이 허리춤 부근에서 경련하고 있었다.

뤄페닝은 정신 나갈 것처럼 화가 난 와중에도 어처구니가 없어 동생을 노려보았다. 짧은 시간, 스스로 그 이상 무슨 생각을 할 겨를도 없었다. 새 부리처럼 쏜살같이 떨어진 단검은 레스트왈 본인의 손가락을 무참히 찍었다. 뤄페닝의 입에서 조롱이 비어져 나왔다.

레스트왈은 첫 손질에 손가락이 제대로 잘리지 않자 신음 하나 없이, 얼굴 한번 일그러뜨리지 않고, 질긴 고기를 자르듯 단검을 움직였다. 주변에서 신음이 흘렀다. 옆에 있던 누구도 말리지 못했으나, 지혈제를 찾는 외침이 왕왕 울렸다. 물론 그 누구도 레스트왈의 단검을 방해하지 않았다. 방해하지 못했다는 말이 더 옳을 것이다.

"너……."

아우는 일을 마쳤다. 그는 피가 줄줄 흐르는 손으로 무언가를 내던졌다. 그것은 무방비하게 서 있던 뤼페닝을 정통으로 때렸다. 그는 자신의 이마에 맞고 떨어진 그것이 상대의 왼쪽 새끼손가락이라는 것을 알아차렸다. 마디 끝까지 잘린. 레스트왈은 꾸역꾸역 참고 있던 분노를 더 이상 감당하지 못하는 것처럼 보였다. 고통에 마지막 인내가 갉아먹힌 느낌이다. 그는 폭발했다.

"머저리 새끼! 말은 잘하지! 그래! 매듭! 짓자고! 게외보르트도 딤니팔도 안 끌어들인다고 당장 맹세해라! 그 가벼운 입은 내가 백번 죽어도 못 믿어! 그래, 끌어들일 게 없어서! 자존심도 없지! 굴라르모 아래에 가서! 도와달라고! 머리 처박고! 남의 웅덩이에 빌붙는 구더기 새끼!"

뤼페닝은 분노에 이성이 마비되어 몇 마디 이상은 잘 듣지도 못했다. 그는 자신의 왼손을 탁자에 단단히 고정했다. 인식하지도 못한 사이에 오른손에는 단검이 쥐여 있었다. 노루아는 한 발자국 뒤로 물러나 수행원을 잡아당겼다. '지혈제, 붕대. 빨리.'

그는 탁자를 부술 듯한 기세로 단검을 내리쳤다.

칼날은 누가 말릴 사이도 없이 살을 찢고 마디를 갈랐다. 얼마나 거친 힘이었는지 탁자 다리가 덜덜 떨렸다. 무른 피부가 갈라지고 뼈가 잘릴 때까지는 전혀 아프지 않았다. 다만 톱질하는 와중 조금 소름이 돋았다. 잘 썰었다.

뤼페닝은 몇 초간 이를 악문 뒤, 다섯 번째 손가락을 들어 레스트왈에게 던졌다. 레스트왈은 자신이 던진 것보다 훨씬 센 힘으로 뺨을 얻어맞았다. 그는 곧장 으르렁거리며 말했다.

“다시 한번만 타국 이야기가 나와 봐. 죽인다. 진짜 죽인다. 정말 진심으로 무슨 수를 쓰든 넌 죽인다.”

“네놈은 누가 누구를 탓해야 할 상황인지 도통 짐작을 못 하는군. 너야말로 그 알량한 수하가 한 발자국이라도 국경 넘는 꼴을 보이면 모조리 쇠꼬챙이에 꿰일 줄 알아라.”

“됐어. 너, 저기 떨어진 거 주워서 가고. 아니, 난 솔직히 네게 약속의 증표가 무슨 소용이 있을지도 모르겠다. 네 목구멍에 시체 팔뚝을 쑤셔 넣고 싶군. 정말 진심이다. 진심이다. 정말 진심이다. 너는 자격이 없다. 있는 줄 알았는데 없었어. 크게 실망했다. 하한선이 사라진 기분이다.”

“입 닥쳐.”

노루아는 벌벌 떨고 있는 뤼페닝의 팔을 뒤로 잡아당겼다. 시녀에게 손짓해 그의 잘려 나간 손가락 마디를 지혈하게 했다. 반복적으로 참신하지 못한 욕설을 뱉어 내는 레스트왈에, 바닥에서 진창 뒹굴고 있는 뤼페닝까지 지켜보려니 한숨이 났다. 그녀는 아무래도 불안하여 살짝 목소리를 높여 말했다.

“좀 더 조용한 곳에서 안정된 자세로 지혈하셔야 합니다. 잠깐이라도 자리를 옮기시지요.”

“잘 꺼져라, 머저리.”

“전하, 그만하십시오. 격에 맞지 않는—.”

“미친년. 너도 네 주인을 말릴 생각 안 했지. 그렇게 자존심을 세우더니. 너도 나중엔 그 콧대부터 분질러 주마.”

“아…… 네.”

“레스트왈, 참는 것도 한계가 있다. 그 천박한 주둥아릴 놀리려면 네

놈의—.”

“전하, 가시지요. 피를 진정시켜야 합니다.”

뤼페닝은 무슨 말을 하려는 것처럼 숨을 들이켰다. 그러나 그뿐이었다. 그는 더 이상 그녀를 피곤하게 하지 않으려는 듯 뒤돌았다. 낮은 한숨만 안개처럼 깔렸다. 노루아는 뤼페닝의 뒤를 따르며 레스트왈을 바라보았다. 그는 양 주먹으로 이마를 꽉 짓누르고 있었다. 피가 줄줄 흐르는 손목에 힘줄이 선 이마라니 어쩐지 극적인 맛이 있다. ‘개자식, 개자식’ 하고 읊조리는 욕설이 여기까지 들렸다. 참았던 아픔에 신음하는 것인지, 이 상황에 대한 발길질인지 잘 모르겠다.

노루아는 웃고 뤼페닝에게로 돌아갔다.

그는 아무 말이 없었다. 노루아 역시 딱히 건넬 말이 없었다. 큰 수치를 당한 제 주인에게 위로가 될 말을 생각해 낼 수 없었다. 아니, 아마 생각해 낼 수 있더라도 말하지 않았을 것이다. 그가 감당해야 할 부분이니까.

그녀는 방 하나를 선택해 의원과 뤼페닝을 들여보냈다. 자신은 들어가지 않았다. 그와 시선을 교환하는 것이 좋았을지도 모르겠다. 어쨌든 문을 닫는 데 바빠 신경 쓰지도 못했다. 그녀는 문 옆에 기대어 섰다.

그녀는 이웃나라의 조력을 악이라고 생각한 적이 단 한 번도 없었다. 솔직히 방금은 당황했다. 그것이 형제 사이에서 저 정도로 죄악시되고 있다는 사실을 몰랐다. 포티미와 전쟁에서 아비를 암살하려 든 것은 외세를 이용한 게 아니고? 딤니팔의 공세를 이용해 가장 방해가 되는 사람을 치우고, 그 대가로 이권을 침탈당했으면서 이제 와 외세가 안 된다니 그 가식이 웃겼다.

아니, 전하! 그녀도 혼란스럽기는 매한가지였다. 전하? 나와 같은 생각을 했기 때문에 두 번 재고 없이 딤니팔에 가신 게 아니고? 어떻게 외세는 절대 악이라는 공식을 세워 두고도 딤니팔에 가셨는지 이해할 수가 없었다. 전하! 노루아는 한숨을 쉬면서 지끈거리는 이마를 짚었다.

갑자기 문이 벌컥 열렸다. 아직 치료가 다 되었을 시간이 아닌데. 그녀는 고개를 돌려 사람을 확인했다.

"들어와."

아직까지 피에 물든 손을 걸머쥐고 있는 뤼페닝이었다. 그녀는 반문하지 않고 고분고분 따랐다. 눈썹 한번 추켜올리지 않았으니 자신도 칭찬해 줄 법했다.

"앉아."

앉았다.

"말해."

노루아는 드디어 이상하다는 표정을 보였다.

"말씀은 전하께서 하셔야지요."

"네가 할 말이 있을 거다."

"언제부터 타국의 조력을 그렇게 싫어하셨습니까? 떠밀려 증오하시는 건 아닙니까? 로크뢰가 죽은 것도 외세의 힘을 빈 겁니다. 눈 가리고 아웅 하지 마십시오."

"외세는 안 돼."

"그러니까 도대체 언제부터요. 저는 전하와 저의 이 괴리가 언제부터 시작되었는지 짐작할 수조차 없습니다. 너, 나가. 언제까지 여기 있으려고?"

뤼페닝의 손에 집중하던 의원이 깜짝 놀라 그녀를 올려다보았다. 노루아는 인상을 찌푸렸다. 꺼지라는 소리가 안 나온 것이 다행인데.

"내가 마무리할 테니 나가라고."

"아, 예……."

그는 제 손에 들린 것을 조심스레 내려놓고는 방을 나섰다. 문이 닫히자마자 악착같은 소리가 들렸다.

"외세는 안 돼."

"전하, 제발요. 언제부터 그러셨냐 질문드리지 않습니까. 그런 생각으로 어떻게 딤니팔에 가신 겁니까?"

"질 순 없잖나."

"그러면 외세는 안 된다는 신조보다 패배를 꺼리는 마음이 더 강하신 것 아닙니까? 그러면 전하의 행동을 자연스럽게 여겨야 하지 않습니까? 왜 노여워하십니까? 수치 때문입니까? 외세를 중히 여기지 않는 전하의 마음가짐이 만방에 드러난 것이요?"

"나는 외세를 중히 여긴다."

"예, 하지만 승리보다는 아닙니다. 그러니 마음 깊은 곳까지 굴욕감을 느끼지 마십시오. 레스트왈이 저리 욕하지만 결국 상황의 차이였을 뿐입니다."

"아니야. 저놈은 같은 상황에 처했으면 당장 나에게 달려와 주먹질을 했을 거다. 절대 딤니팔에 가지 않았을 테지."

"전하, 제게 애새끼 달래는 취미는 없습니다."

뤼페닝은 침묵했다. 그녀는 그의 왼팔을 잡아당겨 제대로 마무리되지 못한 붕대를 손에 말았다. 차근차근히, 무엇보다도 조심스럽게 그의 잘려 나간 손끝을 동여맸다. 그는 아무 말도 하지 못했다. 밑동 잘려 넘어지는 나무처럼 의자에 주저앉을 뿐이다. 노루아는 꼼꼼하게 그 모자란 손을 점검했다.

"전하, 전하께서 잘못하셨습니다."

"안다."

"정리하셔야 합니다. 그 잘못은 외세를 끌어들인 잘못이 아닙니다. 오판으로 여러 달을 낭비한 잘못, 상대방에게 탄로 난 잘못, 모든 실수가 잘못입니다. 그 둘을 혼동하지 마십시오."

"아니. 그 '실수'가 '외세를 끌어들인 것'이지."

"알겠습니다. 그러면 저 역시 앞으로 전하께 상기시켜 드리겠습니다. 외세는 불가하다고요. 알겠습니다. 겨우 그뿐입니다. 전하께서 더 확실히 보셔야 할 것은 실수입니다. 전하께서는 실수하셨습니다. 저 또한 실망했습니다. 전하께서는 그 자체가 옳은 길이셔야 합니다. 어떤 실수도 없으셔야 합니다. 인간으로 추락해선 안 됩니다. 열심히 하는 것이 중요한 게 아니라 잘하는 것이 중요한 겁니다."

"이기겠답시고……. 그 상황에서는 내가 잘하는 거라고 믿었다."

"전하, 듣고 계십니까?"

"그땐 내가 좋은 패를 내는 거라고 생각했지. 그 패를 내는 기분에 들떴다. 마치 반듯이 맞춰지는 조각을 보는 듯했다. 나는 나와 레스트왈의 싸움이 그렇다고 생각했다. 초 단위로 졸이 쓰러지는 체스처럼. 아, 그래, 난 내 패를 낼 생각에 들떴던 거다. 도저히 변명의 여지가 없다. 이기고 싶었지. 하지만 내 아랫사람들을 지키겠다는 별 같잖은 이유가 아니다. 난 너희 따위를 아낀 게 아니야. 레스트왈만 봤다. 무조건 그보단 내가 옳다고 생각했다. 자존심만 겁 없이 세선 그를 짓눌러 주겠다고 호호탕탕 생각했다. 레스트왈을 존중하는 것처럼 보였겠지만 사실은 그렇지 않다. 그보단 내가 옳았다고 믿었다. 항상 그럴 거라고."

뤼페닝은 붕대에 감긴 제 왼손을 들었다. 네 개의 손가락. 그는 눈을 가늘게 뜬 채 순서대로 손가락을 움직여 보였다. 아직도 새끼손가락이 있는 것 같아 허공에 헛발질을 하는 느낌이 들었다. 왼쪽 새끼손가락을 찢어 낸 것은 약속의 표지다. 그 이상으로 결백함을 보일 수는 없다. 아까, 반쯤은 레스트왈이 그러리라 예상하고 있었다. 이 소란이 일 줄 알고 노루아에게 사람을 물리라 한 것이다. 우두머리 둘이 이런 진창에서 분탕질을 쳤다는 사실을 크게 알리고 싶지 않아서.

그는 네 손가락으로 주먹을 쥐었다.

"왜 이토록 미친한 마음을 가졌는지 모르겠다. 좁아서 숨이 막힌다.

네게 미안하다.”

“전하께선 지금 허둥대고 계십니다. 짧은 말로 위로가 되지는 않을 겁니다.”

“지금 위로하고 있나?”

“아니요. 질타하고 있습니다.”

“사람 웃기는군.”

“전하 손이 더 웃깁니다.”

노루아는 몸을 숙여 남은 붕대 뭉치를 바구니 속으로 던졌다.

“앞으로 펜 고리는 어떻게 떼실 겁니까? 전 안 해 드릴 겁니다.”

“자랑이다.”

“전하, 옳기만 하고 선하지 않은 사람이 되십시오. 저는 선해지려는 전하 모습만 보면 가치관에 혼란이 옵니다. 부디 그러지 않으셨으면 좋겠습니다.”

“외세를 끌어들이지 않겠다는 건 선해지자는 것이 아냐. 레스트왈의 말이 맞다. 내 몫을 빼앗길 수 없다는 자존심이지. 나는 내가 옳다는 자존심 하나에만 매달려 다른 자존심을 잊었다. 그게 내 잘못이다.”

그녀는 한숨을 쉬었다.

“이제 실수 않겠노라, 잘못 않겠노라 제게 맹세하라고 말씀드리진 않겠습니다. 이제 왼 소지도 날아갔는데 뭘로 맹세를 하시겠어요.”

“오른쪽 있잖아.”

“의미 없습니다.”

“그럼 나를 걸지.”

“필요 없어요.”

뤼페닝은 노루아의 어깨를 확 잡아당겼다.

“다시.”

“필요 없어요.”

"내가?"

"아니요. 전하를 '거는' 게요."

"무슨 뜻이야?"

"그러면 제가 못 가지잖아요. 약속 안 지키실 겁니까?"

외르타는 다시 반나절 동안 의식이 없었다. 발렌시아는 환자에게 과한 진실을 건넸다는 생각에 두려워졌다. 세 번이나 깨어났다고 그녀를 성토했지만, 그렇다고 그 희망 고문에 감사하지 않았던 것은 아니다. 고문이어도 희망이었다. 지금으로선 오히려 성을 낸 자신이 죄스러웠다.

모리가 밤을 지새웠으나 한 번 떨어진 의식은 쉽사리 돌아오지 못했다. 속이 타지도 않았다. 그 단계는 이미 지났다. 곱게 찢어져 흔적도 없었다.

"확실히 깼습니까?"

"그래."

"내가 딱 하루 나갔다 왔는데 그때 깼다고. 무슨 장난 치는 것도 아니고……."

"이만 나가라. 피곤하다."

"오늘 또 밤새 외르타 곁에 있을 거야?"

"피곤하니 그만해라."

앙히에는 흙 묻은 발로 양탄자를 툭툭 걷어찼다.

발렌시아는 외르타가 쓰러진 뒤 단 한 번도 아우에게 화를 내지 않았다. 사소한 것에 화를 내기에는 너무 지쳤기 때문이다. 지금도 마찬가지다. 꼭대기 층까지 냅다 들어와 어제의 일을 묻는 동생에게도 성이 나지 않았다. 분위기 파악을 하라는 충고조차 귀찮았다. 이해하지 못하는 언어를 듣고 이해하지 못하는 언어를 말하는 느낌이었다. 앙히에는 그 기색을 눈치챈 듯, 잠시간 물끄러미 상대를 바라보았다.

"형님."

"……."

"무리하지 마."

"……."

"건강엔 이상이 없다니 때 되면 깨겠지. 좀 긴 잠이라고 생각해. 초 단위로 따지기 시작하면 속 타는 건 본인이야."

여전히 침묵이었다. 서류를 보는 것인지 상념에 잠겨 있는 것인지 잘 모르겠다. 앙히에는 한숨을 쉬었다. 저 철벽에 무어라 지껄인들 제 몸만 멍들 것이다. 저쪽은 지쳤겠지만 이쪽은 지겹다. 상대가 땅에 묻힌 것도 아니고, 심지어 가끔 정신이 돌아오는데도 죽을상을 하고 있으면 불귀의 객을 지고 있는 이는 무슨 반응을 보여야 하나. 그가 보기에 형은 과했다.

앙히에는 터덜터덜 한 층을 내려와 문짝을 열어젖혔다. 모리가 세울 수 있는 꼬리란 꼬리는 죄다 세운 얼굴로 자신을 노려보았다.

"조용히 굴게."

모리는 바깥을 향해 삿대질했다. 나가 주시면 감사하겠는데요. 물론 앙히에는 무시했다. 저벅저벅 걸어 들어와 누운 외르타 옆에 섰다. 모리는 자신의 말로는 안 될 것을 알았는지 급하게 방을 나섰다. 엉망인 형님에게 가진 않을 테고, 아마 누프리라는 채찍을 들고 오겠지. 앙히에는 개처럼 쫓겨나기 전, 잠깐의 여유를 가지기로 결심했다. 등받이 없는 의자를 끌어다 침대 옆에 앉았다.

"야."

외르타는 가만히 누워 있었다.

"괜찮아."

그냥 누워 있어도 괜찮다. 구태여 일으켜 세우는 행동도 지친 사람에게는 성가시리라. 어쨌든 자는 것뿐이잖아. 뭐 어때. 시간은 얼마든지 있다. 그 시간에 감사할 줄 모르는 사람만이 속을 태우는 것이다. 그러니까, 형님 같은 사람.

지금도 감사해해야지, 고작 이쯤에서 사방 천지에 외치고 다니는 것은 정말 볼품없는 짓이다. 형님에게는 그 정도 인내심조차 없었다. 외르타가 본인한테 마음을 돌릴 때까진 도대체 어떻게 기다리려고? 아마 영겁일 텐데.

어쩌면 그냥 살아만 있어도 좋다는 마음가짐인지 모르겠다. 앙히에는 한숨을 쉬었다. 발렌시아는 그 삶의 기준이 자신과 조금 다를 뿐이다. 그는 이렇게 누워만 있어도 감사했다. 추락할 때 바닥이 어찌 그리 딱딱하던지. 바닥의 바닥을 쳤더니 이토록 사소한 일에도 감사하는 얼간이가 되어 있었다. 발렌시아는 자신이 왜 이만큼이나 유하게, 진득하게, 반향 없이 기다릴 수 있는지 짐작도 못 할 것이다. 아직 겪은 것이 없는 사람이므로.

"나한텐."

그는 손을 들어 외르타의 뺨을 꾹 찔렀다.

"이것도."

다시 한번 더 꾹.

"살아 있는 건데."

부드럽고 말랑말랑한 뺨이었다. 아주 살아 있었다. 앙히에는 제 말에 설득당한 나머지 순간적으로 이해하지 못했다. 지금 외르타의 어디가 문제라는 거지? 정말 멀쩡한데. 꾹, 꾹, 꾹.

"으……."

이렇게 속 편하게 누워 있다 보면 어련히 알아서 깨겠지. 누워 있다 지치면 몸이 절로 움틀 것이다. 이처럼 멀쩡한데 일어나지 못한다니 우스운 소리 아닌가. 멀, 쩡, 한.

"에취!"

"으악!"

앙히에는 의자를 뒤엎고 뒤로 물러났다. 방금 전까지 뺨을 찌르고 있던 손이 가장 멀리 튕겨져 나갔다.

"으……."

그는 방금 전에도 비슷한 신음을 들은 것 같다고 생각했다. 내 목소리가 아니었던 건가? 앙히에는 기겁하여 얼어붙었다. 앞에 있던 사람이 신음을 흘리며 손가락을 꿈틀거렸다. 앙히에는 무슨 말을 해야 할지 모르고 허둥대다 아무렇게나 지껄였다.

"어……. 괜찮아. 더 자. 괜찮아."

실제로 그리되었다면 큰일이었겠지만, 다행히도 외르타는 인상을 찌푸렸다. 슬금슬금 눈을 떴다. 그녀는 눈을 채 다 뜨기도 전에 입부터 열었다.

"발렌시아 경."

"뭐?"

"경…… 데려와."

"더 자라니까."

"더…… 뭘 자겠다고…… 생각이 있으면……. 너 누구…… 젠장…… 앙히에."

"깬 지 얼마나 됐다고 그래. 쉬어."

"잠깐……! 기절한 거야……!"

그녀가 말하는 잠깐은 반나절이다. 어쨌든 그녀가 어제 깨어났다는 사람들의 말을 믿는다면. 앙히에는 아직까지도 그 말을 믿을 수 없었다. 시종 누워 있던 사람이 짜증을 부리고 있으니 느낌이 이상하잖아. 무슨 깨어나자마자 저리 성질이야?

그는 무언가 대처하기 위해 입을 벌렸다가, 외르타가 일어설 기세이

자 놀라 뒤로 물러났다.

"발렌시아…… 경!"

"도대체가……."

"경!"

"무슨 떼쓰는 것도 아니고. 좀—."

"경!"

"제기랄. 웬 똥고집이야. 기다려 봐……."

앙히에는 패배를 인정해야 했다. 기껏해야 한 층이니 잠깐 자리를 비우는 일 정도는 문제가 되지 않을 것이다. 그러나 뒤를 돌자, 아주 우연찮게도 교대하듯 계단을 내려오는 발렌시아가 보였다. 그는 너무 놀라 딸꾹질을 할 뻔했다. 내가 말을 하지 않고도 생각을 전할 수 있었던가?

"경!"

외르타는 자리에서 일어나려다 퍽 엎어졌다. 본인이 제대로 걸을 수 없다는 사실을 잊은 모양이다. 앙히에는 둘 중 누구에게 먼저 집중해야 할지 알 수 없었다. 두 사람 모두 예상치 못한 손님 같았으니까. 생각 없이 둔 시선 끝, 꽉 쥔 주먹이 보이지 않았더라면 아마 끝까지 고민했을 것이다. 앙히에는 힘줄이 선 발렌시아의 손을 노려보았다. 무슨 뜻이야?

"지금 얘가 제정신도 아닌데 소리 높이는 걸 듣고 내려온 거야?"

"나서는 길에 이름을 들었다. 그리고 입조심해라."

"내 입까지 관리하려 드네. 웃기네."

"경, 재…… 내보내. 아까…… 하던…… 얘기……."

"방금 깨어나신 것으로 이해했습니다. 과한 충격을 받으시면 안 됩니다."

정신이 오락가락하는 가운데 제 형님을 찾아 대는 모습은 확실히 이상했다. 도대체 무슨 이야기가 오갔던 거지?

앙히에는 발렌시아를 노려보았다. 물론, 참새 같은 눈총일 뿐이다.

발렌시아 역시 조금도 신경 쓰는 눈치가 아니었다. 앙히에는 뒤로 물러서다가, 반대편 복도에서 걸음을 멈춘 누프리와 눈이 마주쳤다. 아직 열 살인 양 오싹 소름이 끼쳤다. 모리는 보이지 않았다. 누프리의 눈썹이 비껴 나간 서명처럼 들려 올라갔다.

"나오십시오."

이 상황에서 그런 축객령을 내릴 거라곤 생각 못 했다. 앙히에는 항의하기 위해 팔을 벌렸지만, 발렌시아의 눈짓 한 번에 와르르 무너졌다. 끌고 나가라는 신호가 분명하니까. 앙히에는 처음으로 제 형이 가진 권력에 뿔이 났다.

"외르타."

"내가 외르타를 깨웠는데 지금 내쫓겠다고?"

"모리 라치올의 공로다."

"내가 뺨 찔렀더니 깼어!"

"지금 그걸 말이라고 하나."

"경!"

"나가."

"외르타."

"나가. 할 얘기가 있다니까……."

"난……."

"아니…… 나중에……! 좀……!"

앙히에는 고개를 저으며 방을 나섰다. 그 와중 한숨을 쉬거나 이를 갈았을지도 모르겠다.

그러나 외르타에겐 그를 신경 쓸 여력이 없었다. 그녀는 누프리가 떠나는 것까지 확인한 뒤 황급히 이불 바깥으로 기어 나왔다. 물론 기어 나왔다기보단 가냘픈 팔이 겨우 몸뚱이를 끌어왔다는 말이 맞을 것이다.

"경."

"당신은 방금도 반나절 동안 의식이 없었습니다. 당신 따님의 이야기를 묻는들 대답하지 않을 것입니다."

질문을 알고 있으니 말이 빨라졌다. 외르타는 숨이 턱 막힌 표정이 되었다. 광적으로 감정이 흔들리는 그녀를 보자니 속이 쓰렸다. 발렌시아는 성큼성큼 침대가로 다가갔다. 가소로웠다. 자신은 파고가 닥치면 곧장 박살 날 고둥이 아닌가. 순식간에 되짚어갈 고집을 부리는 꼴이 역겨웠다.

"곧 라치올이 올 테니 치료에 전념하십시오."

"안 돼! 지하 석실에……."

"예. 온전히 잘 있습니다. 그러니 우선 스스로 걸어가십시오. 그때가 되면 제가 나서 안내하겠습니다."

"온전히?"

"외르타."

"온전하지 않지?"

"인간으로서 온전한가 물으신다면 그렇지 않습니다. 하지만 주검이 훼손당한 것은 아닙니다."

"보러 갈게."

그는 잠깐 할 말을 잃었다. 발에 못이 박힌 듯 걸음을 뗄 수 없었다. 저것이 진정 냉정이 있는 사람에게서 나올 말인가. 그는 그녀의 헝클어진 머리칼을 바라보았다. 시선을 내리기엔 아직 제 강단이 부족했다. 발렌시아는 숨을 한 번 들이켰다가, 가까스로 엎어진 의자를 일으켜 세웠다. 칼을 회수할 때만큼이나 주의 깊게 말했다.

"외르타, 믿기지 않지만 뤼 뤼페닝은 사과의 뜻으로 주검을 보냈다고 합니다. 실제로도 주검에 손상이 가진 않았습니다. 후일 반드시 보여 드릴 테니 지금은 건강을 회복하십시오. 당신은 바로 어젯밤 의식을 잃으셨던 분입니다."

외르타는 듣는 둥 마는 둥 침대 아래로 발을 내렸다. 허겁지겁 일어나려는 기색이기에 밀어낼 수밖에 없었다.

"외르타."

"안 돼……. 그만……."

"당신이 깨어난 것을 온전히 기뻐할 수 있도록 도와주십시오."

"봐야……."

그녀는 정신이 하나도 없는 사람처럼 보였다. 침대에서 내려가는 족족 발렌시아에게 밀리는데도 계속 계속 노력하는 것이다. 발렌시아는 포기했다. 그는 그녀의 양발을 꽉 눌러 침대에 고정했다. 외르타가 숨을 삼켰다.

"모리를 부르겠습니다."

"……."

"이 자리를 뜨지 않겠다고 약속하십시오."

"경…… 안내해……."

"거절합니다."

"부탁한다……."

"당신은 자리에서 일어서지도 못하십니다. 의미가 없습니다."

느닷없이 손이 뻗어 왔다. 발렌시아는 지레 놀라 물러서느라 그녀의 발에서 손을 뗐다. 민들레 홀씨처럼 닿는 손. 그러나 손아귀는 그렇지 않다. 어깨가 꽉 잡혔다. 힘을 줄 수 있는 부분이 그뿐이라는 듯 무지막지하게 잡아 뜯는다. 억지로 억지로 상체가 올라와 닿았다. 그는 손바닥이 수면에 스치는 듯한 느낌을 받았다. 소금쟁이 같은 포옹이었다.

"몰래…… 살짝만 다녀오자. 응?"

"……."

이제는 대롱대롱 매달렸다는 말이 옳겠다. 그가 반응하지 않자, 외르타는 용기를 얻어 그의 목을 담뿍 껴안았다. 힘이 들지 않는 다리는 여전히 침대에 얹혀 있었다. 그녀는 팔에 힘을 주었다.

"가자…… 제발……. 안 떨어질게……."

"지금 제게 안겨 가겠다는 말씀이십니까."

"한 번만……. 내가 견딜 수 없어서……."

"허락하지 않겠습니다. 놓으십시오."

"경……. 이번에도 정신 놓으면…… 평생 이 자리에 있을게. 응? 제발. 허락하렴."

"외르타, 어제 일을 기억하십시오."

"잠깐 놀란 것뿐이야……."

"놀랐다고 해서 모든 사람이 기절하지는 않습니다. 자제하십시오."

"당신이 얘길 꺼냈잖아……."

"강건하신 줄 알았습니다. 이야기가 다릅니다. 놓으십시오."

벽창호 같은 답변에 속이 저몄다. 차라리 스스로를 안는 편이 더 보람차겠다. 목덜미가 아팠다. 벌벌 떨다가 끝내 분질러진. 그녀는 벼랑 끝에 몰려 아무 말이나 내뱉었다.

"지금 안 데려가면 앙히에한테 부탁할 거야. 도망갈 거야. 사방팔방에 내가 나라고 떠들 거야. 난 너희 폐하도 무시하고 죽을 거야. 도저히—."

그는 발작적으로 그녀를 떼어 냈다. 외르타는 할 테면 해 보라는 듯 눈만 희번덕 뜨고 있었다.

"다시 말씀해 보십시오."

"내 딸을 안 보여 주면 떠나겠다고 시위한 거야."

"당신은 그 난리를 겪고도 다시 죽겠다는 소리가 나옵니까?"

"알 게 뭐야……. 제발 데려가거라. 응?"

"저를 난처하게 하지 마십시오."

"기절 안 할게. 발렌시아 경, 제발. 기절 안 할게. 기절하면 내가 다시는 떠난단 소릴 안 하마. 예전에 폐하께 말씀드렸던 것도 취소할게."

“폐하께 무엇을 말씀드렸습니까?”

“대게외보르트전 문제가 해소되면 내 뒤를 봐 달라고 했어. 숨을 테니 살려 달라고 했다. 폐하께서도 약속하셨고. 그거 취소할게. 응?”

발렌시아는 갑작스레 그녀가 기절했으면 좋겠다는 생각을 했다. 그녀로서는 무엇을 찌른지도 모르고 내뱉은 말일 텐데 그에 동요했다면 이 또한 구제의 여지가 없다. 그는 욱하여 상대를 노려보았다. 외르타는 그의 동요 하나하나가 반가운 듯했다.

“경, 제발……. 급하다. 나는 한시도 못 견디겠어.”

“당신은 왜 변하질 않습니까?”

“제발…….”

“왜 항상 이기적입니까?”

“아무래도 상관없으니까…….”

“폐하와 하셨던 약속을 취소한다고 말씀하십시오.”

“응. 그러마……. 반드시 취소할게…….”

“오늘 이후로 다시는 무리하게 고집을 부리지 마십시오. 이 방에 갇혀도 감수하십시오.”

“그러마. 다 허락하마. 그러니 제발…….”

“모양이 수상하니 새벽에 돌아오겠습니다. 기다리십시오.”

외르타는 이불을 뒤로 잡아 던졌다.

“안 돼! 지금이어야 한다! 어차피 거의 밤이야!”

“눈이 많아 지하 석실에 들어가기가 어렵습니다.”

“안 돼. 안 돼…….”

“저는 양보했습니다. 그리고, 쓰십시오.”

그녀는 멍하니 앞을 보고 있다가, 놀라 고개를 숙였다. 손수건이었다. 외르타는 눈물 한 방울 흘리지 않은 자신에게 손수건이 왜 필요한지 이해할 수 없었다. 반사적으로 잡아당겨 가지려 했다. 그러나 의외로, 발렌시아가 그것을 놓지 않았다. 외르타는 약간 당혹한 얼굴로 손을 물렸다.

"뭐?"

"폐하와의 약조를 취소하겠노라 자필로 공증하십시오."

"어?"

"방금 전의 약속마저 잊으셨습니까?"

"아! 그래! 펜은?"

그는 품에서 엄지만 한 작은 상자를 꺼냈다. 뚜껑을 열자 웬 기다랗고 검은 돌이 나왔다. 그녀는 영문을 모르는 얼굴로 그가 주는 대로 고분고분 돌을 쥐었다.

"쓰십시오."

"이걸로?"

외르타는 의아한 듯 돌을 고쳐 세웠다. 대답은 없었지만, 그녀 역시 무슨 당연한 답을 기대하고 물은 것이 아니었다. 시험 삼아 그었다. 채도 낮은 손수건이 검은 선으로 갈라졌다. 외르타는 덜덜 떨리는 손으로 글씨를 쓰기 시작했다.

나, 외르타 발미레는 폐하

"더 정확하게 쓰십시오."

굴라르모 4세와의 약속을 파기하겠다.

그녀는 정체 모를 돌을 돌려주었다. 발렌시아는 손수건까지 함께 가져갔다. 외르타는 한숨을 쉬었다.

"유치하구나. 그렇게 내가 남길 바라서 무엇이 달라진다고?"

"적어도 당신의 무모한 행동을 설득할 수는 있습니다."

"경."

"밤에 돌아오겠습니다."

"지금이 밤이잖아……!"

발렌시아는 구태여 노을이 드리운 창을 바라보지 않았다. 아직 밤이라기엔 너무 일렀다. 외르타는 애써 다른 변명을 지어 냈다.

"마땅한 운반 수단도 없잖니. 지금은 바퀴의자라도 들고 오라 명하면 되지만…… 아예 비밀로, 밤에 할 거라면 그마저 못 해. 난 아직 걷기가 힘든데……."

"방법은 이미 당신이 말씀하셨습니다."

"어?"

"최대한 부축하고, 불가능하다면 제가 책임지겠습니다."

"힘들걸."

"염려하지 않으셔도 됩니다."

외르타는 입술을 짓씹었다. 발렌시아는 진저리가 난 사람처럼 벌써 침대 모서리를 돌아가고 있었다. 외르타는 급히 그를 불렀다.

"경."

"……."

"이 주 안에 걸을게. 불편하게 해서 미안하다."

"최대한 늦게 일어나십시오."

외르타는 귀를 의심했다. 방금 전까지 내 건강 운운하던 사람이 무슨 소리야?

"왜?"

"당신은 완쾌된 즉시 잉그레 무도회에 초청받으실 것입니다. 섣불리 완쾌되셨다가는 몸을 혹사할 수 있습니다."

"폐하께서 부르셔?"

“저도 아직 뵙지 못했습니다. 이미 전갈을 드렸지만 내일 정오의 십이공회에서 더 정확한 사항을 보고드릴 예정입니다.”

“건강하다고 전해 드려. 막 뭍으로 올라온 양 다리에만 문제가 있다고.”

“당신이 개입할 문제가 아닙니다.”

“경, 혹시 나한테 감정 있어?”

“…….”

“왜 이렇게 성을 내는지 이해가 안 가네……. 아직까지 저번 일에 앙금이 남았다면, 경?”

그는 그녀의 말을 완전히 묵살했다. 외르타는 어안이 벙벙한 눈으로 뒤돌아 나서는 남자를 바라보았다. 문이 닫혀서 그가 아래로 내려가는지 위로 올라가는지조차 보지 못했다. 마치 원래대로, 자신은 잠깐 내려가려는데 문득 병자를 구완해 주었다는 것처럼. 외르타는 기분이 상했다.

그녀는 새벽 두 시경 그가 다시 돌아올 때까지 계속 기분이 상해 있을 수도 있었다. 하지만 그보다는 아델이 먼저였다. 목구멍에 갖가지 깃털이 돋아 가까스로 심장을 막고 있었다. 맥이 가빠 견디기 힘들었다. 견디다가 기절할 것만 같았다.

실로 ‘견디는’ 것이었다. 시간이 흐르자 다소 겁이 나기도 했다. 도대체 무슨 생각으로 아델을 보겠다고 매달렸는지 모르겠다.

외르타는 깜짝 놀라 상체를 일으켰다. 이유를 묻다니. 드디어 미친 모양이다. 내가 아델을 봐야 하는 것은 당위의 문제다. 생각할 필요 없이, 그래야만 하기 때문에 그리하는 것이다. 외르타는 깨어나서 지금까지 아델을 만나기 위한 이유를 생각해 본 적이 없었다. 그런 것 따위가 왜 필요한데? 말도 안 된다. 이유를 생각하는 것 자체가 모욕이었다. 그 아이가 지금 어떤 모습일지 생각하는 것도 모욕이고, 뤼페닝이 그 아이를 어떻게 다뤘을지 생각하는 것도 모욕이다. 외르타는 그저 머리 없는 허수아비가 되고 싶었다. 이처럼 가만히 앉아서, 이불자락만 멍하니 바라보며 옛 기억을 반추하고 싶었다.

외르타는 넋을 놓은 채 공기처럼 부드러운 이불을 바라보았다. 생각하지 말자. 생각하지 말자. 부디 생각하지 말자. 이불이 화려했다. 생각해 보니 라르디슈에서도 이 비슷한 것을 썼던 것 같기도 하고. 가치가 높아지면 죄다 똑같아지는 모양—.

그녀는 돌연 두려워졌다. 어쨌든 다리가 움직이지 않는 것이다. 침대 위에서, 비슷한 이불, 방문을 바라보며, 다리가 움직이지 않았다. 애완동물처럼 못 박혔다. 외르타는 순간적으로 겁을 집어먹곤 뒤로 움직였다. 침대 등받이에 닿았다. 그러나 여전히 검게, 뻥 뚫린 구멍 같은 방문이 자신을 바라보고 있었다. 그녀는 문을 보지 않기 위해 무릎에 고개를 묻었다. 눈과 무릎 사이 달빛조차 흘러들지 않도록 열심히 비벼댔다.

문이 열리는 소리가 들렸다. 외르타는 현실과 과거 사이에서 고개를 들 것인지 고민했다.

"주무십니까?"

"……."

그림자를 만들지 않고 걷는 소리가 들렸다. 남자는 일부러 기척을 냈다. 외르타는 번쩍 고개를 들어 제 옆에 선 발렌시아를 바라보았다. 달빛에 역광이라 잘 보이지 않았지만 아무래도 상관없었다. 그녀는 네발 달린 짐승처럼 기어가 그의 팔뚝을 꽉 쥐었다. 격류 속에서 가까스로 배 웃전을 잡은 기분이었다. 그가 저지할 틈도 없이, 양쪽 모두 꽉 잡았다. 발렌시아는 그녀를 정중히 떼어 내려 했다.

그러나 그녀가 더듬더듬 짚어 올라와 이전처럼 목덜미를 안자, 어떤 행동도 할 수 없었다. 그녀는 그의 어깨에 턱을 얹은 뒤에야 가까스로 한숨을 쉬었다.

"보름달이…… 밝을 줄 알았어……. 불을 안 켰어……."

"접니다."

"알아……."

"……."

"가자……. 이제 가도 되지?"

외르타는 다리를 아래로 내렸다. 그가 부축해 주길 바라는 행동이었다.

"외르타."

"어?"

"실례하겠습니다."

다음 순간, 발렌시아는 외르타를 안아 올렸다. 그녀는 말 그대로 폭 안긴 모양이었다. 외르타는 반사적으로 그를 껴안은 손에 힘을 주었다.

"자세가 불편하십니까?"

그가 받쳐 든 허벅지 부근이 당겼다. 하지만 어차피 움직이지 못할 근육이라면 신경 쓰고 싶지 않았다. 아마 너무 오랜 시간 굳은 응어리겠지. 외르타는 고개를 저었다. 발렌시아는 그 정도면 되었다는 듯 걸음을 뗐다. 그녀는 자신이 그에게 부담될까 안절부절못했다.

"팔 아프지 않아?"

"방을 나서서는 조용히 계십시오. 새벽입니다."

"팔—."

"그만."

외르타는 다소 주눅 든 표정으로 입을 다물었다. 대롱대롱 매달리지 않기 위해 그의 목덜미를 세게 껴안았다. 몸에 닿아 있는 뜨끈한 사람 느낌이 좋았다. 한 점 흐트러짐 없는 숨소리와 약간 빠른 맥, 자신을 지탱하는 힘. 외르타는 스스로 이를 허락할 수 있는 사람이 오로지 발렌시아뿐이라는 사실을 알았다. 단단한 몸마저 기분 좋다면 정말 이상할 일인데. 이미 오랜 기간 습관이 되어서일까. 딤니팔에 처음 왔을 때, 그의 손까지 철두철미하게 거절했던 자신이 믿기지 않았다. 이 사람의 무엇이 무섭다고.

"경."

그들은 지상 홀에 내려섰다. 저택의 중앙에 다다르자, 그는 더더욱 소리에 신중을 기해야겠다고 생각한 모양이었다. 대답조차 없었다. 외르타는 그의 어깨에서 턱을 뗐다. 여느 때처럼 무덤덤한 발렌시아의 얼굴이 보였다. 외르타는 심술궂게 그의 양쪽 뺨을 꽉 눌렀다.

발렌시아는 걸음을 멈췄다.

"앞이 안 보입니다."

발음이 눌려 웃겼다. 전쟁터의 그 사람이 떠오르자, 지금 이 자리에서 뺨을 붙잡힌 채 멀뚱멀뚱 서 있는 발렌시아가 너무도 신기했다. 자신이 변한 만큼 이 사람도 변한 것일까. 외르타는 손바닥을 더 꽉 폈다. 수염이 까끌까끌했다. 아, 남자였지. 그녀는 바보같이 깨달았다.

"아훠 암 보인다고 말흠드렸습니다."

"알겠어……. 안쓰러우니까 말하지 말렴."

그녀는 손을 놓았다. 그렇다고 얌전히 실려 가지는 않고, 다시 그를 꽉 껴안았다. 그와 닿아 있는 부분만큼 마음이 편안해졌다. 상대야 어떻게 생각할지 모르지만. 그의 뒤로 그림자와 1층 계단과 대리석 바닥과 기가 막힌 듯한 누프리와, 누프리? 어라? 외르타는 눈을 둥그렇게 떴다.

"경……."

"……."

"누프리가 있어."

"압니다. 나오는 사람을 막으라 두었습니다."

"다가오는데?"

"압니다."

그녀는 누프리와 눈이 마주쳐선 약간 당황했다. 누프리의 시선 역시 자신 못지않았으니 딱히 누구의 승리라곤 할 수 없을 것이다. 그는 가까이 다가오며 인사한 뒤, 성큼성큼 발렌시아의 앞으로 돌아갔다. 외르타는 누프리를 보기 위해 다시 정면을 바라보았다. 위에서 이토록 요동을 치는데도 꿈쩍 않는 발렌시아가 존경스럽기도 했다.

누프리는 열쇠 꾸러미를 들어 웬 문의 입구에 맞춰 보고 있었다. 다리가 스무 개는 달렸음직한 열쇠가 찰칵하고 들어맞았다. 누프리는 굳건한 돌문을 밀어젖혔다. 그는 모든 의문이 해결된 표정과, 모든 의문을 가진 표정을 동시에 짓고 있었다.

발렌시아는 어두컴컴한 굴에 들어갔다. 외르타는 다시금 그의 목을 껴안았다. 곧이어 문이 닫히는 소리가 나고, 다시 잠기는 소리, 돌연 온갖 불이 확 켜지는 선뜩한 소리가 났다.

외르타는 어느새 새하얗게 밝아진 아랫길을 바라보았다. 맙소사. 이것은 마치 숄렘 노트란트, 찬란한 신전의 밤 같았다. 불야성이 되는 힘. 같은 것일까?

발렌시아는 계단을 터벅터벅 걸어 내려갔다. 외르타는 어느새 몸을 떼어선 앞을 구경하느라고 정신이 없었다.

"경, 지하 석실이라고 했어? 무덤이야?"

"예."

"공작가의……."

"직계와, 작위를 얻지 않고 공작의 핏줄로 살아간 이들의 무덤입니다. 물론 그들의 배우자도 함께 있습니다."

"이런 곳에 아델을…… 두어도 되니?"

"안 될 것은 또 무엇입니까. 망자의 방입니다. 외려 반길 것입니다."

"그래도……. 당신 부모님도 계실 거고……. 공작가에 있어선 여러모로 의미 있는 곳이잖나."

"당신에게 의미 있다면 괜찮습니다."

외르타는 입을 다물었다. 어째 이상했다.

발렌시아는 마지막 계단을 내려섰다. 외르타는 떨떠름한 표정으로 긴 복도를 바라보았다. 어찌나 긴지 솔 미라이에의 지저를 관통했노라 해도 믿겠다. 얼마나 많은 죽음이 자리해 있을까. 발렌시아는 그녀의 시선을 눈치챈 듯 조용히 설명했다.

"이곳에 유해는 적은 편입니다. 초대 공작의 유언에 따라, 작고하신 지 백 년이 지나면 그분은 솔 미라이에 본 영지로 자리를 옮기게 됩니다."

"왜 백 년이야?"

"초대 공작은 당신 이후 백 년 동안 미더운 손이 태어나길 바라셨습니다. 미덥지 않다면 차라리 자신이 오스페다를 수호하겠다는 각오셨을 것입니다."

"데카를로 쏘노가 경의를 받을 만한 사람이었나 보네."

"공은 쏘노께 존경과 경애를 바쳤습니다. 신하로서 충분한 공경입니다."

"다만 눌라레에게는 미치지 못한다."

"아니요. 종류가 다를 뿐입니다. 눌라레는…… 그분은 모두가 인간이 아니라 생각했습니다. 신을 보는 경외가 더 맞을 것입니다. 외르타, 이곳입니다."

그녀는 숨을 삼켰다. 실없는 이야기는 긴장을 넘기고자 하는 노력이었다. 그녀는 그의 품에서 내리려 발버둥을 쳤다.

"걸으실 수 있습니까."

"어떻게든—."

"잠시만 기다리십시오."

"경!"

발렌시아는 지지 않고 몇 걸음을 더 갔다. 외르타는 위에서 열심히 꿈틀거렸지만 그의 힘에 댈 수 없었다.

그는 기어이 안쪽으로 움푹 파인 석실까지 들어갔다. 얼핏 본 다른 곳들과는 다르게 조각상을 찾기 힘들었다. 이곳의 다른 모든 죽음에는 정성들인 조각상이, 마치 산 것인 양 새겨져 있었는데 이 자리에만 없었다. 유독 외로웠다. 외르타는 어깨를 들썩이며 발렌시아의 가슴을 밀어냈다.

"내려…… 갈 거야. 놓거라."

발렌시아는 그녀의 부탁대로 해 주었다. 그는 조심스럽게, 발부터 내려 주었다. 외르타는 세워 준 보람도 없이 움푹 쓰러졌다. 그는 그녀가 그리 쓰러질 줄 예상이라도 한 듯 어깨를 받았다. 그녀는 갈팡질팡하다 제 앞에 있는 관을 짚었다. 덜컥 짚었다.

외르타는 기겁하여 뒤로 물러났다.

그녀는 다시 앞으로 돌아가지도 못했다. 자신의 행동에 너무 충격받은 나머지 잠깐 동안 숨도 못 쉴 지경이었다.

발렌시아는 그녀를 이해할 수 있는 사람이었다. 그는 괜찮다고 다독이려다 문득 자신이 입 속으로만 중얼거리고 있다는 사실을 깨달았다. 겁쟁이보다 더 한심했다.

"외르타, 괜찮습니다. 구태여 관을 열어 따님을 보실 필요는 없습니다. 누구도 오래전 작고한 망자를 그런 식으로 추모하지 않습니다. 지금 이 자리에서 묘비를 애도하고 떠나십시오."

"안…… 돼."

"당신의 이기심입니다."

"아니야."

"보존 상태가 썩 좋은 편이 아닙니다."

"……."

외르타는 앞으로 다가가 관을 쥐었다. 손에 푸른 힘줄이 서고, 보기 싫은 응어리가 툭툭 불거질 때까지 세게 악물었다. 발렌시아는 그녀를 따라 반쯤 주저앉았다. 월식을 맞이한 달처럼 서서히 서서히 지는 고개…….

그녀의 오른손이 뚝 떨어졌다. 발렌시아는 팔을 부축하려 했다. 그러나 아니었다. 그녀는 품에 손을 넣고 있었다. 차마 그녀의 옷 속까지 따라갈 수 없어 길을 잃었다. 그는 덜 갈린 칼처럼 사나웠다. 그녀가 무슨 어처구니없는 짓을 저지를까 지레 겁먹은 힘이 나서지 못해 안달이었다.

외르타의 품에서 무언가 붉은 것이 튀쳐나왔다. 지금까지 외투의 부푼 품이라고 생각했던 공간, 그런데 아니었다. 발렌시아는 저것이 무엇인지 똑똑히 알고 있었다. 외르타는 주섬주섬 곱게 접힌 천을 끌어냈다. 얼굴이 참 울상이었다. 그녀는 어찌할지 모르는 얼굴로 양손에 적색을 펼쳐 들었다. 오락가락하던 손이 퍽 하고 관에 엎어졌다.

발렌시아는 한숨을 쉰 뒤, 그녀가 감당하지 못한 거의 모든 부분을 덮어 주었다. 천을 잡아당겨 관 위에 놓으려니 마치 장의사가 된 듯한 기분이 들었다. 외르타는 눈을 가늘게 떴다.

"되었습니까?"

"아니. 얼굴 볼 거야."

"무리한 각오십니다. 의미도 없습니다."

"의미는 있어!"

"당신밖에 모를 일입니다. 이미 죽은 이에게 죽음보다 더 의미 있지는 않을 것입니다."

"제발…… 발렌시아 경! 내 인생에 하나밖에 없을 자식이다. 당신은 부모가 된 적이 없으니 공감하지 못하겠지만……."

"저는 사실을 말씀드리는 것뿐입니다."

"그러니까 당신의 사실이 필요 없다고 말하는 거야. 마음 같아선 날 여기에 가둬 두고 당신 혼자 올라가라고 하고 싶—."

"절대 안 됩니다."

"알아! 그러니 적어도 머저리처럼 추모할 수 있도록 도와 달란 말이야. 고상한 추모는 필요 없다. 많이 해 봤거든."

발렌시아는 잠시 침묵했다.

"기어이 관을 열겠단 말씀이십니까?"

"그래. 잠겨 있니?"

"아니요. 하지만 전 도와드리지 않겠습니다. 당신 손으로 여십시오."

"나도 그럴 예정이었다."

그는 그녀의 고집을 꺾을 수 없었다. 더 막고 싶었지만 지쳤다. 아델의 시체는 그리 부패하지 않은 상태였다. 라르디슈에서는 왕실의 방부처리를 해 두었고, 솔 미라이예에서는 아예 박제했다. 시체에도 급이 있다면 필시 상위권에 속할 것이다.

물론 그뿐이다. 살아 있는 모습과 주검에는 하늘과 땅만큼의 차이가 있었다. 도저히 격을 좁힐 수 없는 어마어마한, 천둥 같은 간격이 사이를 메운다. 발렌시아는 외르타가 그 간격을 견디지 못할까 두려웠다.

외르타가 관 덮개에 손을 얹었다. 발렌시아는 그녀보다 더 긴장했다. 그녀는 잎사귀처럼 손을 웅크렸다가, 손톱을 바스러뜨릴 기세로 관의 모서리를 쥐었다.

그녀는 숨을 깊게 내쉬었다. 내가 제대로 보고 있는 건가? 방금 전 분명 라르디슈의 관을 붙잡았건만, 이젠 더 이상 그렇게 보이지 않았다. 수만 각으로 쪼인 보석을 두 눈에 처박은 것 같다. 너무너무 혼란스럽고 굉장히 아팠다. 토하고 싶은 충동이 들었다. 머리와 손이 단절된 느낌이다. 도통 주인 말을 듣지 않는 몸이 괴로웠다. 눈앞이 컴컴했다.

"문제가 있습니까?"

그녀는 이를 악물었다. 이래서는 안 돼. 수조에 머리를 찧는 물고기가 된 기분이었다. 물고기는 자신이 밖으로 나갈 수 없다는 사실을 알고 있을까? 외르타는 다시 뒤로 몸을 돌렸다. 이번에는 심호흡을 한 뒤 제 양 손바닥을 꾹 찍었다. 각오를 다지는 행동임과 동시에, 곧 들어가겠다는 인사였다.

외르타는 심호흡을 한 번 더 했다.

다시 했다.

영영 심호흡만 할 것 같았다. 그녀는 드디어 자신의 손이 떨리고 있다는 사실을 깨달았다.

"외르타, 그만두십시오. 불필요한 일입니다."

"……."

"당신은 관을 열지 못할 것입니다."

화가 나지 않았다. 화가 나지 않기는커녕 기분이 나쁘지도 않았다. 심장에서 부풀어 오른 피가 보잘것없는 가슴을 때리고, 끝내 손끝에서 요동쳤다. 너무 빨라서, 그리 긴 여행은 아니었다. 마치 모든 핏방울이 누가 먼저 살갗을 찢는지 경쟁이라도 하는 듯했다. 자신의 몸처럼 느껴지지 않았다. 기생충들. 샅샅이 말려 버리고 싶었다.

"당신, 무슨 짓을—."

누군가 양손을 들어 올렸다. 완전히 구속당했다. 외르타는 어깨를 들썩이며 자신을 붙잡은 남자를 노려보았다.

"왜!"

"장식으로 손바닥을 찌르셨습니다. 찔린 것이 아닙니다. 실수일 리 없습니다."

"그런 적 없다. 놓거라."

"당신 지금 본인이 무슨 행동을 하는지는 알고 계십니까?"

"알아."

"관을 열고자 하시면 당장 여십시오. 지금 열지 않으면 이제 제 소관입니다."

외르타는 눈을 크게 떴다.

"내 딸이 어떻게 당신 소관이 되지?"

"당신의 안위와 직결되는 것은 항상 제 소관이었습니다. 뜻을 곡해하지 마십시오."

"나 여기 있을래."

"……."

"오늘 밤만 여기 있으마. 하루만 유예 기간을 주렴."

"안 됩니다."

"경."

발렌시아는 답을 기다리지 않고 다시금 안아 올리려 했다. 외르타는 격렬히 반항했다. 잘 걷지도 못하는 사람의 반항이라니 우습지도 않았지만, 외르타가 관을 안고 매달리자 어떻게 할 도리가 없었다. 가벼운 마호가니 관에는 뾰족한 장식이 많았다. 방금 전 외르타가 '찔린' 것과 같은. 발렌시아는 턱에 힘을 주었다. 의식하지 못한 힘이었다.

"먼저 가렴."

"오 분 드리겠습니다. 당신의 건강 상태를 생각한다면 이 정도도 굉장히 관대한 제안입니다."

"웃기지 마!"

발렌시아는 무시했다. 그는 오히려, 자리에서 일어나 뒤로 물러났다. 가까운 벽에 기대어 옷자락을 밀쳤다. 안감 사이로 시곗줄이 보이고, 곧이어 작은 시계가 쑥 빠져나왔다. 외르타는 상대가 작정하고 시간을 잴 모양이자 울컥 화가 치솟았다.

"발렌시아 경!"

"관을 열려면 지금 여시라 말씀드렸습니다. 저와 다툴 시간에 관을 여셨다면 이미 열 번도 더 여셨을 것입니다."

그녀는 더 쏘아붙이려 했다. 발렌시아는 이미 자신이 관을 열지 못하리라 확신하는 투였다. 저 차분하고 푸른 눈이 너무 미웠다. 모욕적이지 않은가. 발목뿐이던 아델의 마지막 모습을, 먼 길을 돌아와 눈이라도 마주할 수 있게 되었는데 이 어미가 물러나랴? 외르타는 자신이 천

운으로 받은 기회를 놓칠 생각이 조금도 없었다.

그녀는 발렌시아를 걷어차 주기 위해 관 뚜껑을 밀어 올렸다.

각오하고 있다. 물론 햇살 같은 웃음이 남아 있지는 않을 것이다. 발그레한 뺨도 분홍 입술도 밤에 스며들어 간 곳이 없으리라. 봄을 쬔 땅의 온기, 가장 아름다운 상아를 저민 살갗, 꽃잎 안쪽을 발라 만든 작은 손톱, 물새 날개처럼 정신없이 오가는 낭랑한 말. 제 머릿속에는 분명, 불현듯 보고 싶을 때 가장 먼저 떠오르는 싱그러움이 있었다.

돌연 파편인 듯 눈이 부서졌다.

닫히는 관에 손이 끼었다. 아주 부드럽게, 공단 사이로. 온통 어둠밖에 보지 못했는데 어느새 힘이 풀린 모양이다. 누군가 덮개를 올려 주었다. 우느라 안을 볼 수가 없었다.

"괜찮으십니까?"

눈물을 막기 위해 손이 필요했다. 그녀는 풍뎅이처럼 웅그린 채로 조금씩 물러났다. 눈에 안 띄게, 마치 약간 생각할 시간이 필요하다는 것처럼 서서히.

그녀는 관 속 어둠을 밀어내는 순간 직감적으로 깨달았다. 나는 결코 이 안을 보지 못할 것이다. 스스로 눈을 찔러 장님이 되기 전까지는 약간의 티끌조차 보지 못할 것이다. 봐야 하는데, 보는 것이 내 의무인데, 가슴이 찢어져 볼 수가 없었다. 어둠 속 웬 짐승의 앞발이 튀어나와 얼굴을 할퀸 모양이었다. 눈물이 피처럼 쏟아졌다. 아주 반사적으로 세 살배기 애처럼 울음보가 터졌다.

할 수만 있다면 지금 이 자리에서 당장 목을 매달고 싶었다. 아델을 보지 못하는 자신을 인정할 수도 없었고, 아델을 포기하는 자신도 인정할 수 없었다. 얼간이 같은 모순에 손목이 부러졌다. 그녀는 스스로의 멍청함에 복받쳐 울었다. 맙소사. 나는 언제까지 내 딸에게 사죄해야 하는 것일까. 지금껏 그토록 모든 일에, 최대한으로 자신만만했으면서 딸의 얼굴 한번 보지 못한다. 걸어온 길 자체가 아델을 위한 것이었는데 이제는 그 진정마저 심판대에 오르게 되었다.

딸의 얼굴을 못 보겠어.

서러워서 울음이 치밀었다. 나는 왜 이토록 미천한가. 제 살갗 하나하나까지 보잘것없었다. 그리 짓씹던 용기도 각오도 흔적이 없고 있는 것이라곤 오로지 눈물 나는 간사함뿐이다. 그녀는 아델에게 미안해 숨이 막혔다. 복수는 이 순간 모두 재가 되었다. 그때 그녀는 증오와 분노를 장작 삼아 불태웠고, 끝장을 냈다. 그때, 지금이 아니라 그때. 언젠가, 과거의 어느 날에.

그녀는 깨달았다.

다 끝났다.

반박하는 양심이 들리지 않았다. 거미만도 못한 긍지였다. 외르타는 소리도 내지 못하고 울었다. 사람이 너무 겁쟁이라 이렇게라도 두려움을 게워 내야 했다. 아이는 삶의 이유였다. 자신이 죽으면 '아델'이 아쉬워할까 무서워서. 그 이유 때문에 이 밍밍한 지옥을 견뎠다. 그런데 이것으로, 드디어, 얼기설기 움막처럼 지었던 이유가 사라졌다.

아델이라니. 아델은 없다.

얼어붙은 현실에 생각이 달라붙었다. 돌아 나올 때는 살점이 떨어져 나갈 것이다. 아델은 더 이상 자신을 안타까워하지 않으리라. 아니, 추측컨대 아이는 이미 오래전부터 그러했다. 그녀 역시 마찬가지였다. 남은 것은 그저 화석 같은 애정과 애틋함뿐이다. 자신은 지금껏 제 속에 남아 있던 아델에게 제단을 차린 것이다. 머릿속에서 아델을 지우고 싶지 않았다. 이기심이라 해도 좋다. 아니, 이기심이라 부르지 않으면 화를 낼 것이다.

그렇게 악착같이 아델을 지우지 않으려 하다가 관을 마주하자 와장창 박살이 났다. 더 이상 이곳에 삶을 둘 필요가 없다고, 옛일을 뒤로

하고 떠나라고. 이렇게 뒤돌아 매달리면 네게 남는 것은 넋도 없는 주검뿐이라고. 아주 분명하게, 죽음이 말했다.

모든 게 끝났음을 이제야 알아차렸다. 아이의 얼굴을 본들 무엇 하나라도 나아질 일은 없을 것이다. 이로써 그것은 옛일이 되었다. 마치 게외보르트의 자신이 회색빛이듯, 더 이상 색을 찾을 수 없는 어떤 먼지 묻은 초상화 같은 것. 지금 이 삶이 문을 닫을 준비를 하고 있었다.

아이는 들어올 수 없다.

목이 말랐다. 시야가 노래지면서 머리가 띵했다. 누군가 제 배를 움켜잡고 속을 뜯어낸 느낌이었다. 어둠 속에서 초록 광선이 환각처럼 지나갔다. 짓눌린 눈이 제멋대로 미친 모양이다. 이마가 지끈지끈 아팠다. 앞으로 자신에게 아이가 없으리란 사실이 너무너무 다행이었다. 처음으로 운명을 칭찬해 줄 수 있었다. 자기혐오에 썩어 딱 그만큼 관대해졌다.

나는 그간 이토록 긴—.

"……그만 우십시오."

—미련을 가졌다.

"……."

"……."

발렌시아는 안절부절못했다. 관 사이에 끼었던 외르타의 손은 아주 멀쩡했다. 더 이상 핑곗거리가 생각나지 않았다. 허락 없이 손을 댈 수도 없었고, 대화가 통할 리도 없었다. 그는 이 순간 세상에서 가장 말재주가 없는 사람이었다. 아마 평소보다 조금 더 큰 격차로 꼴찌가 되었을 것이다.

외르타는 위로를 바라지 않는 태도로 몇 분 더 웅크려 있었다. 발렌시아는 그녀의 옆에 앉은 채 애꿎은 관만 쓸었다. 한마디도 할 수 없었다. 그는 그녀가 말을 꺼내기 전까지는 도저히, 발끝을 끄는 소리조차 내기 힘들었다. 말을 꺼내자고 마음먹은 뒤 센 숫자만 백이 넘었다. 발렌시아는 제 어리석음이 한계에 다다랐다고 생각했다.

"외르타."

"……올라…… 가자."

"……."

외르타는 얼굴을 훔친 뒤 가까스로 고개를 들었다. 아주 엉망이었다. 그는 아무 말도 하지 않았다. 발렌시아는 어떻게든 대화의 물꼬를 터 보려다, 그녀가 팔을 벌리자 그대로 포기했다.

그는 조금 더 가까이 다가갔다. 외르타는 발렌시아를 껴안았다. 그는 상대를 받쳐 안지 않고 잠시 지체했다. 용건이 있는 척했다.

"붉은 천을 잊지 마십시오."

"여기에…… 두고 갈 거야."

"……."

놀라운 일이었다. 발렌시아는 더 이상 가타부타 답을 못 하고 그녀를 안아 올렸다. 제 목을 안은 손에 힘이 없었다. 그는 걸음을 떼지 않았다.

"외르타, 질문에 답해 주실 수 있습니까?"

"……."

"왜 천을 두고 가십니까?"

"이제 괜찮다."

"무엇이 괜찮습니까?"

"이제 괜찮아……. 나는……."

대답이 되지 않는다. 발렌시아는 그녀를 떼어 냈다. 외르타는 그의 어깨에서 쫓겨나자 이번엔 가슴에 얼굴을 묻었다. 어떻게든 얼굴을 마주하지 않으려는 것 같았다. 그는 그녀를 밀어내지 못하고 한참이나 고민했다.

"무엇이 괜찮다는 뜻입니까?"

결국 졌다. 그는 외르타가 품에 묻혀 있도록 두었다. 이제 앵무새처럼 무작정 반복하는 일만 남았다.

"그만 가자."

"대답하십시오."

"당신이랑 내가 무슨 사이라고?"

그는 그녀가 자신과 무관함을 주장하면 할수록 속이 불편했다. 여전히 어리석었지만, 부정할 수도 없었다. 발렌시아는 우뚝 멈춰 그녀를 내려 주었다. 외르타는 당황하여 주저앉았다.

"왜 그래……."

"대답하십시오."

"사람 취조해?"

"외르타, 저는 이 아이를 얻기 위해 사람을 죽였습니다."

"뭐……?"

"뤼 뤼페닝은 오만한 태도로 주검을 건넸습니다. 저는 적법하게 치죄했습니다. 다만 살인을 후회하지 않는 것은 아닙니다."

사실 조금도 후회하지 않고 있었다.

"외르타, 적어도 제가 당신을 생각하는 만큼만 돌려주십시오. 가장 사소하게라도 좋습니다. 저와 대화해 주시면 그것만으로 족합니다. 저는 말의 경중을 압니다."

"경."

"……."

"당신에게 의미 없을 일이라 말하지 않은 거야."

"제겐 당신의 모든 것이 의미 있습니다."

"요새 진짜 이상해……. 당신……."

"그러니 대답하십시오."

"뭐야, 말로 꼬드기는 거야?"

“외르타.”

그녀의 이름은 한숨이 아닌 경우가 오히려 드물었다. 외르타 역시 그 사실을 민감하게 알아차린 듯했다.

“경.”

발렌시아는 그녀가 바라보고 있는 제 팔뚝을 바라보았다.

“내가 방금 괜찮다고 한 것은…….”

“예.”

“그냥……. 아니……. 아델이…….”

“…….”

“……인정했어.”

“무엇을 말입니까?”

“아델이…… 현재가 아닐 수도 있다는 걸…… 알겠어. 납득했어. 조금이지만…… 이해가 갔어.”

발렌시아는 그리 말하는 외르타를 물끄러미 바라보았다. 믿기지 않는 말이었다. 불과 몇 개월 전까지만 해도 아이 때문에 산다는 말을 공공연히 하던 사람이다. 그 여러 달조차 누워서 보낸 세월이 아닌가. 바로 어제 일을 이토록 쉽게…….

쉽지 않다. 발렌시아는 제 말을 정정했다. 그녀의 변화가 쉬웠으리라 생각하는 것은 자신의 오만이다.

그는 다시 입을 다문 외르타를 안아 올렸다. 외르타는 이제 아주 자연스럽게 그의 목을 끌어안았다.

“미안해.”

“당신은 이미 사과하셨습니다.”

“그냥 살게.”

“…….”

“…….”

"따님은?"
"여전히 내 딸이지. 전혀 다른 문제다."
"……."
"경."
"예."
"당신은 아델을 봤지?"
"예."
"어땠어?"
"……."
"괜찮아."
"……잘 모르겠습니다. 제게는 평범한 주검이었습니다."
"그럴 거라고 생각했어."
"물론 그뿐 아니라, 당신을 떠올렸습니다. 수도 없이 봤습니다. 당신이 무엇에 목숨을 걸고 있는지 모든 일의 시작을 보려 노력했습니다. 제가 저 아이를 알았다면 좋았을 것이라 생각했습니다. 저는 당신이—."
"그만 변명해도 돼."
"변명이 아닙니다."
"그만해."
그는 입을 다물었다.
"경, 그 아이는 내 전부다. 하지만 당신이 말했듯 이미 오래전 묻힌 주검이지. 나는 그 아이를 내 전부라고 하기 전에 그 사실 먼저 인정해야 했다. 그러기 위해 너무 긴 시간이 걸렸어."
"죄송합니다. 제가 단어를 잘못 선택했습니다."
"아니, 내가 예상했던 그대로란다. 괜찮아."
그것이 무엇이든 간에 그는 그녀가 예상했던 그대로가 되고 싶지 않았다. 발렌시아는 이미 외르타의 예상대로 될 수 없었다. 혹 첫 나날에는 그러했을지 몰라도, 지금은 이미 낯선 이방인이 되어 있을 것이다.

그러나 그는 주제를 흩트리지 않았다. 살짝 숨을 멈춘 채 그녀의 말을 경청했다.

"아이가 떠났음을 이해해야…… 주검을 존중할 수 있단다. 주검을…… 죽음을 존중하고…… 아델을 존중하고…… 그에서 비롯된 내 복수를…… 부끄럽지 않게……. 아이가 편히 쉴 수 있도록……."

그녀는 말로 표현하기 힘든 것들을 열심히 설명하려 하고 있었다. 기초부터 차근차근 사사하는 스승 같았다. 발렌시아는 그녀의 그런 모습을 참기 어려웠다.

"외르타."

"응."

"저는 당신이 제게 설명하지 않으셨으면 좋겠습니다. 특히나 이런 일에 있어서 저는 더더욱 설명을 바라지 않습니다."

외르타는 그를 이해하지 못하는 표정이었다. 그런 빛의 침묵이었다.

"저는 당신의 정리된 이야기를 듣고 싶은 것이 아닙니다."

"그럼 뭘?"

"감정."

"내가 왜?"

"……."

"……."

"저는 제가 당신과 공감할 수 있을지 알고 싶습니다."

"할 수는 있겠지만……"

"괜찮다고 말씀하실 것입니까?"

"응. 내가 바라지 않아."

그는 더 말을 잇지 않았다.

그녀는 그에게 무슨 말이라도 하려 했다.

그러나 그 모든 말이 모욕 혹은 조소처럼 들릴 것 같아 관두었다. 나와의 연결 고리에 참 장하게도 매달리는구나. 이 문장을 상처를 주지 않는 방식으로 말할 수 없었다.

조금 뒤로 돌아간 과거, 그녀는 그가 자신을 부축해 올라왔던 무도회 날을 기억했다. 홀리기라도 한 듯 무타스 디무어를 토설하는 발렌시아도 아주 환히 떠올릴 수 있었다. 자신의 공감 능력에 대해 어찌나 비관적으로 홍보하던지. 그때는 말도 안 된다고 생각했지만, 이후 천천히 되짚어 보건대 발렌시아의 말을 믿지 않을 이유가 없었다. 그가 그렇게 느꼈다면 그런 것이다.

'부정하지…… 않겠습니다.'

자신을 부정하지 않겠다는 말은 즉, 그가 포티미외 동안, 혹은 이후 자신의 처지에 크게 공감했다는 뜻이다. 그것이 발렌시아에게 큰 깨달음이 되었을지 모른다.

그 깨달음이야말로 그가 자신에게 집착하는 이유였다. 이외에는 아무리 머리를 굴려 봐도 그가 제게 잘해 줄 이유가 없었다. 발렌시아와 포티미외 적부터 인연이 있다지만, 그렇다면 톨레도 경은? 그 또한 이만큼이나 나에게 헌신적일 것인가? 그럴 리가.

애초에 그녀에게도 톨레도와 발렌시아는 미묘하게 달랐다. 아니, 엄청나게 달랐다. 약간의 틈이 벼랑을 만드는 모양새다. 톨레도는 아무리 친밀하다 한들 친절한 조언자에 지나지 않았다. 그러나 발렌시아는, 그보단 연인에 가까웠다. 서로 상대방의 모든 치부를 알고, 그럼에도 발전하는 것이 아니라 같은 진창에서 싸우고, 일방적이려 하지만 속수무책으로 들킨 뒤 지레 성을 내고.

발렌시아는 이 사실을 알고 있을까?

그는 자신과의 공감에 신경 써 온 사람이었다. 지금 상황에서 눈치 없이 감정 운운하는 것도 이와 무관하지 않으리라. 사금을 캐느라 모든 반짝이는 것에 예민해진 노예처럼, 사소한 단서마저 쫓지 못해 좀이 쑤시는 것이다.

외르타는 진실을 밝혀내 마음이 뿌듯해졌다. 물론 자신의 답은 여전히 같았다. 괜찮아. 나는 이 감정을 혼자 지키고 싶으므로, 당신의 공감은 불필요해. 진심이었다. 그녀는 그보다는 차라리 목걸이 덩굴에 공감을 구할 것이다. 그가 싫다기보다는 자신의 '경계' 문제였다. 이것은 그녀 혼자 지켜야 할 감정이었다. 그저 그뿐이다…….

감정은 시간이 지나면 마무리 지을 수 있을 것이다. 자신이 좀 더 자랐을 때, 그에게 공유하고 싶은 마음이 들지도 모른다. 지금은 다만 침묵할 수밖에 없었다.

외르타는 주변을 둘러보았다. 석상이 눈에 잡혔다.

"경."

"예."

"저, 실례가 되지 않는다면 딤니팔식 장묘에 대해서 질문해도 될까?"

"하십시오."

"멈춰 보렴. 잠깐, 잠깐. 저기 있잖아."

외르타는 휙 손가락질을 하려다가 깜짝 놀라 수그렸다. 입구에 가까운 곳이니 발렌시아와도 가까운 친족일 것이다. 손을 주의해야 했다.

"조각상은 생전 그 사람의 모습이겠지. 아래 단에는 뭘 써 놓는 거니?"

"생몰년도와 이름, 폐하께서 하사하신 짧은 추도사, 당신이 생전에 남기고자 했던 말씀입니다."

"그러면 소산燒散된 주검은 어디 있니?"

"이중으로 보관되어 아래 단 안에 있습니다. 물론 장례 즉시 밀봉됩니다. 무슨 이유로 여쭈십니까?"

"아델이 묻힌다면 딤니팔밖에 없잖아."

"……."

"라르디슈에선 이미 쫓겨났다. 발터도 다른 왕가의 핏줄을 소장해 줄 인물은 아니야……. 여기서 묘지에 묻히려면 주검의 소산을 각오해야겠지."

"당신은 저희의 매장 방식을 역겨워하셨습니다."

"부관참시를 하겠다는 것도 아니고, 제대로 장례를 치른다면 죽은 이에게 그 이상 가는 추도가 어디 있겠니."

"마음이 바뀌셨습니까?"

"너희 예법이야."

"바로 그 예법을 혐오하셨습니다."

"이젠 괜찮아."

"소산을 당신의 장례 방식으로 삼아도 괜찮습니까?"

"어차피 죽어서 시체에 붙어 있을 넋도 아닌데."

발렌시아는 다시 걸음을 뗐다. 자세를 고쳐 준다.

외르타는 졸음에 겨워 짧게 하품했다. 아이는 어디로 보내는 것이 좋을까. 망명자의 묘지는 용납하지 않을 것이다. 다른 사람과 살을 부대끼게 두고 싶지 않았다. 그녀는 터덜터덜 매달려 가며 질문했다.

"경, 혹시 내가 영지를 하사받는다면 어디가 될지 예측할 수 있겠어? 아델 때문에."

"새로 얻은 남쪽이 될 공산이 큽니다. 가장 무가치한 곳을 배당받으실 듯합니다."

그는 정도 이상으로 솔직했다. 외르타는 웃을 뻔했다.

"아무짝에도 쓸모없는 고향이네."

"당신의 고향은 게외보르트입니다."

"말고, 내 딸. 혹시 동쪽은 안 될까? 조금의 가능성이라도?"

"동부는 십이공회가 갹출하지 않는 이상 남는 땅이 없습니다. 미라이예, 안니발레, 페자로, 체세나, 톨레도 권속입니다."

"아……. 전부 주인이 있어?"

"예."

"경, 내가 남쪽 땅을 받으면 그 전부와 동부 성 하나를 교환하는 게 어때? 제안 괜찮니?"

계단을 오르던 발이 슬쩍 멈췄다. 그의 눈은 누인 깃털 모양으로 가늘게 날카로웠다.

"아니요. 교환하지 않겠습니다."

"번복의 여지없이?"

"예."

"왜?"

다시 움직인다. 그는 대답하지 않았다. 외르타는 동부의 미라이예 영지가 필시 동부 원정의 결과물일 것이라 확신했다. 몇 년 전 원정의 총사령관이 발렌시아였으니 얻은 땅이 적지 않을 것이다. 본인이 얻은 땅, 호의로 거래해 줄 법도 하지 않나. 외르타는 실망했다.

"외르타, 제가 묻고 싶습니다. 왜 동부를 고집하십니까?"

"음……. 북쪽은 춥고…… 남쪽, 서쪽은 사람 살 곳이 못 되니까."

"……."

"게다가 서쪽에서 태어난 내게 동부는 무언가 환상의 땅이란 느낌이 있어."

"동부 원정 중 환상의 땅에서만 칠만 명이 죽었습니다. 그리 대단한 곳이 아닙니다."

"남쪽에 있으면 농담이 아니라 레스트왈이 날 채 갈 거야. 뤼페닝이야 고상한 놈이니 차라리 자기가 오겠지만—."

"당신에게 독을 먹인 악인을 고상하다 칭하지 마십시오. 그런데 레스트왈이 당신에게 왜 신경을 씁니까? 원한이 그토록 깊습니까?"

"그것도 있지만 레스트왈 같은 경우엔 지 아비와 똑 닮았거든."

걸음이 우뚝 멈췄다.

"예?"

"신경 쓰지 마. 딱 한 번이었어. 저번에 뤼페닝이 그러길 제 형제가 별 헛소리를 더 했다던데, 안 믿어."

"외르타."

그는 말을 고르는 것처럼 보였다. 그의 질문이 설마 자신이 상상하는 그것이라면, 아니, 그럴 리가 없었다. 발렌시아는 그런 저급한 것을 입에 담을 사람이 아니기 때문이다.

"레스트왈이 당신을 욕심냈습니까?"

"……어? 아, 음, 으응……. 딱 한 번이었어. 신경 쓰지 말렴."

"죄송합니다."

"뭐가?"

"그가 제 아비처럼 행동했습니까?"

그녀는 발렌시아가 무엇에 죄송하다고 말했는지 알게 되었다. 외르타는 몹쓸 주제를 묻어 버리기 위해서라도 빨리 대답을 해야 했다. 말 실수 하나에 너무 긴 고통이 아닌가.

"아니. 그냥 말뿐이었단다. 남편이—."

"로크뢰."

"로크뢰가 포티미외에 나가서 천방지축으로 굴었을 뿐이야. 진짜 별것 아니다. 얘기하고 싶지 않아."

외르타는 자기 말에 모순이 있다는 사실을 누구보다 민감하게 알아차렸다. 별것 아닌데 이야기하고 싶지 않다니? 자신이 알아차렸다면 필시 발렌시아 또한 들여다보고 있을 것이다. 그러나 그는 더 이상 캐묻지 않았다. 예의를 넘어선 것이다. 외르타는 그가 양심적이고 똑바른 사람이라는 사실에 다시 한번 안심했다.

그는 계단 끝에 다다라 그녀를 내려 주었다. 외르타는 애써 난간에 기대어 보았지만, 여전히 맥없이 쓰러졌다. 발렌시아는 다소 급하게 문으로 다가갔다. 오른손이 올라갔다. 그는 딱 제 눈높이와 맞는 곳에 무언가를 그렸다. 혹은 썼다. 글자? 문양? 그녀는 딤니팔의 사소한 마법을 떠올리며, 이번에도 빛이 따라올 줄 알았다. 그러나 손끝에서 나오는 마법은 열쇠에 지나지 않았다.

돌문은 소리도 없이 열렸다.

발렌시아는 문을 연 뒤, 옆을 지키고 서 있는 누프리에게 넘겼다. 솔정은 돌덩이를 몸으로 지탱하고 섰다. 발렌시아는 몇 걸음 돌아와선, 웅크려 앉아 있는 외르타를 안아 들었다. 그녀는 작은 한숨을 쉬며 중얼거렸다.

"빨리 걸을게."

외르타는 누프리를 향해 눈짓으로 인사했다. 그는 웬 돌을 깨문 듯 어금니가 아픈 표정이었다. 그녀는 검지로 발렌시아의 어깨를 가리켰다. '경 때문에?' 그가 마치 거미줄에 걸린 듯 끄덕였다. '못 건잖아.'

"압니……."

발렌시아는 반쯤 뒤를 돌아보았다. 누프리가 죄송하다며 고두했다. 외르타는 픽 웃었다. 그에게 말을 건네고 싶었지만 어느새 계단 위로 올라서서 불가능했다. 누프리는 뒤돌아 복도로 사라졌다. 인사도 없네.

그녀는 입맛을 다시며 화제를 돌렸다.

"경, 아델은…… 내가 뭘 받든 당장 데려가마. 남쪽은 아니었으면 좋겠지만……."

"차라리 북방이 되도록 제가 노력하겠습니다. 딤니팔의 북영지는 게외보르트보다 따듯합니다."

"추운 것도 나쁘진 않아. 남쪽보단 낫겠지."

"다만 땅을 적게 얻으셔야 합니다. 이번 전쟁으로 남쪽에는 주인 없는 지대가 많이 생겼습니다. 따라서 그곳에서 영지를 얻는 일은 크게 어렵지 않습니다. 그러나 북영지는 전통적으로 루틸로 후의 땅입니다. 중간중간 섞인 중소 귀족의 분가를 앗아 오는 수밖에 없습니다."

"먹고살 땅 한 쪽만 있으면 된단다. 성 하나만 있으면 돼."

"혹 제가 힘을 쓰지 못할 경우, 미라이예 영지에 머물 생각이 있으십니까? 영지는 남쪽에 둔 채 몸만 오십시오."

"아델은?"

"걱정되시면 제가 맡겠습니다."

"그러면 하사받은 땅이 무슨 의미가 있겠어?"

"쓸모없는 땅은 안 받느니만 못합니다, 외르타. 만일 제가 힘을 보태야 할 사람이 당신이 아니라 다른 국내 귀족이었다면, 전 충분히 다른 땅을 분배해 드릴 수 있습니다. 하지만 당신에 한해서 폐하와 십이공회의 압박이 만만치 않습니다. 가장 무용한 땅을 받게 되실 것입니다."

"경, 침착해. 그 정도까진 아니야. 게다가 내게 쓸모 있는 성을 하나 주는 데 그리 인색하다면 당신에게도 그리 부드럽게 굴 것 같지 않다. 나를 미라이예 영지로 보내? 오히려 거기에 더 치를 떨걸. 내가 미라이예의 힘을 업고 세력 확장을 꾀한다며 시끌벅적할 거야.

그러니 그렇게 불안해하지는 말렴. 나를 오도 가도 못하게 만들긴 할 테지. 너무 가까운 곳에서 감시하면 중앙 권력에 끼어들까 겁이 날 거다. 하지만 그렇다고 자구책마저 주지 않을 사람들은 아니야. 나도 그 사람들을 후히 평가하지는 않는다. 다만 날 너무 외진 곳에 불편히 두면 어수대와 접선할까 가장 두려울 치들이 바로 그들이거든."

"접선하실 겁니까?"

"여기도 겁쟁이 하나 있네."

"대답하십시오."

"때려 주고 싶다."

그는 어느새 방문을 열고 있었다. 외르타는 가장 빨리 침대 속에 웅크리고 싶은 사람이 되어 떨어질 준비를 했다. 그러나 발렌시아는 침대 앞까지 걸어간 뒤에도 외르타를 내려 주지 않았다. 그녀는 의아한 눈으로 그의 품에서 몸을 뗐다. 눈을 마주한다.

"뭐?"

"어수대와 접선하실 겁니까?"

"안 해."

"하실 수는 있습니까?"

"설혹 있다고 해도 내가 당신에게 말하겠니? 아무튼, 아니."

"있습니까?"

"말을 잘못했구나. 아니!"

발렌시아는 그녀를 조심스레 내려 주었다. 외르타는 가까스로 이불 속까지 굴러 들어갔다. 그는 그녀가 베개를 툭툭 쳤을 때야 제대로 상대를 바라볼 수 있었다.

"외르타."

"응."

"저는 따님의 일에 대해 한마디도 붙이기 어려운 이방인입니다. 당신이 그녀를 애도하길 바라신다면 반드시 그리하겠습니다. 다만, 분명 바라지 않으실 듯하여 말씀드립니다."

"바라지 않아."

"저는 당신에게 사과드리고 싶습니다. 그간 당신의 고통을 충분히 헤아리지 못해 죄송합니다. 제 능력을 과시하기 위해 당신의 의견을 묵살한 것에, 그것이 전부 당신을 위한 일이라 주장했던 오만에 사죄드립니다. 미라이예는 당신이 원할 때까지 따님의 주검을 지하에 두겠습니다. 그것으로 당신의 이해를 구할 수 있다면 오래도록 감사할 것입니다."

"당신을 사랑할 수도 있을 것 같아. 고마워."

"감사합니다. 주무십시오."

그들은 행복한 연인처럼 만족스럽게 헤어졌다.

편지를 접는 외르타의 입가에 미소가 서려 있었다. 앙히에는 손을 뻗었다.

"무슨 짓이야?"

"편지 보려고."

"당당하기도 하구나. 손 놔."

"어차피 레아 편지잖아."

"수신인은 나다."

"별 얘기 없는 것 같던데."

"그러니 더더욱 보면 안 되지."

"다 보인다. '아직 제대로 몸을 거동키 힘들다고 들었어. 한번 볼 수 있으면 좋을 텐데 여러 사정 때문에 지금은 나갈 수 없네.'"

그녀는 뚱하니 듣다, 결국 그의 얼굴에 종이를 던지고 말았다. 앙히에는 곧장 편지를 펼쳤다. 마치 제 것인 듯 당당한 모양에 기가 막혔다. 편지에는 별 내용이 없었지만, 왕비를 우스이 여기기가 겁이 날 정도였다. 소꿉친구라도 지켜야 할 선은 있는 법이다.

약간의 시간이 흘렀다. 외르타는 침대에 기대어 앉아, 따뜻한 햇볕 향이 나는 이불을 만지작거렸다. 방금 전 하녀들이 갈아 주었다. 막 말린 이불이겠지. 그녀는 하릴없이 이불을 꾹꾹 누르다 제 몸까지 함께 짓눌렀다. 다리를 눌러 보았다. 감각은 선명했다. 이제 기어갈 수도 있는데 당연히 선명해야 할 것이다. 정말 다행이지 않나.

드디어 그 긴 편지를 다 읽은 듯한 앙히에가 한숨을 쉬었다.

"정말 쓸데없는 안부 인사다……."

"레아에겐 중요했을 거란다. 잉그레에, 잉! 어? 나! '잉그레'!"

"……뭐 잘못 먹었어?"

"아니, 발음이 되잖아. '잉그레'라고 했어."

"나는 태어났을 때부터 됐는데."

외르타는 그의 무덤덤한 반응에도 성실하게 기뻐했다. 온 지 한 해가 가깝도록 왕궁 명칭 하나 발음하지 못하는 것은 꽤 민망한 일이었기 때문이다. 앙히에는 그녀를 희한한 돌덩이 보듯 흘겨보았다. 가져갔던 때만큼 성의 없는 태도로 편지지를 던졌다. 조심성 없는 녀석.

"참, 그거 받았냐? 아까 아래층에서 나르는 것 같던데."

"설명하렴."

"못 받았군."

"뭘 말하는 거니? 이렇게 온종일 앉아만 있으면 아래서 무슨 일이 일어나는지 내가 어떻게 알겠어?"

"무슨 향로 같은 거랑, 포푸리가 바리바리 왔더라고. 용도가 뭐냐 물으니 뭉친 근육을 풀어 준다나."

"……."

"그런 건 나한테나 하나 주지. 요새 몸이 결리더라."

외르타는 잘 걷지도 못하는 친구 앞에서 주절주절 헛소리를 지껄이는 화상을 탓하지 않았다. 어차피 그가 자신에게 해 주는 말 중 팔 할은 헛소리니까. 특별할 것 없이 고마웠다. 제 옆에 항상 붙어 있기에 발렌시아는 너무 바빴다. 모리는 요사이 잠 한숨 못 붙이는 통에 함부로 말을 시킬 수 없었다. 결국 앙히에만 제 옆에 남아 시끄러운 참새처럼 짹짹 노래 부르는 것이다. 이 소란에 오히려 감사했다.

"형님도 참 지극정성이셔. 본인은 이렇게 하나도 노력 안 하는데."

"노력하잖니."

"그럼 지금도 일어서서 걸으려 해야지. 의지를 가진 만큼 회복 속도도 빨라진다는데."

"낮에 했어."

"일어나 봐."

그녀는 그에게 자신의 말이 들리지 않는지 고민했다. 몹쓸 놈. 앙히에는 그녀의 못마땅한 시선을 무시한 채, 본인부터 주섬주섬 자리를 털고 일어났다. 제 딴에는 이것이 노력이라고 생각하나 보다.

"일어나 봐."

"앙히에, 나 힘들다."

"일어나, 좀. 어서 걷자. 응?"

"……."

"형님은 너 쓰러졌을 때도 지극정성, 지금도 지극정성. 너는 느으긋해서는 너무한 거 아니냐."

그녀는 지극정성이었으면 또 얼마나 지극정성이었겠냐며 입 속으로 중얼거렸다. 그 말을 들은 듯한 앙히에의 눈이 가늘어졌다. 요새 왜 저리 제 형의 호위병 노릇을 자처하는지 모르겠다. 집에 받아 주었다고 감읍한 건가.

외르타는 포기했다. 말이 옳은 곳도 있으니 차라리 몇 번 타박상을 입고 끝나는 편이 낫겠다. 그녀는 앙히에가 손을 내미는 쪽으로 기어갔다. 이불 안에서 파도가 치듯 꿈틀댔다.

그는 외르타의 다리를 부드럽게 끌어내렸다.

"목표, 혼자서 세 발자국."

"무리인 건 알지?"

"왜? 어제 한두 발자국은 가뿐히 걷더만."

"내겐 천양지차야."

앙히에는 들은 체도 안 했다. 단지 인상을 찌푸린 채 날아오른 그녀의 손을 받아 주었다. 그 매끈한 손을 내려다보는데, 손톱만 유독 흉했다. 왠지 그 손등에 외르타의 노려보는 눈이 새겨져 있는 듯해 놀랐다. 고개를 들었더니 똑같은 눈이 있었다. 그는 그녀의 손을 움켜쥐었다. 꽉 내리누르는 힘이 이어지곤, 그녀의 발이 딱 한 걸음 나왔다.

"다리 저려."

"더 걸어 봐. 의자까지만."

그녀는 고개를 푹 숙였다. 다리에 힘이 들어가지 않아 팔로 온몸을 지탱하고 있었다. 앙히에는 그녀의 손을 놓은 뒤, 더 편하게 연습할 수 있도록 팔뚝을 내밀었다. 외르타는 내리누르는 자세로 그의 팔뚝을 잡았다. 한 발자국, 두 발자국, 셋, 넷. 앙히에는 자신이 방금 전까지 앉아 있던 의자에 그녀의 손을 내려 주었다.

얼떨결에 방 한가운데 갇히게 된 외르타가 눈썹을 추켜올렸다.

"기다려."

그는 벽에 밀어 두었던 두 개의 목발을 가져왔다. 그녀는 안락의자만 부서져라 쥐었다. '못해.' 앙히에는 그녀의 양손에 목발을 쥐여 주곤 뒤로 물러났다. 외르타는 아래를 짓밟듯 내려다보았다. 눈이 가늘어졌다.

"걸으라고?"

"그래."

"그래 봤자 팔 힘 기르는 것밖에 더 되니?"

그는 혹시 모를 불상사를 대비해 그녀의 옆에 섰다.

"팔 힘이 나아지면 다리 힘도 기를 수 있겠지. 지금 이만큼 서는 것도 어디야? 걷고 싶으면 빨리해."

외르타는 인상을 찌푸리며 더듬더듬 발을 느꼈다. 발을 찾는 것마저 힘겨웠다. 한 걸음을 내딛으려는데, 누군가 방문을 두드렸다. 그녀는 안도했다. 무슨 일이지?

"들어와."

문이 살짝 열리며, 하녀가 무슨 둥그런 도자기를 품에 안고 들어왔다. 그녀는 조심스레 침대 옆 탁자에 도자기를 고정한 다음, 방향이 모호한 인사를 한 뒤 물러났다.

문이 닫히자마자 대뜸 앙히에가 입을 열었다.

"저게 뭐게?"

"……."

"불씨 보여? 도자기 안쪽에. 아까 말했던 그 향."

"……."

"참 지극정성이시지. 그러니까 걸어."

"……."

외르타는 가까스로 작은 도자기 안에서 꿈틀대는 불빛을 발견했다. 그녀는 무슨 말을 하려다가, 앙히에의 손에 밀려서는 앞으로 걸어갔다. '흐억' 하고 품위 없는 신음 소리가 났다.

"걸어, 걸어."

"무, 슨 시장통도 아니고! 잠, 깐! 잠깐!"

그녀는 고꾸라졌다. 물론 사태를 예감한 앙히에의 잽싼 손놀림 덕에 넘어지지는 않았다. 외르타는 제대로 정신을 차릴 사이도 없이 다시 목발에 고정당했다. 그녀는 제 손과 지지대를 함께 쥔 그를 노려보았다.

"밀지 마. 알아서 걸을 거야. 그리고 나 수틀리면 안 할 거니까 자꾸—."

"열심히 하라고! 아까 모리도 이 정도 운동량으로 완쾌되려면 넉 달은 걸리겠다더라. 이 주 안에 끝내. 넉 달이 뭐야, 넉 달이. 갓 태어난 애도 걸을 시간이다."

"진짜 저게……."

"좀 봐라."

외르타는 그가 손짓하는 쪽을 바라보았다. 동그마니 웅크린 회색 도자기. 틈 너머로 탁한 재가 보였다. 앙히에의 짜증스러운 목소리가 방향을 잡아 주었다.

"날 형님 대신이라고 생각해. 얼마나 노력하는데."
"경에게는 항상 고마워하고 있어. 네가 상기시켜 줄 필요는 없다."
"그러니까, 그렇게 뚝뚝 잘라 얘기할 만큼 그 무게가 가볍지 않다니까?"
"무슨 뜻이니?"
"너 누워 있을 때, 형님이 어땠는 줄 알아?"
그녀는 고개를 들어 천장을 보았다.
"안 듣고 싶지? 불편하니까."
"안 불편해."
"그 바쁜 와중에도 하루 두 시간은 이 침대에 붙어 있었다. 뤼페닝이 너를 독살하려 하고, 라르디슈의 이름으로 공식 발표를 하고, 폐하께서 노발대발하시고, 게외보르트는 즉각 딤니팔의 미흡한 보호와 라르디슈의 패악을 탓하는 공문을 냈지. 아 참, 그리고 레아도 임신했고. 시스네로에서는 약간의 민란이 일어났고. 이곽 안 살인에다가, 또 뭐가 있었는지 기억도 안 나네. 폐하께서는 하루 열 시간씩 형님을 붙들고 계셨어. 형님이 사흘 이상 연무장에 나가지 않는 꼴은 이번에 처음 봤다. 사흘이 뭐야, 일 터진 다음엔 거의 한 달가량 못 나갔을걸."
"경이 내 침대에 붙어 있던 게 내 탓은 아니잖아."
앙히에는 기가 막힌 듯 그녀를 바라보았다. 외르타는 딴청을 피웠다. 말을 되돌리기엔 자존심이 허락하지 않았다. 그 틈을 그가 치받았다.
"누가 네 탓이래?"
"아니, 그러니까…… 내가 어떻게 해야 하는지 말이라도 해 보렴."
"계속 말하잖아. 걸으라고."
"……."
"빨리 걸어서 꼭대기 층으로 올라가라고. 너 혼자."
"아직 이 주밖에 안 됐어."
"그러니까 아직 힘이 안 닳았을 거 아니야. 지금부터 죽는 소리 내지 마."

"부러졌던 다린데."

"뭐……?"

"농담이야."

"너 진짜!"

그의 어깨가 크게 들렸다. 물론 그녀에게도 각오는 있었다. 외르타는 목발을 꽉 쥐었다. 양손으로 잡지 않으면 서 있는 것조차 힘들었다. 짜증스럽게도, 힘을 내야 했다. 태어나서 고생한 일이 많다면 많고 적다면 적을 것인데, 어쨌든 충분하지 않았던 것이다. 그녀는 또 오늘 밤 오는 듯 마는 듯 얼굴을 비칠 발렌시아를 생각해서라도 혼자 세 발자국은 걸어야겠다고 생각했다. 그래야 면목이 선다.

세 시간 뒤, 그녀는 세 발자국을 걸었다.

앙히에는 그녀를 안아 들어 안락의자에 앉혀 주었다. 침대가 아닌 곳에 앉는 것마저 기뻐해야 할 지경이었다.

외르타는 땀을 흘리며 의자에 파묻혔다. 정말 세 발자국 걷기가, 이토록 힘들다. 무엇 하나에 감사하지 못할 인생이었는데 모든 것을 겪고 나니 걸음마저 고마웠다.

그녀는 고개를 젖혀 천장을 바라보았다. 가쁜 숨이 터져 나왔다. 가슴이 크게 올라갔다가 내려가기를 반복했다. 앙히에는 그녀의 옆 바닥에 주저앉았다. 팔걸이 너머로 외르타의 여윈 팔이 보였다. 툭 떨어진 손. 그는 한숨을 쉬며 그녀의 손을 잡아당겼다. 외르타 역시 별말 없이 손을 건넸다. 부끄럽거나 노엽거나 미안해하는 등의 격한 감정은 없었다. 그는 뭉툭한 손톱을 짚고 느릿느릿 쓰다듬었다. 살갗 위에 덮인 조개껍데기를 쓰다듬는 것 같았다.

외르타는 천천히 눈을 감았다.

"잘게."

외르타는 그가 아무 말도 하지 않을 줄 알고 있었다. 늦은 햇살 속에서 잠들었다.

앙히에는 의자에 기댔다. 외르타가 보았을 곳을 바라보며 그녀의 손을 만지작거렸다. 손톱부터 손마디, 손바닥, 손 볼. 장님처럼 꾹꾹 더듬었다. 몇 번 더 지분대다 결국 다섯 손가락을 만들어 팔걸이 위에 올려 주었다. 그 여윈 손을 제 손으로 덮었다. 자세가 불편했다. 자신의 양 팔뚝을 모두 팔걸이에 얹었다. 엎드려 그녀의 손을 감쌌다. 턱을 깍지에 얹고 외르타의 뺨을 올려다보았다.

에라, 그는 고개를 묻었다.

다시 세 시간 뒤, 누군가 문을 두드렸다. 아무도 듣지 못했다. 모리는 허락을 구하듯 뒤를 돌아보았다. 발렌시아는 계단 즈음 서 있었다. 침묵은 허락이다. 그녀는 피로에 찬 얼굴로 문을 열었다.

발렌시아는 외르타에게 얼굴을 묻고 있는 앙히에를 보고도 눈 하나 깜짝하지 않았다. 오히려 당황한 것은 모리였다. 그녀는 급하게 나서려다 주인의 눈치를 보았다. 그는 고개를 저었다.

"하지만 합하, 리베 발미레께서는 저 자리에 계시면 안 됩니다."

그 낮은 목소리에 앙히에가 깨어났다. 좋은 햇살에 누운 소처럼 눈을 끔벅거렸다. 발렌시아는 어차피 그리하려 했다는 듯 조용히 입을 열었다.

"앙히에, 외르타가 왜 그 자리에—."

"아……. 잠깐 걷는 연습 좀 했어……."

"공자님, 이건 도저히, 말도 안 됩니다. 왜 리베께 무리하도록 강요하셨어요?"

"이게 무리라니? 너희가 너무 온건하게 하는 건 아니고? 게외—."

"입 다물어."

앙히에는 형의 엄중한 경고가 있기 전부터 제 언사에 놀란 기미였다. 모리는 하수인 된 자의 도리로 완벽히 못 들은 체, 이해하지 못한 체했다. 그녀는 그들 간의 냉랭한 공기를 가로질러 재빨리 외르타에게 다가갔다. 그녀의 손을 짚는다. 외르타가 푸드덕거리며 깨어났다.

"리베 발미레."

"어? 어? 어……."

"함부로 침대 밖에 나오시면 안 됩니다. 운동이라니요. 공자님 말씀은 듣지 마십시오. 리베께는 제가 적절한 일과를 드리지 않나요."

"어……?"

"올라가시죠."

외르타는 모리의 손을 꽉 부여잡았다. 그러나 아무리 모리라 해도 성인 여성을 가뿐히 안아 들 힘이 있는 것은 아니었다. 앙히에가 도우려 손을 뻗었으나, 성큼 다가온 그의 형님이 먼저였다. 앙히에는 뺨을 얻어맞은 표정으로 물러났다.

모리의 떨떠름한 시선 속에, 그녀는 발렌시아에게 안겨 세 발자국 떨어진 침대에 들었다. 그는 이불을 들치어 그녀에게 덮어 주었다. 외르타는 고맙다느니 내일 보자느니 하는 엉성한 언어로 그를 치하한 뒤 뒤돌아 다시 자기 시작했다. 이 상황이 조금도 이상하지 않은 모양이었다. 모리는 장님과 농아가 되었고, 앙히에는 보다 좋은 눈과 적극적인 입을 가지게 되었다.

"더 신경 쓸 일이 있나?"

"아, 합하, 저는 리베 발미레의 다리를 진단해야 할 것 같습니다. 죄송하지만, 잠시만 뒤로—."

"알겠다."

그는 뒤로 성큼 물러났다. 앙히에 역시 눈치채지 못한 어느 순간에 뒷덜미를 들려 끌려갔다. 그는 짜증을 부리며 형의 손을 털어 냈다. —"안 봐, 안 봐!"— 앙히에는 자포자기한 뒤 태엽인형처럼 뒤돌았다. 웅크려 앉았다.

발렌시아는 이제 한참 아래에 떨어져 있는 아우의 가마를 바라보았다. 덩치 큰 남자 둘이 옹기종기 뒤돌아보고 있는 모양은 어쩐지 궁상맞은 데가 있었다.

뒤에서 이불이 들리는 소리, 외르타가 짜증 내는 소리, 모리의 달래는 소리, 옷자락이 슥슥 스치는 소리가 들렸다. 그것은 마치 어두운 밤의 화음처럼 느껴졌다.

"형님, 나 그냥 나가면 안 돼?"

앙히에는 퉁명스러웠다. 저놈의 다리, 어렸을 때 많이 봤구만.

"안 된다."

"아, 진짜…… 짜증……. 알겠어. 모리 끝나고 나갈게."

"아니."

"뭐?"

"넌 나랑 할 말이 더 있다."

"뭐?"

"……난 오늘 여기에 외르타를 문안하기 위해 온 것이 아니다. 너를 찾으러 왔다."

"뭐?"

발렌시아는 더 말할 가치를 못 느끼는 것 같았다. 앙히에는 벌떡 일어서서 그를 바라보았다. 그의 형님은 상대와 가까이 서고도 스치지 않았다. 다른 사람과 부딪치는 것을 끔찍이도 싫어하는 모양이었다. 앙히에는 문득 그 이유를 생각해 보았다.

생각이 덜컥 납 조각을 뱉어 냈다. 전쟁.

하긴 별게 있을까. 전쟁. 전쟁에서 제 팔을 쥐는 것이 천국의 나팔일 리 없다. 자신도 리볼텔라와 진창을 치를 적에는 누군가 자신을 잡는 것을 무진장 싫어했다. 특히나 남자가. 아, 얼마나 무의미하고 소름 돋는 일인지. 누가 날 잡는데 죽고 싶어서 가만히 있어?

앙히에는 그때 처음으로 왜 여자에게 위안을 얻노라 말하는지 뼛속까지 이해했다. 심지어 굳은살이 박인 리볼텔라의 손조차도 남자와는 모양 자체가 달랐다. 근본부터 다른 새순이었다. 벅벅 벗겨진 나무껍질은 새순이 너무 감사했다. 간사하긴. 앙히에는 실없이 웃었다.

"끝났습니다."

그는 웃는 모습 그대로 휙 뒤돌아보았다. 모리가 이불을 내리고 있었다. 발렌시아 역시 천천히 뒤를 돌아보았다. 그녀는 두 형제에게 깊게 인사한 뒤, 저는 이만 물러가겠노라 공손히 말했다. 발렌시아는 모리에게 감사를 표한 다음에야 그녀가 물러나는 것을 허락했다. 바지에 가까운 치맛자락이 펄럭였다. 문이 살짝 열렸다가, 닫혔다.

앙히에는 숨통이 트인 얼굴로 다시 의자에 다가갔다. 철퍼덕 앉았다. 발렌시아는 반사적으로 떠나려다가, 문득 지금 자신에게 용건이 있다는 사실을 깨달았다.

그는 한숨을 쉬며 창가로 다가갔다. 앙히에는 그 빡빡한 형님이 창가에 기대앉는 것을 보고는 눈썹을 추켜올렸다. 무슨 일이야?

"올라가서 말할 거 아니야?"

"여기도 상관없다."

"외르타가 들어도 돼?"

"어차피 못 들으실 거다."

"……."

"앙히에, 행실을 조심해야 한다."

앙히에는 뜬금없는 품행 단속에 의아해했다. 그는 어라 농담인가 싶어 웃었다가, 상대의 무표정에 슬금슬금 웃음을 잡아넣었다. 제기랄. 또 무슨 일인데 그래.

"오늘 십이공회에 다녀왔다."

"나한테 뭐래?"

"끝까지 들어."

"……."

"특기할 것 없는 회의였다. 국경의 추이, 요를림 뒤처리, 동부 편제 변경안 검토. 그런데 끝나고 모두가 신산한 와중, 내게 자멘테 후가 묻더군. 아우를 공작가에 완전히 받아들이신 거냐고. 나는 부정했다."

"냉정하긴."

"그녀는 어서 아우를 받아들이는 것만이 대공작의 유지를 받드는 일이라 언급했다. 이야기를 들은 상당수의 십이공회원—루틸로, 사투르니나, 데군다, 브레타냐, 본잘, 페자로, 체세나—이 동의의 말을 건넸다."

순간적으로 소름이 끼쳤다. 발렌시아가 방금 언급한 이름들. 십이공회의 열두 명 중 과반이 넘는 여덟이었다. 안니발레와 톨레도, 부재한 그나시오, 본인 미라이예를 제한 전부였던 것이다.

"인사치레처럼 들렸지만, 나는 그녀가 아무 이유 없이 너를 거론했으리란 생각을 하지 않는다. 특히 네가 솔 미라이예에 들어온 지 벌써 반년이 가까워진 시점에, 뜬금없이 아버지의 유지를 들먹이며 나를 종용하는 행위는 심히 의심스러워 보인다."

그는 형에게 세상 참 불편하게 산다고 말하지 않았다. 지금 이 시점에서 그따위 말을 하는 것은 어리석어 보일뿐더러 형에 대한 배려도 아니었다. 앙히에는 갑자기 신경이 곤두서는 것을 느꼈다.

내 얘기가 왜 나온 거지?

그는 집안에서 공식적으로 버림받은 탕아였다. 솔 미라이예 출입이 허가되었다고는 해도 그 '진짜'는 바뀔 수가 없지 않나. 그는 숨을 엇박자로 들이쉬었다가, 약간 급하게 말했다.

"내가 집을 나갈게."

"그렇게 마음에 걸리는 것이 많나."

"아니. 난 미라이예에 걸릴 만한 짓은 하나도 안 했어. 적어도 최근에는. 이 최근은, 당연히 게외보르트에서 나온 뒤의 그 최근이야. 정말 하나도 안 했어. 놀금은 미약 장사도 접은 지 오래다. 지금 다루는 거라곤 암묵적인 장물, 고가품 거래밖에 없다고. 아니, 근데 이거 걔들 다 아는 거잖아? 어쩌려고? 탕아가 장사 좀 한다고 미라이예를 물어뜯게? 아니, 심지어 폐하도 나랑 거래하는데? 뭐 어쩌라는 거야?"

앙히에는 말하면서 점점 흥분했다.

"아니……. 나도 그 부분이라고는 생각 안 한다."

"확신해?"

"놀금은 아닐 거다. 그것으로 너를 공격한다면 곧 자멸일 테니."

"그럼?"

"나는 네 과거가 책잡히지 않을까 의심한다."

그는 떨리는 어깨를 숨기지 못했다. 발렌시아는 못 본 척도, 본 척도 하지 않았다.

"너는 회군 당시 외르타와 해후했다. '해후'. 그 광경이 얼마나 괴이쩍게 보였을진 너도 잘 알고 있을 거다. 당시 자리에 있던 이가 사령부 중간 하사관 몇 명뿐이라는 점이 천만다행이지."

"……."

"그런데 나중에 생각해 보니 그중 사투르니나가 있었다. 내게 소란을 전달하러 온 부관이다. 그자는 최고사령부의 일원으로서 외르타의 정체를 안다. 머리가 있다면, 네가 외르타를 알아봤다는 사실에 의심을 품었을 거다. 나는 그날부터 그의 의심을 타개할 방법에 대해 고민했지만 마땅한 답을 내지 못했다. 물론 그 당시에는 여러 달이 지나고도 별일이 없었다. 덕분에 그가 너에게 큰 의혹을 품지 않았다고 짐작할 수 있었지."

"……."

발렌시아는 몸을 일으켰다. 앙히에는 주먹을 꽉 쥐었다. 그것은 마치 발렌시아의 행동이 앙히에에게 전이된 것처럼 보였다.

"그런데 왜 하필 지금인지 모르겠다."

앙히에는 그의 목소리가 생소했다. 그의 목소리에 실제로 감정이 담긴 것은, 아, 그리 오랜 옛날은 아니구나. 외르타가 쓰러졌을 때. 그랬지. 발렌시아는 무표정으로도 이를 악문 것 같은 인상을 주었다. 앙히에는 이것이 핏줄로 연결된 이해인지 의심했다.

그는 대뜸 내뱉었다.

"형님, 나 다시 나갈게."

"안 돼."

"다시 나간다니까. 이게 어떤 식으로 책잡힐지는 몰라도…… 절대 사소한 일은 아닐 거야. 정말 아니다. 안 돼. 십이공회 여덟이 계획하는 거면 도저히 사소한 게 아니야, 형님."

"안 된다고 했다."

"아니, 무슨 고릿적 우애야? 형님, 그거 내가 때려치웠잖아. 내가 나갔잖아. 나 생각해 주지 않아도 돼. 난 솔직히 솔 미라이예에 들어오지 못한다고 딱히 좋을 것도 나쁠 것도 없어. 나 배려해 준답시고 그러면—."

"나는 널 배려한 적 없다."

창가를 꽉 쥐는 손이 보였다.

"무슨 소리야?"

"지금 이건 널 배려한다는 차원의 이야기가 아니다. 내 원칙을 지키는 것이다. 나는 너를 두 가지 방식으로 놓았다. 하나는 내 공감 장애를 극복하지 못했던 때의 방식이고, 하나는 가문과 법규를 배신한 너에 대한 방식이다. 첫 번째는 돌이켰다. 돌이켜서 너를 수락했다."

"……."

"두 번째는 아직 용서하지 않았지만 이는 가문과 딤니팔이 용서하지 못하는 것이지 나와는 관계가 없다. 때문에 십이공회가 그 이유로 너를 공격한다면, 너를 지키는 것은 가문이 아니라 나다."

"……."

"내가 가문을 생각하여 너를 배려한다고 생각지 마라. 나는 개인적인 앙금을 주워 담은 뒤에야 과거의 준칙을 지키려 한다. 이는 아버지와 어머니께서 부탁하셨던 바이기도 하고, 나로서도 지켜야 할 원칙을 의미한다."

그의 목소리에는 거의 날까지 서 있었다. 창문을 열었는데도 바람 소리 하나 들리지 않았다.

앙히에는 형제의 감정이 이렇게까지 직접적으로 와 닿는 경우에 익숙지 않았다. 단어가 너무 적나라한 나머지 그는 심지어 상대가 말하지 않은 것도 들을 수 있었다.

그가 말한 '원칙'에는 아마, 본인에게 공감 장애에 대한 쐐기를 박고, 그걸 극복하는 대부분의 과정을 지켜본 사람을 버릴 수 없다는 것도 포함되어 있을 것이다. 분명 화가 나고 증오스럽겠지만, 아무리 밉더라도 버리지 못하는 경우가 그 역보다 많았다. 자신 역시 항상 그런 것들과 함께 이불을 덮었다. 제기랄.

"……어쨌든 잠깐 물려. 나 때문에 미라이예가 공격받으면 얼마나 면구해?"

"이건 내 결정이라 말했다."

"형님."

"나는 가문보다 내 결정이 더 중요하다."

"뭐?"

"가문도 중하지만, 결국 나다. 나는 미라이예로서 결정을 내릴 뿐 아니라 나로서 결정을 내릴 권리도 있다. 그로 인해 입을 피해가 얼마나 되든 돌이키지 않겠다."

"아니, 내가 언제 나랑 다신 상종하지 말쟀어? 잠깐 싸돌아다니다 오겠다고."

"무의미한 이야기다. 첫째, 나는 내 결정을 돌이키지 않겠다. 이건 원칙의 문제다. 둘째, 지금 네가 물러난다 해도 공격의 시기가 잠깐 늦춰질 뿐이다. 언젠가 다시 돌아오게 되면 또 공격받을 거다. 지금 대응하느냐 나중에 대응하느냐의 차이밖에 없다. 나는 나중에 대처할 수 있는 일을 지금의 내가 대처할 수 없다고 생각지 않는다."

"생각해 봐. 지금 형님이 생각하는 게 전부 맞을 거란 보장 있어? 다른 무기가 있을 수도 있잖아. 사투르니나가 다가 아닐 수도 있어. 다른 패가 있을 수 있다고……. 짐작도 안 가는 이유로…… 아주 크게……. 아니, 아무튼 나한테 항상 다른 가능성을 생각하라던 사람이 왜 지금은 저거 하나라고 확신하는 거야? 좀 시간을 가지고 생각하면 더 근사하게 대처할 수 있다고."

"너는 네 게외보르트 내전 참전 경험보다 더 치명적인 무기가 있다고 생각하나? 그럴 리 없다. 그렇다면 그것으로 공격당하거나 공격당하지 않거나인데, 그래, 그들이 너를 공격하지 않을 수 있겠지. 내가 오해했을 확률도 있을 거다. 하지만 언제나 공격당한다고 생각했을 때 더 안전하게 계획을 세울 수 있다. 너도 모르진 않을 거다."

갑자기 답이 떠오르지 않았다. 기껏해야 '음, 그래?' 따위의 주둥아리가 뭉개진 말뿐이다. 앙히에는 바보처럼 보이기 싫었기에 입을 꾹 다물었다. 발렌시아는 경고를 마친 듯 창가에서 몸을 뗐다.

"이야기는 이 정도다. 너도 행실을 조심하길 바란다."

"……."

앙히에는 형의 시선이 비스듬히 돌아가는 것을 목격했다. 아니, 목격한 것이 아니라 몰래 훔쳐봤다.

발렌시아는 외르타를 바라보고 있었다. 앙히에는 그 뻔한 이야기를 왜 자신 앞에서조차 꾹 눌러 참는지 의아해졌다.

그는 다시 고개를 숙였다. 물은들 답이 나오지 않을 것이고, 애초에 그 질문에 무슨 의미가 있을지도 몰랐기 때문이다.

사실 급한 사람은 그보단 자신이었다. 이토록 한가로이 외르타의 방에 발도장을 찍을 처지가 아니었다. 앙히에는 초조해져선 왼 주먹을 꽉 쥐었다. 불안한 마음에 곧게 폈다가, 다시 쥐었다. 두 번째 주먹이 찾은 곳은 칼이었다.

자신은 이 저택 안에서 유일하게 장검이 허락된 두 사람 중 하나였다. 발렌시아는 앙히에를 허가한 뒤 마치 그의 검이 그와 한 몸인 양 행동했다. 즉, 공평하게 무시했다는 뜻이다. 발렌시아는 감사도 바라지 않았다. 앙히에는 그가 자신에게 칼을 허락해 주었다는 사실에 차라리 머리 숙여 빌 수 있길 바랐다. 무엇 때문에 나를 허용했는지, 그것이 이해심인지 무지의 소치인지 모르지만, 감사하는 마음만큼은 진심이었다.

제 허리에 있는 검은 리볼텔라의 검이었다. 물론 웬만큼 깊이 살펴보기 전까진 감별할 수 없는 칼이다. 게외보르트는 자신들의 상징인 흑룡조차 흔적으로 남기길 꺼려 했다. 어쩌면 자신들의 상징이기 때문에 함부로 흘리지 않는지도 모르겠다. 그의 검은 탁한 날에, 곧은 직선에, 칼 밑과 이어지는 단순한 칼자루, 칼자루에 얹힌 실용성 넘치는 마감밖에 가진 것이 없었다. 굉장히 가난한 검이었다. 주인도 없고, 품은 왕실마저 희미한.

앙히에는 돌연 칼을 뽑았다. 발렌시아는 그가 팔을 꿈틀거릴 때부터 그를 보고 있었다. 형제는 저지하지 않고 그저 빤히 지켜보기만 했다.

조용한 칼. 앙히에는 조심스레 칼 면에 뺨을 가져갔다. 칼 밑에 새겨진 리볼텔라의 이름과, 조금도 느껴지지 않는 쇳내. 세상 모든 칼과의 유의미한 차이는 이 둘뿐이다. 냄새가 없는 것. 마치 이 하찮은 검에 걸맞은 특징이라고 변辯하듯 아예 향 자체가 없었다. 자신의 칼에서 쇠 냄새가 날 때는 오로지 피를 묻히는 경우에 한했다.

"그 칼……."
"……."
"어디서 났나."
"뭘 알고 묻는 거야?"
"아니. 네 태도가 심상치 않기에 묻는다."
"게외보르트 왕실 검을 본 적 있어?"
"……."
발렌시아는 성큼 다가오더니 손을 뻗었다. 그러다가 그것이 도저히 예의에 맞지 않는 행동이라 생각했는지 스스로 놀라 회수했다. 앙히에는 괘종시계의 어긋난 추처럼 움직이는 형을 바라보았다. 그도 물러나지는 않았다. 자신의 의도가 이미 들켰으리라 생각한 것이다. 그는 낮게 물었다.
"보여 달라고?"
"내가 알아볼 수 있는지 확인하고 싶다."
"형님이 무슨 대장장이야?"
"칼을 보는 눈에 있어선."
"하긴 본인 칼도 내팽개치는 사람한테 남의 칼이 소중하면 얼마나 소중하겠어."
"그때는 특이 상황이었다."
"……외르타가 다칠 뻔했다고 말하면 안 되나. 특이 상황은 무슨……."
"보여 다오."
앙히에는 양손으로 칼끝과 칼자루를 받쳐 무릎 위에 얹었다. 달빛에 가려 단지 기다란 철 덩어리처럼 보였다. 그는 반들반들한 칼등을 스윽 쓴 뒤, 그 자세 그대로 일어섰다. 형제의 키는 비슷했다.
"자."
발렌시아는 거절하지 않고 칼을 받아 들었다. 시선에는 변화가 없었다. 동공이 느릿느릿 왼쪽으로 움직였다. 시작점은 칼끝, 마녀의 손톱 같은 칼끝에서 먼지를 닦는 시선으로 올라와 칼 밑에 멈췄다.

앙히에는 그의 진지한 시선에 만족했다. 그래. 저 정도 예의는 되어야 남의 칼을 받아 쥘 수 있겠지. 뭐, 본인 칼은 애정 때문에 던지고 난리도 아니지만 남의 것은 소중히 여기는군.

“냄새가 안 난다.”

“어.”

“숄렘-우펠인가.”

“그게—.”

“철이 아니라 제련 가능한 보석이다. 실제로 보는 것은 처음이다. 그 보석이 나는 곳은 오로지 한 곳이지.”

“숄렘-우펠.”

숄렘 노트란트의 등줄기를 이루는 산. 앙히에는 입에 딱 감기는 익숙한 이름을 몇 번이고 곱씹었다. 숄렘-우펠. 큰일이다. 오스페다보다 익숙할 뻔했다.

“이건 주인 이름인가.”

“…….”

“지클레 리비.”

형님의 입에서 나오는 ‘리비’. 앙히에는 중장갑으로 머리를 얻어맞은 것 같다고 생각했다. 발렌시아는 있는 그대로 읽은 것뿐이지만, 그래도 그 천진한 무례를 가벼이 넘길 수가 없었다. 앙히에는 순간적으로 울컥했다. 하지만 발렌시아의 공손한 자세를 보고도 부풀어 있기는 거의 불가능했다. 정말 우스울 정도로 곧장, 푸시식 가라앉았다.

지클레 리비. 리볼텔라는 자신의 이름을 약자로 새겨 두었다. 왜 그랬느냐 물으니 답이 가관이었다.

"새길 날의 폭이 부족했어."

"……지클레를 빼면 되잖아."

"그러면 애처럼 보이잖나."

"리비도 애 같아."

그는 얻어맞았다. 사실 눈치를 보건대 리볼텔라 본인도 살짝 후회하고 있는 기미였다. 한데 새로운 칼을 차일피일 미루다가 이미 손에 붙어 버려, 이러지도 저러지도 못한 채 열여섯 리비로 남은 것이다.

앙히에는 양 주먹으로 자신의 이마를 받쳤다. 열여섯 리비라도 보고 싶었다.

"이는 클라우지우스 겐센 '지클레 리볼텔라' 틸 게외보르트 트리첸바를 뜻하는 건가."

"질투 난다."

"무슨?"

"어떻게 그렇게 정확히 기억해?"

"……넌 네 이름은 기억하고 있나."

"외르타 이름은 뭐야? 게외보르트 식으로."

갑작스러운 침묵이 찾아왔다. 칼을 넘긴 상태에서 형님의 화를 돋우다니.

"비달……."

어?

"프리드리히 무지크……."

"그만, 그만, 그만, 그만, 그만, 그만, 그만."

앙히에는 본인이 몇 번이나 그만하라고 외쳤는지 기억하지 못했다. 도저히 낯 뜨거워 듣기가 힘들었다. 소름이 쭉 끼쳤다. 방금 전 십이공회를 경계하고 칼을 이야기하던 소리 낮은 남자는 온데간데없었다. 그는 과장 섞인 몸짓으로 부르르 떨었다. 똑같이 침착한 어조였지만…….

무언가를 더듬는 말투였다.

"그만, 그만, 그만."

"그만했다."

"카, 칼 얘기나 해 줘."

발렌시아는 그의 말실수를 묵살했다. 앙히에는 조금 늦게야 그 사실을 깨닫고는 얼굴을 붉혔다.

"칼!"

"그래."

"알아볼 수 있겠어?"

"알아볼 수 있다."

"아니 그러니까, 내가 칼을 꺼내지 않았을 때."

"네가 칼을 꺼내지 않았을 때를 상정하여 안심하지 마라. 그들은 단순히 네게 칼을 꺼내 보라고 말하면 된다. 너는 기사가 아니므로 칼을 내놓으라는 제안을 거절하지 못할 것이다. 더군다나 명령한 자는 십이공회의 일원, 발도拔刀하지 않을 도리가 없다."

"의심할 이유가 없잖아. 그냥 평범한 칼인데. 특별히 왜 꺼내라 하겠어?"

"그들은 네게 불충不忠죄를 물을 것이다. 너를 머리부터 발끝까지 감찰할 십이공회가 눈에 선하다."

앙히에는 멍하니 앉아 있느라 하마터면 발렌시아가 돌려주는 칼에 베일 뻔했다. 발렌시아는 눈살을 찌푸린 뒤 그의 검집에 검을 넣어 주었다. 다시 뒤로 물러선다.

"폐하께서 큰 역할을 맡으실 것이다."

"……."

"폐하께서 이 이야기를 귀담아 들으실 것인가, 아니면 애써 넘기실 것인가에 따라 내 대응 수위가 달라진다."

"난 폐하께 이미—."

"안다. 폐하께선 너에 대해 전부 알고 계신다. 하지만 저자들은 그 사실을 모른다. 그러니 당연히, 폐하께 가장 먼저, 가장 강력하게 너에 대한 치죄를 요구할 것이다. 때문에 나는 폐하와 먼저 상의해야 한다."

"요새 형님한테 호의적이지 않으시잖아."

"무슨 이유로 그리 판단하나?"

"외르타 때문에 싸운 거 아니야?"

발렌시아는 애들 싸움을 말하듯 천진난만하게 지껄이는 동생을 바라보았다.

"……외르타 일로 빚은 갈등은 사소할 뿐이다. 나는 여전히 폐하의 종복이다."

"그래서 대비를 안 하겠다고?"

"아니. 우선적으로 폐하의 의중을 알아야겠다는 뜻이다. 만일 미라이예의 손을 들어 주실 경우, 나는 침묵하면 된다. 최종 판결자인 폐하께서 네 결백을 증명하신다면 그것으로 끝이니까. 폐하께 먼저 고해하고 면죄부를 받는 것이 최우선이다. 그러나 만일 타 십이공회원의 손을 들어 주실 경우, 나는 첫째로 폐하를 협박해야 한다."

앙히에는 그의 입에서 '폐하'를 '협박'한다는 이야기가 나온 데 경악했다. 사실 충성스럽다고 보기엔 애매한 발렌시아였지만, 그래도 그에게는 의무가 있었다. 왕실에 대한 의무였다. 존경이라기보다는 당연한 위계질서에 대한 순응, 그런 안이한 사고방식. 협박은 위계질서를 벗어나는 언어다. 앙히에는 입 속에서 읊조렸다. 폐하를 협박하자. 재밌는 말이었다.

"자세한 내용은 여기서 말하기에는 너무 길뿐더러, 네가 이해하지도 못할 테니 그만두겠다. 협박이 실패할 경우 나는 남은 안니발레와 톨레도, 그나시오…… 그리고 자멘테를 포섭해야 한다."

“자멘테? 후작이 형님께 말했다면서. 가장 유력한 범인을 회유하겠다는 거야, 지금?”

“회유가 아니다. 협박이다.”

“우리 형님께선 아주 동네 무뢰배야. 협박할 거리도 많으시지.”

“북부 반란에서 한번 도왔건만, 이것은 도저히 용납할 수 없는 행위다. 그녀가 무슨 생각으로 미라이예를 배반했는지 더 따져 보아야 한다.”

“배반일까?”

“배반이다.”

“좋아. 그러면 톨레도는?”

“아메레오.”

“그래, 사치품이 없으면 길이 어떻게 살겠어. 그나시오?”

“그나시오 경과는 동부 원정 도중 일종의 불가침조약을 합의했다. 그나시오 경은 곧 왕도로 올라올 터, 동맹은 더욱 확고해질 것이다.”

“안니발레는?”

“안니발레는 보류 중이다. 시간이 필요하다.”

“내 생각엔 그가 조건으로 걸 내용이 딱 하나 있을 것 같은데 말이야…….”

“그만.”

앙히에는 이미 형님도 알고 있다는 사실에 놀라지 않았다. 그가 모른 체했다면 더 이상하게 보였을 것이다. 이런. 알고도 입 밖에 안 낸 건 애초에 논할 가치도 없다고 생각했기 때문인가.

“리베 안니발레.”

“그만하라고 했다.”

“전혀 생각 없는 거야?”

“나는 그녀와 결혼할 마음이 없다.”

“왜?”

“그녀는 내게 너무 어리다.”

"항상 그렇게 대답해? 상대의 기분을 안 상하게 하면서 거절하는 방법 중 최고군. 가문이 별로라고 할 수도 없고 얼굴이 못났다고 할 수도 없고 성격이 이상하다 할 수도 없으니 그냥 그렇게 퉁치나 봐……."

"아무튼 나는 생각이 없다."

앙히에는 '그러면 안니발레는 못 끌어들일걸' 운운하지 않았다. 어쨌든 이 사달은 자신의 부주의로 발생한 일이기에, 염치없이 상대의 약점을 찌르고 싶지 않았다. 그는 칼자루를 툭툭 때리며 소파에서 일어섰다.

"그냥 외르타 때문이라고 말하면 안 돼?"

발렌시아는 눈 한 번 깜빡이지 않았다.

"그런데 외르타 때문에 안 된다고 하는 거면…… 나는 통 논리를 모르겠다. 어떻게 되는 거야? 형님이 결혼 안 하면 희망이 있어? 확실히 아는 사람이 나뿐일 테니, 아니, 정확히는 이 정도로 얘기할 수 있는 사람이 나뿐일 테니 한번 물어볼게. 도대체 어떤 희망을 가지고 있는 거야?"

"나는 그녀와 이야기할 수 있으면 족하다."

"진심이야?"

"진심이다. 더 바라지도 않는다."

그러나 앙히에는 그 표정 아래에 갇힌 희미한 바람을 발견했다. 그것을 몰라볼 핏줄이 아니다.

"그러면 리베 안니발레랑 결혼하는 게 무슨 문제지? 그녀가 결혼한 뒤 외르타를 용납하지 못할 것 같아? 단지 정치적으로 중요한 인사가 솔 미라이예에 머문다는 차원에서 말이야. 나는 별로. 그렇게 순한 사람이면 맘 편히 형님을 따르고 말걸. 언제나 이야기는 할 수 있어."

"안다."

어쩌면 그 표정 아래에 갇혀 있는 것은 바람이 아니라 고통이었는지도 모르겠다. 본인도 무엇을 어떻게 해야 할지 모르나 보다. 앙히에는 그의 병이 가라앉기만을 기다리는 수밖에 도리가 없다고 생각했다. 너무 늦게 완쾌되지는 않길 바랐다.

물론 그는 아직도 외르타가 더 급했다.

"형님, 염치없는 아우처럼 들리겠지만 그래도 외르타에게 많은 걸 바라진 말자. 칠 년이었다."

"……."

"어떤 일이 벌어져도 형님은 믿을 만하다고, 바닥까지 함께 굴러 본 사람이라고 외르타가 굳건히 신뢰하는 걸 알고 있겠지. 형님이 고의로 신뢰를 쌓은 건 아닐 거야. 그냥 원칙대로 대하다 보니, 그리고 마음이 가다 보니 이를 어떡하나. 남이 아니게 되지. 그러나 상대도 그렇게 생각할 거라고 믿지 마. 내가 말하지 않아도 잘 알겠지만."

앙히에는 형님이 자신을 죽여도 이해할 수 있었다. 하지만 외르타가 저렇게 바보처럼 있다가 난데없이 칼을 맞는 상황보다는 자신이 죽는 게 두 뼘 정도 낫다고 생각했다. 그는 여기서 멈추지 않고 더 저열해지기로 했다.

"그리고 형님, 미라이예에는 후계자가 필요해."

"……."

"누구도 토를 못 달 만한 직계로. 형님, 나 그게 싫고 짜증 나서 나왔잖아. 내가 무슨 새끼 치는 돼지도 아니고. 그리고 난 이제 결혼을 해도 인정받기 힘들어졌어."

"……."

"첩이나 그림자에게서 낳은 자식도 안 돼. 절대 안 돼. 우습게 보일뿐더러, 미라이예의 좋은 평판에도 해가 될 거야. 형님은 미라이예가 아닌 본인을 위한 선택을 할 수 있다고, 형님이 곧 미라이예라고 했어. 하지만 나는 어떤 면에선 동의 안 한다. 미라이예를 위해선 형님이 물러서야 하는 부분도 분명히 있어."

그 화법의 특성상 이기심은 어쩔 수 없는 그의 형질처럼 보였다. 앙히에는 자신이 또 누구를 위한다면서 눈먼 칼을 휘두르고 있는 것은 아닌지 의심했다.

그러나…… 정말이지 외르타가 믿는다는 사람에게 뒤통수를 맞는 꼴은 도저히 볼 수가 없었다. 특히나 그것이 그녀의 가장 깊은 상흔을 건드린다면 두말할 나위가 없는 일이다. 단단한 제방을 세워 막아 두어야 했다.

"화내지 말아 줘, 형님. 나는 지금 내 입장에서 이야기하는 게 아니야. 솔직히 난 미라이에가 좀 기우뚱거리는 인간처럼 살아도 괜찮겠다고 보는 편이지. 지금 내가 얘기하는 건 내 입장에서가 아니라 열아홉 살의 형님 입장에서 말하는 거야. 형님은 자신이 바른 길을 가고 있다고 했어. 가문을 책임지는 아주 정석적인 길. 그 길로 나를 내쳤고, 나는 견딜 수가 없어서 나왔어. 형님, 나는 그 칼이 너무 무서워. 형님이 들었던 칼이 정말 무시무시하게 느껴졌다고. 단단히 뿌리박혀서, 형님 손에서 영영 떨어지지 않을 접붙이구나 봤단 말이지. 형님이 그랬단 사실을 잊지 마. 나는 그래서 도망친 거야."

"……."

"절대 그게 잘한 짓이라고 변명하려는 거 아니야. 그건 잘못했고, 나는 솔직히 영영 집에 못 돌아올 걸 각오했어. 형님과도 평생 말 한 번 못 붙일 것 같았고. 그냥 얘기하는 거다. 형님이 그랬다고. 예전 형님이라면 그랬을 거라고. 나는 너무 염치가 없어서 충고할 수도 없어. 지금은 내가 충고하는 게 아니라 옛날 형님이 충고하는 거라고 봐."

"너는?"

순간, 앙히에는 뒤로 한 걸음 물러났다. 갑자기 냉정이 돌아왔다.

내가 방금 무슨 말을 했지? 회유한답시고 무심코 내 마음속에 있는 말을 건넸나? 형님이 내게 강요했던 길을 되새기라고 했던가? 그렇게까지 나를 몰아세워 도망가게 했으면서 이제 와서 본인도 그걸 지키지 않겠다고? 형님이 공감할 수 있게 되어 감사하지만, 그러면 이미 십 년도 더 전에 공감받지 못해서 떠난 내 인생은 어떻게 되느냐고? 절대 후회하는 삶은 아니나, 나와 형님은? 그러면 우리 관계는 도대체 무엇 때문에 망가진 거냐고? 이유 없이 영원히 길이 갈라졌다면 아무래도 억울하지 않겠느냐고?

물론 앙히에는 자신이 저 말의 반도 이야기하지 않았음을 알았다. 그러나 상대는 이해했다. 상대의 짧은 질문이 자신을 내리치는 도끼처럼 느껴졌다. 그는 여기서까지 헛소리를 할 수도, 외르타를 위하는 척할 수도 없었다.

그래서 대답했다.

"나는 형님이 바뀐 것이 기쁘다."

모든 것을 내려놓고 사람 하나에 전부 건 자신이 애정에 대해 건설적인 충고를 할 수는 없는 일이다. 하지만 그런 자신조차도 동생으로서 형의 변화가 기쁘다는 말 정도는 할 수 있었다. 앙히에는 그렇게 말했다. 나와의 문제가 아니라, 형님 그 자체라면, 이 외에 어떤 말로 대답할 수 있을지 모르겠다.

갑작스레 피로와 수치심이 몰려왔다. 하지 않아도 될 말들을 너무 많이 쏟아 냈다. 내가 나설 자격이 없는 일이었나 보다. 남의 일에는 청산유수처럼 떠들다가, 제게 박힌 질문 하나에 곤두박질쳤다. 가라앉았다. 맥이 빠지며 열의가 사라졌다.

앙히에는 살짝 인사한 뒤 방을 나갔다.

연습이 도움이 되었다. 외르타는 앙히에와 연습한 지 사흘 만에 혼자서 걸음을 뗄 수 있었다. 그녀는 의기양양하게, 건강한 사람은 본디 타고난다며 자랑했다. 열 걸음을 걷자 모리까지 희희낙락했다. 전조가 좋다느니, 괄목할 만한 성적이라느니, 심지어는 그리 탓하던 앙히에를 칭찬할 지경이었다.

발렌시아는 그녀가 걷기 시작하자마자 앙히에에게 불려 왔다. 나가던 도중 겉옷도 제대로 못 입고 끌려온 모양이었다. 그는 어수선한 상황에도 불구하고 진심으로 축하해 주었다. 사실 그녀의 최대 기록인 다섯 걸음도 그때, 그에게 더 자랑하기 위해서 나온 노력이었다. 외르타는 주변의 손에 휩쓸려 주저앉고도 득의양양하게 이제 누굴 병자로 보냐며 큰소리였다. 부족해야만 감사할 수 있듯, 그녀 역시 고작해야 '발' 하나에 엄청난 기쁨을 느끼는 듯했다.

그는 그녀에게 얼마 머무르지도 못하고 곧장 올라갔다. 누프리가 급하게 다가와 겉옷을 치켜들었다. 꼭대기 층에 다다르기도 전이었다. 계단 위에서 차림하는 것은 별로 격식 있는 꼴이 아니지만, 누프리의 안색이 워낙 급해 보여 가타부타 묻지 않은 채 한쪽 팔을 들었다.

옷자락을 다듬은 뒤 두드러지게 숨은 칼자루를 짚어 보았다. 습관이었다. 짙은 청색의 망토를 둘렀다. 왼손을 내밀었다. 누프리는 손바닥 부근이 두터운 장갑을 건넸다.

"합하, 방금 심부름꾼이 왔습니다. 어서 나가셔야 합니다."

발렌시아는 몸을 돌려 계단을 내려가기 시작했다. 그와, 그가 꾹 쥔 승마 장갑은 대단히 기이한 조합으로 보였다. 귀족에겐 필요하지만 기사라면 쓰지 않는, 약간 얇고도 두꺼운 가죽 장갑. 그는 두 번째 층을 돌아 내려가며 한쪽 장갑을 꼈다. 검지와 엄지를 마주 문대는 사소한 행동에도 이질적인 느낌이 들었다.

"경?"

그는 활짝 열린 문을 통해 또 무언가를 짚고 선 외르타를 바라보았다. 그녀에게 살짝 고개를 숙인 뒤 다른 쪽 장갑도 꼈다. 외르타는 애써 앞으로 나오려 했지만 더 이상 지지대가 없어 불가능했다. 앙히에가 신경 쓰지 말라며 등으로 문을 밀어 닫았다.

발렌시아는 자신도 모르게 약간 느려졌던 걸음을 다시 재촉했다. 누프리는 양해를 구한 뒤 먼저 빠르게 달려 내려갔다.

자멘테를 만나는 일은 왜 항상 이토록 비밀스레 이뤄지는지. 십이공회원 중 담백한 이가 있다면 농담일 테지만, 그렇다고 모든 만남이 물밑에서 성사되는 것은 아니었다. 어차피 생태계를 공유하는 십이공회다. 굳이 그 속의 거미줄을 숨길 필요가 있을까.

한데 자멘테와는 요즘 들어 수 번 길을 꼬고 시간을 비틀고 위장까지 하며 조우하게 되는 것이다. 한숨이 났다. 이것이 긴 변명길의 초장이라는 생각에 더 지쳤다. 차라리 전장에 있는 편이 낫겠다.

그는 문득 전장을 벗어난 지 벌써 한 해가 가까워졌다는 사실을 깨달았다.

깨끗한 장갑에 감싸인 손을 바라보았다. 말고삐를 잡아챘으나 순간이었다. 발렌시아는 다시 서서히 고삐를 놓았다. 잠깐 장갑을 바라보다가, 가볍게 벗어 누프리에게 주었다. 누프리는 순간적으로 소리를 높였다.

"합하."

감히 입 밖에 낼 수는 없을 것이다. 그러나 그 뒤에 생략된 말은, '십이공회의 일원'을 만나는데 맨손으로 가시겠냐는 당혹이었다. 그는 고개도 끄덕이지 않고 말에 올랐다. 누프리는 어쩔 수 없이 장갑을 받았다. 장갑을 받으며 활을 건넸다. 거의 잊을 뻔했지만 어디까지나 핑계는 사냥이었다.

"언제 돌아오십니까?"

"식사는 거른다."

"예. 정오의 식사는 제하겠습니다."

"두 번."

"예……?"

발렌시아는 더 말을 잇지 않았다. 자멘테와의 만남은 그리 길어지지 않을 것이다. 다만…….

말이 투레질을 했다. 그는 말안장을 내려다보며 느릿느릿 고삐를 조였다. 갈색 말은 익숙한 그의 손길에 정연하게 걸음을 뗐다. 발렌시아는 몸의 중심을 약간 옮기는 것만으로 방향을 조정했다.

목적지는 시아두 길 끝의 검은 숲. 자멘테는 지금부터 두 시간 뒤 출발할 것이다. 그것도 마차로. 그는 시간을 매만질 준비를 하며 고삐를 잡아당겼다. 주인이 달리려는 줄 착각한 애마가 거칠게 투레질을 했다. 발렌시아는 말을 다독였다. 그는 달리기 위해 고삐를 잡은 것이 아니었다. 그저 오랜만에 잉그레에서 벗어난다는 사실이 생소했기 때문이다. 최근 석 달은 잉그레를 벗어난 적마저 없으니…….

그는 무언가 말실수를 했다고 생각했다. 오스페다가 아니라, 잉그레?

"또 왜?"

분수인 양 치미는 목소리가 있었다. 발렌시아는 인상을 찌푸렸다. 잉그레. 어리석게도 기억했구나. 이틀이나 전에 있던 일이 짓무른 풀처럼 배어 있었다. 머릿속에, 왕을 생각하는 어떤 부분에 분명히 남아 있는 것이다.

"제가 폐하의 귀한 시간에 방해가 되었다면 사죄드립니다."

"아니네."

"……."

"말해 보게."

"아닙니다. 제가 너무 급작스럽게 알현을 요청했습니다. 죄송합니다. 물러난 뒤 폐하께서 언질을 주시면 그때 다시 오겠습니다."

"말하라니까."

비슷한 발음이었지만 이번에는 분명 명령이었다. 발렌시아는 예의에 어긋나는 것을 알면서도 상대를 올려다보았다. 예전이라면 별 거리낌 없이 했을 행동도, 이제는 모두 살얼음판 위에 선 것 같았다. 그는 자신의 잘못을 알았다. 자카리가 자신을 탓하지 않는 것은 아마 그 또한 상대의 죄책감을 알기 때문이리라.

물론 그런 동정만으로 관계를 되돌리긴 어렵다. 결국 앙히에에게 거짓말을 한 셈이다. 자카리와 자신의 관계가 굳건하다?

"폐하께선 앙히에의 외도를 아십니다."

"무슨 당연한 말을……. 짐이 공에게 얘기해 준 거잖나."

"예."

"그래. 그놈 난장은 짐이 공보다 더 잘 안다."

"만일 십이공회가 제 아우에게 내통죄를 묻는다면 어찌 대처하실 예정입니까?"

자카리는 순간적으로 왕좌의 양 팔걸이를 꽉 쥐었다. 발렌시아는 그의 주먹을 바라보았다. 순간적으로 예전 새끼 집무실—이제는 버려진—의 광경이 떠올랐다. 그때의 일방적인 친근함이 얕게 배인 물처럼 드러났다. 그러나 그뿐.

"고발한다고 하나?"

"제 추측으로는 그렇습니다."

"어찌 알고?"

"어제 십이공회가 끝난 뒤 자멘테 후가 제게 앙히에를 가문으로 받아들이라 조언했습니다. 다른 십이공회원까지 동조했으니 이것은 결코 선의가 아닙니다."

"……상황은 그뿐인가? 참 팍팍하게 사는 녀석일세."

"폐하께서 보시기엔 부족할지도 모릅니다. 하지만 저는 당사자로서 경계할 수밖에 없습니다. 폐하께 답을 듣고 싶습니다. 만일 십이공회가 제 아우에게 내통죄를 묻는다면 어찌 대처하실 것입니까?"

"무시한다."

"사투르니나 경이 외르타와 제 아우의 해후를 목격했습니다."

"묵살된다."

"자멘테 후가 선봉입니다. 폐하께서는 후작에게 얻어 낼 것이 있으십니다."

"그러나 네가 받을 정치적 공세완 무관하지. 앙히에를 더 이상 추궁하지 않겠노라 결심한 지도 벌써 수 해다. 짐은 그에게 상당히 많은 정보를 들었다. 이건 그 대가라고 봐도 되겠지."

"충성에는 보답이 필요 없습니다. 제 아우나 저는 폐하께 대가를 바라고 이 왕실에 충성하는 것이 아닙니다."

"아, 짐이 실수했네. 이건 호일세."

발렌시아는 두 번 묻지 않았다. 그러나 자카리는 두 번 대답했다.

"짐은 결코 미라이예에 죄를 묻지 않네."

왕의 말은 제 턱 선을 타고 흐르는 핏방울 같았다. 머리가 싸해지는 감각이었다. 민감한 턱을 지나 그 첨단에서 뚜욱 하고 떨어지는 느낌.

물론 발렌시아는 그 말도, 자카리도 믿지 않는 사람이었다. 왕을 믿기에는 자신이 맡은 것이 너무 많았다. 다만 순간적인 그 감각, 그의 목소리가 귀를 치고 물줄기처럼 흐르는 그 순간에 잠깐 느꼈을 뿐이다. 짧은 반문이 뱃속에 머무르다 녹아내렸다.

"웃고 시작할까 했는데 그만두겠네. 너는 안 웃을 게 뻔하거든. 발렌시아, 짐은 널 버릴 생각이 없네. 얼마나 불안했기에 여기까지 뛰쳐 온 건지 짐작도 안 가는군. 넌 본인이 외르타를 생각하는 만큼 짐이 그녀를 생각하리라 믿고 있다. 하지만 짐에게 그녀는 아무것도 아니야. 문제가 된다면 네 천방지축이지. 짐은 네가 예측할 수 없는 방향으로 날뛰는 게 맘에 안 든다. 아니, 안 들었다. 네가 어디까지 나갈지 전혀 가늠이 안 가 미칠 뻔했지. 정치에 있어 가장 큰 공포는 불확실성일세. 너는 그렇게 행동했어."

발렌시아는 침묵했다.

"이놈이 다음에는 어디까지 튀어 나갈까. 도대체 어디까지 짐의 뒤통수를 두드려야 만족할까. 원래부터 이럴 가능성이 있던 놈 아닌가. 그렇다면 이 선을 넘어서까지 대들지는 않나. 그런데 아니더군. 너는 딱 발미레의 품 안에서만 빙글빙글 돌아다녔네. 고장 난 태엽인형 같더군. 이건, 불확실성의 소거지."
"폐하, 왕명에 불복한 죄가 큽니다. 용서하지 마십시오."

자카리는 한숨을 쉬었다.

"그리고 솔직히 이야기하자. 네가 여기 온 건 짐을 믿는 구석이 있어서 아니냐. 예전이라면 몰라, 이렇게 경계하면서도 벌벌 떨면서 와서 고하는군. 이 대화가 얼마나 정치적이지 않은진 너도 잘 알 걸세. 아니, 정치를 논할 단계가 아니라 이건 그냥 복종하는 거야. 짐에게 아직도 조언할 권리가 남아 있다면…… 네겐 가장 정치적이어야 할 때 가장 멍청해지는 경향이 있네. 너는 네 세 치 혀로 네 아우와 발미레를 지켜야 했다는 말일세. 이걸 왜 짐한테 바로 와서 고하는 거야?"

"……."

"젠장. 짐이 앙히에와 발미레에 쥐꼬리만큼도 관심이 없다면 어쩔 뻔했어?"

"……."

"그래. 네가 여기서 무슨 말을 하겠냐. 아니요, 폐하, 사실 저도 대안은 있었습니다? 아니, 아니야! 그게 아니지! 짐이 네 대안이 되었어야 하네!"

자카리는 팔걸이를 쾅 내리쳤다가 고통을 못 이기곤 신음을 흘렸다. 발렌시아는 얼굴 근육 하나 움찔하지 않았다. 그러니까 그다음 말을 할 때까지는.

"폐하."

완전히 죽어 있는 것에서 튀어나온 목소리 같았다. 자카리는 주먹을 문지르며 그를 바라보았다.

발렌시아는 자카리가 이런 반응을 보이리란 사실을 알고 있었다. 알고 있었다는 것이 너무 강한 단어라면, 적어도 그는 짐작하고 있었다. 아직 왕의 치세에 전쟁이 —근시일 내 일어날 가능성은 낮지만— 남은 시점이었다. 그런 상황에서 자신과 미라이예를 잉그레가 외면할 리 없었다. 너무도 자명한 이야기를 순진하다고 하면 드릴 말씀이 없다.

또한 자카리의 꾸중에도 분명한 대답이 준비되어 있었다. 자카리가 자신의 대안이 되지 않은 것은, 폐하께서 누군가의 대안이 되는 것을 끔찍이 싫어하시기 때문이다. 이 역시 너무도 당연하다……. 설사 이것이 대안이었더라도 폐하께선 그 사실을 모르셨을 것이다. 왜냐면 나는 언제나 당신의 충실한 종복이어야 하기 때문에, 당신이 바로 그 사실에 안심해야 하기 때문이다.

이처럼 너무도 당연한 이야기들이 명치 즈음에 머물렀다. 머무를 뿐, 전혀 나올 생각이 없었다.

"뭐?"

"……."

그는 입을 다물었다. 이것을 그의 정치라고 부를 수도 있을 것이다.

"할 말 없다면 됐네. 아무튼 이 정도까지 했는데 게외보르트가 어떻게든 빠져나가는 걸 보면 참 대단한 평화주의자 놈들이로군. 이젠 짐도 접었네. 짐의 치세에는 선공을 할 만한 운이 없나 보지. 라르디슈도 그렇고 게외보르트도 그렇고. 저 게외보르트가 시비를 걸지 않을 리 없으니, 오 년 뒤를 기대하세."

"같은 말씀을 거듭 드리는 것에 양해를 구합니다. 죄송합니다. 제가 기막힌 고집을 부렸습니다."

"그래서 지금 그 고집을 물리라면 물릴 건가?"

"……."

"책임지지 않을 사죄라면 하지 마."

"폐하, 저는 그때 이후 항상 폐하께 처벌을 바라옵고 있습니다. 다만 제 고집이었던 만큼, 외르타 발미레가 아닌 저를 치죄하시길 앙망합니다."

"시끄럽네. 그만 좀 해. 아무튼 짐에게도 기준이 있네. 앙히에 문제 말이야. 짐이 한번 결정 내린 것은 바꾸지 않을 걸세. 불안해하지 말게."

"……."

"다만 최대한 얘기가 안 나오게 네 선에서 막아 봐. 짐이 그런 분란까지 풀어 줘야 한다니 영 번거롭지 않은가. 골목대장 자릴 놓고 싸우는 애새끼들 같군."

그는 고개를 숙였다. 자카리의 말은 타당하다. 사소한 아랫것들 싸움이 왕의 귀에 들어가는 것부터가 우리의 유아성을 증명하는 행위일 뿐이다. 발렌시아는 이제 안전이 보장되었으니 보다 자유롭게 운신할 수 있으리라 생각했다.

그는 물러감을 윤허해 달라는 둥 습관적으로 몇 마디를 내뱉었다.

"아, 발미레의 차도는 어떤가? 괜찮나?"

"아직 재활 치료 중입니다."

"짐이 봐서 아는데 한번 제대로 걷기만 하면 그 뒤는 일사천리더라고. 게다가 얼마 누워 있던 사람도 아니잖나. 아마 며칠 안에 해내겠지."

"기사의 경우로 알고 있습니다."

"별 상관없네. 발미레가 혼자 걸으면 짐에게 알려 주게. 바로 날짜를 잡을 수 있도록."

"잉그레 무도회는 언제로 하실 예정입니까?"

"네가 알려 준 날짜로부터 일주일 뒤."

발렌시아는 반발하고 싶은 기분을 애써 억눌렀다. 이 상황에서 반발하는 사람은 정말 짐승만도 못한 지능을 가진 자일 것이다. 그는 짐승이 되지 않기 위해 노력했다. 그 노력에 힘입어 겨우 입을 닫고 나왔다.

그리고 외르타는 아까 걸었지. 그녀의 아슬아슬한 열 걸음이 눈에 선했다. 그는 그 광경을 조심스레 되새기다, 덜컥 말이 멈추자 인상을 찌푸렸다. 방해받은 기분이었다. 불쾌하긴 했지만 그보단 전조도 못 느낀 자신이 부끄러웠다. 의도하지 않았는데 멈춘…….

그는 대각선 방향을 막고 선 문지기를 내려다보았다. 꽤 난처한 얼굴이었다. 이수문이야 얼굴만으로도 신분 증명이 되지만 대수문은 약간 다르다. 수천 명이 교대하는데 미라이예의 얼굴을 외울 수 있을 리 없다. 발렌시아는 제 증명을 꺼냈다. 문지기는 꼼꼼하게 뜯어보더니 곧이어 깍듯이 경례했다.

그는 약간 무료한 태도로 말을 몰았다. 자멘테의 목적지는 시아두 길이 아닌 자멘테 영지로, 그들에게 이번 만남은 단지 스쳐 지나가는 교차점에 불과했다. 자신은 사냥을 핑계로 삼고, 그녀는 영지 시찰을 핑계로 삼는. 의심을 사지 않도록 제대로 된 길은 피하는 편이 좋겠다. 그녀는 두 시간 뒤, 그것도 마차를 타고 출발할 테니 먼 길을 돌아가도 목적지에 도달하는 시간에는 문제가 없을 것이다.

그는 햇빛을 받아 도드라진 제 맨손등을 바라보았다. 자멘테라면 자신에게 장갑이 없다는 사실을 탓하지 않으리라. 수갑이면 수갑이지 가죽 장갑이라니 상종 못 할 것이다.

그는 등자를 한 번 찼다. 말이 투레질을 하며 빨리 걷기 시작했다. 이 소란스러운 오스페다 근방에서 벗어나야만 자신을 좇는 눈을 확인할 수 있을 것 같았다. 하지만 동시에, 지금 누군가가 자신을 보고 있다면 조급한 모습을 보이고 싶지 않기도 했다. 사냥이 아닌 다른 용건에 급한 사람처럼 보일 것이다. 그는 다소 갈등하다가, 제 말이 의도하는 대로 가도록 힘을 풀었다.

텅 빈 평야로 나오기까지 채 한 시간이 걸리지 않았다. 발렌시아는 길을 무시한 채 무턱대고 북쪽으로 올라갔다. 평범한 사람이라면 반 시간의 회담을 위해 네 시간을 뛰어간다며 마음부터 지쳤을 테지만, 그에게는 그런 잡념이 끼어들 틈도 없었다. 숲속은 그저 고요하기만 했다. 미라이예의 숲이니 어쩌면 당연한 일이다. 그는 경계를 늦추지 않은 채 말을 적당히 조절하며 달렸다. 의지하는 것은 오로지 제 기억뿐이었다. 외부인을 막기 위해 이 험준한 숲, 여러 갈래 길에는 단 하나의 팻말도 없었기 때문이다.

물론 발렌시아는 손톱만큼의 표지 없이도 시아두 길에 도착했다. 그는 길이 끝나는 지점을 확인하곤 다시 오른쪽 숲으로 접어들었다. 자멘테가 자신을 찾아오리라 생각하며 대략 십 분쯤 말을 몰았다. 물소리가 들려서, 예기치 못한 연못을 찾아냈다. 지표가 될 수 있을 것이다.

그는 말을 멈추었다. 뛰었다 걸었다를 반복한 나머지 지친 말의 갈기를 슥슥 쓸어 주었다. 발렌시아는 등자에 힘을 주어 말에서 뛰어내렸다. 길이 잘 든 짐승인지라 구태여 나무에 묶을 필요도 없었다. 말은 주인의 팔뚝에 콧잔등을 비비곤 따그닥 따그닥 연못에 다가갔다. 고개 숙여 목을 축이기 시작한다.

발렌시아는 눈에 익숙한 애마를 바라보며 천천히 바위에 걸터앉았다. 말은 갈증이 해소되자 무료하게 못 가장자리를 서성이기 시작했다. 발렌시아는 굳이 저지하지 않은 채 투레질, 바닥 긁기, 울음소리 등을 무시했다. 어차피 인기척이 있다면 자신이 알 것이므로, 몇 시간 동안이나 고생한 동물을 탓하고 싶지 않았다.

그는 한참 동안이나 연못의 중앙을 바라보다가, 문득 생각난 듯 일어서 말에 다가갔다.

그는 간소한 짐 더미를 뒤져 활과 활시위, 살통을 꺼냈다. 가벼운 사냥에 굳이 짐승을 잡아 올 필요는 없으나 그래도 화살, 시위, 활이 닳지 않았다는 사실은 기묘한 일로 여겨질 것이다.

발렌시아는 가뿐히 줄을 걸곤 시위를 몇 번 튕겨 보았다. 지나치게 길이 덜 들어 불편했다. 그는 화살을 하나 꺼내 시위에 건 뒤 자리에서 천천히 일어났다. 그러나 문득 손이 멈췄다. 어디 가서 자랑하기에도 일천한 활 솜씨일뿐더러, 더군다나 공작의 화살을 이곳에 남겨 두어 어쩌겠다는 말인가.

그는 수십 걸음 앞의 나무를 겨냥하다, 곧장 연못으로 몸을 틀었다. 시위에는 당긴 자욱을 내야 하고 화살은 없어져야 했다. 선택지가 많지 않았다. 발렌시아는 연못에 화살을 쏘았다. 살 꼬리가 소용돌이 속으로 잠겼다. 전장을 방황했던 말이 드디어 긴장하여 주인을 바라보았다. 그는 다시 세 발을 쏘았다. 화살을 바닥 낼 때까지 쓰는 것이 낫겠다. 다시 다섯 발. 다시…….

인기척.

"미라이예 공."

일부러 높인 듯한 목소리였다. 나뭇가지 사이로 울렸다. 그는 고개만 돌려 수십 발자국 건너에서 걸어오고 있는 자멘테를 바라보았다.

"연못을 사냥하십니까?"

"활이 새것이다."

"궁술은 공의 본업이 아니니까요."

그는 그녀를 확인한 뒤 다시 연못에 활을 쏘았다. 연이어 스무 발을 쏘니 가죽 절피를 넘어 시위가 갈라지는 듯한 느낌이 들었다.

"언제까지 쏘실 겁니까?"

"통을 비워야 한다. 양해를."

"방금 도착하셨나 봅니다."

"후작은 의외로 일찍 왔군."

"예. 중간에 달려왔습니다."

"마차는 따라오게 두었나? 말은?"

"말은 숲 앞에 묶어 두었습니다. 따라온 이가 있으니 잘 관리할 겁니다. 그리고 좀 쉬었다 쏘시는 건 어떻습니까?"

화살은 여전히 스무 개가량 남아 있었지만, 그는 그녀의 조언을 받아들이는 편이 낫겠다고 판단했다. 가죽을 걸고 시위를 당겼으나, 벌써부터 손에 얼얼하게 피가 몰렸다. 지나치게 길이 들지 않은 활이었다.

발렌시아는 활과 활통을 나무에 기대어 놓았다. 자멘테는 그에게서 일 미터쯤 떨어진 편평한 바위를 골라 앉았다. 바지 자락을 다듬고 망토의 목깃을 풀어 무릎 위에 올려놓았다.

"제 마차가 따라올 때까지 시간이 있습니다. 용건을 말씀하시지요."

"나는 자멘테 경의 요를림 진압에 관한 서류를 가지고 있다. 내 지지 증언을 철회하는 것도 선택지 중 하나다."

"다짜고짜 협박부터 하시면 곤란합니다. 그리고 저는 첫째, 그 아이의 행동에 대해 글자 하나도 남기지 않았습니다. 무슨 서류를 말씀하시는 겁니까? 둘째, 증언을 철회한다면 불리한 건 저뿐만이 아닙니다. 공 역시 추궁을 피하지 못하실 겁니다."

"서류는 내 솔정이 모은 증거로 여겨질 것이다. 목격담을 비롯하여 추측되는 이동 경로 등, 웬만한 정보는 전부 수록되어 있다. 그리고 증언 철회. 후작은 농담을 하나 본데."

"아직 빈약합니다."

"나는 후일 사실을 알게 되었다고 말하면 된다. '전우의 심정으로 자멘테 경을 옹호했으나 의구심이 들어 개별적으로 조사를 진행했다'고."

자멘테는 꿈쩍도 하지 않았다. 인상을 찌푸리기는 했지만 감흥이 있다고 말하기엔 너무 작은 변화였다. 바다에 떨어진 돌멩이 하나만도 못했다. 발렌시아는 고요한 연못을 바라보았다. 화살에 맞은 흔적은 없었다.

"공작, 어차피 끝난 일입니다. 이미 루틸로 후는 요를림 전반의 인망을 잃었습니다. 이제 와 자멘테의 소행이라 한들? 저희가 벌을 받기야 하겠습니다만 그들은 어차피 반역자였습니다. 이미 딤니팔의 신민이 아닙니다. 폐하의 신민이 아닐진대 백 명을 죽이든 천 명을 죽이든 무슨 차이가 있다는 말입니까?"

"차이는 없다. 다만 후작은 여인을 후계자로 삼아야 할 것이다."

"공작."

"후작이 앙히에를 실각시킨다면 나는 자멘테 경을 실각시키겠다."

"그걸 제대로 된 비교라 생각하십니까. 무게가 다릅니다. 르나치 경은 '실각시킨다'고 거론할 가치조차 없습니다. 한데 공작께선 제가 그제 그 질문을 했다고, 그 단 한 가지를 가지고 짐작하신 겁니까?"

"그러리라 예상하고 왔으면서 능치지 마라."

"말씀드릴 당시에는 전혀 몰랐습니다. 공작께 연락이 온 뒤에야 깨달았지요."

"각설하고, 난 바보가 아니다. 십이공회는 내 아우를 노리는 것이 아니라 나를 적대시하고 있다. 이유는 공히 짐작할 만하다."

"예?"

자멘테는 처음으로 동요했다. 그녀는 반 이상 일어났다가 그런 자신의 행동에 당황하여 다시 몸을 숙였다. 황톳빛 망토를 쥔 그녀의 손등에 핏줄이 섰다.

"무슨 말씀이십니까? 제 목표는 르나치 경뿐입니다."

"후작은 앙히에를 미라이예에 들이라 충고한 기억을 잊은 건가. 그 질문을 미루어 생각해 보면 후작은 나와 미라이예까지 몰아넣으려는 속셈이 분명하다. 당신이 아니라 말해도 나는 그리 믿는 편이 편하다. 일차적인 목표가 무엇이든 그로써 미라이예가 상처 입을 것이 자명하기 때문이다."

"공작, 현실적인 건 좋은데 너무 비관적이 되지는 마십시오. 저희가 아무리 덩치 큰 귀족을 경계한다 한들 공작을 경계하겠습니까? 공은 보수적인 사람입니다. 현 상태를 유지하고 내실을 다지는 데에만 신경 쓰지 굳이 남을 집어삼킨다고 나서진 않겠지요. 미라이예 공, 루틸로 후작이 당신의 위치에 있었다면 저는 그를 물어뜯기 위해 노력했을 겁니다. 하지만 당신에겐 그럴 필요가 없습니다. 제게 전혀 위험하지 않기 때문이지요. 이건 다른 십이공회원 모두가 동의하는 사안입니다. 현 미라이예 공작은 재구축에 관심이 없다. 큰 권력욕이 없으니 현재 가진 것을 유지하려는 계획뿐이다. 우리 것을 침탈하진 않을 것이다. 우리도 현재가 좋다. 당연히 저희는 모두 공작을 좋아합니다."

발렌시아는 유치한 애정 고백을 믿지 않았다.

"지금 체제를 지탱하고 있는 기반, 그러니까 당신을 흔들 생각을 하다니 말도 안 됩니다. 오해 마십시오. '미라이예'가 아닙니다. 공작 당신을 이야기하는 겁니다. 저 개인적으론 공작이 그 지위, 그 권력으로 천년만년 그 자리에 있길 바랄 지경입니다. 제 본의를 의심하지 말아주셨으면 좋겠습니다."

"후작, 내 결혼을 재촉하려 했다고 말하진 마라."

자멘테는 순식간에 세 단계쯤 뛰어넘은 한숨에 웃음을 터뜨렸다.

"요새 가끔 후회합니다. 공작이 열일곱, 열여덟 소년이었을 때 마땅한 신붓감을 추천할 것을. 제가 아는 여인 중 공작을 얻기 위해 까짓 이삼 년이 대수냐는 활달한 소녀들이 많았습니다. 전부 집안도 좋고 학식도 훌륭했습니다. 그때 제가 대공작과 당신의 신붓감을 논의했다면 어쩌면 당신은 지금 홀몸이 아닐 수도 있었겠지요."

"고작해야……."

"하지만 공은 지금 홀몸입니다. 저희는 어떻게든 그 빈자리를 채워 넣고 싶습니다. 개인사라고 말씀하시진 않으리라 생각합니다. 제가 그랬듯 당신의 결혼 또한 개인사가 아닙니다. 방금 말씀드리지 않았습니까? 당신은 체제의 기반입니다. 이 위태로운 균형을 지켜 주는 기반이요. 따라서 그제 그런 말씀을 드린 건 미라이예를 공격하겠다는 뜻이 아니라—."

그녀는 말을 멈춰 강조했다.

"르나치 경을 공식적으로 미라이예에 받아들였을 시 공이 감당해야 하는 위험을 상기시켜 드린 겁니다. 지금 뵙자니 충분히 인식하신 것 같군요. 공작, 저는 얼마 전, 정확히는 요를림 일을 이야기할 때, 당신에게 르나치 경을 공격할 치들이 있다고 말씀드렸습니다. 그렇게 대놓고 말씀을 드렸는데 이제 와 어떻게 본의를 숨긴 채 계략을 획책하겠습니까? 제가 미라이예를 공격하는데 이토록 허술하게 움직이리라 생각하십니까? 제가 비록 당신보다 선명하지 않을지는 모르나 경험과 야비함에 한해선 자신 있습니다. 물론 그 경우엔 누가 선공하든 개싸움이 되겠지만……. 아무튼 이건 아닙니다."

자멘테는 자신의 칼자루를 짚었다. 발렌시아는 그녀의 무례를 지적하지 않았다. 어차피 마음을 안정하기 위한 버릇일 테니까. 그들은 어차피 십이공회의 방식이라는 대단히 유사한 거푸집에서 나왔다.

생각할 거리가 너무 많았다. 머리가 지끈지끈 아파 왔다. 이것은 앙히에를 공격함으로써 미라이예를 손상시키려는 음모일 수도 있고, 정말로 내 결혼을 도모하는 것일 수도 있고, 그 어떤 것도 아닐 수도 있었다. 자멘테에게서 나오는 모든 말이 가짜처럼 들렸다.

"르나치 경은 미라이예에서 축출되어야 합니다. 어차피 본인도 신경 쓰지 않을 것 아닙니까? 그가 미라이예를 떨쳐 버려야만 미라이예 분가가 후계의 위기를 본격적으로 느끼겠지요. 이제 당신이 유일합니다. 결혼을 종용할 겁니다. 저희는 르나치 경이 가족의 일원으로 살아 있기 때문에 당신이 조급하지 않은 것이라 판단했습니다. 미라이예 공, 당신은 이제 서른입니다. 위기를 느낄 때도 되지 않았습니까?"

이 대화에 무슨 의미가 있는지 잘 모르겠다. 그는 넌더리가 났다.

"약관弱冠이 되기 전 짝을 찾지 못한 것은 내 불찰이고 불운이다. 하지만 나는 지난 십 년간 오스페다에 머무를 기회조차 없었다. 그리고 이 왕도에 돌아온 지 고작해야 반년이 넘었을 뿐이다. 심지어 망명자라는 골치를 떠안고 있으면서, 그 사안을 해결하느라 반년이다. 내가 나름대로 신부를 찾고 있으리란 생각은 없었나? 당신들 멋대로 내가 결혼에 뜻이 없다고 판단한 것은 아닌가? 자멘테 후, 우선 나는 첫째로 미라이예에 피해를 끼치지 않겠다는 당신들의 수사修辭를 믿지 않는다."

"정말 안 끼칠 겁니다. 공께서 르나치 경과 다시 절연하신다면 피해를 입으실 이유가 없지요."

"두 번째로 미라이예의 사사에 당신 권리는 없다. 나 또한 후계 준비를 하고 있다. 다만 당신들이 생각하는 리베 안니발레와는 다를 뿐이다."

"오, 걱정 마십시오. 그래서 일부러 안니발레 백작과는 협력할 생각도 하지 않았습니다. 저희는 당신 선택에 아무런 편향된 의견을 가지고 있지 않습니다. 그저 좋은 배필이기만, 사람들의 불안을 가라앉혀 줄 사람이기만을 바랄 뿐입니다."

"'당신들이' 결혼을 재촉하는 것 자체가 이미 가치함축적이다."

그녀는 강단 있는 손을 펼쳐 보였다.

"공작, 왜 본인 잘못은 하나도 없다고 생각하십니까?"

"나도 내 잘못을 안다. 하지만 내 잘못을 십이공회가 교정해 줄 필요는 없겠지."

"받아들이지 않으실 겁니까?"

"무엇을?"

"올해에도 미혼으로 남으시면 죄송하지만 폭로하겠습니다."

"후작, 당신이 목을 내놓고 협박하고 있다는 사실을 모르진 않으리

라. 심지어 당신들은 앙히에에 관해 아는 것도 없다."

"리베 발미레와 르나치 경이 오랜만에 만난 친구라는 점은 압니다. 잉그레의 허가 없이 타국의 왕족과 교통할 시 사형입니다."

"폐하께서는 법 위에 계신다. 폐하께선 당신들의 의견을 받아들이지 않을 것이다."

그 확실한 친교의 과시에 자멘테가 주춤했다. 그녀의 눈이 해답을 찾으려는 듯 가늘어졌다. 발렌시아는 그녀의 생각을 읽을 수 있었다. '설마 벌써 폐하와 이야기가 끝났다는 뜻인가?' '폐하께선 르나치 경을 용인하셨나?'

"상관없습니다."

"그게 답이라면."

"저희는 폐하께서 어떤 처분을 내리든 가장 질긴 떼쟁이처럼 붙어 있겠습니다. 여덟 명의 십이공회원 정도면 르나치 경에게 흠집을 낼 수 있을 겁니다. 퇴출이 안 되어도 괜찮습니다. 그의 도덕적인 흠결, 그가 미라이예에 부적합하다는 사실 정도만 논해지면 충분합니다. 그렇게 된다면 공작은 하위 가문들의 아우성을 묵살할 수 없을 겁니다."

"요를림을 폭로하겠다."

"진심은 아니시겠지요, 공작. 결혼 한 번만 하면 되는 것 가지고 자멘테와……? 당신은 후계자를 안 볼 겁니까? 어차피 그리될 일로 불필요한 마찰을 빚으실는지요? 저희는 당신 등을 떠밀어 주는 것뿐입니다. 악의는 없습니다. 자멘테를 공격하시겠다면, 아니, 십이공회원의 치부를 공격하시겠다면 하십시오. 물론 제게 타격이 클 겁니다. 부정하지 않겠습니다. 하지만 결과는 공께도 좋지 않겠지요."

발렌시아는 그녀를 빤히 바라보았다. 자멘테는 금빛 시계를 꺼내 보더니 자리에서 일어섰다.

"제 말씀을 되새기실 필요는 없습니다. 다만 당신의 비혼에 신경이 곤두선 수많은 관계자들을 되새기십시오. 당신이 아내를 맞이하지 못하는 것을 일종의 장애라고 보는 사람도 있습니다. 저희는 나름대로 절박합니다."

그녀는 맺음말을 남기지 않았다. 심지어 인사도 안 했다. 자멘테는 고개만 살짝 기울인 뒤 몸을 돌려 왔던 곳으로 다시 걸음을 옮겼다.

발렌시아는 그녀의 뒷모습을 보지 않고 곧장 활을 잡아 들었다. 자연스레 방향이 돌아가 자멘테의 꼿꼿한 등을 노렸다. 그는 화살을 시위에 걸었다. 그러나 팔을 당기진 않았다. 그를 막은 것은 자제심이 아니라 자신의 활 실력에 대한 의문이었다.

그는 몸을 틀어 연못에 화살을 쐈다.

외르타는 모리의 부축을 받으며 의자에 앉았다. 제게 꽂히는 시선들은 스스로를 감출 생각이 없는 듯 보였다. 특히 개중 한 사람의 시선이 더욱 그러했다.

"다리 그거, 얼마나 됐어요?"

"……이놈은 인사도 없이……."

"아니, 뭐 얼마나 예를 차릴 사이라고."

"아……."

"경, 전 갓 도착했다고요. 힘드니까 닦달하지 좀 마세요."

"이 자리에 알파테를 데려와야지……. 그래야 내가 더 이상 성질머리를 안 버리겠군."

"알피 어제 만났는데."

정신 산만한 대화는 물론 한 사람 때문이었다.

모리가 문을 꽉 닫고 나갔다. 외르타는 문을 슬쩍 바라보고는 마음을 정했다. 이제 말을 놓을 권리 정도는 허락될 것이다.

"톨레도 경, 오랜만이야. 저 친구는 여전하군."

"톨레도 경은 경이고 저는 친구입니까?"

외르타는 소년의 —이제 남성에 가까운— 목소리를 완벽히 무시했다.

"물론 경은 넉 달 전에 돌아왔다고 들었어. 그러니 내가 누워 있을 때에도 분명 봤겠지만……."

"아닙니다. 제가 어찌 리베의 침실에 들어오겠습니까. 다만 그리 뵈었더라도, 여전히 지금이 처음이라 말씀드렸을 테지요. 온전하신 리베를 뵌 것이 아니니 말입니다. 다시 한번 건강을 차리신 것 감축드립니다."

"고마워. 부인께서도 강녕하신가?"

"예, 걱정해 주신 덕분에 무리 없이 잘 지내고 있습니다."

외르타는 빙그레 웃으며 고개를 끄덕였다. 그제야 그녀 앞에 나란히 서 있던 기사들이 자리에 앉았다. 그녀가 응접실에 들어옴과 동시에 일어섰던 모양이었다. 시누사가 아무리 말로 시건방을 떨어도 기사는 기사였다. 딤니팔에서 기사가 아니라면 자신을 가릴 껍질을 가지지 못한 것이다.

그녀는 짧게 감사의 말을 건네곤 이미 자리에 놓여 있던 차를 들었다.

"시누사…… 경은 언제 돌아왔나?"

"얼마 안 봤다고 또 호칭을 불러 주시네요. 감사합니다."

"이 난장 맞을 것이, 방금 친구라고 불려서 화를 냈던 거 아니니?"

"이름을 안 불러 주시니 그랬던 거죠. 제게도 이름은 있거든요."

"좋아. 시누사, 언제 돌아왔지?"

"어제요."

"남쪽에서 일은 잘 끝났고?"

"에이, 제가 한 일이 뭐 있겠습니까? 다 아버님 덕이죠."

"그나시오 백작께선 아마 걱정이 이만저만이 아니실 겁니다. 못난

아들내미가 솔 그나시오의 열쇠를 들고 가니까요."

"아마 모르긴 몰라도 금제禁制를 여러 군데 쳐 놓으셨을 테지."

"외르타! 말씀이 너무하십니다."

톨레도 경은 '외르타'라는 호칭에 눈을 부라렸다가 무언가를 깨닫곤 가라앉았다. 공식적으로 그녀의 정체가 발표되지 않은 상황에서 '전하'는 위험한 단어였다. 아무리 문이 닫혀 아랫사람이 엿듣지 못하더라도, 법도에 관한 문제이므로.

물론 톨레도에게 시누사를 꾸중할 무기가 전부 닳은 것은 아니었다.

"'리베 발미레'다."

외르타는 흘러나오는 웃음을 꾹 눌렀다. 아무래도 톨레도 경은 시누사의 모든 행동이 밉살맞아 못 참겠다는 것 같았다. 이해가 간다. 저런 반편이와 큰딸이 혼인한다고 생각하면 밤에 통 잠이 안 올 것이다. 만일 아델이 저놈과 신방을 차린다면 자신은 그 축하연에 벼락이라도 때릴 자신이 있었다.

"금제는 네게서 게레네 화주火酒를 지키기 위해서라도 쳐 두셨을 거다. 내 감히 장담하지."

"경, 경이 그렇게 분개하셔도 전 알피랑 결혼합니다."

시누사는 마치 그들의 생각을 읽은 양 빙긋 웃었다. 포티미의 전쟁 속 비슷했던 웃음이 어렴풋이 기억났다. 소년의 얼굴이 종종 뒤집어쓰는 가면이었다.

"아마, 저희 아버님께서 돌아오시면 바로일 텐데? 알피가 만들고 있는 조화造花 보셨습니까? 물론 제게 만들어 주는 거죠. 의장 주머니에 꽂을 수 있도록."

"네놈이 없던 지난 한 해가 그렇게 천국이었는데 참 아쉽군."

"장인어른!"

"그만하렴."

"죄송합니다. 리베 앞에서 볼품없는 모습을 보이고 있군요."

"그런 건 상관없어. 다만 갓 일어난 환자에게 너무 정신 사나운 광경이구나. 싸움은 나중에 해라."

시누사는 자신이 언제 시비를 걸었느냐는 듯 고상하게 차를 홀짝였다. 찻잔 너머로 푸른 눈이 장난스레 반짝인다. 톨레도는 진저리가 난다는 표정으로 다시 외르타를 돌아보았다.

"그동안 어찌 지내셨습니까? 물론 어디까지나 리베의 개인적인 내용을 여쭙는 것입니다. 라르디슈 놈들의 불측한 소동은 모르는 자가 없습니다."

"그동안이랄 게 있겠니……. 음, 오스페다로 들어와서는 발렌시아 경이 참 잘해 줬지. 경이 아니었으면 지금 살아 있지도 못했을 거란다."

"리베께서 의식이 없으실 때 경께서 백방으로 치료책을 구하셨다는 사실은 익히 들어 압니다. 정말 많이 고생하셨습니다."

외르타는 고작 그 정도로 발렌시아의 수고를 표현하고 싶지 않았다. 그녀는 손가락을 들었다.

"그건 내가 쓰러졌을 때 일이고. 난 방금 '오스페다로 들어와서'라고 말했다. 내가 솔 미라이예에 괜히 있는 게 아니잖니? 별의별 소문이 파다할 것이 뻔한 데도 경이 날 받아 주고, 맞서 싸웠지. 아마 책임감 때문이었겠지만."

"어떤 의미로는, 발렌시아 경께선 당신께 진 빚을 잊지 않으셨던 거죠."

톨레도는 '당신'이라는 단어에 눈살을 찌푸렸다. 그러나 더 이상 싸우지 말라는 외르타의 말을 기억한 듯 방해하지 않았다.

"그걸 빚이라 일컫고 싶다면 그러려무나. 네게 상관에 대한 예의가 남아 있을 거라곤 생각 안 했다."

"아뇨……. 외르타, 발렌시아 경은 지금 제 상관이 아니세요. 그리고 무례하다는 생각도 안 듭니다."

그녀는 혀를 '쯧' 찼다.

"그리고 외르타, 방금 대답을 안 하셨죠."

"무슨 대답?"

"톨레도 경께서 개인적으로 어찌 지냈느냐 물어보셨잖아요. 물론 모든 질문에 반드시 대답하실 필요야 없지만, 너무 동문서답을 하시기에 말씀드립니다."

외르타는 순간적으로 그 질문의 저의를 몰라 입을 다물었다. 물론 톨레도는 물었다. 그동안 어찌 지내셨냐고. 자신은 대답했다. 발렌시아 경이 참 잘해 주었다고. 생각해 보자면, 확실히 그녀 스스로에 대한 내용은 없었다. 외르타는 자신이 의식하지도 못한 채 말을 돌리려 했단 사실을 깨달았다. 꽤나 겸허한 깨달음이었다.

"외르타, 그때 헤어질 때 말이에요. 제가 말씀드렸죠? 일 년 뒤에, 오스페다에서 당신이 살아 있으면 뵐 수 있을 거라고."

참, 저 녀석은 말이지…….

"그러니 대답하지 않으셔도 퍽 다사다난하셨으리란 생각이 드네요."

"시누사."

"예, 말씀하십시오."

"고통을 위해 부득불 견디거나 싸울 가치가 없다는 걸 깨달았지."

시누사는 눈을 둥그렇게 떴다. 놀란 얼굴은 아니었다. 다만 자신의 믿음이 깨지거나, 혹은 확인받기라도 한 듯한 불신과 신뢰의 표정이었다. 그 사이 가느다란 선에 서 있었다. 갈팡질팡한다.

그러나 다음 순간 그의 입에서 나온 말은 제법 곧았다.

"축하드립니다. 고생하셨어요."

"……그런데 너 이 녀석, 어렸을 때 한번 꼴딱 죽어 본 경험이라도 있는 거니?"

"예? 뜬금없이 그런 건 또 왜요?"

"궁지에 몰린 사람 심정을 잘 알더구나."

"죽을 뻔해 본 적도 없고, 심지어 가난하거나 어려웠던 적도 없지만 그래도 볼 수는 있어요. 그리고 이건 제 특질이 아니라 웬만한 기사분들의 특질이지요. 까딱 잘못하다간 가문 승계를 앞두고 죽어 나자빠질 수도 있는 게 인생이다 보니."

"그래. 네가 아직 안 죽은 게 모두에게 놀라울 정도라면, 확실히 목이 잘릴 지경까지 갔던 적은 꽤 많았겠군."

"다 폐하께 충성하려다 어쩔 수 없었던 거예요."

톨레도가 코웃음을 쳤다.

"다 거짓말입니다, 리베 발미레."

"물론."

"그리고 저도 리베께서 심신 양면으로 힘든 시기를 넘어오셨다는 사실에 기쁨을 감출 수 없군요. 지금에 와서는 위협이 사라진 셈이니 편히 지내실 수 있을 겁니다."

"내가 걸을 수만 있다면 말이지."

"걸어 보세요!"

"네 이놈…… 아, 아닙니다."

"이제 적당히 걸을 수 있어. 물론 계단은 못 내려간다. 올라가는 것까진 괜찮았는데 내려갈 때가 너무 힘들어."

"넉 달이나 누워 계셨으면…… 지금 그 정도로 걸으실 수 있는 것도 다행입니다. 특히 예전 리베의 모습을 기억한다면 말이지요."

"내 모습이 어땠는데?"

"……."

"툭 치면 어디 부러질 것 같았어요."

톨레도가 참지 못하고 장탄식을 내뱉었다. 어떻게 저지하고 싶지만, 싸움을 부르지 않는 방식으로 막을 수가 없는 모양이었다. 외르타는 자신이 그의 말본새에 전혀 개의치 않는다고 말해 주고 싶었다.

"그토록 전장에서 몸을 혹사했다면 어떤 여성분이라도 견디기 힘드셨을 겁니다. 제가 오늘 리베를 오랜만에 뵙고 정말 건강해지셨단 점에 놀랄 정도였으니까요. 여러 달 누워 계셨다 해도 부정할 수 없는 사실입니다. 포티미외 당시와 비교할 수 없을 정도로 건강해지셨습니다."

"그러게요. 몸에 새끼 돼지 한두 마리 정도는 더 붙어 있는 것 같네요."

"새끼 돼지라니 그것 참 고마운 찬사로군."

"에이, 무슨 뜻인지 아시지 않습니까?"

문득 누군가 문을 두드리는 소리가 들렸다. 시누사가 가장 빠르게 몸을 돌렸으나 곧, 그녀의 지시를 바라듯 시선이 돌아왔다.

"잠시 실례하겠습니다."

이 자리에 있는 누구도 모를 수가 없는 음성이었다.

"들어와."

시누사가 뜨악한 눈으로 그녀를 바라보았지만, 외르타는 지적해 주기도 귀찮았다. 어차피 자신은 한 번도 발렌시아에게 공대를 한 역사가 없었다.

문이 열리고, 덩치 큰 그림자 두 개가 나타났다. 외르타는 나란히 선 형제를 바라보았다. 포티미외의 동지와 해후를 나누고 있다는 사실을 알 텐데 왜 하필 지금인지 몰랐다.

그러나 더 놀라운 것은 앙히에였다. 앙히에는 곧장 외르타를 향해 공손히 예를 표했다. 그녀는 잠깐 얼이 빠졌다가, 이해했다. 게외보르트의 왕녀, 라르디슈의 왕비와 친밀한 앙히에에겐 반역자의 낙인이 찍힐 것이다. 그간 앙히에를 보아 온 솔 미라이예의 얼마 안 되는 아랫사람들은 애초에 배신과 발설이라는 단어를 모르는 충복이지만, 이 둘은 경우가 달랐다.

"말씀 나누시는 도중 죄송합니다. 응접실에 두고 간 문서가 있어, 실례를 무릅쓰고 잠시 들어가도 될지 여쭙습니다."

"어, 아, 물론이지."

앙히에는 문가에서 꿈쩍도 안 했다. 눈짓으로만 톨레도와 인사를 주고받는 눈치였다. 아, 앙히에는 시누사를 모르려나?

그녀는 문득 어떤 의문이 들었다.

발렌시아는 성큼성큼 들어와 소파를 빙 돌아갔다. 어쩔 수 없이 세 명의 시선이 그를 따라 창가로 끌려갔다. 그는 촉륜觸輪 위에 있는 종이 몇 장을 뒤지더니, 조용히 서류 하나를 말아 품에 넣었다. 발렌시아는 다시 소파까지 돌아와 깍듯이 인사했다.

"죄송합니다."

"아니……."

그는 곧장 나가려 했다. 들어와서, 스쳐 지나가고, 종이를 회수한 뒤 돌아가는 동작에는 군더더기가 없었다.

외르타는 정말 충동적으로 몸을 일으켜 그의 왼쪽 팔뚝을 쥐었다.

그리고 당연하다시피 고꾸라졌다.

발렌시아는 급히 그녀의 양 팔뚝을 잡았다.

"괜찮으십니까?"

"아, 응."

"다음부터는 호명하십시오."

'다짜고짜 일어서지 말고.' 외르타는 그가 입 밖에 내지 않은 말까지 들을 수 있었다. 왠지 나무라는 어조에 순간적으로 할 말을 잃었다.

"용건이 있으십니까?"

"아니…… 생각해 보니 손님 계신 앞에서 할 말은 아니구나. 미안하다."

발렌시아는 그녀가 제대로 앉을 때까지 팔을 빌려주었다. 그는 다시 한번 예를 표하고, 십이공회의 다른 손님들에게 고개를 끄덕였다. 외르타는 시선을 들어 문을 바라보았다. 앙히에가 눈만 끔뻑끔뻑 뜬 채로 그 광경을 바라보고 있었다. 그의 푸른 눈이 무슨 말을 하는 듯했는데, 꽤 긴 단어들이라 제대로 이해할 수가 없었다.

그녀의 시야 안으로 다시 발렌시아가 나타나고, 문이 닫혔다.

침묵.

외르타는 그제야 제 앞에 있던 사람들을 깨달았다. 너무 스스럼없이 행동했나?

"……."

그러나 그 지경을 뛰어넘은 모양이었다.

"음……. 무슨 얘기 중이었지?"

"……그런 건 상관없고요. 저는 새로운 이야기를 하고 싶은데요."

"무슨?"

"외르타, 발렌시아 경이랑 언제 저렇게…… 음…… 신뢰를 구축하셨습니까?"

톨레도가 고개를 홱 돌렸다. 다만 꾸짖는 시선은 아니었다. 오히려 네놈이 말을 고르다니 놀랄 노 자라는 얼굴이었다. 외르타는 제 눈앞에서 벌어지는 노골적인 대화에 당황했다.

"무슨 뜻이니? 원래 이랬잖아."

"제가 아는 '원래'와는 다른 '원래'인 것 같은데……. 톨레도 경, 설명해 주시면 대단히 감사하겠습니다. 저보다 몇 달은 더 일찍 오셨잖아요."

"농담하는 걸로 믿겠네."

"외르타, 제가 사실 오기 전에 몇 가지 소문을 들었는데요. 혹시 그 소문이 사실인지 여쭙고 싶군요."

"시누사 경, 경고하네."

"새로운 연인을 만드셨습니까?"

톨레도가 벌떡 일어섰다. 그가 이를 악물며 무어라 외치기 전에 외르타가 손을 마구 휘저었다.

"하지 마, 톨레도 경. 시누사, 내 대답은 당연히, 아니다. 말이 되는 소리를 해야지. 발렌시아 경은 원래 저랬어."

"아니, 저는 경을 이야기한 것보다……. 문제는 외르타!"

"어?"

"외르타 당신이었다고요. 기억은 하세요? 제가 포티미외 때 쓸데없이 치대면 이부터 갈아붙이셨던 거?"

"무슨 소리니? 내가 네 말장난을 안 견뎠으면 어떻게 지금 이토록 평온하겠어?"

"말 말고요. 잡는 거, 쥐는 거, 만지는 거……."

"아니, 그런 걸 좋아하는 사람이 어디 있다고?"

외르타는 정말 이해하지 못하는 얼굴로 그를 바라보았다. 포티미외가 끝난 뒤에 남자를 좀 꺼렸던 기억은 있어도, 전쟁 도중에는 유난하지 않았다. 당최 무슨 이야기를 하는지 모르겠다.

"그…… 그 문제가 아니라……."

"네 짧은 말로는 설명 못 할 테니 가만히 있게."

"톨레도 경, 경께서도 보셨잖습니까?"

"봤으니 말리는 걸세. 그만하게."

"설명해. 혹시 오해의 여지가 있으면 내가 아니라 경에게 미안하지 않겠나?"

톨레도는 제 발로 구렁텅이에 들어간 사람의 표정을 하고 있었다.

"……별것 아닙니다. 아마 저희가 포티미외 때 리베 발미레를 수행해서 특별히 느끼는 것이겠지요. 당시 리베께서는 전장에서 정신적으로 힘드셨을 터라, 여러모로 남의 친절을 그대로 받아들일 수 없으셨을 겁니다. 그 부분에 대해선 십분 이해하고 있습니다. 지금이야 전시도 아니고, 이곳은 안전한 오스페다의 일곽입니다. 자연스러운 모습이 당연합니다."

"톨레도 경—."

"시누사 경, 경은 자제하게. 돌이켜 생각하면 네가 여느 리베들께 하는 행동과 다름없지 않나. 알피도 그 정도론 꿈쩍 안 하네."

시누사가 자신의 가슴을 쾅쾅 쳤다.

"아……."

"통 무슨 이야기인지……."

"나 없을 때 무슨 일이 있었던 거야……. 아, 물론 나와 알피 사이에 일어난 일 따위가 있었겠지만……."

"똑바로 설명하지 않으면 아무리 나라도 대답하기 힘들어."

"외르타, 제가 정리할 테니 잘 들어 보세요. 당신은 방금 발렌시아 경을 별다른 용건 없이 자연스레 붙잡았는데, 그 와중 누구도 이상하다고 여기지 않았어요. 마치 그게 일상인 것처럼. 경이 다른 리베들에게 그렇게 한다고요? 말도 안 되지. 어떤 경우라도, 단발성으로도 어려울 텐데 방금 다 보였잖아, 평소에 익숙한 행동이란 거."

"너라도 같은 사람과 일 년을 살면 그렇게 될 텐데. 사람 사이를 무얼로 보는지 모르겠구나. 맥 빠지는군."

"아니, 다 제치고, 나는 알피한테만 그래요!"

"왜 여기서 불필요한 사랑 고백을 하는지 모르겠네."

외르타는 영문 모를 오해를 추궁하느라 꽤 오랜 시간을 보내야 했다. 나중에 가선 톨레도마저 지겨운 얼굴로 짜증을 낼 정도였다. 오랜만의 재회인데 그깟 부축 하나에 집착하냐고, 네놈은 아직도 정신머리가 사춘기냐고 윽박지르던 모습이 아직도 눈에 선했다.

그녀는 아직도 이해할 수가 없었다. 물론 확실히 포티미외에서 자신이 발렌시아를 대우하던 태도—적을 대하는 것에 가깝던—와는 천양지차일 것이다. 하지만 사람이 부딪치면 언제까지고 적으로 남기도 힘든 일 아니던가. 시누사는 아직 어려서 그 시간의 힘을 잘 모르는 것 같았다. 안타까운 녀석.

비록 성가신 사달이 있었지만 재회는 나름대로 만족스러웠다. 시누사는 여전히 튼튼했고 톨레도는 여전히 점잖았다. 잠깐 정신을 잃은 사이 몇 달이나 분실했지만, 여전히 세상은 자신이 알던 대로 돌아가고 있다고 보증해 주는 것 같았다. 시누사든 톨레도 경이든, 모두 일곽에 머무르고 있으니 언제든 다시 볼 수 있을 것이다. 아무리 별 볼 일 없는 객이라도 십이공회와 담소를 나눌 수 있는 좋은 기회가 많이 있었다. 예를 들어 자신의 발이 완쾌되면 열릴 잉그레 무도회라든지.

그리고…….

외르타는 앙히에가 자신을 향해 짓던 예를 떠올리고 있었다. 그 순간 물을 끼얹은 듯 정신이 들고 말았다. '나는 그와 알면 안 되는 사이다.' 첫째로, 앞으로 자신이 공식 석상에 나갈 일이 많은데, 그때 앙히에가 곤란을 겪기 전에 서로 이야기를 해야 할 것 같았다. 아예 모른 척하기에는 앙히에가 솔 미라이예에 받아들여진 지가 꽤 되었으니……. 완전히 남도 아니고, 친우도 아닌 그 모호한 가장이 그녀를 혼란스럽게 했다.

그리고 둘째로, 만일 지금까지의 관계를 들켰다면…….

"왜 불렀어?"

"참, 빠르기도 하군."

"바보야? 같은 층이잖아."

"리베 발미레, 그러면 저는 이만 물러가겠습니다."

"응. 고마워."

하녀는 문을 살짝 닫고 떠났다.

"다름이 아니라, 낮의 일 때문에 그래."

"나는 할 말 없다."

"내가 무슨 말을 할 줄 알고?"

"남들 보는 앞에서 형님을 끌어안질 않나, 남세스러워서……."

"대체 넌 또 무슨 소리야!"

외르타는 똑같은 오해에 얻어맞자 반사적으로 짜증을 냈다. 낮에 한참 동안이나 설득했더니, 이제는 또 알 만한 친구가 저러고 있는 것이다.

"정말 다행히도 손님 두 분은 우리 형님의 얼굴을 못 보셨을 거다. 내가 못 봤으니 그분들도 못 봤어. 진짜 다행이지. 진짜 천만다행이다. 그걸 봤으면 의혹이 아니라 확신이었을 거다. 하지만 사실 너만 봐도 그래. 그렇게 모든 걸 다 내려놓은 얼굴로 맹하니……."

"아니라고 말하기도 귀찮다. 너는 설득 안 할 거야. 헛소리에 시간 낭비 안 해."

"무슨 소리야? 네가 먼저 이것 때문에 불렀다면서?"

"아니야! 난 네가 나한테 예를 표하길래, 나중에 잉그레의 무도회나…… 공식 석상에 나가게 되면 우리 관계를 어떻게 조율할지 논할 필요가 있을 것 같았어."

앙히에가 갑자기 입을 꽉 다물었다.

"앙히에?"

"난 공식 석상에 안 나갈 거야."

"듣기로, 공작의 아우가 공작가에 받아들여졌다던데? 그런데 어떻게 공식 석상에 안 나가? 그건 책임 방기야."

"나간다 해도 널 아예 모른 체하겠지. 어쩔 수 없이 부딪친다면 아까랑 똑같이 굴 수밖에 없을 거다. 당연히 서로 공대해야 하는 거고. 이해했지?"

"그러면 우리는 솔 미라이에에서 처음 안 거야? 내가 잠에서 깨어났을 때?"

"아니야. 기억 안 나? 우린 잉그레에서도 만났었다고."

"맞다……."

"잉그레에서 레아의 주선으로 처음 만난 거야. 그렇게 생각해 둬."

"십 년이 열 달로 줄었네."

그에게서 작은 한숨이 새어 나왔다.

"음……. 그리고 앙히에, 솔직히 말해서, 지금까지 내가 전혀 경계를 안 하고 있었는데……. 문제가 없을까?"

"너도 이미 알고 있을 텐데. 솔 미라이예의 상층에서 아랫사람들의 충성을 의심하지 마. 그리고 어차피 왕실도 아는 문제라고."

"뭐? 네가 게외보르트에 있었고 왕녀와 일했다는 사실을 폐하께서 아신다고? 그런데 네 목을 안 베어?"

"내가 죽길 바라는 거야?"

외르타는 그를 빤히 바라보았다. 이 이상 캐물어 그를 괴롭게 할 생각은 없었다. 어디까지 공유했어? 혹시 내전 도중에도 공유했나? 물론 그 지경까진 아니겠지. 만일 그러했다면 딤니팔이 내전 초반에 그렇게 고분고분히 기다렸을 리가 없으니. 한참 뒤에야 들어와서 멍청하게 일망타진 당하지도 않았을 거고.

그러나 모든 것이 끝난 뒤 말했다 한들 그것과 리볼텔라를 향한 충정은 다른 것인가? 혹시 언니가 죽었기 때문에 계약이 무효화되었다고 생각한 거야?

전부 말하지 않았다. 사실 진심으로 궁금한 것도 아니었다. 어디까지나 호기심인데, 그따위로 친구를 고통받게 하고 싶지 않았다. 어차피 리볼텔라도 전혀 신경 쓰지 않았을 것이다. 생각을 안 했으면 언니가 얼간이인 거고.

"앙히에, 그럼 확실히 해 둘 게 있어. 네게 무슨 피해가 가면 난 그 사실을 반드시 알아야 해."

그녀는 앙히에가 무슨 헛소리냐고 일갈할 줄 알았다.

그러나 고요했다. 그의 눈이 가늘어졌다.

"내가 왜?"

"실망스럽구나."

"너도 어수대와 있던 일들을 다 말하진 않았잖아."

"어수대와 있었던 일 없어!"

"나도 몇 가지는 나만의 비밀로 남기고 싶은데. 이것마저 거짓말로 알려 줄 순 있겠지만, 난 그편이 오히려 배신 같다고. 안 되는 건 안 된다고 확실히 말해야지. 난 여기서 확실히 말하는 거야. 안 돼. 난 네게 털어놓지 않을 거야."

"앙히에."

그는 대답하지 않았다. 외르타도 답을 재촉할 생각은 없었다. 아니, 재촉이라기보단 '설득'일 것이다. 앙히에의 뜻은 완고해 보였다. 안 되는 건 안 되는 거라고 그가 말했지.

"앙히에, 나도 기억하고 있어. 우리가 다시 만났을 때 우리 주변에 얼마나 사람이 많았는지……. 아직까지 문제가 안 된 게 의심스러울 정도로 말이야. 난 그때 하나도 신경을 못 썼단다. 아니 그때뿐일까? 오늘 낮의 일 전까진 생각조차 못 하고 있었어. 내 일에 너무 옹졸하게 집착한 나머지…… 볼 수가 없었다. 미안해. 너무 여유가 없었다."

"뭐가 미안해? 내가 신경 쓰고 있었으니 걱정 마."

"정말 괜찮은 거야?"

"지금은 정말 괜찮아."

외르타는 그의 헝클어진 머리칼을 바라보았다. 막 누웠다 뛰쳐나온 듯 보였다. 자신의 부름에 항상 저 모양으로 대답해 주는 친구였다. 죄책감에서 기인했다고 한들 밉지 않았다. 그런 이유로 움직이는 사람이 많지 않은 세상 아닌가. 항상 힘이 되는 관계였다.

"그러니 앞으로도 괜찮겠지. 벌써 오스페다로 돌아온 지 한 해라고."

"그러길 바라자."

그녀는 다소 걱정스러운 눈으로 그를 바라보았다. 내가 그에게 힘이 될 수 있을까?

분명 방법이 있을 것이다.

외르타는 바닥에 단단히 뿌리 내렸다. 걸음 수는 잊었다. 제 방에서 이곳까지 적어도 수십, 어쩌면 수백 발자국은 되었을 텐데, 다리만 아릴 뿐 힘들지 않았다. 앉은뱅이가 지난한 노력 끝에 발을 얻은 모양이다. 다행히 금으로 만든 다리는 아니었다. 뼈와 살과 생. 스며들었다.

그녀는 주변을 두리번두리번 둘러보았다. 솔 미라이예의 고즈넉한 석조 기둥. 그뿐이었다. 몇 주 만에 자리를 털고 일어났는데 곁에 있는 사람을 찾기 힘들었다. 수채화에서 한 얼룩, 한 얼룩 사라지더니 이젠 아무도 없군. 물론 외롭다기보단 아쉬운 편에 가까웠다. 이토록 대단한 성취를 이루었건만 아무도 없다는, 그런 안타까움 비슷한 종류였다.

앙히에는 지난번 만남 이후 아예 솔 미라이예에 돌아오지 않은 모양이었다. 오밤중에 쌩하니 나가선 일주일이 넘도록 돌아올 기색이 없었다. 어쩌면 자신이 무언가를 찔렀을 수 있겠으나, 어차피 그도 허다히 칼을 맞는 인생이었을 텐데. 칼끛이가 유난하다. 걱정해 주어도 보답받기가 참 힘들었다.

발렌시아라고 크게 다르지 않았다. 외르타는 정신없는 그의 모습을 보건대 바쁜 사람을 붙잡는 것도 죄악이라고 생각했다.

그녀는 어제 그와 마지막으로 만났을 때를 떠올렸다.

"요즘 바쁜가 보구나."

외르타는 자신의 말이 토라진 식객처럼 들리지 않기를 바랐다. 다만 모름지기 가장 숨기고 싶은 내용이 진심인 법이다. 그녀도 그 사실을 알았다.

"예, 밀린 업무가 많습니다."
"그리 무겁지 않으면 좋겠네."
"큰 문제는 아닙니다. 그러나 당신이 깨어나셔서 다행입니다. 함께 주의를 기울이기엔 제가 부족했을 것입니다."
"난 항상 입 발린 말에 감사해 왔지."

발렌시아는 거짓말이 아니라는 둥, 쓸데없는 변명을 덧붙이지 않았다. 그보다는 담백하고 정갈한 시선에 도움을 받았다. 그는 물끄러미 그녀를 바라보다가, 잠깐 길을 잃은 것처럼 보였다. 아주 잠깐, 덤불에 묻힌 갈림길 표지를 못 찾은 듯.

"걸으실 수 있습니까?"
"오늘은 계단 아래까지 내려갔어."
"고생하셨습니다."
"딱히 하는 일도 없잖니. 이것조차 못 하면 고개를 어떻게 들겠어."
"당신을 위한 일입니다. 그러실 필요는 없습니다. 그러나…… 완전히 회복되기 전에, 잉그레 무도회에 대비하시는 편이 좋겠습니다."
"뭐, 들볶아 봐야 얼마나 들볶겠냐는 생각이지. 난 이미 잉그레에 처음 갔을 때 별꼴 다 겪고 나왔다."
"그때는 저열한 호기심뿐이었습니다. 이제는 줄 위에서 떨어지지 않도록 주의하셔야 합니다."
"아니. 나는 그렇게 생각 안 한다."
"고견을 말씀 주십시오."

“내가 이 타향에 와서 몇 가지 터득한 것들이 있다. 그중 꽤나 뼈아픈 이야기가 있는데…… 난 여전히 당신 객으로 보일 거라는 거지. 내가 왕비이든 왕녀이든, 이 사람들은 다른 나라의 지위에 일고의 가치도 안 둬. 정말 예의라곤 한 점도 없지.”

발렌시아는 당장이라도 의자에서 일어서고 싶은 사람처럼 보였다. 그녀는 그에게 무슨 육감이 있어서 자신이 불편한 말을 할 때마다 저토록 치를 떠는지 모르겠다고 생각했다.

“오히려 내가 경의 객이었다는 점을 새삼 기억해 내고 이것이 새로운 혼인을 위한 초석이라고 떠들어 댈걸. 정말이지 꽤 많은 수가.”

“…….”

“아예 모르는 귀족들이 보면 이상하지 않아. 그 친구들은 내가 불임인 것도 내 사정도 모르잖니. 재산, 아니면 고귀한 태를 보존하기 위해 재혼하는 높은 귀족은 흔한 셈이지. 이제까지 정체를 숨겨 왔지만 이렇게 공개했다고? 자! 이제 남은 건 접붙이기뿐이로군! 모를 줄 알았지만 나의 높은 혜안에 들키고 말았네……! 하하……. 내가 말했잖아. 그러게 경, 혼인 좀 하라고. 이야기들이 죄다 그 모양일걸.”

“그보단 제가 당신을 보호한 이유에 대해 거듭 생각할 기회가 될 것입니다. 미라이예는 이유 없이 객을 들이지 않으며 어제와 같이 오늘도 잉그레의 충복이란 사실을 되새겨야 합니다. 하급 귀족들이 간혹 혼인에 대해 그리 생각할 수는 있겠습니다. 그러나 여전히 삿된 소문이고, 당신의 입에서 나왔다 한들 천만부당한 말씀이십니다.”

“그렇게 정색하고 싫어할 것까지야.”

그의 섬세한 눈썹이 살짝 꿈틀거렸다.

"그렇게 원한다면 나도 열심히 꾸며 보지. 전 왕비의 위엄을 잃지 않고 포로가 된 걸로 보이도록."

"당신은 어떤 경우에도 포로가 아닙니다. 오해가 있으십니다. 거짓 없이 당신 그대로 믿음을 주시면 됩니다. 당신은 말없이 서 계셔도 왕족임을 부정하기가 힘이 듭니다."

"이게 칭찬인지 모르겠네."

"어차피 공식적이든, 공식적이지 않든, 모든 제안은 폐하께서 하십니다. 그것을 기다리십시오. 준비하시라 말씀드린 것은 마음의 준비를 의미한 것이지, 지레짐작하라는 뜻이 아니었습니다."

"신나 죽겠군."

그녀는 대답 없이 일어서던 발렌시아의 윤곽을 기억했다. 생김새 이전에 그림자, 영혼으로 냄새를 맡을 수 있는 사람이었다. 그녀도 드디어 그 점을 이해했다. 확실히 어느 누구와도 닮지 않은 남자였다.

마음속 어떤 깊숙한 곳에는 아쉬운 소리가 남아 있었다. 그녀에게 있어 오스페다를 떠나겠다는 다짐은 여전했던 것이다. 아무리 발렌시아가 사정을 이용했다 한들, 그런 맹세에는 진짜 약속이 깃들지 않는 법이다. 결단코 몰래 떠나지는 않겠지만 그것이 이별에 있어 그리 큰 차이인가? 외르타는 어느 시점이 오면 어김없이 떠나게 될 것이라고 생각했다. 생각이 아니라 확신이었다.

그러니 물수제비뜨는 듯한 만남이 아쉬운 것이다.

솔직히 이야기하자. 아쉬웠다. 지옥 구덩이에서 마주했던 얼굴이 그리울 것이다.

어쩌면 발렌시아는 그녀의 약속과 더불어…… 아주 어쩌면, 솔 미라이예에 누운 아델에게마저 신뢰를 가지고 있을지도 모르겠다는 생각이 문득 들었다. 그러나 그녀는 아델을 위해 남을 생각이 없었다. 그 아이를 위해 자신이 할 수 있는 일은 거의 다 했다. 만일 무언가 더 할 수 있다면, 이토록 안쓰러운 마음으로 추억하는 평생뿐. 더 이상 아이의 시신은 중요하지 않았다.

게다가 놀랍게도, 외르타는 발렌시아에게라면 아델을 맡길 수 있다고 생각하고 있었다. 제 마음을 숨기려는 노력조차 안 했다. 말 그대로였다. 발렌시아는 아델의 마지막을 잘 지켜 줄 것이다. 자세한 사정을 듣지는 못했지만 어쨌든 그 아이를 보전하기 위해 살인도 서슴지 않았던 사람이다. 그리고 그보다 더, 자신이 그를 믿었다.

외르타는 눈에 띄는 정원 중앙에 털썩 주저앉았다. 이름 없는 꽃이 흐드러지게 피어 있어 자주 바예를 베르가를 만들던 자리였다. 지나가는 사람들은 자신을 볼 수 없지만, 자신은 솔 미라이예의 앞마당을 훤히 볼 수 있는 자리이기도 했다. 그녀는 스스로 이 저택에 얼마나 익숙하면 이렇게 완벽한 자리를 찾을 수 있을까 자화자찬했다.

물론 완전히 완벽하지는 않았다. 그녀는 투덜대며 엉덩이에 걸리적거리는 무언가를 걷어 냈다. 누군가 거스러미를 치우지 않은 모양이었다. 그러나 시선을 돌리자 그것은 정원의 자갈이나, 무작위로 떨어진 나뭇조각 같지 않았다. 사람이 만든 아담한 판자였다. 뭐지? 무슨 나무통에서 부서져 나왔나?

그녀는 판자 조각을 눈앞으로 가져왔다. 어느 정도 충동적인 몸짓이었다.

그곳에는 검은 박으로, 정갈한 글씨가 쓰여 있었다.

바르데나 파뇌의 옛 풍습과 그 흔적, 540년 판

외르타는 그 색이 무슨 재질로 만들어졌는지까지 알 것 같았다. 허파 꽁무니에서 숨이 새어 나왔다. 놀란 것이 아니라, 기가 막혀서였다. 숨이 한 번, 두 번, 세 번. 그 숨이 오가는 동안 어떤 생각을 할 수가 없었다. 난데없이 얼굴을 얻어맞은 것 같다.

돌풍이 지나간 뒤, 그녀가 외쳤다.

"진짜…… 그만 좀 해! 방해하지 마!"

누군가 그녀를 봤다면 허공에 화를 내는 금치산자라 했을 것이다. 긴 잠에서 깨어난 지 얼마 안 되었으니 온전하지 않다는 의혹을 받기에도 충분했다.

외르타는 분을 삭이지 못한 모양으로 자리에서 일어났다. 너무 강하게 판자 조각을 쥐고 있던 나머지 걸음에 균형이 맞지 않았다. 그녀는 쩔뚝쩔뚝 우스꽝스럽게 걸었다. 그러나 바로 그렇기 때문에 발에 힘이 담겨 있었다. 바스라질 듯 움켜쥐면 자유롭게 운신할 수 없는 법이다.

"지겹다! 정말……! 겨우 밖으로 나왔더니 또! 한시도 가만히 못 두지, 이 벼락 맞을 것들. 내가 경 옆에 가 있어야 그제야 엄두를 못 낼까!"

하녀 몇이 깜짝 놀란 듯 그녀를 돌아보더니 쪼르르 자리를 비웠다. 외르타는 세상이 싫었으므로, 그들의 명백한 괄시에도 마음 상해하지 않았다. 그 정도 여유도 없었다.

정말이지…… 또 발터야, 발터! 또 어수대라고! 한때 당혹스러웠던 감정은 빠르게 불타올랐다. 연소된 것이 아니라, 불타올랐다. 참 쉽게도 불꽃이 이는 성질머리였다.

그녀는 최대한 빠르게 꼭대기 층으로 걸어 올라갔다. 다리를 절며 악착같이 올라가는데도 그 기세에 눌려 아무도 가까이 오지 못했다. 계단 손잡이 정도가 그녀의 좋은 벗이었다.

그녀는 웬일로 닫혀 있는 꼭대기 층 집무실의 문을 두드렸다. 그 지경까지 아무도 그녀를 말리지 못했다. 누프리? 이미 2층에서 마주쳤다. 그는 그녀를 의심의 눈초리로 바라보았지만 특별히 저지하지 않았다. 어차피 외르타는 이 저택의 주인에게 항상 환영받는 손님이었다.

밖에 있는 이가 누군지 짐작한 듯, 들어오시라는 점잖은 말씨가 들렸다.
오냐, 발터. 내가 보여 주지.
외르타는 겨우 문을 열곤, 자리에 서 있는 발렌시아를 마주보았다. 가깝지 않은 거리였다. 그러나 그녀는 벌써부터 그와 눈싸움이라도 하고 있는 기분이었다.
그녀는 다짜고짜 말했다.
"경, 여기 '바르데나 파뇌의 옛 풍습과 그 흔적 540년 판' 있지?"
"이 자리에는 없습니다. 다만 그처럼 저명한 서적이라면 서재에 있을 것입니다."
"당장 찾아 줘."
"……."
"농담 아니야. 당장 필요하다."
"누프리!"
누프리는 어디선가 유령처럼 나타났다. 아무래도 추이가 궁금하여 주변에 숨어 있었던 듯하다. 외르타는 그를 똑똑히 보곤 앵무새처럼 반복했다. —'바르데나 파뇌의 옛 풍습과 그 흔적, 540년 판!'— 누프리는 잽싸게 옆방으로 뛰어 들어갔다. 외르타는 잠시간 침묵을 어떻게 다룰까 고민했지만, 그녀가 생각을 마무리하기도 전에 솔정이 돌아왔다.
"탁자에 놓여 있었습니다. 이번에 새로 들어온 책인 것 같습니다."
"'새로' 들어왔단 말이지……."
그녀의 목소리는 한숨 같았다. 외르타는 누프리를 밀어 내보낸 뒤 문을 닫았다. 달칵 닫히는 소리가 난 뒤에도 비밀을 단단히 다졌다. 유난히 보안에 신경 쓰는 모양새였다. 발렌시아는 그제야 깃펜을 내렸다.
"문제가 있으십니까?"
"이리 와."
외르타는 엄중하게 말했다. '엄중하다'고? 그녀는 그저 웃음만 나는 표현이라고 생각했다. 곧장 절뚝이며 소파로 향하자니 벌써부터 볼품없다는 생각이 들었다. 발렌시아는 성큼성큼 걸어와 그녀를 부축해 주었다. 단단히 받쳐서, 허리를 곧게 세우고 앉을 수 있도록 안배해 주었다. 아주 익숙한 간병인의 태도였다.

그녀는 마치 한 번도 도움받지 않았다는 듯한 말씨로 말했다.

"발렌시아 경, 내 방금 어수대의 쪽지를 받았다."

외르타는 판자 조각을 탁자 위로 툭 던졌다.

바르데나 파뇌의 옛 풍습과 그 흔적, 540년 판

"난 정말 지겨워. 이제 어수대라면 신물이 난다."

"……."

"그러니 이제 새로 들어왔다는 그 책을 보지. 몹쓸 바르데나 파뇌 말이야."

발렌시아는 천천히 공백을 두고, 그녀에게서 한 칸 떨어진 옆자리에 앉았다. 서서 할 이야기가 아님을 그도 알아차렸다. 그녀는 급하게 책 귀퉁이의 숫자를 찾았다. 게외보르트 암호 체계야 그동안 사소하게 손질되어 왔겠지만, 누이를 향한 고리타분한 방식에는 변한 것이 없을 것이다. 마치 몇 년 전 앙히에가 썼던 암호만큼이나 후진적이겠지.

"펜 줘."

발렌시아는 손에 쥐고 있던 깃펜을 넘겨주었다. 외르타는 펜촉에 침을 묻혔다가 사레가 들려 몇 번이나 기침을 했다. 잠깐의 소란이 있었지만, 곧 조용해졌다. 그녀는 책장을 휙휙 넘겨 댔다. 요리하기 전 칼을 다듬는 것 같았다. 외르타는 한순간 멈추곤 종이 위 글자를 세었다. 몇 부분에 동그라미를 쳤다.

"미……."

외르타는 다시 쭉쭉 넘겼다. 거의 끝 장까지 갔다. 적절한 숫자를 찾기 직전, 옆에 앉은 기사를 넘겨보았다. 발렌시아는 그녀가 암호를 해석하는 방법을 엿볼지 말지 고민하는 기색이었다. 알려 주고 싶지는 않았지만, 그렇다고 그가 직접 알아내는 것을 막고 싶지도 않았다. 아마 그와 거의 비슷하게 갈팡질팡 하는 낯짝일 것이다. 그녀는 단지 계획보다 빠르게 읽어 나가기로 했다.

"라이……."

첫 단어는 너무 뻔했다. 외르타는 성의 없이 내뱉었다.

"그다음은 '예'겠군. 그래, 예."

"……."

'미라이예'. 호명받은 주인공을 바라보았다. 그 역시 고개를 돌려 그녀를 응시했다. 그러나 아직도 파란이 없는 시선이었다. 무감하고 평온하다. 게외보르트가 직접 그를 불렀음에도 그는 바늘 찔린 만큼도 움직이지 않았다.

외르타는 계속해서 책을 해석했다.

"공……."

"……."

"에게……."

"……."

"짐의…… 누…… 이……?"

외르타는 무언가 섬뜩한 느낌을 받았다. 잠깐 책을 내렸다. 어딘가 부당한 대우를 받은 듯한 얼굴로 멍하니 읊조렸다.

"나 말이니?"

"……."

발렌시아는 어떤 말을 하지도, 아니 심지어 고개를 돌릴 생각도 없어 보였다. 자신의 작업을 방해하고 싶지 않은 듯했다. 외르타는 얼떨떨한 얼굴로 다시 한번 책의 앞 장으로 넘어갔다. 다시 뒤로 넘겼다. 다시 중간을 이리저리 오가며 말이 되는 어구를 짜냈다.

그녀는 실피리처럼 더듬더듬 말했다.

"를…… 허락……?"

발렌시아가 처음으로 시선을 들었다. 그녀는 인상을 찌푸리며 방금 전의 일곱 글자를 다시 한번 검토했다. '짐의 누이를 허락' 이게 무슨 소리야? 제정신이야? 그녀는 다시 한번 책을 탈탈 털어 보았다. 똑같았다. '짐의 누이를 허락'.

그의 헛기침 소리가 들렸다. 무슨 말을 하지는 않았지만, 해석이라도 다 끝낸 뒤 이야기하자는 것이다. 그러나 무엇을 몰라서 하는 소리다. 열쇠를 쥔 외르타는 쉽사리 발걸음이 떨어지지 않는 것을 느꼈다. 경험상 하나의 책에 넣을 수 있는 글자의 수에는 한계가 있었다. 짐작컨대 이 문장이 끝일 것이다. 기실 자신은 이미 모든 암호를 들은 것이나 마찬가지였다.

외르타는 줄을 우드득 끊었다.

"……한…… 다……."

그녀는 마구잡이로 책을 넘겨 보았다. 이곳에서 암호는 끝이었다. 뻔하다. 꼭 나쁜 예감은 틀리지 않지.

"미라이예 공에게 짐의 누이를 허락한다."

외르타는 흠칫 놀라 발렌시아를 돌아보았다. 그는 그녀의 말을 한번 정리하는 모양새였다. 더듬더듬 암호를 읽어 댔으니 누군가 정리해 주는 것은 당연한 일이다. 적어도 그렇다고, 이성적으로 생각했다.

그러나 목울대가 당장 싸하게 식었다. 무방비 상태에서 폐부를 찍힌 듯한 느낌이었다.

"음……. 한 번만 더 볼게."

그녀는 다급하게 책을 한 번 더 보았다. 기대를 하긴 했는지 스스로도 알 수가 없었다.

물론 책은 다른 답을 뱉어 내지 않았다. 똑같은 말만 고장 난 태엽인형처럼 중얼거린다. '미라이예 공에게 짐의 누이를 허락한다.' 한숨이 푹 터졌다.

외르타는 그제야 발렌시아의 반응을 살필 여유가 생겼다. 고개를 돌리니, 아무렇게나 맞춘 시선으로 바닥을 바라보는 남자가 보였다. 자신이 허둥댈 동안 저렇게 무표정하게, 단단히 눌린 모습으로 기다린 모양이다. 그는 그녀의 시선을 느낀 듯 몸을 돌렸다.

"다시 검토하셨습니까?"

"응."

"맞습니까?"

"……."

"당신 입으로 확언해 주십시오."

"어……. 뭘? 아, 이것……. 미라이예 공에게…… 짐의 누이를 허락한다. 설마 이게 또 다른 암호는 아니겠지? 발터가 이런 소리를 지껄인다는 게 당최 이해가 안 가서……."

그녀는 그가 무슨 말이라도 할 줄 알았다. 다시 살펴보라고 재촉하거나, 제대로 본 것이 맞느냐며 추궁하거나, 아니면 적어도 두 번째 암호라도 가진 것이 있는지 질문할 줄 알았다.

그러나 그는 조용했다. 아까보다 약간 호흡이 빠른 것 같기도 했다. 외르타는 인상을 찌푸렸다.

"난…… 제대로 읽었어. 문장이 나왔잖아. 문장이 나온 것부터가 그걸 증명하는 거 아니야……? 두 번, 세 번 봤는데 대체 해석을 못 하겠다. 혹시 비아냥대는 걸까? 폐하께서 지극히 원하시는 어떤 일도 일어나지 않는다고?"

그녀는 주절주절 떠들어 댔다. 당황하자 말이 많아졌다. 모르긴 몰라도 지금 냉정한 생각이 하나도 안 드는 것을 보니 놀라긴 한 모양이었다. '미라이예 공에게 짐의 누이를 허락한다.' 뭐? 발터가 자신의 누이를 허락하겠다고 한 거야? 그것도 딤니팔 유일한 공작가인 미라이예에? 대체 왜? 아무 생각도 들지 않았다. 애써 생각해 보려 해도 영 모르겠다.

반면 억지로 잊은 것은 저 말이 불러올 결과였다. 물론 발터의 목소리는 현실성 없는 제안이다. 말마따나 제 오라비가 '자신과의 무엇'을 '허락'한들, 첫째로 자신이 싫었고, 둘째로 이것이 게외보르트의 조롱인지 아닌지, 다른 저의를 가진 문구인지 구분할 수 없었다. 또한 발렌시아는 좋은 가문과의 ―어떤 가문이 되었든― 혼인을 앞둔 청년이었으며, 자신은 아이도 못 가지는 불구라는 점도 꼭 한 줄 끼워 넣어야 했다.

다만 이 모든 잡초를 뽑더라도 저 한 줄이 던지는 압도적인 충격에는 대적할 수가 없는 것이다. 어쨌든 제 장애의 가장 큰 부분은 게외보르트였다. 발터의 분노를 상기시켜 주면, 누구라도 간담이 서늘해진 채 인정하니까. 자신에겐 손도 댈 수 없다. 소위 게외보르트의 신성불가침이라고 여겨지면 딱 좋았다. 그런데 오라비가 직접 씌운 그 보호를 다시 제 손으로 벗겨 내고 있는 것이다.

그녀는 깜짝 놀랐다. 세상에, 보호란다. 게외보르트의 보호? 혹은 오라비의 보호? 둘 모두 당혹스러울 정도로 우스꽝스러운 말이었다.

……하지만 지금에 와서 '보호' 외에 다른 무슨 단어로 설명할 수 있다는 말인가?

외르타는 겨우 현실로 돌아와 그를 바라보았다.

"경, 대체 이게 뭘까?"

그녀는 그가 무마해 주기를 바랐다. 그녀의 말에는 그 의도가 너무 빤히 보였다. 어떻게든 수습해라. 어떻게든 발터의 의도를 해석하고 나를 설득시켜라. 나는 당신이 그럴 능력이 있음을 믿어 의심치 않는다.

"……."

이상한 침묵이 흘렀다. 그녀는 그와 시선을 마주하려 노력했지만 좀처럼 붙지 못했다. 고작해야 세 뼘쯤 떨어져 있는데 세계 반대편에라도 서 있는 것 같았다. 그녀는 헛기침을 하려고 입을 벌렸다. 그러자 그의 눈과 겨우 마주할 수 있었다.

시선에서 부스러기 같은 떨림이 느껴졌다.

외르타는 몸을 젖혔다. 그녀는 무언가를 보았다. 도저히 잘못 보았다고 생각할 수가 없었다. 너무 익숙한 종류였다. 잘 익은 상처가 다시 쑤셔 왔다.

아니야. 그럴 리가.

그녀는 그의 계산되지 않은 몸짓을 보았다. 멋대로 흐드러진 손, 습관 같은 경직, 날것 그대로 드러난 시선 같은.

아니, 말도 안 된다. 매듭을 단단히 여미자.

그녀는 눈부터 가빠지는 숨을 보았다. 눈빛의 목과 팔에 초록색 힘줄이 돋아나 있었다. 눈이 헐떡이자 뺨이 경련한다. 그 떨림을 보았다.

당연히 말도 안 되지!

발렌시아는 지나치게 자신에게 집중하고 있었다. 그 시선에서 눈을 떼기가 힘들었다. 외르타는 그의 눈을 맞받아 노려보면서, 소파 위에 얹힌 손까지 볼 수 있었다. 어찌 된 일인지 모르겠다. 보기 좋게 어둡고, 크고, 곧고, 혈관이 튀어나온 기사의 손. 도드라진 관절과 다듬어지지 않은 손톱이 그를 증명했다. 분명하게 묘사할 수 있었다. 주름까지, 전부.

확실히 손이 보였다. 그러나 그의 눈을 보고 있었다. 손을 보고 있다. 하지만 그를 보는 것이다. 여전히 공기에 남은 흉터인 듯 그의 손이 보였다. 혹시 그가, 그의 손이 움직일까 봐 두려운 것일까? 양쪽 눈으로 경계하는 초식동물처럼 모든 것을 보지 않곤 살아남을 수 없다…….

그녀는 이를 악물었다. 견디기가 힘들었다. 무언가 오해가 있을 것이다. 이렇게 넘기면 안 된다. 무의미한 소동을 줄여야 했다. 누군가는 사람의 언어를 해야 할 필요가 있었다.

"……발렌시아 경?"

그녀의 목소리는 약간 먹혀 있었다.

"경."

한마디를 더할 때마다 조금씩 숨이 말라 가는 기분이었다. 그래서 감히 세 번째 단어는 꺼내지도 못했다. 조개 같은 정적이 흘렀다. 정말 무시무시한 침묵.

어느 순간, 그가 일부러 깊게 들이마시는 소리가 들렸다.

"폐하께 알려야 합니다."

그녀는 그가 대답했다는 사실에 너무나 안도하여 그를 질책할 생각도 못 했다.

"그…… 래. 내용이 공유될 건 각오하고 말했어."

발렌시아는 자리에서 일어났다.

그녀는 소파에 기대어, 그의 무게가 떠나는 것을 느꼈다. 그가 아니라, 그의 무게가 떠났다. 굳게 닫혔던 문이 한 번 열렸다가 다시 닫혔다. 그녀는 뻣뻣하게 굳은 자신의 손을 내려다보았다.

'뭐?'

그녀는 자신에게 물어보았다. 어떤 것을 묻는지 스스로도 잘 몰랐다.

'왜?'

손을 꾹 쥐었다. 여전히 질문을 이해할 수 없었다. 홀로 내뱉는 의문이 으레 그렇듯 자신을 다독이기 위한 문장이었다.

그녀는 멍하니 읊조렸다.

"발렌시아?"

대저 왕이란 직업을 가지고 편하게 쉬기는 틀린 일이다. 겨우 잠에 취했는데 갑작스레 들이닥친 접견과 같은, 그런 흉측한 공격들이 도처에 도사리고 있는 것이다.

자카리는 거의 애원할 뻔했다. 사흘 동안 도합 여섯 시간을 잤으니 당신쯤은 무시하면 안 되겠느냐고 속으로 투덜거렸다. 상대가 발렌시아인 것을 알고도 짜증은 그치지 않았다. 그는 가운을 걸쳐 입고 비척비척 알현실로 나섰다. '별것 아닌 일이면 정말 죽여 버린다.' 그는 벌이 왱왱대는 머리를 부여잡고 진심으로 그렇게 다짐했다.

"오랜만일세, 발렌시아! 우리 지난번의 만남 이후 짐이 여섯 시간쯤 잤다는 사실을 알고 있나?"

"폐하, 갑작스러운 알현에 깊은 사죄를 올립니다. 최대한 짧게 말씀드리고자 합니다."

"진심이라면 빨리 끝내게."

"어수대가 외르타 발미레와 접선을 시도했습니다."

자카리는 팔걸이를 '쾅' 내리쳤다. 반쯤은 고통으로 정신을 두들기기 위한 조치였다. 효과가 없었다.

"젠장! 짧아질 수가 없는 이야기로군."

"노력하겠습니다. 어수대는 책 속에 암호를 넣는 방식으로 외르타에게 접촉했습니다. 정확히 어떤 이가 전갈을 넣었는지에 대해선 수색 중입니다. 외르타 발미레는 쪽지를 받은 즉각 제게 고발했습니다. 책 속의 암호를 발미레가 해석한 그대로 말씀드리겠습니다. '미라이예 공에게 짐의 누이를 허락한다.'"

"젠장!"

발렌시아는 욕지기를 뱉어 내는 자신의 왕을 바라보았다. 그는 주군의 요청대로 짧게 요약했다. 그러나 그것이 그의 화를 더 돋운 것 같았다.

자카리는 자신이 고통스러운 이유가 잠을 자지 못했기 때문인지 화가 났기 때문인지 도저히 알 수 없었다. 누군가 뒤에서 머리를 꽉 조이는 느낌이었다. 그는 곧장 자리에서 일어나선 폴짝폴짝 뛰었다. 물론 그다지 정신이 또렷해지지는 않았다. 차라리 말이 도움이 될 것 같았다.

"그 개자식이……."

물론 입 밖으로 나오는 부산물에는 항상 실수가 함께한다.

"여봐란듯이 조롱이군. 짐이 매일같이 게외보르트를 흘겨보는 것이 그렇게 우스웠나 보지? 너같이 멍청한 한량이 한바탕 꿈을 꾸고 있다고 꼭 말해 주고 싶었겠지. 그 와중 어수대가 탄로 나도 전혀 아쉽지 않았을 걸세! 손 하나 까딱 않고 남들이 버둥대는 걸 구경하면 그렇게 보기 좋을 수가 없거든!"

산발적인 비난이 터져 나왔다. 한 사람에게서 나오는 것이라곤 믿을 수 없을 정도로 소란스러웠다.

"다아아 알고 있었을 거다! 짐이 그렇듯 저것들도 제 눈을 뽑아다 오만 곳에 전시하는 걸 참 좋아하네. 그러니 다 알겠지, 다! 네가 발미레에게 욕심을 가진 걸 이 세상에 모르는 사람이 어디 있겠나. 그리고 발미레가 이제 사지 멀쩡히 깨어난 걸 모르는 사람이 어디 있겠나! 연애사 하나에 중앙삼국에서 흐뭇해한다면 그것도 참 축복이로군. 아, 뭘 빼먹었지? 그래! 짐은 괴롭단 사실을 빼먹었군! 이건 일종의 연대 책임이네. 네가 광장에 끌려 나와 돌을 맞고 있는데 어랍쇼, 정신 차려 보니 짐도 함께 무릎 꿇고 있는 걸세."

"……."

"발터하임부르겐이 보기에 저놈의 공작이 누이에게 흑심을 품었다. 첫 번째 감상으로 유쾌하진 않았을 걸세. 확실해. 얼마나 지겹겠어? 겨우 한 사람 무덤을 팠더니 또 있다고? 하지만 무슨 상관이겠나? 어차피 제 누이는 석녀인데. 어떤 사달이 나든 핏줄은 자신을 방해하지 못하는데. 따라서 그의 계획에는 —그 정신병자에게 계획이란 게 있다면— 아무런 영향도 없지. 하지만 조롱하고 싶어질 수는 있겠지! 저녁 먹고 체한 속이 불편하다면!"

"……."

"어쩌면, 그는 네가 뜻대로 행동하길 바랄지도 모르네. 어떤 면에서 그건 외르타 발미레의 애매한 위치를 깔끔하게 재정리해 줄 테니까. 그녀가 오롯이 망명자가 된다면 곤란하지. 딤니팔 네놈들이 또 정의의 수호자인 체하도록 도와줄 순 없지. 공작의 여자? 세상에! 그런 묘안이 있을 줄은 상상도 못 했는데! 아주 근사해 보일 거다. 그러면 그렇지, 공작도 욕심이 있었으니 도와줬을 거라고!"

"……."

"더불어 외르타 발미레가 무슨 말을 하든 더 이상 독립적인 발언이 될 수 없겠지. 미라이예의 그림자에 들어간 순간부터 모든 것이 공작의 발언으로 여겨질 걸세. 그녀의 외교적인 영향력 자체를 거세하는 거지. 이 얼마나 행복한 결말이냐!"

"폐하께 바로, 직접 말씀을 올리는 것이 제 임무라 생각했습니다. 신산하신 와중 걱정을 더해 드렸다니 저로서는 죄스러운 마음을 가누기 힘이 듭니다."

자카리는 멍한 머리를 돕기 위해 다시 한번 팔걸이를 쾅쾅 내리쳤다. 발렌시아는 붉게 달아오른 그의 손목을 보며 말했다.

"말씀하신 바 깊게 고민하고 있습니다. 하지만 그녀와 미라이예가 관계를 맺을 시의 위험은 저희도 충분히 인지하고 있었습니다. 그 부분은 확실합니다. 불확실한 것은 발터하임부르겐이 굳이 전갈을 전한 이유입니다. 그에겐 어떤 쪽으로든 도움이 되지 않는 일입니다."

자카리는 그를 물끄러미 바라보았다. 발렌시아는 제 왕을 살피듯 숨을 골랐다가, 순순히 이어 나갔다.

"물론 한 가지는……."

"한 가지, 뭐?"

"한 가지는 추측할 수 있을 것 같습니다. 발터하임부르겐은 외르타가 어느 쪽인지 확인하고 싶었을 공산이 큽니다. 어수대의 전갈이 폐하, 혹은 제게 공유된다면 외르타가 더 이상 게외보르트에 적을 두지 않았음이 증명됩니다."

"뒷말은 짐이 이어 주지. 즉, 발미레는 곧장 네게 달려와서 일러바쳤다. 따라서 외르타 발미레는 우리 편이다? 너무 편파적인 해석은 아니고?"

"사실입니다. 이제 발터하임부르겐도 그녀의 배반을 깨달았을 것입니다."

자카리는 더 이상 비꼬지 않았다. 발렌시아는 고려해 볼 만한 의견을 건넸다. 그는 술이라도 한잔 마시고 싶었다.

"그러나 외르타를 확인하려는 목적만으로 무릅쓰기엔 위험이 큽니다. 어수대를 노출했으니, 미라이에가 쫓을 것입니다. 폐하께서 명하신다면 무명이 추적을 도울 수도 있습니다. 이미 한 번 어수대원을 빼앗긴 상황에서 또 다른 어수대원의 꼬리를 남기는 것은 무모하고, 현명하지 못한 일입니다. 제 이해가 미진하므로, 존경하는 폐하께 조언을 구하옵고자 합니다."

"네 말에 동의한다. 이로써 게외보르트는 발미레를 가용한 전력에서 완전히 제외했다. 그러나 그뿐이지. 이걸 이득이라고 본대도 아주 손톱만 한 이득일세. 그 이전에는 얼마나 외르타가 중요했다고? 그녀는 짐에게나 딤니팔에 아무 도움도 안 되네. 그만큼이나 가치가 없고, 따라서 게외보르트가 그녀를 필요로 할 이유도 없겠지."

"……."

"확실히…… 어수대가 왜 그따위 소식을 전했는지는 이해가 가지 않네. 정말 짐을 조롱하기 위해서인가?"

발렌시아가 살짝 고개를 숙였다. 자카리는 그의 수신호를 해석하기 위해 노력했다. 당황했나? 아니면 고민하고 있을까? 그것도 아니라면 실망한 건가?

"저는 이것이 연막이 아닐까 의심됩니다."

"어떤 것을 감추기 위한 연막?"

"모르겠습니다. 다만 저희에게 좋은 소식은 아닐 것입니다."

"너무 빠르군. 무슨 근거로?"

"딤니팔이 게외보르트의 모든 행동에 곤두서 있다는 사실은 비밀이 아닙니다. 그 와중에 이번 소식은…… 이번 소식에서는 어떠한 밑바탕도 찾을 수 없습니다. 전언에 담긴 저의를 찾기 위해 많은 추측이 오갈 것입니다. 따라서 저희가 엉뚱한 곳으로 경계를 돌리도록 유도하는 것은 아닐지 궁금합니다."

"지금 우리의 허를 찌르는 것이 가능키나 한가?"

"모르겠습니다. 다만 의심합니다."

자카리는 얼굴을 감싸 쥐었다.

"우리와 싸우기는 싫어해, 마지막 관계인 누이마저 잘라내, 그 와중에 조롱하는 건 잊지 않는군."

"조롱하기 위한 목적이……."

"아니고, 다른 의도가 있다고? 그럴 수도. 하지만 그 와중에 적을 조롱할 수 있다면 누가 거절하겠나?"

"폐하."

"그리고 너무 격렬히 부정하는 것 같은데, 직접적인 전언을 너무 무시하는 것은 아닌가, 공작? '미라이예 공에게 짐의 누이를 허락한다.'"

침묵.

"물론 거짓말일 수도 있지만, 진실일 수도 있다. 어차피 우리의 친애하는 이웃이 짚어 주든 말든 발미레에게는 더 이상 이용 가치가 없다. 이건 그녀가 미라이예에 들어가는 것과는 전혀 무관한 일이다. 더군다나 이야기는 항상 무궁무진하지. 발미레가 공작가에 들어가면 우리는 또 다른 변명을 구축할 수 있네. 말은 말일 뿐이야. 꾸며 내면 되는 걸세. 중요한 건 실제적인 힘이고, 입방아 찧는 것들은 그다지 두려워할 게 못 돼."

"말씀하십시오."

그는 아직 본론이 나오지 않았다는 사실을 잘 아는 모양이었다. 자카리는 고통스러운 이마를 문지르며 읊조렸다.

"그녀를 취해. 짐이 보호한다."

명령보다는 휘파람에 가까웠다. 여러 가지 의미의 휘파람이다.

"폐하께서는 제가 외르타에게 신경 쓰지 않기를 바라셨습니다."

"그 말을 번복한 지 몇 개월은 된 것 같은데."

"저는 폐하께서 정확히 어떤 것을 원하시는지 모르겠습니다."

"잘 알면서 무시하는군. 첫째로 우리의 옛 관계로 돌아가는 것이 중요하네."

"그것은 폐하께 달린 일입니다. 저는 단 한 번도 제 충성심을 흩트린 적이 없습니다. 제가 부족하여 감정적인 모습을 보여 드렸을 수는 있으나, 단 한 번도 폐하께 대적하지 않았습니다."

"그렇다면 그녀가 있어야 네가 안정될 거라는 짐의 추측에 대해선 어떻게 생각하나?"

"그녀의 자유 의지로 남아 있지 않다면 더욱 고통일 것입니다."

"그래. 근데 그건 네 꿈에서도 안 일어날 일이지."

"알고 있습니다."

"명심해. 이제 장애물은 없네."

발렌시아가 얼굴을 살짝 찡그리는 모습이 보였다.

"혹여 아직도 의심이 든다면 말해 주마. 네가 발미레를 취한다면 짐이 얻을 제일가는 이득은 그녀가 정치적으로 쓸모가 없어진다는 사실이네. 하! 설마 이 말에 놀라진 않았겠지. 발터하임부르겐도 짐도 그녀가 체스 판에서 물러나길 바라고 있네. 그녀는 더 이상 계산에 넣을 수 있는 변수가 아니야. 누구와도 손을 잡을 수 있지만 누구와도 손을 잡을 수 없는 사람이 바로 발미레일세. 미라이예의 부속지가 된다면 그보다 더 좋을 수는 없지."

"외르타를 전면에서 배제하기 위한 방법은 많습니다. 그녀에게 적당한 죄를 물어 유배할 수도 있습니다."

"아니, 짐에게 가장 편한 방법은 네가 발미레를 취하는 걸세. 실제로 자든 말든, 네 그림자로든 첩으로든 들이는 거지. 이로써 네게도 벌을 줄 수 있고, 그러나 동시에 벌이라기에는 상이며, 그녀에게도 새로운 시작을 위해 좋은 일이지. 그 짓이 평생 갈 수는 없으니."

"폐하, 진심이십니까?"

"짐의 말에 어디가 잘못되었나?"

"아니요. 그대로 말씀드렸습니다. 저는 폐하의 말씀이 진의인지……."

"그러면 짐이 지금까지 계속 헛소리를 했을까? 너를 괴롭히려고 변죽만 울리고 있었다고? 아니지. 이건 짐에게 가장 손쉬운 방법이 맞네. 단지 그 와중에 네 편의와 요청을 들어줄 생각이 없을 뿐이지. 굳이 널 위해 우회로를 만들지는 않겠어. 그것이 짐의 의도네."

공작은 처음 보는 사람의 얼굴을 보듯 왕의 얼굴을 응시했다.

그는 눈을 피하지 않았다. 껍질이 한 겹 벗겨지고, 다시 한 겹 더 벗겨졌다.

무표정은 가장 정직한 표정이다. 생각은 이미 말과 허공으로 흘러 나가고 공백만 남아 가장 곧다. 푸른 눈이 살짝 가늘어졌다.

"폐하, 이것은 개인적인 일입니다. 저는 잉그레에서 귀족들의 사사까지 조종할 수 있다고 믿지 않습니다. 제가 전쟁터에 나가 목숨을 바치길 원하십니까? 그렇게 명해 주십시오. 따르겠습니다. 그것이 제 기사된 임무이기 때문입니다. 제 아우에게 반역죄를 묻길 원하십니까? 그것이 잉그레의 결정이라면, 저도 아우도 감히 드릴 말씀이 없을 것입니다. 제 아우는 분명 역도의 죄를 저질렀기 때문입니다. 그러나 폐하께서 오로지 제 감정 때문에 한 사람을 착취하길 바라신다면 저는 그 명에 따를 수 없습니다."

그는 아주 분명히 말했다.

자카리도 변명하지 않았다. 자신이 냉정하게 외르타 건을 다루지 않았음을 안다. 그는 직접적으로, 감정적으로 발렌시아를 건드렸고, 상대도 대응했다. 오랜만에 꽤나 정직한 대화를 해냈다.

"발렌시아, 알다시피 너는 그녀가 자유로운 방식으로 곁에 둘 수 없다."

"압니다."

"그리고 그때 짐은 그녀를 도울 것이다. 네가 최우선책을 따르지 않았으니, 그녀가 제시하는 차선책—유배—을 도울 수밖에 없게 된다. 때문에 이건 짐의 경고이기도 하지."

"폐하의 뜻대로 해 주십시오."

"위장하는 방법도 있잖나. 이름만 그림자이되, 아무 짓도 하지 않는 거다."

"이름이 모든 것입니다."

"너는 로크뢰와 같을 수가 없다. 그녀도 그것을 안다. 큰 차이가 있을 거다."

뚜벅뚜벅 걸어 나오던 말이 뚝 멈췄다. 갑자기 자신감을 잃어버린 것 같았다.

"……."

"고려해 보게. 짐이 오로지 네 고통을 위해 제안하는 것은 아닐세."

"……."

"그리고 오늘 받은 전갈은 잘 생각해 보겠네. 특히 네가 이야기한, 다른 저의가 있을지 모른다는 건에 대해선 또 사흘 밤을 새워 보지. 언제는 많이 잤다고."

"……."

"이만 가 보게."

발렌시아는 잉그레의 예를 표하고 알현실을 나섰다.

자카리가 진심으로 제안했다는 사실에 놀라움이 가시지 않았다. 단순한 말장난, 혹은 짜증스러운 단견인 줄로만 알았다. 어차피 그녀를 제거한다는 똑같은 목적하에 진행할 수 있는 일들은 산더미처럼 쌓여 있었다. 그중에 구태여, 단 하나, 미라이예에서 그녀를 취한다는 제안을 왕이 고른 것은 심술에 가까웠다. 적어도, 그렇게 생각했다.

"그녀를 취해. 짐이 보호한다."

마치 지렛대를 올려 짐을 들라고 명령하는 듯하다. 그렇게나 간단하고, 무감동하고, 연속적인 일로 보이나? 그의 왕은 모든 일이 종이 위에서 일어난다고 생각하며, 실질적인 살과 피, 놀라움과 증오에 대해서는 알지 못하는 것이다. 어쩌면 전쟁을 직접 치러 본 경험이 없어서일지도 모르겠다. 말과 글은 쉬워도 살인은 쉽지 않다. 서류가 왕에게 사람을 잊게 만들었다.

발렌시아는 문득 자신이 '왕을 평가했다'는 사실에 놀랐다. 서서히 걸음이 멈췄다. 번개에 맞아 멈춘 것이 아니라, 물에 젖듯 느릿느릿 멈췄다. 깨달음도 그와 같았다.

그리고 그와 동시에 냉정이 찾아왔다. 자카리는 바보가 아니었다. 그리고 적어도 자신보다는 공감에 있어서 뛰어난 자질을 갖췄다. 방금 전 스스로 이를 갈아붙인 말과는 거리가 멀다.

나는 자카리를 비난했다.

'공작'이 아니라 '나'이고 '폐하'가 아니라 '자카리'였으며, '의견'이 아니라 '비난'이었다. 모든 것이 일차원적으로 짓밟혔다. 그 이상으로 사고하기가 어려웠다. 세 살배기 아이처럼 그저 싫은 것이다. 상대의 말이 짜증스럽고, 화가 나고, 거슬릴 뿐이다. 싫어하는 것이 먼저이고 변명은 그다음이었다. 이 지경까지 떨어졌군.

발렌시아는 그녀를 취하라는 자카리의 말이 진정이었더라도 전혀 개의치 않았다. 왕의 진의를 확인하고도 거절했으니 앞으로 타협의 여지가 없기도 했다. 발터하임부르겐의 장난질도 지겹다. 왕들의 고백이란 그다지 설득력이 없는 법이다.

미라이예 공에게 짐의 누이를 허락한다.

헛소리. 분명히 숨겨진 의도가 있을 것이다. 첫째로, 외르타가 딤니팔에 정보를 투명하게 공개한다는 점을 확인한 것. 둘째로, 분명히 무언가를 가리고 있다는 것.

무언가가 있다. 우리에게 숨기고 싶은 내용, 최고의 순간에 본인이 의도하는 대로 터뜨리지 않으면 모조리 망가지는 어떤 음모가 있는 것이다. 딤니팔이 곤두서서 게외보르트의 초침이라도 엿보려는 작금의 상황에서, 우리가 잠깐이라도 흔들리면 여파가 크다. 왜 외르타에게 접근했나? 왜 하필 저런 문구를 보낸 것인가? 혹 숨겨진 암호라도 있지 않을까? 고민은 중요하다. 귀를 막는다. 잘못된 방향에서 토굴을 파고 있으리라. 한 치 앞이…….

추론은 냉정한 사람이나 할 수 있는 일이다. 그는 또다시 횡설수설하고 있었다.

첩? 그림자? 이상한 단어다.

사실만 두고 말하자면 그는 언제든 욕심을 부릴 수 있었다. 그녀는 언제나 제 시야에 머물렀다. 감히 제 권속이라고 주장할 수도 있다. 따라서 이것은 누가 허락하고 허락하지 않고의 문제가 아니었다. 자카리와 발터하임부르겐은 제 결정에 어떠한 영향도 미치지 않았다. 부수적인 무게 추가 이쪽으로, 저쪽으로 놓이겠지만 그뿐이었다. 결정은 기욺이다. 미끄러짐이다. 꺾임이다. 그는 기울지도, 미끄러지지도, 꺾이지도 않았다.

오로지 자신에게 선택지가 있었음을 안다.

나는 그렇게 하지 않는다. 이것은 선택이다.

인간이란 생각을 문장으로 구겨 넣는 순간 다시 한번 설득되는 법이다. 그는 자신의 선택을 두드려 보았다. 너무도 단단해서 흠집조차 나지 않았다. 잔을 넘치게 하는 것은 마지막 물방울이다. 그는 제 말랑하던 결정이 최후의 계단을 올랐음을 알았다. 지금까지 왜 이렇게 헤맸는지, 어떤 냉정이 그의 걸음을 붙잡았는지 스스로도 의아했다.

이성적이지 않았다. 그는 아무 논리 없이 자연스럽게 결정했다. 감히 직감으로 결정했다고 말해도 좋을 것이다.

"경."

그는 불을 환히 켠 채, 문을 활짝 연 채 자신을 부르는 목소리를 들었다. 꼭대기 층에 가기 위해선 반드시 지나야 하는 함정이었다.

그는 고개를 들었다. 무언가 미끄러지는 소리가 났다. 그러나 제 두 발은 단단히 땅 위에 발을 디디고 있었다. 그는 조용히 그녀의 말에 이끌려 갔다.

"혹시 폐하께서 뭐라고 하시던?"

그는 방금 전 미끄러진 것이 무엇인지 깨달았다. 미끄러졌다기보다는 쓸려 내려간 것이고, 쓸려 내려갔다기보다는 떨어져 죽은 것이다. 여러 가지 말들. 한철을 버티다 저문 비밀들. 하찮은 감정들. 남모를 선택을 위해 숨죽여 왔던 고통. 말라붙은 고름, 선혈, 흉터.

"물론 비밀이면 이야기하지 않아도 되지만…… 여기까지 온 건 할 말이 있어서겠지?"

그녀는 이제 희망을 숨기지도 못했다. 자신이 마무리 짓지 못한 대화를 자카리가 해결해 주었으리라 믿는 것이다. 기괴한 신뢰다. 마치 그녀와 자신 간에 왕의 지분이라도 있다는 듯이. 그러나 그의 말, 감정, 결정은 어떤 것에도 구애받지 않았다. 오로지 그였다. 그리고 그는 아까 전 말을 마무리 짓지 못했다.

"아직 숙고 중입니다."

마치 네가 정상이기라도 한 듯이 말하는군.

"응? 어떤 부분이?"

"발터하임부르겐이 특별한 의도 없이 그러했으리라고는 생각지 않습니다. 저로서는 당신의 적籍을 확인하기 위한 행동이 아닐까 판단했습니다. 하지만 현명하신 폐하께서 저보다 더 확실한 답을 주실 것입니다."

헛소리의 향연이다.

"내 적을 확인한다고? 아, 내가 아직도 동향인지 확인해 봤다는 거지? 고자질하나, 고자질하지 않나? 그 기대라니……. 유치하기 이를 데가 없구나. 게외보르트는 내 성격일 뿐이지 충성의 대상이 아닌데."

"……."

"혹여나 너희들도 나에 대해서 그렇게 생각했다면……."

"아니요. 당신이 게외보르트와 내통한들 얻는 이익이 없다는 점을 알고 있습니다. 저도, 폐하도 오래전부터 확신했습니다."

"아니, 그것보단 내 진심을 알아줘야지. 경이 그것도 몰라서야."

외르타는 어울리지 않는 농담을 끝낸 사람이 흔히 그러하듯 머쓱하게 웃었다.

"확인한 뒤 알려 드리겠습니다."

"고마워."

그녀는 다시 이불 속으로 기어들어 갔다. 그의 시선이 그녀의 다리에 살짝 머물렀다가, 다시 힘없는 머리칼로 옮겨 갔다.

"아, 다리는 정말 괜찮아. 당신이 걱정하지 않아도 될 만큼 괜찮다."

"무도회에 나가셔도 괜찮으시겠습니까?"

"꽤나 전부터, 응."

"채비하겠습니다. 말씀드렸듯 일주야 내가 될 듯합니다."

"좋아. 나는 음, 마음의 준비를 하지."

그녀는 다시 한번 머쓱하게 웃었다. 자신이 농담을 받아들일 수 없다고 생각하는 모양이었다.

"……."

그는 앉지도 떠나지도 않았다. 외르타는 조금 당황한 것처럼 양손을 쫙 펼쳐 보였다.

"피곤할 텐데 이만 올라가렴. 나도 요샌 일찍 잠드는 편이라서."

"……."

"사람이 원래 한 번쯤 죽을 고비를 넘겨 봐야 건강을 챙긴다잖니."

그녀는 또다시 어색하게 웃었다. 세 번째였다.

그는 무언가 입 밖에 내려 했으나, 너무 많은 것들이 부족했다. 말로 채우기 힘들었다.

말은 형체가 없다. 손자국 없이 스치는 바람처럼 무력했다. 말로만 문지른 모든 것들은 이미 부서졌다. 또다시 무의미하게 부서질 것들을 남기고 싶지 않았다.

발렌시아는 손을 들었다. 희미한 빛을 받은 외르타의 갈색 눈이 깜박였다. 그의 손이 아주 잠깐 움츠러들었다. 주저했나? 아니면 잠깐 숨을 멈췄을까? 그것도 아니라면 한순간 죽음을 겪었을지도 모르겠다.

어쨌든 그는 그녀의 앞머리로 손을 가져갔다. 닿았다. 미풍처럼 걷어 올렸다. 침묵.

발렌시아는 보일 듯 말 듯 이상하게 웃었다. 다른 좋은 단어들이 있었겠지만, 그로선 이상하다는 말 너머로 묘사할 수가 없었다. 자신이 생각하기에도 이상한 웃음이었다. 넘쳐흘렀다.

그는 한 걸음 물러났다. 손은 얌전히 제자리에 돌리고, 마치 무덤에서 멀어지듯 예의 바르게 물러섰다. 그러다 갑자기 손목을 틀어잡혔다. 약했지만 악착같은 힘이었다.

그는 그녀를 뿌리쳤다.

발렌시아는 뒤돌아보지 않고 떠났다.

외르타는 손목에 달린 코르사주를 매만졌다. 차분한 동작이라고는 할 수 없다. 다소 급하게, 몇 번이나 연달아 구겼는지 스스로도 잘 몰랐다. 누군가 가까이 다가오면 노려보았다가, 기대하던 사람이 아님을 깨닫고 수그러들었다. 그녀는 스스로가 한심했다.

결국 참지 못하고 자리에서 일어섰다. 함께 얌전히 기다리던 하녀가 놀라 그녀를 잡으려 했다. 그러나 그 와중에도, 억센 인간과 부딪치기가 참 어려운지 손을 움켜쥐는 모습이 보였다. 그래, 그런 취급이 딱히 이상하지도 않았다.

그녀는 뚜벅뚜벅 중앙 문으로 걸어 나갔다. 아무도 제지하지 않았으나, 눈앞에 뚱하니 서 있는 마부는 자신이 출발하잔다고 움직일 사람 같지 않았다. 그러나 그녀는 시도해 보기로 했다.

"먼저 가자."

"죄송합니다."

외르타는 기대도 안 했다는 듯 손사래와 함께 걸음을 돌렸다. 다리가 불편하여 마차를 불러 둔 것이지 어차피 항상 걸어가던 길이다. 그녀는 바닥에 끌리는 흰 치맛자락을 틀어쥐곤 성큼성큼 마차를 돌아갔다. 누군가 제 옆으로 급하게 따라붙는 것이 느껴졌다.

"리베 발미레."

"왜?"

누프리는 그녀가 말린다고 말려지는 사람이 아니란 사실을 잘 알았다. 애초에 그녀에게 훈시하기 위해 뛰쳐나온 것도 아닌 모양이었다.

"불편하면 언제든 기대십시오."

"고마워."

"마차를 타고 가시면 좋을 텐데요."

"발렌시아 경이 나오지 않잖아."

"합하께서 잉그레에 늦으실 리 없잖습니까. 리베의 단장이 다소 이르게 끝난 까닭입니다."

"그게 핑계가 될 정도로 바쁘다면 내가 먼저 가는 게 낫겠지. 가서 기다리자."

"그쪽이 더 번거로우실 겁니다."

누프리는 자신의 걸음을 늦추기 위해 수작을 부리고 있었다. 그것을 알아차리는 데 큰 수고가 필요하지도 않았다. 빠르지도 않은 걸음에 참 속도 좁다. 그녀는 한숨을 쉬며 그를 돌아보았다.

그리고 저택 문을 나서는 발렌시아를 발견했다.

"꼭 꼭 제일 귀찮은 짓만 골라 하는구나, 당신도."

"저는 리베를 걱정하여 드린 말씀인데요. 아, 합하께서 나오셨군요."

외르타는 저항하지 않고 뒤를 돌아보았다. 어두운 색 예복을 입은 발렌시아가 어느새 마차를 돌리고 있었다. 기껏해야 수십 발자국 정도 왔을 텐데, 그것을 또 데려오겠단다. 그녀는 뻔히 보이는 그의 의도에 이상한 기분이 들었다. 어떤 언어로든 표현하기가 어려웠다.

"외르타, 늦어서 죄송합니다."

외르타는 그에게 대답할지 고민했다. 아주 잠깐이었으나, 요동쳤다. 그러나 어떤 말을 붙여 보기도 전에 그가 체칼라스를 둘러 주었다. 거의 느껴지지도 않는 손짓이었다. 발렌시아가 마차의 문을 열어 주자, 그녀는 가타부타 대답하지도 않은 채 냉큼 잡아탔다. 그것이 자신에게 있어서 가장 안전한 길처럼 보였다. 그가 따라 마차에 오르고, 달칵 소리가 나도록 문을 닫았다.

공간이 넓어 무릎조차 마주 닿지 않았다. 그녀는 일부러 그를 바라보지 않으려 했다. 모든 곳에 시선을 두되, 발렌시아만 오려 내었다. 외르타는 마차 안을 쉽사리 훔쳐볼 수 없도록 문양이 그려진 차창을 노려보았다. 그러나 온몸의 신경은 곤두서서, 대각선 방향에 앉아 있을 누군가의 열기에 사사건건 놀랐다.

이유는 깊게 생각하지 않아도 알 수 있다. 발터의 전언傳言에 이어진 발렌시아의 이상한 행동들 때문이다. 그녀는 진심으로 그를 의심하고 싶지 않았다. 다를 것이다, 다르다, 달라야 한다. 끌로 긁어 새겨 두었다. 다른 암시가 있었다고 말하기엔 그녀도 바보가 아니었다. 세상의 일반론에 어둡지 않다. 내가 겪어 본 애정이 그렇게 적을라고? 그렇게 쩍쩍 들러붙는, 습기 차고 깨끗하지 못한 무언가에 대해선 적잖이 익숙했다. 누가 모르겠어?

그러나 한 가지 희망이 있다면, 발렌시아였다. 그녀는 좀처럼 그가 그럴 수 있는 사람이라고 상상하기 어려웠다.

무슨 표정을 짓고 있을까? 아니, 나를 바라보고 있기는 할까? 내 의심을 알고 있을 텐데, 어떻게 오해를 풀지 고민하고 있을까? 나는…….

외르타는 입술을 꽉 깨물었다. 그의 말을 듣고 싶지 않았다. 그것이 설명이 되었든 변명이 되었든, 그도 아니면 심지어 고백이 되었든 도저히 인정할 수가 없었다. 기둥처럼 서 있던 이가 갑자기 인간이 되어 자신에게 말하는 느낌이다.

그녀는 덜컥, 너무 잔인한 말이라고 생각했다. 지금까지 그를 무어라고 생각한 건가?

마차 문이 열렸다. 그녀는 깜짝 놀라서 왼쪽을 바라보았다. 말 그대로 한마디도 없이 잉그레에 도착한 모양이었다. 발렌시아는 어느새 자연스레 그녀에게 손을 내밀고 있었다. 담백하고 조용했다.

외르타는 그를 바라보지 않은 채 그의 손을 잡았다. 내려왔다. 그 침착한 손을 잡은 순간 자신의 투덜대던 마음이 눈 녹듯 사라지는 것을 느꼈다. 아마 마지막 궁금증이 도움이 되었을 것이다. '지금까지 그를 무어라고 생각한 건가?' 그가 말하는 행위 자체가 꺼림칙하다는 자신은 역겹다. 그리고 그의 말을 듣지도 않고 지레 질색하는 겁쟁이 짓은 옳지 못했다.

그녀는 손을 놓으려는 그를 역으로 잡았다. 발렌시아는 읽기 힘든 시선으로 그녀를 바라보다가, 몸을 돌려 천천히 걸어갔다.

"빠르면 말씀하십시오."

외르타는 그의 손을 고쳐 쥐고 알겠노라 대답했다. 주변 시선이 부분부분 몰렸다. 그녀는 제 손에 쥔 것이 무엇인지 잊을 수 없게 만드는 분위기가 조금 웃겼다. 어쩌다 이렇게 되어서.

"폐하께서 어떤 시점에 언급하실지 저도 아는 바가 없습니다. 각오해 두셔야 합니다."

"각오는 오늘 아침부터 했어."

"공개된 뒤론 어디에 머무르시든, 자주 잉그레 행사에 참석하시게 될 것입니다."

"너무한 거 아니니? 내가 그걸 모를 거라고?"

"그래도 당신은 딤니팔에 어둡습니다."

그녀는 그를 흘끗 바라보았다. 무언가 다른 것이, 빛이, 선이, 그들 사이를 가로지른 것 같았다. 아주 빠르고 가늘게. 그러나 분명히 존재했다.

"난 두 나라에서 온갖 의전을 겪었단다. 이런 상황엔 익숙해."

"저는 당신이 딤니팔에 어둡다고 말씀드렸습니다. 당신이 라르디슈에 익숙해지기까지 적지 않은 시간이 걸렸으리라 생각합니다. 제가 당신의 뿌리를 이해한다고 하지 않듯이, 당신도 낯선 부분을 인정하셔야 합니다."

잘못 들은 것이 아니었다. 발렌시아는 의도적으로 딤니팔을 이야기하고 있었다. 누구보다 서로 다른 조각들. 그녀는 그가 어제를 변명하고 있는 것인지 의심했다.

그녀는 어느새 중앙 홀의 입구에 서서, 짧게 발렌시아를 잡아당겼다.

"잠깐만……."

일부러 낮은 신발을 신었는데도 발끝이 말썽이었다. 그녀는 혼자 꿈지럭대며 발을 고치다, 그가 허리를 숙이려 하자 놀라선 상대를 잡아챘다.

"뭐 하는 짓이야!"

속삭였다.

"신을 고쳐 드리려 했습니다."

"제발 정신 좀 차려! 여기서?"

"다리가 온전치 않으시니 당연히 제가 도울 일입니다."

"아, 제발, 경."

그녀는 급하게 발을 욱여넣고는 발렌시아의 팔을 두드렸다. 이제 괜찮으니 가자는 표시였다. 그는 인상을 살짝 찌푸렸다가, 그녀가 한 번 더 때리자 걸음을 뗐다.

외르타는 마음속으로 투덜대며 주변을 둘러보았다. 예전만큼 딤니팔 귀족들이 정신 사납고 불쾌하지는 않았다. 주변 시선이 달라졌다기보다는 단순히 자신이 나아진 덕분이었다. 시선에 신경 썼다면 초입부터 발렌시아의 손을 붙들고 오진 않았겠지.

회장은 예전에 비해 놀랄 만큼 화려했다. 그녀도 경탄을 숨기지 못했다. 설마 나를 신경 써서 이 난리를 피워 둔 것은 아니겠고, 레아가 무슨 발표라도 할까? 온갖 곳에 피어 있는 생화와 훤히 드러난 민스트렐 갤러리, 너무도 화려해서 부서진 것처럼 보이는 도금 거울, 그 거울에 번쩍번쩍 비치는 둥그스름한 불빛, 다들 옷차림조차 홀에 지지 않았다. 그녀는 발렌시아와 자신이 꽤나 간소한 예복을 입고 있음을 깨달았다.

"오랜만일세, 발미레."

그녀는 깜짝 놀라 옆을 돌아보았다. 평범한 귀족처럼 불쑥 나타나다니, 구경꾼에게는 억울할 일이었다. 그녀는 급하게 잉그레의 예를 표했다.

"건강은 괜찮은가?"

"걱정해 주신 덕분에 생각보다 빨리 일어날 수 있었습니다. 이렇게 잘 걷고 있는 것도."

그녀는 빙그레 웃으며 앞뒤로 한 발자국씩 걸어 보였다.

"전부 폐하의 공덕입니다."

"원, 말도. 혹시 잠시 내실로 갈 수 있겠나?"

"예."

"그대도 함께 가세."

발렌시아는 대답 없이 고개를 숙였다. 자카리는 만족스럽게 뒤돌아 회장의 가장자리로 그들을 안내했다. 물론 사람을 헤치는 게 아니라, 사람들이 이미 열 발자국 전에 그들을 피하는 모양새였다. 외르타는 너무 시선을 끄는 것은 아닌지 걱정되었다.

"겉옷은 무명에게 맡기고."

어느새 그림자처럼 나타난 무명이 손을 내밀어 그들의 옷을 받아 갔다. 외르타는 아직도 풍습이 익숙지 않아 마지막 베일까지 벗어 주곤 왕을 쫓았다.

그는 곧장 왼쪽에 나 있는 방에 들어갔다. 그녀가 따르고, 마지막으로 발렌시아가 문을 꽉 닫아 걸었다.

"좋아. 그대에게 특별히 이견이 없다면, 지금 이 자리에서 나가자마자 그대 이름을 공표함세."

그녀는 하마터면 용건이 너무 성급하시다고 말할 뻔했다. 상대의 머리 위에 얹힌 약식 왕관이 가까스로 입을 막았다.

"제 처분은 어떻게 됩니까?"

"특별히 달라질 것은 없지. 솔 미라이예에 숙식하며 짐이 부탁하는 장소에만 꼬박꼬박 나와 주어도 더 바랄 나위 없을 걸세."

"잘못 말씀드렸군요. 폐하께서 마음에 두신 제 역할이 궁금합니다."

자카리가 그녀를 빤히 바라보았다. 외르타는 그가 가끔 보이곤 하는, 저 꿰뚫어 보는 듯한 시선이 싫었다. 그가 실제로 자신을 해석할 수 있든 없든, 단순 기분 문제였다. 저 뼛속 깊이 새겨진 오만함이 불쾌하면서도 별수 없이 굴복하게 된다. 이 난장 맞을 딤니팔 것들은 항상 뒷맛이 좋지 않았다.

"크게 없네. 별별 치들이 불러 댈 텐데, 그 자리에 꼬박꼬박 출석해서 그대가 건강하다는 사실을 보여 주기만 하면 되지. 그대도 이미 그대에게 별 가치가 없다는 사실을 알 걸세. 그저 편히, 잘 사시면 되네."

"……."

"아, 잊을 뻔했군. 그대에겐 남부 영지 다섯 단위가 수여될 걸세. 영지에 거주하는 것보다는 도회 생활을 추천하네만, 그대 뜻이지. 다만 오스페다 쪽이 신변을 지키기엔 좀 더 나을 거라고 생각하네. 공작이 그대를 보호하기 위해 물심양면 애쓸 테니까."

"어제 확인하셨듯…… 제가 쓸모없는 이유는 제 오라비가 저를 버렸기 때문입니다. 게외보르트가 저를 묵살한다는 전제하에, 제 목숨이 위험할 이유를 잘 모르겠습니다."

"세상에, 발미레. 그대가 지난 몇 달 동안 누구 덕분에 누워 있었다고 생각하는 건가?"

"뤼페닝 역시 두 번 복수할 성격은 아닙니다."

발렌시아가 어딘가에 기대어 있던 몸을 일으켰다. 그녀는 기척에 놀라 고개를 들었다. 그러나 그의 표정까지 살피기는 어려운 일이었다.

"발미레, 짐이 그대를 보며 항상 느끼는 점이 무언 줄 아나?"

"말씀하십시오."

"그대는 사람을 지나치게 믿어."

외르타는 그 순간 자카리가 아닌 발렌시아를 바라보았다. 그럴 수밖에 없었다. 그는 피하지도 않고 그녀를 응시하고 있었다. 시퍼런 눈이 깊다 못해 검었다. 어떤 시선인지는 잘 모르겠다.

"어린애처럼 매양 순진하게 남을 신뢰하고 졸졸 따른다는 말이 아니야. 정말 아니야. 그보다 그대는…… 상대를 안다고 너무 쉽게 확신하네. 뤼페닝에 대해 그대가 생각하는 바를 알겠네. 성정이 담백하고 뒤끝이 없어서 하나의 잘못엔 한 번의 치죄로 끝낼 거라고, 그런 이야기를 하는 거겠지. 그대가 그 인간을 잘못 봤다고 판단하지는 않겠어. 하지만 그런 가변적인 것에 목숨을 걸 수는 없잖나."

"사람을 못 믿으신다면, 폐하께서는 무엇에 기반하여 움직이십니까? 사람을 보는 눈이 폐하의 힘 아니십니까?"

"아니지. 짐은 사람을 보지 않네. 그 사람이 얻을 이득을 보네."

자카리는 입을 다물었다. 아무래도 연설이 길었다고 생각하는 모양이었다. 그녀도 딱히 덧붙일 말이 없었다. 자신이 사람을 판단하면 쉽게 돌이키지 않는 것은 사실이지만, 모든 사람이 이해득실에 따라 움직이지는 않는다. 세상이 그런 법이다. 그녀는 그 산증인이었다.

침묵 속에서 발렌시아가 불쑥 끼어들었다.

"폐하, 그러면 오늘 바로 외르타의 이름을 함에 물어 봉하실 예정이십니까?"

"그렇지. 백작위이고, 덕분에 명칭이 좀 더 길어지겠지만."

"이름은 먼저 말씀 주실 수 있나요?"

"외르타 마멜렛 기위 얀 발미레."

"실례가 아니라면, 무슨 뜻인지 여쭤 봐도 될지요?"

"발미레는 알다시피 '서쪽에서 온 자'이고, 마멜렛은 잉그레의 보석 중 하나이며, 기위는 '복수자'라는 의미네."

외르타는 실로 오랜만에 마음에서 우러나는 미소를 지었다.

"꼼꼼히 배려해 주시다니 제가 아는 폐하답지 않으시군요."

"마음에 들어 할 줄 알았는데."

"혹시 의견을 드릴 수 있을지 궁금합니다."

"얼마든지."

"기왕 그렇게 지으셨다면, '마멜렛'은 제 딸 이름으로 고쳐 주세요. 딤니팔 식으로 '아델라이데'면 좋겠습니다."

"문제없네. 외르타 아델라이데 기위 얀 발미레. 좀 노골적인 것 같긴 한데, 그대만 괜찮다면야."

"마음에 꼭 듭니다."

자카리가 어깨를 으쓱였다.

"폐하, 외르타에게 수여되는 영지는 몇 번째 의례를 거치게 됩니까?"

"수발 좀 그만 들어라. 짐이 알아서 하겠거니."

"……."

"첫 번째다, 첫 번째! 누구에게도 책잡히지 않도록 공문에 기록할 예정이네. 이제 마음에 차나?"

"감사합니다."

외르타는 영문 모를 것을 챙겨 준 발렌시아에게 감사 인사를 해야 할지 고민했다. 그러나 그는 어느새 시선을 돌려, 말조차 나누기 싫어하는 모양새로 보였다. 그녀는 살짝 들어 올렸던 손을 떨궜다.

"좋아. 다 정리됐군. 그러면 짐은 이제 그대들과 나가서 잔을 땡땡 두드리고, 좌중의 주목 속에 미라이예의 객인 발미레가 사실은 게외보르트의 왕녀이며 라르디슈의 전 왕비임을 발표할 것이네. 다들 놀라 나자빠지기엔 너무 많은 것들을 알고 있으니 소란은 그리 크지 않을 걸세.

곧장 이어서 짐이 발미레에게 이름을 하사하겠네. 또, 불민한 사건이 있었음을 부정할 순 없지만, 그런 암수를 딤니팔이 성공적으로 방어하여 그대가 이 자리에 건강하게 서 있다는 것을 증명할 예정이네. 잘 걸을 수 있지? 좋아. 그러면 마지막으로 짐이 그대의 쾌차를 축복하며 영지를 내리면 되겠지. 빠르고 깨끗하게 끝내자고."

"폐하의 뜻에 따르겠습니다."

왕은 만족스럽게 둘을 향해 손짓했다. 이 잠깐의 모임은 사전 준비 이상도 이하도 아니었던 모양이다.

그녀는 싱숭생숭한 마음으로 몸을 돌렸다. 곧 누군가가 당신을 벌거벗기겠다고 예고라도 한 느낌이었다. 그렇게 수치스러운 것은 아니지만, 그렇다고 흔쾌히 받아들일 수 있는 내용도 아니었다.

그들은 방을 나서 다시 무명에게로 돌아왔다.

외르타는 발렌시아가 지나치게 조용한 것이 거슬렸다. 이름과 영지를 챙겨 준 말들 외에는 단 한마디도 없었다. 그녀는 옷가지를 주섬주섬 쥐며 그의 팔뚝을 잡았다. 발렌시아는 리베들이 으레 그러하듯 수행을 원하는 줄로만 알고 고분고분 팔을 내주는 모양이었다. 아니, 그 문제가 아닌데. 외르타는 내심 그가 먼저 채비했어야 한다고 생각했다.

유치하게도.

그녀는 발렌시아의 팔에 살짝 손을 얹은 채로, 자카리가 홀 끄트머리 위 왕좌에 앉는 것을 지켜보았다. 공기처럼 자연스러웠다. 좌중의 소란이 점차 잦아들다가, 이내 개미 새끼 한 마리 얼씬 않는 정적으로 변했다. 다들 떠드는 체해도 자신의 왕이 앉는데 보지 못하는 역도들은 아니었다.

“이미 인사를 여러 번 했지만, 그래도 이런 허례허식을 생략할 수야 없지. 몸 건강히 또 찾아온 그대들에겐 항상 놀랍군.”

그의 실없는 말은 조용한 홀에 아주 잘 울렸다.

“오늘은 우선 다들 익히 기대하던 의례를 하나 치르려 한다. 외르타 발미레.”

그녀는 이렇게 덜컥 불릴 줄은 상상도 못 했다. 적어도 몇몇 공치사 정도는 지나고 자신이 호명될 거라고 생각했지, 이렇게 다짜고짜?

그러나 발렌시아가 팔을 내려 자신을 떠밀자 지체할 새가 없었다. 그녀는 치마를 살짝 들어 올리곤 급하게 한 칸 올라섰다. 잉그레의 예를 표하며 깊게 고개를 숙였다. 주변의 시선이 거의 실제 세워진 날처럼 따갑게 폐부를 찔러 왔다.

“그대, 옛 이름으로 칭하는 무례를 용서하기를. 라그랑주 파르무티에 외르타-라르공드 비에이라 라르디슈 올 발루아는 로크뢰 1세의 악행을 고발하며 딤니팔에 투항하였다. 게외보르트는 이미 여러 해 전 자신의 핏줄을 포기했으므로, 그런 무법자들에게 신변을 부탁할 수는 없는 일이다. 반면 우리는 언제고 망명자에게 도타운 후의를 보임으로써 다음 세대를 도모했던 딤니팔이다. 그대도 우리 몸가짐에 도움을 얻었길 바란다, 외르타 발미레.”

“…….”

“짐, 라 딤니파 카타름 생로 자카리 디본도네 이니고 산테카를로는 그대에게 새 이름 '외르타 아델라이데 기위 얀 발미레'를 선사한다. 이 이름은 백작위, 남부 생드니 다섯 개 성과 함께 수여되며, 지금 당장 함에 물어 봉하겠다."

외르타는 살짝 고개를 들었다. 자카리가 손짓하자 옆에 선 무명이 그녀 가까이로 몸을 숙였다. 그녀는 피하지 않기 위해 무진 애를 썼다. 왜 이러는 거야?

무명은 가벼운 손짓으로 그녀에게서 푸른 체칼라스를 걷어 갔다. 그리고 이를 부드럽게 이어서, 자카리가 어떤 천을 자신의 오른쪽 어깨에 걸쳐 주었다. 체칼라스처럼 간소하지는 않았다. 사정을 모르는 자신이 보기에도 의식용으로, 딤니팔을 상징하는 황금색 자수가 어떤 문양, 혹은 글자를 그리고 있는 공단이었다.

"지금껏 라르디슈의 복수 어린 암수에서 그녀를 보호한 미라이예를 잉그레가 축복한다. 비열한 라르디슈의 태자가 공포문에서 자만하였듯, 그녀가 공격받은 것은 숨길 수 없는 사실이다. 그러나 딤니팔이 제공하는 어떤 보호든 라르디슈가 발미레 백에게 티끌이라도 상처 입히도록 두고 보지 않았을 것이다. 오스페다가 뼈저리게 되새기길 바란다. 짐의 나라는 망명자를 가벼이 여기지 않는다. 덕분에 이렇듯, 백작 역시 건강하게 함께 라르디슈의 패악을 규탄할 수 있게 되었다.

또한 어려운 상황에서 망명자의 정체를 발설하지 않은 공작의 절제심에도 본받을 만한 점이 있을 것이다. 다만 이제 발미레 백작은 신분을 부여받았고, 더 이상 미라이예의 객이 될 수 없으니 체칼라스는 보답과 함께 돌려주는 편이 옳겠다."

그녀는 무명이 실제로 발렌시아에게 체칼라스를 돌려주었을지 너무나 궁금했다. 하지만 이 상황에서 고개를 돌릴 수가 없었다.

"외르타 아델라이데 기위 얀 발미레. 그대의 안전에 첫 잔을 들도록 하자."

"은혜에 감읍할 따름입니다."

자카리가 자리에서 일어서선, 그녀에게로 두 걸음 다가왔다. 그는 다른 쪽 손에 들고 있던 잔을 내밀었다.

"우리의 우정이 비열한 이들을 향한 복수가 되길."

"적들이 폐하의 존함에 무릎 꿇을 것입니다."

그녀는 조심스레 잔을 받아 마셨다. 다소 달콤한 감각이 살아 있는 포도주였다. 어쩌면 자신을 배려한 것인지도 모르겠다. 자카리 역시 한 번에 잔을 비우곤, 성공적으로 끝냈다는 양 그녀의 어깨를 툭툭 쳐 주었다.

"자 그럼, 편히 말씀들 나누게."

외르타는 다시 한번 잉그레의 예를 표하곤 뒷걸음질 쳐 물러났다. 벌써부터 진이 빠졌다. 그녀는 고개를 휘휘 돌리다 그 자리에 그대로 서 있는 발렌시아를 발견하곤 다가갔다. 고민하지도 않은 첫마디를 내뱉었다.

"체칼라스는…… 돌려받으셨나요?"

아무리 백작위를 부여받았다 해도 미라이예와는 격이 다른 법이다. 그녀는 꾸역꾸역 공대를 주워 삼켰다.

"예."

"……."

"그러나 백작께서 솔 미라이예에 머무르는 것까지 돌이키지는 않습니다. 원하는 대로 머무르시면 저의 기쁨이 될 것입니다."

마치 누군가 미리 넣어 둔 답을 듣는 것 같았다. 외르타는 골똘히 생각하다가, 저이가 언제는 안 그랬을까 하는 안이한 결론을 내렸다.

"건강은 괜찮으십니까, 백작?"

그녀는 하마터면 자신을 부른 줄도 모를 뻔했다. 여성의 목소리였다.

"아, 예, 자멘테 후. 오랜만입니다."

"소식을 듣고 어찌나 황망했는지 모릅니다. 하나, 이렇듯 건강하시니 많은 분들께서 가슴을 쓸어내리시겠군요. 옆에 계신 공작도 함께."

"여전히 실감이 안 난다고 말씀드리면 믿으실까요?"

"저희도 실감이 안 난답니다."

자멘테 후작이 작게 웃음을 터뜨렸다.

대화의 손님이 무슨 말을 더 잇기 전, 갑작스레 발렌시아가 몸을 돌렸다. 그건 결코 누군가에게 인사하려는 품이 아니었다. 그렇게 친절했다면 오히려 놀랐으리란 생각이 들었다. 인사보다는 경계였고 경계보다는 살해에 가까운 시선이었다. 그녀는 자신의 비유에 놀라 입을 꾹 다물었다. 그래, 살해에 가까운 시선.

외르타는 그의 입이 벌어졌다가, 어떤 경고도 외치지 못하고 꾹 다물리는 것을 보았다.

"발렌시아 경……?"

발렌시아는 그녀를 돌아보지 않은 채 손만 살짝 들었다. 대체 왜? 그 순간 외르타는 자멘테 후작마저 긴장해 있는 모습을 발견했다. 이 두 사람이 함께 얼어붙을 일이라곤 단 한 가지였다.

외르타는 눈으로 자카리를 찾았다.

딤니팔의 왕은 왕좌의 첫 번째 단 위에 발을 걸치고 서서, 어떤 노귀족과 함께 웃음을 터뜨리고 있었다. 세상모르고 유쾌한 얼굴이었다. 대체 저런 망중한의 무엇이 살해를 부른다는 말인가? 그러나 관찰하는 찰나, 외르타 또한 발견했다. 누군가 꽤나 긴 인파를 뚫고 자카리에게 다가가고 있었다. 그녀는 다시 발렌시아를 올려다보았다. 그는 뚫어져라 제 왕을 보고 있었지만, 더 이상 그의 안전을 염려하는 표정은 아니었다. 그보다는 어떤, 피할 수 없는 쇠공을 보는 태도였다.

자카리의 얼굴에서 웃음기가 사라졌다. 대화를 나누던 귀족이 한 발짝 물러났다. 이제 자카리 앞에는 도저히 이 무도회장에 어울리지 않는 분위기의 남성이 섰다. 공손하지만 굴종하지 않고, 단정하지만 화려하지 않은 차림새였다. 그가 살짝 고개를 숙이더니 —잉그레의 예를 표하지 않았다— 옷자락 너머로 무언가를 건네는 모습이 보였다.

회장은 여전히 소란스럽다. 습기 많은 날 빛이 산란하듯 모든 것이 정신 사나웠다. 조명이, 기쁘고 노여운 웅성거림이. 자카리가 천천히 밀봉된 서한을 펼쳐선…….

외르타는 한꺼번에 여러 발자국을 내딛다 걸음을 헛디뎠다. 누군가 손을 뻗었고, 누구인지 알고 그의 손을 쥐었다. 그녀는 그의 손을 아래로 짓누르며, 이 악문 표정으로 돌아보았다.

"경."

"저도 확인했습니다."

흑룡. 나의.

"공작, 폐하께 가 보셔야 합니다. 서간의 인주로 미루어 보아 작은 일은 아니겠지요."

그는 대답하지 않았다. 꿋꿋이 제자리에서 버티며, 왕이 용건을 마칠 때까지 움직일 마음이 없는 모양이었다.

외르타는 보았다. 인주에 새겨진 검은 용은 고향처럼 성말랐다. 그녀가 눈치채지 못하는 사이에 몸이 먼저 나섰다. 그러나 기울 뿐 나아갈 수 없었다. 발렌시아가 마주 잡고 있던 손을 놓지 않았던 것이다. 외르타는 실로 오랜만에 힘에 묶였다.

"기다리십시오."

"제 권한입니다."

"당신의 권한이 아닙니다."

"당신이 막을 순……."

그녀는 거의 하대에 가깝게 대답하다가, 자카리가 급작스레 움직이자 집중을 잃었다.

왕이 고개를 돌렸다. 그들 사이의 실랑이를 발견한 모양이었다. 외르타는 그와 눈이 마주쳤다고 확신할 수 있었다. 그 다듬어지지 않은 눈빛에 목숨이라도 걸 수 있었다. 자카리는 그녀에게 시선이 머무른 순간 무슨 판단을 내린 것처럼 보였다. 그는 내려왔던 단을 다시 올라가선, 왕좌 앞에 비스듬하고 불량하게 섰다. 종이를 내려다보는 그의 표정을 읽기가 힘들었다. 외르타는 조급하여 거의 고함을 내지를 뻔했다.

그의 입이 열렸다.

"클라우지우스 아벤트로트 피아 라티스본 발터 틸 게외보르트 트리첸바. 검은 홀의 주인."

사방이 잦아들었다. 고요했다.

이해하지 못할 감정으로 뱃속이 타들어 갔다. 제 혈육이 말하고 있다. 이것은 누이를 향한 외침이었다. 저 난장 맞을, 한심한 비겁자가 주둥이는 살아 있다고 편지를 전하는 것이다. 그녀는 숨이 가빠지는 것도 숨기지 못한 채 어떤 외마디 언어를 속삭였다. 발렌시아뿐만 아니라, 자멘테가 돌아보았다. 뜻이 없었기에 그들도 이해할 수 없었을 것이다.

그러나 외르타는 한마디를 더 준비했다.

"검은 홀의 주인."

외르타를 보는 자멘테의 시선이 살짝 가늘어졌다. 새삼 상대의 출신을 되새기는 모양이었다.

"딤니팔의 왕에게."

이 땅의 어떤 인간도 감히 자카리에게 저리 말할 수 없었다. 편지의 주인은 이 땅에 서 있지 않은 존재였다.

"그대가 짐의 누이를 망명자로 보호하고 있음을 안다. 이웃으로서 친절히 제안하건대, 오스페다가 왕녀를 죽여 후환을 방지할 수 있길 바란다."

외르타는 터지지 못한 어떤 감정으로 입술을 달싹였다.

"딤니팔은 솔림와르를 잊지 않아야 한다. 충고에 따르지 않을 시 딤니팔 서부 소르사부터 마요르딘까지, 봄을 넘기지 못할 것이다. 건설적인 양국 관계를 위해 다시금 원칙을 되새기고 함께 노력할 수 있기를 희망한다. 끝."

자카리가 좌중을 향해 종이를 흔들어 보였다. 고작해야 종이 한 장이건만 펄럭이는 소리가 온 홀에 다 울렸다. 신민들이 놀라고 긴장한 얼굴로 잉그레의 수장을 바라보았다.

"우리의 친애하는 이웃에 대해 그대들이 어떻게 생각할지 궁금하군."

"……."

"짐은 방금 전 발미레 백작과 우정을 약속했다. 또한, 짐이 직접 이름과 작위를 수여한 이는 예외 없이 딤니팔의 보호하에 있다. 때문에 소위 검은 홀의 주인께서는, 이에 대해 별로 할 말이 없어야 한다. 서쪽 땅 몇 마지기를 가졌다고 농담이 과하지 않나?"

정적.

"그러나 게외보르트가 우리 말을 곧이 들을 것 같지 않군."

"……."

"십이공회는 지금 당장 눌라레의 방에 모이도록."

외르타는 급하게 발렌시아의 손을 뿌리쳤다. 그녀도 그 이유를 정확히 설명하기 힘들었다. 그러나 뿌리치고, 약간 일그러진 얼굴로 그를 노려보았다. 아니, 그를 노려본 것이 아니라 자멘테를 노려본 것이고, 자카리를 노려본 것이고, 홀에 있는 모든 사람을 노려본 것이다. 그녀는 자신이 건드리면 죽이거나, 아니면 죽어 버릴 듯한 표정을 하고 있음을 잘 알았다.

준비하지도 못하고 뺨을 맞은 기분이었다. 마지막으로 이런 일이 있었을 때 아델이 죽었다. 아무리 자카리가 행복한 얼굴로 전쟁을 이야기한들 기억은 사라지지 않는 법이다. 그리고 오라비에 대한 신뢰도 사라지려야 사라질 수 없는 종류였다. 이 색 어둡고 기이한 믿음. 타고났고, 아마 영원하리라.

"나는 모든 것이 두려워. 나 자신이, 핏줄과 누님이, 내가 가진 힘, 내가 지배할 이 땅이, 이 땅을 수호할 일이, 패배와 죽음이 두렵다."

발터의 목소리는 어제 일처럼 생생했다.

"외르타, 나는 너도 무섭다. 네가 나중에 얼마나 큰 불행을 안길지, 내가 너로 인해 어떤 골치를 겪을지, 그 맹목으로 인해 어찌나 많은 이가 피를 볼지."

그녀는 마치 그가 앞에 서 있기라도 한 듯 확 물러났다.

"그때 난 네게 자비를 두지 않을 거다."

발터는 이미 자신에게 자비를 두지 않은 역사가 있었다.

외르타는 더 이상 생각하지 않으려 했다. 자카리가 자신을 이용하려 한다면 게외보르트의 공문은 언제든 당연히 받아야 할 것이었다. '공에게 짐의 누이를 허락한다.' 일고의 가치도 없지. 완전히 조롱이었지. 그녀는 그것에 속아서는 안 되었다. 발터가 살아 있는 핏줄에게 어깃장을 놓는 것이 어떻게 놀랄 일인가? 예상 가능한 행동 아닌가? 각오하고 있었다. 각오하고 있었어야 했다.

그러나 생각만큼 잘되지 않았다. 그녀는 그런 자신이 잘 이해되지 않았다. 그렇게 평생을 준비해 두고 또다시 깜짝 놀라다니 스물다섯 해 동안 배워먹은 것이 없지 않나? 너무 당황스럽고 억울했다.

"발미레 백. 잠시 따라오게."

외르타는 바람 소리가 날 정도로 세게 고개를 들었다. 어느새 자카리가 눈앞에 서 있었다. 딤니팔의 왕이었다. 정적 속에, 수백 쌍의 눈이 몰렸다. 그녀는 고개를 끄덕였다. 누군가의 부축을 받고 싶지 않았기에 왕의 금빛 자락을 가까스로 좇았다.

그녀는 자카리가 일부러 자신과 보폭을 맞추는 모습을 보곤 놀랐다. 그는 주변에 들리지 않도록 고개 숙여 낮게 속삭였다.

"이 순간부턴 어떤 것도 짐의 흉계가 아니다. 이제 짐은 진심으로 그대를 보호할 예정이다. 우리의 유대로 그대 목숨을 지켜 보도록 하자."

외르타는 딤니팔의 왕이 진실을 말하고 있음을 알았다. 그녀는 멈춰 섰다. 자카리 역시 멈춰 섰다. 그의 눈이 새파란 불처럼 자신을 응시하고 있었다. 시선이 부드럽게 재촉하자, 그녀는 대답해야만 했다.

"예, 이해했습니다."

자카리가 끄덕인 뒤 걸음을 옮겼다. 외르타는 급하게 왕을 따라잡았다. 홀을 가로지르자 십이공회가 하나, 하나둘, 하나둘셋씩 그들에게 합류했다. 외르타는 낮게 울리는 자멘테의 목소리를 들으며 그들이 기뻐하고 있을지 의심했다. 딤니팔의 서부 귀족이라면 해묵은 복수가 반가울 테지. 아니 어쩌면, 서부뿐 아니라 모든 딤니팔 귀족들에게 뛸 듯 기쁜 소식이고 자신만 이토록 좌불안석일 것이다.

그녀는 딤니팔 사람이 될 수 없었다. 그렇게 사리 밝고 야멸차고 속세에 거머리처럼 달라붙어 있는 어떤 것. 그것이 자신이 배워 온 딤니팔이었다. 정말 싫었다. 기사의 나라인 체하지. 눈앞에선 예절을 배운 척 꾸밀 것이다. 그러나 지도에, 종이에 금과 글자를 그어 섭리를 뒤트는 일에는 그들이 제일이었다. 눈앞에서 사람을 베어 죽이는 인간보단 일부러 수만 명을 굶겨 죽이는 인간이 더 혐오스러운 법이다. 그 추악

한 민낯을 가리기 위해 기사도랍시고 비치지도 않는 외투를 입었다. 이렇게 내 목숨을 전 세계에 효수해 두고도 위선자들은 참 설렐 텐데.

왜 갑자기 모든 게 낯선지 그녀도 잘 몰랐다. 게외보르트의 반응을 각오했다고 생각했는데 놀라고 말았다. 딤니팔의 간계를 받아들였다고 생각했는데 다시금 혐오스러웠다. 사사건건 새로운 일을 겪는 것처럼 선뜻했다.

그녀는 입술에 피가 나도록 깨물었다. 전부 네가 주제 파악을 못 한 까닭이다. 망명자가 칠락팔락 정신 못 차리고 있어서 그렇다. 항상 사선에 있던 감각을 잃어버렸기 때문이다. 완전히 분실했다. 대체 어쩐 일이냐. 그 중요한 것을 왜 잃어버렸나.

누군가의 보호하에 있어서.

그녀는 걸음을 우뚝 멈췄다. 자카리가 기척을 느끼곤 돌아보았다.

"……폐하, 저는 어차피 십이공회에 참석하지 못합니다. 제가 자리를 피해 드리는 편이 더 낫지 않겠습니까?"

외르타는 방금 깨달은 어떤 것을 시험하기 위해 혼자 있을 시간이 필요했다. 자카리는 그녀의 심중을 뜯어보는 표정이었다. 어차피 나를 십이공회에 들일 생각은 없었을 텐데. 그보다는 이 '위태로운' 상황에 자신의 목숨을 아껴서 곁에 두겠다는 게 맞을 것이다.

"그대 뜻이 그렇다면야. 그러나 하나 질문이 있었네."

"말씀 주십시오."

"그대는 이 선전 포고에 대해 어떻게 생각하나?"

외르타는 의심스러운 얼굴로 그를 바라보았다. 답을 알고 묻는 건가?

"발터하임부르겐이 오 년 전 저를 죽이지 못했던 이유는 오로지 로크뢰 1세 때문입니다. 또한 그땐 단지 저를 죽이지 못했을 뿐, 기어이 제 혈육을 죽이고 말았습니다. 이제 폐하께서 저를 지키실 생각이십니까? 녹록지 않으실 겁니다. 딤니팔에는 교환할 목숨이 없습니다."

자카리는 그 말 뒤 숨겨진 자신의 진심을 이해하는 것처럼 보였다. '딤니팔이 전쟁을 이길 수 있을진 모른다. 그러나 나는 살아남지 못할 것이다.' 외르타는 바로 이런 발터의 행동을 정직하다고 평가하는 쪽이었다. 명예를 모르지만, 원하는 바가 뚜렷하고 그에 굽힘이 없는 모습을 좋아했다.

발터는 어수대를 이용해 자신을 죽일 것이다. 전쟁은 그와는 별개다.

"발미레 백작에게 무명 다섯을 붙여라. 십이공회의 옆방에 머무르게 하되, 단 한 명도 그녀에게 접근하는 이가 없게 하라."

자카리가 자신을 읽어 낸 것이 분명했다. 외르타는 애매한 미소로 무명의 인사를 받았다. 그녀는 멈췄고, 십이공회의 귀족들은 각기 나름의 표정으로 망명자를 바라보거나, 혹은 무시했다. 파도처럼 스쳐 지나간다. 외르타는 발렌시아가 자신을 바라보지 않았단 사실을 알았다. 그에 힘을 얻었다. 홀가분해졌다.

외르타는 다시 혼자인 기분을 만끽했다. 생각할 것이 아주 많았다.

발렌시아는 외르타의 하얗게 질린 얼굴을 새삼 돌이켰다.

그녀가 순순히 전쟁을 받아들이리라 생각했다. 염치를 모르는 게외보르트라면 새롭지 않다. 오히려 당연했다. 그녀에게 다소 언짢은 사건일 수는 있겠으나, 놀랄 필요는 없었다.

발렌시아는 혼란스러운 감정으로 그녀가 발터하임부르겐을 지나치게 믿는 것은 아닌지 자문해 보았다. 돌이켜 생각해 보면 '공작에게 누이를 허락한다'는 쪽지는 도저히 현실적인 내용이라고 볼 수 없었다. 그것을 보고, 한순간 믿고, 또 동요할 줄 알고 나무 밑동을 흔든 것이다. 동요했다. 자신도, 자카리도 동요했으니 그녀도 동요했을 것이다.

그리고 외르타가 영원히 동요했던가? 발터하임부르겐의 전언을 잊을 수는 없다. 그러나 잊지 않는 것과 믿는 것은 다르다. 모든 것을 의심하면서 그의 말만 철석같이 믿는 행동은 다소 이상했다.

발렌시아는 게외보르트에 대한 어떤 확고한 생각이 있었다. 예컨대, 독을 가진 뱀이 야단스러울 일은 아니듯, 게외보르트가 간계를 꾸미는 것 역시 아주 그들다운 일이라는 생각. 목표를 위해 수단과 방법을 가리지 않는다는 점이 언제나 서부의 가치였다. 그들이 의뭉스럽다는 것이 아니라, 욕망이 확고하여 그것을 위해 어떤 비이성적인 음모도 서슴지 않으리라는 뜻이다. 불필요하게 사람을 많이 죽이는 야만인들이었다.

누군가 헛기침을 했다. 생각이 끊겼다.

그는 침묵 속에서 십이공회 원탁의 의자를 당겨 앉았다.

스스로도 놀라울 정도로 냉정한 기분이었다. 사실 이제 그에게는 발터하임부르겐의 수치도 모르는 거짓말보다 더 복잡한 문제들이 산적해 있었다. 그 거짓말이 부른 전쟁. 전쟁을 깜박할 수야 없는 일이다.

발렌시아는 자카리의 선전 포고를 누구보다 잘 이해한 사람이었다. 그는 더 나아가, 왕의 청사진에선 자신이 전쟁을 이끌게 될 사람임을 알았다. 어떤 면에선 최초에 계획했던 그대로라 안심이 되기까지 했다. 전쟁은 약 한 해에서 두 해, 세 해는 넘지 못할 것이다. 전투 휴지기가 없을 시 자신은 계속 국경에 머물러야 하며 오스페다는 다시 몇 년 뒤에나 마주할 수 있을 터였다.

이로써 얻을 이득은 첫째가 미라이예를 향한 포상이며, 둘째가 서부 귀족들에게 평생 가도 다 갚지 못할 빚을 지우는 것, 마지막으로 자카리가 잊고 있는 종류의 신뢰를 다시 구축할 수 있다는 점이다. 그는 종종 왕이 상호 보신주의의 신뢰를 잊은 것은 아닌가 의심했다. 인간적인 믿음은 흔들릴 수 있을지언정 서로의 이득을 위한 믿음은 —이득이 있는 한— 영속적이다. 그래서 더욱 중요했다.

그리고 외르타.

결코 그녀를 위한 전쟁은 아니다. 게외보르트, 딤니팔, 서부 귀족들, 자신, 외르타. 누구나 게외보르트의 서한이 핑계임을 알고 있었다. 만일 그녀가 죽게 된다면 피습일 터, 절대 공식적인 결단은 내려지지 않을 것이다. 어떤 경우에도 외르타는 처형당하지 않는다. 따라서 게외보르트가 진심이라면 어수대를 통한 살해가 될 공산이 크며, 이 부분은 자신이 그녀를 지킨다고 해결되는 문제가 아니었다. 자카리가 후방에서 무명으로 그녀를 에워싸는 편이 훨씬 나았다.

그는 스스로 할 수 있는 일을 해야 했다.

발렌시아는 목 언저리가 까끌해지는 것을 느꼈다. 이유 없이 텁텁했다. 갑자기 어떤 생각이 내렸는지, 물기가 바짝 말랐다. 그는 자신의 목소리가 평소와 같기를 바랐다. 왕이 자신을 부를 것이다.

"미라이예."

자카리는 그의 작위를 부르지 않았다. 이 경우 그것은 최고 예우에 가까웠다. 왕은 자신을 부른 것이자, '미라이예'를 부른 것이다. 그렇기에 자신은 곧 미라이예와 동치이며, 이에 답함으로써 자신이자 가문이 답하게 된다.

"예, 폐하."

그는 제 손에 쥔 미라이예와 함께 답했다.

"짐은 이 시간부로 경을 대게외보르트전의 총사령관으로 임명한다. 공문은 금일 내로 내려보낼 수 있을 것이다."

"예, 분골쇄신하여 소임을 다하겠습니다. 제 목숨으로써 폐하께서 바라시는 바에 모자람이 없도록 할 것입니다."

왕과 공작의 대화는 마치 사전에 계획된 듯 부드럽게 이어졌다. 단 한 톨의 침묵도, 더듬거림도 머물지 않았다. 그들은 이미 오래전부터 서로의 이해를 구했고, 이제는 단단한 반석 위 들뜬 공간도 없이 서 있었다.

자카리는 여상한 투로, 그러나 미리 계획한 듯 감정이 비치지 않는 태도로 팔을 벌렸다.

"그대와 짐이 나눈 이야기가 있을 것이다."

"예."

"이 자리에 있는 십이공회원들을 위해 설명하라."

발렌시아는 원탁을 둘러보았다.

"저, 미라이예는 폐하의 명을 받들어 대게외보르트 전쟁의 총사로서 임무를 이행하겠습니다.

제 임무는 첫째, 게외보르트를 딤니팔 서부에서 패퇴시켜 스트레파르를 되찾는 것이고, 둘째, 3년 전 발터하임부르겐 1세가 저지른 죄를 공문에 남기는 것이며, 셋째, 외르타 아델라이데 기위 얀 발미레를 비사 오필라의 금록에서 삭제하는 것입니다.

무엇보다 서부를 안정시키고 옛 딤니팔을 되찾는 데 이번 전쟁의 의의를 둘 것입니다. 이를 위해 적절한 범위의 땅을 수복해야 하고, 동시에 발터하임부르겐 1세의 지난 잘못을 겨냥하여 기록에 남겨야 합니다. 그리되어야만 게외보르트가 묵묵히 세대를 넘길 수 있습니다. 또한 적국의 왕이 불러일으킨 전쟁 명분도 잊지 않을 예정입니다. 저희는 발미레 백작을 왕실 금록에서 삭제하고 그녀의 목숨, 망명자의 목숨을 수호하는 딤니팔로서 남겠습니다."

서부 귀족들은 이미 이 세 가지 전쟁 목표를 아는 모습이었다. 본잘과 브레타냐 모두 공작의 시선에서 두 뼘 정도 비껴 나간 허공을 응시하고 있었다. 마치 모든 계산이 끝났으므로 이 계면쩍은 허례허식을 견디기 힘들다는 양. 마땅히 기뻐할 일인데 흔흔한 기색을 찾기 어려웠다. 물론 발렌시아도 개의치 않았다. 어차피 자신 또한 그들에게 받아낼 것이 있었다.

그러나 자멘테……. 발렌시아는 자멘테를 노려보았다. 그녀는 똑바로, 마치 눈이 가는 길 위로 막대를 올릴 수 있을 정도로 곧게 자카리를 바라보고 있었다. 그 시선은 곧 부러진 것처럼 발렌시아에게 돌아왔다. 그녀의 눈은 가늘고 길었다.

"미라이예 공, 아니, 발렌시아 경께 서부의 감사를 드립니다. 저희에게는 뼈에 새겨도 부족함 없을 은혜입니다."

"폐하의 목표를 이루었을 때 받아도 늦지 않을 것이다."

"아니요. 경께서 셋 모두를 달성하지 못한들 저희의 감사가 퇴색되는 것은 아닙니다. 전장에서 노력하실 테니까요. 그 노력이 서부에는 무엇보다 중요합니다."

곧이어 본잘과 브레타냐가 앞다투어 감사를 읊조렸다. 발렌시아는 단순히 출정을 말했을 뿐, 아직 분질러지지도 않은 성과라고 답하고 싶었다. 실제로 말한다면 상상 이상으로 퉁명스러운 투가 되었을 것이다. 그러나 그는 입을 열지 않은 채 고개만 살짝 내렸다. 누구도 그의 옹졸한 훼방에 방해받지 않았다.

"좋아."

자카리가 원탁을 꽉 쥐었다.

"서부는 지금 일분일초가 아쉬울 테지. 당연히 오늘부터 채비해야 하네. 서부의 성들이 준비되는 즉시 선전 포고를 할 예정이네. 더불어, 총사령관에게는 한 달의 기한을 주겠어."

"폐하, 왜 한 달입니까?"

"경이 마무리 지어야 할 일이 많을 걸세."

"지금 미라이예에 화급한 건은 없습니다."

"왜 이렇게 가지 못해 안달인 건지, 쯧. 아무튼 짐은 한 달을 말했네. 고집 피우지 말게. 어차피 포티미외에 있던 군사들을 다시 서부로 부르고, 북부의 병력을 결집시키는 데에는 시일이 걸릴 걸세. 또한 십이공회의 지원을 집계하고 대차 대조하는 시간도 만만치 않을 것 아닌가."

발렌시아는 낮게 의심스러운 눈으로 입을 다물었다.

"말했듯 서부는 당연히 제 일처럼 발 벗고 나서서 지원해야 한다. 따라서 병력, 병장기, 보급 구분 없이 모두 징발하며, 이에 불만이 있지는 않으리라 보네. 자멘테 후, 브레타냐 백, 본잘 백, 내부적으로 개별 수량 집계하여 짐과 총사에게 번개같이 대령하도록."

서부는 고개를 끄덕였다. 어차피 전쟁에 이긴 뒤 땅을 전부 집어삼킬 족속들이다. 희생하는 만큼 가져갈 것이다.

"또한 북부의 루틸로 후작은 병력, 그리고 그 무엇보다 병장기를 새로 공급해야 하네. 루틸로 그대가 이백 년 동안 해 왔듯 다름이 없을 것으로 믿네. 금주 중 병력 이전에 북부의 철, 가능하면 얼음철 위주로 공급량을 추산하여 보고해. 물론 병력과 함께 계計하면 더 빠르게 일을 처리할 수 있겠지."

"예, 명 받들겠습니다."

"동부, 안니발레 백, 페자로 백, 체세나 백은 후방 보급과 각자 갹출 가능한 범주의 병력을 책임지게. 루틸로 후와 함께 짐에게 보고하고, 당장 징발을 시작해야 하네. 톨레도 백작, 알로지아드는 동부를 도와 보급하게. 당연히 말할 필요도 없겠지만 알로지아드 가도는 이제 전시로 돌입하며 어떤 통행세도 매길 수 없네."

톨레도 노백작이 고개를 숙였다. 전쟁 시 가도는 왕의 것이다.

"다들 양심껏 수합하거라. 잉그레가 모든 것에 밝다는 것과 또한 어차피 모자라면 짐이 바닥까지 긁어 갈 거란 사실을 잊지들 말고."

자카리의 시선이 한 명 한 명을 훑다가, 빈 그나시오 백작의 자리에 머물렀다.

"시누사 경이 오스페다에 있지?"

"예, 혼약 덕분에 수도로 올라왔습니다."

"좋네, 좋아. 경사야. 그나시오의 장손에게는 지금 당장 짐의 무명이 전달함세. 그나시오는 곡창을 담당해야 한다. 단 하나의 병사라도 배를 곯으면 중부의 미덕이 박살 나는 줄 알라."

누구도 움직이지 않았지만, 그들 모두 어딘가의 무명이 왕의 명령을 운반했으리라 믿었다.

"그리고 미라이예, 미라이예가 주인을 바친단 사실은 절대 가볍지 않네. 그러나 공작가의 무게도 가볍지는 않지. 적절히, 포티미외에 지원한 만큼은 기대하고 있겠네."

"지당한 말씀이십니다."

저렇게 언급해도, 발렌시아는 자카리가 후의를 베풀었다는 사실을 알았다. '포티미외에 지원한 만큼'이라 함은 아직도 포티미외에 묶여 있는 제 병사들, 그리고 약간의 보급품뿐이다. 포티미외의 군이 그대로 서부를 향할 것이므로 미라이예는 얼마 안 되는 보급품만 충당하면 끝이었다. 그들이 가진 부에 비하면 새끼손톱만 한 요구. 발렌시아는 고개를 살짝 숙였다.

"정리됐군. 각자 진 무게를 잘 숙고하길 바란다. 왕실 편으로 보고하되, 그대들의 모든 정보가 총사인 발렌시아 경에게 공유된다는 점도 명심하도록."

다들 침묵으로 응답했다. 썩 내키지는 않지만 그렇다고 거절할 만큼 경우 없는 자들도 아니었다.

자카리는 반쯤 일어나며 중얼거렸다.

"우습구나. 포티미외 이후, 아니, 어쩌면 포티미외보다 더 중요한 회의일진대 이토록 조용하고 빠르게 끝나다니."

"폐하께서 오래도록 준비해 주신 덕분입니다."

"원, 말도."

바야흐로 칭찬과 계산과 의미 없는 말들이 흐르려 할 때였다.

"폐하."

"응?"

"공작께서 전장에 나가기 전, 르나치 경의 신상이 확실해져야 하지 않겠습니까?"

예상외의 인물이었다.

발렌시아는 톨레도를 바라보았다. 그 순간 그는 무언가를 깨달았다.

정작 말을 들은 자카리는 다소 얼이 빠진 얼굴로, 한 발을 축으로 삼아 빙글 뒤를 돌았다. '대체 무슨 소리야?' 그렇게 외치는 왕의 목소리를 실제로 들은 것만 같았다.

그러나 딤니팔의 왕은 생각보다 오래 침묵했고, 그 정적이 누군가에게 기회를 제공했다.

"일전에 르나치 경과 외르타 아델라이데 기위 얀 발미레 간의 '첫 만남'을 여럿이 목격했습니다. 특히 십이공회의 손인 사투르니나 경의 증언이 신뢰할 만합니다. 그러나 모두 아시다시피 잉그레의 허가 없이 타국의 왕족과 교통하는 것은 중죄입니다. 르나치 경이 외유 중 잉그레에 신변을 설명했으리라 생각하지 않습니다. 대공작과도 왕래하지 않았는데 어찌 폐하께 고했겠습니까?

분명히 짚고 넘어가야 합니다. 폐하께서 르나치 경의 외도를 아셨는지가 물론 중요합니다만, 그 이상으로 르나치 경이 게외보르트에서 어떤 이득을 취했는지가 공개되어야 합니다. 물론 그 이득은 그 개인의 영달이 아니라 딤니팔과 지고하신 폐하의 무궁한 영광을 의미합니다. 미라이예의 손이 게외보르트와 내통했다면 이 정도 주요 마디들은 공유되어야 할 필요가 있습니다. 특히 저희처럼 함께 딤니팔을 수호하는 십이공회라면 더욱 그렇습니다. 굽어살펴 주시길 바랍니다, 폐하."

톨레도를 유연하게 받아 넘긴 이는 자멘테였다. 그녀의 등장이 놀랍지 않았다. 혓바늘 같은 말은 자카리에게 향해 있었지만, 모두가 알듯 오로지 미라이예가 듣고 답해야 하는 내용이었다.

졸지에 징검다리가 된 자카리의 표정에는 큰 변화가 없었다. 금을 녹인 눈은 톨레도에게서 곧장 자멘테로 떨어졌다. 뚝 떨어지지 않고, 다소 이를 갈듯 움직였다. 시선에는 끈기가 있었다. 발렌시아는 그가 열렬히 생각하고 있음을 깨달았다.

"폐하."

다시 의외의 인간이었다. 페자로 백작. 아직까지 눈치채지 못한 듯한데 이는 나, 미라이예에 대한 이야기가 아니다. 너무 얕은 속임수에 빠진 것 아닌가? 물론 자신 역시 세상 머저리처럼 몰랐으니 염치가 없었다.

자카리는 다시 원탁 앞에 앉았다. 그는 마른세수를 몇 번 한 뒤, 방금 전 즐거웠던 기색은 온데간데없이 입을 열었다.

"한 가지만 먼저 말하고 가자. 너희는 짐에게 결정을 바라는 거냐? 아니면 이미 대사를 다 짜 두고 공놀이를 하자는 거냐? 짐을 능멸하느냐?"

"……."

"결코 한 명이서 이야기하지는 않지. 마치 여럿이 입을 맞추면 그게 무언의 시위라도 될 줄 알고. 이게 대체 이야기를 하자는 태도인가? 의견이라고 부를 수 있나? 아니면 침묵 속의 투표인가? 이제부터 동의하는 사람은 한 마디씩 얹어서 폐하의 등허리를 휘게 하자? 너희는 짐이, 너희의 의견을 생각하기보다 너희 각자의 타산과 입장만을 고려하여 결정을 내리길 바라나? 왜 항상 이따위로 말을 해?"

"……."

"자, 그러면 공작의 아우에게 불만이 있는 사람, 아니, 사실은 미라이예에 심기가 불편한 사람들은 손 들어라. 그래, 톨레도, 자멘테, 페자로. 뭐라고 말을 한 것 같기는 하지만 짐은 의견이 아니라 숫자로 받아들였네."

"폐하, 폐하께서도 일의 엄중함에 공감해 주시리라 믿었습니다. 다소 속단에 가까웠습니다만, 그것이 저희의 불찰이라면 불찰입니다."

루틸로였다.

“이렇게 말일세! 이렇게 무의미한 말을 하면서 나도 한마디 얹었다고 자랑한단 말이지? 대체 어디에 충성 맹세를 하는 거야? 누구에게 보여 주려고? 짐은 신경도 안 쓰이나?”

“폐하, 저희는 원칙적인 말씀을 드렸습니다.”

“짐은 그대들에게 딤니팔이 최우선 순위가 아니어도 이해하네. 하지만 당장 게외보르트에서 사실상의 선전 포고를 듣고 그 전쟁의 총사령관으로 임명된 사람에게 이것이 할 짓인가?”

“저는 미라이예 공의 충성을 의심한 역사가 없습니다. 미라이예 가문 역시 그렇습니다. 오로지 르나치 경의 의심스러운 행적들을 살펴 주시길 바랐습니다. 공작이 부재할 시 르나치 경이 작위를 승계하게 되는 것은 피할 수 없는 일이지 않습니까? 오히려 미라이예 공이 총사가 되셨기 때문에 더욱 중요한 안건이 됩니다, 이 충성 증명은.”

사투르니나, 본잘이었다. 발렌시아는 이 끝없는 행렬이 언제까지 이어질지 기다렸다. 그러나 의외로.

“르나치 경은 사막에서 담금질되지 않았습니다.”

자멘테여서 울림이 더 큰 말이었다. 그녀는 눈의 방패에 있었다.

발렌시아는 원탁을 내려다보며 몇 년 전, 달이 빛나던 연무장을 떠올렸다. ‘칼 잘 받고, 그것으로 서임 잘 받아서 몇 년만 사막에 가 있어라.’ 나중에 돌이켰을 때 본인의 자리가 흠 없이 남아 있도록, 인생에서 이런저런 경험을 했다며 안심하는 마음으로 계속 나아갈 수 있도록 발렌시아는 노력했다. 그리고 유독 잔인한 방법으로 실패했다.

발렌시아는 조금 짜증스러워졌다. 연극을 하며 이 정도로 깊게 자신을 쑤셔야 될 이유는 없었다.

“눈의 방패가 그리 대수라더냐? 다들 때 되면 다녀오는 성인식이 아닌가. 충성 증명과는 거리가 머네.”

"아니요, 폐하. 저희에게 그것은 충성의 지석支石입니다."

자멘테는 발렌시아를 바라보았다. 적어도 그가 보기에 그녀의 담백한 시선과 감동적인 말은 서로 맞지 않았는데, 그 모습이 다소 기괴하기까지 했다. 자멘테는 공작의 결혼에든 앙히에의 충성에든 그 어떤 것에도 사적인 관심이 없었다. 그녀가 보는 것은 오로지 자멘테, 그리고 지금의 안정이었다.

숲속의 그녀는 어떤 면에선 진심이었다.

"공작께서는 종기사직을 수여받은 뒤 삼 년하고도 절반 동안 눈의 방패에 계셨습니다. 사막뿐이겠습니까? 요를림에서 이 년, 동부에서 사 년, 그리고 포티미외에서 두 해가 가깝도록 종사하셨습니다. 만 십일 년이 조금 넘습니다. 그리고 지금도 다시 전장에 나가시려 합니다. 이는 공작만큼의 지위가 있는 분께는 있어서는 안 되는 일입니다."

그는 그녀를 물끄러미 바라보았다.

"공작, 아우의 죄를 대속하십니까?"

"무슨 뜻이지?"

그것은 계산되지 않은 순전한 질문이었다. 이미 그녀의 목적을 알기에 계산할 필요가 없었으며, 그저 이 연극의 대사가 궁금했다.

"547년, 저는 알로지아드 레발로에 있었습니다. 547년은 공교롭게도 게외보르트의 내전이 끝난 시기입니다. 저는 게외보르트의 일왕녀에게 제 병사와 금이 배신당한 사건을 수습하러 갔습니다. 그리고 그곳에서 르나치 경과 일곱 해 만에 조우했지요."

"이제 그만해라."

십이공회원들이 술렁이자, 왕이 조용히 대화를 닫으려 했다. 대화? 서로를 짐작하고 던지는 공을 대화라고 부르기에는 조금 미심쩍다. 발렌시아는 게외보르트 내전이 언급될까 걱정하여 자카리가 우격다짐으로 말을 막았다는 사실을 알았다. 폐하, 그녀는 그것을 토설하느니 자멘테 영지를 불태울 사람입니다.

그는 조용히 입을 열었다.

"그래서?"

자카리가 욱하는 얼굴로 자신을 바라보는 것이 느껴졌다.

"무시하기에는 너무 근접한 시기입니다. 르나치 경이 사라진 칠 년, 대부분의 시간 동안 게외보르트에 체류해 있었다는 것은 모두 아는 사실이고요. 또한 놀금이 이상하리만치 숄렘 노트란트의 물건을 많이 유통하고 있다는 사실도 잊으면 안 됩니다."

"똑바로 정리해."

"그뿐입니다. 문서로 준비되지 않은 내용을 말씀드렸다가는 칼이라도 드시겠군요."

당연히 지금까지 말한 내용에는 모두 문서가 준비되어 있다는 뜻이다. 자신이 자멘테 경에 대해 그러하듯. 발렌시아는 누가 보면 자멘테와 자신이 서로 덜미를 잡은 모양처럼 보이리라 생각했다. 나는 자멘테 경을, 후작은 앙히에를. 꼭두각시처럼 싸우고들 있는 모습.

"그만."

자카리가 일어섰다. 자멘테의 의도 그대로였다. 발렌시아는 왕이 이쯤에서 자신의 역할을 깨닫고 멈추었으리라 생각했다.

"앙히에 르나치 기지 얀 미라이예는 게외보르트에서 단순 장물 사업과 밀매업을 벌렸을 뿐, 후작이 품고 있는 혐의와는 관련이 없다. 이 이상 언급하여 주의를 흩트린다면 그대에게 죄를 묻겠다."

"폐하, 르나치 경은 충성을 증명한 역사가 없습니다. 만일의 경우 경이 미라이예를 승계하게 되는데, 이를 어찌하시렵니까? 저희는 그를 인정하기 어렵습니다."

"첫째로, 여기 살아 있는 사람이 있는데 다른 미라이예가 승계받는다는 이야기를 하는 것은 무례라는 생각을 머리에 박아 넣게. 둘째로,

짐은 르나치가 미라이예를 물려받아도 아무 불만이 없네. 그는 이미 충성의 표지인 잉그레의 표장을 소지하고 있어. 자멘테 후, 아주 놀랍게도 그대가 그 옛날 이 과정을 중개하지 않았던가?"

"이런 일이 일어나리라고는 상상하지 못했습니다, 폐하. 그때 미라이예 공은 열아홉이었지요. 약혼자도 있었고 눈의 방패에 다녀왔으니 더 이상 위험한 전장을 찾을 이유도 없었습니다. 지금 미라이예 경은 서른이 넘었으며 이제 다섯 번째 전쟁에 나갑니다. 누군가는 이를 중재해야 할 필요가 있습니다."

이제는 원탁에 앉은 모든 사람들에게 알아들으라고 외치는 수준이었다. 자카리는 한숨을 내쉬었다.

"……그렇지만 후작 역시 공작이 대게외보르트전에는 나섰으면 좋겠고? 그래서 르나치로 하여금 최소한의 자격을 획득하게 하라고? 혹여나 공작이 서부에서 불의의 사고를 당했을 때 십이공회 자리가 비지 않도록? 짐은 이 이기심에 진저리가 난다."

십이공회의 몇몇이 입을 꽉 다물었다. 발렌시아는 자멘테를 거들었다가 닭 쫓던 개 꼴이 된 여러 십이공회원들을 둘러보았다. 목적도 이루지 못한 채 자카리의 분노만 산 얼떨떨한 얼굴들.

톨레도가 입을 연 순간부터 깨달았다. 자신의 정상적인 혼인 혹은 영향력의 축소는 저들의 목적이었을지 몰라도 자멘테의 목적은 아니었다. 그녀는 그보다 앙히에의 복권을 바랐다. 발렌시아의 여러 짐작 중에 하나였으며 톨레도가 증명해 주었다. 톨레도, 알로지아드의 수장은 미라이예를 해칠 필요가 전혀 없었다. 오히려 돕는다고 생각했을 것이다.

"공작께서 전장에 나가기 전, 르나치 경의 신상이 확실해져야 하지 않겠습니까?"

가감 없이 그 말 그대로였다. 톨레도는 그것을 믿었고, 나머지 치들은 미라이예를 옥죄거나 혹은 최소한 정상적인 후계를 마련해야 한다는 마음으로 반대편 속임수에 발을 들인 것이다.

자멘테는 미라이예를 해치고 싶어 하지 않았다. 오히려 담백하게도 나무가 무너질까 무서워했다. 때문에 그녀의 요구는 그가 직접 미라이예의 후계를 안정시키라는 것이었고, 그것은 자신이 직접 후계를 보느냐, 아니면 앙히에가 다시 열네 살 밤으로 끌려오느냐의 양자택일 문제였다. 그녀는 전자보다 후자의 가능성이 높다고 판단했다. 그러나 둘 중 어떤 것이든 상관없으니 결혼도 잊지 마시라 미리 칼집을 내고 간 것이다.

자멘테는 지나치게 많은 사람을 속였다. 벌써부터 이를 가는 얼굴들이 보였다. 나도 오해했으니 할 말은 없군. 그녀는 그를 알았다. 가장 속 좁고 약한 상처를 찌르고 갔다. 자신이 화들짝 놀라 노려보는 것도 이상할 일은 아니다.

발렌시아는 아래를 내려다보았다.

"폐하, 르나치 경에게서 충성 맹세를 받으시면 저희의 간사하고 미욱한 마음이 많은 도움을 받을 것입니다. 부디 헤아려 주십시오. 미라이예는 이 원탁의 기둥입니다."

속은 사람들이 무더기로 한숨을 쉬었다. 소리 없는 한숨이었지만 그 무안함이 아주 잘 들렸다.

"좋아."

자카리가 짜증스럽게 말을 이었다.

"이곳에서 다시 한번 르나치 경의 표장을 확인하고 짐의 답으로 증명하지. 만족하리라 믿네."

"미라이예뿐 아니라 저희에게도 큰 도움이 될 것입니다. 저희의 고충을 헤아려 주셔서 깊이 감사드립니다."

"공작, 르나치 경에게 잉그레의 표장을 채비시켜 사흘 뒤까지 이 자리로 불러오게."

"예."

자카리는 지체 없이 자리를 떴다. 왕의 오해는 자신에게서 비롯된 면이 있었다. 자신이 그토록 앙히에의 안위를 걱정했으니 그 방향으로 휩쓸린 것은 당연하다.

다만, 최악의 상황을 가정한 것이 멍청할 수는 있어도 나쁘다고는 할 수 없었다. 그리고 눈앞은 전쟁. 큰 소란은 아니 될 것이다.

발렌시아는 아무도 돌아보지 않은 채 눌라레의 방을 나섰다. 문 앞을 지키던 무명이 왼쪽 방을 향해 눈짓했고, 그는 그것이 자카리의 명령임을 깨달았다. 우선 데리고 가.

그는 조심스레 방문을 열었다. 반쯤 열린 문틈으로 외르타가 덩그마니 의자에 앉아 있는 모습이 보였다. 그가 들어가야 할지 그저 그녀를 부를지 잠깐 고민하는 와중, 누군가의 손이 문을 밀쳤다.

"들어오시지요."

"후작, 당신이 여기 있을 이유가 없다."

"개전 십이공회에서 여럿 망신을 주었다면, 따로 말씀 나눌 곳이 필요하지 않겠습니까?"

"당신 혓바닥이 폐하까지 기만한 것을 알고 있겠군."

그녀는 부정하지 않았다. 대신 그를 살짝 밀어 방에 담그고, 등으로 문을 밀어 닫았다. 마치 이 안에 다른 사람이 아예 없기라도 한 태도였다.

"공작께 혼인에 대해 말씀드린 것은 진심이었습니다."

"……."

"그런데 공작께서는 적반하장으로 저를 흔드셨지요. 제게 선택지가 달리 있었겠습니까?"

"숲에서 그 생각을 안 했다고?"

"공작께서 그때 저를 회유하신 겁니다. 저는 분명히 당신을 혼인시키려 했습니다. 단단한 후계를 감히 꿈꿨습니다."

발렌시아는 문에 손을 얹었다. 살짝 힘을 주었다. 자멘테가 등으로 버티고 서서 물러서지 않았지만 그것은 힘을 겨루자는 것이 아니었다. 아직 이야기가 안 끝났다고?

"대게외보르트전에 참전하시는 공작께 어떤 말로 감사를 드려야 할지 모르겠습니다. 부족하지만, 이것이 제 보답이라고 생각하셔도 됩니다."

그는 그녀의 말을 부정할 수 없었다. 앙히에는 언제든 가장 지독한 약점이 되어 자신을 괴롭혔으리라. 특히 스스로 냉정해지지 못하는 일이기에 더 손대기 곤란했다. 이번에도 아무리 자멘테라지만 그 순간이 올 때까지 무엇이 앞으로 닥치는지도 모르는 눈 뜬 장님이었지 않나.

앙히에를 붙잡으려는 손아귀들을 자멘테가 미리 그러모아서, 한바탕 거창하게 소탕한 것이다. 자멘테는 세심하게 조율하여, 앙히에의 외도를 문제 삼으면서도 결국에는 그의 복권을 이야기함으로써 아예 물의를 지워 버렸다.

"아시겠지만 폐하의 적법한 심판을 받은 사안을 더 논한다면 그것이 반란입니다."

자멘테가 빙그레 웃었다.

"더 이상 공작을 그대라고 부르지는 못하겠지요. 하지만 나는 여전히 공작이 곧은 청년이라고 생각합니다. 뜻대로 하십시오."

그녀는 그제야 몸을 돌려 외르타에게 인사했다. 외르타는 시선을 반쯤 아래에 둔 채 대화를 경청하고 있었다. 자멘테가 고개를 숙이자, 마치 엿듣다 들키기라도 한 것처럼 깜짝 놀라는 모습을 보였다.

"발미레 백은 폐하의 무명과 공작께 의탁하여 꼭 건강을 보존하십시오. 이 전쟁이 그대 덕이니, 모쪼록 그대 목숨을 지켜야 우리의 체면이 섭니다."

이제 딤니팔의 백작이 된 외르타에게 말은 한 단계 낮아졌지만, 호의는 몇 배나 더 담겨 있었다. 그 모습이 이기적이라고 생각되지 않아 속이 이상했다. 곧이어 자멘테가 문을 열고 떠났으며, 그는 그녀를 배웅하지 않았다.

문을 닫았다.

여태껏 열리지 않던 외르타가 몸을 일으켰다.

"설명해."

"……."

"당장. 전부."

아름다운 채 죽은 것은 항상 그 자리에 있다. 그녀의 어린 시절 또한 마찬가지였다.

외르타는 발터가 같은 마음을 공유하고 있으리라 생각했다. 죽은 것과 산 것, 과거와 현재.

경계는 명확했다. 발터에게는 왕위에 오른 순간부터 모든 삶이 현재일 것이다. 긴긴 과거를 거쳐 마치 한 사람의 인간으로 거듭나듯. 때문에 그가 아델을 죽인 것은 '현재'다. 외르타에게도 아델이 죽은 것은 '현재'였다. 그녀가 게외보르트의 옛일들을 온전히 아쉬워할 수 있는 이유는 이 때문이었다.

그들은 과거에 함께했다. 과거와 현재 사이에는 누군가 백묵으로 반듯하게 금을 그어 두었다. 남매는 도저히 그 사이를 가교로 잇지 못했다. 그랬다가는 미칠 수도 있다. 외르타는 확신했다. 자신이 그 산증인이지 않나. 발터 역시 미치지 않기 위해 마치 모든 소년소녀들이 살아있다는 착각으로 허둥지둥 추억을 되새길 모습이 뻔했다. 그것이 게외보르트의 좋은 비법이기도 했다.

외르타는 손끝에서 기묘한 감각을 느꼈다. 여전히 발터가 자신을 죽이려 드는 것은 이상하지 않다고 믿고 있었다. 이상한 것은 오로지, 그가 너무 당당하다는 사실이었다. 뒤늦게야 깨달았다.

이렇게 자부심 넘치는 태도로, 내게 죽으라고?

발터는 당연히 동기들을 죽일 수 있다. 동기들을 죽이고 제자리로 돌아갈 수 있다. 그러나 다소 계면쩍어 할 것이다. 그를 행동하게 만드는 것은 두려움이다. 그러므로 자신이 무서워하다 못해 손에 피를 묻혔다면, 홧김에 사람을 죽인 듯 난처한 얼굴을 숨길 수 없으리라. 그 정도로 적나라하게, 격하게 움직였다면 부끄러워할 수도 있지.

그러나 이번에는 조금 달랐다. 발터는 부족함 없는 왕으로서 전면에 나섰다. 검은 홀의 주인. 살아 있는 누구보다도 그 자리에 걸맞은 이. 그런 태도로 자카리에게 누이를 죽이라고 요구했다. 물정 모르는 딤니팔 것들이야 희희낙락 적국의 왕을 있는 그대로 받아들였지만, 외르타가 아는 발터는 그런 인간이 아니었다.

그의 오라비는, 자신을 몰래 탈출시켜 위험을 없애겠다는 다급한 호소, 뒷골목으로 종종 들여보내는 어수대, 손대지 않고도 자결하길 원하는 단검 정도로 요약되는 인물이었다. 수치스럽다고 생각하고도 떵떵거릴 사람은 아니다. 차라리 미리 나를 죽이고 다른 구실로 딤니팔에 선전 포고를 하는 편이 훨씬 그다웠다.

이처럼 냉정하게 생각하자 자신이 충격을 받은 이유가 천천히 돌아왔다. 물론 누군가의 보호하에 있었기 때문에, 온실 속에서 녹아내린 것이라고 믿을 수도 있다. 사실이다. 그녀는 그 사선의 감각을 도무지 되찾을 수가 없었다. 그러나 따듯한 곳에서 생각하는 힘까지 잃어버린 것은 아니었다. 죽었다 깨어나도 생각은 한다.

다만 사람을 너무 믿고 있었다. 그것이 느려진 이유였다.

"그대는 사람을 지나치게 믿어."

외르타의 속눈썹이 흔들렸다. 그럴 수도 있겠지. 그대도 왕이니, 내가 모자란 부분들을 가지고 있겠지. 그것이 사람을 보는 눈이라면, 내가 숙여야 할 수도 있겠지. 내가 발터를 짐작하고 발렌시아를 믿는 것이 그토록 바보처럼 보일 수도 있을 것이다.

문이 열렸다.

그녀는 발렌시아, 그리고 곧장 따라 들어온 자멘테를 발견했다. 외르타는 왜 자신이 있어 불편한 이 자리에서 밀담을 나누려는 것인지 모르겠다고 생각했다.

"들어오시지요."

"후작, 당신이 여기 있을 이유가 없다."

"개전 십이공회에서 여럿 망신을 주었다면, 따로 말씀 나눌 곳이 필요하지 않겠습니까?"

"당신 혓바닥이 폐하까지 기만한 것을 알고 있겠군."

"공작께 혼인에 대해 말씀드린 것은 진심이었습니다."

"……."

"그런데 공작께서는 적반하장으로 저를 흔드셨지요. 제게 선택지가 달리 있었겠습니까?"

"숲에서 그 생각을 안 했다고?"

"공작께서 그때 저를 회유하신 겁니다. 저는 분명히 당신을 혼인시키려 했습니다. 단단한 후계를 감히 꿈꿨습니다. 대게외보르트전에 참전하시는 공작께 어떤 말로 감사를 드려야 할지 모르겠습니다. 부족하지만, 이것이 제 보답이라고 생각하셔도 됩니다. 아시겠지만 폐하의 적법한 심판을 받은 사안을 더 논한다면 그것이 반란입니다."

"……."

"더 이상 공작을 그대라고 부르지는 못하겠지요. 하지만 나는 여전히 공작이 곧은 청년이라고 생각합니다. 뜻대로 하십시오."

"……."

"발미레 백은 폐하의 무명과 공작께 의탁하여 꼭 건강을 보존하십시오. 이 전쟁이 그대 덕이니, 모쪼록 그대 목숨을 지켜야 우리의 체면이 섭니다."

외르타는 그들의 대화에 정신이 팔려 있다가 고개를 번쩍 들었다. 그녀가 무어라 대답하기 전에, 문이 닫혔다.

그녀는 벌떡 일어섰다.

"설명해."

"……."

"당장. 전부."

단호했지만, 어쩐지 약했다. 이 순간 그녀는 자신이 무엇을 가장 궁금해하는지도 몰랐다. 대게외보르트전은 어떻게 진행될 예정인지, 발렌시아는 또 전장에 나간다는 소식인지, 방금 전 십이공회에서 어떤 소란이 있었던 것인지, 대체 개전을 논하는 자리에서 미라이예의 혼인이 거론될 일이란 무엇인지, 자멘테가 어떻게 보답했다는 것인지. 아무것도 모르는데 단지 전부 알고 싶었다.

"말씀을 이해하지 못했습니다."

이런 문장이 튀어나올 줄은 예상치 못했다. 그녀는 순간적으로 벙어리가 되었다.

"궁금하신 점을 말씀해 주십시오. 제가 설명드릴 수 있는 내용일 때 성심껏 답변하겠습니다."

그녀는 칼을 들고 대치하듯 그를 쏘아보았다.

"외르타?"

"……당신 전쟁에 나가?"

외르타는 자신이 말을 한 줄도 몰랐다. 그녀는 입술을 꽉 깨물었다. 너 대체 무슨 소리야?

“예.”
정적.
“더 궁금하신 점이 있으십니까?”
그녀는 아직도 입맛 쓰게 실수를 되씹는 중이었다. 왜 그런 질문이 첫 번째였는지도 모르겠고, 어떻게 이 질문을 마무리해야 할지도 모르겠고, 그럼에도 저 단순한 말로 채워지지 않은 궁금증 때문에 바짝 긴장한 느낌이었다.
“오스페다에 돌아온 지 한 해도 안 되지 않았어?”
외르타는 자신이 무신경한 것처럼 들리길 바랐지만, 아무래도 실패했다는 직감이 들었다. 다행히 발렌시아는 표정 하나 변하지 않고 대답했다.
“잉그레의 은혜에 보답할 수 있다면 출전에 아쉬움이 없어야 합니다.”
“아니, 됐다. 생각해 보면 결혼 이야기도 이 때문에 나왔겠구나. 당신이 나가서 비명횡사라도 하면 후계자는 어떡하냐고 다들 발 동동 굴렀겠군.”
“아니요. 관계없습니다. 십이공회는 앙히에를 검토하는 중입니다.”
그녀는 할 말을 잃었다.
“우선 솔 미라이예로 돌아가셔야 합니다. 폐하께선, 제가 자리를 비우기 전까지는 당신이 솔 미라이예에 머물기를 바라셨습니다. 당신의 안전을 위해 부디 고려해 주십시오.”
외르타는 그 순간 결심했다. 내가 느려지는 것은 어쩔 수 없다. 그러나 도저히 바보는 될 수 없었다. 이렇게 모든 말을 피하려고 하는 사람에게 효과적인 질문이 있을 것 같았다. 그를 다시 이 자리로, 멱살을 쥐고 끌고 올 만한 질문.
“당신, 어제 왜 그랬어?”
“무슨 말씀이신지 모르겠습니다.”

"어제 발터의 전언을 받고 왜 그랬느냐고."

"어떤 상황을 말씀하시는지 잘 이해가 가지 않습니다. 만일 처음 이야기를 들은 순간을 의미하신다면, 저는 발터하임부르겐의 전언을 해석하기 위해 노력했습니다. 그때를 뜻하십니까?"

그녀는 장막을 들추기가 조금 겁이 났다. 그러나 스스로도 생각하지 않았던가. 그의 대답을 듣지 않고 지레짐작하여 피하는 자신의 모습이 역겹다고. 게다가 이미 그가 떠난다고 선언한 시점에서, 무엇 하나 찜찜한 상태로 남겨 두고 싶지도 않았다. '지금까지 그를 무어라고 생각한 건가?' 이제 그것을 확인해 볼 차례였다.

"아니, 당신. 너무 조용했잖아. 지금 아니면 말할 수 없을 것 같아서 말하는 거야. 당신이 전쟁에 나간다고 분주해지기 시작하면 또 잊을 것 아니야. 난 이 일을 잊고 넘어가고 싶지가 않아. 어제 감정이 살아 있을 때 당신한테 묻고 싶었어."

외르타는 그에게로 몇 걸음 걸어갔다. 정확히 말하자면, 작은 보폭으로 세 걸음 걸어갔다. 이것이 마치 대단한 용기처럼 느껴져서 슬펐다.

"발터가 나를 허락한다던 말에 왜 그렇게……."

"……."

"그리고 밤에는 대체 왜 그랬어? 뭐가 문제니? 왜 갑자기……. 어제 전체가 엉망이야. 정리가 안 돼."

상대는 미동도 없었다. 외르타는 발렌시아의 차분한 얼굴을 바라보았다. 조금 가까이 왔더니 벌써 고개를 들어야 했다.

그는 로크뢰와 지나치게 다르게 생겼다. 다른 사람이라고 말할 수도 있겠지만, 그 이전에 생김새 자체가 달랐다. 그에게서 그 자식을 연상하기는 거의 불가능에 가깝다. 그녀는 인정했다. 저 조용하고 닫힌, 검정에 가까운 눈은 자신을 진정시켰다. 저 남자가 무슨 헛소리를 해도 그의 눈이 자신을 진정시켰다. 그 눈이 흔들리지 않는 사람을 떠올리게 만든다. 여섯 마디 정도의 거리를 두고 자신에게 공감해 주는, 다만 그 여섯 마디가 예의에서 기인했는지 태생적 한계에서 기인했는지 알 수 없는 이였다. 어떤 경우라도 감사했다.

그와 자신은 서로 정상이 아닌 부분에서 유대감을 가졌다. 외르타는 그 사실에 무한한 신뢰를 가지고 있었다. 우리는 그 구렁들이 어떻게 인생을 잡아먹었는지 아는 사람들이다. 각자의 구덩이를 이해하지는 못해도, 그것이 각자를 잡아먹은 과정은 샅샅이 알고 있는 사람들이었다. 때문에 그가 어떤 말을 해도, 어떤 짓을 해도, 자신들을 묶어 주는 그 강한 끈을 무시할 수가 없었다.

그 역시 그렇다고 믿었다.

"발렌시아 경, 난 당신 입으로 듣고 싶어. 왜 그랬어?"

"……."

외르타는 용기를 좀 더 냈다. 용기는 걸음이다. 그녀는 두 걸음 더 다가갔다. 상대의 기척이 느껴지는 거리였다.

"당신은 왜 놀라셨습니까?"

그녀는 눈썹을 살짝 들었다. 예상하지 못했던 질문이다.

"……뭐에 놀랐다는 거야?"

"왜 발터하임부르겐 1세의 선전 포고, 정확히 말해 당신을 죽이겠다는 협박에 놀라셨습니까? 우리가 함께 각오하고 있던 일 아니었습니까?"

발렌시아는 여전히 문에 기대어 있었다. 그러나 자신을 가두는 듯 느껴지기는커녕, 한순간이라도 눈을 떼면 도망갈 사람처럼 보였다. 그녀는 그의 속을 짐작하기 위해 노력했다. 그러나 생각이 미끄러지기도 전에 실패했다.

"……내 오라비는 그럴 사람이 아니기 때문이지. 폐하께 말씀드린 것처럼 그는 차라리 나를 암수로 죽였으면 죽였지 저렇게 큰소리로 사방 천지에 떠들 사람이 아니다. 무언가 꿍꿍이가 있을 거야."

"……."

"그리고 당신 덕분에, 당신 덕분에 너무 편히 살아서 잊고 있기도 했다. 우리 모든 게 끝났다고 생각했잖아. 뤼페닝도 끝났고, 발터도 더 이상 내게 관심이 없고, 솔 미라이예는 평온하고. 거기서 항상 칼을 갈기도 어렵지. 대답이 되었니?"

"제가 당신을 무뎌지게 만들었습니까?"

외르타는 침묵했다. 똑같은 말인데, 빛깔이 달랐다. 그녀는 그가 도망가는 대신에 달려오기로 결심했음을 알았다.

"그래. 어쩌겠어. 화도 났지만, 영영 화내면서 살 수도 없잖니."

그가 얕게 한숨을 쉬었다.

"제가 당신을 망쳤습니까?"

"무슨 말을 그렇게 해?"

"저는 아직도 전장의 당신을 기억합니다. 그리고 오스페다에 와서도 강파르게 곁을 물리던 당신과, 끝끝내 누구에게도 토로하지 않고 독을 열던 당신을 기억합니다. 그런 당신이 게외보르트의 선전 포고 하나에 놀라게 만든 것이 제 죄입니까?"

"왜 죄라고 생각하는 건가? 그것 먼저 말해야지."

"당신은 변하지 않았습니다. 스스로 변하길 바라지도 않았습니다. 그러니 제가 당신을 달라지게 했다면 제 잘못일 것입니다."

외르타는 이 망상을 어떻게 깨야 할지 몰랐다.

"그러는 당신은 내가 바뀌길 바라지 않았단 거야?"

발렌시아는 어렵게 그녀를 바라보았다. 문가를 더듬던 손이 주먹 쥐는 모습이 보였다. 그녀는 눈치채지 못한 사이 그를 궁지에 몰았다고 믿었다. 그러길 바랐으면서도, 확신하지 못하는 발렌시아를 보자 마음이 너무 어지러웠다.

그는 낮게 말했다.

"저는 바랐습니다. 그것이 더 큰 죄입니다."

"……."

외르타는 그가 처음 질문에 답변을 했음을 깨달았다. '당신, 어제 왜 그랬어?' 그는 대답을 했다. 아주 모호하게, 솜덩이만 한 무게로. 내가 바뀌길 바랐다고. 나를 그렇게 바라본 것이, 가까이 다가오지도 못하고 물러서지도 못하던 그 시선이, 내가 바뀌길 바라서였다고. 그녀는 그 대답을 어떻게 다뤄야 할지 몰랐다. 다만 물어보고 싶었다. 내가 어떻게 바뀌길 바랐니?

"저는 당신이 좀 더……."

발렌시아가 말꼬리를 흐렸다. 그녀는 그런 그의 모습이 희귀하다는 사실을 알았다.

침묵이 흘렀다.

침묵.

방해해 줄 사람조차 없어서 눈앞이 캄캄했다.

"……외르타, 돌아가셔야 합니다. 저 역시 준비할 것이 많습니다."

"당신 내가 떠날 건 알고 있지? 미리 이야기하겠지만, 몇 년은 안 돼! 상황이 달라졌잖아."

반사적으로 튀어나왔다.

"예."

그는 빠르게 대답했다. 그녀의 예상보다 빨랐다.

외르타가 더 말을 잇지 못하는 사이, 그가 문을 열었다.

무슨 정신으로 솔 미라이예에 돌아왔는지 몰라 스스로도 혼란스러웠다. 물론 그들 사이의 대화라곤 단 한 마디도 없었다. 자신은 그저 그와의 간격을 가까스로 지키며 더듬더듬 쫓아왔을 뿐이다.

너무 많은 일들이 한 번에 밀려들어 왔다. 발터가 자신을 죽이려 하고, 오스페다는 순식간에 전시로 돌입했다. 그리고 자신을 무디게 만든 범인은 무언가 이상한 말들을 읊조리고 떠나더니 이제 코빼기도 보기 힘들었다. 전쟁 준비로 바쁘겠지. 또다시 이곳을 몇 해나 비우리라는 것을 생각하면 정말 준비할 내용이 많을 것이다.

외르타는 여러 가지로 불쾌했다. 첫째로 사실상 제 전쟁인데 자신에게는 어떤 것도 공유되지 않는다는 사실에 분노했다. 그녀는 그저 금고 속 보물로 취급되기만 했다. 단순히 목숨만 살아 있으면 된다는, 아주 명확한 전쟁 명분으로서의 삶. 둘째로 발렌시아가 자신을 피한다는 사실에 화가 났다. 횡설수설 얼버무려 놓고서, 몇 주 안에 영원히 헤어질 텐데 이제 그만 보자는 투였다.

그리고 무엇보다 더, 이 두 가지에 화가 나는 자신이 너무 싫었다. 이것이야말로 스스로 약해졌다는 증거 같았다. 딤니팔의 전쟁이라면 그들이 내게 극비를 공유할 의무는 없다. 그것까지 이해 못 하는 천치가 되고 싶지 않았다. 또한 발렌시아의 건 역시 그에게 어떤 믿음을 가지고 기대했던 자신을 견딜 수 없었다.

이 모든 것이 힘들고 역겨웠다. 너무 많이 변했다. 심지만 남기고 완전히 녹아 버렸다. 가장 중요한 것은 살아 있었지만, 이제 익숙한 어떤 것도 자신을 지탱해 줄 수 없었다.

"제가 당신을 무뎌지게 만들었습니까?"

물론 가장 당혹스러운 지점은, 이렇게 약해지고도 그래도 무언가 단단해졌다는 느낌이 든다는 점이었다. 포티미의 시절 칼날같이 날카롭고 바위처럼 굳던 그 성질머리보다 나아졌다는 기분이 들었다. 이런 자신이 싫으면서도 발전했다는 생각을 부정할 수 없었다.

낯설고 혼란스러웠다.

더 이상 포기하지 않아서일까? 아델을 묻고, 이제 그 과거에 집착하지 않겠다고 선언하자 삶을 이어 나갈 용기가 생겨서일까? 산다는 것이 본시 이토록 속 좁고 계면쩍은 것인가?

생을 포기하고 초연했을 때 냉정한 것은 아주 당연한 일이다. 욕심이 없다면 누구라도 성인聖人이 되며, 이는 그리 대단한 업적도 아니다. 때문에 생에 충실한 보통 사람을 특별히 옹졸하다고 묘사하는 것은 부당하다. 그러나 너무 오랫동안 그렇게 살아왔기에 도저히 감정적인 부분까지 제어하기가 힘들었다.

자신을 이해했지만, 여전히 부끄러웠다.

“발은 좀 나아지신 것 같네요!”

외르타는 어깨를 부르르 떨었다.

“이런 말씀을 드리기는 송구하지만요, 백작님. 오래도록 누워 계셨던 것이 발 건강에는 도움이 된 것 같아요. 그 뒤의 재활도 마찬가지고요. 거의 눈으로 확인할 수 있을 지경이에요. 보세요.”

그녀는 고개를 들어 일그러진 발을 확인했다. 어떤 방향에서 보면 정말 변한 것 같기는 했다. 이 역시, 바뀌어서 나아진 부분 중의 하나일까? 외르타는 자신의 삶이 지나치게 많은 면에서 빠르게 변하고 있다는 생각을 했다.

“여길 보세요.”

모리가 뒤틀린 발등을 가리켰다.

“음……. 좀 나아졌나?”

“엄청이요! 앞으로도 제가 말씀드린 대로 리넨으로 잘만 감고 다니시면, 크게 불편하지 않게 모든 활동을 하실 수 있을 거예요.”

“듣던 중 반가운 소식이구나. 잘돼 가는 것도 없는데 튼튼하기라도 해야지.”

“전반적으로 아주 마음에 들어요. 처음 뵈었을 때에 비해서 살도 엄청 오르셨고, 잘 걸으시고, 흠잡을 데가 없네요."

외르타는 빙그레 웃었다. 모리가 진심으로 기뻐해서 어쩔 수 없었다. 자신의 모호하고도 민망한 감정들보다는 그녀의 기쁨에 반응하고 싶었다.

"고마워, 모리. 매양 하는 말이지만 그래도 진심이란 걸 알겠지."

"예, 별말씀을요."

모리는 다시 리넨을 가져와 주의 깊게 그녀의 발을 감쌌다.

"모리, 그런데 내 소식을 듣고 놀란 건 없었어?"

그녀는 살짝 고개를 들었다가 너털웃음을 터뜨리며 다시 왼발에 집중했다.

"귀한 분이시리라 짐작은 했지요. 기억 못 하세요? 백작님께선 깨어나신 뒤로 항상 합하께 하대하셨어요."

"아……. 생각이란 걸 안 했구나, 내가……."

"또 합하께서 그런 예의로 대하시는 분이라면…… 제가 짐작을 못 했다면 바보였을 거예요. 그보다 제가 충격을 받았다면, 백작님을…… 이렇게 만든……. 아니, 죄송해요. 추측이죠. 말씀드릴 이야기가 아닌데요. 너무 무례했습니다. 죄송합니다."

"아니, 뭐……. 괜찮아. 나도 이제 나아졌단다. 굳이 거기에 집착하진 않아."

"저는 당연히 바깥에서는 언급하지 않을 거예요. 발 이야기가 아니에요. 다른 모든 것에도 절대 함구할 터이니 안심하셔도 돼요. 그것이 제 직업이기도 하니까요."

"그래, 그래. 내 전남편은 개자식이었지. 발렌시아 경도 그걸 알아."

"예……. 그분께서 명하신걸요."

모리는 금세 실내화를 동여 주고 일어섰다. 외르타는 궁금증이 일어 다시 그녀를 붙잡았다.

"그가 뭐라 했니?"

"아, 합하께서요? 제가 보고드릴 때마다 잘 살펴드리란 말씀만 하셨죠, 뭐. 자세한 추이는 공유 드리지 않았어요. 그건 백작님의 사생활이니까."

"아쉽구나. 이 정도로 좋아졌는데, 이전에 얼마나 나빴는지 모르니 함께 축하할 수도 없겠어."

"그러게요. 더군다나 지금 너무 바쁘셔서, 솔 미라이예에서 제대로 끼니나 챙기시는지도 잘 모르겠네요."

"그래?"

"네. 누프리도 발폼도 아레초도 거의 안 보입니다. 아무래도 합하와 함께 분주한 것이겠지요."

"나도 거의 사흘을 못 본 것 같단다."

"아, 정말요? 저는 매일 뵙긴 하는데."

외르타는 잠깐 멈칫했다.

"뭐 용건이야 당연하죠. 백작님의 건강이요. 물론 겸사겸사 제가 합하의 건강까지 봐 드리지만, 그분은 바늘 하나도 찌를 틈이 없어요. 매번 느끼죠. 원체 전쟁에 많이 나가셔서 그런가…… 철저하시거든요. 그나마 백작님께서 쓰러지셨을 때가 일생일대의 위기였죠. 역시 사람은 곡기穀氣가 중요하다니까."

이 순간 외르타는 확신할 수 있었다. 그는 일부러 그녀를 피하고 있었다. 피하기도 힘든 자리인데 애써서 얼굴을 보지 않는 것이다. 그녀는 그가 그렇게, 전장으로 떠날 때까지 이럴 예정인지 어이가 없었다.

"내가 얻어 듣기로 경은 한 달 안에 전장으로 떠난다고 하던데, 맞니?"

이런 질문을 아랫사람들에게 묻고 다니는 처지가 된 것이다.

"예, 정해진 날짜는 11월 12일이라고 들었어요."

갑작스레 화가 치밀어 올랐다.

"왜 나는 몰랐지?"

"음, 아무래도 모든 게 너무 화급하게 진행되어서는 아닐까…… 생각해요. 게다가 딱히 비밀이 아니라 백작님께 말씀드려야 한다는 사실도 잊었네요. 저는 백작님께서 이미 합하께 전해 들으셨으리라 생각해서요."

"아쉽게도 아니야."

"이런……. 이번에 가시면 지난 포티미외처럼 두 해는 족히 걸릴 텐데요. 따로 언질을 안 주셨다니 이상하네요."

외르타에게는 두 해가 아니라 영원이었다. 발렌시아도 그 사실을 알았다. 이토록 얄팍하게 끊길 사이던가? 외르타는 정당한 설명을 못 들어서, 그가 너무 단호해서 화가 났다. 그래, 그가 그때 분명 무언가 말하기는 했지. 그러나 암시에 가까웠지 어떤 명징한 행동도, 아니 심지어 명징한 말조차 못 되었다. 자신은 아직도 그것을 해석하느라 갈팡질팡하고 있는 상태였다. 그런데 이렇게 피해? 마치 볼일 다 끝났다는 것처럼?

"이 겁쟁이가……."

"네?"

"아, 아니야, 모리."

모리는 작게 웃으며 이따 뵙겠다고 인사했다. 문이 열리고, 닫혔다.

외르타는 벌떡 일어나 방 안을 서성이기 시작했다.

발터가 거짓말을 했다고 생각하기 때문에 도무지 긴장되지가 않았다. 목숨을 잃을 걱정도 전혀 들지 않았다. 그러다 보니 모든 신경이 생존이 아닌, 전쟁 그 자체와 전쟁 속의 사람에 쏠려 있었다. 내 삶은 아주 높은 확률로 보장되어 있으므로, 발터의 목적과 전쟁이 궁금한 것이다. 앙히에는 벌써 여러 날째 보이지 않아 생각을 공유하기 힘들었으며, 발렌시아는 말할 것도 없다. 그녀는 철저히 고립되었다.

이토록 답답한 시기, 누군가 자신에게 조언을 구한다면 그것이 게외보르트에 대한 배신이라는 점도 잊은 채 발터가 어떤 흉계를 꾸미고 있다고 외쳤을 것이다. 그 인간은 이럴 사람이 아니라고, 당신들은 발터가 원하는 시기에 원하는 방식으로 전쟁에 끌려들어 가는 셈이라고, 그런 전쟁에서 얼마나 승산이 있겠느냐고.

한순간 외르타는 어떤 개념을 깨달았다. 이 전쟁은 자신의 오라비와 발렌시아의 전쟁이었다. 자신의 혈육과 타인의, 자신을 죽이려 드는 이와 자신을 살린 사람의 전쟁이었다. 저 왁자지껄하고 대단한 소란을 이토록 개인적으로 축소할 수도 있다니. 또다시 제 빽빽한 마음이 소리를 지르는 모양이었다.

그녀는 손끝이 조금 아팠다. 누가 이기길 바라는지도 잘 몰랐다. '게외보르트'와 '딤니팔'이라면 자신의 대답은 당연할 것이다. 그러나 '발터'와 '발렌시아'라면? 이것은 충분히 복잡한 문제였다. 아예 삶을 방치했으면 모르되, 땅에 발을 디딘 상태에서 이 혼란스러운 감정을 무시하기가 힘들었다.

이 모든 이야기를 누군가에게 하고 싶었다.

정확히는 발렌시아에게 해야 했다.

우리 사이에 어떤 오해가 있든, 그것은 대화로 풀 일이라고. 나는 이 정도로 괜찮은 삶을 살게 되었고 때문에 '당신 덕에 망가지기'는커녕 발터의 선전 포고에도 멀쩡하기 그지없다고. 순간적으로 충격받았지만, 당신도 십 년 만에 앙히에를 만났을 때 그 낯짝이었을 텐데? 그리고 그렇게 놀란 것 자체가 삶에의 증거였다. 모든 것이 현실이라서 그에 적극적으로 반응해야 했다. 자신은 그렇게 나아졌다.

안전한 곳에서 사선의 감각을 잃어버렸다. 그러나 그것이 영원토록 나쁠 일인가? 언제까지 죽이거나 죽는 삶을 살아야 한다고? 외르타는 이제 돌아섰다. 그녀는 아델 이후 이제 본격적으로 살아 볼 생각이었다. 왜 당신까지 그 변화에 놀라는 거야? 그때 지하 장묘에서 말이라도 해 줄 것을. 너무 억울했다.

어쨌든 언어가 있어야 했다. 이렇게 일방적으로 무시당하다 끝장날 수가 없었다. 그가 말실수를 했다고 하거나, 혹은 그 말들에 대해서 설명하거나. 자신이 납득되지 않으면 다시 반문하고, 설명하고, 그럼으로써 우리의 교차점을 찾을 수 있으리라. 이 모든 가능성을 포기한 그가 너무 실망스러웠다. 내게 자신의 애정을 이야기한 것도 아니고, 무엇을 하자고 한 것도 아니고, 굉장히 이른 감정들만 어설프게 토로했는데 그 정도는 어린애들도 겪는 것 아닌가. 자신이 그에게 가진 욕심과 호감도 그쯤은 될 듯했다. 그런데 발렌시아는 익숙지 않아 작은 것에도 지레 놀라 피하는 것 같았다. 무엇을 그렇게 두려워하는지 몰랐다.

로크뢰의 그것이 아니라면 그녀는 아무래도 상관없었다. 싹에 가까운 감정들까지 죄악시하고 싶지 않았다. 자신들이 거쳐 온 진창을 생각하면, 그리고 자신이 그의 삶을 얼마나 망쳤는지를 생각하면 이만큼 요동칠 수 있다. 이상한 일이 아니었다. 자신도 그렇다.

가진 마음이 다르지 않으니 우리는 대화를 해야 한다.

외르타는 굳게 믿었다.

앙히에는 알로지아드 진이라는 이름이 좋았다. 무엇보다도, 어느 나라 말씨인지 알 수 없는 어감이 마음에 들었다. 동부에 있는 듯한 기분이 들기도 했고, 북부 산맥에 둥지를 튼 느낌이기도 했다. 발자국을 두 번 내지 않는 자신의 성정과 아주 어울렸다.

그러나 감상적인 이야기를 제하면, 자신과 욜란다가 이 자리에 놀금의 본산을 꾸린 이유에는 지정학적인 영향이 가장 컸다. 딤니팔의 중심부에 속하고, 오스페다와 가깝지도 멀지도 않은 며칠 거리라는 점.

“상고!”

그러니까 이렇게 전령이 애타게 자신을 찾을 때까지의 시간을 벌 수 있다는 뜻이다.

"상고, 부르잖아요. 몇 번째야. 제발 좀 가세요. 거래 터야 하는데 시끄러워 죽겠어요."

"별일 아닐 텐데……."

"오스페다에서 그 난리 통을 겪고도 별일 아닐 거란 헛소리가 나오죠, 지금?"

"대체 어디서 보낸 건지도 모르겠네."

앙히에는 투덜거리며 해먹에서 일어났다. 부스스한 머리를 쓱쓱 쓸고, 칼집을 챙긴 뒤 터벅터벅 방을 나섰다. 나가라면 나가야지. 사실 이곳의 주인은 욜란다에 가까웠다.

"누구래?"

"미라이예에서 왔다고 합니다."

"미치겠네."

단숨에 내뱉었지만, 여러 감정이 섞여 있었다. 앙히에는 형님과의 지난 대화를 떠올렸다. 십이공회가 자신의 과거를 노리고 있고, 자신은 어찌 되었든 방어할 예정이라고. 그 이야기를 듣고도 폐를 끼치기 싫어 오스페다에서 도망 나왔다. 그렇게 얼굴을 비치지 않는 것이 차라리 형님에게 도움이 되리라 믿었다. 그런데 이처럼 그가 부른다면 정말로 문제가 생겼거나, 혹은 해결되었거나 둘 중 하나일 것이다. 어떤 경우라도 미안했다.

"이유는?"

"일단 나오시래요."

누군지 몰라도 배짱이 좋았다. 그는 어이가 없어서 웃으며 복도를 헤쳐 나갔다. 아무리 미라이예의 전령이라 하나, 아니, 미라이예의 전령이기 때문에 더 지켜야 하는 예의가 있을 것…….

"공자."

앙히에는 순식간에 꼬리를 말았다.

"에스드로."

"누프리라고 불러 주십시오."

내가 평생을 꾸중하고 산다는 핀잔이 거의 귀에 들렸다.

"으……. 나는 왜 부르는 거야?"

"공자께서 돌아와 십이공회에 증명할 내용이 있습니다."

"뭐?"

"저는 단순히 합하께 들은 전언을 고할 뿐입니다."

"증명을……."

게외보르트 내전에 참전했다는 사실이 공개되면 무엇이 가장 중요해지는지 알고 있었다. 잉그레에 대한 충성 증명. 다시 한번 왕실의 기사임을 증명받아야 하는 것이다. 앙히에는 그나마 안도했다. 어느 정도 선에서 마무리가 된 모양이었다. 폐하께서 닦달에 못 이겨, 그러면 짐이 르나치 경의 충성 맹세를 다시 한번 받으면 되지 않느냐고, 더 이상 언급하지 말라고 선언하셨나 보다.

"이해했어. 언제 가면 되나?"

"지금 당장 저와 떠나시지요."

"가는 데 얼마나 걸리는지 알고 있어……?"

"쉬지 않고 만 하루 반입니다. 채비해서 나오십시오."

"아니, 너도 그 정도 걸려서 온 거 아니야? 좀 쉬었다 가."

"안 됩니다. 분초를 다투는 일입니다."

산맥으로 만든 벽 같았다. 앙히에는 한숨을 쉬곤 다시 복도 안으로 들어갔다.

누프리는 그가 언제쯤 철이 들까 생각하며 환한 복도를 바라보았다. 물론 제 형님의 말을 곧이곧대로 듣는 것이 성장의 증거가 될 수는 없을 것이다. 그러나 적어도 상대를 헤아리는 마음이 자라기를 기대했었다. 합하께서 지금 어떤 상황에 처해 있는지 알면서도…….

그는 문득 깨달았다. 앙히에는 게외보르트의 선전 포고를 몰랐다.

"아, 이 정도면 됐어. 네 말은 교체해서 가자."

앙히에가 고삐 하나를 넘겨주었다. 그는 묵묵부답으로 말에 올라탔다.

"공자, 가기 전에 드릴 말씀이 있습니다."

"뭐?"

"각오를 단단히 하셔야 합니다."

"……끝이야?"

"합하께서 진 무게를 가벼이 여기시면 안 됩니다."

"나 참, 그건 평생 들은 이야기로군. 틀렸단 소리가 아니라, 특별할 게 아니란 거야."

"하지만 특별히 귀중히 여겨야 할 때가 있습니다. 이해해 주시면 좋겠습니다."

"그런 이야기를 하던데."

누프리는 도착하자마자 사흘 밤낮을 꼬박 새운 여파를 못 이긴 채 침실로 떠났고, 자신은 이렇게 먼지 풀풀 날리는 몸으로 꼭대기 층에 와 있었다. 문을 쾅 닫고, 그래도 부르면 바로 오는 아우로 남아 있지 않느냐는 태도로 소파에 누웠다.

앙히에는 종잇조각처럼 널브러졌다. 발렌시아는 반쯤 눈을 감은 동생을 바라보았다. 하오의 햇살이 그와 닮은 듯 닮지 않은 검은 머리칼을 내리 찔렀다.

"누프리가 쓸데없는 말을 했군."

"그럴 것 같았어."

"나는 약 한 달 뒤에 알로지아드 레발로로 간다."

앙히에는 자리에서 급하게 일어나려다 바닥에 엉덩이를 쿵 찧었다. 그는 온 잠이 다 달아난 얼굴을 하고 있었다.

“형님이 서부에는 왜 가?”

“게외보르트에서 전언이 왔다. 내용은 오스페다가 외르타를 죽여 후환을 방지하길 바란다는 것이며, 우리가 그 협박에 동의할 수 없기에 전쟁이 개시되었다. 내가 그 전쟁을 이끌게 될 예정이다.”

손톱만큼의 공명심도 없는 말이었다.

“그 때문에 십이공회가 내 후계를 걱정하기 시작했다. 미라이예의 후계는 너뿐이니 너를, 정확히는 네 자격을 의심했다. 네가 게외보르트에 적을 두었다면 어떻게 미라이예를 맡기겠느냐고. 이에 폐하께서 다시금 네 충성 맹세를 필요로 하신다.”

“아……. 그래, 알겠어.”

“무엇을 뜻하는지 이해하리라 믿는다. 전쟁이 개시된 이상 내가 너를 따로 챙길 여력이 없다. 너 스스로 앞가림할 수 있기를 바란다. 만일의 상황에도 흠 없이 승계할 수 있도록.”

“무슨 재수 옴 붙은 말을…….”

앙히에는 인상을 찌푸렸다. 설마 형님이 전사戰死하는 걸 가정한 것인지 놀라웠다. 아주들 유난이다. 어쨌든 잉그레에 가서 칼집으로 어깨나 얻어맞고 오면 되겠지.

“마지막으로 묻는다. 폐하께 충성 증명을 하기 위해서는 네 기사됨을 증명해야 한다. 너는 종기사로 참전하지 않고 폐하께 직접 기사직을 받았다. 잉그레의 표장을 가지고 있나?”

그는 침묵했다.

잉그레의 표장이라는 단어를 듣는 순간 속이 철렁 내려앉았다.

“앙히에.”

저 말이 닥칠 줄 짐작도 못 하고 있었다. 아니, 변명이 되지 않는다.

미라이예의 핏줄을 타고났다면 짐작했어야 한다. 잉그레에 충성한다면, 폐하께서 주신 기사의 증명을 가져가는 것이 마땅하지 않나. 어디서 시정잡배도 아니고 평민이 귀족에게 기사직을 수여받는 의식을 꿈꾸었나. 일부러 잊은 것에 가까우리라.

잉그레의 표장.

내 빛. 내 남은 생을 가지고 떠나던 빛을 기억한다.

"대답해라. 당연히 소지하고 있으리라 믿는다. 당장 폐하께 가서 네 변함없음을 증명해야 한다."

표장이 자신의 마지막 구원 줄임을 모르지 않았다. 아니, 과거의 어느 시점에는 누구보다 잘 알았고 뼈저리게 기억했다. 게외보르트 내전 당시 앙히에는 자신이 버리고 온 것을, 등진 갈림길들을 상처와 같이 기억했다. 누군가 그 갈래 갈래에 말을 걸었더라면 오래도록 미뤄둔 진물이 터져 나왔을 것이다. 그러나 그때 게외보르트는 그러지 않았다. 오히려 존경하는 이가 상흔에 쇳물을 부어, 누구도 감히 자신을 두드리지 못하도록 단단히 벼려 주었다.

"난 이제 안 돌아가."

제 인생을 뒤엎은 말이었다.

"나도 네게 날 남겨."

그렇게 자신의 모든 선택지를 그녀에게 건넸다. 죽을 사람과 함께 무덤에 묻어 버렸다. 그것이 아쉽기는커녕 외려 스스로를 끝맺지 못한 것이 더 서러웠다.

"고작 육 년에 남은 생 전부를 걸지 마라."

시간은 아무것도 아니다. 자신에게 파고가 얼마나 높았는지, 얼마나 강렬하게 은신처를 흔들었는지가 전부였다. 앙히에는 뿌리째 들려 아무것도 남지 않았다. 그때부터 지금까지 자신이 그러모은 것은 모래성에 불과했다. 삶에 그 어떤 향상성도 없었다. 오로지 유지해 나가는 것이고, 물결에 겨우 발버둥 치는 것이다. 그러고도 매번 무너지지만 아쉽지 않았다. 그는 어떤 일도 해내고 싶지가 않았다. 앙히에는 이미 오래전 전부 이뤘고, 모든 것을 잃었다.

"기다려."

말이 메아리처럼 떠돌았다. 어떤 이야기가 앞이고 또 뒤인지, 기억 속에서 혼란스러웠다. 너무 많은 곳에 책갈피를 꽂아 두었다.

나도 이렇게 죽은 이와 똑같은 자리에 맴돌고 있을 테니, 찾기는 그리 어렵지 않을 것이다. 그것이 유일한 위안이었다. 그녀가 알아보기 쉽도록 늪 속에 천천히 잠겨 흰 시체로 떠 있었다.

"고생 많았다."

그는 소파를 손으로 짚었다. 미끄러졌다. 앞에 누군가 있었는데, 그것을 잊어버렸다. 어떻게 극복할 수가 없었다. 그녀가 고생했다고 말했다. 그렇게 작별 인사를 했다. 자신이 줄 수 있는 보답이라곤 쓸모없는 제 인생뿐이었다. 그나마 스스로 소중히 여기지도 않는, 딤니팔의, 기사의 삶을 죽였다. 배를 갈라 버렸다. 전혀 아쉽지도 않았다. 어린 자신이 두려워하지 않았다면 거짓말일 것이다. 그러나 숄렘의 석양에 비하면 아무것도 아니었다. 감히 그 크기를 비교할 수조차 없었다.

북녘 땅, 유일한 양지. 자신의 삶에 쪼인 선명한 햇볕. 단호하고, 웃는 얼굴. 사람을 터뜨려 죽이는 그 명료함. 영원히 앞을 보되, 멈춰 설 때를 아는 잔인함. 그 심성. 들러붙으면 떨어지지 않는 그 지옥 같은 녹음.

"그만 힘겨워해라. 네가 나를 놓아야 내가 편히 간다."

자기는 편히 떠났겠지. 나는 남은 일생이 타들어 가는데.

"앙히에."

발렌시아는 동생의 어깨를 붙잡았다. 자신이 잉그레의 표장을 추궁한 시점에 갑작스레 말이 없어진 점이 못내 의심쩍었다.

"똑바로 대답해라. 아니면 폐하 앞에 가서 고하는 수밖에 없다."

"……."

"앙히에."

발렌시아는 인상을 찌푸렸다. 갑자기 어떤 핵심을 찔려 동생이 얼어붙었는지 도무지 짐작할 수가 없었다. 잉그레에 충성 증명을 한다면 첫째로 떠올려야 하는 것은 기사직이고, 만일 그가 복무하지 않았다면 당연히 표장을 떠올려야 했다. 오늘 다음에 내일이 오는 것처럼 자연스러운 이야기였다.

자신이 직접 건넨 잉그레의 표장이다. 제 아우가 화상이라 하나 그것이 얼마나 귀한지 모를 깜냥은 아니었다. 매번 배신한 체하면서 자신에게만 고약하고 딤니팔에 충성하는 모습을 몇 번이나 보았던가. 게외보르트에서 돌아오자마자 미라이예가 아닌 폐하께 고한 것이 첫째고, 그 뒤로도 공작가보다 왕가를 더 믿는 눈치였다. 그만큼 그의 충성심이 단단하여, 그도 자카리도 앙히에의 일탈이 단순한 외유였다고 생각하고 있었다.

아우는 타고나길 딤니팔인이었고 스스로도 삶을 통해 증명했다. 그런 인간이 잉그레 표장의 무게를 모를 리 없었다. 당연히 누구보다 중히 여겨, 놀금의 꼭대기에라도 빈틈없이 숨겨 놓았으리라. 그렇게 믿어 의심치 않았다.

발렌시아는 마지막으로 질문했다.

“앙히에, 거리낄 것이 없으면 지금 당장 폐하께 가자. 이 자리에서 실랑이하는 것보다 배는 빠르게 마무리 지을 수 있으리라 믿는다.”

앙히에가 덜컥 고개를 들어 그를 마주 보았다. 발렌시아는 자신의 말을 차분히 되새기는 중이었다. 어떤 위험스런 대화를 했는지, 그것이 저 모자란 아우를 해칠 만한 것이었는지. 사실 앙히에가 저 모양으로 곧장 대답하리라고는 상상하기 어렵기도 했다.

그러나 그는 대답했다.

“폐하께 가자.”

앙히에는 발렌시아가 일어서기도 전에 벌써 몸을 틀었다. 발렌시아는 의심스러운 표정으로 겉옷을 챙겼다. 천천히 일어나서, 마치 나무막대가 행군하듯 문을 열어젖히는 상대를 주시했다. 제정신이 아니라면 폐하께 데려갈 수 없었다.

그러나 앙히에는 어느새 한 층을 질주해서 쿵쿵거리는 발소리만 남겼다. 발렌시아는 소리를 높이기도 여의치 않아 한숨만 쉬었다. 따라가는 수밖에 도리가 없다.

아우는 벌써 지상층에 다다라 있었다. 발렌시아는 성큼 달려 내려가, 아예 오스페다 너머로 사라질 기세인 앙히에를 따라잡았다. 상대는 무시무시하게 고요했다. 평소라면 벌써 몇 마디 하고도 남았을 사람이 굳게 침묵하자 그는 상대의 병증에 대해 확신할 수밖에 없었다.

발렌시아는 거의 속삭이듯 낮게 말했다. 엿듣는 이를 경계하여 한층 조용해진 목소리였다.

“앙히에, 표장을 소지하고 있으리라 믿는다. 아니라면 그것을 가져와서 폐하를 뵙는 편이 낫다. 훨씬 면이 살 것이다.”

“폐하께 드릴 말씀이 있어.”

“혹시 분실했노라는 고백이라면…….”

“그래.”

발렌시아는 우뚝 멈췄다. 벌써 솔 미라이예보다는 잉그레에 가까운 지점이었지만, 여기서 한 발자국도 내디딜 수가 없었다.

“그러면 폐하를 뵙는 의미가 없다. 약속도 없이 무작정 접견을 구하는 것도 무례인데, 용건조차 없는 셈이다. 난 네게 이 이상으로 실망할 수 있으리라 생각지 못했다. 그만하자.”

한 마디 한 마디가 진심이었다. 잉그레의 표장을 잃어버리다니, 기사 이전에 사람이 아니었다. 딤니팔인이라면 그것이 얼마나 귀한 것인지 머리보다는 제 뼛속에 명심하고 있었어야 했다.

발렌시아는 처음으로 그가 딤니팔인, 아니 ‘딤니팔’인지 의구심이 들었다. 게외보르트 왕족을 위해서 군사를 이끌고 피를 보았지만 딤니팔을 위해서 군사와 피를 희생하기는커녕 간단한 상징물조차 지닐 생각이 없다.

그는 잠깐 고민했다.

그러나 고민이 물길을 멈출 수는 없었다.

“앙히에.”

“왜?”

“너는 딤니팔인가?”

앙히에가 뒤를 돌아보았다. 이 햇살 아래에서 시퍼렇게 날이 선 동생이었다. 직사광선을 쪼인 푸른 눈. 검은 머리는 오히려 더 검었다. 자신도 저렇게 사선에 몰린 얼굴을 할 수 있을지 의구심이 들었다. 누가 저토록 한 인간을 벼려 두었을지 알 듯 말 듯 했다.

갑자기 상대를 아예 모르고 있다는 생각이 들었다. 언제까지나 제 아래에 있을 줄로만 알았는데, 시야가 닿지 않는 곳에서 스스로 왕국을 세운 것이다. 성벽이 두텁고 단단하여 넘겨보기 어려웠다.

"나도 모르겠어."

"……."

"아니, 그러니까…… 모르겠어."

발렌시아는 한 박자 늦었다. 그는 앙히에의 어깨를 우악스럽게 움켜쥐었다. 이렇게 텅 빈 길에서 역도逆徒의 발언을 하도록 가만히 내버려 둘 수가 없었다. 이 대답은 상상하지 못한 종류에 속했다. 스스로 질문하면서도 '그렇다' 외의 답변을 생각지 못했다. 너는 딤니팔인가? 당연히 긍정하는 답을 기대했다.

"여기엔 아무도 없잖아, 형님."

"나조차 감히 들을 수 없었다."

"아니……."

"입 다물어."

발렌시아는 앙히에를 끌고 가다시피 인도하여 잉그레의 문 앞에 던져두었다. 꽤나 오래 걸렸고, 앙히에가 겅중겅중 반쯤 뛰고 반쯤은 쓰러진 채로 길을 건너야 했지만, 둘 중 누구도 단 한 마디를 하지 않았다.

정적 그 자체였다. 그 침묵을 방해하기 어려운 듯 근위 기사들이 어정쩡한 표정으로 물러났다. 십이공회원에게는 신분 증명이 필요 없다. 그들이 곧장 문을 지나자 정문 옆에 서 있던 무명 하나가 말을 걸었다.

"합하, 폐하께서는 지금 식당에 계십니다. 만찬이 끝난 뒤 접견을 요청드릴 수 있습니다."

"알현실에 가 있겠다."

"아니요. 수오모 집무실로 오십시오. 합하께서 르나치 경과 함께 오시면 그쪽으로 안내하라는 어명이 있었습니다."

"그래."

무명은 고개를 살짝 숙이고 부드럽게 사라졌다.

발렌시아는 앙히에를 던지듯 놓았다.

"조용히 따라와."

"……수오모 집무실이 어딘진 나도 알아."

그는 손을 들었다. 조용히 하라는 완곡한 표시에 앙히에가 가라앉았다.

그들은 마치 나고 자란 듯 익숙하게 왕의 새끼 집무실을 찾았다. 최근의 수오모는 알현실 덕에 거의 쓰이지 않는 사私적 응접실에 가까웠다. 어쩐 일로 왕이 자신들을, 특별히 자신들만을 골라 이곳으로 오라 했는지는 짐작하기 어려웠다.

"솔 미라이에로 돌아가자면서 왜 여기까지 데려온 거야? 형님은 내가 무슨 헛소리를 할지도 모르잖아?"

"나는 이렇게 무명의 귀가 밝은 곳에서 말하고 싶지 않다."

그리고 그 스스로도 입을 열고 싶지 않은 마음이 컸다. 발렌시아에게는 도저히 자신이 딤니팔인지 아닌지 모르겠다는 아우를 달랠 재주가 없었다. 그 길바닥에서 불경하게 그런 말을 하도록 둘 수도 없었다. 어쩌면 십이공회원들의 헛소리가 맞았을지도 모르겠다는 우려가 솟고, 또한 예상치 못한 사태에 바그라진 제 계획까지 떠올랐다. 아니, 생각이 솟는다거나 떠오른 것이 아니라 아주 치밀었다. 뺨을 얻어맞았다. 충격이 컸다.

때문에 자신이 할 수 있는 일이라고는 단지 왕에게 그를 던져두는 것이었다. 충성을 받는 이가 판결을 내릴 수 있을 것이다. 용서든 치죄든, 그것이 최선이었다.

앙히에는 그를 바라보지도 않고 집무실 벽에 기댔다. 방은 잠겨 있지 않을 테지만, 이 딤니팔에서 그 문을 함부로 열 사람은 존재하지 않았다. 발렌시아는 아우의 공손한 태도를 보고 의심을 품었다.
"뭐야, 이 분위기는?"
그는 몸을 살짝 틀어 잉그레의 예를 표했다.
"폐하."
"그래, 너희 때문에 먹다 말고 나왔다. 비켜 봐."
앙히에는 예를 표한 손으로 왕의 길을 열어 주었다. 문이 열리고, 여전히 엉망진창인 책상과 소파들이 보였다. 자카리는 둘 모두를 들여보낸 뒤 '쾅' 소리가 나도록 방을 봉했다.
"좋아. 누구 먼저 이야기할래?"
"폐하, 잉그레의 표장을 분실했습니다."
자카리는 한 대 맞은 얼굴로 앙히에를 바라보았다.
"뭐라고 했나?"
"죄송합니다. 북부산맥에서 잃어버렸습니다."
"잃어버릴 게 따로 있지……. 무슨 마실 나갔다 두고 온 것도 아니고 뭐가 어쩌고 저째?"
"목숨으로 사죄드리겠습니다."
왕이 손사래를 쳤다.
"됐네. 짐이 몰래 하나 더 주마. 네 칠칠맞은 정신머리보다 중요한 건 아니지."
"폐하……?"
"감동해서 울어도 좋아."
"……."
자카리는 두 사람 모두 어딘가 의외의 곳을 깊이 찔린 표정이자 오히려 자신이 더 당황했다. 이처럼 관대한 제안을 했는데 감사하다는 인사 한마디 듣지 못할 줄은 몰랐나 보다.
앙히에가 가까스로 입을 열었다.

"저는……."

"……."

"……."

"음. 앙히에, 무엇을 걱정했는지 모르는 것은 아니나, 걱정하지 말게. 서부 귀족들이 어떻게 생각하든 짐은 네가 게외보르트에서 소란을 피웠단 사실이 마음에 드네. 혈혈단신으로 그랬을 만한 배짱이 마음에 들어."

"……."

"그리고 덕분에 어떤 일이 일어났는지를 소상히 알게 되었잖나. 물론 이 난장 맞을 놈이 크게 쓸모 있는 정보를 주진 않았지. 그러나 이야기를 주었고, 짐에게 가장 중요한 것은 어떤 인과로, 어떤 일이 일어났는가야. 그게 있어야 세계를 조금이나마 짜맞출 수 있네. 네가 아니었다면 무명이 겨우 얽어 붙인 추측을 듣고 있거나, 혹은 이십 년 뒤 사서史書에 적힌 내용으로 기억하겠지. 그렇지 않다는 점이 중요한 걸세. 쉬운 일이 아니지."

"……."

"그러면 표장은 따로 만들어서 솔 미라이예의 꼭대기 층으로 보내마. 늦어도 다음 주까지는 전달할 테니 둘이 손잡고 십이공회에 들고 나오게. 자꾸 짹짹대는 것들 입이라도 막아 둬야지. 바빠 죽겠는데 이 소란이야."

앙히에를 보자니 그 역시 너무 빠르게 해결된 일에 침착하지 못한 얼굴이었다. 상흔이 남은 그의 입가가 실룩이다가, 어떤 감정을 못 이기고 열렸다.

"폐하, 왜 저를 의심하지 않으십니까?"

발렌시아는 발끝을 내려다보았다. 자카리가 자신을 노려보는 것이 느껴졌지만 대꾸할 수 없었다. 왕은 어느 정도 힐난하는 눈빛이었다.

네가 안 막고 무엇 했느냐고. 그러나 자신은 저 수준 낮은 어리광을 받아 달라고 왕에게 데려온 것이다. 치장할 말이 남아 있을 리 없다.

자카리가 목을 가다듬는 소리가 들렸다. 자신의 말이 곡해되지 않도록 세심한 주의를 기울이는 사람들이 흔히 그러하듯 아주 부드러웠다.

"앙히에, 네가 짐에게 아무 의미도 못 된다는 사실을 알잖나."

"……."

"네가 정상적으로 미라이에에서 자랐다면 어떠한 유형 무형의 권력을 쥐었겠지. 그러나 너는 그러지 않았네. 다 버리고 도망갔어. 그 순간부터 너는 짐에게 가치가 없어진 걸세. 졸卒로서도 가치가 없어. 그러니 짐이 네 충성을 의심하는 시간조차 낭비겠지.

그리고 이곳에서, 가장 손쉬운 길에서 탈주한 이상 다른 곳에 가서 그 짓을 하고 있으리라곤 상상도 못 하는 것이 당연지사. 너는 어떤 곳에도 소속되어 있지 않을 걸세. 그런 인간인 거지."

"폐하, 저도 딤니팔에서 자랐습니다."

"그러나 기사는 아니잖나. 핵심이 달라. 너는 딤니팔로 완성되지도 못하고 도망갔네. 비난하려는 게 아닐세. 네가 짐에게 역심逆心을 품고 있다는 말은 더더욱 아니고. 단순히…… 짐은 네 충성을 기대하지 않는다는 말을 하고 싶네. 짐이 기대하는 충성은, 적어도 무게 추여야 하네. 짐이 그것을 저울에 얹을 수 있는 정도여야 하지. 대차 대조를 굴려 보았을 때, 어떤 유의미한 요소가 되도록."

"그렇게 제게 기대하는 것이 없다면 왜 잉그레의 표장을 주셨습니까? 그리고 왜 다시 주려고 하시지요?"

"오해하지 말게. 짐이 너를 귀히 여기지 않는다는 말이 아닐세. 단순히 짐의 계산서에는 없다는 거야. 그러니 네게 잉그레의, 짐의 표장을 주는 것은 좋은 청년에 대한 신뢰 표현에 가깝네. 짐은 네가 좀 자유롭게 살길 바라네. 그러기 위해서 필요한 것이지. 안 가지고 있다간 이번과 같은 공격에 평생토록 시달릴 테니까."

자카리는 놀랍게도 앙히에의 어깨를 두드려 주었다.

"꽉 막힌 형님 아래에서 고생이 많았으리라 믿네. 그러나 너도 빚을 졌다는 사실을 알면, 최소한 형님 앞길에 폐가 되지는 않아야겠지. 표장을 받아. 그리고 십이공회에서 증명하게."

"……."

"물론 앙히에, 한 가지 당부하고 싶은 말은 있네."

발렌시아는 자카리가 자신을 향해 턱짓하자 가까스로 고개를 들었다.

"네 형님이 만일 서부에서 죽으면, 넌 꼼짝없이 가문을 승계해야 해. 그때 짐은 지금처럼 너를 방치하지 않을 거다. 차라리 죽길 바랄 만큼 힘들 테지. 그 부분은 피차 이해했으면 한다."

"……지당하신 말씀입니다."

"그러니 발렌시아, 동생을 위해서라도 죽지는 말게."

"폐하를 위해 목숨을 보전하겠습니다."

자카리가 딱하다는 표정으로 자신을 바라보았다.

"짐이 약속하마. 이번 전쟁이 마지막이다. 두어 해만 지내다 돌아오면 짐은 이 이상 어떤 것도 바라지 않을 걸세. 또한 전쟁 동안 그 어떤 장애물도 없도록 배려해 주겠네. 십이공회의 물정 모르는 공격부터…… 집안 사정이나…… 여러 가지가 있겠지. 짐이 노력하겠네. 오스페다에 무슨 일이 생기면 꼭 짐이 먼저 살피고, 바로 전해 주겠네."

발렌시아는 고개를 깊이 숙였다. 그는 누구보다 자카리가 진심이라는 사실을 알고 있었다. 그가 무엇을 의미했는지도 잘 이해했다. 말하지 않고 점점이 숨긴 어떤 내용들.

"이만 돌아가게. 짐은 또 접견이 이어 있어서. 자투리 시간에 사람 만나기가 참 힘들군."

앙히에가 먼저 잉그레의 예를 표했다. 발렌시아는 여전히 의심스러운 눈길로 그의 행동 하나하나를 지켜보고 있었다. 마치 모든 것이 좋게 풀린 것처럼 보였지만, 자신의 문제는 해결되지 않았다. 자카리는 자신을 두텁게 신뢰하여 더 추궁하지 않은 것이다. 아니, 추궁이라? 추궁할 생각이 있기는 했나? 그들의 왕은 오늘 앙히에를 검증하려 들기는커녕, 오히려 더 천방지축으로 날뛰도록 울타리를 풀어 주었다.

그는 자카리의 행동이 전혀 생산적이지 않았다고 생각했다. 아우를 다잡는 것은 고사하고 더 종잡을 수 없는 길을 안내해 주고 떠나 버렸다. 자카리가 화를 내지 않을 것을 알았지만, 이토록 흔쾌히 아이 대접을 해 줄 줄도 몰랐다.

그는 방을 나섰다. 자카리는 바람이 이는 속도로 알현실 방향을 향해 떠나고, 앙히에만이 어정쩡한 자세로 계단을 걸어 내려갔다.

발렌시아는 제 마음속 어딘가에서 불쾌한 무언가가 치미는 것을 느꼈다. 아우가 정말 물정 모르는 이였다면 게외보르트에 그 지경까지 관여하지도 못했을 것이다. 자카리는 그것조차 '외유'였다고 생각하는 것일까? 이해가 가지 않았다. 무게가 달랐다. 앙히에가 게외보르트 왕족에 대해 드문드문 언급하는 태도를 보면, 그리고 외르타가 깊이 반응하는 것을 보면 절대 가벼운 관계가 아니었다.

대체 무엇이었기에?

형제는 인사도 없이 헤어졌다.

언제 돌아와서 표장을 받겠다거나, 십이공회의 날짜를 안내해 준다거나, 오늘 하루 폐를 끼쳤다는 이야기는 없었다.

그들은 강 건너에서 이를 갈아붙이고 떠나는 원수처럼 등을 돌렸다.

두 사람 모두 오늘의 어떤 순간이 상대의 척추를 밟았는지 알고 있었다.

외르타는 제 강인한 시선으로 삼 층을 가로막았다. 아무도 그냥은 못 지나간다는 태도였다. 그렇게 잔뜩 움켜쥔 그물이 가까스로 누군가를 붙잡았다.

"이야기 좀 하자."

그녀는 만 사흘을 참았다. 스스로 칭찬할 수 있을 정도로 드물게 배려가 깊었다. 그러나 그것도 이제 그만두기로 했다. 모리의 말을 듣고도 더 인내할 만큼 바르고 고운 인간이 못 되었다. 꼬박꼬박 사람을 만나고, 보고를 받고, 주변을 정리하면서 이쪽만큼은 거들떠도 안 봐? 상대는 얼마나 이야기하기가 싫은지 벌써부터 멱살을 잡힌 듯 인상을 찌푸리고 있었다. 모습을 보건대 당장에 죄다 무시하고 떠날 낯짝이었다.

외르타는 허둥지둥 일어서선 책을 바닥에 던졌다.

"지금은 어렵습니다. 죄송합니다."

발렌시아는 겉옷 죔쇠를 풀며 올라가는 계단 쪽으로 향했다. 아, 그럴 수는 없지. 그녀는 곧장 달려가 그의 팔뚝을 잡았다.

"11월이 되자마자 떠난다면서? 이걸 내가 다른 사람 입에서 들어야 해?"

그의 손이 살짝 들렸다가, 불에 덴 듯 우그러졌다가, 곧장 두툼한 옷깃을 쥐었다. 그녀를 만지기는커녕 제 옷만 틀어쥐고 우악스레 당기는 꼴이었다. 외르타는 균형을 잃고 비틀거리다 난간을 잡았다.

"아니, 이……."

그는 벌써 몇 계단이나 위로 올라간 뒤였다. 그녀는 지지 않고 쇠종처럼 굴러 그를 좇았다. 이토록 오래 봤으면 내가 염치없다는 사실을 모를 리가 없는데. 도무지 함께한 시간에서 배우는 게 없구나.

"여기서 이야기하기 싫으면 꼭대기 층으로 올라가렴. 난 괜찮아."

발렌시아는 모든 것을 공평하게 무시했고, 그녀는 덕분에 멋쩍게나마 그를 뒤따를 수 있었다.

그는 외르타가 들어올 수 있도록 꼭대기 층의 집무실 문을 받쳐 주었다. 그녀는 곧장 문을 닫으려 했으나 어떤 힘이, 문과 벽 사이에 꾹 끼어 있었다.

왜? 그녀는 시선으로 질문했다.

상대는 대답하지 않았다. 다만 어떤 고정쇠를 문틈으로 밀어 넣고는, 지평선 너머에서도 안을 들여다 볼 수 있도록 활짝 열어 두었다. 아니, 내가 무슨 불경한 짓이라도 할까 봐? 외르타는 불쾌해졌다.

그렇게 둘 모두 한 발자국쯤 집무실로 들어와선 아무도 움직이지 않았다.

"……어쩔 거야? 계속 이렇게 문지방에 서 있을 거니?"

"용건이 있으면 말씀하십시오."

그녀는 이 비슷한 태도를 언젠가 겪어 보았다고 생각했다. 앙히에와의 조각길 탐험 다음 날, 이유도 모른 채 잉그레로 쫓겨날 때. 장면 장면이 아주 쌍둥이처럼 닮아 있었다. 그때는 자신이 실수했기 때문이라면, 지금은 그가 실수했기 때문일까?

외르타는 알아보기로 했다.

"왜 피하는 거야?"

"……."

"이런 이야기를 문 열고 해도 되겠니?"

"어떤 의미인지 모르겠습니다. 피한다는 말씀도 사실이 아닙니다."

"방금 날 뿌리친 건 뭔데?"

"제게는 서부에 나가기 전 처리해야 할 업무가 많습니다. 이것도 그 연장선상에 있습니다. 부디 사정을 살펴 주시길 바랍니다."

아주 둑처럼 꽉 막힌 벽이었다. 아무래도 안 되겠다. 말이 통할 상대가 아니었다. 그녀는 몸을 돌렸다. 고정쇠부터 걷어차곤 우격다짐으로 문을 닫았다.

물론 고집 센 수문장도 가만히 있지는 않았다. 비겁하게 누구와 힘으로 싸우겠다는 것인지, 닫히는 문을 단숨에 다시 열어젖히는 꼴이 아주 볼만했다. 외르타는 지지 않겠단 결심을 하곤 양손으로 문을 밀었다.

"닫아, 좀!"

그녀는 온 힘으로 문을 닫느라 거의 엎어지다시피 기울었다. 달릴 준비를 하는 사슴처럼 탁탁 바닥을 걷어찼다. 물론, 그러고도 한 치도 밀리지 않는 문이, 활짝 열린 방과 그림자 한 점 없는 집무실의 햇살이 퍽 억울했다. 마치 홀로 버둥거리는 농담 속 주인공 같았다.

"먼저 용건을 말씀하십시오."

힘을 쓰지 않는 듯 변함없는 말씨가 얄미웠다.

"당신에게 용건이, 있을 거라고, 생각했는데."

반면 자신은 고상치 못하게도 더듬는 것이다.

그녀는 고개를 푹 숙였다. 이 벽창호와 무슨 말을 하겠다고 결심한 스스로가 아주 안타까웠다. 대화가 힘들 것이라 예상은 했지만, 아예 말 한마디조차 나누지 못할 줄은 상상하지 못했다.

"저는 드릴 말씀이 없습니다."

"언제 가는지 말하지 않은 것, 다 정해진 뒤에 나만 모른 것도, 아예 상관이 없다고? 이게 누구 전쟁인데?"

발렌시아가 처음으로 힘을 풀었다. 외르타는 놓치지 않고 몸뚱이 힘으로 문을 닫았다. 아주 꽉 닫았다. 누가 남자를 훔쳐 갈세라 등으로 틀어막기까지 했다. 유일한 출입구였다.

나직한 목소리가 들렸다.

"제 전쟁입니다."

외르타는 인상을 찌푸렸다. 고작해야 세 걸음 앞에 있는 발렌시아의 표정을 가늠할 수가 없었다.

"……'내' 전쟁은 아니야. 내게 그렇게까지 표현할 용기는 없단다. 하물며 어떻게 당신이 그런 말을 하지?"

"실용성의 문제입니다. 제가 이끕니다. 포티미외와 동부 원정이 제 전쟁이었듯 이번도 마찬가지입니다."

"무슨……. 그래서 신경 쓰지 말라고? 더 나아갔다간 포티미외에 대해서도 입도 벙긋하지 말라고 하겠구나, 경."

"……."

"이게 무슨 일곱 살 떼쟁이 같은 소리야, 내 전쟁이니 내 맘이라는 게. 예의상으로라도 언제 떠나는지는 이야기해 줘야 할 거 아니니."

"외르타, 제가 분주하여 소식을 전달드리지 못했습니다. 그 부분이 불쾌하셨다면 지금 이 자리에서 사죄드립니다. 이제 끝나셨습니까?"

외르타는 입술을 꽉 깨물었다. 이번엔 내가 먼저 아쉬우라 이거지.

"좋아. 알겠어."

"열어 드리겠습니다. 비키십시오."

"지난번에 말했지. 당신이 떠나면 나도 떠난다고."

발렌시아는 이미 여러 번 들었던 이야기에 꿈쩍하지 않았다. 외르타도 별 기대는 없었다. 중요한 것은 그다음이었다. 그녀에게는 어쨌든 무작정 말하고 보는 기질이 있었다.

"알론조 캄비로 갈 거야."

처음으로 그의 표정이 변했다.

"땅을 준다지만 내게 얼마나 소용이 있겠어. 그냥 캄비로 갈 거야. 내가 평생 요양할 비용 정도는 폐하께서 부담하시겠지."

"당신은 딤니팔인이 아닙니다."

"그걸 이제 알았어?"

"딤니팔인이 아니라면 알론조 캄비가 어떤 의미인지 아실 리 없습니다."

"아니, 잘 아는데? 모리가 이야기해 줬어. 옛날 앙히에에게 들었고. 책에서도 봤지. 동부 자뉘호 같은 것이잖아. 사제관이고, 또 권력 싸움에서 밀린 사람들이 손잡고 들어가기도 하고."

"다릅니다. 알론조 캄비는, 특히 그곳의 신전은—."

"아, 됐어. 난 캄비로 갈 거란다. 그 와중에 아쉬움이 남지 않도록 말하는 거야."

발렌시아는 선뜻 답하기 어려운 모양이었다. 한 번에 한 가지 빛밖에 구분하지 못하는 이를 석양 앞에 세워 둔 것 같았다. 머릿속에 하나의 색을 떠올렸다가, 곧장 이어지는 다른 색을 떠올렸다가, 바로 단어가 엉망진창으로 섞여서 영원히 표현할 수 없는 먹구름이 되었으리라.

"외르타, 공연히 수고하지 마십시오."

"무슨 수고?"

"알론조 캄비에 들어가면 나올 수 없습니다. 불가능한 이야기로 저를 혼란스럽게 하지 마십시오."

외르타는 혼란스럽게 하지 말라는 말에 더 놀라야 할지, 캄비에 들어가면 나올 수 없다는 말에 더 놀라야 할지 몰랐다. 갈팡질팡했다. 알론조 캄비에 가겠다는 선언도 완전히 거짓은 아니었고, 발렌시아를 동굴에서 끌어내겠다는 결심도 약하지 않았다.

그러다 어느 순간 분노가 호기심을 이겼다. 저 인간은 말이지, 당신도 내가 어딘가 처박혀서 영영 얼굴을 안 본다고 하면 당장에 당황할 거면서, 내가 아쉬워하는 걸 탓해? 출전 날짜조차 공유받지 못해서 발동동 구르는 내 얼굴에 대고 너와는 상관없다고?

"봐 봐! 당신도 이럴 거면서 왜 나한테 그래? 우리에게 남은 시간을 귀중하게 보내자는 게 그렇게 과한 부탁이니? 바쁠 텐데 오래 보잔 이야기가 아니야. 그냥…… 최소한 날 배려해서 공유해 주면 좋겠어. 우리가 그 정도 유대는 쌓아 왔잖아. 특히나 이번에 당신이 출전하면 끝인데—."

"외르타, 저는 이해가 가지 않습니다."

발렌시아는 드물게도 외르타의 말을 끊었다. 그의 목소리는 지나치게 낮았다. 그녀는 어떤 전조를 느꼈다. 이미 늦은지도 몰랐다.

"당신이 결정하고선, 왜 저를 재촉하십니까? 저는 당신이 떠나길 바란 적이 없습니다. 오히려 몇 번이고 재고해 주시기를 간청했습니다. 그럼에도 당신은 마치 스스로 떠나는 것이 천재지변이라는 듯이, 어떤 방법으로도 돌이킬 수 없다는 듯이 말씀하고 계십니다. 그런데 어째서 그것을 배려하지 못하는 것이 제 잘못입니까?"

"……."

"저는 우리 관계를 존중합니다. 당신이 기대하는 바에 부응하고자 노력하고 있습니다. 그러나 저 역시 보답받기 어려운 이에게 언제고 헌신할 수는 없습니다."

화가 난 것처럼 보였다. 아니, 화가 났다.

"이제 그만하셨으면 좋겠습니다. 제가 단순히 업무를 핑계 삼는 것이 아닙니다. 가문의 일을 처리해야 할 뿐 아니라, 전쟁을 준비해야 합니다. 시간이 없습니다."

외르타는 머리끝까지 화가 나고도 언성을 높이지 않는 남자란 얼마나 드문 존재인지 생각했다. 단둘이서, 방 안에 있고, 세 걸음도 떨어져 있지 않은데 무섭지가 않았다.

"알론조 캄비에 가십시오. 후회하시겠지만, 그곳에도 외인에게 규칙을 느슨히 적용해 주는 아량은 있을 것입니다. 다만 캄비에서는 폐하가 아닌 이상 도울 수 없으니 제게 무엇을 바라지도 마십시오."

외르타의 눈썹이 살짝 떨렸다. 그녀는 충동적으로 생각했다. 혹은 움직였다.

그녀는 성큼 다가가 그의 팔뚝을 쥐었다. 손목에서 한 뼘쯤 올라간 곳, 맥이 뛰는 자리였다.

"경은 내가 변하길 바란다고 했지."

"……."

"단순히 내가 떠나지 않고, 경의 바람을 들어주는 쪽으로 변하면 그게 마냥 좋기만 할까?"

"저는 당신이 제가 원하는 대로 바뀌길 바란 적이 없습니다."

"그럼 그때 잉그레에서 이야기했던 건 뭐니?"

"이제 의미가 없습니다."

"지금 경의 이 모습이…… 내가 매번 떠난다고 딱딱거리는 것과 무엇이 달라? 그만큼 대화할 생각이 없어 보여. 받아들일 생각도 없어 보인단다. 나는 적어도, 그만 구속되고 싶어서 떠난다는 이유라도 있지. 그리고 그걸 말이라도 했지. 당신은 이유조차 없이 나를 외면해."

"아니요. 떠나십시오. 더 이상 말씀드리지 않겠습니다."

"바로 이런 거……. 왜 대화를 안 하려는 거야? 뭐가 무서운 거야? 내가 잉그레에서…… 당신에게…… 그 소리를 듣고도 다시 돌아왔잖아. 그럼 이 사람도 무언가 말을 나누고 싶어 한다는 생각이 안 드니?"

"실언이 많았습니다."

외르타는 입술을 꽉 깨물었다. 도무지 뚫고 들어갈 수가 없었다. 상대는 여전히 화가 나 있었다. 숨길 생각도 없이 말을 뚝뚝 끊어 댄다.

"발렌시아 경."

그가 한숨과 함께 눈을 감았다. 그리 길지 않은 시간이었으나, 충분했다. 한숨으로 모든 감정이 빠져나가는 듯했다. 턱 선과 어깨가, 붙잡힌 팔뚝이, 단단한 늑골이 아래로 부서졌다. 그녀는 손끝에서 전부 놓쳤다.

"저는 11월 12일에 떠납니다. 그때까지 전쟁을 준비하는 데 전력을 다할 예정입니다. 말씀드렸듯, 아쉽게도 당신과 이 이상 시간을 보내기는 어렵게 되었습니다."

"……."

"실수는 잊어 주십시오. 저 역시 초조하여, 간혹 스스로도 이해하기 힘든 말들을 합니다. 제 무람없는 말이 죄를 저질렀습니다. 당신의 떠나고자 하는 의지는 잘 이해했습니다. 때가 되면 적절히 인사드리겠습니다."

"……."

그는 그녀의 손을 떼어 냈다.

닫히는 문을 잡기 위해서 무엇을 이야기해야 했을까?

내가 이만큼 변했다고 하나하나 손가락에 꼽아 말해야 했을까? 이번 전쟁에 자신이 가지는 엇갈린 기대들에 대해 묘사해야 했을까? 그럼에도 떠나려는 이유, 독립된 생활을 원하는 이유에 대해 더 소상히 설명해야 했을까? 사람을 아끼는 마음과 삶은 별개가 될 수 있다는 점을 구구절절 해명해야 했을까?

무슨 소용일까? 그는 들을 생각이 없었다.

물론 그녀도, 그의 수평선 위로 파도가 치면 순간적으로 불거져 나오는 감정을 보았다. 자신이 목격한 얼마 안 되는 말 조각들, 횡설수설 앞뒤가 맞지 않는 욕심이 죄다 그런 종류였다. 못 이긴 채, 도저히 참지 못하고 발각당하는 단서들이 드문드문 떨어져 있었다.

그러나 발자국이 남아 있다고 살인자로 몰 수는 없다. 그는 단 한 번도, 어떤 것도 이야기하지 않았다. 최초의 말이 없다면 그녀는 그 둘레조차 가늠하기 어려우리라 생각했다. 때문에 몰랐다. 어떤 것도 몰랐다. 추측하기도 어려웠다. 어쩌면 이 모든 것이 자신의 과한 경각심에서 비롯된 환상일 수도 있었다.

그가 정확히 언급한 것들은, '나는 아무 말도 하지 않았'고, '했더라도 전부 실수'이며, '당신과 대화할 마음은 없'고, '안녕히 가시라'는 것이었다. 그 이상도 이하도 아니었다.

혼란스러운 사람에게 분명한 말이란 어떤 기준점이 된다. 외르타는 그의 마지막 선언을 전부 믿어 버릴까 고민했다. 그렇게 고민하다가, 그 화가 치민 눈. 그렇게 조용하고도 화가 치민 눈. 색 없는 불을 생각하면 살짝 놀라게 되는 것이다. 그러다가도 다시 말을 되씹고, 아쉽게 포기했다가, 눈에 깜짝 놀라고, 다시 그의 선언을 되새기고, 눈에 놀라고, 마지막 한숨에 놀라고.

분명한 것은 그가 대화를 포기했다는 점이었다. 그와 동시에 자신과의 유대도 끊겼다. 전쟁에 나갈 때까지 이제 어떤 만남도 없을 것이다. 그리고 그녀에게는 그것이 전부였다. 그 이후는 존재하지 않았다.

정말, 그 이후가 존재하지 않았다.

발터의 협박이 내 확신에 가까운 짐작과 달리 진실일 수도 있겠지. 때문에 한동안 솔 미라이예나 잉그레에서 목숨을 보전해야 할 수도 있으리라. 그러나 어느 정도가 지나면 전쟁은 소강상태가 되고 명분은 잊히며 모든 것이 지리해질 것이다. 그때 조용히 알론조 캄비로 향하면 발터도 자신을 무시할 공산이 컸다. 오히려 알론조 캄비에 묻히는 것은 그 사람의 모든 사회적 영향력을 거세시키는 행위이므로 자카리의 자존심이 상하면 상했지, 발터에게 나쁜 이야기는 아니었다.

바로 이런 이유로 알론조 캄비를 언급한 것도 있었다. 알론조 캄비란 딤니팔, 아니, 딤니팔 이전 리마네레 적부터 대륙의 눈으로 여겨진 호수다. 이곳에는 몇 대에 걸쳐 증축된 제단이 있고, 사제와 망명자들의 숙소가 있었다. 이곳에 들어가는 행위 자체가 사실상 신전에 서원하겠다는 선언과 진배없는 것이다. 떠나기 위한 최적의 곳. 발터가 자신을 무시해 줄 수 있는 유일한 음지. 라르디슈에 아주 가까운 남부나, 미라이예를 위시한 딤니팔 귀족들에게 몸을 의탁하는 것보다는 훨씬 타협하기 쉬운 곳이었다.

때문에 긴 고민 끝에, 실용적으로 알론조 캄비를 언급했건만. 발렌시아가 이를 악무는 모습이 그리 긍정적이지 않았다. 자신이 딤니팔인이 아니라 이해할 수 없는 내용일까? 물론 자유롭게 나오기 힘들다는 말은 들었지. 그러나 자기 집 앞마당처럼 오갈 수 없다는 의미로 어렵다는 것이지, 신전과 협의하면 별문제는 없다고 전해 들었다.

어쩌면 금기에 가까운 내용인지도 몰랐다. 속세와 연을 끊고도 다시 돌아오는 모습은 그리 아름답지 않으니까. 항상 들쩍지근한 미신에 시달리는 딤니팔이라면 아무래도 불안하다고 느낄 것이다. 그러나 자신은 편견에 구애받지 않았고, 그곳이 마음에 들면 머물 수 있다고 넓게도 생각했을뿐더러, 방문객들이야 많으니 그도 한 번쯤 와 볼 수 있지 않겠느냐는 태평한 마음도 무시할 수 없었다.

"캄비와 계관의 노아예. 왕가의 수호신이에요. 폐하의 호칭에서 들어 보신 적이 있을 거예요. '알론조 캄비의 수호자'라고요. 알론조 캄비에는 누구나 이름을 알지만 부를 수 없는 대사제가 있고, 평생을 서원한 사제들이 있어요. 그리고 꽤 많은 숫자의 단칸방 망명자들이 있고, 또 순례자들도 제법 되고요."

"시장 바닥처럼 들리는데."

"전혀 다를 거예요. 못 가 보셔서 그런 말씀을 하시는 것일 테고요. 그래요. 거기는 하루에 한 마디나 하면 많이 하는 사람들만 모여 있는 곳이에요. 딤니팔 사람들이 별 허황된 약속을 할 때마다 틀리면 머리털 깎고 캄비로 들어간다고 한다는 꼴을 여러 번 보셨을 텐데요. 공경하지만, 재미없는 곳이긴 하죠. 백작님께서 이만큼 모르시는 것도 신기하네요. 라르디슈라면 몰라도 게외보르트라면, 국조 노트란트와 바르데나 파뇌의 고향이 알론조 캄비잖아요."

"아, 그랬지. 그렇지만 우리는 역사나 전설에 큰 의미를 두지 않아서."

"하지만 게외보르트의 망명자들도 온다는 것을 보면 이해하고 있는 것 같던데요. 이곳에 들어간 이는 단순히 목숨을 부지할 뿐이지 어떤 권력도 쥘 수 없다는 것을요."

딤니팔은 왜 이리 문자로 사람의 팔다리를 묶어 두는지 모르겠다고 투덜댔다. 귀족의 객客도 그렇고, 알론조 캄비도 그렇고, 실제로 죽이지 않고 영향력만 죽인다고는 하는데 그것이 얼마나 효력이 있을지 모르겠다. 게외보르트적인 사고방식으로는, 영향력을 죽이기 위해선 죽여야 했다.

그러나 죽기는 싫고 영원히 밀봉된 상자에 살 수도 없으니 자신의 의지라도 봐 달라고 깃발을 흔들어야 하는 것이다. 발터에게, 여기 깃대가 잘 보이느냐고. 아이를 낳을 수 없다는 사실도 꼭 기억하라고. 반쪽 누이 백白.

그렇게 버티다 전쟁에서 딤니팔이 승리하면 좋고, 지면 자신은 죽거나, 그들이 특수 조항으로 빼 둔 몇 글자에 목숨을 보전할 수 있을 것이다. 그때에는 별로 후회되지 않을 것 같았다. 할 만큼 했다. 적당히 쉴 때를 알아야 하는 법이다.

이 부드럽고 완벽한 계획에 발렌시아는 왜 기분이 상했을까? 무엇이 그를 찔렀을까? 물론 미라이예 영지에 머무는 것보다야 불안할 수 있겠으나, 제 남부 영지와 도대체 다른 점이 무어란 말인가? 어차피 나는 그에게 몸을 의탁할 생각도 없었는데. 가진 땅을 맞바꿨으면 맞바꿨지, 누군가를 주인 삼고 들어가진 않았으리라. 그것만큼은 분명했다. 그리고 자신이 '떠난다'는 말을 처음 입에 올렸을 때부터 이런 개념이었음을 모두가 이해하고 있었다. 이 모두에는 물론 발렌시아가 포함된다.

다른 곳들과 알론조 캄비 사이의 차이가 무엇이라는 말인가. 그녀는 발렌시아가 부디 그것만이라도 알려 주고 떠나기를 간절히 바랐다. 그러나 흩어진 말뿐, 그림자조차 남아 있지 않았다. 짐작하기 어려웠다. 왜 그것이 그에게서 최초의 반응을 이끌어 냈는지, 단순한 이유조차 몰라 발을 동동 굴렀다.

왜 말을 안 해!

누군가 제 속에서 불같이 화를 냈다. 어쩌면 그녀 자신인지도 몰랐다.

우리가 이렇게 단박에 말을 끊을 수 있는 사이였을까? 왜 그랬을까? 그 정도로 가벼웠을까? 수십 걸음 뒤에서 흐드러지는 한낮의 아지랑이를 내가 아끼지 않았으리라 생각했을까? 그렇게 흐드러지다 저물면 내가 천천히 잊고 걸어갈 수 있다고 믿었을까? 마치 한 번도 아지랑이를 손에 쥐려 들지 않은 이처럼? 사람 관계가 공기 속에서 형체가 없다고 주장하는 것일까? 각자가 그린 습기 찬 미로에 인두로 지지지 않았다고, 확신할 수 있을까?

왜 나를 아쉽게 만드나? 시도조차 할 수 없었나? 왜 제멋대로 소중히 하다가 손바닥 뒤집듯 문을 닫아거나? 들켰다고 생각한 여러 감정들에 그토록 상심했나? 그 이야기를 똑바로 설명할 용기조차 없었나? 표현되지 않은 내용들은 어느새 죽어 버린다는 사실을 모르나? 실제로 죽음을 겪지 않은 까닭에 그 살이 찢어지는 아쉬움을, 마지막이라는 말로 감히 표현할 수 없는 그 이별들을 두려워하지 않게 되었나? 혹은, 죽음을 겪지 못해 최악의 상황이 고작해야 죽음이라고, 그런 얕은 믿음을 가졌나? 다음이 없다고 느꼈을 때 내뱉는 자랑스럽지 못한 인사와 자기 부정, 미련 등을 이토록 가벼이 여기나?

겁쟁이 같은 자였다.

겁쟁이라고 부를 수는 없었다. 그는 겁쟁이라는 단어가 무엇인지도 모를 것이고, 본인의 삶 역시 단 한 번도 그 단어에 근접한 일이 없을 것이다. 때문에 비유했다. 그 단어와 유사한, 발음과 의미가 아주 유사한 어떤 성정을 가졌다. 그것이 인간의 언어로는 겁쟁이라는 표현이겠지만, 아직 그와 자신의 언어로는 표현할 수가 없었다. 때문에 단순히, 그것과 닮은 어떤 금치산자였다.

화가 났다. 발렌시아가 대화를 거부해서 화가 치밀었다. 그렇다고 그간 그의 행동이 파격적으로 변했거나, 어떤 변화를 시도한 것도 아니었다. 영영 불변하는 모습만 멀뚱히 지켜보던 중 갑자기 문이 닫혔다. 자신은 무얼 해 볼 겨를조차 없이 쫓겨나서 더듬더듬 나무판자를 만지고 있었다. 어디에 손잡이가 있는지, 열쇠 구멍이 있기는 한지.

외르타는 처음으로 앙히에의 성토를 이해했다. 물론 그가 남을 이해하지 못한다는 점보다는.

"거기 있다간 내가 죽을 것 같았어."

"우리 형님만 보면 항상 숨이 막혔거든."

"혼자 완전해. 누구와 있어도 평행선, 남과 맞물리는 고리 자체가 없거든."

앙히에가 그렇게 느낀 것이다. 발렌시아와는 타고난 성정이 다른 그 아우가, 문고리를 찾지 못한 것이다. 열쇠 구멍조차 확인할 수 없었던 것이다. 그것이 벽인지 문인지 알 수 없어 영원히 미지의 경계선으로 남겨 두고 도망친 것이다.

자신은 분명 한순간 그 안을 보고 있었는데 이제 앙히에와 똑같은 처지가 되었다. 무엇이 저 사람을 움직였는지조차 알 수 없어, 자신만 감정에 치이는 못난이로 굴러떨어져 버렸다. 그는 결정한 뒤 이리저리 설득당하는 사람도, 악을 쓴다고 통하는 상대도 아니었다. 이것들은 심지어 자신이 그를 들여다보던 시절에 뼈저리게 이해한 내용이었다. 안에서 충분히 배우곤, 쫓겨나서야 체감하다니 이 얼마나 쓸모없는 지식인가.

"이제는 내 말을 이해했어?"

아, 물론이야.

"내가 말했던 게 전부 맞지?"

당연하지.

"그렇지만 여전히 네가 나쁜 놈이야."

외르타는 인상을 찌푸렸다. 이것은 앙히에의 목소리가 아니었다. 자신이었다.

"우리는 서로를 향한 무관심에 동의했다. 그러니 너도 똑같이 해 보면 어때?"

자신은 애초에 벽창호 형님에게 관심을 가진 것 자체가 앙히에의 잘못이라고 했다. 문고리를 찾지도 못하고 두드리다 끝난 사람에게, 무관심하질 못해 미련하다고 말했다.

그리고 지금 스스로 친구의 전철을 밟고 있었다. 속이 쓰렸다. 과거의 말을 빌면, 지금 무관심하게 돌아설 수 없는 것은 네 잘못이다. 네 추가 더 기울었기 때문에, 관계에 마음을 좀 더 쓰기 때문에 떼어 내지 못하는 것은 바로 네 잘못이다.

상대는 형제에게조차 비난을 들을 만큼 무관심에 익숙한 사람이었다. 자신은 발렌시아 같은 태도를 이해할 수 없었다. 스스로 정을 붙였다가 죽이고 결딴낼 수는 있었지만, 마무리 짓지 않은 채 이별할 수는 없었다. 둘은 완전히 달랐다. 하나는 관계의 생애를 전부 겪는 것이고, 하나는 허리에서 토막 내는 것이다. 끝맺지 않았는데 어떻게 내려 둘 수 있겠어. 그러나 발렌시아는 끝맺음조차 허락하지 않았다.

대화하지 않겠다고. 마무리 짓도록 허락하지 않겠다는 뜻이다. '관계'가 어린 시절을 겪고 사춘기, 청년, 중년과 노년을 지나 묘지에 묻히도록 두지 않겠다는 의미다. 우리 사이의 청년기를 그대로 박제해 간직하겠다는 의지와 같다.

포기해야 하나?

외르타는 주먹을 꽉 쥐었다. 앙히에가 어떻게 대처했는지를 기억했다. 그는 청년기를 박살 내고 도주했다. 그것을 부수어 죽일지언정 밀랍을 이어 만든 가짜로 남기지 않았다.

그녀는 그를 본받기로 했다.

"내가 도움을 줄 수 있다."

소모렛. 왁자지껄한 전장 속, 칼이 맞부딪치는 소리와 함께 내뱉은 말이었다.

앙히에는 갑작스러운 북부 예오리어語에 눈살을 찌푸렸다. 발터는 보잘것없는 시간들을 통해 상대가 이 희귀한 언어에 통달해 있다는 사실을 알고 있었다. 이처럼 가까이 속삭이는 데도 행여나 누군가 엿들을세라 세계에서 가장 드문 말을 쓰는 것이다.

"똑바로 말씀하십시오."

"사바 칼리브를 통해 나가라."

"전하, 말도 안 되는 소리로 절 미치게 하지 마세요."
"따로 연통 주겠다."
"전하께서 이러는 게 리비를 얼마나 실망시킬지 아세요?"

발터는 살아 있는 것이 전부라고 감히 말하지 못했다. 앙히에는 주변의 의심을 사지 않기 위해 칼을 내리쳤다. '쩡' 하고 부딪치는 것이 마치 그의 대답처럼 들렸다.

"아닌 척하지 마라."

그 낮은 문장에는 많은 날숨이 숨어 있었다. 네가 누님의 탈출을 바라지 않은 체하지 마라. 네가 그녀의 죽음에 눈이 뒤집어지지 않은 체하지 마라. 서로 같은 절벽에 서 있다는 사실을 누구보다 잘 알았다.

"전하, 제발. 날 좀 포기하게 둬요."

그는 앙히에를 경멸하고 싶었지만, 리볼텔라의 의지에 반하는 상황에서 누구를 경멸해야 할지 몰라 혼란스러웠다. 상대를 그녀인 그대로 존중하여 대우하기 위해서는 그 스스로가 완성된 인간이어야 했다. 그러나 지금 그는 완성되기는커녕 반쪽조차 못 되었다. 이런 스스로를 부여잡고는 앙히에조차 얕잡아 볼 수 없다는 사실에 맥이 빠졌다.
자신은 이미 마음속에서 그녀를 배반했다. 자존심도 배려도 아무것도 남지 않았다.

"저는 전하의 말씀을 따를 수 없습니다."

발터는 칼을 물렸다. 적이 무저갱에 있는 듯하여 더 말을 이을 수 없었다. 처음으로 자신의 말에 반발하는 인간을 이해할 수 있었다. 상대의 머리가 굵지 못해 리볼텔라에게 독립된 의견을 제시할 수 없다는 점이, 차라리 다행이었다. 이 순간의 독립된 의견이란 자신처럼 그녀에게 치욕을 주는 내용뿐일 테니. 아무것도 하지 않는 편이, 이미 양손을 자르고 지옥에 가 있는 편이 나았다.

"전하께서 부디 저를 죽여 주시기만을 간청드립니다. 언제가 되었든 상관없습니다. 성심으로 바라건대 제 인생의 불필요한 꼬리를 남기지 마세요. 목을 빼고 기다리겠습니다."

저것이 딤니팔의 미라이예라는 인간에게서 나오는 말이다. 곧 게외보르트의 왕이 될 사람은 한숨을 쉬었다. 숫제 제 백성의 고해를 듣는 듯했다.

"다시 볼 땐 죽여야겠군."

이번에는 게외보르트의 언어였다. 상대가 웃으려 노력하다가 비참하게 실패해 고개를 숙이는 모습이 보였다

"제발 저를 쳐 죽여 구하십시오."

앙히에는 병장기 속에서 들릴 듯 말 듯 읊조렸다. 한순간 칼을 확 물리더니, 말을 달래 뒷걸음질 쳤다. 미라이예는 게외보르트의 왕자에게 깊이 고개를 숙이곤 떠났다.

"폐하."

발터는 기억과 다른 호칭에 소스라쳐 몸을 세웠다.

“쉬시는 중 보고드리게 되어 깊이 사죄드립니다. 다만 화급한 건이라 이해해 주시기를 고두하여 바랍니다.”

얇은 문 너머의 슈트람 요오스였다. 왕은 몸을 기울여 들을 채비를 했다.

“딤니팔이 전쟁 준비를 하고 있습니다. 아직 선전 포고를 받지는 못했습니다만, 벌써 군사가 모이고 있습니다.”

“그래.”

“반 슈체친을 부를까요?”

“먼저 너와 이야기를 해야지. 들어와라.”

“…….”

문 너머에서도 당황하는 기색이 느껴졌다. 이해한다. 왕위에 오른 후 이 자리에 사람을 부른 적이 단 한 번도 없으므로, 누구보다 제 생활을 잘 아는 요오스가 놀랄 법도 했다. 그러나 사람은 나아가고 자신 역시 변하는 부분이 있을 것이다. 그는 더 이상 제게 어떤 개인적인 공간을 남겨 두고 싶지 않았다. 그것이 의무였다.

요오스가 소리를 죽이며 들어왔다. 그는 실내 연무장에 들어오는 순간부터 무릎을 꿇고 기었다. 발터는 의외로 놀랐다. 이곳이 그 정도로 귀한 자리는 아니다. 자신이 지금까지 사람을 막았을 뿐, 크게 가치 있지는 않았다.

“일어서.”

“폐하께서 지난 사 년간 출입을 막은 곳입니다. 저는 그에 마땅한 예를 취해야 합니다…….”

“괜찮다. 누구를 욕보이고자 사람을 내쫓은 것은 아니다.”

요오스는 왕의 말에 복종해야 하므로, 주섬주섬 일어섰다. 그러나 여전히 고개를 들어 자신을 마주 보지는 못했다.

"폐하, 폐하의 뜻대로 딤니팔이 기뻐하며 군사를 모으고 있습니다. 우선 자멘테, 본잘, 브레타냐의 군사가 알로지아드 레발로를 위시한 딤니팔 서부 다섯 개 성에 모였습니다. 추가로 포티미외에서 편제 변동의 기미가 있습니다. 당연히 차출되어 접경지로 오리라 추측합니다. 북부와 중부에서도 급하게 소집령이 떨어졌습니다.

이같이 발 빠른 대처로 보건대 굴라르모 4세가 곧장 선전 포고를 보냈으리라 생각됩니다. 다만 군사 소집 속도가 파발마보다 더 빠른 것은 저들의 불측한 의도를 증명하고도 남습니다."

"모르진 않았지."

"그래도 블랑쉬 젤로가 방심시켜 둔 보람이 있습니다. 모든 것이 전령 이후에 채비되었습니다."

발터는 자신이 직접 쓴 하찮은 문장을 생각했다. '미라이예 공에게 짐의 누이를 허락한다.' 그는 외르타를 의심하지도 않았다. 그것이 바로 공작에게 전달될 줄, 그 왕에게 공유될 줄 알고 있었다.

"별 볼 일 없는 말이 번개같이 왕에게 진상되더군."

전쟁을 권하는 우리의 전령은 그때 이미 밀-아단에 있었다. 밀-아단. 잉그레 직속 방위군 외 단 한 명의 군사도 출입할 수 없는 오스페다 근경. 무명이 악에 받쳐 모든 것을 감시하는 그곳을 최대한 조용히 지나가야 했다. 딤니팔이 심부름꾼의 목을 잘라 전언만 빼앗기 전에 눈을 돌려 놓을 필요가 있었으며, 생각보다 성대하게 성공한 모양이었다.

그는 웃음 같은 한숨을 쉬었다. 물론 약간의 심술도 있었을 것이다. 그러나 이 이상으로 상상하고 싶지 않았다. 피곤했다.

"끝나진 않았겠지. 보고해."

"예. 트리흐트와 예츠트의 창이 준비되었습니다."

"좋아. 각 최소 열 개 연대를 소집해라."

"기본 육 연대 외, 자질을 갖춘 자로 모으겠습니다. 기존에 기사단을 유지하던 이들은 이미 스트레파르에 있습니다. 폐하께서 명령하시면 곧장 레발로에 닥칠 수 있습니다."

발터는 벽에 기대어 고개를 끄덕였다.

"우리가 먼저 보여 주는 편이 나을 거다. 아무리 딤니팔이 천둥벌거숭이처럼 날뛴다 하나 중앙삼국과 맞붙을 때는 그렇게 보수적일 수가 없다. 포티미외 때도 공작이 도착할 때까지 두 달을 어정쩡하게 방어하기만 했지."

"이번에도 같을 것으로 생각합니다. 미라이예 공작이 총사령관에 임명되었는데 —말씀이 늦어 죄송합니다.— 무슨 생각인지 아직도 오스페다에 머무르고 있습니다. 따라서 현재 동부에는 머리 없는 군사만 존재합니다."

"우리도 마찬가지가 아닌가."

요오스가 나지막이 웃었다.

"물론 머리가 있어야 없어지긴 하겠지. 반들의 반응은 어떤가? 반 슈체친, 반 슈타흐, 반 레니츠가세 셋을 중심으로."

"셋 모두 아주 긍정적입니다. 예전 트리흐트 점검 건으로 폐하께 속았다고 생각한 나머지 꾸며 내는 중일 수 있겠습니다만, 적어도 보이는 부분은 그렇습니다. 어차피 지난번 발등에 불붙은 듯 쌌던 짐들이 남아 있기도 하고, 전쟁을 치르기에 적절한 시기이기도 하니 실제로도 큰 불만은 없을 겁니다."

"셋 모두 최고사령관은 각오하고 있던가?"

"예, 물론이지요. 오히려 본인이 하지 못한다면 떼를 쓸 낯짝들입니다."

발터는 고개를 살짝 저었다.

곧이어 몸을 풀듯 손에 쥔 진검을 정면으로 내찔렀다. 뒤로 한 걸음 물러섰다가, 다시 앞으로 쇄도하여 큰 호선을 그렸다. 검이 무거운 탓에 움직일 때마다 어깨에 힘이 들어갔다.

요오스는 왕에게 생각할 시간이 필요하다는 사실을 깨달았다. 그는 누해간 아무도 들어오지 못한 연무장을 둘러보았다. 일개 소대는 설 수 있을 만큼의 넓이에 무기들만 뎅그렁뎅그렁 놓여 있었다. 다행히 검은 시종이 매일같이 쓸고 닦은 듯 깨끗했지만, 연무장의 무성의한 구성품에는 눈살을 찌푸릴 수밖에 없었다. 오로지 왕이 손수 고른 물품만 있는 것 같았는데, 관리하지 않아 대부분 꽤나 낡아 있었다. 수십 종의 칼과 철퇴, 할버드와 창.

곱게 깔려 있던 최고급 양탄자는 갈기갈기 찢어져 한쪽 구석에 말려 있고, 바닥에는 자국이 깊게 파여 있었다. 훤히 드러난 대리석조차 살아남지 못하고 이곳저곳에 금이 가 있는, 그런 살풍경.

요오스는 충동적으로 입을 열었다.

"폐하, 사람을 불러 연무장을 정돈하겠습니다."

"왜?"

"부서진 대리석 위에서 불측하게도 옥체가 상하실까 우려됩니다. 바닥을 편평하게 다듬고 양탄자를 다시 깔겠습니다. 쉽사리 찢어지지 않도록 몇 겹이나 꿰매어 접붙일 예정입니다."

"괜찮다."

"……."

"짐이 너를 들인 것은 빠르게 보고받기 위함이었다. 별별 인간들을 모두 끌고 와 이곳을 삼곽처럼 만들라는 이야기가 아니라."

"그러면 최소한 이곳에 드나드는 검은 시종에게 간단히 수리하라고 요청하겠습니다. 검은 시종들은 폐하의 명령에 복종하여, 건드리지 말라는 말을 문자 그대로 해석했을 공산이 큽니다."

"한 사람이 할 수 있는 양으로 해. 그 이상은 허락하지 않겠다."

"예. 그리고 병장기도 바라시는 것이 있다면……."

"그만."

요오스는 그만하려 했다. 그러나 왕을 경애하는 마음이 입을 열었다.

"무기들이 많이 낡았습니다. 측백나무 기름이라도 들려 보내겠습니다."

"슈트람 요오스."

그는 곧장 자리에 엎드렸다. 금이 간 대리석에 이마를 박았다. 자신의 죄를 알았다.

"고개 들어."

"……."

"지금 짐이 든 칼이 누구의 물건이라고 생각하나?"

탁한 날. 조용한 쇠 내음. 숄렘-우펠.

"노트란트의 검이며, 칼자루의 귀함으로 미루어 보아 폐하께서 십수 년 사용하신 칼입니다."

"그래. 그렇다면 저 칼은 누구의 것이라 생각하지?"

요오스는 왕이 가리키는 곳을 바라보다가 입을 꾹 다물었다. 숨소리도 낼 수가 없었다.

"반 볼랑디스트."

그의 손가락이 움직였다. 요오스는 한숨처럼 대답했다.

"반 게르츠, 예르비 롤란드, 스트라우프 산튼, 베일 에오반, 브랑게 게르트루다……."

발터는 칼을 조용히 넣었다.

"짐은 저것들로 수련하지 않아."

"폐하, 이해했습니다. 역적 도당들이 패배한 흔적입니다."

요오스는 널브러진 패배자들을 바라보았다. 자신의 왕은 많은 사람을 죽이고 검은 왕좌에 올랐다. 저 녹슨 무기들만큼 그의 발자국을 증명할 수 있는 것이 또 있겠는가.

"이 자리에 새로운 무기를 갖출 일이 있을 것이다."

그는 번쩍 정신을 차리곤 일어섰다. 다시 한번 깊이 고개를 숙였다.

"집무실로 반 슈체친을 불러와. 방금 내용도 간략히 전하고. 물론 딤니팔 동향을 살피는 일도 게을리하지 않아야 한다. 무슨 일이 있으면 즉각, 없더라도 반나절에 한 번씩 대면 보고해라."

"예."

요오스는 자리를 떴다.

발터는 팔짱을 끼곤 박살 난 대리석 바닥을 내려다보았다. 요오스가 순간적으로 명령에 굴하지 않았을 만큼 실로 흉했다.

여길 정돈하라고?

정돈하기 위해서는 사람을 불러 대대적으로 공사해야 했다. 발터는 그 지경까진 각오하지 못했다. 이곳은 제 손에 죽은 주검들을 보관하는 자리였다. 적들에게 경각심을 불러일으키고 싶지 않았다. 아직도 빈자리가 많았다.

한쪽 벽, 검은 용이 박힌 방패 아래 나무 고정대가 있었다.

발터는 천천히 걸어가 섰다. 손을 들어 나뭇결을 쓸고, 느릿느릿 움켜쥐었다. 검이 들어갈 자리가 만져졌다. 그리 크지는 않다. 그는 그 자리의 주인을 알고 있었다. 언제든 짙게 드리운 그림자로 남을, 자신이 공경하는 핏줄이었다.

리볼텔라에게는 검이 없었다. 어디에 버려두었느냐 물었지만 대답도 없었다. 내가 당신을 죽이고 무기를 보관하고 싶다는 말은 입 밖으로 새어 나오지 않았다. 자신이 유일하게 윽박지르지 못한 상대였다. 때문에 두 번 묻지도 못하고 평생토록 이렇게 허전하게 세워 두었다.

가장 강력한 적을 분실하자 명맥이 다소 퇴색되었다. 그녀가 있었더라면 적을 존중할 수 있었을 텐데, 이제는 칼을 꽂아 둔 적의 묘지 이상도 이하도 아니었다. 아무도 자신의 존경을 사지 못했다. 단순히 죽어 나자빠진 채, 이 뻭적지근한 묘지에서 녹스는 일밖에 남지 않았다.

죽은 자들의 무기를 훑으며 대단한 감상도 들지 않았다. 단순히 내 적들, 내가 죽인 자들이라고 생각했다. 그들 하나하나보다는 숫자에 집착하게 되어, 내가 이 자리에 오르기 전 얼마나 많은 시체를 밟았는지 떠올리기만 했다.

건강하지 않다. 그토록 노력하여 한 사람 또 한 사람 죽이고도 결국 생각하길 숫자뿐이라니. 자신이 쏟은 노력이 모두 허사가 되는 느낌이었다. 그들을 죽일 당시의 기분이 떠오르지 않았다. 그저 걸림돌이니 죽였을 따름이라는, 어처구니없는 단상만 남아 있었다.

발터는 고개를 돌려 또 다른 방향의 허전한 공간을 바라보았다. 리볼텔라를 보는 것은 아니다. 과거가 아니었다. 자신의 목표 중 하나로, 제 최고 노老귀족을 위해 안배된 자리였다.

그를 죽이고도 이 같은 기분이 들까? 이처럼 큰 감동 없이, 시체를 하나 더했다는 기분으로 잠자리에 들까? 내가 십 년을 별러 그를 죽였는데도 그 지경으로 가벼울까?

"폐하."

그는 기억 속의 누군가에게 고개를 돌렸다.

"다시 믿어 주셔서 감사합니다."
"굳이 인사 올 필요는 없었을 텐데."

블랑쉬는 희미하게 웃었다. 이제 그녀를 어느 정도 알았다고 자신하던 발터는 그 미소를 해석할 수 있었다. 똑같은 말이 들렸다. 저를 아실 겁니다, 폐하.

"그래도 인사를 올리고 떠나야 했습니다. 폐하께 깊은 은혜를 입었습니다."

"알겠다. 이만 가라."

"폐하."

그는 눈썹을 들었다. 블랑쉬는 천천히 고개를 숙이더니, 그와 다르지 않은 자세로 곧장 무릎을 꿇었다. 웅그린다. 왕은 또다시 제 난장 맞을 어수대원이 무슨 소원을 빌 것인가 고민했다.

"폐하께서 바라지 않으실 테지만, 혹시 어수대원으로서, 충심으로 말씀드려도 되겠습니까?"

"어떤 이야기인지에 따라 다르지."

"폐하, 죽음을 각오하고 말씀드립니다."

발터는 그녀가 빈말을 하고 있지 않다는 사실을 알았다. 그녀가 죽음을 각오했다면, 그런 것이다. 그는 그녀의 단호한 등을 내려다보았다. 지금은 무기가 없는데.

"딤니팔에 배치받은 짐승으로서 고언드립니다. 불측하게도 제 의견을 말씀드리오나, 폐하께서 저를 그렇게 교육시키신 까닭도 있을 것입니다. 사죄를 올립니다."

"……."

"폐하께서 폐하의 누이를 살리고 싶으시다면 저희는 그에 충심으로 복종할 것입니다. 그녀는 아무것도 아닙니다. 저희 모두가 그 사실을 압니다. 죽인다면 주제를 모르는 귀족들이지 그녀를 죽이는 것에는 큰 이득이 없습니다."

"죽고 싶으냐?"

진심이 아니었다.

"폐하께서 짧은 시간 저를 이렇게 훈련시키셨습니다. 죽어도 한 점 아쉬움 없으나, 죄송스러운 마음만 클 것입니다."

"……."

"경애하는 폐하께서 체면 때문에 거리끼는 모살을 하지 않으셨으면 하는 바람입니다. 오히려 폐하께 그따위 불측한 그물을 씌우는 귀족들을 치죄해야 할 일입니다. 어수대의 경중을 따진다면, 그렇습니다."

"너는 짐의 계획을 알고도 그리 지껄이는 건가."

"예. 오히려 폐하의 의지를 알기에 더욱 강하게 말씀드립니다. 차라리 무지크 외르타를 미끼로 쓰시면 저희의 기쁨이 클 것입니다. 폐하께 반역하는 자들을 가리기가 더더욱 쉬워지기 때문입니다."

"블랑쉬 젤로, 네 말은 지나치게 불필요하다."

블랑쉬는 여전히 바닥에 웅크린 채로 말했다.

"아니요, 폐하. 짧은 시간이었지만 폐하의 곁을 지킨 사람으로서 감히 말씀드립니다. 갈등하지 않으셨으면 좋겠습니다. 이것이 제 골자입니다. 폐하께서 어떤 것에도 흔들리지 않고 원하시는 바를 확고히 결단 내려 주시면 어수대가 신의宸意에 복종할 것입니다."

"짐이 여태껏 그러지 않았다고?"

"폐하, 어수대는 배를 가르고도 폐하께 부복하리란 사실을 기억해 주십시오. 죽어도 감사할 생이오니 이 영광된 짐승을 활용해 주시길 바랍니다. 저희가 폐하의 의지 속에 있기를 충심으로 기원합니다."

발터는 그제야 그녀가 뚫고 온 골목길을 찾을 수 있었다. 더듬더듬 돌벽에 붙어 와서, 눈치채기까지 시간이 걸렸다. 블랑쉬는 제 왕이 어수대를 믿지 않는다고 말하고 있었다. 불신하고 있다는 말이 아니라, 그들을 주구로 하여 어떤 행위를 하지 않는다는 것이다. 오로지 그 홀로 결정한다는 사실에 애가 타는, 다소 서럽기까지 한 충성이었다.

"네 뜻인가?"

아니면 슈트람 요오스의 뜻인가?

"제 뜻입니다."

발터는 이해했다. 자신이 어수대를 셈하지 않기 때문에 항상 위험한 줄타기를 한다고 말하는 것이다. 왜 귀족들의 부르짖음을 감당하시냐고, 엎드려 스스로 불 싸지를 우리를 보시라고 떼를 쓰는 것이다. 폐하께서 —비록 사적인 욕심이라도— 외르타를 살리길 원하신다면 부디 누구도 개의치 않고 그렇게 해 달라고 개처럼 꼬리를 흔드는 것이다.

그 균형을 버리고 가라. 발터는 들릴 듯 말 듯 한숨을 쉬었다.

"짐은 원하는 바가 있다."

"예."

"단지 오래도록 가지고 있을 뿐, 포기한 것은 아니다. 또한 오래도록 가지고 있다고 고민하지 않은 것도 아니며, 이 모든 선택이 후일 토대가 되리라 믿는다."

"예, 폐하. 제가 주제넘은 말씀을 드렸습니다. 부디 굽어살펴 주시옵소서."

"……."

발터는 다시 한번 빈 지지대를 움켜쥐었다. 현실이었다. 이곳은 자신의 노귀족이 들어올 자리였다. 그가 애용하는 길고 얇은 게외보르트식 장검이 이 자리에 들어올 날을 꿈꾸었다.

어수대의 성정을 능히 짐작할 수 있었다. 고작해야 몇 년, 잘 채비하여 길을 돌아갈 뿐인데 폐하의 조용한 모습이 마음에 안 든다며 파들파들 울고들 있었다. 왜 반 슈체친의 이야기에 귀를 기울이시냐, 그가 폐하를 능멸하기를 저 지경인데 어떻게 가만두시냐, 그가 그 지경이니 다른 귀족들도 부화뇌동하지 않느냐, 억울해 죽겠습니다, 폐하.

이 멍청한 놈들은 우리가 얼마나 오래 내전을 치렀는지 완전히 까먹은 것이 틀림없다. 지난 사백 년 역사에서 유래가 없을 정도로 치열하게 싸웠는데, 그렇게 여섯으로 갈라진 세력이 곧장 왕에게 감복하리라 믿는 것인가? 내전 동안 남의 일처럼 지켜보고 있었으니 계승자 간의 반목을 도무지 피부로 느끼지 못하는 것이다. 자신들처럼 다들 앙금 없이 충성할 줄로만 알고. 물론 그것이 우리의 골자이나, 스스로 버리지 못하는 감정들이 있듯 귀족들 역시 마찬가지였다.

그는 그것을 이해했다.

때문에 죽여야 했다.

발터는 현실보다 현실을 더 좋아했다. 안전한 것보다 안전한 것을 더 좋아하는 사람이었다.

질서에는 명분이 필요하고 숙청에는 이유가 필요하다.

그는 고개를 저으며 방을 나섰다. 반 슈체친이 자신을 기다릴 것이다. 제대로 매지 못한 칼이 바닥에 질질 끌렸지만, 이 왕의 복도에서 그를 지켜보는 이는 없었다.

벽에 걸린 수사슴의 머리를 지나, 윤이 나는 황동색 갑옷을 지나, 그리고 몇몇 전시종과 어수대원을 지나 집무실로 돌아왔다. 자신은 아직 연무장의 차림새 그대로지만 굳이 준비하고 싶지 않았다. 집무실 앞에서 얌전히 왕을 기다리는 반 슈체친이 보였다.

"폐하, 지난밤 강녕하셨습니까?"

"들어와."

방 안은 서늘하게 고요했다. 가을다웠다.

"전해 들었나?"

"예, 딤니팔의 불측한 움직임을 이해했습니다."

"그래. 그러면 네게 최고사령관직을 맡긴다."

"충심으로 따르겠습니다."

"오후에 공포된다는 점을 숙지하도록. 첩지는 어수대를 통해 교부하겠다."

"영광입니다, 폐하. 비사에 부끄럽지 않도록 최선을 다해 임하겠습니다."

발터는 반 슈체친의 회색빛 머리칼을 바라보았다. 자신과 처음 만났던 서른 해 전 그는 둥그스름한 청년이었고, 자신을 지지한 스무 해 전에는 단단한 중년이었다. 그리고 제가 왕이 되었을 때부터 지금까지, 침묵 속의 노인으로 앉아 있었다. 그러나 겉모습이 변한들 그 본연이 변했겠는가? 그는 몇십 년 동안 똑같았다. 언제고 가장 효율적으로 조용히 누군가에게 충성하는 모습으로 남아 있었다.

발터는 인생에서 세 번이나 큰 승리를 거두는 느낌은 어떨지 궁금했다. 자신의 조모를 지지했고, 그녀를 발 빠르게 배반한 뒤 아버지를 지지했으며, 다시 이 겁쟁이를 선택한 눈이 어디서 왔을지 궁금했다. 또한 열다섯에 승리자를 발굴하는 느낌은 어떨지도 궁금했다. 다시 서른에, 그리고 마흔넷에 사람을 선택하는 능력, 혹은 심미안이 궁금했다.

그리고 예순이 넘어 자신에게 죽는 기분이 어떠할지 궁금했다.

"폐하, 현재 예츠트의 창과 트리흐트가 준비되었다고 들었습니다. 이외에 가장 빠르게 소집할 수 있는 군사는 어찌 됩니까?"

"하감과 정복 기사단이 전력으로 대기하고 있다. 이외에 숄렘 노트란트 직속 사만의 병력과, 남부 방어 중인 인원을 충원받을 것이다. 전부 계하면 최소 십만 이상이다."

"과분한 전력입니다. 성은이 망극합니다, 폐하."

"식량은 반 다샤과 단 탈드레드가 전담한다. 척수를 뽑아내서라도 전쟁에 부족함이 없어야 할 것이다. 또한 그라우빈덴의 귀금속 수출을 전면적으로 막고 모두 군자금으로 유용하는 쪽이 타당하다. 이는 왕명으로 보증된다."

사실상의 총동원이었다. 반 슈체친이 깊이 고개를 숙였다.

"추가로 최고 서른 귀족의 사병을 모두 갹출한다. 물론 대부분 사용되지는 않겠지. 그러나 항시 준비되어 있어야 한다."

이것은 전력을 더하려는 목적 이전에, 전쟁 중 불필요한 내부 분란을 막기 위한 목적이 더 컸다. 반 슈체친도 이해하는 듯 수긍의 몸짓을 취했다. 제 사병 규모가 가장 클 텐데도 고분고분 복종하는 모습이 아주 영리했다.

"폐하께서 주신 이 전력을 가지고 딤니팔을 패퇴시키지 못한다면 제가 죽어도 사죄드릴 수 없을 겁니다."

"그래. 노력하는 것만이 능사는 아니다. 이겨야 한다. 딤니팔은 너무 오래도록 우리를 기만해 왔다."

"예. 폐하께 승리를 바치겠습니다."

발터는 물끄러미 노인을 바라보았다. 노인이라는 단어가 무색할 만큼, 꼬챙이처럼 정정한 사람이었다. 그는 저것이 승리의 조건일지 의심했다.

"넌 금주 내로 떠나야 한다. 더 할 이야기는?"

그는 곧장 없다는 이야기가 나올 줄로만 알았다. 자신이 아는 반 슈체친은 그다지 요구가 많은 사람이 아니었다.

"폐하께서 일왕녀 전하의 대척점에 서 계셔서 감읍합니다."

발터는 난데없이 허파를 찔린 꼴이 되지 않도록 온갖 노력을 경주했다. 제발. 표정 하나 변치 않았으면 했다. 누구보다도 반 슈체친 앞에서 동요하는 꼴을 보여 줄 수 없었다.

자신의 속을 아는지 모르는지, 반 슈체친은 양손을 살짝 들어 손바닥을 보였다. 발터는 살아온 세월을 무시하는 이 세상의 모든 글들을 짓밟고 싶었다. 그는 도저히 상대를 꿰뚫어 볼 수가 없었다. 혹여 어느 부분은 그럴 수 있겠으나, 전반적으로 확신이 들지 않았다. 오히려 자신이 미끄러질까 잔뜩 긴장하여 신하를 노려보았다.

"저는 그분이 폐하께 족적을 남겨 두었다는 사실에 절망했습니다. 그러나 이는 제 짧은 착각에서 비롯되었습니다. 폐하께서 그분을 오래전 넘어섰음을 이제 압니다."

"무슨 이야기를 지껄이는지 모르겠군."

"제가 일왕녀 전하를 받아들이지 못한 가장 큰 이유는 그분의 깊은 절망 때문이었습니다. 그런 절망은 앞을 볼 수 없도록 막습니다. 그러나 폐하께서는 단 한 순간도 미래에 대한 청사진을 버린 역사가 없으십니다. 저는 그에 누구보다도 깊이 감격했습니다. 지금 역시 그렇습니다."

"감히 네 왕을 평가하느냐?"

"아니요, 폐하. 제 선택을 평가하는 겁니다. 폐하를 모셨기에 달라질 수 있던 제 앞길에 대해 한 점 후회 없음을 말씀드리고자 합니다. 저는 폐하의 어떤 판단이든 제 목숨을 걸고 신뢰합니다."

"네가 그토록 감동했다면 다행이로군. 그러나 짐은 승리를 기대한다. 패배한다면 그 무게를 알 것이다."

"예, 폐하."

"칠십 년 만의 대딤니팔전이다. 이기지 못한다면 아무 의미도 없다. 각오해도 좋다."

"예."

반 슈체친은 주름진 얼굴로 빙그레 웃었다.

"폐하, 제 충정을 신뢰하십니까?"

"네가 승리한다면."

"저는 세 번을 승리했습니다. 마지막 승리는 폐하께 안겨 드렸습니다."

"짐이 어떤 전장을 이야기하는지 잘 알고 있을 텐데."

"저는 단 한 순간도 후회한 적 없습니다."

"네가 짐을 지지했다는 사실은 단순한 과거일 뿐, 보답받을 수 있는 명예가 아니다. 명심하고 함부로 입을 놀리지 말라."

"예. 단지 제가 죽어도 폐하를 애경愛敬한다는 점을 말씀드리고 싶었습니다. 폐하께서 이 터전을 굳세게 보호하시리라는 사실에 한 점 의심이 없습니다. 전장에 나서는 이로서 마땅한 단심丹心이라고 여겨 주십시오. 이 노구가 살아 돌아올지는 알드 바제사께서도 모르시는 일일 테니 말입니다."

발터는 약간 시선을 기울여, 어떤 물속을 바라보듯 자신의 신하를 응시했다. 그가 후회하지 않듯 자신도 돌아보지 않았다. 당신이 나를 이해했다면, 이런 끝이 닥칠 줄도 잘 알았을 것이다.

"알겠다. 네 승전보를 기다리고 있겠다."

리베 안니발레는 반가워하며 시녀를 맞이했다. 웃고 있었고, 타인에게 호감을 받는 데 익숙한 사람처럼 친절했다.

"안녕, 난 델리다 누에바 바말디 얀 안니발레야. 어디에서 왔다고 했지?"

"뵙게 되어 영광이에요, 리베. 저는 운라쿰 남작의 양녀, 바르부 위사 잘 반 운라쿰입니다."

"아, 양녀라고……!"

"정확히는 그분의 질녀지만, 가문을 위해 양녀가 되었습니다. 후일 운라쿰 남작가를 이을 예정입니다."

"혹시 운라쿰이 십이공회 가문의 권속에 있니?"

검은 머리의 인상적인 미녀가 미소를 지었다.

"예. 미라이예 공작 수하에 있습니다."

"아, 그렇담 내 시중을 들기에는 조금……."

"아니에요, 리베. 전 왕도 생활을 조금 하다 다시 돌아가려 해요. 그 와중 위명 자자한 안니발레가家에서 리베를 모실 수 있다면 배워 가는 점이 많을 거라고 생각하고 있어요. 편하게 대해 주시면 정말 감사하겠습니다."

"네가 그렇게 생각한다면."

소녀는 갈색 머리칼을 매만지며 부드럽게 웃었다. 보랏빛 눈이 당황스러울 정도로 아름다웠다.

"어여쁜 머리칼이 상하시겠네요. 혹시 제가 빗어 드려도 될까요?"

소녀가 고개를 끄덕였다.

블랑쉬는 마주 웃으며 화장 의자 뒤로 돌아갔다.

"소문으로 들었지만, 그 이상으로 아름다우시네요. 어쩌면 이렇게 빛나실 수 있을까요."

소녀의 뺨이 붉어졌다. 블랑쉬는 스무 해가 넘도록 스산한 사람들만 보다가 봄별 같은 아이를 보고 다소 당황했다. 거의 최초로, 당황했다. 그녀는 상대에게 보이지 않는 각도에서 입을 꽉 다문 채 빗을 쥐었다.

"이전에 있던 전담 시녀는 어디로 간 건가요? 여쭤봐도 될까요?"

"응, 어머니께서 편찮으셔서 북부로 돌아갔어. 너는 어디서 왔니? 운라쿰 영지는 어디야?"

"동부에 있습니다. 물론 거의 북부에 가까운 동부지만요. 저도 그곳에서 자랐어요. 많이 춥죠."

"같은 동부 출신이구나!"

"그래서 리베께 배정될 수 있었다고 생각하고 있어요. 안니발레가家 앞에서 동부 출신이라기에는 면구한 부분이 있지만요. 저는 한 번도 자뉘호에 발을 들여 본 적이 없답니다."

"그래도 여기보다는 동부잖아. 동향 사람이네. 네가 생각하는 동부는 어때?"

"음……. 저는 사실 동부보다는 동북부 출신이라……. 많이 추워요. 생각보다 순록이 많고요. 그 외에는 뭐 특별한 게 있나 싶군요. 분주하지 않아 심심하기만 해요."

리베 안니발레는 김이 샌다는 듯 어깨를 으쓱였다.

"그곳에서 나고 자란 네가 그렇다면 그렇겠지. 엄청 공감되지는 않지만……. 내가 여행을 많이 못 다녀봐서 잘 모르나 보다. 동부라고 다 비슷한 느낌을 가졌을 거라 생각하고 말이야."

"아니에요, 리베. 저도 서부에 환상을 가졌는걸요. 이건 마치 저희가 생각하는 남편감에 대한 환상과 비슷하죠. 전형적인 모습과 다를 거라고 믿지만, 생각보다 그렇게 다르진 않으니까요. 슬프게도."

"남편감?"

블랑쉬는 잠시 빗질을 멈췄다. 거울 너머로 리베 안니발레를 바라보며 의아하다는 듯 반문했다.

"네. 남편감이요. 혹시 리베 안니발레께서는 아직 약혼자분이 안 계신가요?"

"응……."

"어떻게……?"

"아직은 조금……. 아버님께서도 그다지 바라지 않는 눈치시고……."

"마음에 품은 분도 안 계신가요?"

순간적으로 소녀의 뺨이 홍당무처럼 달아올랐다. 블랑쉬가 눈썹을 추켜올렸다.

"있으시군요."

리베 안니발레, 아니, 델리다는 고개를 살짝 숙였다. 빗이 이끌려 갔다. 블랑쉬는 빙그레 웃으며 그녀의 흰 목덜미를 두드려 주었다.

"민망해하지 마세요. 사모하는 게 어떻게 부끄러울 일인가요? 이름을 알려 주세요. 비밀로 할게요."

"……."

"도와드릴 수도 있는데요."

"아니야. 괜찮아. 그렇지만 비밀도 아니지……. 미라이예……."

"소공자님이요?"

블랑쉬는 생 로욜 앞의 멍청이를 기억하며 그녀의 취향이 특이하다는 생각을 했다.

"아니. 공작."

말은 단호했지만 문제는 좀 더 심각했다. 그녀는 처음 만난 사이임에도 소녀가 불가능한 꿈을 품고 있어 조금 마음이 언짢았다. 소녀에게 아무 관심도 없었고, 어떤 관계도 아닌데 오래도록 들어 온 이야기가 있다 보니 반사적으로 감정을 품었다.

"리베 안니발레……. 우선 나이를 꼽고 싶은데요. 그분은 서른이 넘으신 것으로 알고 있어요. 리베는 열일곱이시잖아요."

델리다는 어느새 키득거리고 있었다.

"아니, 어떻게 바르부도 아는 거야?"

"모른다면 더 이상하죠. 게다가 저는 미라이예 수하 가문인걸요."

"아, 그렇지."

"도대체 그분의 어떤 부분이 좋으신 걸까요? 아버님께 들은 이야기로는 영 모르겠어요."

"왜 다들 내게 그걸 묻는지 모르겠어. 그냥 내가 좋으니까 좋은 건데, 마치 몹쓸 사람을 생각한다는 것처럼."

블랑쉬는 처음으로 듣는 엄격한 어조에 살짝 놀랐다. 이 작은 소녀가 이 정도로 강하게 의견을 제시할 수 있을 줄 몰랐다. 자신이야말로 편견을 품고 있던 것은 아닐지 의심스러웠다. 그녀는 얕게 반성한 뒤 제자리를 찾아갔다.

"죄송해요, 리베. 그렇지만 모두 저와 같은 생각이시지 않을까 싶어요. 어디 한 곳 부족한 부분 없는 리베께서 왜 공작님을 바라시는지 모르겠으니까요. 공작님께서는 오스페다에 자주 오지도 않으시잖아요. 거의 전장에 중독되신 것처럼요."

"오해야."

"정말요?"

"……사실 잘 모르겠어."

"그러니까요. 존경스러운 분이시고, 이 딤니팔의 지지대시지만 리베안니발레께 걸맞은 짝이라고는 도저히 말씀드릴 수가 없을 것 같아요."

"……."

"적나라하게 여쭤보고 싶네요. 외양, 혹은 지위 때문일까요? 그렇지만 리베께서 단 하나도 부족한 부분이 없다는 걸 아실 거예요. 제가 다 억울해요."

"둘 다 아예 아니라면 거짓말일 거야. 그렇지만 그보다 난 그분이 동부에서 돌아오셨을 때…… 처음 뵈었어. 조용하셨어. 아주 조용하셨어. 나는 아버지 무릎에서 컸다고 해도 과언이 아닌데, 그 영향이 있는 것 같아. 어려서부터, 믿고 기댈 수 있는 조용한 분들이 좋았어."

블랑쉬는 속으로 셈하다가 인상을 찌푸렸다.

"아니, 잠시만요……. 동부 원정이라면 리베께서 열다섯이셨을 때잖아요."

"왜 다들 나이를 이야기하는지 모르겠네. 난 내 나이가 무슨 재산이라고 생각하진 않는데."

"저도 리베의 나이가 재산이라곤 생각하지 않아요. 그렇지만 비슷한 연배의 짝이 좋다는 만고불변의 법칙 정도는 알지요."

"그러면 네가 보기에 내게 적절한 배우자는 누군 것 같아? 다들 항상 내가 아깝다는 이야기만 하지 난 잘 모르겠어."

"전 리베께 어울리는 배우자는 신분 낮은 이라고 생각해요. 물론, 평민이 아니라 딱 저 정도로요."

리베 안니발레가 휙 뒤를 돌아보다가, 빗에 머리가 얽혀 신음을 내뱉었다.

"무슨 이야기니?"

"제 의견을 물어보셨으니 대답해 드렸어요."

"……."

"리베께서도 지금 제가 무슨 말씀을 드리는 건지 알고 계신 느낌이에요. 오해라면 말씀 주세요."

"……."

블랑쉬는 어깨를 으쓱였다.

"전 오히려 리베 안니발레께서 가문을 물려받으셨으면 좋겠어요. 안니발레에선 신분 낮은 이를 데릴사위로 들이시면 되니까요. 주변을 아무리 둘러봐도 리베 안니발레께 걸맞은 십이공회원, 십이공회원의 후계조차 찾을 수 없잖아요. 안타까운 일이에요."

그녀는 눈을 깜박였다.

"바르부, 난 가문을 물려받으면 십이공회원이 돼. 눌라레의 원탁에 앉는다고."

"아무렴요. 무슨 상관이에요. 리베 안니발레께는 남동생 한 분만 계시잖아요. 그것도 채 세 살이 안 되셨는데요. 좀 더 욕심부리셔도 돼요."

"……."

"리베께서도 내심 알고 계신 거잖아요. 공작님 정도가 아니라면 까마득하게 어린 십이공회의 손들과 만나야 하신다는 점을요. 저도 둘 중에 골라야 한다면 공작님을 고르겠네요. 그리고 세 번째 선택지가 있다면 당연히 세 번째를 선택할 거고요. 가문을 물려받는다고 생각하면 그 분도 불필요하죠."

"아……. 이게 후계자인 여자의 생각이구나. 항상 자멘테 후작을 존경했는데, 비록 신분은 달라도 비슷한 점이 있네."

"저는 가문을 물려받는다고 생각하는 여자와 그렇지 않은 여자 간에 어떤 차이가 있는지 모르겠어요. 저는 그냥 저처럼 살다가…… 남작님께서 불러 이 자리로 왔거든요. '언제'부터 후계자로 키워진 몸은 아니라서요."

블랑쉬는 흘러나오는 대로 이야기하려다가, 겨우 멈췄다. 이 아이가 의심이 많은 성격은 아닌 듯싶지만 조심해서 나쁠 것은 없었다.

물론 그렇다고 제 속의 생각까지 멈춘 것은 아니었다. 안니발레 백작이 아직까지도 딸의 남편감을 찾는 데 무관심하다는 사실은 시사하는 바가 있었다. 부정할 수 없다. 이처럼 상상도 못 하고 있는 딸이 자연스레, 열병이 식고 돌아오도록 기다리는 것이다.

적어도 얻을 수 있는 정보로 판단한 바는 그러했다. 안니발레 백이 이 지경으로 태평할 이유는 없었다. 다들 미라이예의 짝으로 안니발레를 생각하지만, 공작을 평생토록 지켜본 안니발레 백작이라면 지금과 같이 적극적으로 상황을 무시하지는 않았을 것 같았다. 무언가 뒷공작을 하든가, 아니면 적어도 이십 줄로 접어드는 혈육에게 적당한 짝이라도 찾아 주어야 했다. 그러나 그는 아무것도 하지 않고 제 딸만 금이야

옥이야 감싸고 있었다. 어쩌면 자신이 외부인이라서 답을 더 투명하게 볼 수 있는지도 몰랐다.

이렇게 맑게 웃고 있지만.

"바르부는 재밌는 이야길 하네. 물론 내게도 권리는 있지만, 가문은 내 동생이 물려받을 거야."

"좌하께서 그렇게 언질 주셨나요?"

"아……. 딱히 아버님이 편을 가르진 않았어. 동생이 너무 어리기도 하고. 그렇지만 십이공회라면 오래전에 기사직을 받았어야 하는데, 날 봐. 너무 당연하지 않니?"

"저라면 딸에게 자멘테 후작님 같은 난관을 겪게 하고 싶지 않을 것 같은데요. 그렇다면 폐하께 인가만 받으면 되고요. 물론 제 불측한 생각입니다만……."

"너무하네. 그만해, 바르부."

"죄송해요, 리베."

그러나 여전히 왜 그녀의 기분이 상해야 하는지는 잘 몰랐다. 장자, 장녀 상속권이 기본인 딤니팔에서 어떤 반역의 소리를 한 것도 아니고. 이상한 이야기가 아니었다. 다만 리베 안니발레의 반응을 보건대, 그리 자랑스럽지도 않은 말인 모양이었다.

그래도 참 제 역할에 충실한 것 아닌가. 운라쿰 남작의 양녀로서, 영지를 물려받을 꿈에 불타는 젊은 후계자. 그녀는 아직도 그 이름에 적응 중이었다.

물론 적응한 지 오래되지 않아 떠날 땅이기는 했다. 따듯하고 늙은 나라에 길게 머무르자면 좀이 쑤실 것 같았다.

그녀에게는 임무가 있었다. 정확하게는, 사람을 죽일 확률이 아주 높은 임무였다. 운라쿰 남작은 지금껏 그래 왔듯 다시 한번 가족으로 가장한 어수대를 잃을 것이며, 어쩌면 그 스스로의 안위까지 걱정해야 할지도 몰랐다. 그녀, 혹은 그들은 딤니팔에 남기 힘들 것이다.

이 아이와 임무 간에는 어떤 관계도 없었다. 오로지 딤니팔을 학습하고 오스페다에 남기 위한 방편에 불과했다. 다만 다소간 안타까운 기분은 들었다. 아무것도 모르는 여자아이들에 대한 흔한 슬픔이었다. 별다른 이유 없이 느끼는 연대감과 애틋함, 그리고 온기. 그러나 제 인생이 아니며, 또 어떤 방식으로든 자신과 얽힐 일도 없었다. 그저 담담히 지켜보는 수밖에.

그녀는 마음을 정돈하곤 대뜸 말했다.

"리베 안니발레, 저는 개인적으로 바깥에 자주 나갈 수 없을 것 같아요."

귀찮게도 얼굴을 아는 이들이 있었다.

"혹시 모시는 데 어려운 부분이 있을까요?"

"아? 아니, 괜찮아. 오히려 네가 큰 무도회에 못 나가면 난처하지 않겠니?"

"저는 리베가 아닌걸요."

리베 안니발레는 멋쩍게 웃었다. 블랑쉬는 선량한 소녀에게 최대한 피해를 주지 않고 떠나겠다고 결심했다.

"형님."

발렌시아는 고개를 들었다.

한새벽이었다. 깜박 졸았다. 꽤나 시간이 지난 모양이다. 더군다나 집무실 앞까지 쳐들어온 적을 눈치채지 못하다니, 어느새 둔감해졌다는 생각에 어깨가 뻐근했다.

"할 말이 있어."

"해라."

앙히에는 방문을 닫았다. 두 손으로 문을 닫는 동작엔 바람 소리조차 없었다.

말은 단순했다.

"칼 줘."

"……가져가라."

"고마워."

앙히에는 성큼성큼 걸어왔다. 발렌시아는 약간 무감각한 상태로 몸을 일으켰다. 상대를 저지하겠다는 의지는 없었다. 앙히에는 그를 넘어, 책상 뒤 진열대로—. 향하지 못했다. 발렌시아가 앙히에를 틀어쥔 것은 어떤 생각에서 비롯된 행동이 아니었다.

다만 감정은 뚜렷했다. 잇새로 내뱉는 듯한 기세였다.

"연무장에 많이 있다."

앙히에는 잡힌 팔을 내려다보며 몇 번 떨치려 노력했다. 그러나 상대의 손아귀는 꿈쩍도 하지 않았다. 그리 반항하는 사이 발렌시아 역시 완전히 일어섰다.

그는 아우가 어떤 것을 노리고 있는지 뒤늦게야 깨달았다. 뒤늦게야? 사실 처음부터 알고 있었다. 그러나 앙히에 속에 있는 마지막 수치심을 믿었다. 도저히 그가 그 지경으로 망가지지는 않았으리라고, 그래도 실낱같은 양심이 남아 있다고 생각했다.

"스투레가 여기 있단 걸 내가 모를 리 없는데. 내 것이니 내가 가져야지."

스투레. 십 년 전 누군가의 기사 서임식을 위해 만든 검이었다. 주인은 없다.

"스투레를 가져가겠다?"

발렌시아는 어설프게 그의 말을 반복했다.

"형님, 놔."

그는 진짜로 손을 놓았다. 앙히에는 잠깐 상대를 돌아보았다. 그에게 무슨 바람이 일었나 의아해하는 얼굴이었지만, 그것도 찰나였다. 청년에게는 좀 더 중요한 일이 있는 듯 보였다. 그는 한참 아래에 있는 유리 진열장을 열어 스투레를 잡았다. 양손으로 받쳐 든 채 그대로 뒤돌았다.

발렌시아는 하얀 뼈 같은 칼을 꺼냈다.

앙히에의 얼굴이 경직되는 듯했으나 곧장 어색한 웃음이 터져 나왔다.

"설마 아버지 집무실 안에서 칼부림을 하려고?"

"나는 많은 것을 용서해 왔지만……."

그 목소리에는 분노조차 없었다. 그럴 필요를 느끼지 못했다. 갑작스레 허파 상부에 무언가 얹힌 듯 벅찼다. 빠개졌다. 피로가 엄습했다. 어떤 최저선이 침범당했다는 생각이 들었다. 그다지 강하지는 않으며, 어슴푸레, 그러나 서서히 나타나 더 확고한 결심이었다. 마치 자신의 팔처럼 언제고 존재했다는 듯 태연하기 짝이 없었다.

발렌시아는 앙히에를 죽이고 싶었다.

과연 그럴 듯한 이야기였다.

발도는 지저분했다. 오래도록 검을 사용하지 않은 것도 아니건만, 뚝뚝 떨어졌다. 마음이 무거워서라기보다는 의지가 지나치게 강해서였다. 이것은 살의조차 못 되었다. 오히려 사형집행자의 망나니 칼에 가깝도록 무감동했다.

그리할 수 있지만 그래서는 안 되는 것들이 있다.

"내려놔."

앙히에는 눈만 깜박였다. 발렌시아는 순전히 아우가 무슨 생각을 하고 있는지 의심했다. 궁금해한 것이 아니라, 의심을 가졌다.

그는 천천히 반복했다.

"내려놔."

니소르의 칼끝이 살짝 들렸다.

"내려놔."

"형님, 내가 잘못했어."

"끝난 일이다. 네 물건이 아니다."

앙히에는 스투레를 품에 안은 채 한 발자국 앞으로 내디뎠다.

니소르가 번개같이 솟아 그의 귀를 찢었다.

그리고 다시 한번, 평생 익숙하게 여긴 각도로 쑤셔 박았다. 혹은 그렇게 절명시키려 했다. 그 지경으로 급하게 죽이려 들었다.

앙히에는 칼집으로 니소르의 방향을 틀었다. 흠씬 두들겨 맞는 소리가 났다. 첫 번째에는 미처 몰랐지만 두 번째는 어림도 없다는 태도였다. 그는 니소르가 균형을 잡지 못하는 순간을 틈타 그대로 발렌시아를 지나쳤다. 아주 매끄러웠다. 누구도 피를 볼 필요가 없다고 열렬하게 주장하는 몸짓이었다. 나는 칼을 안 뽑을 거야. 나는 칼을 안 뽑을 거야! 마치 여느 유치한 동생들이 그렇듯 조야하고 고집이 셌다.

더 움직인다면 실수를 돌이킬 수 없으리라. 발렌시아는 천천히 멈췄다. 왼발을 축으로 몸을 틀어, 동작이 크지 않도록 다시 칼을 들었다. 그는 앙히에가 자신을 지나가는 순간 걷어찰 수도 있었다. 그러나 상대가 스투레를 뽑을 것을 대비해 과하게 움직이지 않았다. 그는 지나치게 진심이었으므로, 앙히에의 평화주의적인 의지를 제대로 듣지도 못했다.

"형님, 그만하자."

앙히에는 바짝 굳은 초식동물처럼 상대를 경계하고 있었다. 저 모습에서 무슨 말을 꺼냈다는 것이 놀라울 지경이었다.

"스투레를 내려놔라. 그러면 용서하겠다. 그것을 손에 쥔 것조차 죄가 되지만, 내 용서하겠다."

"형님, 이건 내 칼이다."

그는 입을 꽉 다물었다.

"죽고 싶으냐."

앙히에의 시선이 느릿느릿 오른쪽을 향했다가, 도무지 도망칠 구석을 찾지 못한 듯 다시 돌아왔다. 그도 제 형님과 똑같은 얼굴로, 거의 최초로 나란히 이를 악물었다. 누군가 그들을 보면 꼼짝없는 형제지간이라고 박수를 칠 법도 했다.

"난 칼 뽑기 싫어. 뽑게 하지 마."

니소르가 다시 번쩍 솟았다. 지나치게 많은 사람을 죽인 백사白蛇였다. 그는 이미 정교하게, 혹은 직감으로 상대가 도주할 수 없음을 알았다. 명줄을 끊지 못한다면 제 서른 해가 부끄러울 것이다. 그런 태도로, 그렇게 단호하게 내리쳤다. 움직이는 순간 시체와 그 후를 생각했다.

'쩡' 하고 칼이 부딪치는 소리가 났다.

앙히에는 발렌시아를 걷어 냈다. 그리고 쾅, 쾅. 째지는 듯하면서도 묵직한 소리가 집무실을 울렸다. 예전 조각길의 싸움과 비할 바가 아니었다. 그때는 방해꾼이 지나치게 많았으며 둘 중 누구에게도 각오가 단단하지 않았다. 지금은 적어도, 한 사람이 돌이킬 수 없는 덤불을 밟았다. 앙히에는 입맛 쓰게 그 사실을 인정했다.

그는 덜렁덜렁한 귓불을 만지곤 내려다보았다. 피가 흥건했다. 아까 전 살짝이라도 피하지 않았더라면 얼굴 한복판을 찍혔을 것이다. 이렇게 난폭하게 죽일 것까지야. 그는 속으로 생각하다가 이 벌레 같은 농담에 웃음이 터질 뻔했다.

스투레는 양보할 수 없다.

형님이 귀신 같은 얼굴로 죽이려 한들 대답은 둘이 될 수 없었다. 잉그레의 표장을 받는다면, 자신에게 더 이상 서부의 칠 년은 존재하지 않는다. 리볼텔라와 함께 묻힌 잉그레 표장이 지하에서 낯을 들지 못할 것이다. 미래를 바친다고 맹세했는데 아무것도 아니 되어 동굴 속에 갇혀 버렸다.

그녀가 기억하고 죽었노라 속삭였기에, 제겐 그것이 전부였다.

앙히에는 과거 속에 에돌았다. 단 하나라도 새로운 것을 얻으면 삶이 터져 버린다. 이렇게, 처참하게, 벅벅 긁혀 취소당한 문장, 누군가 구겨 버린 종이짝처럼.

그러나 폐하를 뵌 뒤, 그 얼어붙은 분위기에서 도저히 표장을 받지 않겠다고 고집 피울 수가 없었다. 형님께 의리를 지킨다고 생각했다. 미라이예를 단 한 번 떠올렸다. 자기가 오래도록 배반했으니 딱 한 번, 정말 딱 한 번이라도 고개 돌리지 말고 떳떳해야겠다고 생각했다. 형님의 이 악문 태도를 생각하면 더 그러했다. 그러자 자신은 터졌고, 취소당했으며, 구겨졌다. 그렇게 삶이 부정당해 갈피를 잡지 못했다.

앙히에는 조금 헤맸다. 그러나 잡종 개는 폭행에 익숙한 법이다. 맞아도 머뭇거리며 길을 찾다가, 평소의 습자지 같은 버릇으로 돌아왔다. 제 버릇. 떠난 이의 한 점 흔적이라도 찾으면 죽어라 매달리는 것.

이제 그가 유일하게 지닌 흔적— 증거는 리볼텔라의 게외보르트 검이었다. 검은 그녀와의 실질적인 연결 고리다. 앙히에는 더 이상 그것을 닳도록 쓸 엄두가 나지 않았다. 신전에 모셔 두고 다른 무기를 찾아 헤매야 했다. 리볼텔라의 바람대로 오래도록 손에 붙을, 삶을 함께해 분리할 수 없는 칼이 필요했다.

죽은 사람은 두 번 말하지 않는다. 덕분에 제 생 자체가 리볼텔라의 유지를 지키고 있었다. 시체의 조언 한 마디 한 마디를 눈꺼풀 안쪽에 새기고 살았다. 그녀가 바란 대로, 내 삶에 엉겨 붙을 수 있는 검.

그렇다면 그 검이 스투레가 되지 못할 것은 또 무엇이란 말인가?

자꾸만 웃음이 터졌다. 그다지 기쁜 웃음은 아니었다. 아니, 웃음이라기보단 매운 연기를 마신 비명 같았다. 자신이 일생토록 이기적이었던 적은 수없이 많지만, 이번은 그중에서도 유독 깊었다. 비교할 수가 없었다. 침을 뱉고 사흘 뒤에도 바닥에 닿지 않는 우물이었다.

앙히에는 철이 든다는 게 새삼 끔찍한 일이라는 생각을 했다. 차라리 아무것도 몰랐더라면 자신의 행동을 사과하며, 본시 나를 위해 만들어진 검이니 달라는 이야기를 대뜸 꺼냈을 텐데 희망이 없자 이 꼴이었다.

그는 누구보다도 자신이 하는 짓을 잘 알고 있었다. 나는 인간이라기보다는 오물에 가깝지.

"형님, 잉그레의 표장은 받을게. 십이공회에서 충성 맹세도 할게. 대신 이 칼만 줘."

"너는 내게 그따위 것을 조건으로 걸 수 없다."

"난 형님과 싸울 마음이 없어."

그러나 말은 비어 있었다. '싸울 마음이 없다'고? 앙히에는 자신이 탈출하기 위해선 먼저 공격해야 한다는 사실을 잘 알았다. 오래도록 형님의 진짜 칼을 보지 못했지만, 사람 습관은 쉽게 변하는 것이 아니었다. 앙히에는 그를 이겨야 살아 나갈 수 있었다. 때문에 어느 정도 절박했다.

"형님은 내가 뭘 포기하는지 모르지."

"네가 열 해 전 무엇을 포기하고 떠났는지 안다. 더 포기할 것이 남아 있던가?"

앙히에는 갑작스레, 스투레를 아래로 꺾어 올렸다. 발렌시아를 찌르지 않으면 좋겠지만 찔러도 어쩔 수 없겠다는 투였다. 물론 공격은 갑작스레 튀어 오른 백사에 막히고, 역습당하고, 여섯 번이나 뒤로 밀렸다. 칼 소리가 집무실을 부술 듯했다. 앙히에는 애초에 물러나길 바랐기에 희미하게 웃었다. 교묘하게 만든 탈출로였다.

앙히에는 한 손을 뒤로 더듬어 문고리를 움켜쥐었다.

"후회하지 마라."

쇳물 같았다. 형님은 이미 자신이 줄행랑을 놓을 것을 알고 있었다. 그는 혈육의 말을 곱씹었다. 단어 사이사이에서 피 맛이 났다. '후회할 일을 만들지 말라'는 것이 아니라 '후회하지 말란'다. 네가 어찌하든 상관없다. 하지만 분명 후회할 것이다. 앙히에는 형님이 아우를 증오로 보고 있는지 의심했다.

자신과 가문을 배신하고 떠난 열네 살짜리 그림자. 자신을 향한 배반은 용서한다고 했다. 그러나 가문을 향한 배반도 용서할 수 있을 것인가?

앙히에는 소리가 들리지 않도록 문고리를 내렸다.

니소르가 내리찍혔다. 그는 겨우 칼을 피해 주저앉았다. 몸을 한 바퀴 굴러 등받이 없는 의자를 걷어찼다. 그것이 어떤 장애물이 되길 바란 것은 아니었다. 그보다는 아주 잠깐이라도 형님의 시선을 흐트러뜨리고 싶었다. 그 한순간이 목숨을 구할지도 몰랐다.

니소르가 집무실 문짝을 긁으며 내려왔다. 잠깐 동안의 여러 충격으로 문이 열렸다. 앙히에는 그 찰나를 놓치지 않고 벌떡 일어서 발렌시아에게 뛰어들었다. 그대로 어깨로 찍어 누르는 체하다가, 품속에서 단검을 꺼내 들었다. 제 귀를 잘랐다면, 상대도 각오하던 바가 있을 것이다.

그러나 발렌시아는 도무지 상처 한 점 남길 기회를 주지 않았다. 그는 급하게 허리를 기울여 공격을 피했다. 그대로 균형을 잃고 쓰러질까 싶었지만, 동작과 동시에 바닥의 석재 문진을 주워 상대의 머리를 향해 내리쳤다.

앙히에는 가까스로 이마를 보전했다. 맞았다면 분명 죽었을 거다. 옆머리만 스쳤는데도 살갗이 다 벗겨졌다. 그는 이를 악물고 발렌시아를 걷어찬 뒤, 단검으로 상대의 팔뚝을 찍으려 했다. 젠장. 또 피했어. 기껏해야 옷자락이다. 발렌시아는 몸을 일으키며 아주 잠깐, 단검에 매달리느라 비틀거리던 앙히에의 멱살을 잡아당겼다.

그대로 내던졌다. 스투레가 뎅그렁뎅그렁 복도에 떨어졌다.

발렌시아는 일어서 니소르를 들었다. 이것이 어떤 추문이 될 줄 생각조차 하지 않았다. 단순히 제 앞에 있는 이 평생의 적을 죽여 없애 버려야겠다는 생각뿐이었다.

"안 돼!"

누군가 곧장 앙히에 위로 고꾸라졌다.

발렌시아는 당황하지 않았다. 예전처럼 주저할 필요가 없었다. 그는 다른 손에 쥔 칼집으로 앙히에의 배를 꽉 누르고, 동시에 사람을 밀쳐 냈다. 죽이는 것은 한 손만으로 충분하다. 그는 니소르를 들고 다시 한번…….

외르타는 또 악착같이 앙히에 위에 엎드렸다. 앙히에는 발렌시아에게 배를 눌려 컥컥 기침을 뱉다가 겨우 칼집을 걷어찼다.

그녀는 경계를 늦추지 않고 먼저 상체를 일으켰다. 자신이 할 수 있는 최대한 팔을 벌려 앙히에를 보호하려 했다.

"무슨 짓이야!"

"비키십시오."

발렌시아는 그녀의 팔뚝을 잡아 단숨에 일으켜 세웠다. 외르타는 그 어마어마한 힘에 기가 질렸다. 자신을 해치지는 않겠지만 뼛속에 새겨진 공포는 쉽게 지워지는 것이 아니었다. 그녀는 순간적으로, 맞을까 봐 겁이 났다.

그러나 결심한 내용이 있었다. '내가 앙히에에게 힘이 될 수 있을까? 분명 방법이 있을 것이다.'

손이 떨렸다.

다시 발렌시아의 앞을 가로막았다. 자신이 막지 않는다면 정말 앙히에가 죽을 것 같았다. 소란하기에 애써 달려왔더니, 형제 살인의 현장.

"그만해!"

목소리도 떨렸다.

발렌시아는 다시 한번 그녀의 팔을 쥐었다. 어깨가 바짝 모였다. 반사적으로 무서웠다. 설마 때릴까? 그럴 사람이 아니라고 아무리 되씹어도 이 무시무시한 힘은 아주 낯익은 종류였다. 얼굴에서 핏기가 가셨다. 바야흐로 그를 뿌리치려는 찰나.

바닥에 납작하게 떨어진 칼이 질질 끌리는 소리. 덜컥 들리는 소리. 그와 함께, 뒤에서 인기척이 사라지는 느낌까지. 아주 소란해서 그녀마저 눈치챌 수 있을 지경이었다. 갑자기 안도의 한숨이 비어져 나왔다. 까마득하던 정신이 급격하게 돌아왔다.

물론 아직 안심하기는 일렀다. 발렌시아는 곧장 그녀를 떨친 채 앙히에를 따라 나가려 했다. 앙히에는 기껏해야 두 계단을 갔을 뿐이다. 모든 것이 순식간이었다.

"발렌시아 경!"

자신과 아무 상관없다고 지껄이는 사람에게 이 호명呼名이 무슨 의미가 있을지 모르겠다. 외르타는 발렌시아의 팔을 움켜쥐었다가 그대로 나동그라졌다.

그제야 발렌시아의 고개가 돌아왔다. 그러나 그 시선은 아직도 냉정하지 못했다. 그 이상으로, 분노에 가까웠다. 덜컥 정말 큰일 났다는 기분이 들었다. 그가 자신을 밀치고서도 화를 가라앉히지 못했다고? 도저히 좋은 신호가 아니었다. 아니, 좋지 않을 뿐이랴? 그는 거의 제정신이 아니었다. 외르타는 확신했다. 세상에. 무엇이 그를 저토록 화나게 만들었는지 모르겠다.

그를 막기 위해선 무엇이든 해야 했다. 그녀는 앙히에를 살리고 싶었다. 정말로, 진심으로 살리고 싶었다.

외르타는 입술을 꽉 깨문 채 왼쪽 신발 끈을 뜯었다.

발렌시아는 다시 계단으로 몸을 돌렸다.

발 모양을 고정해 둔 천이 후두둑 쏟아졌다.

"경!"

그는 어두운 새벽, 탁한 눈으로 그녀를 돌아보았다. 그의 마지막 인내심을 욕심냈다는 사실을 안다. 그렇기에 더 주저할 수 없었다. 어차피 그와 끝장을 보겠다고 결심했던 자신이다.

복도 등불 속에서 일그러진 발이 드러났다.

발렌시아가 이해할 수 없이 하얀 숨을 내쉬었다.

"……내버려 둬. 같은 핏줄이란, 밉다가도 뒷모습에 연민이 들잖아."

아무도 움직이지 않았다.

외르타는 자신이 성공했다는 사실을 깨달았다. 앙히에의 발걸음 소리는 이미 여러 층을 지나, 큰 홀을 쾅쾅 내리찍고 있었다. 발렌시아는 너무 늦었다. 가까스로 그를 말린 셈이었다. 칼을 든 살인자를, 방금 전까지만 해도 동생을 죽이겠다고 날뛰던 미친 사람을 멈춰 세웠다.

물론 자신이 치러야 했던 대가를 안다.

그녀는 긴 한숨과 함께 주섬주섬 발을 주워 담았다. 내팽개친 실내화를 그러모아 이리저리 대 보았다. 이렇게 어두침침한 빛 아래에선 모리의 조언을 따르기도 쉽지 않았다. 그녀는 애써 어떤 생각을 하지 않도록 노력했다. 마치 어쩌다 실내화가 풀린 듯, 실수로 아무도 없는 곳에 맨발을 보인 듯 태연하려 했다.

칼이 서늘하게 들어가는 소리가 났다. 그녀는 그 칼의 이름까지 댈 수 있었다.

누군가 한 걸음 다가와, 몸을 숙였다. 그림자가 진다. 외르타는 한 손에 천 조각을 움켜쥐고 고개를 들었다. 얼굴이 잘 보이지 않았다. 열기가 가까웠다. 어떤 잘 달군 사과를 곁에 둔 듯 감질나게 따듯했다. 그러다 어느 순간 팔이 자신을 감쌌다. 그녀는 숨조차 내쉬지 않았다. 발등을 가리지 못하고 갈 길 잃은 실내화만 붙잡았다. 비틀었다.

그녀는 그대로 안겨 올라갔다. 당황했다고 느꼈지만, 제 마음속 정직한 어떤 곳에서는 그렇지 않았음을 안다. 이젠 습관 같은 그의 행동을 알고 있었다.

외르타는 입을 꽉 다물고 자신의 발끝만 바라보았다. 흉하게 일그러진 발등과 복숭아뼈. 띄엄띄엄 끊긴 나무다리를 보는 듯했다. 자신의 관절은 부드럽게 움직이지도, 혹은 이어 움직이지도 않았으며 때문에 근육이라기보다는 어떤 기이한 금속 조각에 가까웠다. 살아 있지 않았다. 스스로 저 발을 가지고 제대로 걷는다는 사실이 더 놀라웠다.

그녀는 뚫어져라 아래를 바라보다가, 그가 생각보다 오래 걷고 있다는 사실을 깨달았다. 몇 발자국 떨어지지도 않은 집무실 소파가 되리라 생각했건만. 그러나 그 자리를 한참 지나서, 어떤 문 앞에 섰다. 외르타는 단 한 번도 이 왼쪽 복도에 온 적이 없다는 사실을 기억해 냈다. 이곳이 어디라고?

그는 어깨로 문을 밀고 들어갔다. 고요했다. 외르타는 조금 깨어나서, 이 자리의 정체를 파악하기 위해 고개를 들었다. 두리번댔다. 어두운 공간 안에 얼마 안 되는 달빛만 휘영청 쏟아졌다.

발렌시아는 외르타를 천천히 내려 주었다. 푹신한 자리였다. 그녀는 양손으로 이불을 누른 뒤에야 자신이 어떤 장소에 있는지를 깨달았다. 라퀼라. 공작의 침실이다. 외르타의 얼굴에서 혈색이 빠져나갔다. 그에게 냉정이 있을까? 어떤 생각으로 이 자리에 데려왔을까? 자신의 발이 무엇을 죽였을까?

속이 울렁였다. 토할 것 같다. 누군가가 머릿속이 울릴 정도로 크게 소리를 질렀다. 너 실수한 거야! 실수다. 실수야. 정말 큰 실수다. 그가 누구에게 말할 인재라고는 생각지 않았지만 그래도 앞으로 그 조용한 시선이 가장 먼저 왼발에 가 닿을 것을 생각하니 눈앞이 깜깜했다. 장애인이 장애를 깊게 인식하고 있듯 그녀 역시 제 발을 보는 시선에 무엇보다 민감하게 반응했다. 아무리 지나가듯, 몰래몰래 쳐다봐도 직감으로 눈치챘다.

자신은 로크뢰에게 그리 반응했었다. 배부른 맹수 같은 눈길에 노여움과 자기 비하와 증오와 공포가 한데 뒤섞여 제정신을 차릴 수가 없었던 것이다.

로크뢰를 떠올리자 갑작스레 변덕스러운 마음이 외쳤다. 안 돼. 그건 안 돼. 내가 견딜 수가 없어. 잘못했다. 너무 큰 잘못이었다. 지독한 실수를 저지르고 난 뒤 대개 그러하듯 그녀는 이 자리에서 사라지고 싶었다. 끔찍하다. 꼼짝없이 제 치부가 발가벗겨지는 것 같아 아찔했다. 순간적인 감정에 따라 움직인 스스로가 죽이고 싶을 정도로 원망스러웠다.

그녀는 주먹을 꽉 쥐곤—.

“물건에 걸려 넘어지셨습니까?”

묘하게 똑똑한 목소리였다.

그녀는 그제야 상대를 제대로 바라볼 수 있었다. 얼굴은 보지 못했다. 그가 이미 몸을 숙였으므로.

남자는 무릎을 땅에 대고도 웅크려 더 작아질 수 있었다. 그의 손이 세상에서 제일 멍청하게 움직였다. 사람을 처음 보는 이처럼 더듬더듬, 어떤 최초의 모양을 짚는 듯했다. 공기부터 움켜쥐더니 가까스로 그녀의 왼발에 닿았다.

발렌시아는 부서진 발을 감쌌다. 아주 천천히.

외르타는 그제야 용기를 냈다.

“아니.”

고개를 숙인 채, 바닥에 말을 거는 듯한 형국으로 그가 되물었다.

“높은 곳에서 헛디디셨습니까?”

“아니.”

“단단한 것에 찧으셨습니까?”

“아니.”

“좋지 못한 신을 감당하지 못하신 겁니까?”

“아니.”

그녀는 더 이상 대답하고 싶지 않았다. 발을 털고자 했지만, 단단한 손에 잡혀 꿈쩍할 수 없었다. 허리를 숙였다. 팔을 뻗어 발렌시아의 손가락 하나하나를 떼어 냈다. 그 손은 조금도 반항하지 않았다. 그러나 떨어져 나가지도 않았다. 떼어 내면 다시 붙고 떼어 내면 다시 붙고 떼어 내면 다시 붙고…….

외르타는 한숨을 쉬었다.

"그만. 당신도 내가 보여 주고 싶어 보여 준 건 아니란 사실을 알잖아."

"……."

"썩 훌륭한 꼴도 아니고."

"……."

"그리고 여긴 대체 왜 데리고 온 거니? 시간이 언젠데. 당신도 자야지."

그녀는 달빛만 숨 쉬는 방을 둘러보았다. 스산할 정도로 아무것도 없었다. 침대 하나, 덩그마니. 빠듯하게 예를 차리는 낮은 소파. 책과 그릇이 놓인 촉륜. 책 세 권 중 두 권은 아무렇게나 펼쳐져 있었으며 그릇에는 누가 남긴 듯한 과일이 있었다.

외르타는 헝클어진 그의 뒤통수를 바라보았다. 평생토록 흐트러진 일이 없을 것 같았는데, 아우를 죽이겠노라는 당황스러운 결심 속에서 버티질 못했나 보다. 한 뼘 거리건만 도무지 얼굴을 볼 수가 없었다. 그녀는 다시 한번 그를 떼어 냈다가, 아무짝에도 소용없이 돌아오자 한숨을 쉬었다. 포기하고 그의 머리칼에 손을 얹었다.

"발렌시아 경."

어색하고 우스꽝스럽게 얹힌 손아귀 외에 움직이는 것이 없었다. 머리칼은 서늘하고 무거웠다. 어두운 색 때문에 이렇게 느껴지는 걸까? 살짝 손을 웅크렸지만 상대는 반응이 없었다. 외르타는 어떻게 해야 이 사람을 가라앉힐 수 있을지 잘 몰랐다. 잠깐 웃음이 나오려고도 했다. 내가 지금 공작의 머리 터럭을 쥐고 있네.

"그만 가자. 이게 얼마나 우스워."

"우습지 않습니다."

드디어 무언가 사람다운 말이 흘러나왔다. 유리병이 깨진 모양이다.

쏟아진 말과 함께, 그의 손이 움직였다. 그녀는 깜짝 놀라 몸을 물렸다. 그러나 그는 발목 위로는 신경도 쓰지 않는 듯 보였다. 발렌시아는 제 발 중 가장 깊게 뒤틀린 부분을 감쌌다. 모리가 기함을 하고 떠듬떠듬 제대로 누르지도 못한 곳. 빠짐없이 망가져서 더 상한 곳을 찾기도 힘들었을 텐데, 그가 한눈에 그 자리를 짚었다는 점이 놀라웠다.

"발이……."

"어, 발이 문제가 아니고, 이제 그만 앙히에 이야기를 하자."

"움직이시면 안 됩니다. 너무 심하게…… 너무 심한 부상입니다."

"육 년 전 일이야."

"……당신이…… 스물도 되기 전입니다."

그의 숨이 가빠졌다. 헐떡였다고 표현할 수도 있을 것이다. 외르타는 머릿속으로 계산하다가, 정말 스무 해를 살기도 전에 걸음이 고장 났다는 사실을 깨닫곤 턱에 힘을 주었다. 구태여 나이를 염두에 두지 않았건만 갑자기 속이 너무 쓰렸다. 자신이 얻을 수도 있던 것들에는 삶뿐 아니라 정상적인 신체도 있었다. 발. 움직이는 발.

그녀는 자신을 감싼 이를 내려다보았다.

어떤 충동이 일었다.

"맞아서 부서졌어."

발렌시아는 아무 말도 하지 않았다.

"처음에는 날 범하려는 것을 발로 막다가 잡혀서 깨졌고, 두 번째로 채 낫지 못한 왼발을 체중으로 밟혀 완전히 망가졌어."

그녀는 마치 어떤 것에 패배한 듯, 패배했지만 승리한 듯 한 손을 들었다. 어두운 맹세처럼. 그렇게 손바닥을 보이곤 눈앞으로 가져왔다.

"손으로 막지 않은 게 얼마나 다행이야. 손은 감추지도 못하는데."

"사람이…… 어떻게……."

외르타는 입을 꾹 다물었다. 지나치게 낮고, 너무 무거웠다. 받는 순간 질식당하는 목소리였다. 그는 고개를 숙이고 있었으나 외려 그 사실에 더 감사했다. 목소리와 함께 저 표정까지 목격했더라면 자신은 살아남지 못했을 것이다.

"내가…… 너무…… 편한……."

그녀는 그가 무엇을 떠올리고 있을지 알았다.

"끝을……."

어떤 언덕을 기억할 것이다. 화르륵 불던 붉은 천과 갑주.

발렌시아는 더 이상 무슨 말을 잇지 못했다. 외르타는 그의 어깨를 살짝 밀었다. 그는 조금 물러났지만 발을 놓지는 않았다. 도저히 손이 떨어지지 않는 모양이었다.

그녀는 그 순간 미소 지었다.

자신의 웃음에 덜컥 충격을 받았다. 세상에, 내가 웃었어?

제 웃음이 깃털처럼 속을 간지르고 있었다. 무언가가 이상했다. 언제나처럼 목에서 시작하는, 반은 자조적이고 반은 무심한 그런 웃음이 아니었다. 배 속부터 솟는 미소. 그 파장이 부드러워 스스로 더 당황한 것이다. 이 상황에서 그것이 가당키나 한가? 기어이 왼발을 들키고, 화를 못 이긴 채 그 이유까지 폭로하고도? 무엇이 그렇게 좋아서?

외르타는 조금 숨을 정리하기로 했다.

"경, 해묵은 일이……."

그 순간 단단한 이마가 발등에 닿았다.

그녀는 화들짝 놀라 몸을 떨었다. 이 굴종. 발 위로 이마를 요구하는 것은 왕의 권리다. 혼비백산하여 발을 떨쳐 낼 기운도 없었다. 시야가 잠깐 뭉그러지다 겨우 제정신을 차렸다. 속에서 뜨신 것이 훅훅 불었다. 온몸에 열기가 차올라 가장 민감한 뺨은 벌써 벌겋게 물들었다. 반쯤 먹힌 말이 간신히 새어 나왔다.

"일어나."

그러나 발렌시아는 그 말을 완전히 무시했다. 외르타는 이 남자가 오늘 내 부탁 따윈 귓등으로 들으리라 작심한 것은 아닌지 생각했다. 다소 멍하니.

"발렌시아 경, 제발 일어나."

그는 여전히 목숨 줄처럼 그녀의 발을 감싸고 있었다.

"제발, 제발 일어나. 당신이 이러면 내가 미안해진다. 동정받으려고 상처를 보여 준 게 아니야."

그는 그제야 그녀를 올려다보았다. 기이한 표정. 도저히 한마디로 정의할 수가 없었다. 안타까움과 노여움을 한데 모으고 자괴와 원망을 한데 모으고 상실감과 안도를 한데 모아 구분할 수 없을 만큼 뒤섞어 두었다.

불안, 수치, 후회, 원한, 분노, 증오.

외르타는 그 얼굴에 담긴 수만 가지 감정에 깜짝 놀랐다. 그가 자신에게 그런 감정을 가졌기 때문에 놀란 것은 아니었다. 그에 놀라기에는 너무 먼 길을 왔다. 그보다는 그가 그것을 표현했다는 데 놀랐다. 스스로 그것을 놓치지 않아서 놀랐다. 서로에게 정직할 수 있어서 놀랐다.

우는 아이 보듬듯 간절히 안아 주고 싶었다. 그만큼 금세라도 쓰러질 것 같은 눈이었다. 자신을 처음 보았을 때, 그 오만할 정도로 고요하던 시선을 기억했다. 항상 내려다보는 조용하고도 침착한 벽안. 그것이 당신이었는데. 이제는 감히 위에 서지도 못하고 간청하는 시선으로 자신을 바라보는 것이다.

그녀는 입술을 꽉 깨물었다.

겨우 입을 열었다.

즉각 포기했다. 진심에 마음이 짠해 무어라 말을 꺼낼 수가 없었다.

발렌시아가 나직이 말했다.

"동정이……."

그녀는 그의 뒷말을 이을 수 있었다. '아닙니다.' 동정이 아니라고. 발렌시아 경, 동정이 아니라면 이것이 도대체 무어길래? 당신이 나를 어찌 보고 있기에? 몇 번이고 손가락 사이를 지나간 말들. 얼굴을 가린 채 도망간 한숨들. 엉망으로 흐트러진 손 글씨와 무성한 대화 너머 감히 표현하지 못한 감정 더미.

외르타는 자신에게 내리는 옅은 그림자를 바라보고 있었다. 그녀는 눈을 감지도, 반항하지도 않았다. 어쩌면 반쯤은 짐작하고 있었는지도 모르겠다.

그는 그녀의 발에 입 맞추었다.

꽉 깨물지도 않았는데 턱이 아팠다. 곧게 뻗은 다리에서 겪는 아픔과 비슷했다. 너무 힘을 주었거나, 아니면 긴장했기 때문이리라.

입매가 복숭아뼈를, 움푹 팬 자국을, 꺾인 새끼발톱을 신중하게 매만졌다. 예술품을 감상하는 장님처럼 더듬거렸다. 자신의 발이 아주 멀리 있는 것처럼 느껴졌다. 어두웠다. 밝았다. 어슴푸레했다. 달이 왼쪽 시야에 거미줄을 쳤다. 동공이 속수무책으로 쓸어 담기고, 속눈썹까지 걸려 넘어졌다. 무슨 일이 일어나는지 아주 분명했지만 눈앞은 흐릿했다.

외르타는 그에게서 발을 빼앗지 않았다. 그저 두었다. 그는 한 손으로도 제 발을 감쌀 수 있었다. 그렇게 섬세하게 쥐어 올려선, 겨우 남는 자리들에 입 맞추어 갔다. 온기가 느껴졌다. 아주 잘.

다음 순간 손과 날숨이 모두 떨어져 나갔다. 그녀는 주춤거리는 그의 어깨를 읽었다. 그는 자신이 그러했다는 사실이 경악스러운 것 같았다. 그러나 몸을 일으킬 수 있는 용기 역시 없다. 갈등이 얽혀 있었다.

내가 두려워했나? 공포? 아니. 그것은 정말 아니다. 공포는 결코 아니었다. 두려워하기에는 상대가 너무 무너져 있던 것이다. 겁먹은 이는 그녀가 아니라 그였다. 그는 그처럼 허리만 숙인 채, 몸을 어디에 어떻게 두어야 할지 모르겠다는 태도로 뻣뻣하게 굳었다.

"발렌시아…… 경."

가까스로 그의 이름을 불렀다.

"괜찮아."

"……."

"일어나."

"……."

정말 많은 것이 괜찮았다. 그와 앙히에의 실랑이가 무서웠던 것도, 발을 보인 것도 괜찮았다. 말없이 이 자리까지 안겨 들어온 것도, 생전 처음으로 발에 입술이 닿은 것도 모두 괜찮았다. 나쁘지 않은 것과 좋은 것 사이 어딘가 위태로운 외나무다리 위에 있었다. 그러나 어느 방향으로 봐도 역겹거나 추하지는 않았다.

그는 여전히 일어나지 않았다.

그래서 그녀가 내려갔다. 외르타는 침대에서 미끄러져 내려가 엉덩방아를 찧었다. 바닥에 주저앉자 겨우 그의 얼굴이 보였다. 그는 무표정했다가, 곧장 무너졌다. 그녀는 그를 비난하지 않았다.

외르타는 그대로 상대의 뺨을 감쌌다. 입매를 단단히 다졌다. 웃어 줄 수도 있었지만, 웃음이 필요한 자리가 아니었다. 그보단 비밀을 공유한 사람들 간의 어떤 실체감 있는 신뢰가 필요했다.

"괜찮아."

"……."

"동정이 아니라고 했잖니. 앞으로도 그렇게 보지는 말렴."

그의 눈이 살짝 들렸다. 벽 같은 남자가 무릎을 꿇은 것도 꿇지 않은 것도 아닌 자세로 제 손에 매달려 있었다. 시선만 살아 있었다. 아니, 죽어 있다가, 살아났다.

"외르타."

"겨우 말답게 말하는구나."

"저는 당신을 동정하지 않습니다."

"이러고서 다시 등 돌리려고?"

"아닙니다."

"지금까진 그럼 뭐였니?"

"제가 당신을 몰랐습니다."

그녀는 그래서 이제는 알겠느냐고 묻고 싶었다. 나도 스스로를 모르겠는데, 무엇을 알았느냐고 추궁하려 했다. 그러나 그보다 고백이 빨랐다.

"오해가 있었습니다."

"……."

"저에 대한 오해이기도 합니다."

"이해를 못 하겠어."

"죄송합니다."

"그간 난리 피운 것에?"

"아니요. 제가 왕에게 너무 근사한 죽음을 주었다는 사실에 사죄의 말씀을 드립니다. 그것이 이웃된 도리인 줄 알았습니다. 저 스스로 매일같이 후회합니다. 제게 두 번 오지 않는 기회이기에 더욱 마음이 좋지 않습니다."

"말했지만, 괜찮다니까. 결국 죽었고."

"제가 괜찮지 않습니다."

외르타는 그제야 손을 내렸다. 물끄러미 상대를 바라보았다. 그의 얼굴이 코앞에 있었다. 내 일에 당신이 괜찮지 않다고. 그녀는 무언가를 움켰다고 생각했다. 여전히 새로운 발견은 아니며, 그저 이전보다 더 나아간 자리에서, 더 깊은 곳에서 빛나는 조각들을 찾아냈다.

자신은 깨닫기를 두려워했다. 덕분에 같은 자리에서 같은 빛깔만 보고 맴돌다가, 한참 뒤 고개를 들곤 그 모든 것들이 저 멀리까지 점점이 이어져 있음을 발견했다. 손으로 차양을 만들어 내다보자 끝이 없었다. 그녀는 그것이 가리키는 명확한 바람을 이해했다.

"……."

그의 시선이 어떤 사족을 덧붙이고 싶어 하는 듯 보였다. 괜찮지 않다는 말을 넘어서, 어떤 고백이 그의 목에 걸려 있는 모양이었다.

그러나, 아니. 아직 그것까지 듣기엔 마음 빈 곳이 모자랐다. 여태껏 게우지 못하고 꽉꽉 채워 둔 잡동사니들이 출입을 막고 있었다.

그녀는 말을 돌렸다.

"발렌시아 경, 앙히에는 살려 줘."

"……."

"……."

"……."

"분명 또 무언가 끔찍한 잘못을 저질렀겠지. 난 당연히 당신 쪽에 더 공감할 터, 용서해 달라고는 하지 않을게. 살려 주기만 하면 정말 고맙게 생각할 거야."

"당신이 원한다면 그리하겠습니다."

"……."

"그러나 제 아우에게는 치러야 할 대가가 있습니다. 제가 목숨을 요구하지 않아도, 스스로 진 무게를 알아야 합니다. 알 것입니다."

발렌시아는 눈을 깜박였다. 푸른 눈이 잠깐 스러졌다, 다시 파도처럼 떠오른다. 외르타는 저것이 어쩐지 잔뜩 굳은 목각 인형의 움직임 같다고 생각했다. 그리고 그 순간 더 확실하게 깨달았다. 앙히에의 잘못은 돌이킬 수 없는 종류이리라. 감히 앙히에가 발렌시아의 어떤 핵을 건드리고 갔는지는 묻지 못했다. 다만 정말 사람을 죽일 정도의 핵일 것이다. 이 화상이, 또 형님에게 자기 키만 한 앙금을 쌓고 도망쳤구나.

그녀는 한숨이 절로 나오는 것을 느꼈다.

“앙히에, 이 이기주의자 같으니라고. 지치지도 않고 제 핏줄에게 칼을 박지. 또 또 이해해 달라고 하면서 칼을 박았을 거야. 항상 그랬듯 부드럽게 자기본위적인 친구거든. 왜 홀로 가도록 내버려 두질 않고, 왜 너를 이해하라며 나를 이해하지 않아…….”

외르타의 얼굴이 점차 아래로 내려갔다. 그녀의 여윈 손안에 묻힌 사람도 기어이 숨을 몇 번 몰아쉬었다. 발렌시아에 대한 이야기임과 동시에 그녀 스스로에게 들려주는 말이었다. 그 역시 그 사실을 아는지 방해하지 않고 묵묵히 응시하고 있었다.

이내 외르타가 고개를 들었다.

“당신이 남과 공감하지 않는다고 이기적인 건 아니다. 앙히에가, 아니, 그들이 말하는 것이야말로 화내며 당신을 짜 맞추려는 것이야말로 정말…… 사람을 피 말리는 이기심이야. 발렌시아 경, 제발 무시해. 앙히에를 살려도 그의 말 따윈 신경 쓰지 마. 그 잡다한 말에 스스로를 잘라 내는 것이 당신일 리가 없어.”

외르타는 웃는지 우는지 모를 표정으로 말했다.

“나는 변하지 않았단 말이야.”

어린아이 투정 같은 어조라지만, 그는 어떤 의미인지 알 것이다. 그 발을 보고 다르게 해석할 리 없다. 칠 년. 그런 이기적인 폭력에도 변하지 않았다는, 그런 말.

발렌시아는 그녀에게 손을 뻗었다. 그녀는 눈을 둥그렇게 떴지만 딱히 반항하지 않았다. 그라면 그럴 만한 이유가 있으리라는 변치 않도록 굳은 믿음이 있었던 것이다.

그는 그녀를 잡아당기지 않았다. 다만, 잔뜩 흐트러져 있던 머리카락을 쓸어 담았다. 엉키지 않도록 조심스레 다듬어 귀 뒤로 넘겨 주었다.

그녀는 속이 철렁 가라앉는 것을 느꼈다. 심장을 낳는 느낌이다. 이해할 수가 없었다. 이 무슨 떨림인지, 생전 처음 겪는 감각이라 짐작하기 어려웠다. 오늘 여러 번 이상하구나. 아무래도 제 발이 공유되어서인가 보다.

금세 손을 거둔 그가 희미하게 웃었다.

외르타는 그 웃음에 깊게 찔렸다. 결 맞춰 온 줄을 무너뜨린 듯 어느 곳에도 힘을 줄 수가 없었다.

발렌시아가 부드럽게 긍정했다.

"예."

외르타는 그제야, 저희 사이에서 말을 돌린들 아무 쓸모가 없다는 사실을 깨달았다. 자신의 발을 이야기하든, 앙히에를 이야기하든, 모든 목소리에서 들리는 뚜렷한 내음이 있었다. 한 치도 부정할 수 없었다.

그녀는 그가 암시하는 어떤 방향을 천천히 곱씹었다. 그는 주의 깊었다. 천천히, 느리게 말했다. 자신에게도 그럴 여유가 있을지 모르겠다.

그녀는 침대를 짚고 일어섰다.

"자, 그럼……."

외르타는 최초로 발렌시아에게 모든 것을 말했다. 단 하나도 숨기지 않았다. 내가 앙히에를 달래마. 당신들 간의 사정은 내게 알리지 마라. 그것이 오히려 진솔한 대화를 망치며 사람을 주저하게 만든다. 나는 그 자식이 어디 있는지 잘 아므로, 친구를 다독여 돌아오리라. 해묵은 앙금들이 녹아 없어지지는 않는다. 그러나 나는 노력하고 싶다. 내가 노력하듯, 당신에게도 나아가고자 하는 의지가 있기를.

여러 번의 실랑이가 오갔다. 그러나 더 이상 당신이 무슨 상관이냐는, 그들 간에 있어서 거의 습관적인 말이 튀어나오지 않았다. 서로가 왜 참견하는지 누구보다 잘 알고 있었다.

당신이 앙히에를 달랠 수 있으리라 생각하지 않습니다. 왜 시도도 안

해 보려 하니? 경이 대가를 이야기하지만, 앙히에가 그걸 생각할 정도로 제정신이겠어? 누군가 그의 뺨을 한 대 갈겨 주어야 한다. 그게 동기가 될 수는 없어. 경은 이렇게 이야기하고도 보자마자 죽이려 들 테니까. 발렌시아는 부정하지 않았다. 분노를 버린 체하는 사람들의 팔할은 거짓이다.

기억하니? 내가 생 로욜에 있을 때 앙히에가 부득불 나를 찾아왔다는 걸. 지금도 그때도 그것이 적절한 도움이었다고는 생각지 않지만 그 마음에는 속이 쓰리다. 그러니 내가 그에게 보답할 수 있도록 해 줘. 아주 우연찮게도 내가 그를 도울 만한 기억들을 가지고 있지 않니. 내가 그를 떠밀어 당신이 원하는 방향으로 엎어뜨릴게. 죽이지 않고 서로 좀 나아지자. 그놈은 어디 멀리 나갈 곳도 없으니 놀금에서나 홀로 있을 것이다. 내가 멱살을 잡고 끌고 오겠다.

여러 시간 뒤에야 발렌시아는 그녀의 말을 이해해 주었다. 그 역시 솔직했기에 대화가 길었다. 유일하게 꺼림칙해하는 것은 그녀의 발로, 그녀가 직접 조각길까지 걸어 행차한다는 점이 마음에 들지 않는 모양이었다. 그러나 당신의 배려로 말미암아 솔 미라이예에 남아 있는 부러진 여인이 낫겠니? 아니면 삶을 그 무게 그대로 지탱하는 이 밧줄 같은 성정이 낫겠니?

그들은 그가 그녀를 솔 미라이예의 대문까지 배웅하고, 누프리가 수행하는 것으로 합의했다. 외르타는 거의 감격할 뻔했다. 이만큼 정직한 대화를 하고, 서로의 이기심을 조율한 역사가 없었다. 겨우겨우 한 걸음씩 물러나서 어른처럼 이야기할 수 있었다. 둘 다 이렇게나 나이를 먹고서야 처음으로, 각자의 감정을 뒤로 물개 양보하는 것이다.

물론 그녀는 정말 아무것도 몰랐다. 발렌시아가 왜 저 지경으로 화가 났는지, 그가 말하는 마땅한 대가가 무엇인지에 대해서는 완전히 무지했다.

그러나 단 한 가지. 구멍 뚫린 곳에서 쏟아지는 빛처럼 명확했다. 그, 단 하나.

그녀는 앙히에가 미친 짓을 하는 유일한 이유를 알았다.

형님에게 가진 아우의 죄책감과 부채감은 기억 속에서 평생을 갈 것이다. 그 마음은 결코 가벼운 것이 아니다. 앙히에가 제 모든 공명심功名心에 정을 박아 쪼개고도 돌아보지 않을 만큼의 무게다. 태생과 고향과 제 인생의 여물지 못한 기반들, 그렇기에 께느른한 평화의 마지막 보루 같은 것. 전부 포기하고 방랑자처럼 떠도는 것이다. 그에게 있어 그만큼 큰 인생의 축이건만, 그 빚을 되새기고도 제정신 아닌 듯 악을 쓸 수 있는 유일한 이유라면, 무엇이겠는가?

자신은 그것을 다독여 줄 수 있었다.

예전, 그와 최초로 조우했던 당시의 자신과는 다른 방식이 될 것이다. 달랐다. 삶이 많이 달라졌다.

그녀는 이제야 느릿느릿, 변화가 패배를 의미하는 것만은 아니라는 사실을 깨닫고 있었다. 복수와 자살, 평온과 잠깐의 죽음을 지나치며 이 한 해 동안 서서히 배운 것이다.

그녀와 그는 그렇게 나아졌다.

앙히에 역시 좀 더 달릴 수 있을 것이다. 리볼텔라는 반듯이 선 기수였다. 그녀가 이를 악문 생마生馬 하나 다루지 못했겠는가?

외르타는 발렌시아의 팔을 꽉 쥐었다. 손을 잡기에는 낯들이 우스꽝스럽고 떨어져 걷기에는 그의 항의를 참을 수 없었다. 그들은 또다시 타협했다. 외르타는 이 과정들이 이상하리만치 신선했다.

그는 아주아주 천천히 걸었다. 그 정도까지는 불필요하다고 말했지만 요지부동이었다. 자신을 안다시피 한 태도로 계단을 내려와선 평지에서도 갈등을 이기지 못했다. 그녀가 싫어할 것을 알기에 부축하지는 않지만 그렇다고 스스로 바라는 희망을 숨기지도 않았다. 그래서 외르타는 계속 곁눈질당하는 듯 불편하게 걸을 수밖에 없었다.

말이 흐르지 않았다. 이미 라퀼라에서 차분하게 의견을 건네고 왔다. 그리 멀지 않은 솔 미라이에의 대문에 다다랐다. 경비병들이 멀리서부터 지켜보고 있다가 쭈뼛 나서는 모습이 보였다. 그러나 그는 그들과 가까워지기 전에 멈췄다. 외르타는 양손을 들어, 이제 그만 되었다는 표시를 했다.

발렌시아는 그녀에게 다가갔다. 허리춤의 칼집을 간단히 풀어 건넸다. 외르타는 기가 막혀 그를 바라보았다.

"어차피 이것이 없으면 조각길에 들어갈 수 없습니다."

"누구한테 건네줘 본 일은 있고?"

"받으십시오."

그녀는 어정쩡하게 그의 칼을 받아 들었다. 팔이 살짝 처졌다. 부담이 되어 벌써부터 인상이 좋지 않았다. 이걸 어떻게 삼곽까지 들고 간담. 그 표정을 읽은 발렌시아가, 마치 원래부터 그러기로 결심했다는 양 누프리를 불렀다.

"누프리, 네가 운반해라."

"……합하, 제가 감히 니소르를 들 수 있겠습니까?"

"명령이다."

"……."

그녀는 애매한 표정으로 발렌시아에게 인사했다. 따라 나오지 마. 자신이 신신당부한 내용이었다. 그냥 이 자리에서 얌전히 기다리고 있다가 아우의 반성을 받으면 될 일이다. 그렇게까지 흥분했던 사람이 이 정도로 잠잠해졌다면 기특하긴 하지만, 그것이 언제까지 유지될지 변덕은 아무도 모를 것이다. 그녀는 형제 살해를 볼 마음이 조금도 없었다.

그들은 그렇게 발렌시아를 등졌다. 외르타는 외투를 죄 매며 최대한 빠르게 걸었다.

누프리의 긴 한숨 소리가 들렸다. 그러나 그라고 어떤 유의미한 말을 덧붙일 수 있는 것은 아니었다. 분명 꼭대기 층의 소란을 알았을 솔정인데도, 도저히 공작에게 반역할 수 없어 모른 체했으리라. 그 사달을 손님이 몸을 던져 막았고, 이제는 급기야 철없는 아우를 함께 데리러 가는 것이다.

그러나 정문에서도 한참이나 떨어졌을 때, 그가 먼저 입을 열었다.

"좌하."

외르타는 손가락으로 자신을 가리켰다. 나?

"예. 이제 백작님이시니 '좌하'로 불리심이 옳습니다."

"모리는 백작님이라고 부르던데."

"물론 친밀한 사이에서는 큰 의미가 없지요. 공자님을 살려 주십시오."

"……."

"저는 감히 무슨 말씀을 드릴 수 없습니다. 대공작님께서 누차 말씀 주셨지만 이미 합하를 주인 삼은 제가 할 수 있는 일에는 한계가 있습니다. 때문에 항상 마음속 빚으로 남아 있습니다."

"……."

"오늘도 무슨 소란이 벌어지고 있는지 알면서도, 오히려 알았기 때문에 아무것도 할 수 없었습니다. 제가 너무도 부족하여 대공작님의 유지를 받들지 못하고 있습니다. 그러나 좌하께서, 만일 우연의 일치로 두 분의 반목을 해결해 주실 수 있다면 그보다 더한 기쁨이 없을 것입니다."

"'우연의 일치로'?"

"좌하께서 두 분과 모두 친밀하신 연유는 제가 알 수 없으니, '우연의 일치'라고 표현할 수밖에 없었습니다. 혹시 불쾌하셨더라면 사죄드립니다."

그녀는 침묵했다. 누프리의 갈등이 눈에 보일 듯했다. 그렇게 완성되어 보이는, 바늘 하나 찌를 틈 없는 사람에게도 갈등이 있었다. 이런 경우를 한두 해 보는 것은 아니지만 그래도 매번 놀라웠다.

"제가 어떤 말을 덧붙인다고 해서 좌하의 의지에 무언가를 얹을 수 없으리란 사실을 잘 압니다. 그러나 저는 두 분의 어린 시절을 지켰습니다. 더 정직히 고백하자면, 특히 공자님과 가까이 지냈습니다. 합하께서 원정에 많이 나가셨기에 열네 해 동안은 공자님을 모신 시간이 더 길었다고 볼 수 있지요."

"……."

"감히 판단하지만 두 분 사이에 오해가 있다고는 생각하지 않습니다. 단지 지나치게 다른 성정이 화를 부른 것에 가깝지 않을까요. 제가 어떤 말씀도 드릴 수 없어 괴로웠습니다. 목이 잘려도 아쉬움 없겠으나, 부디 공자님께서는 합하의 책임을 이해하시기를, 합하께서는 아우분이 타인이라는 점을 이해해 주시기를 충심으로 바랍니다."

외르타는 이상한 단어를 발견했다.

"'타인'이라고?"

"예. 저도 그렇지만 대부분의 가족사는 혈육에게 포기할 수 없는 것들이 있어 문제가 되지요. 합하께서도 다른 모두에게는 어떤 것도 바라지 않지만 공자님에게는 유일하게 욕심을 버리지 못하셨습니다. 그 부분 충분히 이해하며, 그것이 평범한 경우 과한 바람이라고도 생각지 않습니다. 그러나 서로 이렇게 다르시다면……."

"……."

"죄송합니다. 저는 더 이야기하지 않겠습니다. 이미 너무 많은 무례를 저질렀습니다."

"사람인데 어떡해. 이야기를 해야지."

"아닙니다. 저는 미라이예의 솔정입니다."

그들은 두런두런 읊조리며 이수문을 지났다. 젊은 백작과 미라이예의 솔정을 막고 싶어 하는 이는 아무도 없었다.

외르타는 흘끗 고개를 돌려 누프리가 최대한으로 니소르를 숨기는 모습을 보았다. 위명 자자한 칼은 남이 소지하고 있다는 사실만으로도 큰 소란을 부를 것이다.

그들은 별다른 문제없이 문을 지났다. 그녀는 사람들을 등지자마자 냉큼 궁금했던 점을 물었다.

“그런데 당신은 나에 대해 무엇을 알기에, 내가 문제를 해결할 수 있다고 믿나?”

“저는 지금 제 손에 있는 칼을 믿습니다.”

“…….”

“더불어 오늘의 싸움을 믿습니다. 그리고 며칠 전 일을 믿고, 또 몇 달 전 일을 믿습니다. 좌하께서는 합하의 저지선이십니다.”

“…….”

“좌하께서 타국에서 어떤 경험을 하셨는지, 포티미외에서 어떤 일이 있으셨는지 저는 모릅니다. 그러나 저는 합하를 알고, 그것만으로도 충분합니다. 좌하께서는 합하께 살殺과 불살不殺을 명하실 수 있습니다. 주제넘은 단어 사용이 죄송스럽습니다. 그러나 혹 좌하께서 모르셨다면 이처럼 말씀드립니다. 제 믿음은 이 정도입니다. 이것이 합하께 잘못된 일이라고도 생각지 않습니다. 살다가 왕왕 겪는 소란이니까요.”

“나도 알아.”

외르타는 스스로의 말을 곱씹어 보았다. 자신도 알았다. 혹 오늘 밤 전에는 모르는 부분들이 얼추 있었을지 모르지만, 이제는 모두 들통났다. 그녀도 잘 알았다. 발렌시아가 다시는 자신을 어길 수 없음을 깨달았다. 달려 나가다가도 제 손짓 하나에 거꾸러지는 상대를 모르지 않았다.

“좌하.”

누프리가 멈췄다. 그는 허리춤에서 주섬주섬 니소르를 풀어냈다. 외르타는 고개를 두리번거리며, 이곳이 예전 앙히에가 자신을 데려온 자리라는 사실을 천천히 인지했다.

그녀는 칼을 받아 들었다. 아, 이런. 여전히 생각보다 무거웠다. 다른 이들은 번쩍번쩍 들던데, 약간 서럽기도 했다. 누프리가 걱정스러운 듯 그녀를 바라보더니 다시 니소르를 빼앗아 갔다. 그리고 그녀의 등 쪽으로 메어 주었다. 그나마 견딜 만했다.

"노고가 많으십니다."

"그래."

"저는 여기서 대기하겠습니다."

그녀는 빙그레 웃으며 뒤돌았다.

조각길로 한 걸음 내디뎠다. 어슴푸레한 입구의 불 위로, 이 층에서 누군가가 못마땅한 듯 지켜보는 기색이 느껴졌다. 그러나 네가 감히 어쩌겠어. 예전 발렌시아도 자신처럼 말없이 스쳐 지나갔을 것이다. 그녀는 눈길 한 번 주지 않고 길에 접어들었다.

가고자 하는 곳만 환했다. 외르타는 의심 없이 빛을 따라갔다. 그를 만나면 무슨 말을 할까? 물론 친구의 얼굴을 보기 전까지는 예상할 수 없지만, 혹시 모르지. 그래, 왜 화가 났냐고 물어봐야겠다. 무엇이 네 형님에게 죄를 짓도록 만들었느냐고. 왜 그토록 흥분해서 달려들었다가, 기어이 도망갔냐고. 사과할 마음은 있냐고. 또 어떻게 돌이킬 예정이냐고. 그리고 귀는 괜찮냐고…….

그녀는 저벅저벅 걸어가 길 끝을 발견했다. 지름길이라더니 그렇게 멀지 않았다.

외르타는 니소르를 고쳐 멘 뒤 문고리를 잡았다. 확 열어젖혔다. 이 밤중 놀금에 올 수 있는 한정된 인원을 생각할 때, 어쩌면 칼이 닥칠지도 모른다고 생각했다.

그러나 그녀는 활짝 열린 문 너머 소파에 누워 있는 앙히에를 발견했다. 그는 문이 열리는 와중에도 미동조차 없이 눈을 감고 있었다. 세상에, 죽었나?

"앙히에!"

헐레벌떡 뛰어들어 가 바닥에 미끄러졌다. 등에 멘 니소르가 덜걱덜걱 흔들렸다. 그녀는 무릎을 갈며 그대로 주저앉았다. 치마 천 자락이 쓸리며 다리가 아릿했다. 그녀는 곧장 앙히에의 어깨에 손을 얹었다.

"야!"

그가 눈을 떴다. 그녀는 안도의 한숨을 쉬었다.

"괜찮아? 귀는 좀 어때?"

앙히에는 약간 멍하게 그녀를 바라보았다. 무슨 일인지 영 모르겠다는 시선으로. 그를 둘러보자니 그에게는 어떤 무기도 없었고, 심지어 겉옷조차 없어 그저 굴러다니는 잡동사니 같았다.

"앙히에, 아까 살겠다고 그렇게 도망친 거 아니야? 왜 이러고 있어?"

"……외르타."

"일어나 봐."

"어떻게 이 밤중에 여길……?"

그가 계속 갈피를 잡지 못하자, 외르타는 더 참지 않았다. 니소르를 바닥에 내려 두고 가벼운 몸이 되어 앙히에의 멱살을 잡아 올렸다. 물론 턱도 없는 힘이었지만. 도리어 그가 팔걸이를 누르며 몸을 일으켰다.

"경이 칼을 빌려 줬어. 이곳에 드나들 수 있도록."

앙히에는 여전히 어지러운 듯한 얼굴로 주섬주섬 옷을 차렸다. 똑같이 정신을 못 차리는 낯짝이었다. 그녀는 시간을 낭비할 수 없어 곧장 자신의 등에서 니소르의 칼집을 들어 올렸다. 사실 무슨 의도였는지는 스스로도 정확히 설명할 수 없었다. 그러나 분명 방향이 있었다. 모호하고 뭉뚱그린 어린아이 낙서 같은 방향.

그녀는 엉거주춤 앉은 그의 무릎 위로 니소르를 올려 주었다. 그가 멍한 얼굴로 칼자루를 쥐었다. 누가 시킨 것도 아닌데 잠금쇠를 풀고, 절걱 꺼내더니.

앙히에는 칼을 부서져라 꽂아 넣었다.

"……."

"무슨 일이야?"

"이제야 묻는구나."

그는 니소르를 옆으로 치운 뒤, 주섬주섬 일어섰다.

"형님이 스투레를 가져오라고 보냈어?"

"스투레가 뭔데?"

그가 아무렇게나 어떤 방향을 가리켰다. 외르타는 탁자 위에 내팽개쳐진 검집을 발견했다.

니소르보다는 여위었다. 그러나 같은 거푸집에서 나온 듯 고상한 칼집을 가지고 있었다. 그녀는 왠지 저 속살까지 짐작이 되었다. 가까이 다가가, 칼을 얕게 뽑았다. 니소르와 비슷하지만 애매하게 다른 색이었다. 마치 맑은 상아색과 흰색이 따스한 빛에서는 언뜻 같은 것처럼 보이지만 실상 전혀 다른 이치와 비슷했다.

그녀는 양손으로 전부 뽑아 들었다. 니소르와 무게가 다르지 않은 모양인데, 이상하게도 그것보단 훨씬 들기 쉬웠다. 외르타는 무례하게도 남의 검을 손에 쥔 채 품평했다.

"예쁘네."

"내 칼이야."

"옛날부터 한 번도 못 봤는데? 넌 항상 군용 검을 썼잖아. 부러지면 바꾸고, 부러지면 바꾸고."

"사실 내 칼이 아냐."

외르타는 한심하다는 표정으로 친구를 바라보았다.

"너, 이거 아까 훔쳤지? 내가 경을 부랴부랴 막고 있는데 그 와중에 주워서 도망친 거지? 이러지 마. 경에게 돌려줘."

"……."

"난 네가 왜 이러는지 알아."

앙히에가 그녀를 노려보았다. 실로 '노려보는' 것이다. 외르타는 스스로 더 용기를 내야 하는지 고민했다. 용기를 내는 것은 좋다. 그러나 대가를 각오해야 했다.

"앙히에, 너는 내가 무슨 말을 하든 용서하겠지. 나를 아껴서가 아니라 이유 모를 죄책감과, 언니에 대한 부채감 때문에 그럴 거야. 그래서 난 결코 동등하게 너랑 이야기할 수 없었어. 그 부분이 항상 마음에 걸렸는데…… 그런데 이제 와선 그게 도움이 될 수 있겠단 생각이 들어."

"하지 마."

"네 옛 칼은 어디 있니? 언니가 쓰던 검이잖아."

"……."

"언니가 서른 해를 쓰던 검이야. 우리는 아직 그 정도로 살지도 못했어."

그가 일어섰다.

"나가."

"앙히에."

"혼자 있을 시간이 필요해서 온 거니까, 가만히 좀 내버려 둬."

"그러면 내일은? 내일은 솔 미라이예로 와서 무릎 꿇을 거야?"

"몰라."

외르타는 입술을 깨물었다.

"왜 이렇게 자라지를 않아, 너는?"

그제야 친구의 시선이 돌아오더니, 어이가 없다는 듯 가늘어졌다. 웃지도 않는다. 그저 맹목적으로 조롱하려 들었다.

"이다가, 레아가, 우리 폐하께서, 아니, 우리 형님께서 그런 이야기를 하면 몰라. 네가? 네가 부끄러운 줄도 모르고 그런 말을 하냐?"

"내가 왜?"

"너도 여전하잖아. 일 년 전과 똑같이."

그녀는 웃음을 터뜨렸다. 앙히에에게는 이제 마지막 선도 없었다. 날 내쫓기 위해서는 무슨 말이라도 할 심산인 모양이다. 그러나 전혀 불쾌하지 않았다. '나는 나아졌다.' 질적으로 올라갔다는 뜻이 아니라, 그저 앞으로 나아갔다. 아주 큰일이다. 아무것도 아닌 것 같지만, 사실 모든 것이다. 만일 자신이 정말 그 자리에 머물러 있었더라면 지금 이 순간 악다구니를 쳤으리라. 그러나 전혀 아니었다. 변함없이 평온한 마음이 그녀에게 확신을 심어 주었다.

"그렇게 생각했단 게 놀랍지는 않구나. 딱 지난 내전에서 죽어 자빠진 녀석이 할 법한 말이야."

"그래."

"그래서 죽어 있다고?"

"어."

외르타는 날이 뿌연 칼을 탁자 위로 내려 두었다. 누구도 만지지 않아 조용한 날붙이였다. 어쩌면 칼이 태어난 뒤 아무도 사용하지 않았을 수 있겠다. 이런 검을, 저 인간은 무슨 권리로 자신의 칼이라 주장하는 것일까?

그녀는 탁자에 걸터앉았다. 반쯤은 칼 위에 앉은 것과 같았다.

"앙히에, 우리가 다시 만나고 네가 내게 해 준 말이 있지."

점차 기억이 돌아왔다. 재회한 첫날 밤이었다. 오스페다로 돌아오는 길 아래 군영에서 그가 말했다. 딤니팔에는 어떤 기사의 증명이 있으며, 자신은 그것을 리볼텔라에게 바쳤다고. 그처럼 미래를 반듯이 잘라서 죽을 사람에게 보냈다고. 그러지 않았더라면 자신은 리볼텔라가 존재했었다는 증거인 제 칼을 다시 들지도 않았을 것이라고. 망자의 유품을 귀히 여겨서 평생토록 숨겨 지녔으리라고.

그러나 자신은 이보다 더 중요한 말들, 저 고백에 이어진 진심 어린 위로를 기억했다.

"너는 그때 그토록 죽고 싶어 하던 날 달랬어. 네 고통에 아무 말 않을 것이고, 지금의 널 존중한다고 했지. 기억나니? 나는 그 말에 감사했다."

"……."

"스스로 한 말에 훈계받는 듯한 기분을 느끼는 것은 누구에게나 마찬가지일 테지. 앙히에, 나도 네가 얼마나 힘들지 비교하여 말하지 않겠어."

내가 이 지경을 겪고도 온전히 돌아왔는데 넌 어쩜 그러냐고 말할 순 없다. 그런 겁박은 죄책감만 부르고 아무 도움이 되지 않을 것이다.

"네 고통을 존중한다."

"……."

"그것이 너를 이루고 있겠지."

외르타는 그가 어떤 대가를 치르고 있는지 판단하고 싶지 않았다. 자신이 죽고 싶어 발작했듯 그 역시 그 정도로 인생 밑바닥을 보고 있을 것이다. 보고 돌아온 것이 아니라, 여전히 보고 있으리라. 어떤 손이 나와 그를 떠밀어 그곳에 내던진 것인지 당사자가 아니라면 아무도 알 수 없다. 말할 수 없다. 공유하는 것은 단순히 그 인생 최저의 자리. 그 감각들. 움직이지 않으면 숨 막혀 죽고, 겨우 나아지겠다고 한 걸음 내딛을 때마다 수만 개의 손아귀에 붙잡혀 옴짝달싹 못 하다가 점차 목까지 잠기는, 그토록 앞이 안 보이는 구덩이. 무저갱.

나는 타인이 내 지옥을 안다고 지껄였다면 그 낯짝을 찢어 버렸을 것이다. 그토록 뼈저리게 이해하고도 실수할 수 없었다. 발렌시아에게 앙히에가 이기적이라고 말했지만, 고통에서 비롯된 행동이 이기적이라는 것이지 그 고통을 판단하고자 했던 것은 아니었다. 위로하기 위해선 존중해야 했다.

그녀는 고개를 내렸다.

어떤 결심을 했다.

“앙히에……. 나는 사랑한다고 빌었어.”

이야기할 때면 항상 가슴이 저몄다. 자신의 진심만으론 부족해서, 도저히 홀로 간직할 수 없었다. 목소리 위로 두텁게 깔리는 공기에 도움받고자 입 밖에 냈다. 한 점이라도 제 애정이 깊어 보이도록.

“정말 간절하게 빌었어. 너무 사랑했어.”

“…….”

“아직도 나는 내 딸을 미치게 사랑해. 내가 땅에 묻힐 때까지, 어떤 것도 이 애정을 넘을 수는 없을 거야.”

외르타는 앙히에의 표정을 확인하지 않았다. 주먹만 꽉 쥐었다.

“그렇지만 난 이제 아델이 과거라는 사실을 알고 있어. 그 아이를 위해 뼈저리게 복수했고, 남은 것이 없어 죽으려 들었지만…… 나아갔지. 죽지 않고 나아갔지. 이 악물고 힘주어 구렁텅이에서 빠져나왔지.”

“…….”

“난 내 삶을 다시 찾았다.”

고개를 들었다. 앙히에가 아무것도 없는 곳을 응시하고 있었다. 자신을 향한 시선이 아니었을뿐더러, 어떤 것을 보고 있다는 생각 자체가 들지 않았다. 그러나 그녀는 그가 경청하고 있다는 사실을 알았다.

“겨우 잃어버렸던 내 욕심들을 찾았어. 칠 년, 팔 년간 남에게 목줄 매여 끌려가던 그런 삶이 있었지. 그것이 내 남편이든, 딸이든, 결국 나는 아니었다. 하지만 이제는 감히 말할 수 있어. 나는 나를 위해 살아. 물론 아직도 남편을 향한 해묵은 증오와, 딸을 향한 애정을 가지고 있지. 다만 그것들이 나와 함께할 뿐, 나를 대신하지 않는다는 점이 다를 뿐이다.”

외르타는 벌떡 일어서 손을 벌렸다.

"애도하고 싶으면 얼마든지 그럴 수 있어. 다만 '네'가 애도해야지. 죽으려면 적어도 네 슬픔으로 죽어야 하지 않겠니."

"……."

"앙히에, 고생 많았다."

그가 불쑥 고개를 들었다. 마치 자신이 어떤 벌집 같은 기억을 건드린 것처럼.

'고생 많았다.'

"그러고 싶지 않았어."

외르타는 처음으로 앙히에가 어른이라는 것을 느꼈다. 우리가 최초로 눈을 맞춘 이후 열 해도 더 넘게 지났다는 사실을 깨달았다. 낮고, 사납고, 무거운 진심. 자신이 아는 장난기 어린 웃음이라고는 폭풍에 쓸려나간 뒤다. 같은 사람이었지만, 같은 사람일 수가 없었다. 듣는 것만으로도 짓눌릴 듯한 마음. 하나에 바친 목과 그 약속.

그러나 그것은 자신을 향한 목소리가 아니었다. 그녀는 그가 스스로 심장을 발라내는 모습을 보았다. 꽤나 멀리서. 어쩌면 숄렘 노트란트 즈음에서.

"내가 바랐던 게 아니야."

외르타는 그의 옆에 앉았다. 친구의 손을 더듬어 찾아 꽉 쥐었다. 굳은살 탓에 마치 사람의 살을 쥐는 것이 아니라 나무껍질을 쥐는 것 같다는 생각이 들었다. 그의 생도 마찬가지일 것이다.

앙히에는 멈추지 않았다. 그는 맞잡은 손을 스스럼없이 잡아당겨 외르타를 껴안았다. 그의 품 안에서 자신은 괜찮았다. 발작하지 않았다. 발작하지 않기는커녕 놀라지도 않았다. 저 진심이 누구에게 가 있는지, 반쯤 미친 눈을 보고도 아주 잘 알 수 있었기 때문이다.

그는 애원하듯 그녀에게 매달렸다.

"나는 네게 남으려 했다."

자신이 듣는 말이자, 자신이 듣는 말이 아니었다. 그녀는 이 자리에 다른 사람이 앉아 있다고 생각했다. 손을 놓고 그의 두 뺨을 감쌌다. 그러자 그녀를 안은 단단한 팔이 떨렸다. 손가락 사이사이에서 턱이 꾹 다물렸다. 그녀는 기도를 듣는 사제인 양 자상하게 대답했다.

"너는 남았어."

잇새가 꽉 물린다. 그러나 그것은 순간, 이내 맥없이 풀리며 단정한 입매가 일그러졌다. 울음을 참으려는 아이 같았다. 그녀는 흐르지도 않은 그의 눈물을 닦아 주었다. 볼을 어루만지는 가냘픈 손마디.

"네가 떠났을 리가 없어."

"나는……."

"설마 네 마음이 떠났니?"

그의 몸이 덜덜 떨렸다. 외르타는 희미하게 웃었다. 제 허리를 조이는 힘이 점점 더 강해졌다. 그의 한 손이 더듬어 올라와 뒤통수를 꽉 눌렀다. 목덜미가 그의 품에 묻혔다. 어깨에 입이 묻혀 제대로 말할 수 없었지만, 사실 더 이상 말할 필요도 없었다.

나는 언니를 안다. 때문에 그녀가 어떤 바람을 남기고 갔을지, 그에게 남긴 마지막 말이 무엇일지 아주 잘 짐작할 수 있었다. 아무 미련 없이, 인생의 한 장을 접듯 단호하게 패배에 승복하였으리라.

그러나 오로지 그녀의 삶이었기 때문에 그토록 완전할 수 있는 것이다. 다른 사람을 염두에 두면 본인의 결단력이 상한다고 믿었을 성정이다. 누군가의 갈림길이 자신에게 엉겨 붙어 있다면 추상같이 화를 냈을 터다. 불필요하게 목줄에 매여 돌아다니는 짐승을 세상에서 제일 증오하던 사람이었다.

리볼텔라는 누구보다도 모질었다. 무엇보다 스스로에게 가장 모질어서 비사 오필라의 상징과도 같았다. 그녀를 그토록 무정하도록 내몬 무언가가 있었던 것 같다. 적어도 외르타가 느끼는 리볼텔라는 그러했다. 칼을 꽉 쥐고 스스로를 깎아 냈다. 완성시켰다. 온 인생을 통틀어 자신을 벼렸다. 그녀 자신이 만들어 냈기에 더욱 포기하지 못할 성정이었다. 선택 끝에 다다른 종착지에서 후회할 성싶은가? 그랬다가는 인생이 무너진다. 그러니 그 확고함을 이해해야 했다.

아쉽게도 그만큼 잔인하지 못한 사람들이 남아 있었다.

"난……."

그녀는 가만히 그의 등을 토닥여 주었다.

"리비……."

몸이 가라앉는다. 하늘까지 타오르던 불길이 점차 온순해지고 있었다.

"나는…… 영영……."

자신이 깨달았던 발터의 속마음이 있었다. 동기에 대한 애정을 죽이지도 못하고 발 동동 구르는 화상. 제 왕가의 핏줄을 탄들 쉽사리 끊기 힘들 만큼 애정은 절박했다. 앙히에는 심지어 그리 메마르지도 않은 사람이었다.

아, 본인은 구덩이에 있지 않다고 생각했을까. 나처럼 세상 밑바닥에 용암과 있지 않다고 믿었을까. 혹시 리볼텔라가 그렇게 조언했을까. 그녀답게, 이제 나는 마무리를 지을 테니 너는 나아가라고, 그 말에 이기지 못하고 지옥 같은 구덩이를 진흙으로 급히 메워 버렸을까. 때문에 얼마나 깊은지 제대로 쳐다보지도 못하고, 소태처럼 쓴 것을 입에 넣지도 못하고, 고통의 핵심을 깨닫지도 못하고 등 돌렸을까. 나아갔다고 스스로 거짓말을 했을까. 생각할 때마다 비가 내리니 굳지도 않고 항상 꿰뚫린 구멍처럼 남아 있을, 질척질척하고 안쓰러운 미련.

리볼텔라가 자신에게 맡긴 것이다. 받은 도움이 많은데 대가를 치러야 하지 않겠나. 언니, 답지 않게 일을 떠넘기다니.

돌연 앙히에가 그녀를 떨쳐 냈다. 너무 놀란 듯 숨을 들이켜는 소리가 요란했다. 거의 딸꾹질 소리처럼 들렸다. 그는 그녀를 밀치는 것이 아니라 자신이 뒤로 나가떨어지는 듯한 기세로 물러났다. 앙히에는 기겁한 얼굴로 소파 끝까지 물러났다.

"어……. 외르타. 미안, 미안해."

그녀는 웃으며 다가가 앙히에를 껴안았다. 이번에야말로 기절할 만큼 놀란 그의 몸이 딱딱하게 굳었다. 어디를 어떻게 움직일 수 없는 모양이었다.

"그 사람이 멈춘 곳이 네 출발점일 거야."

"……."

"내가 그랬듯……."

그녀는 살짝 몸을 떼곤 그와 눈을 마주쳤다.

"기회를 놓치지 말렴. 그것이 삶을 바꿔도 무서워하지 마. 움직이는 것이, 오히려 네 인생의 기억들을 간직하는 데 더 도움이 된단다."

"너는?"

"나는 기회를 놓치지 않았어. 정말 오래도록 밧줄을 찾지 못하고 있었는데, 겨우 마지막 순간에 잡았어."

"……."

"나는 변했어. 그것에 감사한다."

자신은 할 수 있는 말을 전부 했다. 옛날의 그녀였더라면 남을 돕기 위해 과하게도 뱃속을 보여 준다고 원망했을 것이다. 앙히에를 설득한다면 리볼텔라의 말로 설득해야지 왜 네 약점을 보이냐고 악에 받친 눈으로 공격했으리라.

심지어 이 자리에 오기 직전까지도 약간은 그런 생각을 하고 있었다. 리볼텔라와의 기억을 공유하니, 그 경험으로 이야기하게 되지 않을까? 그런 모호한 결심으로 달려왔다. 언니가 그따위 것을 바라겠느냐는 상투적인 말들을, 추억의 힘에 기대 휘두르리라 생각했다.

그러나 전혀 아니었다. 그와 마주하자 깨달았다. 자신의 이야기가 필요한 순간이었다. 이젠 아주 모양이 다른 제 상처로도 상대를 붙잡을 수 있었다. 약한 곳을 보이는 것이 부끄럽지 않았다. 굳이 목숨을 걸 필요가 없는 까닭이다. 약점이 쓸모를 찾는다면 그것대로 좋을 일이다.

자유로워지자 더 단단해졌다.

외르타는 자리에서 일어서선 주섬주섬 니소르를 챙겼다. 그 와중 마지막으로 권유하는 것을 잊지 않았다.

"지금 이 순간 선택하라고 말하진 못하겠구나. 네게도 곱씹을 시간은 필요할 테니."

"……."

"앙히에, 너 스스로를 추스르기 전까진 아무것도 없을 거야. 내가 주변이라곤 단 한 사람도 보지 못했던 것처럼, 그저 옛 기억 속에 미쳐 있었던 것처럼. 네가 움직이기 전까진 삶의 어떤 부분도 안 바뀔 테지."

"……"

"스스로 바란다면 내가 무슨 말을 하겠니. 그러나 언니가 그걸 원했을 것 같지는 않구나. 설사 언니가 그토록 치졸한 사람이었더라도, 오히려 네가 나아가야 더 잘 기억할 수 있을 거야. 적어도 나는 그랬어."

그는 여전히 묵묵부답으로 앉아 있었다. 그가 훔친 칼만이 혀를 드러낸 채 옛날을 이야기한다. 어떤 기억들. 앙히에는 아직도 모든 것을 과거형으로 말하는 파편처럼 보였다.

이제 그만 움직여야 해.

외르타는 몸을 돌려 조각길로 나섰다.

입구에 다다르기까지는 얼마 걸리지 않았다. 그녀는 고개를 빼고 기다리는 누프리와 조우할 수 있었다. 그는 그녀가 혼자 돌아오자 적잖이 실망한 것처럼 보였다. 결코 표현하지는 않았지만 그의 시선과, 다듬어지지 않은 턱수염에서 걱정이 묻어났다.

누프리는 결단코 먼저 질문하지 않았다. 어쩌면 실망하기가 무서운 듯 보이기도 했다. 그녀는 그의 나지막한 한숨을 느끼곤 발걸음을 나란히 했다. 턱짓으로 걷자는 표시를 했다.

"누프리."

"……."

"발렌시아 경이 오늘, 앙히에에게는 치러야 할 대가가 있다고 하더구나. 목숨 이전에 어떤 대가가 있다고 했어. 그리고 본인도 분명히 알 거라고 단단히 매겼지."

"……예."

"나는 그게 뭔지 몰라. 그들 간에 어떤 앙금이 있는지도 몰라. 그래서 내가 할 수 있는 말은 그렇게까지 자세할 수 없었단다."

누프리가 입을 꾹 다문 채 고개를 끄덕였다.

"그러나 그래도 잘 이야기했어. 이제 그가 받아들일지 아닐지는 내 손을 떠난 문제지. 처음에는 바로 데려오려 했는데, 그 얼굴을 보니 잘 모르겠더구나. 그것이 맞는 선택인지도 헷갈리더군. 장본인이 직접 선택하지 않으면 돌아오나 떠나나 똑같을 거야. 나는 누군가 강요해서 바뀐 것이 얼마나 진짜일지 모르겠다."

"지당하신 말씀입니다. 이야기를 들으니, 공자님께서 경청해 주신 듯하여 조금 안심이 됩니다."

"그래. 얌전히 듣더구나."

"공자님께서 바른 선택을 하시리라 믿습니다."

그녀는 눈썹을 살짝 치켜세웠다.

"네가 이야기하는 그 어떤 것…… 이 '바른' 선택일 수 있겠지. 발렌시아 경이 원하는 것도 같을 테고. 나는 그보단 선택하는 과정이 발랐으면 좋겠어. 앙히에가 그만 좀 우그러들었으면 하지. 내게 그따위 말을 할 권한이 있는지는 잘 모르겠다만, 그래도 나쁜 마음은 아니니까."

그녀는 더 이상 앙히에에게, 발렌시아에게, 혹은 모리와 레아와 발터에게 제 인생에 참견하지 말라고 소리소리 지르지 않았다. 겨울 장작불이 임무를 마치고 잘 구운 숯을 남기듯, 자신도 그 정도로 밍근해졌다. 때문에 이제 그들도 같은 무기로, 남의 일에 신경 끄라는 말로 그녀에게 대적할 수 없었다.

그녀는 마음 놓고 앙히에가 바뀌기를 바랐다.

그것이 발렌시아에게 도움이 된다면 부수적으로 기쁠 것이다.

그들은 솔 미라이예에 도착했다. 그녀는 발렌시아가 집무실에 있을 것이라 생각했다. 누프리에게 빠르게 인사한 뒤 밤을 건너 계단을 올랐다.

집무실은 활짝 열려 있었다. 그녀는 그 속의 그림자를 보았다.

"발렌시아 경."

"……."

외르타는 천천히 걸어 들어가 그의 앞에 섰다. 목소리가 가까워야 더 잘 닿을 것 같았다.

"기다려."

그는 그녀의 말을 천천히 이해하는 것처럼 보였다.

"당신이 나를 기다렸듯……."

"……."

"사람은 바뀌어야 할 때가 있으니까……."

그의 표정은 잘 읽을 수 없었다. 그러나 순전히 어두워서였다. 자신이 그를 모른다고 생각지 않았다. 그런 기묘한 자신감으로 상대를 빤히 바라보았다. 달빛만 좀 더 들면, 그의 얼굴에 그림자가 더 진해지면, 알아볼 수 있을 것이다.

"외르타."

"응."

"제가 설득에 미진하여 사죄드립니다. 항상 제 욕심만 차려 앞을 보지 못했습니다.”

“그래. 칼부터 드는 게 좋은 꼴은 아니잖니.”

“예. 그래서 당신께도 말씀드리지 못했습니다.”

그녀는 의아하다는 표정으로 그를 바라보았다.

“스투레는 제가 앙히에를 위해 벼린 칼입니다.”

마치 일생 동안 이런 문장을 처음 입 밖에 낸다는 듯한 태도였다. 외르타는 낯설어하는 상대의 손을 잡으려다, 스스로 주먹만 꽉 쥐었다. 앙히에에게 했듯 자연스러울 수가 없었다.

그녀는 내린 시야에서 발렌시아의 손이 멈칫 하는 모습을 보았다. 아, 우리, 똑같은 생각이었다. 약간 웃음이 났다. 서로가 아쉬워하며 물러나고 있었다.

“……폐하의 후의를 입어 잉그레에서 꼬박 열흘간 대장장이와 뜻을 모았습니다. 아우의 서임식에 좋은 선물이 되리라 생각했습니다.”

“그리고 그놈은 서임식에서 도망쳤지.”

“예. 검은 기사에게 주어집니다. 때문에 스투레에는 여태까지 주인이 없었습니다.”

“물론 지금도 없을 것이고.”

“그렇습니다.”

”무슨 말을 하는지 이해했어. 앙히에가 치러야 할 대가가 무엇인지도 이제 잘 알겠구나.”

“예.”

외르타는 고개를 끄덕였다. 내일, 혹은 모레, 혹은 글피. 앙히에가 어떤 말로 형님께 고두해야 하는지 깨달았다. 칼을 얻기 위해 치러야 하는 대가가 있었다.

“오늘 고생이 많으셨습니다. 제 무례에 사죄드립니다.”

발렌시아가 몸을 숙였다. 외르타는 눈을 크게 떴다. 물론, 그는 그녀가 멘 칼집을 풀어 가져갔다. 몸에는 손끝 하나 대지 않았다. 계면쩍은 웃음이 흘러나왔다.

그는 무슨 말을 더 잇거나, 아니면 적어도 손이라도 건네고 싶어 하는 모양이었다. 외르타는 각자 너무도 서툴다는 생각을 했다.

침묵.

"이만 쉴게."

미소 지었다.

그녀는 뒤돌아 떠났다.

앙히에는 정확히 이틀 뒤 아침에 돌아왔다.

"미안해."

발렌시아는 그가 얼굴을 보인 순간부터 어떤 말을 할지 알고 있었다. 그렇기에 죽이지 않고 기다렸다. 앙히에는 최초로, 그의 기대를 배반하지 않았다.

아우는 스투레와 함께 무릎을 꿇었다. 귀를 동여맨 붕대가 잘 보이는 위치였다.

"바란다면 이번 전쟁에 들어갈게."

집무실은 고요했다. 누프리가 아우를 용납하고 소란을 막은 모양이었다. 발렌시아는 어떤 반응을 보여야 할지 고민했다. 물론 자신은 아우가 칼을 반납하길, 혹은 기사직에 종사하겠노라 반성하길 기다리고 있었다. 그러나 실제로 눈앞에 두자 대가를 치르려는 태도가 생각보다 무거웠다. 십 년도 더 전에 도망쳤던 의무. 무겁지 않기가 더 어렵겠으나.

"나갈게. 나가서, 딤니팔에 충성할게. 미라이예가 부끄럽지 않도록, 만일 형님에게 불길한 일이 생길 경우 내가 가문을 이어받을 수 있도록 노력할게.”

“앙히에.”

“…….”

“나는 네게 미라이예를 승계할 생각이 없다. 그러나 의무를 이행하겠다는 각오는 받아들인다.”

“용서해 줘서 고마워, 형님.”

“…….”

그는 스투레를 바닥에 둔 채 일어섰다. 발렌시아는 한숨을 쉬었다.

“스투레는 가져가.”

“…….”

“네가 기사직을 수행한다면 빼앗을 이유가 없다.”

앙히에가 턱에 힘을 주는 모습이 보였다. 미성숙한 동생이 무엇에 그토록 동요했는지 모른다. 스투레는 그의 기사직을 위해 마련한 검이며, 따라서 그가 진정으로 딤니팔에 부역할 때 권리를 가진다. 때문에 그가 대게외보르트전에 종사한다면 검의 주인은 명확했다. 자신에게도 앙금은 없었다.

앙히에는 검집을 다시 허리에 조여 맸다. 발렌시아는 아주 오래전의 왕실 대장장이, 잉그레, 또한 스투레를 떠올렸다. 물에 엉겨 붙은 종이들을 떼어 내는 기분이었다. 들추면 희끄무레하게 보이는 듯 보이지 않는 듯 그러나 분명 존재했다. 이 먼 길을 돌아와서야 동생이 변했다. 혹은 변하고 있었다.

“당장 십이공회가 있다. 폐하께 소식을 전해 드릴 테니 가서 충성 맹세를 해야 한다.”

“알겠어.”

“출정은 언제가 되었든 네 선택이다. 다만 배속은 내가 관리한다.”

그는 약간 멍한 표정으로 형님을 바라보았다. 발렌시아는 총사령관이 기사 배속을 담당한다는 말이 미심쩍을 일인가 생각했다.

"넌 종기사다."

그러니 어디서부터 시작해야 하는지 알고 있을 것이다. 가장 밑바닥. 칼을 쓰기조차 어려운 밑바닥에서 진흙 닦는 일로 네 몫을 삼아라.

구구절절 설명하지 않았지만, 상대는 이해한 것처럼 보였다. 앙히에가 게외보르트에서 무슨 업적을 쌓았든 자신은 관심이 없었다. 어차피 한 줌 가치도 안 되는 장난질이었으리라. 전쟁은 책임감이다. 목숨값이다. 누군가의 목숨만 책임지는 것이 아니라, 모든 헐떡이는 그림자들에게 진 빚이다. 앙히에는 아직도 그것을 몰랐다.

"그러면 형님이 부르기 전까진 연무장에 있을게."

그는 고개를 끄덕였다.

앙히에는 떠났다.

발렌시아는 싱겁게도 끝난 화해를 곱씹어 보았다.

그는 앙히에가 사죄한다면 정식으로 딤니팔의 기사가 되는 방법만이 유일하리라 믿었다. 그것이 스투레를 얻기 위한 조건이며, 또한 오래전 미라이예를 배반했던 핏줄에게 마땅한 벌이었다. 그가 그런 태도로 돌아오지 않는다면 자신에게 죽는 것이고. 길은 그렇게 단 둘인 듯 보였다.

내가 앙히에를 죽였을까? 지난 밤, 경우 없이 단호했던 것을 보면 정말 일어날 법한 이야기처럼 느껴졌다. 그는 앙히에를 죽일 수 있었다. 그를 죽이는 것이 앞뒤로 어떤 혼란을 부를지 충분히 이해한 상태에서도 죽일 수 있었다. 자신은 오래도록 경고해 왔다. 가문을 등지고 떠난 아우에게 둘 자비는 없다.

'가문'?

이상한 것은, 스스로 가문을 중히 여긴다고 읊조리면 무언가 사실이 아닌 듯한 기분이 든다는 점이었다. 그래. 보다 정직해졌다. 거짓말이다. 발렌시아에게 미라이예는 단순히 태어나 엉겁결에 떠맡은 이름에 불과했으며, 당연히 큰 의미는 없었다. 그러니 앙히에에게도 가문을 무시했다는 이유를 들기 어려웠다. 그보단 숫제 그가 원칙을 어겼기 때문에 대가를 요구한다는 말이 옳았다.

"차라리 앙히에에 대한 애정을 인정해라."

발렌시아는 무언가에 찔린 듯 눈썹을 찌푸렸다. 난데없는 기억이었다. 이미 과거로 남은, 화려한 무덤 속의 제 아버지. 스스로 임종도 지키지 못한 아버지는 끝끝내 앙히에를 버리지 않았다. 매양 자신을 설득하려 노력했다.

어느 부분에서는 아버지가 옳았다. 앙히에에게 감정적으로 화가 났다. 그것까지 부정하던 밑바닥 시절이 있었지만, 아주아주 오래전일 뿐이다. 앙히에는 칼자루를 들고 선언했다. 형님은 오래도록 누구에게도 공감하지 못하고 그렇게 찬 시체로 살아가라고. 그 비수 때문에 고개를 쳐들 때마다 벌어지는 상처를 얻었다. 궂은 날에는 허파까지 아팠다. 한 번 죽기까지 했다. 이 어찌 개인적인 갈등이 아니란 말인가?

그러나 종내 어떤 사람의 도움으로 겨우 돌이켰다.

덕분에 이제 남은 것은 나머지 절반, 전혀 감정이 담기지 않은, 담백하기까지 한 가문의 의지라고 생각했다.

"차라리 앙히에에 대한 애정을 인정해라. 그리하면 내 너의 배반감을 받아들이겠다."

남은 찌꺼기조차 가문과 원칙에 대한 배반감이 아니란 말인가? 온전히 나를 배신했다고 생각했나?

발렌시아는 다소 혼란스러웠다. 그래. 앙히에는 가문이 아니라 원칙을 어겼다. 그렇다면 그 원칙이란 누구의 원칙이겠는가? 자문했다. 메아리만 납처럼 울렸다. 스스로 확인해 주기가 꺼림칙한 모양이었다. 대답을 찾기도 전에 변명부터 했다. 앙히에가 나중에 후회하지 않도록 길을 안배해 두자는 것이 어떻게 자신만의 원칙이냐고 항의했다. 그것이야말로 미라이예이자, 딤니팔이자, 기사 된 자의 의무 아니냐고 역설했다. 그러나 힘이 실리지 않았다. 열정도 없었다. 스스로 그 말을 믿고 있는지조차 의심스러웠다.

그는 천천히 정직해졌다.

자카리의 충고를 기억한다. 앙히에를 종기사직에 보내려는 네 의지가 그의 인생을 잡아먹을 것을 알고 있느냐고. 최초의 갈림길에서 억지로 한 곳을 바라보게 만든다면, 그것이 그의 남은 생을 조형하리라고. 절대 못 빠져나온다. 너도 그것을 안다. 너도 그것을 잘 알고, 적극적으로 아우의 삶을 짓밟고 있는 거다. 그의 왕은 현명한 사람이었다. 인간을 똑바로 보는 눈길에 있어선 대적할 자가 없었다. 그것이 자신처럼 얄팍하여 어떤 빛조차 반사할 수 없더라도 마찬가지였다. 스스로 깨닫지 못한 감정들까지 고해성사를 들은 듯 언제나 알고 있었다.

"너 욕심이 과하다. 네가 사는 방식이 있는 만큼 앙히에에게도 그만의 방식이 있는 것이지."

그때는 속 편한 왕자의 일반론이라고 믿었다. 다른 사람을 존중하라는 윤리 구절을 읊는 줄로만 알았다. 그러나, 아니었다. 왕자는 소공작의, 왕은 공작의 욕심을 이야기하고 있었다.

발렌시아는 앙히에가 종기사직을 수행하여 딤니팔의 기사로 남기를 바랐다.

인정하자니 입맛이 썼다. 자기 앞에 진실되기가 이토록 어렵다.

그간 너무 많은 변명이 있었다. 나는 앙히에가 뒷일을 생각하여 최소한의 기반을 마련해 두고 떠나길 바랐다. 나는 앙히에가 미라이예라는 원칙의 무게를 알았으면 했다. 나는 앙히에가 사선의 감각을 배우고 전장에서 사람 구실을 하길 희망했다. 이 구절 구절들은 모두 진심이었다.

그러나 자신의 진심이었다. 아우를 위하는 체하면서 제 진심만을 이야기했다.

발렌시아는 스투레를 가져간 앙히에가 사죄한다면 정식으로 딤니팔의 기사가 되는 것이 유일하리라 믿었다. 깨닫고 돌아보자니 이처럼 우스운 말이 또 없었다. 말인즉슨, 자신은 그가 제 길을 따르기 전까진 용서하지 않겠다고 생각한 것. 결국 고작해야 무엇이 바른 길인지에 대한 견해가 어긋나 다툰 셈이다. 생각이 다르다고 자신을 향한 공격인 줄로만 알았다. 너무 저열해서 언짢았다. 이 바닥까지 다다랐다는 사실에 이상한 기분이 들었다.

그리고 오늘 그는 끝끝내 앙히에를 꺾어 자신이 원하는 길로 몰아넣었다.

그렇게 짐승을 우리에 가두고 나서야 인간인 척, 관찰자인 척 천천히 바라보는 것이다. 개인적인 감정에 휘말려 여태껏 냉정하지 못했다. 두 번 생각하지도 않았다. 마치 죽인 시체를 묻어 둔 듯 꺼림칙하여 구태여 돌아보지 않았다. 그런데 오래 지난 뒤 땅을 파 보니, 살아 있었다.

발렌시아는 칼자루를 꽉 쥐었다. 사람들이 부끄러운 감정을 어떻게 이겨 내는지 몰랐다. 오히려 자신이 아닌 앙히에에게 최소한의 방편이 필요했던 모양이다. 멱살 잡혀 딤니팔 기사로 돌아오기 전 토대를 만들어 둔 것은 아닌가. 제 형님의 성정을 알고 궁지에 몰리기 전 채비한 것은 아닌가. 그렇게 십 년 동안 공들여 쌓은 기반이 있어 오늘 이렇게 숙이고 들어올 줄도 알게 된 것이다.

그렇다면 누가 성장했나?

이처럼 한 걸음 내디뎠다고 생각할 때마다 반드시 뱃가죽이 찔렸다. 나아졌다고 착각하면 이젠 한 몸 같은 칼이 뿌듯하게 내장을 뒤틀었다. 조금씩 나아가지만, 이 끝에 다다르면 칼끚이 외에 어떤 것이 남아 있을지 알 수 없었다.

사과해야 하나?

그는 어색한 글자를 바라보았다.

"합하."

글자는 공기 중에 있었다. 사과해야 하나? 되물었다. 그 사이로 누프리의 얼굴이 언뜻 보였다. 그는 신산한 질문들을 한숨으로 날려 보냈다. 너무 빠르게 스쳐 지나간 바람이었다.

"동부 포사달 외 사십일 개 종가문의 물자를 정리하여 보고드립니다. 서류가 두텁습니다만, 먼저 제가 요약했습니다. 참고하셔서 보다 신속히 처리하실 수 있기를 감히 희망합니다."

"두고 가."

"예. 그리고 합하께서 서부로 떠나시기 전, 미라이예 본 영지를 시찰하셔야 할 것으로 보입니다. 나가 있는 아레초의 보고로는 몇 가지 현지에서 정리되어야 할 일들이 있다고 합니다. 가장 큰 건은 아무래도 송사입니다. 합하께서 가문을 승계하신 후 두 해 동안 분주하여 챙기지 못하신 부분입니다."

"꼭 이 시기여야 하나?"

"예. 이번 기회를 놓치면 최소 일이 년 더 묵혀야 한다고 많이들 불안해하는 모양입니다."

이제 출정까지 채 몇 주 남지 않았는데 송사를 치르고 가라는 성질머리들에 진력이 났다. 전통적으로 왕도에서 송사를 해결할 수는 없었다. 오스페다의 주인은 왕이며, 따라서 재판관도 오로지 왕이었다. 때문에 종가문들의 시시비비는 마땅히 본 영지에서 다스려야 했다. 미라이예에선 그 의무가 전쟁과 개인 사정으로 차일피일 미뤄지다 도저히 양보될 수 없는 시점이 온 것이다.

"알겠다. 대신 닷새 안으로 끝낼 수 있도록 준비해라."

"예."

누프리는 고개를 깊이 숙이고 돌아서려 했다.

"그리고 무명에게 최대한 빨리 십이공회 개회를 요청하는 것이 좋겠다. 가능하면 오늘 오후 안쪽으로."

"아, 예. 명목은 무엇이 될까요?"

"앙히에의 충성 맹세와 출정 건 공유."

"예……?"

"다시 말해야 하나?"

"……."

"중요하다고 입 모아 말들을 하니, 이제 만족하겠군."

"합하, 죄송합니다. 공자께서 대게외보르트전에 나가십니까?"

"다시 말해야 하느냐 내 물었지."

누프리는 애매하게 예를 표하곤 허둥지둥 꼭대기 층을 떠났다.

자카리는 한참 동안이나 입을 열지 못했다.

"뭐? 앙히에가 대게외보르트전에 나간다고?"

그는 평생의 짝이 자신과 꼭 닮은 생각을 하자 놀라레께 깊이 감사했다.

"아니, 도대체 뭘로?"

"죄송합니다. 신이 미욱하여 자세한 사항은 여쭙지 못했습니다."

"너무 이상한데……."

"알겠다. 네 주인에게 가서 한 시간 뒤 열겠다고 전해라."

자카리는 턱짓을 하여 누프리를 내보냈다.

그러자 배부른 아내가 더 열렬하게 질문하기 시작했다.

"열네 살 때 아무것도 안 했으니 종기사부터 시작인가? 아니면 잉그레 표장이 있으니 어디 정식 기사로 들어갈 수 있을까?"

"발렌시아가 총사라면 충분히……. 너도 그 성질머리는 잘 알 텐데. 확신하건대 그놈은 아우를 갑옷 닦는 종기사로 꽂을 놈이다."

"스물다섯이나 먹은 자식을 어떻게 종기사로 써?"

"난들 아나. 불쌍한 십이공회원 중 하나가 챙겨야겠지. 그나마도 앙히에 녀석이 게외보르트에서 전쟁을 경험했다는 사실을 상기하면 좀 우스운 꼴이 될 것이고. 그놈이 말은 안 해도 군사 여럿은 다뤄 본 솜씨던데."

레아는 한숨을 푹 쉬었다.

"그래. 본인이 무슨 일을 했는지 자세히 알려 주진 않지만. 당신은 따로 들은 바가?"

"없지. 너나 나나 똑같아. 앙히에는 우리 같은 사람들에게 들려주기 위한 이야기를 하나 만들어 뒀다. 확실해."

"그럴까?"

"본인은 기껏해야 전장의 칼 한 짝으로 나다녔노라 했다. 누굴 지휘할 깜냥은 되겠느냐고 웃더군."

그녀는 자신도 같은 이야기를 들었다는 것처럼 어깨를 으쓱였다. 그러다, 삐걱였다. 잠깐 어깨를 으쓱이고도 불편한 듯 이곳저곳으로 자리를 옮겨 본다. 자카리가 벌떡 일어섰다. 레아는 말리지도 않았다. 태평하게, 남편이 온갖 푹신한 쿠션을 들고 돌아오는 모습을 바라보았다.

"작은 거? 큰 거?"

"작은 거 두 개. 허리 밑에다 끼워 줘."

딤니팔의 왕은 아내가 가장 알맞게 기대도록 고군분투했다. 잉그레의 귀한 소파라지만 매 순간 편한 자세가 바뀌는 임산부에게는 별 소용이 없었다. 항상 수발을 들기 힘든 스스로에게 화가 치밀 지경이었다. 그녀에게는 그녀의 일이, 자신에게는 자신의 일이 있음을 알지만 애초에 임신한 아내조차 도울 수 없다면 이놈의 왕관이 무슨 소용인지 몰랐다.

"당신은 각오했었어?"

"아니."

"전혀?"

"전혀!"

"똑바로 말해, 오스위가 있어."

자카리는 아이의 태명胎名을 들으며 오른손을 가슴에 얹었다.

"똑바로 말하는 거야."

레아는 습관처럼 깔깔거리며 그를 붙잡으려 했지만, 끝내 작은 한숨만 폭 쉬었다. 자카리는 또 그녀가 불편할까 걱정이 되었다. 걱정이라는 단어는 조금 소극적이다. 그는 안절부절못했다.

"그런 당신 모습을 보는 게 더 힘드니까, 그만해."

"……."

"응? 그래서, 말해 봐. 정말 앙히에가 이렇게 멱살을 잡힐 줄 몰랐어?"

"……진짜 몰랐다. 지난번 공작가 형제들이 왔을 때, 심지어 표장을 잃어버렸다는데도 내가 유야무야 넘겨 줬지. 십이공회에 나와서 충성맹세나 하라고. 서로 좀 험악해 보이긴 하더군. 그렇지만 그렇게 평생을 지낸 사이에 특별할 것도 없잖아."

"음."

"대체 무슨 바람이 불었는지 모르겠다. 앙히에는 기사직에 종사하기 싫다고 열넷에 집을 뛰쳐나갔어. 머리는 더 굵었을 텐데, 이제 와서 형님 말을 듣는다고? 이상하다."

"음……."

"발렌시아가 죽인다고 협박을 한들 씨알도 안 먹혔을 텐데."

"아, 분명 그랬을 위인이시지."

그러나 모르는 사람 둘이 머리를 맞댄다고 사정에 밝아지는 것은 아니다. 자카리는 겸허하게 무지를 인정하곤 포기했다.

"뭐, 앙히에 본인이 반성했나 보군."

"……."

"아니, 반성? 단어가 이상하네. 난 그놈이 반성해야 된다는 생각 자체를 해 본 적이 없어서."

레아는 다소 놀란 눈치였다.

"무슨 소리야? 그렇게 형님 속을 썩였으면 반성할 만하지 않아?"

"누구 속이 썩어?"

"……?"

"발렌시아가 뛰쳐나가 놀길 좋아하는 종자였더라면 적어도 억울하긴 했겠지. 그런데 지금 이 모습 그대로 서른 해를 꼬박 살아왔다면, 뭐가 불만인 건가? 놀고 싶었던 놈을 못 놀게 한 것도 아니고. 그냥 한 사람은 자기 하던 대로 살았고 한 사람도 본인 하고 싶은 대로 살았는데. 난 뭐가 잘못되었는지도 모르겠다."

"참, 미라이예를 책임지는 게 어렵지 않다고 믿는 거야?"

"어려울 거야. 어렵고말고. 그러나 발렌시아가 싫어한 일도 아니란 말이지. 때문에 앙히에가 형님에게 부담스러운 짐을 떠맡기고 도망친 거라고 주장할 순 없지."

"아냐, 자카리. 나는 도리를 이야기하는 거야. 공작이 앙히에를 위해 노력했으면 ―앙히에가 열넷이 될 때까지 공작이 노력하지 않았다고 생각하는 사람은 없을걸― 앙히에도 조금쯤은 보답해야 하는 거 아니야?"

"본인이 노력한다는 이유만으로 남에게 무언가를 요구할 수는 없다. 적어도 나는 그래."

"당신도 잔인하네."

자카리는 양손을 들어 항복한다는 자세를 취했다.

"잘 모르겠는데."

"쯧, 당신도 절대 아는 척하지 마. 냉정한 사람들이 꼭 다 안다고 착각하더라."

"내가 냉정해?"

"당신은 너무 이상한 데에서 자르는 경향이 있어. 띄어쓰기를 잘 못하는 사람 같아. 이쯤에서 끊겠거니 싶은데 절대 안 끊고, 이 정도는 봐줘야지 싶을 때 확 결딴을 내거든."

"나도 그러고 싶어서 그러겠냐……."

"아무튼 여유를 좀 두라고."

그는 굳이 논박하지 않았다. 그러나 여전히, 생각은 같았다. 발렌시아는 앙히에에게 이상하게도 많이 기대했으며 아주 엄했다. 그것이 그 무게대로 돌아오지 않은들 앙히에의 잘못이라고 할 수는 없다. 당연하지만 공작이 실망할 권리까지 부정하는 것은 아니었다. 그러나 그 무기를 휘둘러 남을 죽인다면, 이 잉그레의 재판관이 동의하기는 어려웠다.

끝끝내 앙히에를 기사직에 몰아넣었단 말이지? 결국 무른 놈이 졌구나. 앙히에가 졌다. 그토록 발버둥을 치고 북부에 갔다가 남부에 갔다가 종내 게외보르트에서 난장판을 치고도 '르나치 경'이라는 표찰에 올가미로 매여 왔다. 쓴웃음이 났다. 십 년을 돌아온들 이 무슨 소용이냐.

대공작은 자신에게 부탁했다. 미라이예에서 앙히에를 인지하지 않아도 좋습니다. 서로 앙금을 풀고, 겨우 손이라도 잡았으면 좋겠군요. 앙히에가 결코 돌아올 것 같지 않으니 폐하께서 아량을 베풀어 주시면 은혜에 감읍하겠나이다. 세월의 무게와 아버지의 눈은 신뢰해도 좋다. 형제가 태생이 다른 것을 어찌하겠는가.

"자카리."

"응?"

레아가 몸을 일으켜 그의 팔뚝에 손을 얹었다. 그는 어설프게 움직이지도 못하고 얼었다. 오로지, 자신이 이 자세를 흐트러뜨리면 그녀가 불편할까 두려워서.

"당신도 스스로를 좀 알아야 해."

"뭘?"

"몇 달 전, 공작이 사춘기 소년처럼 소동을 벌이고 다닐 때, 당신이 왜 화를 냈다고 생각해?"

"당연히 미라이예가 웃기지도 않은 말들을 지껄이고 다니니까……."

"아니야."

자카리는 웃지 않았다.

레아는 조용히 반복했다.

"아니야."

"……."

"물론 사석私席에서 어떤 대화가 오갔을지는 모르지만, 그가 공식적인 문제가 될 정도로 말썽을 피운 적은 결단코 없어. 당신은 과하게 답답해했고, 지나치게 화를 냈어."

"넌 내가 전해 준 대화 내용을 기억하고도……."

"응. 그리고 수오모 집무실에서 분통을 터뜨리던 당신도 기억하지."

"……."

"이제 아까랑 똑같은 태도로, 공작이 당신 기대를 돌려줄 필요는 없다고 판결해 봐."

나는 왕이라고 말할 정도로 치졸해질 수는 없었다.

"그러니 너무한 거야, 당신 말들은."

"……."

"마음을 두었다면 바랄 수밖에 없지. 아쉽지 않다고? 그건 그 사람에게 마음이 없었기 때문이야. 냉정하게 말할 수 있는 건 다 마음이 없어서야.”

“…….”

“그것까지 판단하진 마. 너무 당연하잖아. 사랑으로 보듬어 키운 아우에게 완전히, 정통으로 배반당하면 어떤 기분이겠어? 그걸 ‘노력하는 모든 사람이 보답을 기대할 수는 없다’고? 진짜, 이런 헛똑똑이들 한둘이 아닌데 당신까지 그러진 마.”

“…….”

“공작이 물질적으로 뭘 희생한 건 아닐 거야. 그렇지만 그게 대수인가? 앙히에도 어렴풋이…… 아니면 뼈저리게 알고 있을 거야. 그 자식은 반성해야 해. 아주 한 톨의 예의도 없었어. 자기 행동이 사랑하는 사람들에게 어떤 영향을 미칠지 아주 잠깐이라도, 상상을 못 했어. 그저 본인이 하고 싶은 것만 했지. 그게 잘못인 거잖아.”

자카리는 다시 한번 놀라레께 감사했다. 그가 그렇듯, 레아 역시 언제나 좋은 조언자라고 할 수는 없었다. 그러나 이처럼 길을 잃고도 당당한 발걸음을 말리기 위해서, 그들은 서로가 필요했다.

그는 레아를 붙잡아 앉혀 주었다. 쿠션 두 개도 세심하게 얹었다.

“알겠어.”

“좋아.”

부부는 서로를 이해했다.

자카리는 씩 웃곤 잉그레의 꼭대기 층을 나섰다.

멋진 대화였지만, 이어지는 십이공회에서 형제는 쇠를 삼킨 표정일 것이다.

자카리는 기어이 앙히에에게 기사직을 요구한 발렌시아를 이해해 보았다. 그럴 수 있다. 기어이 발렌시아의 뜻에 따른 앙히에도 상상해 보았다. 그럴 수 있다. 하지만 둘 다 빛만 산더미일 터, 어떤 건강한 마음가짐일 것 같지 않았다. 그 죽상을 하고 잉그레를 떠나선 어떻게 불화를 푼다는 말인가? 칼부림이 일어나도 열 번은 일어났을 것이다.

지난날 그렇게 죽일 것 같은 얼굴로 등졌으면서 이제 다 화해했고, 잘못된 것을 되돌리겠다. 물론 사람이 변하는 것만큼 놀랍도록 쉬운 게 없으나, 변해야 하는 것이 '관계'라면 그는 회의적이었다. 열 해 동안의 절벽은 어떻게 메우겠다고? 누가 기특하게 자원自願이라도 했나?

"폐하, 그나시오를 제외한 십이공회원이 지금 원탁에 모이고 있습니다."

"기껏해야 반 시간 전에 명했는데, 뭐 이렇게들 빨라?"

그는 질린 얼굴로 시월 삼을 돌아보았다.

"감히 말씀드리자면, 공회 주제가 공유되었기 때문이라고 생각합니다."

"아, 이런."

십이공회원들은 생각보다 뒷공론을 좋아했다. 그것이 미라이예의 뒷공론이라면 더더욱 인상 깊을 것이다. 자카리는 벌써부터 머리가 아파선 최대한 일찍 끝내자고 결심했다. 아무것도 신경 쓰지 말고 빠르게 맹세를 받은 뒤, 출정 소식에 다시금 놀란 체하자.

"무엇보다 안니발레 백이 폐하를 뵙기 위해 채비하던 차라 빨리…… 오셨군요."

자카리는 계단 아래 서 있던 중키의 백작을 발견했다. 마음의 부담 없이 만날 수 있는 얼마 안 되는 십이공회원 중 하나였다. 그는 기쁜 얼굴로 걸어갔다.

"백작! 차 한 잔 끓일 시간도 안 되었는데, 그대도 급하군."

"폐하, 꼭 오랜만에 뵙는 것 같습니다."

"원. 이틀 만에 보잖나. 리베 안니발레는 잘 있고?"

"예. 얼마 전 새로운 시녀를 들여, 시녀의 고향에 대해 공부하고 있는 모양입니다."

"착한 아이야."

안니발레 백작은 흐뭇하게 웃기만 했다.

"참, 무명이 말하더군. 백작이 따로 짐에게 할 말이 있다고?"

"그렇습니다. 하지만 미라이예의 일대 소란을 눈앞에 둔 상황에서 말씀드리기가 좀 죄송스럽습니다. 그렇게 중요하지도 않고요."

"주제라도 알려 줘 보게."

"아, 제 딸의 결혼 문제입니다."

자카리는 약간 겁을 집어먹었다.

"리베 안니발레의……?"

"예. 제 딸이 둘일 리는 없잖습니까? 하지만 정말로, 이 건이 끝난 뒤에 말씀드리겠습니다. 미라이예 공작이 기어이 아우를 기사로 만드는군요. 놀라울 따름이에요."

그는 다시 속 좋게 웃었다.

"아니, 그러니까……. 백작, 짐은 그대가 진짜 그걸 원한다고 생각한 적이 없어서 당황스럽네……."

"무슨 말씀이시지요?"

"혼인 말일세. 다들 입방아는 찧었지만 한 번도 그대 스스로 입을 열진 않았잖나."

"그리 헤아려 주신다면 더더욱 지금 이 자리에서 말씀드릴 수 없겠군요."

벌써 두 번째 거절이었기에 자카리는 재촉할 수 없었다. 그는 예의를 지켜 물러났다. 생각해 보자면, 안니발레 백작도 용건을 각오하고 온 셈인데 공작에게 가로막혀, 모습이 참 안 되었다.

그는 턱짓으로 함께 올라가자 제안했다. 안니발레 백은 조용히 왕을 따랐다.

"한 가지만 묻자."

"하문하십시오."

"왜 지난 개전 십이공회에서 자멘테 후에게 가담하지 않았나?"

“제가 얻을 이득이 있을까요?”

“적어도 공작이 더 단단해지지 않도록 만들 수 있었겠지. 혹은 다른 욕심일 수도 있겠고.”

“저희는 동부에서 안전합니다. 수천만 금과 자뉘호가 안니발레 권속에 있다는 사실을 잊으신 건 아니겠지요?”

“백작이 그렇게 보수적인 사람이라곤 생각하지 않았는데 의외로군.”

안니발레는 대답하지 않았다. 함께 걷고 있기에 굳이 몸을 돌려 그의 얼굴을 확인하는 것도 경우가 아니었다. 자카리는 십이공회란 웬만한 부분에서 닮아 있다고 멍하니 믿었다. 안니발레 백작의 경우에도 기사라기보다는 책상물림 샌님이었는데, 샌님도 결국 딤니팔이지 않나.

자카리는 칼을 휘두르지 않는 왕으로서, 그리고 눈앞의 안니발레를 보며, 딤니팔이 기사의 나라라는 이야기가 너무 오래되었다고 생각했다. 또 그렇게 멈춰 있을 수는 없는 법이다. 어떤 다른 공통점을 찾아내야 했다. 자카리는 그것이 정확히 무엇인지 포착하지 못했다.

그는 골똘히 생각하며 눌라레의 방문을 열었다. 썩어 빠지기 직전의 나무 원탁을 보고, 씩 웃으며 자리에 앉았다.

“거, 배는 안 고픈가?”

“괜찮습니다. 폐하께서는요?”

“짐은 딱딱한 게 당기는데……. 아니 이게 누구야, 후작이 오셨군. 물론 본인이 부른 소란이니 모름지기 빨리 와야겠지.”

자멘테는 잉그레의 예를 표하곤 자리에 앉았다. 그녀의 얼굴은 밝지 않았다. 오히려 살짝 찡그린 편에 가깝다. 자카리는 무어라 더 이으려다, 줄줄이 들어온 귀족들에게 두 손 두 발을 다 들었다.

“그래, 그래, 페자로 백, 톨레도 백, 브레타냐, 본잘 백, 아니 왜, 너만 브레타냐로 불러 불만인 게냐? 아! 그래. 루틸로 후. 데군다 백작도 어서 오게.”

그는 한 사람 한 사람 이름을 불러 주며 맞이했다. 모든 것이 평소와 다름이 없었다.

“음. 우리를 소집한 망나니를 빼면 다 온 것 같은데.”

자카리는 그나시오를 제한 열 명의 십이공회원을 바라보며 원탁을 두드렸다. 최대한 빨리 십이공회를 소집해 달라 요청한 장본인은 어디로 가고 소식에 놀란 귀족들만 헐레벌떡 달려온 모양이었다. 물론 자신도 그중 하나임을 부정할 수 없다.

계단을 올라오는 여러 걸음 소리가 들렸다.

정적.

누군가 한숨을 쉬었다. 대부분의 십이공회원들은 장성한 미라이예 형제가 함께한 모습을 본 역사가 없었다. 생경하다기보다는 이상한 광경이리라. 같은 핏줄에게 물려받아 훌쩍 큰 키에 짙은 머리색, 또한 출처가 의심쩍은 고상함. 둘은 모두의 상상에 비해 지나치게 닮아 있었다.

늦지 않았기에 사과할 필요도 없었다. 그들은 가볍게 잉그레의 예를 표하곤 방문턱에 섰다.

“폐하, 미라이예 가주의 소관하에 십이공회원이 아닌 자를 눌라레의 방에 들일 수 있도록 허해 주십시오. 오로지 충성 의례를 치르기 위함입니다. 폐하께서 처분해 주시면 곧장 내보내겠습니다.”

‘제 아우’라거나 ‘영광스러운 충성 맹세’ 따위의 말은 나오지 않았다. 자카리는 고개를 저으려다 혹 저놈이 그것을 거절의 표시로 여길까 걱정하여 뚝 멈췄다.

“허가한다.”

“잉그레의 주인께 고수叩首드립니다.”

“따로 서 있을 순 없으니 그나시오 백의 남은 자리에 앉지.”

“아니요, 폐하. 괜찮습니다.”

“짐이 앉으라고 권한 사람은 그대가 아닐세.”

앙히에는 왕이 가리킨 자리에 털썩 주저앉았다. 발렌시아는 묵묵부답으로 자리에 착석했다. 앉는 자세부터 판이한 두 형제의 모습에 다들 정신적으로 혀를 차는 모양이었다.

"그러면 무엇부터 해야 하나? 용건은 그대가 가지고 왔네, 공작."

"대게외보르트전에 출전하기 위해선 폐하께 다시금 충성 맹세를 해야 합니다. 선후가 정해져 있습니다."

"알겠네. 그대 원이니 바로 해 주마. 아니, 르나치 경. 일어날 필욘 없네."

왕이 먼저 일어섰다. 그러자 앙히에가 바로 뒤따라 후다닥 몸을 일으켰다.

"됐다니까."

앙히에는 거의 미끄러지듯 한쪽 무릎을 꿇었다. 두야. 자카리는 이마를 짚곤 품에서 흰 천을 꺼냈다. 꼭대기 층에서 나오기 직전 아무 옷자락이나 찢어 온 것이다. 낯간지러워서 해먹기 힘들 지경이군.

"물론 이 편이 나을 수도 있겠지. 무명이 단검은 건넸나?"

"예."

"뭘 해야 하는지 알 걸세."

"예."

자카리는 천을 살짝 흔들었다. 마치 황소를 다루는 듯한 손짓이었다.

"짐은 앙히에 르나치 기지 얀 미라이예의 충성을 받아들인다. 그대 무상시로 짐의 명에 복종하되, 뜨락의 영광만큼은 함께 누릴 수 있도록 하자."

왕은 천의 양끝을 짧게 잡아 팽팽하게 만들었다. 앙히에가 단검을 꺼냈다. 역수로 든다. 관습을 모르는 외부인이 본다면 시해弑害하기 위한 몸짓이라고 힐난할 법도 했다.

그러나 앙히에는 천을 베었다. 역수로 들었기에 자연히 칼이 왕의 품을 지났다.

남은 조각들이 뚝 떨어졌다. 자카리는 양손을 털어 그의 무릎 위로 흔적을 버렸다.

"좋아. 표장은 지니고 있겠지. 십이공회원들이 그대의 자격을 의심하네. 저 병자들을 위해 원탁에 올려 두게. 여기 있을 동안은 누구라도 볼 수 있도록."

앙히에는 두 동강 난 천을 품에 넣은 채, 주섬주섬 일어나 비슷한 태도로 잉그레의 표장을 꺼냈다. 나무 원탁 위로 올려놓는다. 주욱 밀어 중앙에 두었다.

"……그러면 이제 출전 이야기를 하세. 르나치 경?"

"형님께서 명하시는 적절한 시기에 떠날 예정입니다. 도착지는 다른 분들처럼, 알로지아드 레발로입니다."

"배속은?"

"종기사입니다. 아직 몸을 의탁할 분을 찾지 못했지만요."

자카리는 혀 씹은 표정을 보여 주지 않기 위해 자리로 돌아왔다. 각오했다지만 그래도 스물다섯 먹은 종기사라니, 너무한 감이 있었다.

"폐하, 제가 말씀드려도 되겠습니까?"

발렌시아였다.

"해 봐."

"자멘테 후에게 요청하고자 했습니다."

자멘테는 처음 들은 것이 분명한 표정으로 발렌시아를 바라보았다. 그러나 놀라거나 싫어하는 것처럼 보이지는 않았다. 그보다는 꽤나 대범한 것을 발견했다는 듯한 기색이었다. 물론 그 대범한 누군가는 앙히에가 아니라 발렌시아다.

자카리는 이해했다. 아무리 잘 마무리되었다 하나, 지난 십이공회에서 그렇게 망신을 준 상대에게 아우를 맡긴다면 용감한 일이라고 부를 수도 있을 것이다.

"후작의 의향은 듣지 못한 것 같은데. 혹시 문제 있나?"

"없습니다, 폐하."

그들은 서로에게 얕게 고개를 까닥였다.

발렌시아가 부드럽게 말을 이었다.

"제 아우는 채비하는 대로 레발로로 떠나 전쟁에 종사하게 됩니다. 종기사답게, 공을 세우는 것과 무관하게 젊음을 바침으로써 딤니팔의 피가 될 수 있길 바랍니다."

전쟁에 나가는 사람에게 불길하게 피 이야기를 하며, 오해하지 않았다면 거의 죽으라는 소리다. 아직도 저러고 있는 형님의 조언을 곧이 들었나, 앙히에? 자카리는 고개를 저었다. 발렌시아의 어떤 부분은 정말 죽을 때까지 이해할 수 없을 것 같았다.

자카리는 한숨을 쉬며 손바닥을 보였다.

"그러면 르나치 경은 다시금 짐에게 맹세를 했고, 이어 대게외보르트전에 출정하는 것으로 정리하겠네. 이 이상으로 그의 충성을 증명할 수는 없네. 더 이상 불필요하게 그를 비난하지 말게. 왕의 조언일세."

"……."

십이공회는 약속이라도 한 듯이 조용해졌다. 앙히에는 여전히 뚜렷하지 못한 눈으로 탁자를 바라보고 있었다. 방금 전보다 상세한 처분이 정해졌는데도 달라진 게 없었다.

"폐하."

"어, 어."

"이만 물러나기를 윤허해 주십시오. 저 홀로라면 모르되 앙히에가 이 자리에 있는 것은 월권입니다. 십이공회를 예우한다면 빠르게 퇴장할수록 좋습니다."

"그렇게 하게. 애초에 그대가 요청한 십이공회가 아닌가."

앙히에는 미리 언질을 받았는지 급하게 자리를 피했다. 표장을 회수하고 문을 나서는 동작까지 막힘이 없었다. 그 뒤를 따라나서려는 발렌시아를 자카리가 억지로 잡았다. 상대는 반쯤 일어서 있었다.

"공작, 공작까지 나가면 안 되지."

"말씀 주셨듯 제가 요청드린 십이공회입니다. 이외에 다른 안건이 있을지 여쭙습니다."

"온 김에 서부의 편제를 논하면 딱 좋겠군."

"……."

십이공회는 방금 폭풍처럼 스쳐 지나간 맹세에 한층 낮게 포복해 있는 눈치였다. 언제라도, 누가 이상한 말을 하자마자 튀어나올 수 있도록. 이토록 예민한 십이공회 앞에서 전쟁을 논하기엔 부담스러운 지점이 있을 것이다. 자카리는 그 부분을 누구보다 잘 알았기에, 다소 악의적으로 질문했다.

"부관은 결정했나?"

"……현재 인사를 정리 중이므로 차주 중 폐하께 고할 수 있을 것입니다. 바로 이틀 뒵니다."

"부관 정도야 결정해 두었겠지."

"문서로 먼저 남기고 싶습니다. 가벼이 드릴 수 있는 말씀이 아닙니다."

"아니. 여기서 해라. 이곳이 이 딤니팔에서 가장 공식적인 자리다."

발렌시아는 패배했다. 느릿느릿 다시 앉았다. 그는 원탁을 둘러보지도 않았다.

"자멘테 후."

시선이 이미 한 사람에게 가 있었기 때문이다.

그녀는 이번에도 놀라지 않았다. 자카리는 후작의 평정심에 박수라도 쳐 주고 싶었다. 아무리 그녀가 게외보르트에 칼을 겨눈 서부 귀족이라도, 참전 기록이 적지 않은 사람이라도, 이미 아들에게 이름을 물려주고 지난 오 년간 잠잠했던 이에겐 놀랄 만한 소식이었다.

"저를 제외하고, 참전 십이공회원 중 가장 경험이 많은 자멘테 후가 적격입니다. 그나시오 백이 포티미외를 보조했듯 어렵지 않게 합을 맞출 수 있으리라 믿습니다."

"짐은 불만이 없네만, 후작은?"

"물론 영광입니다. 아들에게서 이름을 돌려받아야겠군요."

이미 '자멘테 경'을 물려받은 후계자에 대한 이야기였다. 그녀가 출전한다면 자멘테는 둘이 되므로, 덜 여문 이가 다른 명칭을 찾아야 하리라.

이쯤에 이르러 대부분의 십이공회원들은 미라이예와 자멘테가 오래전부터 손을 잡고 있던 것은 아닌지 의심스러운 표정이었다. 그토록 서로에게 맹렬했는데, 공작은 자기 목숨과 아우 목숨을 단박에 맡기는군. 그런 의심들이 얼굴 점점이 찍혀 있었다.

자카리는 그들이 공모했다고 생각하지 않았다. 적어도 이번 건에 있어선 그러했다. 서로 묵묵히 칼을 박아 넣고 나서야 인정하는 낯짝들이었다.

"사령부에는 십이공회, 십이공회의 손과 각 기사단의 이끌이가 참여합니다. 또한 중앙기사단과 궁륭, 적, 카스틸리오네를 준비 중입니다. 카스틸리오네는 현재 북부에 있으므로, 충분히 이번 전쟁에 운용할 수 있을 것으로 생각됩니다. 중앙과 궁륭은 각기 브레타냐 경, 본잘 경에게 위임하되, 개별 지휘부는 전임자의 추천을 받아 꾸리고 있습니다. 적기사단과 카스틸리오네는 십이공회에서 맡지 않습니다. 현재 인사가 적합합니다."

"본 군단은?"

"당연히 자멘테 후가 맡습니다. 이외 세부 편제는 이곳에서 말씀드리기 어려울 만큼 목록이 깁니다. 부디 살펴 주시면 감사하겠습니다."

"중앙 삼만, 궁륭 일만, 적 일만, 카스틸리오네 이만. 이외에 중소 기사단과 정규군, 사병을 추가하여 칠만. 총 십사만."

발렌시아가 낮게 고개를 끄덕였다. 왕은 말을 이었다.

"상대에게는 적어도 하감 기사단 일만, 정복 이만, 예츠트 이만, 이외 숄렘 노트란트가 예비한 왕실 직속 군 최소 오만이 있을 것이다. 물론 여기서 증강되겠지."

"예. 종내엔 저희와 비슷하리라 판단됩니다. 저희의 목표가 스트레파르로 뚜렷하기에, 전선은 길어지지 않을 것으로 예상합니다. 알로지아드 레발로뿐 아니라 세이살, 피아이아, 발라레시 총 네 군데를 주 거점으로 삼을 예정입니다."

그의 말은 오래 생각한 것처럼 명료했다. 다들 예상한 내용이었지만 그렇지 않은 부분도 있었다. 그러나 발렌시아는 모든 결정을 설명하지 않았다. 딱딱거린다.

"연유를 말씀드릴 수 있겠으나, 제 짧은 말솜씨로는 오히려 혼란을 부를 것이 분명합니다. 차주에 관련 인사에게 서류 초안을 송부하겠습니다."

전쟁이 선포된 지 일주일 만에 전략 초안을 건네겠다는 이야기다. 물론 이후 합의 과정이 필요하겠지만, 어쨌든 최초 입안자가 가장 고생할 것이다. 그의 목소리에 언뜻 짜증이 묻어나는 것도 이해할 만했다.

"한 가지 마지막으로 드릴 말씀이 있습니다. 본 영지의 송사가 밀려, 제가 11월 12일보다 일찍 떠날 예정입니다. 대략 일주일 정도 앞당겨집니다. 그만큼 차주에 전략 논의 시간을 많이 확보해 두셨으면 좋겠습니다."

자카리는 일을 덜려다 더 붙인 느낌을 받았다. 아주 강하게. 어쩐지 의도적이라는 생각까지 들었다.

그는 항복했다. 그만 상대를 놓아주기로 했다.

"알겠네. 이만 파하세."

발렌시아가 깊게 예를 표했다.

외르타는 앙히에가 십이공회에서 출전을 다짐했다는 소식을 들었다. 그러니까, 전해 들었다. 그녀는 그날 밤 이후 그를 볼 수 없었다. 아무래도 자신, 혹은 발렌시아와 마주하기가 어색한 모양이라고 믿었다. 그날이 그토록 진했으니 한편으로는 얼굴도 못 본 채 전쟁터로 떠나보낼 수도 있겠다고 생각했다. 그래도 아쉽지 않았다.

때문에 이토록 번듯한 저녁에, 자신을 찾아온 앙히에를 마주하자 깜짝 놀랄 수밖에 없었다.

"못 볼 걸 봤다는 표정인데."

"꼬박 하루 동안 사라졌으니……. 또 어디로 간 줄 알았단다."

"이쯤이면 사라져도 적당히 이해해 봐."

"소식 들었어. 전쟁에 나간다고."

앙히에는 입을 다물었다.

그가 게외보르트와 싸우는 모습은 전혀 이상하지 않았다. 앙히에가 충성한 대상은 리볼텔라지, 게외보르트, 숄렘 노트란트, 비사 오필라, 알드 바제사가 아니었다. 그에게 그것은 기타 잡다한 배경이었을 따름이다. 때문에 그녀가 없는 지금 그는 자유의 몸이었다.

그보다는, 앙히에가 치를 떨 정도로 싫어했던 기사직을 다시 손에 쥔 것이 이상했다. 자신이 함께 나아가자고 제안했지만 그 행선지가 '딤니팔의 기사'일 줄은 상상도 못 했다.

"앙히에, 진심이니?"

"응."

"지난밤에 내가 이상한 말을 했을까? 원치 않은 길을 강요했어?"

"내가 결정했어."

그는 여전히 방랑객처럼 문 앞에 서 있었다.

"바뀌어 본 적이 없어서 뭘 어떻게 해야 할지 모르겠다. 하지만 해야 해. 필요한 일이야."

"너를 위해? 아니면 모두를 위해?"

"둘 다."

그게 네 각오라면. 그녀는 조용히 고개를 끄덕였다. 일어섰다.

"괜찮아. 나오지 마."

"무슨 소리야? 이제 잘 걷는다."

"내가 싫어. 미안해."

그녀는 그의 거부를 어떻게 받아들여야 할지 몰랐다. 이것도 혹시 '나아간' 것일지 궁금하기도 했다. 리볼텔라에게서 나아간다면 외르타에게서도 나아갈 수 있는 셈이다.

하지만 나는 죽은 사람이 아닌데. 더군다나 서로의 뺨을 때리면서 지낸 지난 한 해는 어떻게 간직하려고? 억울했다. 아주 조금. 새끼손톱만큼.

"이만 갈게."

"뭐……?"

"떠나기 전 형님을 뵈러 오는 건 새벽일 거야. 아마 넌 자고 있을 거고 인사도 못 하겠지."

"그래서? 지금 이게 작별 인사야?"

그는 살짝 고개를 끄덕였다. 순례자처럼 다듬어지지 않은 앞머리가 그를 증명했다.

"응. 고마웠다고 말하려 왔어."

"……."

"도와줘서 고맙지만 더 이상 나올 필요는 없어."

"……."

"용기를 내는 거야. 몸부림쳐 보는 거지."

외르타는 다시 자리에 앉았다. 친구를 존중하기로 했다.

"앙히에, 우리가 언제 다시 만날 수 있을지 모르겠구나. 특히 너 같이 한곳에 붙어 있질 못하는 녀석이라면 더더욱."

"오스페다를 떠나겠다는 말로 들리는군. 뭐가 되었든 내가 널 찾아갈게."

그녀는 그의 정직함을 가장 높게 평가하는 사람이었다. 앙히에는 셈을 굴리지 않고 아주 분명하게 이야기하곤 했다. 전부 말하지 않을지언정, 입 밖에 내는 내용만큼은 항상 진심이었다. 낯간지러운 표현을 쓰자면 맑다고 이야기할 수도 있을 것이다.

"그리고 형님에 대해서도 생각 좀 해 줘."

"……."

가끔 이토록 과하게 정직할 때가 있지만. 외르타는 눈썹만 들어 올릴 뿐 대답하지 않았다. 앙히에는 그녀의 그런 모습에서, 이미 상대도 무언가 알고 있다는 느낌을 받은 모양이었다.

"뭐……? 반응이 왜 이래……?"

"걱정은 그만하고 떠나렴."

"……."

"내가 부르기 전에는 찾아오지 말고. 먼저 편지로 연락하는 게 좋겠다."

"……."

"잘 가."

이제는 숫제 그녀가 그를 내보내는 형국이었다. 앙히에는 얼떨떨하게 작별을 바라보다가, 갑자기 씩 웃었다.

"알겠어. 한 해 동안 고생 많았어."

"지난날들만 하겠니. 아주 평화로웠지."

"……정말 나아가네."

"그럼."

그는 살짝 손을 들어 인사했다. 외르타도 마찬가지였다. 지난번에는 헤어지고 일곱 해를 못 보았지만, 이번에는 왠지 훨씬 빨리 볼 수 있으리라는 직감이 들었다.

앙히에는 떠났다.

외르타는 황혼 속에서 곰곰이 정적을 곱씹어 보았다. 앙히에가 어떤 이유로 전쟁을 선택했는지 묻지 않았다. 질문이 오히려 그를 흔들리게 할까 두려웠으므로.

앙히에 스스로도 온전히 본인을 위한 선택이라고 말하지 않았다. 그보다는 모두를, 그리고 시간을 위한 것이라고 했다. 그는 어떤 확고한 이유로 결심한 것이 아니었다. 그보다는 희망으로 움직이고 있는 듯했다. 보다 나아지겠지. 한 걸음 삶도 오랜 겨울잠에서 깨어나 움트겠지.

그녀는 부디 그가 답을 찾기를 바랐다.

외르타는 손에 쥔 자수 천을 내려다보았다. 여전히 불성실한 솜씨였지만, 모리의 피땀 어린 지도 덕분에 이번에는 생각보다 미라이예의 두 그루 나무 문양에 가깝게 그린 것 같았다. 그녀는 천을 펄럭여 빛에 비춰 보았다. 그녀의 얼굴 위로 미라이예의 그림자가 졌다.

썩 괜찮군. 그녀는 천을 개켜 겨드랑이에 끼곤 벌떡 일어섰다. 앙히에가 오기 직전 마무리 지었던 일이다. 딱 손수건만 한 크기의 천에 최대한 노력했고, 꽤나 성공한 모양이었다. 그녀는 이것이 마땅한 선물이 될 수 있기를 바랐다.

외르타는 몸을 일으켜 계단을 올랐다. 꼭대기 층의 복도에 올라, 심호흡을 한 뒤 집무실 문을 두드렸다. 요새는 그의 방문이 열려 있는 경우가 없었다. 아무래도 군 기밀이 너무 많아서겠지.

문이 열렸다.

저녁을 먹을 때 보았던 옷차림 그대로였다. 그것보다 약간 피곤한 것처럼 보이기도 했다.

"외르타, 많이 움직이지 않으셨으면 좋겠습니다."

그는 그녀의 발을 보고 있지 않았다. 그러나 이미 말이 가리키고 있는 것과 다름없었다. 외르타는 조금 짜증스러운 태도로 천을 꺼냈다.

"그래, 아예 안 왔으면 타박도 안 들을 걸 내가 잘못했구나."

"죄송합니다. 당신의 행동을 제한하려 든 것은 아닙니다."

그녀도 그가 노력하고 있다는 사실을 모르지 않았다. 매번 자신이 계단을 오르거나, 혹은 조금이라도 세게 발을 디디면 턱에 힘이 들어가는 사람이었다. 그 말들을 꾸역꾸역 참다가 이처럼 겨우 둘만 있을 때 한 번, 소심하게도 이야기해 보는 것이다. 그녀는 심지어 그의 노력이 가상키도 했다.

그는 용건이 지체되자 옆방을 향해 손짓했다. 그만 서 있으라는 이야기겠지. 자신이 서거나 걷는 모습을 애써 보지 않으려는 태도였다. 외르타는 저것을 어떻게 달래야 할지 막막했다.

발렌시아는 그녀가 들어온 뒤 문을 닫아 주었다. 외르타는 다짜고짜 말했다.

"모리도 이러진 않아."

"저는 당신에게 아무 말씀도 드리지 않았습니다."

"다 들었어."

"……외르타, 저는 당연히 모리 라치올이 최선의 조치를 취했으리라 믿습니다."

"그러면 뭐가 문제니?"

"제가 걱정할 수 있도록 허락해 주십시오."

외르타는 입술을 앙다물었다.

"저는 당신을 부축하지 못합니다. 당신의 발에 신경 쓰지 않도록 노력합니다. 어떤 말도, 행동도 하지 않으려 합니다. 다만 제가 당신 건강에 대해 걱정할 수 있길 바랍니다."

그녀는 작게 한숨을 쉬곤 소파에 걸터앉았다.

"누구에게라도 그 정돈 할 수 있잖아."

"아니요. 전 다른 이였더라면 개의치 않았을 것입니다. 그러나 더 이상 저희의 관계를 부정할 수 없고, 때문에 당신이 고통받지 않기를 바라고 있습니다. 그것까지 저를 탓하지는 마십시오."

아, 이번에는 겁도 없이 너무 정확했다. 외르타는 조용한 청년을 올려다보았다.

"발렌시아 경."

"……."

"이리 와 봐."

그가 성큼 다가와 무릎을 꿇었다. 비로소 눈높이가 맞았다.

외르타는 미라이예 문양을 수놓은 손수건을 건넸다.

"전쟁에 들고 갈 수 있는 물건이 무얼지 생각했는데 몇 개 없더구나. 괜히들 손수건을 선물하는 게 아닌가 봐. 좀 어설퍼도 무시해 주렴."

"……감사합니다. 잘 간직하겠습니다."

외르타는 그가 펼쳐 보지도 않고 품에 넣자 못마땅했다.

"열심히 했는데 보지도 않을 거니?"

"제가 살피지 않으리라 생각하십니까?"

그녀는 순간적으로 시선 둘 곳을 몰랐다. 고개를 홱 돌렸다가 어정쩡하게 소파 모서리나 바라보았다. 어떻게 해야 할지 정말 알 수가 없었다. 그가 자신에게 감정을 가진 것은 잘 알겠다. 자신이 깨달았다는 것을 그도 안다. 하지만 받아들이기는 어렵다. 그것을 그도 안다…….

외르타는 겨우 다시 발렌시아에게로 눈을 돌렸다. 그는 피하지 않았다.

"경……."

"말씀하십시오."

"난, 그러니까……."

더듬고 있는 스스로가 부끄러웠다. 자신이 보고 있는 것은 어떤 속셈도 품지 않은 듯 깊고 곧은 눈이었다. 네가 거절하려면 해라. 그는 충분히 결단을 받아들일 만한 사람이다. 그러니 너 스스로 입 밖에 내기만 하면 자연히 해결될 거다. 그저 한마디만 해라. '경, 나는 어떤 애정도 바라지 않아.' 우린 타인이지만 전쟁터에서 태어난 한 핏줄처럼, 서로 존중하는 거리에서 마주 볼 수 있지 않겠니.

"……."

왜 아무 말도 할 수 없는지 잘 모른다. 어쩌면 예의일 것이고 어쩌면 아쉬움일 것이다. 아쉽다는 말이 놀랍지도 않았다. 자신이 거절하면 발렌시아는 분명 받아들이겠지만, 결코 지금처럼 가까이 오지도 않을 것이다. 그 단절이 너무 아쉬웠다.

외르타는 자리에서 벌떡 일어났다.

"선물은 전했으니 갈게."

"외르타."

"……."

"……."

손바닥이 간질간질했다. 그는 여전히 자신의 무릎 아래에 있었다.

"제가 해 드릴 수 있는 것이 적어 죄송합니다."

말인즉슨, 당신이 아무것도 못 하게 해 언짢다는 뜻이다. 그녀는 한숨을 쉬며 손을 내밀었다.

"일어나렴."

그는 그녀의 손을 잡았다. 그러나 전혀 당기지 않고 일어섰다. 외르타는 마치 팔씨름을 하듯 손을 마주 쥐고 그를 올려다보았다.

"그러니까……."

"……."

"당신 몇 주 뒤면 떠나잖아……. 그 선물이었어."

"전쟁은 얼마 걸리지 않습니다."

"무슨 옆 동넬 다녀오는 것처럼 말하는구나."

"제게는 벌써 다섯 번째, 총사로서는 세 번째 전쟁입니다."

"몸은 쓰면 닳아. 건강 조심하렴. 이번 전쟁은 꼭 마지막이라고 생각하고."

그들은 여전히 손을 놓지 않았다. 누군가 먼저 놓으려는 시도조차 하지 않았다. 그러나 두 팔뚝만큼 멀리 서서, 서로 손을 붙잡고 있는데도 왠지 겨루는 듯한 분위기를 풍겼다.

"챙겨 주셔서 감사합니다. 그러나 당신이 떠난다면 제가 굳이 오스페다에 있을 이유도 없습니다."

"……."

외르타는 여전히, 어떻게 해야 할지를 몰랐다. 이런 스스로가 억울하기도 했다. 소녀 적에 많이도 다뤄 본, 애매한 거리 속 긴장감들, 살짝 눌렀다 사라지는 대화들이 기억나지 않았다. 그 감정이 기억나지 않는다기보다는 기술 자체를 어딘가에 흘리고 온 것 같았다. 그러니까 그것들을 '다룰 수' 없다는 의미다. 전혀 재미있다는 느낌이 안 들었다. 위에서 부린다는 생각은커녕, 마주할 수조차 없었다. 대화에서 나는 날것의 냄새에 소스라쳤다. 매번 긴장했다.

"이것도 짜증스럽구나……."

그녀는 마음속 말을 내뱉고는 흠칫 놀라 그를 바라보았다.

"무엇이 언짢으십니까?"

"……나도 겁쟁이인 게, 대체 무슨 말을 할 수가 없네."

"……."

두려워서 어떤 것도 바꾸지 못하고 있는 낯짝들이 아주 웃겼다. 그녀도, 그도 마찬가지였다.

아니. 외르타는 정정했다. 적어도 발렌시아는 나보다는 용감한 편이지. 그는 표현할 줄 알았다. 우회적으로라도, 부정할 순 없다.

그녀는 지고 싶지 않아 약간 용기를 냈다.

"발렌시아."

정적.

"이렇게 불러도 되겠니?"

그는 만난 순간부터 이름을 불렀는데, 자신은 꼬박 한 해가 걸렸다.

"당신은 제게 허락을 구하실 필요가 없습니다."

외르타는 씩 웃었다. 잡았던 손을 떨치고, 다소 의기양양하게 고개를 끄덕였다.

"알겠어, 발렌시아."

외르타는 가만히 있어도 자꾸만 웃음이 났다. 아무래도 도저히 납득이 안 가서인 것 같았다. 이 화사한 자리가 어떤 자리인지 눈으로 보고 머리로 알아도 계속 어리둥절했다.

몇 걸음 앞에서 눈이 마주친 시누사가 유리잔을 흔들었다. 외르타는 빙그레 웃으며 잔을 마주 올렸다. 멀리서도 잔이 울리는 소리가 나는 듯했다. 그녀는 술을 입에 머금은 뒤, 시누사와 조용히 인사했다. 새신랑이라면 이 회장에서 가야 할 곳이 여간 많지 않을 것이다. 인파 소리가 '솨아아' 밀려들어 왔다.

그녀는 그가 떠난 자리를 보며 혼인식을 감상했다. 이미 데군다 백을 중재자로, 시누사와 리베 톨레도는 반지를 교환했다. 딤니팔에서는 아무도 축사를 하지 않는 것 같았다. 어디서 아버지의 손을 붙잡고 오는 의식도 없고, 좌중을 주목시키는 노래도 없고, 정말 아무것도 없었다. 반지를 교환하는 의식 중에도 —물론 모두 새로운 부부에게 집중하긴 했지만— 정숙하지 않았다. 다들 이 혼인식 자체에 대해 웃고 떠드는 분위기였다. 아주 특별한 날일 텐데 딤니팔 풍습이란 좀 희한했다. 신랑도 신부도 고개를 꾸벅 숙이며 여기저기서 온갖 사람을 만나고 다니는 분위기였다.

"외르타, 그나시오의 술은 화주火酒입니다. 주의하십시오."

그녀는 낮은 목소리를 돌아보지도 않고 으쓱였다. 맛만 있는걸. 그리고 제정신인 사람이라면 연회장에 불 같은 술을 들고 오지 않았을 것이다.

"공작께서도 한잔 드시지요."

외르타는 주변에 술잔을 나르는 하인이 없음을 확인하고 제 잔을 건넸다. 기껏해야 한 입이나 삼켰을 잔이었다. 발렌시아는 거절하지 않고 받았다.

"공작, 질문이 있습니다."

"말씀 주십시오."

그는 지나가는 하인에게 빈 잔을 넘겨주었다.

그녀는 순간적으로 무언가를 깨달아 흠칫 놀랐다.

"아니, 그 전에, 공작께서는 제게 하대하셔야 합니다. 저는 더 이상 대접받아야 할 '리베'가 아니며 공작과 똑같이 정식 가주입니다. 제게 하대하시는 것이 오히려 저를 격에 맞게 대우해 주시는 겁니다."

"말버릇입니다."

"고치세요."

사실 어떤 쪽이 진짜 공손한지 구분하기는 쉬웠다. 하지만 외르타는 굽힐 생각이 없었다. 사석에서는 예전과 다름없어도 괜찮았지만, 이런 공식적인 자리에서는 지켜야 할 내용이 있는 법이다. 이제 그녀는 어쨌든 딤니팔 귀족이었다.

"공작."

"……당신이 바란다면."

외르타는 빙긋 웃었다. 그는 약간 기분이 상한 것처럼 보였지만 어쩔 수 없었다. 그도 자신이 평범한 요구를 했다는 사실을 알 것이다.

"그러면 정말 궁금했던 점을 여쭙지요. 원래 여기는 결혼식이 이렇게 사교 연회에 가깝나요?"

"결혼식이 아직 시작되지 않았기 때문입…… 때문이다."

"아? 반지를 주고받은 건?"

"딤니팔에는 그런 풍습이 없다. 아까 전 의식을 의미한다면, 그나시오와 톨레도의 가문 표장을 교환했지. 체칼라스와 함께."

외르타는 혼란에 빠진 표정으로 솔 그나시오의 홀을 둘러보았다.

"공작, 벌써 이토록 식이 산만한데 여기서 또 뭘 할 수 있겠습니까? 결혼식 순차가 남았다니 잘 이해가 되지 않는군요."

"곧 폐하의 무명이 금석증金石證을 하사하러 올 터, 그것이 처음이자 끝이다."

"반지도 없이? 입도 안 맞추고?"

"……그런 풍습이 있다고 들었지."

"금석증은 뭔가요?"

"폐하께서 하사하시는 증서다. 그 증서에 서명해야만 부부가 될 수 있다."

"그 뒤엔?"

"……."

그의 기색으로 미루어 보아, 정말 아무것도 없는 모양이었다. 이렇게 요란하게 서로 어깨나 치고 다니다가, 가문의 표장을 교환했다가, 다시 떠들다가, 금석증에 서명하고 또 술을 마시러 가는 것 같았다. 외르타는 약간 김이 빠진 얼굴이 되었다. 어떤 대단한 것을 기대한 건 아니지만 이 정도로 알맹이가 없을 줄은 몰랐다.

"라르디슈는 대단했는데."

그녀는 웃음기를 지우지 못한 채 혼잣말을 했다.

그땐 말 그대로 휘황찬란했다. 귀족원의 한 사람 한 사람이 홀笏을 바치고, 왕실 웃어른이 축사를 하고, 나는 중앙을 걸어가 리오넬에게 다다르고, 평소에는 착용할 수도 없는 무거운 반지를 여러 개 서로 끼워 주고, 입 맞추고.

외르타는 꽉 쥔 주먹을 내려다보았다. 핏줄이 서 있었다. 그 순간, 너무도 자연스럽게 옆에 선 발렌시아를 올려다보았다. 그가 인상을 찌푸리고 있었다. 그녀는 수습하려 했다.

"그러니까, 공작, 제 고향도 그 정도는 아니니까요. 그곳에선 신전의 축복을 받고 망토를 교환하지요."

"……."

"공작."

"크게 중요한 의식이 아니다."

외르타는 냉정하기까지 한 그의 태도에 헛기침을 했다. 하대를 해서 더 단호하게 들리는 것인지도 몰랐다. 물론 이 혼인식이 딤니팔 귀족들이 가진 자존심 같기는 했다. 애매하게 따듯하고 속살거리고 웃음기 섞인, 반쯤은 기억에도 남지 않는 부드러운 대화 자리. 그러나 그 속에서도 위엄을 차리고 있다고 뿌듯하게 지껄이는 것이다. 너무 늙어서, 고정된 채 오래되어 요동치지 않는 호수인 듯했다.

그녀는 한순간 리베 안니발레가 허둥지둥 다가오는 모습을 보며 긴장했다. 푸른 드레스가 그녀의 눈 색과 잘 어울렸다.

"백작, 안녕하세요?"

"안녕하세요, 리베."

"공작께서도 별고 없으셨나요?"

"예."

외르타는 이제 그를 탓할 기운도 없었다. 다만 안니발레는 의외로 흔들리지 않고 가슴을 쾅 쳤다.

"두 분께 인사를 드리려고 왔어요. 지난번 잉그레 무도회에서 좋지 않은 일이 있어 기회가…… 기회를 못 잡아서요."

"예. 저도 오랜만에 뵈어 반갑습니다."

"오늘도 중요한 자리네요!"

"아무렴 십이공회 손들의 혼인식이니까요."

"네, 그리고 제가 시누사 경과 리베 톨레도의 퇴장을 수행하게 되었답니다."

갑자기 아무 관심이 없는 듯 보이던 발렌시아가 몸을 돌렸다. 외르타는 급변한 태도에 살짝 놀랐다. 무엇이 그를 놀라게 했을까?

"어떤 분이 제안하셨습니까?"

"제가 리베 톨레도와 친밀하기도 한 만큼……."

"안녕하십니까, 공작, 발미레 백작."

누군가 불쑥 대화를 끊고 들어왔다. 외르타는 어리둥절한 표정으로 안니발레 백작을 바라보았다.

"아버지?"

"델린, 여기서 나눌 말씀은 아닌 것 같구나. 잠시 리베 톨레도와 함께해 주겠니?"

"아…… 물론이지요. 그러면 이만 가 보겠습니다. 인사를 드리고도 빠르게 떠나게 되어 난처하네요……. 그렇지만 이따 뵐게요."

그녀는 화사하게 웃으며 뒤돌았다. 주홍빛 체칼라스가 살짝 떨렸다가 가라앉았다.

소녀가 인파 사이로 사라지고 나서야 안니발레 백작이 다시 몸을 돌렸다. 그는 발렌시아보다 한 뼘이나 작았지만, 이 자리에선 훨씬 편안해 보였다.

"그만하시지요, 공작."

"난 아무 말도 하지 않았는데."

"하셨잖습니까."

"십이공회의 퇴장은 십이공회에서 맡지. 리베 안니발레도 그것을 모르진 않으시리라 믿는다."

"물론 제 딸도 그것을 압니다."

"그렇다면 스스럼없는 게 놀랍군."

"무슨 이야긴지 궁금하네요."

외르타는 한마디도 못 알아듣고 있다가 대뜸 끼어들었다.

"……십이공회와 그 직계의 정식 의례에서 그들의 퇴장을 돕는 자는 같은 십이공회원, 그리고 직계뿐이다."

그녀는 순간적으로 깨달았다.

"리베 안니발레가?"

"의심의 소지가 있다."

"제가 무엇을 말씀드리기 어려운 처지에 있어 두 분께 안타깝습니다. 그러나 구태여 누굴 놀래 줄 마음은 아니었습니다."

"백작은 이상한 말을 하는군. 놀래 줄 생각이 없었다면 지난 열일곱 해 동안 잠잠했을 순 없지."

"각자의 훈육 방식이 있는 법입니다."

외르타는 얼떨떨한 표정으로 안니발레 백작을 바라보았다. 물론 여태껏 안니발레가 직접적으로 딸의 결혼을 타진한 적은 없다. 기껏해야 말과 소문이 흐른 곳은 십이공회, 앙히에, 왕실 정도. 그러나 그 사람들이 이야기하고 있을 정도라면 사실과 소문은 한 끗 차이일 테고, 리베 안니발레 본인도 마음을 숨기기는 어려운 이처럼 보였다.

"백작께서는 따님을……?"

"예."

"그러면 지금까지는 왜……?"

그는 소리 없이 웃기만 했다.

"공식적으로 말씀드릴 기회가 있을 겁니다."

"따님께선 아시나요?"

"오늘 자신의 역할이 무엇인진 잘 알지요."

"아니요. 아시나요?"

그제야 안니발레 백작의 얼굴에서 웃음기가 사라졌다.

외르타는 그의 의뭉스러운 눈매를 바라보았다. 외르타가 보기에 리베 안니발레는 후계자가 되고 싶다는 생각을 일절 하지 않은 것 같았다. 적어도 자신이 나자빠지기 전까진 그렇게 보였다. 그런데 이토록 갑작스레 시누사의 결혼식에서 수행을 맡으러 나타나? 그것이 십이공회의 후계가 됨을 암시한다고? 남의 일이었지만, 그녀는 그 부녀가 적절한 대화를 나누었을지 궁금했다.

"무례한 질문을 하시는군요, 발미레 백작."

이제 왕비도, 망명자도, 십이공회의 일원도 아닌 사람이 집안사에 왈가왈부한다는 의미다. 외르타는 떳떳이 잘못을 인정했다.

"여쭙지 말아야 할 것에 손을 댔다면 사과드립니다."

"하지만 백작이 무례한 질문이라고 여긴 이유가 있을 것이다. 혹여 리베 안니발레가 오늘의 무게를 모른다면…… 부당하다."

"걱정 마십시오. 잘 압니다. 그리고 더 하실 말씀이 있으시다면 후계를 허가하는 십이공회에서 뵙지요."

그리고 백작은 뒤돌아 성큼성큼 사라졌다.

외르타는 무슨 일이 일어났는지 알아차리기 어려운 듯 눈을 깜박였다. 상당히 급하게 문전박대를 당한 느낌이었다. 그녀는 유일한 대화

상대를 올려다보았다. 아, 이런 이야기를 하며 도저히 공대할 수 없었다. 주변에는 사람이 적었지만, 누구라도 그들의 말을 엿들을 수 있는 장소였다. 때문에 그녀는 급하게 손짓했다.

발렌시아는 몸을 숙이다가, 여의치 않은지 가까운 곳의 쪽문을 눈으로 가리켰다. 외르타는 먼저 홀을 나섰다. 정말 중요한 혼례 의식이 있다니 소리가 요란하면 바로 돌아올 수 있을 것이다.

외르타는 정원수 사이 의자에 주저앉았다. 아무래도 혼인식 중이라, 솔 그나시오의 정원에는 개미 새끼 한 마리 없었다. 곧이어 느릿느릿, 그러나 꾸준히 넓은 걸음으로 발렌시아가 다가왔다. 그녀는 숨이 터진 것처럼 곧장 물어보았다.

"저래도 되는 거야? 평생을 리베로 키워 왔는데 갑자기 후계자로 삼겠다고? 대체 어디서 튀어나온 소리야? 가능한 거야?"

발렌시아는 그녀의 옆에 멈춰 섰다.

"후계자와 후계자가 아닌 자의 교육은, 가주의 의지만 있다면 크게 다르지 않습니다. 백작의 말마따나 제가 리베 안니발레가 어떤 방식으로 훈육되었는지 모르는 만큼 그에 대해서는 말을 더할 수 없습니다. 저는 개인적으로 가주의 자질을 판단하지 않습니다."

"참 무섭게도 공정하셔라."

"물론 십이공회 자리에서 판단될 것입니다."

"……."

"절차상으로는 문제될 부분이 없습니다. 다만 불필요한 소란이 있을 겁니다. 이때 리베 안니발레가 그나시오 부부를 수행하면 부부보다 그녀에게 관심이 쏠릴 것으로 보입니다. 그것을 허가했다는 측면에서 그나시오와 톨레도는 무언가 알고 있으리라 믿습니다."

"발렌시아, 중요한 얘길 할 테니 앉아 봐. 보기 불편하잖니."

그는 뚫어져라 그녀를 바라보다가, 한 뼘 정도 떨어진 거리에 앉았다.

"리베 안니발레 본인이 안타깝다면 안타까울 수 있지만…… 난 바로 다른 생각이 나더구나."

"말씀하십시오."

"지금 그녀 때문에 당신이 이렇게 편하게 있을 수 있는 거 아니니? 매양 모른 체하고 감사할 줄도 모르지만."

"이해하지 못했습니다."

"열일곱 소녀가 당신의 마땅한 짝으로 남아 있으니, 주변에서 의심스러운 눈초리로 볼 뿐 닦달하진 않는 거잖아. 지난 개전 십이공회 때 자멘테 후도 그러더구나."

발렌시아는 마치 당신이 그런 소리를 할 줄 몰랐다는 듯 고개를 돌렸다. 외르타는 시퍼런 눈과 마주치곤 순간적으로 길을 잃었다.

"아니……."

그녀는 다시 단단히 깃대를 잡았다. 오히려 결심이 더 굳었다.

"평시라도 골치 아픈데 당신이 전쟁터에 나간다면 더 곤란해지지. 기껏해야 몇 주 남았는데 그동안 뭐라도 하라고 난리를 칠 터."

이것은 자신들이 잠깐 마주하는 떨림과는 아예 다른 이야기였다. 그와 자신이 이런저런 시선을 교환한다는 사실은 괜찮았다. 그녀도 불만이 없었다. 그러나 딱 거기까지다. 배우자는 완전히 별개의 건이었다. 이어진 곳도 없다. 칼로 썰어 둔 두 개의 도막이었다.

그가 그 사실을 알고 있을지 궁금했다. 자신이 그를 어느 정도 받아들인들, 그 이상은 현실적으로 절대 불가하다는 것. 리베 안니발레의 소식에 더 놀란 이유도 다름이 아니었다. 그녀는 미안하게도 자신의 구명줄이었으며, 그녀 덕분에 발렌시아와 격 없이 지내더라도 미라이에를 해친다는 기분이 들지 않았다. 언제가 되었든 발렌시아는 그녀에게로 돌아가면 되니까. 그러니 그에게 이쪽을 보라고 마구 흔들어 주어야 했다. 그가 좋아하지 않으리라 생각하면서도 입을 열었다.

"외르타, 저는 아직 결혼 생각이 없습니다."

"당신 나이가 몇인 줄은 아니……."

"저는 여러 번 말씀드렸습니다. 당신은 제 결혼에 가진 권리가 없습니다."

"그게 나를 막아."

"……."

발렌시아의 몸이 살짝 기울었다. 그녀는 민감하게 느낄 수 있었다.

"내가 당신에게 더 가까이 가고 싶어도, 당신이 미혼이고 계획도 없다는 사실이 나를 막아."

그녀는 아주 담백했고 또 정직했다. 그의 날선 눈과 마주하고도 진심을 말하는 것이 어렵지 않았다. 이번에는 미안하다는 감정조차 없었다.

"예를 들어 보자. 물론 당신에게 부인이 있다면 난 좀 귀찮은 존재가 되겠지. 그러나 그런 것을 용납하지 못하는 부인이 이상한 거야. 대외적으로는 할 말이 없을 터, 그렇지만—."

"그만하십시오."

"내가 똑같은 얘길 예전에 했지 않니? 이번엔 당신도 나도 이해하고 있어서 더 코앞에 닥친 문제란다. 그러니 십이공회에서 리베 안니발레 소식을 듣고 펄쩍 뛰기 전에 당신이 불을 꺼 두어야 한다. 저도 그녀가 후계자에 욕심을 내고 있단 걸 예전에 들어서 알았고, 사실 제 약혼자는 이 사람이라는 식으로."

"외르타."

"안 그러면 또 공격받을 거야. 개전 십이공회에서 자멘테 후가 말한 것을 들었다. 십이공회에서 당신 혼인 문제를 제기했다고? 십이공회도, 종가문도 좌시하지 않겠다는 뜻이잖니. 당신이 모를 리가 없다."

"……."

"당신은 문제를 좀 피하는 경향이 있어."

발렌시아는 자리에서 일어서려 했다. 그러나 그녀가 잽싸게 그의 손을 움켜쥐었다. 그래도 그가 일어서려 하자 아예 팔로 대롱대롱 매달렸다.

"앉아."

"싫습니다."

"진짜 이 사람이…… 당신은 이미 넉 달이나 내 병구완을 했다고 나쁜 소문이 자자하단 말이야."

"제가 하고 싶어 한 일이었습니다."

한 팔에 여자를 매달고 어정쩡하게 선 기사의 모습은 희극적인 데가 있었다. 그녀는 절대 놓아주지 않을 예정이었고, 때문에 아예 그의 팔을 끌어안았다. 가슴이 닿아도, 딱히. 전쟁터에서 얼마나 그랬는데 신경 쓰이지도 않았다.

그러나 발렌시아가 홱 뿌리쳤다. 힘이 너무 세서 순간적으로 반항할 수조차 없었다. 외르타는 의자로 떨어져선 잔뜩 화가 났다.

"발렌시아!"

"당신이 저를 받아 준다고 말씀하시기 전까지, 저는 어떤 행동도 하지 않을 예정입니다."

외르타는 기가 막혔다. 발에 입 맞추는 것을 가만히 두고, 명확한 접근에도 오냐 오냐 했더니 저 지경이었다.

"진짜 이 사람이…… 협박해?"

"고초를 겪어도 제 일입니다. 제 일을 가지고 협박할 수는 없습니다."

"내가 당신이 힘들지 않길 바란다는 사실을 알잖니. 그럼 협박이지. 당신 그럼 내가 여기서, 당신이 결혼하지 않을 시 자해自害하겠다고 하면 그건 내 일이고 내가 힘든 거니까 협박이 아니게 돼?"

"……."

"좀 어른스러워져 봐!"

그녀는 거의 호통을 쳤다. 남이 들을까 무섭지도 않았다.

발렌시아의 고상한 옆모습이 살짝 일그러졌다. 얼굴은 잔뜩 굳었는데 다리만 움찔거린다. 도망가려는 것인지 남아 있으려는 것인지 구분하기가 어려웠다. 그러나 그는 결국 패배해선, 그녀 앞에 천천히 한쪽 무릎을 꿇었다.

"외르타."

외르타는 입술을 앙다물었다.

"저는 제가 나아간다면 당신이 부담 없이 떠나실까 두렵습니다."

"나한텐 한평생이 있어."

외르타는 진심이었다. 물론 그가 아직 젊은 자신의 모습만을 아낄지는 모르겠지만, 적어도 그녀만큼은 포부가 컸다. 한 사람을 살피고 가까이 다가갈 시간이라면 이제 여유롭게 평생을 잡아도 좋았다.

오스페다를 떠나는 것? 떠나 봤자 근경일 것이다. 멀어지면 얼마나 멀어진다고 만나지도 못하겠는가. 심지어 알론조 캄비는 미라이예 본영지와 가까웠다.

그녀는 그가 납득했기를 바랐지만 상대는 무언가 못마땅한 듯, 어쩐지 화가 난 듯한 눈빛이었다. 외르타는 이해하지 못하고 무릎 위에 놓인 그의 손을 잡았다. 그것이 마치 그를 달랠 수 있는 무기라도 되는 듯.

그가 말했다.

"당신이 무슨 의미로 '평생'이라고 일컫는지 모르겠습니다."

"내가 당장 죽기라도 한다니? 나는 오스페다에서도 그리 멀지 않은 곳에 있을 텐데, 그게 그리 못 넘어올 강처럼 보여? 그곳에서 당연히 꽤나 오랫동안, 평생 동안 교류할 수 있겠지."

"우리가 평생 이어질 우정을 쌓길 바라시는 겁니까?"

"왜 아니겠어?"

"저는 아닙니다."

외르타는 그의 손을 꽉 쥐었다.

"그건 우정이기도 해."

"아니기도 합니다."

"부정하지 마."

"당신이야말로 부정하지 마십시오."

물론 알고 있다. 그것은 우정이기도 하고 아니기도 하다. 그리고 그 어떤 것이기도 하고 우정이기도 하다. 둘 모두 다른 하나에서 애써 시선을 돌리는 모양이었다.

그는 아주 고집 센 눈을 하고 있었다.

"발렌시아……. 그럼 내가 당신이 결혼한 뒤에도 항상 유대를 굳건히 하리라 맹세하면 양보할 거니?"

"아니요."

"왜?"

"당신에게도 그 사람에게도 예의가 아닙니다."

"그럼 어쩌잔 거야?"

"모르겠습니다."

외르타는 한숨을 쉬었다. 자신이 좀 더 일찍 눈치챘어야 했던 것일까? 혹 그는 예전, 결혼에 대해 말하기 싫어할 때부터 제게 감정을 느끼고 있었을까? 끔찍이도 옛날 같은데. 그때 그를 붙잡았다면 이 엉겨 붙은 집착을 고칠 수 있었을지 궁금했다.

그러나 한 가지 다행이라면, 그도 자신도 '혼인'이 불가능하다는 것을 이해하고 있다는 점이었다.

그와 자신의 신분은 관계가 없었다. 그보다는 발터가 자신을 전쟁 명분으로 삼았으며, 그녀 스스로는 아이를 낳지 못하는 몸이라는 것. 정말 중요했다. 이 두 가지를 잊을 수야 없다. 만일 발터가 진심이 아니더라도 자신이 아이를 못 가진다는 사실은 불변의 것이었다. 그만한 단점. 모르고 혼인해도 청천벽력 같은 일인데, 알고서 함정에 빠질 필요야 없지.

외르타는 어떤 면에서는 죄렛에 너무 감사했다.

그녀는 자신의 생각에 순간적으로 놀랐다.

"외르타?"

"……."

그의 진심을 받아들이되, 공식적으로 붙잡힐 수 없어서 정말 감사했다. 그의 부속지附屬肢가 되고 싶지 않았다. 자신은 오히려 비공식적인 관계에서 더 당당할 수 있었다. 이것은 그가 제게 가진 감정이 깊은 것과는 완전히 다른 이야기다. 그가 자신을 아끼든 말든 아무 상관 없었다. 중요한 것은 구조였다.

그녀는 그, 혹은 미라이예의 일부가 되고 싶지 않았다. 그렇게 되는 순간 제 삶과 안전을 담보하기 힘들었다. 외르타는 그 함정을 누구보다도 뼈저리게 아는 사람이었다.

외르타는 발렌시아를 뚫어져라 바라보았다. 그는 억울할 수도 있겠지. 중요한 것은 마음과, 그 마음을 받아들이는 내 태도라고 생각할 테니까. 하지만 더 중요한 게 남아 있었다.

누누이 이야기했잖니. 내가 왜 혼자 살고 싶어 할까?

"발렌시아, 당신은 내가 왜 혼자 살고 싶어 한다고 생각해?"

"……."

"마음이 통하면 좋겠지. 한동안 기쁠 수도 있고. 하지만 당신과 내 위치를 감안했을 때, 마음만으로는 해결되지 않는 부분들이 있단다."

"당신은 게외보르트의 왕녀이자 라르디슈의 전 왕비입니다."

"신분을 이야기하는 게 아니야. 현실적으로 보렴. 여기서 권력자는 당신이지. 내가 당신의 무언가가 된다면 내 인생은 당신에게 매인 채 끝장난단다. 때문에 나는 홀로 서야 한다."

"그럴 리 없습니다."

“내가 일전에도 몇 번이나 이야길 했는데 듣질 않네. 갑자기 당신의 마음이 식는다면? 아, 안 돼. 그럴 리 없다고 말하지 마. 당신이 그걸 어떻게 알아?”

“제가 불안하십니까?”

그의 표정은 오히려 가라앉아 있었다. 아주 깊은 물이었다.

외르타는 인정했다. 당신도 불안하고, 당신에게 붙잡힌 나도 불안해. 내 삶을 단단히 채우지도 못한 상황에서 당신을 받아들일 수는 없어.

잠시, ‘그대는 사람을 너무 믿는다’던 자카리의 말이 떠올랐다. 그 당시 그녀는 발렌시아를 굳게 믿고 있었다. 그러나 관계가 선을 넘었다면 이제 완전히 다른 이야기였다. 이미 한 번 틀렸는데 두 번은 못 틀릴까?

아, 죽는 건 그나마 나았다. 정말 괜찮다기보다는 관계에 비할 수 없다는 뜻이다. 침대를 공유한 관계에서 무언가 흔들려 빠개지느니 차라리 죽는 게 낫다.

그녀는 무슨 말을 하기로 결정했다. 우리를 구분 짓기 위해 해야 하는 말이었다. 다만 짐승처럼 앉아 있는 그를 상처 입힐까 걱정했다. 그녀는 그의 손을 더 강하게 붙잡았다. 지금껏 쥔 누구의 손보다 더 거칠고 단단했다. 제 주먹을 감싸 쥐고도 남을 손. 그러나 자신이 막는다면 그는 도망칠 수 없었다.

“나는 죄렛에 감사해. 전쟁터에서 그랬지. 아직도 변함없어.”

발렌시아의 턱에 힘이 들어갔다. 달리다 무언가에 부딪친 듯한 표정이다.

“내 언니는 왕이 되고 싶어서 죄렛을 썼어. 난 사람이 되고 싶어서 죄렛을 써.”

그는 순간적으로 무슨 의혹을 느낀 것 같았다.

“설마 지금 쓰고 계신 것은…….”

“이미 성공했는데 왜 쓰겠어? 하지만 실패하지 않았더라면 당연히 썼을 거야.”

“…….”

“아이를 낳으면 발터가 중뿔날 거란 사실은 당연하지만, 그보단 내가 아이를 가지는 게 너무 힘들었단다. 지난 칠 년간 내 삶이 그 아이에게 저당 잡힌 것 같았어. 물론 죽도록 행복하고 괴로웠어. 하지만 내 생은 없었지. 이제야 당신 도움 덕분에 겨우 나를, 삶을 되찾았는데 곧장 아이 이야기를 꺼낼 수야 없지.”

“…….”

“그러니까 이제 그만 나를…… 낯선 사람으로 보고, 편하게 관계를 진전시키자고 이야기하면 좋겠어. 아무것도 하지 말자는 이야긴 아니란다. 다만 나를 지킬 수 있게 도와줘.”

반쪽의 희망처럼 들릴 것이다. 그러나 그의 도움으로 깨달은 것을 그의 방해로 잃어버릴 수는 없잖은가.

외르타는 잠깐 고민하다가, 몸을 숙였다.

그의 이마에 입 맞추었다.

자카리는 두건을 살짝 들어올리며 경비병에게 조용히 하라고 명령했다. 그러니까, 무슨 말을 했다기보다는 왕의 얼굴로 겁을 주었다. 물론 그들이 그의 얼굴을 모르더라도 딤니팔을 상징하는 머리칼과 품속의 황금 브로치에는 깨닫는 바가 있었으리라.

그들은 깊이 고개를 숙여 잉그레의 예를 표했다. 왕은 손사래를 치며 솔 그나시오의 중앙로로 걸어갔다.

무명에게 금석증을 내릴 수도 있었지만, 그보단 전쟁 직전의 십이공회 의례에 신경 써야 했다. 앞으로 최소 두 해 동안은 고상한 의식이 없을 테니, 당장 왕이 이만큼 노력했다고 어깨를 토닥여 주어야 하는 것이다. 더불어 이 혼인식 자체에도 세 명의 십이공회원이 얽혀 있다는 사실을 잊을 수 없었다.

세 명. 그래, 세 명. 그나시오와 톨레도, 예기치 못한 순간 제 뒤통수를 때린 안니발레까지 세 명이었다.

안니발레는 지난번 앙히에의 충성 맹세가 지나간 후 다시 왕을 찾았다. 그리고 대뜸 딸을 후계자로 삼겠다고 주장했다. 자카리는 한 번 겁먹고도 또 겁먹을 수 있는 재주를 보여 주었다. 물론 안니발레 백작 본인이 공작과의 혼인을 크게 원하지 않았단 사실을 안다. 그러나 그저 지체 높고 귀찮은 인척을 방지하려 한다고 생각했지, 딸에게 바라는 바가 있었다는 사실은 미처 몰랐다.

리베 안니발레. 자카리가 보기에 그녀는 너무 선량했다. 좀 당혹스러울 정도로 착했다. 바보는 아니었지만 십이공회원에게 기본적으로 요구되는 악덕이 부족했다. 그 악덕이란 어떤 것이 바르다는 사실을 알고 있되, 그저 알고만 있는 것. 어떻게 하는 것이 세상 옳다는 사실을 잊지 않은 상태에서 전혀 신경 쓰지 않는 것.

"짐을 이해시켜 봐."

"델리다 누에바 바말디 얀 안니발레는 가주의 교육을 받았습니다. 제 딸의 자질은 십이공회에서 판단됩니다."

"아니. 자질을 이야기하는 게 아닐세. 그대가 왜 그렇게 행동했는지 궁금한 거야."

그는 안니발레 백작이 그런 선택을 한 이유가 궁금했다. 정말 딸을 후계자로 삼고 싶었다면 자멘테 대후작처럼 했으면 될 일이다. 굳이 그녀처럼 전쟁터에 나갈 필요는 없었겠지만, 최소한 어렸을 때부터 가주의 그릇이라고 사방 천지에 설득해 두고, 본인도 항상 그 칼날 위에서 살도록 안배했다면 다들 이해했으리라. 그런데 열일곱 해를 온실 속에서 키워 두고서 갑자기 후계자라고?

그렇게 생각하는 순간 그가 말했다.

"아, 저는 딸을 자멘테 후와 같이 만들고 싶은 생각이 없었습니다."

자카리는 허를 찔린 기분으로 눈만 깜박였다.

"그녀에게 본이 될 만한 사람이 얼마 없다는 사실을 알아요. 딸이 어릴 때 후계자를 확실히 했더라면, 쉬이 그녀대로 살 수 없다고 생각했습니다.

"……."

"저는 젊어서 딸을 낳았고 지금도 기껏해야 마흔입니다. 그녀를 가르칠 시간을 계산한다면 십몇 년 자유롭게 두는 것도 나쁘진 않았습니다."

"짐은 이해가 안 가. 물론 딸을 아끼는 마음은 이해하나, 그녀를 가만히 내버려 두면 단순히 리베와 같은 생활 방식을 배우겠지. 그대도 지금 딸이 단지 '리베 안니발레'란 사실을 알잖나."

"그게 나쁜가요?"

그는 또다시 허를 찔렸다.

"폐하께서 어떤 의미로 리베들의 생활 양태라고 말씀하시는지 잘 알지만, 어려운 문제입니다. 비 전하께서 단순히 '리베 톨레도'셨을까요?"

"아, 그래, 그래."

자카리는 급하게 대화를 봉합하려 했다. 얄팍하게 편견을 전시한 자신이 조금 부끄러웠다.

“저는 제 딸을 압니다. 제가 직접 교육시켰고, 괜찮은 가주가 될 겁니다.”

“……그러나 명심하게. 그녀는 약지 못해.”

“바른 말을 하는 사람이 나올 때도 되었지요.”

둘은 서로를 바라보다가 웃음을 터뜨렸다.

자카리는 그가 말한 것보다 좀 더 잘 이해했다. 안니발레 백작도 이런 왕을 알기에 순순히 개인적으로 설명한 것이다. 자멘테 후는 새파랗게 젊어, 딸을 둔 백작이 보기에 좋은 본이 아니었다. 그 개인이 존중하고 공경하는 십이공회원일 수는 있으나 누구나 그녀처럼 되기를 강요할 수는 없는 법이다. 그래서 백작은 직접 건네는 교육을 제외하면 딸을 그저 자라도록 두었다. 공작과의 혼담 소문이 파다하든, 아이가 정말 공작에게 호감을 품었든, 무도회에 관심을 쏟든 그저 그렇게 두었다.

사실 어떤 면에서 자카리는 흥분했다. 리베 안니발레라니. 너무 이상한 십이공회원이었다. 상상만 해도 신기하고 좋았다. 마음이 약은 게 아니라 약한 사람을 얼마 만에 보는지 설렐 지경이었다. 다들 어마어마하게 우습게 볼 텐데 그것을 백작이 어떻게 묶어 둘지도 아주 궁금했다.

자카리는 홀에 들어서자마자 리베 안니발레를 발견하고는 씩 웃었다.

“리베 안니발레.”

그녀는 두리번거리다가 두건을 벗은 자카리를 보고 깜짝 놀랐다. 그녀는 허둥지둥 고개를 숙였다.

“폐하.”

“리베 안니발레로 불릴 날도 얼마 남지 않았네.”

그는 안니발레가 얼굴을 붉힐 것이라고 생각했다. 그러나 생각 외로,

그녀는 미소 지었다. 자카리는 예상치 못한 데에서 놀랐다.

"……오늘 그대가 그나시오의 후계자를 마중하면 다들 웅성댈걸세. 혼인식에서 이목이 분산될 것을 알면서도 허락해 준 부부에게 감사하게."

"네. 정말 고맙게 생각하고 있어요."

이미 말투부터 달라졌군. 자카리는 낯설고 신기한 것을 보듯이 그녀를 바라보았다.

"궁금한 게 있는데."

"예. 말씀 주세요."

"백작과 정확히 합의한 건가?"

"예……. 아버지께서 얼마 전 말씀 주셨어요. 덕분에 그나시오 백작께서 오스페다에 도착하시자마자 함께 요청드리러 갈 수 있었어요."

"놀라진 않았고?"

"많이 놀랐어요……."

그녀는 눈을 동그랗게 떴다. 자카리는 무슨 이야기를 더 이으려다가, 건너편 쪽문으로 들어오는 발렌시아와 외르타를 보고는 인상을 찌푸렸다.

"식 중에 어딜 갔다가……."

그리고 안니발레의 눈치를 살폈다. 저렇게 명확한 외도를 리베 안니발레가 본다면 기분이 상할까 잠깐 신경이 쓰였다. 그러나 그녀는 여전히 평온하게, 보랏빛 눈만 깜박이고 있었다. 같은 곳을 바라보고 있건만 미동도 없었다.

자카리는 순간적으로 안니발레 백작이 대체 무슨 짓을 한 것인지 의구심이 들었다. 혹은 리베 안니발레가 지금까지 온통 거짓말을 했을까 꺼림칙하기도 했다. 여태까지 공작에게 그토록 눈물지었으면서 저렇게 안정된 자세로 연인을 바라봐? 물론 넉 달, 그리고 그 이상으로 발렌시아가 외르타에게 공을 들였다는 소문이 파다했기에 그녀도 마음이 식었을지 모른다. 그러나…….

"폐하."

그는 고개를 돌려 시누사를 발견했다. 그는 공손히 잉그레의 예를 표했다.

"아, 그래. 축하하네. 짐이 금석증을 가져왔어."

"영광입니다. 직접 내려오실 줄…… 상상도 못 했습니다."

"이 자리가 어떤 자리인데, 상상은 했어야지."

시누사가 빙그레 웃었다. 리베 안니발레를 향해서 눈짓했다.

자카리는 열일곱, 스무 살짜리들이 시선을 교환하는 것에 무언가 뿌듯한 웃음이 나왔다. 저 새파랗게 어린 애들이.

리베 안니발레가 부부를 수행하기 위해서는 물론 그나시오와 톨레도의 허가가 필요하지만, 그 이상으로 부부의 허락이 필요했다. 리베 톨레도는 리베 안니발레와 친분이 있으니 허락해도 이상한 일이 아니었다. 그러나 거의 일면식도 없을 시누사가 순순히 받아들인 것은 꽤나 대범한 선택이라는 생각이 들었다. 그 정도 지위라면 다른 정식 후계자에게 수행을 받는 게 훨씬 격에 맞았을 터.

그는 대뜸 물었다.

"둘이 친한가?"

질문하며, 아뿔싸 노친네가 되었노라는 느낌을 받았다.

"아, 전 이번에 처음 뵌 것이나 다름없습니다."

"그렇지만 시누사 경께서 흔쾌히 허락해 주셔서 정말 많은 도움을 받았어요. 후작과 백작 두 분께서 당황하셨는데…… 가장 먼저 그러마고 말씀 주셨어요."

"경사잖아요!"

두 사람이 키득키득 웃었다. 그리고 그들 뒤로 까치발을 든 리베 톨레도가 다가왔다.

"폐하!"

"그래, 다들 어려서 안녕하구만."

리베 톨레도가 배시시 웃었다. 자카리는 순전히 기뻐하는 어린아이들 사이에서 어지럼증을 느꼈다. 늙었다고 생각한 역사가 없는데 이 곧고 맑은 조각들이 어색했다.

"폐하, 저희 아버지를, 아니, 어머니도 모셔 올까요?"

"굳이 그럴 필요는 없네. 오늘은 그대들이 중요하니까. 그쪽은 구경이나 하라고 하세. 갈까?"

자카리는 염소 떼 같은 소년소녀들을 몰고 갔다. 한껏 치장되어 있던 중앙 계단을 두어 칸 올랐다. 지나가는 하인에게서 잔과 은수저를 빼앗아 들었다. 챙챙 쳤다.

소란하던 홀이 점차 조용해졌다.

"곧 전쟁에 나갈 얼굴들이 많이 보이는군. 그러나 언제나 시작은 있는 법일세."

그는 헛기침을 한 번 했다.

"또 다음 세대를 축복할 수 있어서 새삼 놀랍고 기쁘군. 짐은 십이공회, 그 이상으로 딤니팔에 충성하는 귀족들, 특히 젊은이들에게 항상 고맙네. 오늘 새로이 맺어지는 이 영묘英妙들도 딤니팔의 든든한 토대가 되기를 바란다."

손짓하자 곧 부부가 될 두 사람이 씩 웃으며 올라왔다. 그 개구쟁이 남매 같은 얼굴에 그도 못 이기는 척 따라 미소 지었다.

"시누사 퀴리노 모드벤나 얀 그나시오, 시누사 경."

"예."

"알파테 바이아 트리치오날레 얀 톨레도, 리베 톨레도."

"예!"

그는 품에서 간소한 종이를 꺼냈다. 손짓하자 무명이 다가와 깃펜과 참나무로 만든 판자를 건넸다.

자카리는 리베 톨레도에게 먼저 넘겼다. 그녀는 깔끔하게 왼쪽 자리에 서명했다. 곧 시누사가 이어 받아 그녀보다 세 배는 더 크게 이름을 적었다. 서명이라기보다는 낙서에 가까웠다. 자카리는 정신적으로 머리를 짚었다. 두야. 평생을 갈 증서인데. 똑같은 생각을 하는 듯한 리베 톨레도가 한심하다는 시선으로 그를 바라보았다.

자카리는 증서를 돌려받아 마지막으로 훑어보았다.

인연에는 알론조 캄비와 노아예의 축복을. 삶에는 잉그레와 왕의 은덕을. 아끼지 말되 존중하라. 짧게 견디되 길게 지지하라. 라 딤니파 카타름 생로 자카리 디본도네 이니고 산테카를로.

그 아래 갓 새겨진 새신랑과 새 신부의 이름이 있었다. 자카리는 새로운 깃펜으로 제 이름 위에 서명했다. 직접 오지 않았더라면 인주를 찍어 보냈겠지만, 이왕 이렇게 된 바에야 친서가 나았다.

그는 아무나 들고 가라는 태도로 증서를 펄럭였다. 이번에는 시누사가 나서서 금석증을 품에 챙겼다. 그는 깊게 인사하며 다시 한번 잉그레의 예를 표했다. 리베 톨레도, 아니, 그나시오 부인도 함께 예를 표했다.

자카리는 두 소년소녀의 머리라도 헝클어 주고 싶었지만 아무래도 예의가 아닌지라 그만두었다.

"책임이 무겁네. 고생하게."

그는 짝짝 박수를 치곤 계단을 내려갔다. 잠깐 조용했다가, 사람들이 왁자하게 소리 지르기에 뒤를 돌아보았다. 부부가 입 맞추고 있었다. 물론 둘 다 웃느라 그렇게 진지하지는 않았다. 자꾸만 겨냥이 빗나가선 서로 주먹질을 하는 모습이었다. 자카리는 자신의 혼인식 날을 떠올리며 같이 웃음을 터뜨렸다. 아마 둘은 행복해 죽어도 좋을 것이다.

자카리는 아직까지 들고 있던 술잔을 단숨에 들이켠 뒤 지나가던 하인에게 넘겼다. 하인이 지나가자 그 뒤로 열렬히 박수를 치고 있는 리베 안니발레가 보였다. 그는 그 광경에 또 실없이 웃음을 터뜨리다가 불쑥 시야를 차지한 그나시오 백작에게 당황했다.

"아, 그래."

"폐하, 못난 아들 자식에게 직접 금석증을 내려 주신 성은에 감읍합니다."

"마땅히 해야 할 일이었지. 그리고 그대도 시누사 경도 이번 전쟁에는 나가지 않는 것으로 정리하세."

그는 갑작스레 닥친 말에 어리둥절한 얼굴이었다.

"저는 다시 돌아가 포티미외를 정리할 예정이기에 말씀 옳습니다. 그러나 시누사의 출전에 대해서는 금시초문이라……."

"신혼이잖나."

"……진심이십니까?"

"그래. 그도 벌써 다섯 해 동안 전쟁터를 오갔네. 쉴 때도 됐어."

"중요한 전쟁입니다. 불민한 손이오나 도움이 되리라 믿습니다."

"아니, 지금쯤 쉬어야지. 미라이예 공이 이때 쉬지 않았다가 어떻게 되었는지 우리 함께 보고 있잖나."

그나시오는 꿀 먹은 벙어리처럼 눈만 깜박깜박 떴다. 아니나 다를까 그들의 시야 속에 발렌시아가 있었다.

"아……. 물론, 폐하께서 명하신다면 복종하겠습니다."

"좀 쉬라고 말해 두어라. 어린애들인데."

"예. 그런데 저분들은 언제 저토록 친애의 정을 쌓으셨습니까? 저는 엊그제 도착해서 두 분의 모습을 처음 뵙니다."

"그나시오 경, 포티미외에서 알았어야지."

"전…… 아니……."

그는 답지 않게 말을 끌었다. 단박에 부정하려다 몇몇 광경을 기억하곤 주저하는 모양새였다.

"그대 아들 부부가 나가는군."

소년소녀, 그리고 그 뒤를 리베 안니발레가 따랐다. 그녀는 주변에서 혼인을 축하하며 선물한 귀한 천들을 챙겨선 열심히 어깨에 메고 있었다. 그나시오 백은 복잡한 표정으로 그 광경을 바라보았다. 이미 알고 있던 그뿐 아니라, 다른 많은 사람들이 얼떨떨한 얼굴이었다. 그렇게 멍하니 서서 부부에게 줄 선물을 빼앗겼다.

그들이 가는 길에 침묵이 꾹꾹 눌려 있었다. 지나가자 한 사람 한 사람 놀라선 입을 다물었다. 수군거릴 기운도 없는 것 같았다.

사람들이 노골적으로 발렌시아를 돌아보았다. 그에게는 별 표정이 없었다. 옆에 선 외르타만 분위기를 파악한 듯 천장을 응시하는 모습이 보였다.

"이렇게 놀랄 줄 알았으면 차라리 십이공회에서 먼저 공포할 걸 그랬나."

"폐하, 이건 안니발레 백의 시위입니다. 감히 반대할 생각을 말라고요. 저희 둘은 한숨 쉬며 받아 준 것에 불과합니다."

"십이공회가 머리를 감싸 쥘 걸세."

"이 건에 있어서 백작을 이기진 못할 겁니다."

그나시오는 안니발레의 확고한 태도를 떠올리는 듯했다. 자카리도 동의했다.

"물론 십이공회는 부적격자를 걸러 낼 수 있지만, 그건 객관적으로 불측한 소란이 있던 인사에 한정되지 지금 같은 자질구레한 이유로는 무엇을 어찌할 수 없습니다. 때문에 안니발레가 강건하다면 그에게 굳이 대적하고 싶은 사람은 없을 겁니다. 그렇기에 저도 그러마고 동의했습니다."

"기에 질렸지."

"예전에 안니발레 덕을 본 것도 있고요. 예의라고 생각했습니다."

"톨레도는?"

"톨레도도 안니발레에게 진 빚이 있습니다."

"아, 이런."

"그래서 내심 그가 이 혼인식을 노렸다는 생각도 하고 있습니다."

자카리는 억울한 듯한 그나시오를 바라보았다. 구태여 소란에서 한 축을 차지하기 싫은 보수주의자의 얼굴이었다.

세 명이 모두 계단으로 사라졌다. 자카리는 이제 발렌시아를 넘어 자신에게로 닥치는 시선들에 고개를 흔들었다.

"뭣들 봐?"

친절하게 축사를 건네던 왕은 사라졌다. 그는 인상을 찌푸린 채 손짓했다.

세 사람은 위층에 올라와서야 한숨을 돌렸다.

"죽나 했네. 이 정도일 줄이야."

"아, 세상에. 이게 뭐람."

스무 살, 동갑내기 부부가 한꺼번에 불평을 터뜨렸다. 리베 톨레도는 우선 머리 장식부터 잡아 뜯었다.

"이거 받아. 불편해."

시누사는 투덜대며 그녀가 던져 주는 대로 챙겼다.

"시누사, 델린에게 천도 받아 줘. 힘들어하잖아."

"너도 들어."

"새 신부한테 너무한 거 아니야? 나는 손이 없다고."

"거짓말 치지 마. 받아."

곧 리베 안니발레는 텅 빈 손으로 웃음을 터뜨렸다. 두 사람만 이것저것 잔뜩 든 모양새였다.

"나, 아버지께 배워 왔는데……."

"뭘 말이니?"

"응. 여러분과 함께 신방新房에 들어가서 차를 대접받으라고 하셨어요. 자리를 살펴 준 뒤 차를 한 잔 다 마시면 나오라고요."

"진짜 민망하다, 그거. 아니 그러니까, 진짜 민망하네요."

리베 안니발레도 얼굴을 붉혔다. 그 모습을 본 리베 톨레도, 그나시오 부인, 알파테가 입을 열었다.

"그렇게 예민하게 반응하는 게 더 우습다. 무슨 단둘이만 있으면 잔다는 것처럼 촌스럽게."

"안 잘 거야?"

"처음도 아니고 말이야."

"우리끼리 말하는 거랑 다른 분이 계실 때 떠드는 건 다르잖아."

"두 분 여기서 그런 이야기는 그만……."

리베 안니발레는 새빨개져선 발을 동동 굴렀다. 연회장에서 세 개 층이나 올라왔다지만 누군가 듣고 있을 수 있다고 생각하니 너무 민망했다.

"일단 들어가자."

시누사가 먼저 문을 열었다. 신방은 그나시오의 후계자 시누사의 방이며, 부부는 여기서 하룻밤을 지내고 그나시오 본 영지를 순찰할 예정이었다.

알파테는 방에 들어서자마자 잔뜩 끌고 온 비싼 천 더미를 바닥에 내동댕이쳤다. 시누사가 한숨과 함께 전부 들어 소파에 올려 두었다.

"차는 내가 끓일게. 뜨거운 물이 어디 준비되어 있을 텐데."

알파테는 훌쩍 큰 키로 성큼성큼 창가로 향했다. 시누사보다는 못해도, 리베 안니발레보다 반 뼘은 더 큰 소녀였다. 그녀는 빛이 안 들어오도록 꽉 닫혀 있는 창문부터 열어젖혔다. 늦가을 바람이 선선히 불고 있었다.

리베 안니발레는 이미 하인들이 잘 준비해 둔 자리를 둘러보았다. 일곱 그릇과 라퀼라의 천, 따로 뜨거운 물에 적신 수건 여러 장, 그리고 가운 두 벌과 따뜻하고 노란빛 향로들. 생각보다 노골적이었다. 그녀는 얼굴이 벌게지는 것을 막아 보려 했지만 성공할 것 같지 않았다. 두 사람이 익숙해 보여 차라리 다행이었다.

그녀는 애써 넓은 방을 둘러보고 욕실까지 순회했다. 아주 멋지게 정돈되어 있었다.

"차!"

알파테가 다리가 긴 탁자 위에서 세 잔의 차를 우렸다. 시누사는 체칼라스를 내던지며 소파 위로 미끄러졌다.

"갖다 달라고?"

"안 마실래."

"마음대로."

"술은 없나?"

"아까 충분히 마셨으면서."

"쥐꼬리만큼이었어."

리베 안니발레는 알파테가 대화 속에서 희미하게 미소 짓는 모습을 바라보았다. 그 미소에 마음이 간질거렸다. 그녀는 둘에게 자리를 내주기 위해 허둥지둥 차를 마셨다.

"앗, 뜨……."

"입천장 데일라. 조심해."

알파테는 손가락으로 주의를 주곤 뒤돌아 무언가를 따랐다. 소파로 다가가 건넨다.

"술."

"알피, 사랑해."

"응."

리베 안니발레는 차를 마시며 흘끔흘끔 둘을 바라보았다. 시누사가 잔을 확 비우더니 낄낄거리며 알파테를 끌어들이는 모습이 보였다. 그녀는 기우뚱 그의 품으로 떨어졌다. 그러나 짜증 내기는커녕, 그를 확 잡아당겨—.

그녀는 얼굴이 새빨개져선 단숨에 찻잔을 비웠다.

"나, 나는 이만 나가 볼게요."

"아, 그래요."

시누사가 아주 흔쾌히 내쫓으려 했지만, 갑자기 알파테가 몸을 일으켜 세웠다. 벌써 앞 단추 몇 개가 풀려 있었다. 리베 안니발레는 어찌할 바를 모르고 종종걸음을 쳐 문 앞까지 다가왔다.

새 신부가 말했다.

"델린, 고생해."

"……."

"어떻게 그리 결정되었는진 몰라도 정말 힘들 거야."

시누사도 그제야 고개를 돌려 리베 안니발레, 아니, 델리다를 바라보았다. 새삼스레 같은 세대의 십이공회원이라는 사실을 떠올린 듯했다.

"곧이곧대로 듣지 마세요. 알피는 걱정이 많은 사람이라. 십이공회의 후계자란 거, 사실 별거 아니에요."

"본인은 이렇게 이야기하곤 하지."

알파테는 시누사의 무릎 위로 다리를 벌리고 주저앉았다. 얇은 드레스가 푸시식 가라앉았다. 두 사람 사이에선 너무 자연스럽다는 태도라, 그녀는 하마터면 민망한 감정도 잊을 뻔했다.

"시누사는 열네 살 때 종기사로 참전했어. 가끔 왕도를 오가다가 육년이 지난 이제야 좀 머무르려 해."

"다른 말로 하자면 배운 게 칼질밖에 없단 거예요."

"너, 너무 고생했잖아. 내가 얼마나 걱정했는 줄 알아?"

"그러면 너희 아버님은?"

"아버지도 마찬가지야."

"……그래도 그건 전쟁과 기사에 대한 이야기잖아. 리베 안니발레께선 군이 나가실 필요가 없다고요."

"그러니까 델리다, 넌 전쟁에 나가지 않고도 이만큼을 채워야 하는 거야."

그는 입을 다물었다. 그녀는 핵심을 알고 있었다.

"전쟁에 나가는 건 차라리 쉬울 수 있어. 남은 사람들은 나처럼 힘들겠지만, 지금 얘가 이야기하는 것처럼 본인에게는 별거 아닐 수 있어. 어떻게 열심히 해야 하는지 답이 정해져 있단 말이지. 그런데 네게는 정답이 없을 거야."

"……."

"자멘테 대후작은 정답이 있는 쪽이 편하다는 걸 알고 있었어. 지금의 후작께는 죄송스러운 말씀이지만, 그래서 더 쉬운 길이었어."

"……."

"정말…… 너무 힘들 거야. 나는 너를 지지하지만, 결심이 얼마나 강한지는 아직도 모르겠네. 지금 내 남편의 희멀건 얼굴을 봐. 난 얘를 사랑해. 하지만 얘가 어떤 사람을 본인과 동등하다고 받아들일지에 대해서는 전혀 모르겠어."

"알피, 말이 심한데."

"너한테 한 얘기 아니야. 그러니까, 델리다."

델리다는 알파테를 바라보았다.

"고생해. 가치가 있길 바라."

그녀는 빙그레 웃었다.

"고마워."

"……."

"그리고 두 분께, 좋은 밤 보내세요."

그녀는 소리가 나지 않게 문을 닫았다.

문 앞에 잠깐 서 있었다. 차가운 마호가니 문에 이마를 기댔다. 방음이 잘되어 있기에 그들이 자신에 대해 무슨 이야기를 더 나눌지, 바로 열렬히 입 맞출지 알 수 없었다. 그들을 엿보고 싶다기보다는 잠깐 생각할 시간이 필요했다.

정적. 그녀는 제 손목에 매여 있던 코르사주를 바라보았다. 입을 앙다물고 벗겼다.

꽉 움켜쥐었다.

"델린?"

그녀는 홱 고개를 돌렸다. 잔뜩 구겼던 코르사주를 뒤로 숨겼다.

"두 사람은 들어갔니?"

"네."

"그럼 내려오질 않고."

"저…… 생각할 게 있어서요."

"주변에 사람은 없는데. 이야기해 줄 수 있어?"

그녀는 몸을 바로 세웠다.

"아버지."

"그래."

"알파테가 어떤 각오냐고 물어봤어요……. 대답하기 어려웠어요."

"내가 처음 권유했을 땐 어떤 각오였지?"

"아버지를 믿었어요."

안니발레 백작이 성큼 다가왔다. 그는 델리다가 뒤로 숨기고 있던 코르사주를 부드럽게 빼앗아 갔다. 그녀는 수치심을 들킨 사람처럼 당황하여 말을 더듬었다.

"저, 저는 자멘테 후처럼 될 수 없어요……. 넉 달 전까지만 해도 공작과 결혼하고 싶어 하던 리베였는걸요. 한 달 전까지만 해도 아, 안니발레의 후계자란 상상조차 못 했고요."

"내가 네게 직접 가르친 것들은 기억하고 있지?"

"전부요. 제 평생 동안 알려 주셨어요. 그렇지만 저는 그게 좋은 리베가 되기 위한 재산인 줄 알았어요……. 사람들이 저를 이상하게 바라보니 겁이 나요……. 사실…… 꾹 참지만 눈물이 날 것 같아요."

"나를 믿니?"

"전 아버지를 믿어요. 누구보다, 무엇보다 더요."

그녀가 갑자기 단단해졌다. 마치 아버지란 단어가 그녀를 그러모으는 주문이라도 되는 것 같았다.

"그러면 같이 천천히 가면 돼. 나는 첫 아이가 태어났을 때 이미 결정했단다."

"왜죠?"

"왜 그러면 안 되지? 다른 모든 십이공회원이 첫째를 보며 후계자를 생각하는데."

"그러면 저를 왜 가만히 두셨나요?"

"말했잖니. 너는 너대로 자라야 했어."

"이렇게 소심하고…… 눈물도 많고…… 다른 사람들 시선을 신경 쓰는데요……?"

"델린, 나는 열일곱 때 인간도 아니었어."

그녀는 예상 못 한 말에 웃음을 터뜨렸다.

"다르단 게 꼭 나쁜 건 아니란다. 너는 안니발레를 지킬 수 있어."

"저도 그러길 바라요……. 아버지 말고도 제게 이유가 생기면 좋겠다고 생각했을 뿐이에요."

"네 맘대로 남편을 고를 수 있단 것도 잊지 마라. 내가 공작을 싫어했단 건 알지? 더 사근사근하고 허우대만 멀쩡한 놈이면 좋겠다."

델리다는 급기야 깔깔거리며 웃기 시작했다. 저건 사실이었다. 자신이 공작을 좋아할 때에도 아버지는 매번 와서 딸을 떨어뜨려 놨다.

"델린."

"아하하……. 네?"

"내가 욕심을 부린 거라면 꼭 말해 다오. 네 동생이 준비되어 있어."

"……아니에요."

"진심이야."

"진심이신 걸 알아요."

"……."

"아버지, 제가 아버지를 믿는다고 하는 건 많은 의미로 믿는다는 거예요. 저는 아버지께서 저를 후계자로 고려하셔서 정말 기뻤어요. 그게 많은 힘이 되었어요. 저를 믿어 주셔서 저도 아버지를 믿어요."

부녀는 손을 잡았다. 닮은 얼굴로 웃었다.

블랑쉬 젤로는 서신을 불태웠다. 부지깽이로 벽난로 안을 세심하게 들쑤시기까지 했다. 부스러져 검은 재로 남도록.

누군가의 기척이 느껴졌다. 그녀는 앉은 채 비스듬히 뒤를 돌아보았다. 보이지 않는 손으로는 품 안의 암수를 쥐고 있었다.

"아, 바르부. 여기 있었네."

그녀는 칼을 놓았다.

"네. 어쩐 일이신가요?"

"폐하께서 부르셨어. 도와주지 않을래?"

그녀는 저울질해 보았다. 무명은 대부분 평생토록 배속이 변하지 않는다. 때문에 생 로욜이나 숄렘 노트란트에서 자신의 얼굴을 본 간자間

者들은 잉그레에 없을 것이다. 그 외에 유일하게 자신을 아는 미라이예 공자는 한바탕 소란을 일으킨 후 조각길에 틀어박혀 나오지 않는다고 들었다. 또한 리베 안니발레의 시녀로서 그녀가 왕을 방문하는 데 수행하지 않는다는 것은 어불성설이었다. 심하게는 정체를 의심받을 수도 있었다.

"……모셔다 드리고 문 앞을 지키면 될까요? 조금 두려워서요……."

"물론이지. 잉그레에는 시녀들도 많고."

"네. 채비하겠습니다."

"응. 나도 기본만 차리고 있을게. 머리는 이따가 도와 줘."

블랑쉬는 고개를 깊게 숙여 델리다를 내보냈다.

그녀는 품에서 여섯 개의 암기를 꺼내 침대 아래에 넣었다. 하나같이 바로 어제 숫돌에 간 듯 예리했다. 딤니팔의 왕 앞에서는 아무것도 숨기면 안 되었다. 제 땅이라고 신난 무명이 간자의 얼굴을 칼로 찍을 것이다.

블랑쉬는 모든 것을 잘 보관한 뒤 양손으로 얼굴을 꾹 눌렀다. 눈을 감고 어떤 줄을, 평정을 찾았다. 라르디슈에서 으레 했던 행동인데 고작 한 해쯤 쉬었다고 준비할 시간이 필요했다. 폐하 곁에서 이처럼 몇 가지 중요한 부분들이 흐트러졌다. 그만큼 새로운 자산이 생겼으나, 가끔 이렇게 아쉬운 경우가 있었다.

그녀는 한참 뒤 양손을 떼어 냈다. 거울을 보았다. 입을 모로 가리고 배시시 웃었다.

긴 머리칼을 손가락으로 빗으며 몸을 돌렸다. 방 바깥으로 나서 리베 안니발레를 찾았다.

반 시간도 안 되었는데 되었건만 델리다는 벌써 채비한 뒤였다. 왕의 부름이기도 하고, 이제는 리베라기보다는 다른 용무로 가는 것이니 그녀도 과하게 신경을 쓰지 않는 모양이었다.

블랑쉬는 마지막 순간에 들어가 열일곱 소녀의 머리를 단정하게 묶어 주었다. 델리다는 씩 웃으며 그녀에게 고맙다고 말했다.

그들은 마차를 타고 잉그레로 떠났다. 솔 안니발레와 잉그레는 그리 멀지 않았지만, 예의와 채신 문제였다. 리베 안니발레는 지위가 있는 만큼 별다른 대화 없이 잉그레 정문을 지날 수 있었다. 그러나 블랑쉬 젤로는 달랐다.

경비 기사들은 몇 분이나 지체하더니, 어떤 여자를 데려왔다. 그녀는 같은 직업을 가진 자의 직감으로 상대가 무명임을 깨달았다. 리베 안니발레가 초조하게 기다리는 와중, 블랑쉬는 고분고분히 무명과 함께 곁방에 들어가 옷을 벗었다. 무명은 아주 세심하고도 무료한 태도로 옷자락 하나하나, 그리고 그녀의 맨몸을 수색했다. 오래 지나지 않아 가시라고 짧게 허가를 받았다. 블랑쉬는 이 자리에서 손톱만 한 날붙이라도 발견되었더라면 당장 잉그레의 철에 갇혔으리라 생각했다.

"괜찮니?"

블랑쉬는 잠깐 이해하지 못했다.

"무엇이요?"

"아……. 지금까지 있던 시녀들은 많이 부끄러워했어."

"그럴 수도 있겠네요. 하지만 잉그레에 들어가는데 이조차 하지 않으면 어떻게 절 믿으시겠어요."

"바르부는 생각보다 되게 단단해. 좀 존경스럽네."

"그렇게 말씀해 주신다면 감사할 따름이죠……."

블랑쉬는 델리다의 대각선 뒤에서 그녀를 지켰다. 자신이 번견은 아니지만, 갑작스레 닥치는 사람에게 몸을 던지는 것 정도는 —정체를 들키지 않고도— 가능했다.

그러나 닥치는 것은 공격이 아니었다.

"아, 안니발레."

그들은 함께 뒤를 돌아보았다.

블랑쉬 젤로는 딤니팔의 왕을 처음 보았다. 누가 말해 주지 않았는데도 깨달았다. 사람이 저렇게 화려하게 생길 수도 있다는 허탈한 생각을 했다. 옷차림은 간소한 편에 속했는데도 그 생김새라니, 두 번 다시 잊을 수 없을 것 같았다. 황금을 주조한 듯한 왕.

함께 잉그레의 예를 표했다. 왕은 적당히 블랑쉬를 무시한 뒤 리베안니발레에게 알현실까지 나란히 걷기를 제안했다.

"마음은 정리됐나?"

"음…… 폐하께 부끄럽지 않도록 많이 노력하고 있어요."

"그대를 판단할 십이공회가 바로 다음 주야. 그대가 나와서 스스로에 대해 변辯해야 하네."

"네. 항상 생각해요."

"물론 안니발레 백이 모든 공격을 막을 기세로 올 테고, 실질적으로 다른 십이공회원이 후계자 임명을 저지하지는 못할 테지만 그렇다고 상처를 입힐 수 없단 건 아니지. 몇몇 요주의 인물이 있네."

"……."

"잔뜩 긴장했군. 그러니 짐과 입을 맞추세. 우선 하늘이 두 쪽 나도 안전한 놈들은 넷이야. 미라이예, 자멘테, 그나시오, 톨레도. 뒤의 둘은 이미 자식들 혼인식에서 그대를 허락했으니 한 입으로 두말을 할 수 없네. 자멘테는……. 짐은 그녀가 다른 여백작을 막으리라는 생각이 전혀 들지 않네. 항상 바라던 바였을 거야. 그리고 미라이예는 그대 본인이 말만 잘한다면 아주 공정할 사람이지. 다행이지 않나. 자기와 혼담 소문이 파다했고 그렇게 티가 났는데도 완전히 무시하고 담백할 수 있는 게 우리의 공작이라니. 물론 그대 개인으로서는 조금 가슴 아플 수도 있지만……."

"아니에요……! 괜찮습니다."

"그래? 아주 좋군. 여기에 안니발레를 더해도 과반수는 못 되지. 딱

다섯이거든. 다만 추가로 안니발레에게 돈으로 협박당한 이가 둘, 데군다와 본잘……."

그들은 알현실 너머로 사라졌다. 육중한 문이 소리 없이 닫혔다.

블랑쉬는 주변을 살피다, 마치 자신 같은 사람들을 위한 듯 얌전히 놓여 있는 석재 의자를 발견했다. 자리에 앉았다.

리마네레 시절의 유산인 양 고색창연한 석조 기둥을 바라보았다. 자신이 본 어떤 건물보다 천장이 높고 웅장했다. 많은 부분에서 인간의 손을 적게 탄 느낌이었다. 다만 그녀는 감상적인 기분에 빠지지 않고, 이 자리에 누구보다 걸맞은 리베 안니발레의 시녀로 남아 있도록 노력했다. 눈에 담기지도 않는 홀을 두리번두리번 둘러보며 신기한 체했다.

누군가 다가오는 기척이 들렸다. 그녀는 반사적으로 배에 힘을 주었지만, 은근슬쩍 튀어나올 암기가 없다는 사실을 곧장 깨달았다.

블랑쉬는 고개를 돌려 키 큰 남자를 발견했다.

딤니팔의 왕을 볼 때와 같았다. 아무도 그의 정체를 말해 주지 않았는데 이미 그를 알았다. 공기를 찢는 아침 햇살, 그 아래에서 언뜻 푸른빛이 감도는 검은 머리칼을 하고 있었다. 어쩌면 블랑쉬 본인과 비슷한 색감에 속해 있는지도 몰랐다.

그녀는 그가 보지 않는데도 꾸벅 인사했다.

그는 조용했다. 그녀의 반대편 자리에 앉았다.

블랑쉬는 안 보는 체하면서 그를 관찰했다. 그러는 편이 오히려 하급 귀족의 딸처럼 보일 것 같았다.

아주 덩치가 산만 한 남자였다. 앉아도 그림자로 자신을 덮을 수 있을 듯했다. 그녀는 무지크 외르타를 떠올리며 그녀가 어떻게 저이에게 마음을 놓았을지를 좀처럼 이해하지 못했다. 전쟁터에서 뼈가 굵은 이들이란 대체로 그런 것인지, 로크뢰와 분위기가 아주 비슷했다. 전혀 무장하지 않았는데도 금세라도 칼을 들 것처럼 경계하고 있었다. 누군가를 움켜쥐어 부서뜨릴 것 같은 손아귀였다.

아. 블랑쉬는 문득 한 가지를 깨달았다. 한 가지, 서로 세상 반대편에 서 있는 것이 있었다. 로크뢰는 저 정도로 조용할 사람이 아니었다. 라르디슈의 왕은 실제로 말을 하고 하지 않고를 떠나 차분하다는 느낌을 주질 못했다. 그러나 제 눈앞의 공작은 눈앞에서 사람 머리통이 박살 나도 눈 하나 깜박할 것 같지 않았다. 잔인하다기보다는 평정심의 문제였다. 너무 깊어서 무엇을 떨어뜨려도 메아리조차 나지 않을 느낌이었다.

그녀는 저 사람이 로크뢰를 죽였다는 사실을 떠올리며 새삼 신기하다는 듯 감상했다. 정반대의 적에게 죽다니 순리인지 궁금했다.

물론, 여자도 빼앗길 것이다. 그녀는 무신경하게 덧붙였다. 공작이 진짜 욕심을 낸다면 왕녀도 스스로를 보전하기 어려우므로.

그가 욕심을 낼 사람일까? 블랑쉬는 자신이 건넨 서한을 기억했다.

미라이예 공에게 짐의 누이를 허락한다.

외르타가 배반할 것을 짐작했으므로, 최종 확인에 가까운 말이었다. 또한 이 오스페다 내부에서 어떤 음모가 벌어지고 있다는 의심을 심어주어야 했다. 전쟁을 외치는 파발마를 들킬 수 없었다. 검은 홀의 주인이 입을 열기 전, 단 한 사람이라도 눈치채는 이가 있어서는 아니 되었다.

이 이야기에는 공감했다. 그러나 자신의 왕이 왜 하필 그런 문구를 말했는지에 대해서는 약간 들쩍지근한 마음이었다. 전쟁 명분과 정반대의 말이니 적을 방심하게 만들기에는 좋았지만, 그럼에도 이상했다. 하고많은 말 중에 구태여 공작에게 누이를 허락한다는 전언을 고르셨다.

정말 허락할 의향이신지 궁금했다.

공작이 왕녀를 욕심낸다면 게외보르트의 원칙만이 유일한 장애물일 것이다.

그 원칙을 폐하께서 걷어 내셨다.

이미 폐하께 말씀드렸듯, 외르타를 죽이지 않아도 좋다. 그러나 그녀가 누군가에게 붙잡혀 아이를 낳아도 괜찮을까? 또다시 조카를 볼 예정이신가?

그녀는 이것이 오히려 세련된 복수일지 의심했다. 자신은 라르디슈에서 왕녀와 칠 년 동안 함께했다.

블랑쉬는 공작을 뚫어져라 노려보았다. 호기심이라기엔 지나치게 강렬한 시선이었다. 표현하자면, 경멸에 가까웠다. 공작이 천천히 고개를 돌렸다. 눈이 마주쳤다. 그녀는 도저히 해서는 안 되는 행동인 줄 알면서도 피하지 않았다. 그렇게 잠깐 있었다. 몇 가지 자신이 목격한 지옥을 기억했다. 스무 살도 안 된 소녀를 다루는 데 있어서 그토록 잔인한 손길이라면 아예 감흥이 없을 수는 없다. 결코 자신의 의무를 넘지 않았지만 전혀 웃음이 나오지 않았다. 당신도?

왕녀는 새로운 구렁텅이에 빠진 것과 다름없었다.

갑자기, 누군가 알현실에서 고개를 내밀어 손님을 확인했다.

"어, 공작."

공작이 일어서 잉그레의 예를 표했다.

"지금 잠시 리베 안니발레와 할 이야기가 있네. 잠깐만 더 기다려. 이십 분이면 끝날 걸세."

"예."

문이 닫히고, 그가 다시 자리에 앉았다. 블랑쉬 젤로는 이제 공작을 바라보고 있지 않았다. 그러나 이제 관심을 둔 사람은 그녀가 아니었다.

"누구지?"

"……바르부 위사 잘 반 운라쿰이에요."

"운라쿰의 양녀로군."

"네……. 합하, 리베 안니발레를 수행하여 영광스럽게도 잉그레에

오게 되었어요."

"……."

"무례하게도 합하께 시선을 두어 정말 죄송합니다. 아버지께서 말씀해 주신 내용이 있어, 혹 저희의 주인이 맞으실지 궁금했습니다. 다시 한번 사죄드립니다."

공작은 천천히 고개를 끄덕였다.

둘 모두 말이 많은 사람이 아니었다. 그들은 조용히 서로를 외면했다. 거의 반 시간이 가깝도록, 아무 행동도 말도 하지 않고 완전히 다른 곳을 바라보았다.

알현실 문이 벌컥 열렸다.

"안녕히 가시게, 안니발레."

"폐하, 조언 정말 감사드려요."

"이러고 또 십몇 년 뒤에 동북부를 가지고 짐과 싸울 테지."

"아, 아니요. 저, 그런 생각은……."

"저 친구도 그랬거든."

"앗, 공작…… 계셨군요."

"노고가 많으십니다."

델리다는 최대한 의연하게 인사한 뒤 블랑쉬에게 뛰어왔다.

"알피, 지난번엔 말이 심했어."

알파테는 어리둥절한 표정으로 시누사를 돌아보았다.

"무슨 소리야?"

"내가 리베 안니발레를 어떻게 본다고……. 그걸 그렇게 속단해?"

"시누사."

그녀는 말머리를 돌려 그를 마주 보았다. 저 멀리에서 아버지가 무슨 일이 일어난 줄 알고 벌써 눈을 부라리는 모습이 보였다.

“우리 처음 만났을 때, 네가 뭐라고 했지?”

“기억 안 난다.”

“잊은 척하는 거겠지. 네가 나한테 그랬어. 내가 곧 종기사로 출전하는 건 아느냐고, 의기양양하게.”

“뭐가 문제야?”

“의기양양하게 말했다고, 이 덜떨어진 남편아.”

“종기사로 나가는 게 자랑스러울 수도 있지.”

알파테는 답답해서 가슴을 쳤다.

“네가 자랑스러운 걸 드러내면 드러낼수록 부끄러워지는 사람들이 있어. 델리다도 그중 하나일 거라고.”

“아니, 그녀가 늦게 승계를 확정 지은 걸 나보고 어쩌란 말이야? 내가 언제 전쟁터에 안 나가는 귀족들을 무시했나? 사람 억울하게.”

“그런데 그렇게 생각하고 있잖아.”

시누사가 입을 다물었다. 말이 통하지 않아서 조용해진 것인지, 그녀의 말에 수긍하여 침묵하는 것인지 구분하기 어려웠다. 다행히 그 정적 사이를 톨레도 경이 뚫고 들어왔다. 실제로 창을 하나 든 듯한 태도였다.

알파테는 웃음을 억누르며 아버지를 바라보았다.

“아, 아빠.”

“시누사 경이 무슨 이상한 말을 했니?”

”이상한 말은 맨날 하잖아요, 경.”

“입 다물어.”

“아빠, 리베 안니발레 이야기를 하고 있었어요.”

톨레도가 애매한 표정으로 고삐를 조여 맸다. 어떤 사적인 이야기로 싸우는 줄 알고 가까이 다가왔건만, 자신이 말을 얹기 힘든 소란이라

입장이 난처해진 모양이었다.

"음, 그건……."

"아빠는 왜 델리다가 우리를 수행하도록 허락하셨어요?"

"너희들이 이제 아이도 아니니 말하자면, 굴라르모 12차 세제稅制 건으로 도움을 받은 것이 있단다. 그나시오 백작도 다르지 않네, 시누사 경."

"결국 협박당해 허락한 거라고요? 난 별생각 없었는데."

"자네가 적극적으로 허락해서 우리가 더 말을 붙이지 못한 것도 있었네. 그러는 자네야말로 무슨 의도가 있는 줄 알았는데 '별생각이 없었다'고? 그걸 지금 말이라고 하나?"

시누사는 말 위에서 양팔을 쫙 펼쳤다.

"이것 보세요. 일단 우리 혼인식을 수행하겠다는 안니발레의 의지가 굉장히 강했다고요. 안니발레 백작이 확고하면 막을 수 있는 사람은 몇 없어요. 마치 그나시오나 톨레도가 결심했을 때 막을 수 있는 사람이 몇 없듯이 말입니다. 거기에 괜히 파장을 놓아서 뭘 어쩌겠다고요? 괜히 척졌다가 나중에 뒤통수에 칼 맞아요, 경."

우선 별생각이 없는 것은 아니었다고 항변하는 표정이었다. 그 사실을 확인한 톨레도는 눈만 가늘게 뜰 뿐 탓하지 않았다. 그는 평생토록 시누사가 멀쩡하다는 사실을 깨닫고도 매양 무시하고 싶은 사람처럼 보였다.

"그리고 솔직히 말해서, 난 왜 반대해야 하는지도 모르겠어요. 여기 알피는 내가 자꾸 리베 안니발레를 무시한다고 하는데 전혀 아니란 말이에요. 더 정직해져 볼까? 안니발레가 능력이 된다면 좋은 거지만, 안 되면 저희로서는 더 좋은 거 아니에요?"

알파테가 그의 등을 세차게 때렸다.

"아, 아! 왜 이래? 냉정하게 보잔 말이야."

"너나 냉정하게 봐. 네가 정말로 리베 안니발레를 인정한다면 바로 이어서 그녀가 부족하면 더 고맙단 이야기가 나올 리 없잖아. 다 빈말이야. 이 부분에 있어서 난 네가 싫어. 옆을 안 돌아본단 말이야.”

“둘 다 조용히 해라.”

톨레도 경이 말을 몰아 부부 앞으로 나아갔다. 그나시오 영지를 순찰하러 가는 길이었고, 톨레도의 후의에 힘입어 알로지아드 가도를 이용하고 있었기에 방해물은 적었다. 수행인들의 웅성거리는 소리를 제하면 정숙하기까지 했다. 때문에 그들은 온전히 각자의 목소리에 집중할 수 있었다.

“몇 가지 정리하자. 리베 안니발레는 이만 잊거라. 너희들이 돌아올 때면 이미 그녀가 후계자로 확정된 뒤일 게다. 안니발레 백작은 명민한 분이고, 아직 젊다면 젊으시기까지 하지. 위엄을 갖추기 위해서라도 누구 한두 사람 잡아 죽일 각오가 되어 있으실 것이고. 그러니 항상 입이 무거워야 해.”

“저도 말씀은 들었습니다, 톨레도 경. 서부가 난리일 때 누구보다 먼저 상로商路를 끊었다고요. 그 어마어마한 부자가요. 그래서 브레타냐와 본잘이 이를 갈고 있었는데, 이번엔 또 가장 필요한 순간에 들어왔다고 하죠. 그렇게 숨통을 틔워 준 탓에 두 분 모두 지금 꿀 먹은 벙어리라나 뭐라나.”

“그래. 그러니 동부에서 좋은 협력 관계를 구가하기 위해서는 잘 처신해야 하네.”

시누사가 씩 웃었다.

“아무리 그래도 웃기단 말이에요, 경. 그렇게 야비한 사람이 딸을 아끼네.”

“알피, 말려라.”

“너 그러지 마.”

“미안해.”

톨레도는 고개를 저으며, 살짝 길을 잃었던 알파테의 말을 바로잡아 주었다. 익숙한 기사의 솜씨였다.

"들을수록 이상해요, 아빠. 그런 분이시라면 좀 더 칼 같은 사람을 후계자로 삼을 것 같은데. 그쪽은 막내 남자아이도 있고요."

"우리가 백작의 의중을 어찌 알겠어. 다만 안니발레의 판단력은 신뢰해야지."

"……."

"특히 동부를 제외한 모든 눈이 대게외보르트전에 박혀 있는 상황이라면 내실을 다지기에 아주 좋은 시기가 된단다. 백작은 완벽한 순간을 골랐어. 톨레도와 그나시오의 혼인식을 희생양으로 삼아 순차적으로 후계자를 암시한 뒤, 다들 다른 일을 할 동안 기정사실로 만들어 두겠단 거지. 더군다나 내가 떠나고 아버지께서는 가도에 신경을 쓰셔야 하니 톨레도엔 여력이 없고, 그나시오밖에—."

"잠깐! 경은 대게외보르트전에 나가세요?"

"그럼, 나가지 안 나가나?"

"아, 아빠, 말하면 어떡해……."

"왜 나만 못 나가지?"

알파테는 벌써 여러 번 겪은 난동인 듯 머리를 감싸 쥐었다. 그러나 톨레도는 오랫동안 겪어 온 일이기에 차분하게 설명했다.

"자네는 너무 길게 전쟁터에 있었잖나. 눈의 방패에 동부 원정, 포티미외까지 치면 벌써 몇 년인 줄 아나? 세기도 귀찮네. 게다가…… 신…… 혼이기도 하고."

그는 말을 이으며 점점 더 깊이 칼에 찔린 표정이 되었다.

"경이 그런 말씀을 해 주시니 무척 이상하네요. 진심으로, 누가 경 목에 칼을 대기 전까진 절대 그런 이야기를 안 하실 거라고 생각했는데."

"입 다물게."

"경—."

"입 다물어. 아무튼 자네는 안 되네. 백작께서도 안 나오시는데 자네가 왜 나오나?"

"아니! 솔직히 동부도 남부도 가 봤으면 이제 서부에 가 볼 차례 아닙니까?"

"지금 여행 가나? 내 누누이 말했지. 그런 태도로 전쟁에 나서지 말라고."

시누사는 무언가 더 투덜대려 했지만, 코앞으로 알로지아드 진의 관문이 닥치자 대화가 끊겼다. 톨레도는 사위를 무시할 수 있어서 행복하다는 얼굴로 마중 나온 알로지아드 봄에게 인사했다.

"아브르초 경."

"오랜만에 뵙습니다, 톨레도 경."

"어쩐 일로 여기까지 나와 있나? 이번 회기가 경 담당이던가?"

"예. 그것도 있고, 좀 소란이 있었습니다. 원래 바로 떠날 예정이었는데요."

"무슨?"

"순찰하던 병사 둘이 사라졌습니다."

톨레도는 잠깐 말을 멈췄다.

"……사고라고 보나?"

"모르겠습니다. 좀 더 수색해 봐야 알겠지만, 아직까진 죽었는지 살았는지조차 모르겠습니다. 완전히 증발했습니다. 아, 리베 톨레도, 아니, 이제는 그나시오 부인이 되셨겠군요. 감축드립니다."

알파테가 씩 웃으며 고개를 끄덕였다. 알로지아드 봄, 아브르초는 그렇게 톨레도라는 성을 지닌 모두에게 예의를 표한 뒤에야 시누사를 바라보았다. 알파테와 함께 있는 이가 위명 자자한 그나시오의 후계자임을 모르지 않았을 텐데, 그 모든 것보다 톨레도가 먼저인 듯 보였다.

알로지아드 봄다웠다.

시누사는 겸손하게 자신이 이 자리에서 양파 껍질보다 못하다는 사실을 받아들였다. 가족이 조우하는 자리를 훼방 놓은 느낌이었다.

"처음 뵙겠습니다, 시누사 경. 아브르초 라파레 볼타 반 센제입니다. 아브르초 경이라고 불러 주시면 됩니다."

"아브르초 경, 내겐 소개할 여지를 안 주네."

"혹시 무례했다면 죄송합니다. 이 알로지아드에서 리베 톨레도와 혼인하시는 분을 모르는 사람은 없습니다."

"아니, 괜찮아. 반갑다."

확실했다. 가족이 만나는 자리를 방해했다. 시누사는 저 사람의 얼굴이, 톨레도 경이 혼인식 이후 자신을 볼 때마다 짓는 얼굴과 똑같다고 확신할 수 있었다. 대낮에 귀신을 본 것 같은 얼굴이지. 시누사는 한숨을 쉬는 체하다 씩 웃었다. 약 올렸다고 해도 좋을 것이다.

"……병사가 어찌 사라졌기에? 정황을 알려 주면 나도 도움이 될 수 있지 않겠나?"

"이틀 전 여느 때처럼 두 사람이 짝을 이뤄 밀-아단 방면으로 밤 순찰을 떠났다고 합니다. 돌아오지 않아 바로 수색대를 보냈는데 밀-아단까진 아무도 없었다고 합니다. 아무도 없는 것을 넘어서 흔적조차 없었답니다."

"싸움의 흔적도?"

"전혀 없었습니다."

"이상하군. 이곳은 오스페다 근경인데. 무슨 일이 있으면 무명이 칼을 갈 걸세. 그것이 단순한 화적 떼라도 마찬가지야. 그렇게 생각 없는 치들이 있을 리가……."

"저희도 그 부분이 가장 이상합니다. 아무리 밀-아단 안쪽이 아니라 하나…… 이 자리 역시 딤니팔의 역사 동안 사고가 없던 지역입니다.

무뢰배는커녕, 폐하를 공경하여 험한 말을 내뱉는 사람조차 없을 지경입니다.”

“탈영했을 확률은?”

“두 사람 모두 올해 아이를 본답니다.”

톨레도는 입을 꽉 다물었다.

“좋은 징후는 아니군.”

“예. 오늘 중으로 진상 파악이 어렵다면, 잉그레에 바로 보고드릴 예정이었습니다. 다행히 경께서 방문해 주셔서 알로지아드의 주인께 먼저 고할 수 있게 되었습니다만.”

“나도 큰 도움이 되지 않을 텐데 무슨 의미가 있겠나.”

알파테가 얼떨떨한 표정으로 끼어들었다.

“알로지아드가 위험한 거야?”

“아니요, 리베.”

남편이 바로 곁에 있는데 ‘리베’라는 단어를 쓰는 것은 제법 과단성 있는 결단이었다. 물론 시누사는 알로지아드의 땅에서 감히 툴툴대지도 못했다.

“절대 아닙니다. 그러나 확실히 이상한 일이고…… 비록 병사 둘에 불과하다 하나 끝까지 추적할 예정입니다. 그것이 저희의 의무입니다. 이 문제가 마무리되기 전까지 저는 졸피로 돌아가지 못할 것 같습니다.”

“도움이 될지 모르겠지만, 나도 며칠 여기 머무르지.”

“아버지?”

“영지에는 시누사 경과 함께 가렴. 어차피 중간까지만 동행할 예정이었잖아?”

“여기서 인사를 드리라니 너무해요!”

톨레도는 난처한 표정을 지었다. 물론 원래 일주일은 더 가야 갈림길이 나올 예정이었지만, 이런 불상사를 두고 모른 척 떠날 수는 없는 일이다. 알로지아드에서 일어난 모든 살인은 그의 책임이었다.

"알피……."

"뭐, 이렇게 말씀드릴 수도 있겠지만요."

"……."

"아빠, 몸 건강히 다녀오셔야 해요."

톨레도는 그제야 긴장이 풀린 것처럼 웃었다.

"그래. 노력하마."

"아니, 그러셔야 해요."

"알겠다."

"그리고 한 해 안으로 꼭 뵐 거예요. 잠깐이라도 돌아오셔야 해요!"

"알겠어. 너도 몸 건강히 있어라. 여러모로 새로운 게 많겠지만…… 시누사 경이 도와주겠지."

물론 그가 도와주든 말든 개의치 않겠다는 말씨였다. 오로지 딸을 믿기에, 남편의 도움을 의도적으로 무시한다는 투였다. 보통 이런 경우에는 서로 도와서 잘 헤쳐 나가라는 덕담을 하지 않나? 시누사는 드디어 다시 툴툴대기 시작했다.

"톨레도 경, 제가 잘할 거예요."

"아, 그렇겠지."

"너무하시네."

"……자네가 생각하는 것보다 배는 노력해야 하네. 그래도 힘들 테니까."

시누사는 눈을 깜박였다.

"예, 경."

알파테가 웃으며 말 위에서 톨레도를 껴안았다. 그 불안정한 자세에 시누사가 놀라 그녀의 팔뚝을 붙잡았다.

"야……!"

그녀는 모두를 놀리듯 약식 경례를 흉내 내며 떨어져 나왔다. 붉은 머리가 바람에 살짝 흩날렸다.

“아빠, 잘 다녀오세요.”

“그래.”

“아브르초 경도 잘 지내고. 돌아오는 길에 다시 보자.”

“예.”

톨레도는 금세 몸을 돌려 떠나는 딸을 바라보며 희미하게 웃었다.

델리다는 활짝 열려 있던 꼭대기 층의 집무실 문을 두드렸다.

“아버지.”

안니발레 백작은 보고 있던 서류를 덮었다. 모든 것을 미루고 자리에서 일어섰다. 델리다는 조심스럽게 다가가 소파에 털썩 주저앉았다.

“궁금한 점과, 드릴 말씀이…… 있어서 왔어요.”

“말해 보렴.”

“지금 제가 공작과 혼인하고 싶다고 하면 아버지께선 무슨 말씀을 하실 건가요?”

백작은 소파에 함께 앉았다. 그들 간에는 온기를 느낄 수 없을 만큼의 거리가 있었다.

“내가 무슨 말을 할 것 같니?”

“그렇게 하라고 하실 것 같아요.”

그는 웃는 듯 웃지 않았다. 델리다는 자신과 닮은 보라색 눈을 바라보았다. 바로 내일이 스스로 후계자 됨을 증명해야 하는 십이공회였다. 때문에 그녀는 하고 싶은 말을 꼭 할 태세였다.

“우선 네 뜻이겠지.”

"그렇게 말씀하실 줄 알았어요."

"그러면 왜 물었어?"

"확인…… 확인하고 싶었어요."

"델린."

그녀는 눈만 되록 굴렸다. 아버지를 두려워하지 않았다. 그러나 그를 존경했다. 그의 의견을 존중하기 위해 항상 양 주먹을 움켜쥐고 있었다. 두 발자국 뒤에 서서 말씀을 경청하고도, 한참이나 생각하곤 나서려 했다.

그가 가라앉은 얼굴로 말했다.

"뭘 하고 싶다고 말만 하려무나. 그리고 나와 싸워."

"……."

"그럴 각오도 안 되어 있는 건 아니겠지? 내가 널 그렇게 키웠니?"

물론 아버지는 자신을 그렇게 키우지 않았다. 왜 부득불 딸의 교육을 스스로 맡는지 궁금할 정도로, 항상 제게 바쁜 시간을 쪼개어 주던 아버지였다. 그는 모든 교육에 호통쳤지만 딸의 감정과 선택엔 전혀 개의치 않았다. 한때는 그가 민망해하는 것인지도 모르겠다고 생각했다. 사춘기에 접어든 딸에게 곁을 내주기 힘든 아버지가 한둘일까.

그러나 이제는 모든 것이 새로웠다. 모든 것을 새로 보아야 했다.

"아버지……. 전 아버지와 싸울 수 있어요. 저를 아시잖아요. 전 싸워왔잖아요. 특히 아버지께서 무신경하게, 제 감정과 다른 말씀을 하실 때, 제 슬픔과…… 약한 마음이 아무것도 아닌 것처럼 말씀하실 때요."

델리다는 생각보다 반듯이 나오는 자신의 말씨를 들으며 멋쩍게 웃음을 터뜨렸다. 안니발레 백작도 딸을 마주 보며 조용히 웃었다.

말은 점점 더 빠르게 흘렀다.

"아버지께선 제가 속 좁은 감정으로 아버지께 반항하는 것을 부끄러워하지 않도록 키우셨어요. 사람을 처분하실 때, 제가 눈을 가린 채 서러워해도 아무 말씀 없으셨잖아요. 다른 사람을 위하는 마음으로 화를 내도 이해한다고 하셨어요. 그렇게 반항하도록 두셨어요. 그것이 저라고 말씀 주시기까지 했어요. 그래도 된다고 항상 달래 주셨어요."

"……."

"그게…… 어제까지는 도움이 되었어요. 그런데 오늘은 모르겠어요."

"……."

침묵 속에서 폐하와의 대화가 엄습했다. 폐하께선, 안니발레의 후계자 자격을 증명하기 위해 주의해야 하는 사항들을 알려 주셨다. 생각보다 공무에 가까운 조언이었으나, 개인적인 충고를 할 기회까지 버리지는 않으셨다. 폐하께선 안니발레를 지키기 위해선 그녀가 아버지 같은 강단을 갖춰야 한다고 충고했다. 안타깝다는 시선과 함께. 그분은 잘 숨겼다고 믿으셨겠지만, 델리다는 그나시오의 혼인식 이후 언제나 그런 시선에 고통받고 있었다. 가장 민감하게 알아차릴 수 있는 눈빛이었다.

그녀는 소파의 팔걸이를 움켜쥐었다.

"전 너무 약해요."

"……."

"모든 사람들이 알고 있어요."

"……."

"칼은 쥐어 본 적도 없고, 아니, 사람을 죽이라고 명하는 것만 생각해도 소름이 돋아요. 다치면 눈물이 나요. 그리고 아직도 예전처럼 부드럽고…… 남의 눈엔 하찮아 보이는 것들이 좋아요. 항상 곤두선 모습으로 권력을 쥐고 싶지 않아요."

안니발레 백작이 갑작스레 몸을 숙였다. 그는 소파 앞에 놓여 있던 무언가를 손에 쥐더니, 그대로 딸에게 넘겨주었다.

델리다는 희미한 등불 아래에서 펜던트를 발견했다. 아직은 후계자의 펜던트가 아니었다. 십이공회의 일원, 안니발레 백작, 아버지의 펜던트였다. 가문의 상징인 비단벌레가 보였다. 날개가 기름띠처럼 아름다웠다. 그녀는 다시 주먹을 쥐어 펜던트를 감추었다.

"아버지 것이에요."

"너도 곧 같은 물건을 가질 테지."

"아버지께서 그렇게 믿으신다면요."

그는 몸을 곧추세웠다. 그녀는 그것이 그가 장광설을 하기 직전에 취하는 버릇이라는 사실을 알았다.

"델린, 나는 너를 위해 욕심을 숨기고 십이공회의 약점을 긁어모았다. 지금 세대에는 게외보르트 분탕질을 제하면 갈등이 일어날 만한 이유가 없어. 특히 나처럼 평범하게 동부의 부귀영화를 꿈꾸는 대영주라면 더더욱 그렇지. 딸은 공작과의 결혼을 원한다지, 아들은 아직 세 살에 불과하지. 이런 사람에겐 도무지 경계할 구석이 없단다. 때문에 더 쉽게 편하게 이야기를 모을 수 있었어.

그리고 최적의 시기를 노렸지. 전쟁이 분명 한 번 더 벌어지리라 생각해서 조용히 기다렸어. 한창 바쁠 때 남의 후계자에 말을 얹을 여유는 없을 테니. 서부에서 일어나는 전쟁이라면 다시 또 동부의 안니발레는 얼마나 안온하겠느냐."

"……."

"그러나 이런 것들도 네가 원치 않는다면 무슨 소용이겠니?"

"……."

"처음 말을 꺼냈을 때 넌 놀랐지. 그러나 또 그렇게 놀랐던 것은 아니었어. 잠깐 충격을 받았다가 그러겠다고 대답했지. 너무 순순히 허락해서 내가 더 낯설 지경이었지만, 안심이 되기도 했다. 그때 넌 분명히 후계자 자리를 원하는 듯 보였거든."

"그 혼인식 날, 말씀드렸어요. 아버지를 믿었다고요. 그리고 저를 믿어 주시는 아버지께 힘을 얻었다고요."

"그럼 지금은 무엇이 변했니? 무엇이 너를 주저하게 만들지?"

델리다는 고개를 숙였다. 이 자리에 온 것은 어느 정도 충동적인 행동이었다. 바로 내일이 십이공회고, 아무리 눈 아래 그늘이 질 정도로 연습을 해도 불안한 마음을 가누기 힘들었다. 그것을 아버지께 말씀드리러 왔다.

그러나 흔들리는 말을 건네는 것이 약해 보일까 봐 겁이 났다. 이미 모든 사람들이 그렇게 보고 있었다. 아버지께도 예전만큼 편하게 스스로를 드러낼 수 없었다. 그조차 실망할지 몰라 너무 무서웠다.

그녀는 약점을 보여 주기 위해 용기를 냈다.

"이제 겁이 나요."

백작의 팬던트를 꽉 쥐었다.

"그날 아버지 방에서 왠지 할 수 있을 거란 결심…… 그 기분 좋은 결심은 정말 순간이었어요. 그나시오의 혼인식에서 너무 흔들렸어요. 또 다른 사람들을 만났을 때…… 그리고 폐하를 뵙고 충고를 들었을 때……. 제가 모두에게 그토록 나약하게 보인단 사실이 무서웠어요. 어떻게 저 스스로를 극복할지 모르겠어요. 그리고 저조차 이길 수 없으면 어떻게 십이공회의 추궁을 견디겠어요?"

"……."

"저는…… 제가 모든 것을 망칠까 봐 두려워요. 심지어, 그 자리를 견디지 못하고 서러워질까 봐……. 아버지께서 준비해 두셨는데도 전혀 보답하지 못할까 봐……."

"델리다."

안니발레 백작은 그녀를 애칭이 아닌 본명으로 부르는 일이 드물었다. 델리다는 고개를 파르르 떨었다. 들었다. 두 눈만 동그랗게 뜨고 낮은 촛불 아래 아버지의 시선을 찾았다.

동부의 십이공회원은 아주 낮게 말했다.

"너는 그 보잘것없는 자리에서 사람을 죽여도 된다."

"예, 예?"

"너를 후계자로 만드는 것은 나야."

"……."

"네가 십이공회에서 무슨 말을 하든 전혀 상관없다. 누가 네게 덤비든, 너를 조롱하든, 우리의 문장엔 티끌만 한 흠집도 내지 못할 것이다. 내가 너를 후계자로 만들 예정이다. 그 사실을 믿어라."

백작은 마침내 딸의 주먹 쥔 손을 감쌌다.

"네 아버지를 믿는 게 아니라 안니발레를 믿어라. 안니발레가 너를 십이공회로 만들기로 결정했음을 믿어."

델리다는 창문 너머로 보이는 잉그레의 탑을 넘겨보았다. 이토록 잉그레와 가까운 곳에 자리를 틀 수 있는 대단한 동부의 권력. 손에 움켜쥔 수천만 금과 용병이 그들의 단단한 지지대였다. 그들은 딤니팔의 부富 그 자체였다.

"아버지, 저는 그 사실을 믿어요. 저는 안니발레의 후계자가 될 거예요."

말은 단단했다. 사실 그녀는 단 한 번도 존경하는 아버지의 말을 의심했던 적이 없었다. 자신의 의심은 아버지에게서 비롯된 것이 아니었다.

"저는 그보단…… 아버지를 실망시켜 드릴까 봐 겁나는 거예요. 아버지의 수치가 될까 봐요. 지금 이렇게 저를 믿어 주시는데 그만큼 제게 실망하실까 봐 무서워요. 그리고 그 자리가 내일 십이공회가 될지도 모르겠어요."

"……."

"아버지께서 이렇게 단호하시면 단호하실수록…… 더 겁이 나요. 제, 제가 이렇게까지 엄격하지 못하면 어떡하나……. 지금 아버지께선 이렇게 안니발레의 위엄을 갖추고 계신데…… 제가 과연 그럴 수 있을까요?"

안니발레 백작이 무언가를 깨달은 듯 시선을 기울였다.

"너는 십이공회가 두려운 게 아니었구나."

자신의 마음을 파헤쳐 보니, 그러했다.

"네 자격이 마땅할지 몰라 두려운 게로구나."

그녀는 고개를 끄덕였다.

"아버지. 아버지께선 나약한 저를 그대로 받아들여 주셨어요. 저도 그렇게 무책임하게 컸어요. 그래도 충분하다고 생각했어요. 아버지께서 괜찮다고 말씀하셨으니까요. 그래서 처음 아버지께 제안을 들었을 때 아무 의심도 없었어요. 아이처럼 막무가내로 아버지만 믿곤, 제 자격을 의심하지 않았어요."

"……."

"하지만 주변은 그렇지 않더라고요. 시선이 너무 따가워요. 이젠 저도 제게 자격이 있는지 모르겠어요……. 아버지와 안니발레를 욕보일까 봐 걱정이 되어요."

"델린, 공작과 결혼하고 싶으면 결혼하렴. 내가 지원하마."

델리다는 갑작스러운 말에 딸꾹질을 했다.

"지금까지는 내가 아무 말도 안 하고 있어서 공작이 무시했던 것이지, 내가 말하기 시작한다면 그도 거절하기 어려워질 거야."

"네, 히끅, 네, 네?"

"그와 결혼하라니까. 편히 살 수 있을 게다."

"아, 아, 아버지?"

"왜, 뭐가 문제니?"

"저, 저를, 후계자로, 히끅, 흑, 바, 바라신다고, 히끅!"

"네가 처음에 물었지 않아? 공작과 혼인하고 싶다면 어쩌겠느냐고. 이 아비가 네 선택을 존중하여 지원하겠다고 말하는 게다. 너는 지금 나와 충분히 싸웠어. 내가 졌다."

"저…… 저, 히끅, 도무지, 무슨 말씀이신지……."

"잘 이해했을 텐데."

그녀는 들썩이는 어깨를 최대한 누르며 평온해지려 노력했다. 그러나 갑작스레 미라이예와의 혼인을 주선하겠노라 말하는 아버지의 모습이 너무 이상했다. 자신을 후계자로 만들겠다고 몇 번이나 확언하시곤 무슨 말씀이시지? 받아들일 수 없었다.

델리다는 입을 가린 채로 멈췄다.

받아들일 수 없다고?

"델린, 듣고 있니?"

"……."

"미라이예 공작을 남편으로 맞이하고 싶어? 그러렴. 그 사람도 이제 서른이 넘었지. 종가문들, 아니, 이제는 그 지경도 아니야. 이젠 십이 공회가 입을 모아 공작이 결혼을 해야 전쟁에 내보낼 수 있다고 시위 중이지. 몇 가지 건으로 부드럽게 권유하면 혼사가 어려울 리 없단다."

"……."

"썩 마음에 드는 신랑감은 아니지만, 그래도 그는 공정한 사람이다. 애정을 나눌 수 있을진 몰라도 고되진 않을 게야."

"후계자는요?"

"네 동생이 하면 되지. 전통대로 열네 살 때 눈의 방패로 내보낼 예정이다. 그때쯤이면 나도 노인네가 되어 있겠구나. 그러나 알아서 잘 자라리라 믿는다. 나도 참 방치되어 컸잖니."

"……저를 포기하시는 거예요?"

델리다는 턱에 힘을 주었다. 아버지가 자신을 달래길 바랐는지도 모르겠다.

그러나 상대도 완강했다.

"이제는 똑바로 말해야 한다, 델린. 내가 너를 포기하는 게 서러운 건지, 아니면 네가 그 자리를 잠깐 손에 쥐었다 떨어뜨린 것이 서러운 건지. 너 스스로에게 정직해져야 해."

"……아버지를 실망시키기 싫어요."

"나는 네가 공작과 결혼하길 원한다고 해서 실망하지 않는다."

"그리고…… 이렇게 잠깐 엿본 뒤 떠날 수도 없어요."

그녀는 안니발레 백작을 바라보았다. 그와, 손에 쥔 펜던트를 응시했다.

"태어나서 한 번도 제가 안니발레를 물려받는다는 생각을 해 본 적이 없어요. 딤니팔의 열두 기둥이에요, 아버지. 딤니팔에서 가장 부유한 가문이라고요. 쉽게 품을 수 없는 미래예요……."

"……."

"바로 그렇기 때문에 너무 자랑스러워요. 그토록 한참이나 뿌듯하다가, 겁이 나요. 겁이 났다가도 당당해져요. 마치 새로운 저를 발견할 수 있을 것만 같아요. 그러다 문득 무너질까 봐 무서운 마음이 들어요. 그러나 동시에 아버지께서 제게 가르쳐 주신 것들이 떠올라요. 무엇을 어떻게 해야 할지 모르겠어요."

"나라고 안 그랬겠니?"

"아버지……."

"내가 새파랗게 젊은 열아홉에 가문을 물려받으면서 그런 생각을 안 했을까?"

"……."

"네가 유독 이상한 고민을 한다고 생각하지 말렴. 사람들이 네게 품고 있는 편견을 곱씹지 마. 너나, 열아홉의 나나, 갓 혼인한 시누사 경이나 모두 같은 걱정거리를 지녔을 것이 분명하다."

"시, 시누사 경이요?"

"그래, 열넷에 전장에 나가 오륙 년 동안 살육에 익숙해진 그나시오의 후계자. 사람을 죽였다고, 쉽게 죽인다고 후계자로서 더 적합할 이유가 있나? 나는 평생을 의심했다. 그건 아무 상관이 없어."

"그렇지만 강한 건……."

"강한 것과 단호한 것, 옳은 것. 너무 많은 사람이 그 세 가지가 같다고 착각하고 있단다. 그건 정말, 엄청나게 다른 것인데."

"저는 눈물도 많고……."

"당황하면 눈물을 보이는 것은 함께 고쳐 봐야겠지. 경험 부족에서 비롯되는 것이기 때문에 교정하기 어렵지 않을 거야. 그러나 그 외의 것, 예컨대 슬픈 것을 볼 때, 어쩔 수 없이 잔인한 결정을 해야 할 때, 그때 우는 것은 난 아무 문제가 아니라고 본다. 나를 믿으렴."

"아버지."

"우리에겐 적게 잡아 이십 년이 있어. 길게는 사십 년이 있지."

델리다는 더 이상 떨지 않았다.

이렇듯 아버지께선 평생토록 딸을 달래신다. 누구보다 자신을 잘 다독여 주는 일생의 벗이셨다.

그녀는 손에 쥔 펜던트를 목에 걸었다. 미소를 지었는데, 생각보다 우쭐거리는 태도였던 것 같다. 백작이 소리 나지 않도록 웃음을 터뜨렸다. 똑 닮은 두 쌍의 보랏빛 눈이었다. 델리다는 자리에서 일어나서 한 바퀴 돌았다. 십이공회의 펜던트가 마치 아가씨의 베일처럼 흔들렸다.

백작이 무언가를 말했다.

델리다는 고개를 끄덕였다.

외르타는 천천히 정원을 거닐었다.

솔 미라이예의 정원은 그 주인처럼 간소했다. 납작한 돌이 깔린 오솔길과 들쑥날쑥 자란 관목들. 일부러 다양한 종류를 구비해 둔 모양이었다. 바로 일주일 전 솔 그나시오에서 만난 인공적인 정원과는 느낌 자체가 달랐다. 정원이라기보단 숲 같았다.

얼마 뒤면 눈에 담기도 어려울 녹음인지라 아쉬운 마음이었다.

발렌시아는 말했다. 당신이 떠나면 자신에게 이곳은 의미가 없다고.

그녀도 마찬가지였다. 그가 사라진 오스페다는 자신에게 중요하지 않았다. 마음속 새겨진 사람이 없다면 고상한 딤니팔의 왕도 역시 일생에 잠깐 머문 도시 중 하나가 될 것이다. 때문에 그녀도 그의 출전 후 얼마 지나지 않아 떠날 예정이었다.

외르타는 오랫동안 발렌시아가 왕도를 떠난다는 사실을 무시해 왔다. 분명 제 귀로 그가 떠난다는 소식을 들었고, 또 들었고, 여러 사람에게, 다시 본인에게 들었어도 체감하지 못했다. 자신의 입으로 말하고, 또 말하고, 심지어 그것으로 발렌시아를 겁박했지만 수단으로 여겼을 뿐이지 받아들이지 못했다. 그러다 어느 날 아침 눈을 뜨자 실감이 났다. 우리 볼 날이 몇 주도 안 남았다고?

그녀는 몹시 놀랐다.

언젠가는 헤어지겠지만, 눈앞에 실제 날짜가 보인다면 놀랄 수밖에 없다. 몇 주라는 시간 자체는 확실히 짧지 않나.

그러나 그것이 전부는 아니었다. 그보다, 이젠 이별에 대한 마음가짐이 다르다고 조심스레 속삭일 수 있었다. 갓 깨어나서 떠나겠다고 호통치던 때와는 비교할 수조차 없었다. 당시 그녀에게 발렌시아는 동지에 가까웠다. 그러나 이제 그는…….

외르타는 그를 지나치게 잘 들여다볼 수 있었다. 그는 이미 해석된 책이었고 활짝 펼쳐진 테라스였다. 모른 척하기 힘들었다.

그의 이마에 입 맞추었다. 친애의 정이라고 생각했다. 그것을 알기에 그도 동요하지 않았는데, 어느 정도는 그녀를 배려한 것처럼 보였다. 상대를 이성으로 보는 듯 행동하면 좋을 일이 없으니까. 그러나 돌이켜

보면, 그녀 역시 친애의 정이라고 확언하지는 못했다. 열일곱의 자신이라면 순전히 예의로 모두에게 키스할 수 있었으리라. 그러나 지난 일곱 해를 이겨 낸 뒤라면, 그것은 단순한 호감 표시라고 하기 어려웠다. 그녀는 산봉우리를 두 개나 넘어서 그에게 입 맞춘 셈이었다.

"외르타."

그녀는 기척도 없이 말을 건 상대에게 깜짝 놀랐다. 어깨를 떨며 물러났다.

"죄송합니다. 입구에서 당신이 보여……."

"아, 아니. 괜찮아."

그는 곧장 그녀의 발을 바라보았다. 외르타는 발끈했다.

"당신, 지금 어딜 보는 거니?"

"정원 길이 편하지 않습니다. 아무리 단단한 신을 신으셨다 하나, 주의하셨으면 좋겠습니다."

"그건 내가 어련히 하겠지!"

"제가 걱정스럽습니다."

발렌시아는 입술을 깨문 외르타에게로 성큼성큼 다가왔다. 그녀는 그가 자신을 안아 들면 팔을 물어뜯겠다고 결심했다.

그는 천천히 그녀를 바로 옆 석조 의자로 인도했다. 손을 대지 않고, 안내했다. 그녀는 손짓에조차 화를 내며 항의했다.

"우리 약속했지……!"

"외르타, 저는 평생 칼과 철퇴에 난자당한 자국을 보며 살았습니다. 덕분에 상처를 보면 어느 정도인지 잘 압니다. 당신에겐 너무 많은 상흔이 있습니다. 그것을 보기가 고통스럽습니다."

"경고해."

그러나 외르타는 말하면서도 바보가 되는 느낌이었다. 그의 얼굴이 살짝 일그러져 있었다. 그것이 분노나 억지가 아니라 고통임을 모르지 않았다. 자신을 보며 아파하는 사람에게 고통받지 말라고 말하는 것이 너무 바보 같았다.

"발렌시아, 물론 당신이 내가 걷는 거 하나하나에 뭐라 하지 않는단 점은 기특하게 여기고 있단다. 그러기 쉽지 않았을 텐데 말이지. 그렇지만 그렇게 꾹 참는단 티를 내면 무슨 차이가 있겠어? 더군다나 갑자기 와서 이렇게 앉으시라 권유하면."

그녀는 투덜대며 앉았다. 부조리했다.

"외르타."

"그러지 말렴. 모리가 열심히 봐 주고 있기도 하고, 또, 지금 무슨 상관이야? 아직은 건강해. 아파도 나이 먹어서나 아프겠지. 뭘 어떻게 할 수 없는데 난처하게 하지 말란 말이야."

그가 침묵하는 모습이 보였다. 어느새 눈높이가 같았다. 그는 습관적으로 무릎을 꿇곤 했다. 언제나 나란히 앉자고 부탁해도, 그는 얼굴을 보지 않은 채 대화할 수 없다고 믿는 사람이었다. 기어이 또 몸을 숙이는 모습에 한숨이 났다.

외르타는 상대를 괴롭히지 않기 위해 화제를 돌렸다.

"십이공회는 어땠니?"

"……."

"내가 물어봐선 안 될 내용이라면 그만하마."

"리베 안니발레가 후계자직을 수여받았습니다."

"와!"

외르타는 예상하고도 놀라선 눈을 동그랗게 떴다. 시누사의 혼인식으로부터 고작해야 일주일, 다들 충격에서 벗어나지도 못했는데 냅다 도장을 찍어 버린 모양이다. 전쟁 직전의 십이공회다운 속도전이었다.

"무엇보다 구태여 안니발레에 반대할 이가 없는 상황이고, 폐하께서도 지지하고 계십니다. 이 두 가지가 가장 큽니다. 그러나 안니발레 자작도 특별히 흠잡을 곳 없을 만큼 조리 있게 답하셨습니다. 저 개인적으로도 결격 사유를 찾지 못했습니다."

"아."

"또한 제가 내일부로 자리를 비우는 탓에, 십이공회에 시간이 없었습니다. 겨우 그나시오의 빈자리를 채워 열둘이 되었는데, 다시 미라이예가 빠지면 후계자를 논의하기 어려울 것입니다."

"잠깐……."

"말씀하십시오."

"당신이 내일부로 자리를 비운다는 게 무슨 뜻이야?"

그 긴 문장 중, 단 하나만 들렸다.

"……수하 가문의 송사를 처리하러 미라이예 본 영지에 방문해야 합니다. 예정보다 일찍 오스페다를 떠날 예정입니다."

"무슨…… 무슨 말이야? 나한테 말도 안 하고 가려 했니?"

그녀는 당황하여 말을 더듬은 것도 눈치채지 못했다. 이게 무슨 소리야? 앞으로 두 주는 더 남았다고 생각했는데 갑자기 내일이라니. 그녀는 하나하나 주워 담다가 갑자기 모두 쏟은 기분이 되었다.

"오늘 말씀드리려 했습니다."

"당신 이게 무슨……."

마지막 자존심으로, 내게 그렇게까지 고해하고서 무슨 짓이냐고 묻지 못했다. 그러나 자신의 눈이 이미 그런 말을 하고 있음을 알았다. 잔뜩 충격받아선, 어떻게 나한테 그럴 수 있느냐고 마냥 억울한 표정이리라. 그녀는 감정을 숨길 수 없었다.

"난……."

"외르타, 저는 떠난다고 누차 말씀드렸습니다. 조금 시일이 이르지만, 어마어마한 차이는 아닙니다."

"12일이라고 했잖니?"

그는 침묵했다.

외르타는 발렌시아를 잘 알았다. 그토록 자신에게 머무르길 종용하고도 아쉬움 없을 사람은 아니었다. 도무지 앞뒤가 맞지 않았다. 오스페다를 떠나기 일주일 전부터 저를 붙들고 놓지 않을 사람이라고 생각했는데. 문득 그의 마음마저 오해했을지 모른다는 스산한 의심이 들었다.

그가 자신의 손을 잡았다.

의심이 무너졌다. 그럴 리가 있나. 그는 분명히 무언가를 참고 있었다.

“정말 내일 떠나는 거니? 짐은?”

“누프리가 준비하고 있을 겁니다.”

“……누프리가 안다면 당연히 모리도 알겠지. 당신 의원이니, 전장에 나가기 전 건강을 봐주지 않았을 리가. 이번에도 또 나만 몰랐네.”

“말씀드리려 했습니다.”

“안 했잖아.”

그녀는 발렌시아의 손을 뿌리치려다, 갑자기 이 모든 것이 너무 치졸하게 보였다. 자신은 제대로 대답하지 않은 채 그의 바람을 붙잡고 있었다. 그런데 이토록 바쁜 사람에게 자세히 설명해 주지 않았다고 화를 내? 염치가 없다. 발렌시아 혼자 우두커니 서서 끝없이 요구를 들어 주는 것처럼 느껴졌다. 내가 이기적인 건가?

그렇지만 억울했다.

그녀는 열심히 노력하여 부드럽게 말했다.

“복잡한 것들을 생각하지 않더라도…… 우리가 그런 사인 아니잖아. 언제 떠난다는 것쯤은 이야기해 줄 수 있지 않아? 꼭 이렇게 사람을 황망하게 만들어야겠어?”

“제가 전술 회의로 바빠서 미처 챙기지 못했습니다. 죄송합니다.”

저게 할 말인가? 나도 냅다 떠난 뒤 서간으로 깜박했다고 전달하면 딱 좋겠군.

“그리고…… 마음의 준비를 하시는 모습을 보기보단 이편이 나았습니다.”

외르타는 정리되지 않은 감정을 어찌해야 할지 몰랐다. 아직까지도 자신을 설명하지 못해 쩔쩔매고 있었다.

때문에 그의 말을 이해하자마자 화가 치밀었다. 본인에게는 이쪽이 편했다? 지금 그런 이야길 한다고? 그녀는 내일 떠난다는 말에 정신적으로 뺨을 얻어맞았다. 여전히 너무 놀라서 얼떨떨하게 상대를 바라보고 있었다. 그런데 이 모든 게 내 감정은 신경도 안 쓰고, 단순히 본인이 편하게 헤어지고 싶어서란다.

외르타는 기어이 발렌시아의 손을 뿌리쳤다. 더 나아가 그를 한 대 치려다, 허공에서 주먹만 꽉 쥐었다. 정말 티끌만큼 남은 염치가 그녀를 말렸다.

“발렌시아, 당신만 헤어질 준비를 하면 다야? 나는, 아무것도 모르고 칠칠치 못하게 있다가 ‘안녕히 가시라’ 해야 하나? 전날 이런 이야길 듣는 게 어떤 느낌일지 당신은 알아?”

“후일 제가 찾아뵙겠습니다.”

“이 년? 삼 년 뒤겠지. 아무렴 영영 못 보겠느냐고. 하지만 지금 당장 어쩌자는 거야? 너무 이기적이지 않니? 당신은 차곡차곡 개켜서 정리하고, 나는 마차에서 내던져지고? ‘어어’ 하는 사이에 떠나는 낯짝만 보라는 건가?”

그녀는 말하면서 점차 부아가 치미는 것을 느꼈다. 이미 화가 나 있었는데, 지금은 숨길 수 없을 정도로 흘러나왔다. 목에서 쌕쌕거리는 소리가 났다.

“외르타.”

“가!”

“…….”

"그래! 뭐 어쩌겠어? 나 빼고 다 아는 일정일 텐데, 어떻게 내가 감히 말을 얹겠니? 가!"

외르타는 자리에서 벌떡 일어섰다. 이젠 진력이 난다. 화가 났다. 지금부터 못 보나 내일부터 못 보나 다를 게 없었다. 홱 돌아서 곧장 그를 등졌다. 빨리 걸으려고 노력하다 보니 자연스레 발에 힘이 들어갔다. 쾅쾅 내리찍는다. 아, 그것조차 좋았다. 그가 싫어하겠지.

"외르타."

뒤에서, 약간 위에서, 그가 부르는 소리가 들렸다. 그녀는 물론 멈출 생각이 전혀 없었다.

"제가 아쉬우십니까?"

그녀는 멈췄다.

화를 내기 위해 뒤돌아봤다.

"뚫린 입이라고 아무 말이나 내뱉지? 당신에겐 사람 사이에서 지켜야 하는 예의가 없었어! 그런데 '내'가 아쉽냐고 물어봐? 아니! 사람이라면 아쉬울걸? 당신, 인사를 안 하고 떠나는 여행길엔 살수殺手가 붙어. 알아? 모르면 배우렴! 내 동기들은 그랬거든!"

"저는 인사를 드리고 있었습니다. 이외에 어떤 것이 예의일지 모르겠습니다."

"언제 떠난다! 좋은 시간을 함께할 수 있어서 감사했다! 후일 어디서 다시 뵙겠다! 틀어질 때를 대비해 연통을 보낼 가장 가까운 주소! 지금 내가 이걸 하나하나 알려 줘야 하나?"

"전부 말씀드렸습니다. 연통의 경우 레발로로 주시면 됩니다."

외르타는 답답해서 가슴을 쳤다.

"그게 문제가 아니라……!"

"전장이 이동할 위험이 있으니, 항상 주인을 찾아오는 공작가의 새매를 드리겠습니다. 어디서든 편지를 전할 수 있으므로 많은 도움이 되리라 생각합니다."

"내가 졌어. 그만하자! 그만!"

"혹은 제가 지석을 드리면 제 새매가 당신에게 갈 것입니다."

"아, 발렌시아, 한마디만 더 해 봐!"

"외르타, 제가 아쉬우시다면 말씀 주십시오."

"아니! 전혀! 내가 목이 떨어져도 그 말을 하나 봐라!"

"함께 미라이예 영지에 가시겠습니까?"

외르타는 말문이 막혔다.

발렌시아가 아주 조용히 서 있었다. 그는 무언가 찾는 듯 그녀를 뜯어보다가, 가까스로 시선을 맞췄다.

"저는 내일 새벽에 떠납니다. 말을 탈 예정이지만, 속도는 맞춰 드리겠습니다."

"……."

"가볍게 채비하셔도 필요한 것은 대부분 알로지아드나 미라이예 영지에서 조달할 수 있습니다. 저는 본 영지에서 레발로로 가고, 당신은 다시 오스페다로 돌아가시면 됩니다."

그녀는 그제야 번뜩 현실로 돌아왔다. 그는 물론 전쟁터에 같이 가자는 제안을 하는 것이 아니었다. 그보단 그를 이토록 일찍 앗아 가는 영지의 송사에 함께하겠느냐는 말이다. 그래서 계속 자신이 아쉽냐고 물어봤구나. 속 좁고 치졸하다. 열흘이라도 함께 있고 싶냐고, 달라지는 것은 하나도 없고 오히려 몸 고생만 하겠지만 그래도 열흘을 함께하겠느냐고 묻는 것이다.

외르타는 미워 죽겠다는 표정으로 그를 바라보았다.

침묵.

그녀는 뒤돌아 떠났다.

외르타는 혼자 들어와선, 모리에게 편한 옷가지 세 벌만 챙겨 달라고 말했다. 두 벌은 짐으로 챙기고, 한 벌은 당장 입게 던져 달라고. 모리는 어리둥절한 기색으로 어디 산책을 나가시는지 질문했다.

"아니. 내일 떠나려고."

"예? 어디로 가시는데요?"

"발렌시아 경이 미라이예 영지로 도망간다잖아."

"아……."

"참, 옷은 전부 바지로 줘. 말을 타야 해."

"합하와 말을 타신다고요……?"

"혼자 탈 거야. 그러니까 승마하기에 편한 차림을 달라고 하지."

"합하와 말을……?"

"그가 속도를 맞춰 줄 거란다. 그러니까 좀 도와주렴."

모리는 그제야 허둥지둥 옷가지를 채비하러 갔다.

외르타는 벌떡 일어나서 방 안을 서성였다.

발렌시아에게 바로 답하지 않았다. 그는 그녀를 향해 되묻지도, 쫓아오지도 않았다. 당연했다. 그녀는 그가 한마디만 더 했더라면 아주 다른 결정을 했을 것이다.

가라앉혔다고 생각했던 화가 다시 치밀었다. 매번 그녀만 아무 일정도 모르고 있어 불쾌했다. 그에게 기대했던 것들이 있었기에 더욱 언짢았다. 자신을 항상 남처럼, 유리 인형처럼 솔 미라이예에 보관해 두고 스스로 할 일을 하겠다는 것인지?

그는 가끔 감정을 드러냈지만 그조차 모서리가 만져지지 않는 애매한 언어였다. 그 와중 대뜸 떠난다는 말을 듣고 웃으며 보내 줄 만큼 성인이 못 되었다.

심지어 그는 그녀를 시험했다. 일찍 떠나는데 같이 가자고, 조금이라도 얼굴을 더 보자고 미리 제안했더라면 자신이 무슨 말을 할지 모르니까. 그녀가 오래오래 생각하고 준비해서, 그래 이제 그만 헤어져도 좋겠다고 강단에 차서 말할 수도 있으니까. 그 부분을 지레짐작했는지 이처럼 전날에 놀래는 것이다. 생각할 틈조차 주지 않았다. 고스란히 끌려들어 갔다.

"좌하."

그녀는 고개를 돌렸다. 누프리가 왠지 어색한 얼굴로 서 있었다.

"응, 왜?"

"합하와 함께 떠나신다는 이야기를 라치올에게 전해 들었습니다."

"맞아."

"그분이 말을 타고 홀로 알로지아드를 올라가실 예정이라는—."

"왜 다들 그 소리지? 나도 알아. 속도를 맞춰 준다고 했어."

"속도 문제도 있지만…… 아무래도 편의와 안전 문제도 있습니다."

그녀는 단어에 의혹을 느꼈다.

"알로지아드를 통해 가는 데 편의와 안전이 문제라니? 안전?"

"우선 전쟁의 위험이 큽니다. 게외보르트의 명분을 기억하시겠지요. 그리고 평시라고 해도 마찬가지입니다. 밀-아단까지는 어떤 불측한 무리도 없지만, 최근에 알로지아드 진 안쪽에서 살인이 발생한 것으로 알고 있습니다. 합하께서 홀로 가겠다고 하셨을 때에도 뒤숭숭했는데 좌하께서 함께하신다면 이젠 불안하기까지 합니다."

"그럼 누프리도 같이 가면 되잖아?"

"아레초와 디슬라오, 발폼, 그리고 여러 솔정들이 먼저 채비해 갔고, 저는 뒤따르는 축에 속합니다. 여러 지역의 송사를 묶어 두어야 해서 업무가 많습니다."

"뭐, 얼마나 큰일이겠어. 어쨌든 알로지아드를 통해 이동하다가 영지에 가까워지면 마중 나올 것 아니야."

"예, 그렇지만 불측한 소문이 있어……."

"경이 알아서 하겠지."

누프리는 턱에 힘을 주었다. 무언가 더 말하지 않은 내용이 있는 것처럼 입을 벌렸다가, 다물었다. 외르타는 급한 마음에 그가 답답했다.

"또 무엇이지?"

"아무 말씀도 드리지 않았습니다. 안전과 편의에 대한 내용 외, 제가 감히 언급할 수 있는 부분이 아닙니다."

"안전은, 발렌시아…… 경이 신경 쓰겠지."

"예."

"알로지아드에 있다면 설마 노숙할 일은 없을 것이고."

"예. 그러나 요새에 다다르지 못하면 간이 숙소에 머무르셔야 합니다."

"난 괜찮아."

그는 더 이상 말을 잇지 않았다. 상대가 지나치게 철벽같아서 포기한 사람처럼 보였다.

마침 모리가 돌아와, 한 아름 짐을 든 모양으로 어색하게 둘을 마주 보았다.

"왜……? 아, 당신도 모르는 일이었어?"

"언제 결정하신 건인지 모르겠다."

"사람이 앞에 있는데 무례하네. 방금, 삼십 분 전에 경이 제안했고 내가 받아들였어."

"채비할 것이 별로 없으니 바로 전날에 말씀 주셔도 문제는 없어요. 괜찮아요."

외르타는 둘 모두 발렌시아가 언제 떠나는지 알고 있었다는 사실에 놀라거나 실망하지 않았다. 지겨웠다. 자신에게 바로바로 공유되지 않은 정보들에 지겹고, 그 사실에 화나는 자신도 지겨웠다.

"알로지아드 진 안쪽의 살인 사건이 걱정되네."

"합하께서 계시잖아."

"나는 합하께도 다시 한번 고려해 보시라 말씀을 드릴 참이었네."

"따로 연통을 보내서 알로지아드 봄의 호위를 받지?"

"좋은 생각이야. 다만 합하께서 허락하실지 의구심이 드는군."

"백작님, 여기 옷이요."

그녀는 그들의 이야기를 엿듣다가 덜컥 승마복을 받아 들었다. 햇빛 냄새가 났다.

"두 벌은 하녀들에게 채비시켰으니, 새벽에 나가실 때 받으실 수 있을 거예요. 이외의 물품은 필요하시면 알로지아드 요새에서 얼마든지 얻으실 수 있습니다."

"……저도 좋은 말을 한 필 찾아보겠습니다."

"그래, 부탁해."

그들은 방문을 닫고 나갔다.

외르타는 한바탕 소란이 지나가자 스스로 준비할 것은 없는지 차분히 생각해 보았다.

전혀 없었다. 설핏 아델의 천이 떠오르기는 했으나 고개를 흔들어 지웠다. 자신이 버린 욕심이었고, 나아가야 했다. 어차피 영영 떠나는 것도 아니지 않은가. 기껏해야 오고 가는 시간까지 달포일 텐데.

정말 아무것도 없었다. 그녀는 빈손을 내려다보았다.

외르타는 아직도 지금이 꿈인지 생신지 분간하기 어려웠다. 발렌시아와 길을 떠나기 위해 꼭두새벽부터 어깨에 짐을 메고 있는 꼴이 너무 이상했다.

고작해야 반나절 전에 그에게 붙들려 함께 가자고 결정했다. 어느 정도는 막다른 곳에 몰려서 정리한 것이다. 바로 내일 떠난다고 딱딱거리는 그에게 자신이 무엇을 어찌했어야 한단 말인가? 잠깐이라도 팔에 매달려서 우리 대화하자고 외칠 수밖에 없었다. 그는 실로, 그녀가 함께 떠나지 않으면 모든 문을 닫아 걸 사람처럼 보였다.

내일 떠난다, 드릴 말씀은 없다. 외르타는 거의 협박당했다. 협박당하는 줄 알면서도 굴복했다. 아주 야비하다고 생각하면서 허락했다. 그는 결코 고백하지 않겠지만, 분명히 의도했다는 생각이 들었다.

저택의 문 앞에서 한 사람이 기다리고 있었다.

모리가 이 자리에 오지 않는 것은 이해할 만했다. 그러나 적어도 누프리가 주인을 수행하리라 생각했다. 그러나 무슨 바람이 불었는지 한 새벽, 아무도 없이 오로지 발렌시아뿐이었다.

외르타는 제 것으로 보이는 밤색 말을 곁눈질하며 발렌시아에게 인사했다. 곧장 안장에 오르려다가, 팔뚝을 살짝 잡혔다. 그녀는 고개를 돌려 경고했다.

"안 돼."

오늘 꺼낸 첫마디였다. 그의 입에서 살짝 흰 입김이 흘러나왔다. 손이 떨어져 나갔다. 그녀는 오른발로 등자를 밟고 훌쩍 말에 탔다.

그는 더 이상 대화를 잇지 않고 말에 올랐다. 살짝 말을 몰더니, 그녀에게 두텁고 짧은 망토를 둘러 주었다. 외르타는 고개를 끄덕이고는 망토를 조여 맸다.

"어느 정도까지 달리실 수 있습니까?"

"전속력으로, 일어서서."

"어렵습니다. 보통 구보로 모십시오."

"그래서야 어느 세월에 도착하겠어?"

"어차피 파발처럼 달리지도 못합니다. 늦어져도 만 하루에 불과합니다. 큰 차이는 없습니다."

그녀는 으쓱이곤 말을 몰아 작은 원을 그려 보았다. 오래도록 사용하지 않았건만, 몸으로 익힌 어떤 습관들은 쉽게 묻히지 않았다. 열일곱 해 동안 배워 온 것이라면 더더욱 그렇다.

"가자."

외르타는 먼저 말을 달래 빠르게 정문으로 다가갔다. 뒤에서 터덜터덜 풀죽은 소리가 났다.

결국 한마디를 덧붙였다.

"난 당신이 일부러 이랬단 걸 알아. 용서 안 할 거야."

침묵.

"제가 무엇을 의도했는지 모르겠습니다."

"이번에 헤어지면 절대 안 볼 테지. 천천히 이별 준비를 할 거야. 두 주면 충분해."

"……."

"그깟 이야기하기가 그렇게 싫다고, 지금 내게 이 고생을 시키니?"

"……."

외르타는 자신이 말을 타는 것, 여행하여 고생하는 것보다 작별하기가 더 싫다는 그의 말을 실제로 들은 것만 같았다. 매번 자신의 발을 걱정한들 그런 배려는 때에 따라 버릴 수 있나 보군. 외르타는 툴툴거렸다. 날씨도 쌀쌀한 늦가을에 무슨 외박이람.

그렇지만 생각보다 승마는 새로웠다. 고삐를 팔에 건 채로 갈색 갈기를 만지작거렸다. 제 몸으로 할 수 있는 것들이 갑작스레 늘어난 느낌이었다. 예전에는 단순히 걷고 뛰기만 해도 망가진 몸으로 다행이라고 생각했는데, 지금 자신은 말을 몰고 있었다. 조금 더 확신이 생겼다. 보잘것없는 몸뚱이로 무엇을 할 수 있을지 보다 넓게 상상할 수 있었다.

이수문에 다다라서도 그들은 말에서 내리지 않았다. 발렌시아가 당연하다는 듯 이름을 밝히고, 그녀도 어설프게 새로운 자신의 이름을 말했다. 그것이 전부였다. 그녀는 하마下馬하거나, 신분증을 제시하거나, 어딘가에 이름을 새길 필요조차 없는 권력에 조금 질렸다.

그들은 정적 속에서 대수문까지 말을 몰았다. 그녀는 여전히 화가 나 있었지만 조금 좀이 쑤셨다.

"증명을 부탁드립니다."

발렌시아는 품에서 무언가를 꺼내 보여 주었다. 외르타는 고개를 빼서 그것이 무언지 확인했다. 줄이 잘린 펜던트였다. 자신이 그토록 연습했던 두 그루 나무가 보였다. 갑자기 기분이 이상했다. 방금 전 대수문에서 목격했던 권력과 비슷한 종류일 것이다. 스스로 천에 새긴 나무는 단지 복잡한 문양에 불과했는데, 저 사람이 보여 주는 나무는 십이공회의 일원이자 공작의 증표였다. 그녀는 스스로 생각하던 도중 무언가 누락되었다고 믿었다.

그녀는 또다시, 별 볼 일 없는 이름만 읊조렸다.

"외르타 아델라이데 기위 얀 발미레."

"발미레 백작이시다."

문지기는 발렌시아가 그녀를 소개한 뒤에야 물러났다.

외르타는 그제야 확실히 깨달았다. 안에 들어 있을 적과 달리, 이렇게 한 발자국만 나오면 그가 가진 이름들에 진력이 났다. 그것으로 할 수 있는 많은 일들이 낯설었다. 그가 노력하는 듯 보여도 사람들이 보는 것은 그의 지위와 이름이었다.

그녀는 자신이 실수했을까 생각했다. 벌써 후회가 되었다. 가장 낮은 지위가 백작인, 모두가 귀한 자리에서 그를 보는 것이 좋았다. 그때는 그 사람 자체를 알고, 그의 노력을 이해할 수 있었다. 그러나 이렇게 굴종을 보다 보면 갑작스레 옆 사람이 달라 보일 것 같았다. 서로 간의 비대칭이 다시금 놀라우리라.

외르타는 흘러나오려는 말을 꾹 참았다. 그는 바뀐 게 없다. 바뀌었다면 제 시선과 사람들일 것이다. 어쨌든 내가 노력하면 두 주 정도는 괜찮겠지.

그녀는 불안한 마음을 감춘 채, 일부러 완전히 다른 말로 대화의 물꼬를 텄다.

"알로지아드는 저쪽이지? 이제 좀 달려도 될까?"

"보통 구보로—."

"몰라고는 했지만, 그래도 한 번만. 나 정말 오랜만이잖니."

그는 침묵했다. 그녀는 그것이 그 나름의 동의라는 사실을 알았다.

외르타는 벌떡 일어서선 상체를 숙였다. —몸이 힘들면 복잡한 생각을 할 겨를이 없을 것이다.— 아주 오래전 관에 파묻은 습관이라고 생각했는데 의외로 살아 있었다. 항상 먼저 몸을 숙였지. 그것이 말에 대한 예의였지. 그녀는 날카로운 소리가 나도록 고삐를 내려쳤다.

말이 귀찮다는 듯 콧김을 내뿜고, 이내 빨라지는 속도에 웃음이 났다. 쓴웃음에 가까운지도 모르겠다. 이렇게 쉬운 일을 오래도록 꿈꾸지도 못했다. 리넨으로 발을 꼭 동여맨 뒤, 발에 맞고 튼튼한 신까지 골랐기에 아주 편안했다.

아무도 저지하지 않았다. 외르타는 생각보다 빨리 미라이예 영지에 다다를 수 있지 않을까 기대했다.

"대체…… 무슨 소리야……."

앙히에는 왕의 한숨을 경청하며 고개를 숙였다.

"발미레를 데리고 가긴 어딜 가……."

오늘 형님이 왕도를 떠난다는 사실을 알고 있었다. 영지의 송사 건이 있어서, 자신보다 빨리 자리를 뜬다고. 사실 이 이야기는 대부분의 사람들이 알고 있는 내용이다. 때문에 마지막 인사를 하려 갔건만 형님은 커녕 외르타조차 없었다. 둘이 함께, 꼭두새벽에 영지로 떠나셨단다.

그는 자카리가 이 사실을 알고 있을지 궁금했다. 당연히 총사령관이 떠나는 날짜를 알고 계시겠지만, 덤으로 외르타를 데려가는 것이 왕에게 공유되었을지 의심했다. 그녀의 안전을 생각한다면 좋은 일이 아니었다. 아니나 다를까.

“짐이 십이공회 것들에게 그러지 좀 말라고 몇 번을 이야기했어……. 또 이 지경으로 터뜨릴까 봐 걱정하지 않았겠나. 미치겠군.”

“예? 십이공회요?”

자카리가 고개를 저었다.

“어제…… 안니발레 후계자 승인을 하면서 끝자락에 다시 미라이예 혼인 건이 튀어나왔지. 이번에는 톨레도와 그나시오, 보수적이고 적이 없는 사람들이 입을 열었네. 예상했던 사태긴 했지. 리베 안니발레가 사라지는 셈이니 여간 난리도 아닐 거라고. 더 이상 십이공회에는 인물이 없으니 발등에 불이 떨어졌다고, 빨리 짝을 찾으시라는 이야기가 나오더군.”

“……형님께선 뭐라 하셨는데요?”

“신경 쓰지 말라고 세 번쯤 이야기하다가, 아무래도 안 놔줄 기세니 조언 고맙게 듣겠다 하고 떠났네.”

“그리고 바로 다음 날 발미레 백을 데리고 갔다고요.”

“짐은 솔직히 그녀의 안전에 대해서는 걱정하지 않네. 공작이 목숨 걸고 지킬 텐데 걱정은 무슨.”

자카리는 앙히에의 의심쩍어하는 시선을 느끼곤 인상을 찌푸렸다.

“……알겠네. 무명을 보내 좇을 예정일세.”

“감사합니다. 선전 포고 내용이 아무래도 마음에 걸립니다, 폐하.”

“네가 윽박질러 어쩔 수 없지만 짐이 보기에 안전은 큰 문제가 안 돼. 그보단 십이공회에서 혼인 이야기를 듣자마자 발미레 백을 데리고 떠났다는 점이 시사하는 바가 있네.”

“저도 그렇게…… 생각합니다.”

"앙히에, 너 진지하게 자식에 대해 생각해 봐라."

앙히에는 갑작스러운 말에 헛기침을 터뜨렸다.

"공작이 기어이 발미레를 미라이예의 무언가로 만들겠다고 주장한다면 그의 성정상 여자를 둘 두진 않을 걸세. 발미레는 불임이야. 짐은 후계자를 걱정하네."

"……."

"이미 대게외보르트전에 나가 정식으로 기사직을 받겠노라 결심했다면, 딤니팔에서의 혼인도 생각해 보게. 자식을 본 뒤론 구속하지 않을 걸세."

"폐하, 저는 이야기가 여기까지 와야 하는지 잘 모르겠습니다. 발미레 백이 용납하지 않을 겁니다."

"그녀가 용납하지 않을 거라고? 아니면 용납하지 않기를 바라는 건가?"

"상황을 잘 아시지 않습니까."

"그러나 짐은 공작이 발미레 백을 설득하여 미라이예 본 영지로 향하게 했다는 사실을 아네. 그것도 꼭두새벽에, 도주하듯. 그것이 어떤 의미일지 그녀가 아예 모르리라고는 생각지 않아."

"넘겨짚으신 겁니다. 발미레 백은 제 형님과 포티미외를 같이 지냈다는 이유로 기묘한 연대감을 가지고 있습니다. 그것을 연애 감정이라고 생각하긴 어려워요."

자카리는 책상 위에 걸터앉았다. 석양이 눈을 찌른 듯, 자리를 조금 옮겼다. 그의 황금색 가운은 아주 귀해서 빛을 반사하지도 않았다. 석양 앞에서 숨죽이는 금이었다.

앙히에는 커튼을 치기 위해 일어났다. 등을 보이며 왕에게 핀잔했다.

"폐하, 폐하께선 발미레 백이 가지고 있는 거부감에 대해 잘 모르시는 것 같습니다."

"아니, 아니. 짐도 아네. 사실 그녀가 공작과 혼인한다고 말하면 누가 농담을 하는 것처럼 들려. 말도 안 되니까. 특히 그녀의 노려보는 눈을 떠올리면 통 현실감이 없으니 말이지. 그러나 어떤 기적이 일어나서 실제 일이 터지면 짐은 거절할 수 없을 걸세. 적어도 공작만큼 딤니팔에 봉사한 사람이라면 사사私事 정도는 자유롭게 두어야 하네. 때문에 장애물이란 하나도 없고 오로지 둘만 해결하면 되는데, 이 와중 손잡고 미라이예 영지로 도망쳐? 이쯤 되면 짐도 좀 떠들게 내버려 둬 봐."

자카리는 서류 더미 위를 내리쳤다. 분노보다는 말을 강조하기 위한 행동 같았다. 아니나 다를까, 왕은 똑똑히 그의 이름을 발음했다.

"앙히에."

앙히에는 튕겨 나오듯이 말했다.

"폐하, 왕명으로 명하신다면 저는 거스를 수 없습니다."

"이따위 이야기는 절대 왕명으로 안 할 걸세."

"……."

"하지만 돌이킬 수 없는 시점이 되면 너도 선택지를 고려하게 될 걸세. 아예 야인처럼 살던 때라면 모르되, 지금 전쟁에 나가면 모든 걸 외면하기는 좀 어려워지네."

"……."

"그러게 짐이 누누이 공작 뜻에 따르지 말라고 했지. 이젠 짐도 모른다. 챙겨 주기 힘들어."

앙히에는 빛이 사그라진 창을 등진 채 왕을 바라보았다. 항상 존경해 마지않는 사람이었다. 리볼텔라가 깃대라면, 이 사람은 단단히 앉아 있는 딤니팔의 기반이다.

"폐하, 정말 많은 부분을 살펴 주셔서 감읍합니다."

"이러지 말지. 남세스럽게."

"저도 이만 저를 추슬러 보겠습니다. 은혜에 보답하기 위해서라도요."

"그러지 않아도 되네."

"저는 딤니팔의 신민입니다."

이 말을 들었더라면 아마 형님은 깜짝 놀랄 것이다. 그때 길바닥에서 그따위 이야기를 하고 어디서 거짓말을 하느냐고 추궁할 것이다. 그러나 진심이었다. 자신의 구성 요소가, 사고방식과 행동과 빛이 딤니팔이 아닐 수는 있다. 지난 열 해가 그를 안쪽부터 바꾸어 짜 맞추었으니 확실히 의심스러운 이야기다.

그러나 그는 딤니팔이 아닌 것을 가지고도 딤니팔의 신민으로 서 있었다. 눌라레의 후예에게 충성했다.

"알고 있어."

자카리는 무겁지도, 가볍지도 않은 태도로 충성 맹세를 받았다.

앙히에는 희미하게 웃었다.

"발미레 백과 함께 떠나고 한마디도 없는 무뢰한보다는 네가 훨씬 낫군."

"폐하, 형님께 어떤 불충한 의도가 있었다고 생각지 않습니다……."

"불충한 의도를 넘어서 어떤 '의도'가 있었다고도 믿지 않네. 눈이 뒤집혀 아무 생각을 안 했을 걸세. 십이공회에선 최후통첩으로 혼인하라지, 당장 내일 오스페다를 떠나야 하지, 발미레 백은 조금만 정세가 안정되면 떠난다고 난리지."

"최후통첩이요?"

"이제 떠나면, 약혼자 없인 오스페다에 돌아올 수 없다고 했네. 그들이 결정할 거리는 아니지만…… 미라이예가 참가하는 모든 십이공회와 계약에서 파업할 수는 있지. 짐도 그 대의에 반대할 수 없고 말이야. 그 최후통첩만큼 단단히 준비한 듯 보였네. 십이공회와 미라이예 최고 종가문에서 꼽은 열 명의 소녀들이 있는데 초상화와 함께 보낼 테니 고르라더군."

"미치겠네, 죄송합니다."

"벌써 솔 미라이예로 보냈을걸? 공작이 대답했을 리 만무하니 아마 미라이예 본 영지와 알로지아드 레발로에도 보낼 거다."

"송구합니다만 저는 이제 형님을 이해합니다."

"짐도 이해하니까 방금 널 좀 닦달하지 않았겠나."

"하지만 폐하께서도 믿지 않으시잖습니까. 이건 그냥 도망간 거고, 답은 없다고요."

"거참, 골 아프게 하는구만."

앙히에는 다시 자리로 돌아와 소리가 나도록 주저앉았다. 십이공회에서 지치지도 않고 미라이예의 혼사를 압박했고, 형님은 듣자마자 외르타를 끌고 나갔다고. 좋은 이야기가 나오진 않을 것이다.

"폐하, 숨길 수 있을까요?"

"아니. 안 돼. 이런 건 짐도 못 숨긴다."

"언제쯤 알려질까요?"

"알로지아드 첫 번째 관문에 이미 들어섰겠지? 그럼 톨레도가 알고 있을 걸세. 어쩌면 짐보다 빨리 알고 있었을걸."

"끔찍하네요."

"짐도 힘들어."

앙히에는 양손으로 얼굴을 감쌌다. 자신에게 더 복잡한 문제가 생길 줄은 상상도 못 했다. 막다른 곳에 몰려서 그러마고, 전쟁에 나간다고 굴복하자 모든 일이 매듭지어진 줄 알았다. 그런데 잠깐 버려두었던 골칫거리가 닥쳐서 자꾸만 엉덩이를 걷어차고 있는 것이다.

"거슬러 올라가자면 제가 돌아온 것은 형님이 서른을 넘기기 전에 혼인시키라는 아버님의 유지를 지키기 위해서였습니다. 많은 문제가 산적해 있었는데, 모두 지나가고 결국 남은 것은 이뿐이로군요."

"짐도 십이공회와 미라이예 종가문의 걱정에 공감하네. 그리고 물론 네 아버님의 걱정에도 공감하지. 공작의 혼사가 비정상적으로 늦고 있고, 미라이예에는 후계가 없어. 다들 불안해하는 것이 당연하다."

"저도……."

"……."

"저도 어떻게 형님을 설득해야 할지 모르겠습니다. 제게 그런 능력이 남아 있기는 한지 의심스러워요."

"그가 가문을 중히 여기지 않던가?"

"모르겠어요."

자카리가 허탈한 웃음을 터뜨렸다.

"폐하, 한 가지 여쭙고 싶은 내용이 있습니다."

"말해."

"폐하께서는 저와 형님 중 선택하셔야 한다면, 누가 후계를 남기도록 강제하실 겁니까?"

왕은 입을 꽉 다물었다. 쉬운 결정이 아닌 듯 보였다. 앙히에는 그가 고민할 것을 짐작했지만, 동시에 조금 놀랍기도 했다. 어쨌든 폐하께선 바로 방금 전 자신에게 자식을 보라고 툴툴대지 않으셨나?

물론 앙히에는 왕을 이해하는 사람이었다. 아무리 발렌시아의 사사를 존중하겠다는 마음이 있어도 오래도록 편했던 습관을 버리기는 힘들 것이다. 왕은 그저 한 번, 미라이예의 후계를 우려하여 공작에게 누구누구를 추천한다고 공문에 박으면 되었다. 형님은 태양이 박힌 공문을 거부할 수 없다. 딤니팔의 신민이라면 누구나 그러했다.

그처럼 편한 길을 갈 것인지, 아니면 그럼에도 불구하고 우회로를 택하실 것인지 궁금했다. 자신이 자식을 본들 정통성으로는 형님 '부부'의 자식에 댈 것이 못 되었다. 자신이 얻을 수 있는 신부도 형님이 얻을 수 있는 신부에 미치지 못할 것이다. 여러모로 격이 낮은 후계가 될 터, 왕실이 그것을 용납할지 혼란스러웠다.

자카리는 천장을 한 번 바라보았다. 다시 앞을 응시했다. 앙히에는 손가락 사이로 딤니팔의 왕을 바라보았다.

"너."

침묵.

"짐은 널 선택한다."

스스로도 이해할 수 없는 한숨이 비어져 나왔다.

어쩌면, 안도의 한숨이었다.

"이야기했지. 네가 정식으로 딤니팔 군에 복무하지 않았더라면 이런 선택지가 나올 수조차 없었다고. 하지만 너는 이미 선택했다. 네가 선택했어. 그렇다면 짐도 선택할 수밖에 없다."

앙히에는 자신이 어떤 선택을 했는지 잘 알고 있었다. 리볼텔라의 검을 보관하는 대신 잉그레에서 벼린 스투레를 받았다. 미라이예를 배반하는 대신 기사직으로 향하는 단단한 돌길에 섰다. 자신이 열네 살 때 도망쳤던 갈림길로 끌려 들어와 정반대를 선택했다.

그렇다면 그토록 증오했던 딤니팔의 귀족이 될 수도 있는 것이다. 그 끝을 각오했다.

가뿐히 놓았던 짐들을 다시 손톱 빠져라 움켜쥐어야 했다. 그렇게 도망쳤는데. 기억을 간직하겠다고 맹세했는데. 리볼텔라가 언젠가 말했듯, 돌아가지 않겠다는 말은 너무 무모했을까?

그날 이후 잠을 제대로 자지 못하고 있었다. 놀금의 본산에서 멍하니 누워 있기만 했다. 숄렘 노트란트 앞, 그토록 악을 써 리볼텔라에게 안겨 준 잉그레 표장을 떠올렸다. 자꾸만 스스로의 이기심으로 그녀를 배반했다는 생각에 속이 쥐어짜이는 것 같았다. 잠들기는커녕 숨을 제대로 쉬기도 어려웠다.

리볼텔라는 현명하고 단호하여, 고작 육 년에 남은 생 전부를 걸지 말라고 앞을 내다본 조언을 건넸다. 어린 자신은 그 충고를 곧이 듣지도 못한 채 떼를 써서 돌려주었다. 그리고 이젠 제 말조차 지키지 못하는 낯짝이라니! 그녀 말이 맞았다. 리볼텔라는 상대가 이렇게 돌아갈 것을 짐작했을까? 게외보르트에서의 육 년이 잠깐의 외유였던 것처럼? 미라이예 공자가 금칠을 하고 딤니팔 성을 차지하리라 상상했을까? 그런 자신을 여전히 자신으로 받아 줄 것인가?

고통스러웠다.

부끄러웠다.

앙히에에게는 더 이상 지킬 것이 없었다. 누군가 떠밀면 그쪽으로 포개어지는 얇은 종이였다. 때문에 자카리가 새끼를 치라고 명한들 더 이상 반항하고 싶은 마음이 들지 않았다. 언젠가 형님에게는 결단코 거절하겠다고 이야기했지만, 그때의 자신과 지금의 자신은 아예 다른 사람이었다.

그에게는 이제 아무것도 없었다.

"앙히에?"

"예. 폐하께서 명하시면 충심으로 받잡겠습니다."

"괜찮나?"

"괜찮습니다."

"진짜 이놈들은 이렇게 머물러 있기도, 가정을 꾸리기도 싫어해서야……."

자카리는 턱에 힘을 주며 앙히에에게 다가갔다. 그의 어깨를 두드리려다, 주먹만 꾹 쥐고 소파에 눌렀다.

"짐도 어찌할 수가 없네. 미안하네."

외르타는 침대에 쓰러지듯 누웠다.

그토록 자신만만했건만 아무래도 오래도록 수련하지 않은 몸엔 무리였던 것 같다. 고작해야 몇 시간 달렸다고 삭신이 뻐근했다. 질 수 없어서 조금 뚜벅이다가도 다시 달렸고, 밧줄이 갈려 나가는 속도로 지쳤고, 몇 분도 안 되어 말을 가라앉혔다. 이를 수십 번도 더 했다. 그녀는 마침내 패배했다.

여급이 들어와서 저녁 식사와 물그릇을 두고 나갔다. 그녀는 여전히 발가락조차 움직일 수 없었다. 체할까 두려워 식사를 쳐다보고 싶지도 않았다. 물? 어차피 저 한 움큼도 안 되는 물그릇으로 몸을 씻을 수도 없잖은가. 요새에 들어갈 때까지 참아야지. 그녀는 모든 것에 대해 변명했다. 그저 이 자리에 누워 있고 싶었다.

아직 석양이 지기 전이라 잠이 오지 않았다. 정신은 말짱한 채로 온몸이 나른하기만 했다. 그림자 진 천장을 노려보며 자신의 판단력을 의심할 따름이다. 내가 여기를 왜 따라왔더라? 꼭두새벽부터 노을이 질 때까지, 이 고생을 왜 했더라? 그랬지. 어제 갑자기, 같이 가지 않으면 영원히 보지 말자는 말에 급습당했지. 어떤 자식이 그랬더라?

누군가 닫힌 문을 두드렸다.

"들어와."

발렌시아가 들어와 문을 밀어 닫았다.

"식사를 들지 않으셨습니다."

"난 못 한다."

"든든히 드셔야 내일 다시 길을 떠나실 수 있습니다."

"당신은?"

"저는 이미 들었습니다."

흘려 넘기며 겨우 상체를 일으켰다. 그는 아주 깔끔했다. 겉옷을 어딘가에 개켜 둔 듯 간소한 차림으로 단정했다. 머리칼이 살짝 젖어 있어서, 그녀는 그가 식사를 마친 뒤 씻기까지 했으리라는 불유쾌한 의심을 했다.

발렌시아는 침대 쪽을 바라보았다. 그러나 단순히 외르타를 응시한 것처럼 보이지 않았다. 그보다는 방에 들어간 지 한 시간이 지나도록 그대로인 상대를 판단한 모양이었다.

그는 쟁반이 아니라, 쟁반이 얹힌 탁자를 잡았다. 조심성 없이 질질 끈다. 그녀는 이마를 짚었다. 바닥에 탁자 다리가 부딪쳐 소란스러운 비명을 질렀다. 덜컹덜컹 더더덕. 그는 기어이 나무 탁자를 침대 옆에 반듯이 붙였다.

"……."

"정말 힘들어."

"지금 드셔야 합니다. 내일 아침을 챙기긴 어려우실 겁니다."

그녀는 점심으로 먹었던 빵을 떠올리며 진저리를 쳤다. 하루 종일 또 그것으로 배를 채워야 한다니 상상하기 어려웠다.

"내가 왜 따라오겠다고 했을까."

"……."

"너무 급하게 결정했나……."

"……."

"당신은 대체 왜 제안한 거야? 내가 들입다 수락할 줄 알기는 했어?"

외르타는 툴툴대다 결국 숟가락을 들었다. 오스페다에서는 상상하기 어려울 만큼 간소한 빵 두 조각, 돼지고기 세 점, 건더기가 잠겨 있는 희멀건 국이었다. 그나마도 자신이 버려두어 다 식었다. 그녀는 몇 마디 더 불평한 뒤 가까스로 먹기 시작했다.

발렌시아는 조금 떨어진 의자에 앉았다. 외르타는 그가 기어이 자신의 식사를 지켜볼 심산인지, 아니면 미처 건네지 못한 말을 간직한 것인지 알아차리기 힘들었다.

"예."

외르타는 인상을 찌푸렸다. 어떤 손이 장막을 걷어 내는 바람에 눈이 부셨다. '내가 제안을 수락할 줄 알았다'고.

"떠나는 날짜를 일부러 늦게 알려드린 것은 아닙니다. 하지만 당신이 따라오실 줄 알고 있었습니다."

"……."

"제가 당신과 헤어지기 어려워하듯, 당신 역시 다르지 않으시리라 믿었습니다."

"그래서 '제가 아쉬우시냐'고 물어봤니?"

"예."

그녀는 그 대답에 바싹 긴장했다. 묵묵히 저녁 식사를 들었다. 쓸데없는 말을 하다가 함정에 빠졌다는 생각이 들었다. 앞으로 며칠이나 단둘이 가야 할 텐데, 그 와중 이런 공격들을 어떻게 막아 내야 할지 묘안이 떠오르지 않았다.

그녀는 스스로 가진 감정을 정의하기 위해 애썼다.

보잘것없이 실패했다. 헛되이 노력하고 있었다.

오로지 명확한 것은 마음 한편에 품었던 불안감뿐이었다. 애써 무시했건만 점차 커져서 사방에 그림자를 드리웠다. 오스페다에서 그의 암시를 듣고도 괜찮았으니, 그곳을 떠나서도 괜찮으리라 믿었다. 그러나 단둘이 있을 때 그런 목소리를 듣는 것은 생각보다 무서운 일이었다.

방은 작았다. 사람은 둘이었다. 대화는 좁았고 습기에 차 있었다.

외르타는 발렌시아를 바라보았다. 그는 상대가 불편하리라 생각했는지 그녀 대신 창 너머를 바라보고 있었다. 지평선에 꿋꿋이 시선을 붙박아 둔 모양이, 아주 고의적이었다. 예의 바르게 피하는 것이다.

그 시선에 안심할 수도 있었다. 오스페다의 자신이라면 미소 지었을 것이다. 그러나 금속성에 가까운 기분이 들었다. 비교적 단단하고, 차갑고, 경계하는 마음.

"발렌시아."

그는 그제야 그녀를 돌아보았다.

다른 이야기를 해야겠다.

“미라이에 본 영지는 얼마쯤 가야 나오니?”
“오늘 속도라면 나흘은 더 가야 합니다.”
“그래도 멀지는 않구나.”
“예. 왕도에 가장 근접한 영지입니다.”
“말에 나를 함께 태우면 훨씬 빨리 갈 텐데.”
발렌시아는 가늠하듯 그녀를 응시했다. 외르타는 동그랗게, 또는 매섭게 노려보았다. 어떤 의미에서는 답을 정해 두고 질문한 것이나 마찬가지였다. 그만큼 간사한 인간이라고 부를 수 있겠다.
“당신이 좋아하지 않으시리라 생각했습니다.”
외르타는 그제야 눈꼬리를 풀었다. 그가 공격적으로 말한 것도 아닌데 지레 경계하여, 올바른 답을 낼 때까지 상대를 노려보고 있었다. 발렌시아가 그 시선을 눈치채지 못할 사람도 아니거니와, 하물며 이미 그가 답을 알고 있는 질문이었다. 그럼에도 항상 빠듯하게 상대의 진심을 의심해야 했다.
“외르타.”
“…….”
“저를 얼마든지 시험하셔도 됩니다.”
외르타는 식기를 내려 두었다.
“그리고 당신은 시험에 통과하여 영광을 쟁취하고? 그러라고 묻는 건 아니야. 물론 시험도 아니었지.”
“외르타.”
“내가 묻는 모든 게 시험처럼 느껴지면 앞으로 어쩌나. 내가 진심이 아닌 것처럼 보이니?”
“…….”
“내가 만일 당신에게 리오넬처럼 굴 것이냐 물어본다면 그건 시험이겠어? 그런 욕심을 가졌느냐고 물으면 시험이겠어?”

발렌시아가 갑자기 숨을 몰아쉬었다. 그녀는 자신의 어떤 말이 비수가 되어 그를 찔렀는지 잘 알고 있었다. 그러나 그것은 의외로 양날의 검이었으므로, 그녀 역시 팔을 타고 흐르는 따끈한 피에 어쩔 줄을 몰랐다. 입 밖에 내뱉는 순간 누군가의 이름이 두 사람 모두를 찔렀다.

"시험이 아닙니까?"

그녀는 잠깐 침묵했다. 그는 그녀보다 더 직설적이었다.

"당신이 이미 알고 있는 내용을 질문하신다면, 그것이 시험이 아닐 이유는 무엇입니까?"

외르타는 부아가 치밀었으나, 참았다. 그가 무지했던 역사는 길다. 이렇게 입김이 느껴지면서도 외나무다리 하나를 사이에 둔 관계도 또 드물 것이다. 항상 생각보다 멀리 있어서, 거리 감각 없이 이리저리 손을 휘저어야만 했다.

"발렌시아, 내가 어떻게 당신을 만났다고?"

"……."

"그래. 내 남편을 죽이겠노라 악바리같이 도주해서 당신을 만났지. 그런데 어떻게 감히 '이미 알고 있는 내용을 확인'하기 위해 '시험'하냐는 말을 하지? 당신에게 하나하나 물어보는 과정을 시험이라고 할 거야? 당신은 그 '대화'를 시험이라고 해?"

"저는 경험이 적습니다. 특히 당신에 비하면 어린아이나 마찬가지입니다. 때문에 이미 아는 바를 확인받고자 하시는 모습은 이해하기 어렵습니다. 제가 단순히 말로써 당신이 원하는 대로 답하면 무엇이 달라집니까? 말이 제 행동을 증명합니까?"

"내 마음이 달라져. 당신은 웃기겠지. '이미 뻔히 알고도 묻네.' 당황스러울 수도 있겠지. 그러나 그 말에 다시금 확인받아야 바짝 긴장했던 마음이 풀리는 사람이 있어. 너무 무지해서 할 말이 없다. 내가 언제까지 가르쳐야 할지 모르겠구나."

그의 손이 살짝 움직였다. 정말 아주 약하게, 벌레가 꿈틀거리는 것에 불과했다. 그러나 그녀는 숨을 급히 쉬었다. 물러나기 위해 몸을 추켜세웠다가, 마치 원래부러 그러려고 한 양 턱만 꼿꼿이 세웠다. 자신이 순간적으로 겁먹었다는 사실을 들키고 싶지 않았다.

"……외르타."

"말하지 마."

그는 말하지 않았다.

공기가 불편해서 금방이라도 체할 것 같았다. 그녀는 거의 악의가 담긴 손길로 씩씩하게 식사를 해치웠다. 그를 보낼 기회를 놓치는 바람에 이 쟁반과 함께 내쫓는 것이 최선이었다. 사냥개가 눈앞에서 맴돌고 있는 듯, 손사래를 치기에도 받아 주기에도 너무 긴장했다. 인사조차 건넬 수 없었다. 훈련이 잘되었구나 말 한마디를 해 주기도 싫었다. 그가 한 공간에 있는 것이 불편하고 끔찍했다.

자신의 많은 부분이 막다른 곳에 몰린 느낌이었다. 어떤 것들은, 감정들은, 표현하지 않은 채 세월이 흘러감에 따라 묘비 아래 묻는 것이 좋았으리라. 한 다발 한 다발 부드럽게 죽을 기회를 빼앗겨서 억울했다.

"외르타."

그녀는 대답하지 않고 애꿎은 식기만 콱콱 내리찍었다.

"제가 실언했습니다. 죄송합니다. 용서해 주십시오."

외르타는 바닥을 드러낸 그릇을 노려보았다.

어느덧 그에게 안기기는커녕 손조차 댈 수 없었다. 그는 그녀의 감정에 대해 전혀 몰랐다. 때문에 과할 지경으로 정직하게 굴었다. 마치 본인이 무엇을 허락받기라도 한 양, 내가 명확히 답이라도 한 양.

그렇게 무지한 사람과 아무도 없이 단둘이라는 상황이 너무 불편했다. 이마에 인사치레로 입을 맞췄지. 그러나 수백 명이 북적이던 무도회 옆이었다. 그의 손을 꽉 쥐었더란다. 그러나 고개만 돌리면 공작가의 솔정이 있던 솔 미라이예였다. 모두가 자신을 알았고 덕분에 존중받을 수 있었다. 그녀는 그가 '변한' 뒤 단 한 번도 따로 만난 적이 없다고 생각했다. 그들은 언제나 인파 속에 있었다.

이렇게 위험할 줄 뻔히 알고도 마음이 아쉬워 따라 나온 자신을 또 어떻게 설명해야 할지 몰랐다. 벌어진 집게 같은 생각이 그녀를 혼란스럽게 했다.

"외르타."

"……."

"당신에게 제 존재 자체가 죄악임을 압니다."

아니라고 말하고 싶었으나 어려웠다. 제 속의 일부는 그가 죄악이라고 외치고 있었다. 그가 자신에게 감정을 가진 것은 분명 죄였다. 그러나 어떤 벌을 내려야 할지 몰라 갈팡질팡했다. 벌을 내릴 수 없는 잘못도 죄일까?

그녀는 한숨을 길게 쉬었다.

"……따라오지 말 걸 그랬어."

"……."

"그냥…… 사람들 많은 자리에서 안전했던 마음을 그대로 간직할걸."

"지금 돌아가셔도 됩니다. 제가 파발로 오스페다에서 마차를 요청하겠습니다."

"됐어. 그건 또 무슨 소란이니."

"당신이 힘드신 것보단 낫습니다."

"이렇게 외따로 떨어져서야 알겠네. 난 아직도 당신이 다가오면 무서워."

사람에 대한 믿음만으론 해결되지 않는 구석진 곳이 있다. 그녀는 그곳에 평생 빛이 비칠지 의심스러웠다.

"그렇다면 더더욱…… 쉬셔야 합니다. 구태여 저와 함께 가실 필요는 없습니다."

"난 두말 안 해. 가기로 했으니 가야지."

"어려우시겠지만 저를 헤아려 주십시오."

"헤아리라고?"

"한 해를 보내고도 여전히 포티미외와 다를 바 없는 당신을 보는 것이 고통스럽습니다. 이 고통조차 제 이기심인 까닭에 감히 토로하기 어렵습니다. 단지 죄스러울 따름입니다."

이 불가역의 두려움을 어떻게 설명해야 할지 몰랐다. 언제는 뜬눈으로 불구덩이에도 뛰어들었는데. 아주 옛날이었다. 아주아주 옛날이었다. 그녀는 불에 탄 채 정신만 붙은 송장이었다.

"이만 나가렴."

그는 천천히 자리에서 일어섰다. 자신의 말에 그를 조종하는 실이라도 붙어 있는 줄 알았다.

그러나 그녀는 그것이 알량한 권력임을 모르지 않았다. 이제는 많이 배워서 정말 잘 이해하고 있었다. 삶을 통해 익힌 것이 없다면 그것은 또 얼마나 슬픈 일이겠는가.

외르타는 문이 닫힐 때까지 상대를 바라보았다. 그가 사라지고 나서야, 어깨가 가라앉았다.

그 뒤 하루하고도 반나절, 그들은 대화를 줄였다. 누프리가 경고했던 것과 달리 알로지아드는 몹시 안전했다. 날이 밝고 여행객이 많아서일지 모르겠다. 노상 주변은 수런거리다가, 조용했다가, 다시 여럿이 웅성이는 소리가 들렸다.

그들은 어쨌든 말을 나눴다. 겉을 핥는 가족 이야기, 게외보르트와 딤니팔의 왕에 대한 이야기, 어수대와 무명 이야기, 영지에 관한 가벼운 질문들. 다만 모든 주제에서 기껏해야 열 마디도 주고받지 못했다. 흠뻑 젖은 홰에 불을 붙이려고 애쓰는 것 같았다. 노력이 헛되기만 했다.

더군다나 속도도 아주 느렸다. 어제의 여파인지 함부로 몸을 움직일 수 없었다. 물론 어제라고 똑똑하게, 빨리 달린 것은 아니었기에 그저 이틀 내내 지지부진할 따름이었다. 그녀는 자신이 그의 속도를 늦추고 있다고 확신했다. 바쁜 일정일 텐데 면목이 없었다.

외르타는 고개 돌려 노련한 기수를 바라보았다. 리볼텔라만큼은 아니었지만, 오히려 그녀보다 부드럽게 서 있기에 말을 편히 다루는 것처럼 보였다. 자신의 동기가 말을 채찍질하며, 이 악물고 볼기를 때리며, 꼬챙이처럼 빳빳하게, 마치 또 다른 수족을 만들듯 말을 모는 사람이라면 저이는 단지 자연스러웠다. 딱히 최고의 기수라곤 할 수 없으나, 다른 방식으로 말을 모는 사람이었다.

그녀는 고삐를 꽉 쥐었다. 물론 최고의 기수는 아니더라도 자신보다는 만 배쯤 나을 것이다. 차라리 스스로 승마술에 조예가 없었더라면 좋았을걸. 아예 말을 모는 법도 모르면 좋았을걸. 손에 움켜쥐었다가 잃어버린 것들이 아쉬웠다.

"……발렌시아."

"말씀하십시오."

"바쁜데 내가 늦장 부리고 있는 거라면 말해 줘. 그냥 오스페다로 돌아갈게."

"문제없습니다. 오히려 돌아가겠다고 결심하시면 시간이 소요될 겁니다."

"어?"

"누프리가 왕도까지 당신을 모셔야 합니다. 그를 기다리는 시간이 적잖을 터, 그 와중 제가 당신 곁을 비울 수는 없습니다."

"왜?"

"당신은 게외보르트의 전쟁 명분입니다."

"……."

"생각하자면, 아직도 폐하의 무명이 따라붙지 않았다는 사실이 수상합니다. 당신을 보호한다는 명목으로는 당연한 일입니다. 물론 제가 눈치채지 못한 것일 수 있겠습니다만……."

"알겠어, 알겠어. 나온 이상 당신 옆에 붙어 있어야 안전을 보장받을 수 있다고."

그는 다시 조용해졌다. 몇 마디 나누지도 못한 말이 닫혔다. 또 오늘 하루 종일 나누었던 지루한 대화 중 하나가 되겠군.

외르타는 이렇게 데면데면하게 서 있자니 허탈했다. 왜 함께 왔는지 모르겠다고 생각했다. 물론 얼굴을 보고 있다. 목소리를 듣고 몸짓에 엉긴 바람을 느끼고 있었다. 그러나 그뿐, 함께 있는 시간을 쥐어짜는 것 외에는 아무것도 바뀌지 않았다. 그렇게 헐레벌떡 뒤도 없이 따라 나온 것에 비하면 꽤나 초라한 성과였다.

그들은 곧 알로지아드 진을 발견했다. 뉘엿뉘엿 노을이 지고 있었다.

그녀는 다시 한번 대화를 시도했다.

"앙히에가 알로지아드 진은 하루 반나절이면 온다고 했는데, 난 꼬박 사흘이나 걸렸네. 한심하구나."

"말 위에서 쪽잠을 자면서 하루 반일 것입니다. 곧이 듣지 마십시오."

"그러면 푹 자도 이틀이어야 정상이잖니."

"왜 구태여 방랑객으로 지낸 제 아우와 비교하셔야 하는지 모르겠습니다. 그보다 못하다고 해서 당신이 부족한 것이 아닙니다."

"어렸을 땐 내가 더 잘 탔단 말이야."

그는 잠시 침묵했다.

"이젠 첫날처럼 고작 한 시간만 달려도 다리가 아파 죽겠어. 하는 법은 알겠는데 체력이 닳아 빠졌나 봐."

"……."

"그래도 포티미외 적보단 확실히 나아졌어. 그땐 밀레비스로 가다가 말에서 수십 번 굴러떨어졌다니까. 결국엔 그 친구와 헤어져서 걸어갔단다."

"……."

"……불필요한 이야기로 당신을 언짢게 했구나. 가는 길도 늦추면서 염치가 없지."

"아닙니다."

또 망했군. 외르타는 한숨 쉬며 말갈기를 쓰다듬었다. 이 멋지고 똑똑한 짐승에게 미안할 따름이었다.

"발렌시아, 내가 생각해 봤는데—."

"……발렌시아 경?"

누군가에게 말이 가로막혔다. 외르타는 얼떨떨한 채 눈을 깜박이다 곧장 웃음을 터뜨렸다.

"여기서 다 보네!"

"대체…… 오스페다를 떠나셨습니까?"

발렌시아가 먼저 땅을 밟았다. 그는 아치 아래 놀란 얼굴로 서 있는 톨레도에게 간단히 인사했다. 너무 간소했다. 예에 맞지 않았다. 발렌시아는 상대의 질문에 명쾌히 대답하기는커녕, 갑자기 외르타를 향해 몸을 돌렸다. 그녀는 그가 설마 자신을 도와줄까 기겁하여 혼자 등자를 밟고 내려왔다. 서두른 티가 났을지 모르겠다.

그녀는 그와 눈이 마주치자 멋쩍게 웃었다.

그렇게 잠시 머무르지도 않은 채 익숙하고도 편안한 얼굴로 고개를 돌렸다.

"톨레도 경, 여긴 어쩐 일이니?"

"……지금 이 자리에 가장 걸맞지 않은 분은 당신이십니다, 백작."

외르타는 곤란해졌다. 사실 남에게 자신이 이곳까지 따라 나온 이유를 설명하기 어려웠다. 최대한 정직하게 고백하자면 '그가 영원히 못 만날 거라고 협박해서 나왔어. 나도 마음이 급했단 말이지'. 다만 읊조려도 우스꽝스럽게만 느껴졌다. 심지어 그렇게 뛰쳐나와서 서로 살가운 기색도 아니라면 대체 누가 믿어 주겠는가.

"내가 백작에게 요청했다."

"왜……?"

"……."

"……."

"……."

"아니, 아닙니다. 제가 여쭐 내용은 아니지요. 길을 떠나셨으니 알로지아드가 대접해야 마땅합니다."

외르타는 발렌시아 역시 난처해하는 모양이라고 생각했다. 자신과 똑같이 답할 말이 없는 것 같았다.

톨레도는 본인이 밟은 곳이 진창이라는 사실을 깨닫곤 빠르게 화제를 넘기려 들었다. 그 모습이 지나치게 잘 보여서 거북했다.

"마침 저녁을 들 참이었습니다. 뜻밖의 손님을 모시게 되었지만 양이 적지는 않을 것입니다."

"톨레도 경, 여유가 있다면 먼저 숙소를 안내해 주는 편이 좋겠다. 다만 알로지아드의 주인에게 궂은일을 부탁할 수 없으니, 내가 길잡이가 될 수 있겠지."

"아닙니다. 백작의 숙소라면 저도 함께 가지요. 마침 요새에서 가장 괜찮은 방이 비어 있습니다."

"경은?"

"아시겠지만 전 일전의 살인 사건 때문에 남아 있습니다. 오밤중에도 보고를 받기 위해 적당한 곁방에 자리잡았지요."

그녀는 말을 쓰다듬으며 두 사람을 바라보았다. 톨레도는 여느 때처럼 부드럽고 친절하게 대화를 건네는데, 그것을 받는 이가 빳빳이 서 있어 보기 안쓰러웠다. 웃음을 꾹 참으며 발렌시아의 말까지 다독여 주었다. 흑마가 곧장 그녀에게 콧잔등을 비볐다.

그녀는 마구간에 다녀오겠다고 주장하다가 톨레도에게 저지당했다. 그는 단호하게 그녀를 막은 뒤 경비병에게 고삐를 넘겼다.

"피곤하시니 먼저 방으로 안내해 달라 하시는 것이겠지요. 제가 지금 모시겠습니다."

부드럽게 막혀서, 그대로 요새 안으로 끌려갔다.

"경께선 옆방을 사용하시겠습니까? 백작의 안위를 걱정하시리라 생각합니다."

"그래."

"알로지아드 진은 안전합니다만, 어수대의 손길에서 안전할지는 저도 잘 모르겠습니다. 부디 살펴 주시길 바랍니다."

"지금까지 내가 무신경했다고 생각하는군."

"저는 두 분이 여기 계신 이유조차 모르고 있습니다. 걱정하는 마음에 드린 말씀마저 불쾌히 여기진 않으셨으면 합니다."

"경비를 붙일 필요는 없다. 내가 노력하겠다."

톨레도는 침묵했다. 외르타는 톨레도의 엄격한 기색을 보고 처음으로 제 목숨이 그토록 위험했던가 생각했다. 물론 자신은 발터를 신뢰하고 있었지만, 발렌시아 역시 굳게 믿었다. 오라비가 자신을 해치지 않을 것이라 생각하면서도, 동시에 발렌시아 역시 칼을 용납하지 않으리라 생각했다. 전혀 불안하지 않았다. 목숨이 가벼워서가 아니라 그만큼 상대를 믿고 있었다.

그녀는 혼자 웃었다. 이런, 생각보다 더 미끄러졌나. 스스로 나아갔다는 사실에 취해 흐트러진 모양이었다.

그들은 방 위치를 안내받은 뒤 식당으로 향했다.

식당은 반쯤 지하에 파묻혀 있었고, 축축했다. 금방이라도 쥐가 나올 듯했지만 어쨌든 음식 위로 따뜻한 불이 켜져 있었다.

십이공회의 일원, 후계자, 백작은 모서리가 부서진 돌 식탁에서 최대한 예의 바르게 저녁을 들었다. 세 사람이라면 분위기가 훈훈하고 격에 맞을 법도 하건만, 대화의 절반에 알로지아드 속 살인이 차지했다.

그녀는 의심을 품었다. 자신은 처음 이야기를 들은 뒤부터 지금까지 단지 노상강도라고 생각했다. 그런데 두 사람 모두 엄청난 무게로 받아들인 모양이었다.

그녀는 불쑥 질문했다.

"대체 그 살인이 뭐기에 다들 법석이야? 아아니, 법석인가요?"

모두 그녀의 공대를 듣지 못한 체했다. 하대가 아니라 공대를 무시했다. 외르타는 민감하게 그 사실을 알아차리곤 계면쩍은 표정을 지었다. 당신들이 그렇다면야.

"……알로지아드 진 안쪽의 가도에선 지난 세기 동안 범죄가 일어나지 않았습니다. 특히 살인이라면 함부로 이야기를 꺼낼 수조차 없지요. 여기서 고꾸라지면 바로 왕도잖습니까."

"아니 뭐, 길 양옆으로 방패막이를 두른 것도 아니고, 멀쩡히 트여 있는데 잠깐 도적이 들었을 수도 있지."

"외르— 백작, 고꾸라지면 왕도라는 이야기는 근위대가 지키고 있다는 뜻이지요. 이곳에서 도적질을 하다 잡히면 상상하기 힘든 방식으로 주살될 겁니다."

"참 딤니팔답군."

"……."

"……."

"아직 흔적도 없나?"

발렌시아가 불쑥 끼어들었다.

"예. 제가 딸 부부와 급히 지나갔던 것이 천만다행입니다. 지금 이렇게 지지부진한 모습을 보자면, 제가 없었더라면 급기야 엉뚱한 사람을 잡아다 하문했을 분위기입니다. 요새 안이 상당히 험악했지요?"

"알로지아드 봄이 맹약 근위대와 함께 수색하나?"

"예, 당연합니다."

"그럼에도 꼬리를 잡지 못했다면 영영 도주했나 보군."

"차라리 그랬으면 좋겠습니다. 경께서 아시듯, 저는 오래지 않아 레발로로 떠납니다. 불안하군요……. 두 분께서도 빨리 자리를 뜨시면 좋겠습니다. 가뜩이나 어수대를 경계하실 텐데 짐을 더해 드린 느낌입니다."

"경은 생각보다 곤두서 있네."

"제가 불안하니까요. 떠날 때 맹약 근위대에 지휘를 맡길 예정입니다. 알로지아드 봄보다는, 군사가 필요한 시점입니다."

외르타는 작게 입을 벌렸다.

"고작해야 한두 사람…… 그것도 일반병이 사라졌다고 군사가 필요해?"

"백작, 누누이 말씀드리지만 오스페다 근경입니다. 만일 밀-아단 안쪽이었다면 이미 오래전에 군사가 낱알 하나 남기지 않고 쓸어갔을 겁니다."

"딤니팔 것들이란……."

"백작도 이제 '딤니팔 사람'이라는 사실을 깨달으셔야 할 텐데요."

그녀는 가볍게 웃었다.

"시기로 미루어 보자면 어수대일 확률이 있다. 전쟁 중이니 오스페다 근경도 안전하지 않을 것이다."

"예, 경, 저도 가능성이 있다고 봅니다. 그래서 더 좌불안석이지요. 알로지아드에 어수대라니요……."

기사들은 가벼운 걱정과 함께 식사를 마쳤다.

외르타는 끝끝내 알로지아드의 근심을 이해하지 못하고 애써 공감하는 체했다. 딤니팔 것들에겐 신성이 한둘이 아니구나. 자꾸만 핀잔할 것 같아 입을 꾹 다물었다.

세 개 층을 올라와 가장 큰 문을 열었다.

외르타는 완성된 방에 감탄했다. 살풍경한 돌바닥이지만 침대와 벽난로만큼은 감동적이었다. 톨레도는 하인들이 주무실 준비를 해 두었다며 인사한 뒤 발렌시아와 떠났다. 그 뒷모습에야 겨우 감사를 표할 수 있었다.

그녀는 더 나아가 곁에 붙은 욕실을 발견했다. 잔뜩 기대에 차 들어가니, 아니나 다를까 따뜻한 물이 준비되어 있었다.

"이제 좀 사는 것 같구나."

그녀는 혼자 읊조렸다. 빙그레 웃으며 욕실로 들어갔다. 먼지 묻은 옷가지를 벗어 던졌다. 물속에 부드럽게 미끄러졌다. 푹 빠졌다. 신음을 내뱉었다. 정말 살 것 같네.

목표가 있었을 적에는 아무리 몸을 혹사해도 실감나지 않았는데, 이제는 자연스레 노곤했다. 딱 움직인 만큼 피로했다. 몸이 너무 정직해졌다고 투덜대도, 사실 그녀 인생을 통틀어 그다지 극기로 생활한 적은 없었다. 이보다 불편한 상황에서 견뎠다면 각오가 단단했기 때문이리라. 지금은 별 다짐이 없어 실타래처럼 풀린 셈이었다.

그녀는 물 위로 눈만 내어 두고, 방금 전 식사를 생각했다. 아니, 식사를 넘어서, 톨레도 경을 만나고 방금 전 헤어질 때까지를 생각했다.

톨레도는 그들이 이 자리에 있는 이유를 묻지 않았다. 그녀는 확신했다. 고의였다. 그는 자신들을 일부러 무시했다. 처음 알로지아드 정문에서 깜짝 놀라 질문한 뒤로는 언급도 없었다. 사려 깊고, 제 위치를 아는 사람이니까. 왕의 명령이라고 생각할까? 아니면 사적인 외출이라고 판단했을까?

그녀는 오늘에서야 자신들이 오스페다를 떠났단 사실이 다른 이들의 눈에 어떻게 비칠지 떠올리게 되었다. 톨레도의 표정을 보자니 공히 짐작이 갔다. 아무리 태연하려 노력한들 두 사람이 이 자리에 있는 이유를 몰라 당황하는 모습이 잘 보였다. 이상하지. 이상하겠지. 발렌시아는 단지 출전을 위해 서부로 가는 것이고, 그사이 잠시 미라이예 영지에 들르는 것뿐인데 그 곁에 왜 내가 있을까?

외르타는 이제야 자신이 구렁텅이에 빠진 것은 아닐까 의심했다.

우리의 애매한 관계를 애매하지 않도록 내가 못 박아 준 것은 아닐까? 성질을 못 죽이고 그를 따라 나와선, 소문이 퍼지도록 장려한 것은 아닐까? '글쎄, 발미레 백작이 미라이예 공작과 단둘이 떠났다지 뭐야?' 그 밑바닥에 깔린 것이 모두 악의는 아닐 것이다. 그러나 그녀는 차라리 악의가 좋았다. 차라리 자신이 공작에게 매달린다는 평판이 낫지, 누군가 그들이 쌍방으로 좋은 관계겠거니 생각해 준다면 더 끔찍할 듯했다.

그와 함께 나섰단 사실을 숨길 수 있으리라곤 생각지 않았다. 아니, 정확히는 시야가 그로 좁아져 그 외에는 아무도 떠올리지 못했다는 말이 맞겠다. 그저 따라 나왔고 그것이 무슨 파장을 부를지 짚어 내지 못했다.

따져 보면 당연하지. 출정 나간 공작이 홀몸이 아니란 사실은 이미 온 오스페다가 알 것이다. '왜 같이 갔을까요? 두 분 사이에 모종의 관계가 있는 것은 아닐까요? 어쩐지, 공식석상에서 객을 그리도 아끼시더니.' 소문을 앵무처럼 흉내 낼 수도 있다. '이 여행길은 은유일 테니 두 분께서 돌아오시면 혼약을 발표하실까요?'

외르타는 몸을 부르르 떨었다. 물결이 파문을 그리며 퍼져 나갔다.

말도 안 돼. 그녀는 그와 혼인할 생각이 손톱만큼도 없었다. 하늘에서 무화과가 떨어지는 편이 더 가능성 있겠다. 절대 안 된다. 두 번 생각할 필요조차 없다. 자신은 이미 발렌시아와 이 이야기를 에둘러 했다. 우리 사이에 어떤 진전이 있더라도, 혼인은 말도 안 된다고. 얼핏 생각하자면 자신 홀로 내려친 선언에 가까웠지만, 어쨌든 발렌시아 역시 수긍하는 것처럼 보였다.

그러나 사람들이 그렇게 생각해 줄까? 이번 여행길 이후론, 혼자 지낸들 그치들이 세 치 혀로 내 신상을 옭아매지 않을까? 왜 공작과 밀회를 즐긴 뒤 떠나시느냐, 아이를 가지셨을지도 모르시잖느냐.

외르타는 벌떡 일어섰다. 물이 뚝뚝 떨어졌지만, 고상한 장소가 아닌지라 모습을 비출 거울이 없었다. 그녀는 따스하게 켜진 수십 개의 촛불을 노려보았다. 빛에 일렁이는 손을 내려다보았다. 가슴을, 배를 보았다. 뱃가죽에는 아직도 자진했던 흔적이 남아 있었다. 딱 칼날 너비만큼 울뚝불뚝 튀어 나온 승리의 상처였다. 죽을 때까지 아물지 않을 것이다.

"웃기지 마."

돌로 만든 요새에 목소리가 울렸다.

주먹을 움켜쥐었다.

이 길 위에서 그와 거리를 두었던 이유는 단 하나였다. 그들은 단둘이었고, 갇힌 방 안에서 발렌시아는 스스로를 숨기지 못했다. 여느 때처럼 자기 감정을 표현하는 데 정직했다. 그 모습이 너무 꺼림칙했다. 그녀는 애정과 욕망을 떼어 생각할 수 없는 사람이었다. 그것들은 불가분이다. 그가 자신에게 감정을 가졌다면, 그 뜨끈한 손아귀에서 욕심을 읽지 못하는 자가 바보천치일 것이다.

하물며 리오넬조차 몇 마디 말을 나눈 뒤 자신을 범했다.

외르타는 다시 천천히 주저앉았다. 물속에서 웅크렸다. 웅크려 몸을 감췄다. 전혀, 조금도, 부끄럽지 않았다. 그녀는 알몸으로 광장에 뛰쳐

나갈 수도 있는 사람이었다.

단, 아무도 자신에게 접근하지만 않는다면. 누구도 내 몸에 손을 대지 않으면.

수치심은 없지만 공포가 있었다. 누가 맨살을 쓰다듬는 것을 상상만 해도 분노가 치밀어 눈물이 날 듯했다. 물론 분노라고 이야기하고, 공포라고 읽을 수도 있을 것이다.

스스로 어떤 방식으로 남자를 껴안았는지 잘 기억이 나지 않았다. 소녀일 적에 입 맞추었다. 종종 옷가지를 벗었던 기억도 난다. 너무 자신감이 넘쳐서, 고작 열다섯, 열여섯인 주제에 웃음을 터뜨리며 남자들이 숭배하게 두었다. 그러나 자신감이 넘쳤던 까닭에 구태여 잠자리를 가질 필요를 느끼지 못했고, 그토록 미루다 박살이 났다. 차라리 그때 침대를 덥혔더라면 리오넬도 참을 만했을까? 이 험한 세상에 원치 않은 관계도 있을 법하다고 생각했을까?

외르타는 웃다가 물을 먹었다. 쿨럭거리며 쩌렁쩌렁하게 기침을 내뱉었다.

울었다.

이런 눈물은 또 오랜만이다.

아이를 생각하지 않은 눈물이었다. 이유 없이 찔끔 흘러나오는 소심한 눈물이었다. ―아니, 물 때문일 텐데. 물을 잘못 먹어서 기침이 났다고.― 내가 무엇을 겪었든 리오넬 앞에선 산산조각 났을 테니 가정은 무의미하다. 그 끔찍한, 압도적인 힘. 내 목이 부러지지 않는 것이 신기했다. 그래, 이 눈물은 그것과 비슷했다. 목 졸려 캑캑거리다 흐르는 반사적인 눈물. 어떤 감정이 담긴 것이 아니다. 바늘에 찔리면 피가 나듯, 몸이 터뜨리는 눈물이었다.

울음은 짧았다. '아!' 하는 순간 멈추었다. 외르타는 얼굴을 쓸어 닦았다. 뺨엔 열조차 오르지 않았다. 더듬더듬 돌 욕조를 디딘 채 다리를 길게 뻗었다. 울 필요가 없는 일이었는데, 물에 사레가 들려서 어쩌다 보니. 정말 아무것도 아니었다.

여행이 끝나고도 홀로 남을 수 있을까? 불안감이 엄습했다. 사람들의 입이 자신을 구속할 것이다. 상황과 소문이 그녀를 묶어서 내동댕이칠 듯했다. 또 딤니팔의 왕이 무슨 반응을 보일지 몰라서 겁이 났다. 그는 어쨌든 발렌시아의 친우이며, 이미 예전에 범죄를 모의한 역사도 있었다. 자신을 미라이예의 첩으로 맞이하여 영향력을 없애라 명했지. 그 편리한 일 처리 습성이 어디 가지 않았을 것이다. 그런 왕이라면 발렌시아가 자신을 데려간 것을 보고, 사람들이 떠드는 소리를 듣고 어떤 결정을 내릴지 짐작하기 쉬웠다.

그 상황에서 발렌시아가 오래도록 수절하겠는가? 상처가 쑤셔 왔다. 왼발도, 뱃가죽도, 어깨도, 팔뚝도, 목도, 모든 곳이.

그는 그럴 사람이 아니다. 그것을 대명제처럼 믿었던 날들이 있었다. 그런데 이제 그의 명확한 바람을 눈치채자 갈피를 못 잡게 되었다. 그녀는 애정과 욕망을 분리하지 못하는 것처럼 욕망과 강압을 구분하지 못했다. 그가 지나치게 원한다면 자신이 끝까지 거절한들 관계가 이전처럼 남아 있을지 확신이 안 섰다.

속이 쓰렸다. 그 경우 자신은 두 번 얻어맞는 셈이다. 믿었던 관계의 종말을 보고, 그것과 동시에 다시 한번 칠 년을 겪겠지. 아, 한 가지 확신할 수 있었다. 나는 리오넬에게 그랬듯 맞서 싸우지는 못할 것이다. 그냥 콱 죽을 것이다. 복수 이후 단 한 사람을 믿었는데 그마저 실패하면 그건 내가 부끄러워야 할 일이겠지. 그러니 그냥 죽어야지. 이렇게 소리치자 진짜 결심처럼 느껴졌다. 마음이 시워했다.

여행 이후 이어질 최악의 상황을 상상하자 눈앞이 깜깜했다. 그렇다고 지금 오스페다로 돌아간들 달라지는 것은 없을 것이다. 아무것도.

생각을 내보내지도 물리지도 못한 채 초조해졌다.

더 악의적으로는 발렌시아가 일부러 자신을 끌고 나왔다고 믿을 수도 있다. 그는 자신이 따라 나올 줄 알았노라 했다. 나를 함정에 빠트릴 방법을 알았던 사람이 이 상황과 무관하다고 맹신할 수 있나? 그가 의도하지 않았다고 생각하나? 그를 어디까지 믿어야 하나? 자꾸만 내게 힘들면 돌아가시라 권유하는 것도 어차피 같이 여행길에 올랐다는 사실이면 족하기 때문이 아닐까? 굳이 외유가 길지 않아도, 단순히 함께 떠났다는 사실만으로도 뒷공론이 퍼지기엔 충분하니까.

외르타는 욕조 속에서 작은 분노가 되어 어쩔 줄을 몰랐다. 물론 과한 추측임을 안다. 발렌시아가 그 정도로 치졸한 사람은 아님을 안다. 그렇지만 스스로 이 상황에 몰렸다는 사실이 믿기지가 않아 누구라도 탓해야 했다. 마땅한 과녁이 앞에 있었다.

아무래도 안 되겠어. 지금이라도 돌아간다고 해야지.

그녀는 벌떡 일어서 욕조에서 나왔다. 몸을 닦았다. 하인이 준비해 둔 듯한 옷을 입었다. 머리도 제대로 말리지 않은 채 욕실에서 뛰쳐나와 겨우 숨을 골랐다. 양쪽 방문에 손을 얹었다. 말을 정리하자. 거짓말을 하고 싶진 않았다. 이 여행길 뒤에 사람들이 무어라고 쑥덕일지 몰라. 당신도 그걸 알지? 설마 의도한 건 아니지? 결백하다면 이만 난 떠나마.

그녀는 왕도로 돌아가시라 권유한 이가 발렌시아였다는 사실을 애써 잊었다. 자신을 바라볼 때마다 무언가 실수한 것처럼 주저하는 모습도 잊었다. 톨레도가 동행하는 이유를 묻자 답을 찾지 못하고 침묵하던 모습도 잊었다. 그에게도 이것이 충동적인 결정이었음을 알려 주는 표지가 도처에 있었지만 무시했다.

외르타는 입술을 꽉 깨물고 한쪽 문을 당겼다.

바닥에 사람의 발이 보였다.

그녀는 기겁하여 뒤로 물러났다.

복도 속 어둠에 적응하는 것보다 그 누군가가 움직이는 것이 빨랐다. 발이, 다리가 접히고, 그대로 성큼 일어난다. 그림자가 확 높아졌다. 외르타는 더 기겁해서 주변에서 뾰족한 것을 찾았다. 시뻘겋게 달궈진 부지깽이를 집는 순간—.

"외르타?"

그녀는 딸꾹질을 했다.

반쪽만 열린 문 너머로 발렌시아가 몸을 기울였다. 외르타는 부지깽이가 덜덜 떨릴 정도로 강하게 쥐며 냅다 소리 질렀다.

"대체 무슨 짓이야……! 기절하는 줄 알았어!"

"괜찮으십니까? 혹시 누군가 위협을—."

"위협은 당신이 했잖니!"

"제가……?"

"세상에, 거기 왜 있던 거야!"

그는 그 분노에 잠깐 할 말을 잃은 듯 보였다. 외르타는 아직도 부지깽이를 놓지 않았다.

"똑바로 대답해. 당신이 거기 왜 있어?"

"방 너머에서 당신을 지킬 수는 없습니다."

"뭐……?"

손아귀 힘이 살짝 풀렸다.

"당신은 전쟁 명분입니다. 제가 구태여 말씀드리지 않아도 당신 목숨이 위태롭다는 사실을 알 것입니다."

그래서 문 앞을 지켰다고? 외르타는 입술을 꽉 깨물며 아무것도 없는 자리를 바라보았다. 도저히 그를 바라볼 수도, 시선을 돌리는 체할 수도 없었다.

"언제부터?"

"이 여행길에선 당신을 지키는 것이 제 의무입니다."

함께 길을 떠난 이틀 밤 동안 문 앞에서 지냈노라 말하는 것이다.

게외보르트 사람인 그녀는 개도 그렇게 앉혀 두지 않았다. 물론 왕에게 바치는 굴종이라면 익숙했으나, 적어도 개인 대 개인으로서, 왕 아래 평등한 사람들은 독립적이었다. 서로 여러 걸음 떨어진 채 보일 듯 말 듯 고개만 숙여 예를 표했다. 그것이 각자가 최대한으로 굽힐 수 있는 자존심이었다. 그런데 지금 공작이 무엇을 어째? 이 돌 요새를 넘어서, 한갓 알로지아드의 숙소에서도 썩어 들어가는 복도 위를 밤새워 지켜왔다고?

외르타는 상상에 정신이 팔려 하마터면 부지깽이를 바닥에 흘릴 뻔했다. 가까스로 발렌시아가 달려와 손을 잡아 올렸다. 돌바닥 위로 양탄자가 깔려 있기에 급하게 걸음을 내디딘 것처럼 보였다. 그녀는 홱 털어 내려다, 주먹을 감싸 쥐는 힘에 기겁했다.

"놔—."

"불을 주의하셔야 합니다."

그는 그녀가 이리저리 휘두르다가 거의 던질 지경이었던 쇠막대를 거두어 갔다. 얌전히 벽난로 위에 걸어 둔다. 외르타는 맨발에, 맨손이 되어 어쩔 줄 모르고 옷자락만 움켜쥐었다. 그녀의 몸에선 아직도 모락모락 김이 났다.

"좋은 밤 되십시오."

그는 마치 아무 짓도 하지 않았다는 듯 뒤돌아 나갔다.

문이 닫혔다.

외르타는 방금 전 무슨 일이 있었는지 한동안 정리하지 못했다. 누가 문 앞에 있었던 것 같은데. 사람이 아니라 번견에 가까운. 횃불 몇 개가 전부인 이 초겨울의 복도에?

그녀의 콧잔등이 일그러졌다. 곧장 문을 잡아 젖혔다.

"들어오렴. 뭐 하는 거야?"

"……저는 괜찮습니다."
"말도 안 되는 소리 하지 말고. 안 들어오면 내가 나갈 거야."
"신경 쓰실 필요 없습니다."
"당신 진짜, 그러면 당신 방으로 돌아가든가!"
"저는 혹시 모를 위협에서 당신 목숨을 지켜야 합니다. 길을 나설 때부터 당연한 일이라고 생각했습니다. 당신을 안전히 영지에 모실 수 있다면 제 기쁨이 될 것입니다."
"엊그제도, 어제도 계속 문 앞에서 잤어?"
"중요하지 않습니다."
"중요해!"
외르타는 발렌시아의 손목을 잡았다. 그대로 끌어당겼다.
방금 전 그를 잔뜩 경계하고선 무슨 생각이냐고 자문할 법도 한데, 아주 고요했다. 그를 이전보다 더 믿어서라거나, 겁이 나지 않는 것은 아니었다. 그보다는 사람을 앞에 앉혀 두고 혼자 쉴 만한 염치가 없어서라는 말이 옳다. 아니, 염치라니? 너무 부드러운 단어였다. 그녀는 모욕받았다. 그를 그렇게 둔다는 사실이 모욕적이었다. 자신에게 결투를 신청한 것과 같다. 너는 최소한의 도리도 모르는 인간이라고.
"당신이 대체 거기서 뭘 할 수 있다고?"
그는 여전히 문지방 너머에서 꿈쩍도 안 했다.
"외르타, 불편하시더라도 며칠만 인내하십시오."
"싫어."
"이것이 최선입니다."
"잠은 자는 거야?"
"잠깐 눈을 붙일 수 있습니다."
"아, 정말. 이게 뭐 하는 짓이니?"
그는 그녀가 아무리 끌어당겨도 바닥에 붙박인 것처럼 서 있었다. 방금 전은 부지깽이에 놀라 잠깐 들어왔다고 고집스레 주장하는 모양이었다. 아니, 첫날 밤에는 그렇게 쑤셔 두고 갔으면서 왜 갑자기 내외를 하지? 그녀는 답답하기만 했다.

도저히 당겨질 것 같지 않았다. 외르타는 결국 복도로 나갔다. 아직 마르지 않은 몸이라 덜덜 떨면서 바닥에 웅크려 앉았다.

"외르타……."

"안 돼. 안 돼. 그건 안 되지. 사람을 개처럼 앉혀 둘 순 없지."

"부디 얼마간만 견뎌 주시면—."

"안 돼! 당신은 날 욕되게 하는 거란다. 문 앞에 사람을 밤새도록 두고 혼자 잘 자라고? 암, 나를 욕먹이려고 하는 짓이지. 일부러 내 복장을 뒤집어 놓으려 하는 것이겠지. 충분히 다른 방법으로 내 목숨을 지킬 수 있을 텐데 어처구니가 없구나."

"저는 다른 사람을 믿을 수 없습니다. 찾아온다면 어수대입니다."

외르타는 고개도 들지 않았다. 알아서 지껄이라는 모양으로 돌벽에 딱 붙어선 몸을 감싸 안았다.

"건강에 좋지 않습니다. 들어가십시오."

"그럼 당신도 들어와야지."

"당신이 저로 인해 불편하실까 두렵습니다. 저는 걱정하지 마시고 들어가 쉬십시오."

그녀는 그 순간, 그가 부득불 복도에서 움직이지 않는 이유를 깨달았다. 발렌시아가 무엇을 말하는지 알았다. 고작해야 이틀 전, 그가 무섭다고 토설하던 자신의 모습을 기억하는 것이다. 그리고 방금 부지깽이를 빼앗길 때에도 크게 달라지지 않은 겁쟁이를 보았으리라. 그녀는 그제야 그 역시 결코 양보하지 않으리란 사실을 깨달았다.

스스로를 죄악으로 보고 있다면 자신의 방에는 한 발자국도 들이지 않음이 옳다.

"당신……."

"제가 노력할 수 있도록 두십시오."

"그러면서 나를 모욕하잖아."

"제가 원해서 봉사하는 것이 어떻게 모욕입니까?"

"'봉사'라는 단어 역시 나를 모욕하는 거란 사실을 모르진 않겠지."

"저는 모르겠습니다."

외르타는 벌떡 일어섰다.

"이런다고 내가 당신에게 고마워할 줄 알아?"

눈이 마주쳤다.

아, 세상에. 수치스럽다.

그는 화가 난 것처럼 보이지 않았다. 단지 죄송하다는 듯 조용히 서 있기만 했다. 외르타는 오히려 그 모습에 성이 치미는 것을 느꼈다. 이게 뭐야. 왜 저토록 모멸적인 말을 듣고도 침묵을 지키나. 왜 당신이 아니었더라도, 어수대의 위협을 받는 이라면 충분히 이만큼 보호했으리라고 시치미도 떼질 않아. 이미 부끄럽다 못해 화가 나 있는 사람 앞에서 그렇게 굴종하고 대체 무얼 바라는 거니.

외르타는 벌건 얼굴로 다시 한번 그의 팔뚝을 움켜쥐었다. 양손으로, 들어오라고 잡아당겼다. 물론 미동도 없다. 그녀는 한층 더 억울해졌다.

마침내 발렌시아가 한숨처럼 말했다.

"외르타, 저는 방에 들어갈 수 없습니다."

"왜? 내가 겁난다고 해서?"

"부정하기 힘듭니다. 당신도 같은 생각을 하고 계십니다."

"당연히 겁나지. 무서워. 하지만 내 가치관을 무너뜨리는 것보단 천 배 만 배 낫다. 나는 사람을 이렇게 노예처럼 부리지 않아. 스스로를 해치느니 차라리 겁내고 말겠어."

그녀는 당당히 선언했다—고 믿었다. 어쩌면 저 벽을 깨는 망치가 될지도 모른다고, 실낱같은 희망을 품었다. 그러나.

"저도 양보하지 않습니다. 당신이 겪은 일을 과소평가하여, 무람없던 제 행동에 대해 깊이 사죄드립니다. 그렇다면 당신 곁에 있기 힘든 이유도 이해하시리라 믿습니다."

그는 그녀의 말보다 단단했다. 절대 물러설 기색이 아니었다.

"또한 당신이 말씀과 달리 실제로 바라지 않으신다는 사실을 잘 압니다. 제게 어떤 의도가 없어도, 제 존재 자체가 부담이 되시리라 생각합니다."

"……."

내가 당신이 방에 들어오길 '실제로 바라지 않는다'고.

그녀는 자신이 위선자인지 자문해 보았다. 지레짐작한 상대의 욕망에 욕을 퍼부어 두고서, 그와 어울리느니 차라리 내가 죽겠다고 독설을 내뱉고도, 복도에 우두커니 선 모습에는 화가 나는 것이다. 그가 손만 들어도 도망갈 텐데 방에 들어오라고 권유하는 꼴이란.

요약하자면 자신은, 그의 예의 바른 모습에 안도하면서 분노하고 있었다.

외르타는 갈피를 못 잡았다. 내가 위선자라고? 질문을 디디자 갑자기 움푹 꺼졌다. '어어' 하는 사이에 허리까지 잠겼다. 문 앞의 개처럼 앉아선 나를 모욕하지 말라고, 어서 들어오라고 씩씩댔다. 그러나 그조차 껍질 같은 예의였을까? 사실 그가 한 치도 가까이 오길 바라지 않으면서 단지 미안하고 불쌍한 마음에, 그와 얼굴만 마주하면 신경 써주는 체하는 걸까?

그녀는 뒷걸음질 쳤다.

발렌시아 앞에선 상상만큼 맹렬해질 수 없었다. 그가 악의적으로 나를 이 여행길에 끌어들였다고? 그걸 정말 믿니? 그가 욕심을 내서 나를 범할 거라고? 입 밖에 내기는커녕 생각할 수조차 없었다. 이처럼 뒤에서 속삭인 뒤 감히 외치지 못하는 것을 위선이라 칭한다면, 어쩔 수 없다.

혼자 생각할 때 자신은 맨손으로 밑바닥까지 헤집는 편이었다. 손톱이 빠지고 피가 나도 끝없이 팠다. 그렇게 바닥을 모른 채 긁어모아선, 흘러나온 추한 진물들을 스스로라고 믿곤 했다. 열 개의 손톱 없이 고문당한 손을 들어 마주하자면 덜컥 이상한 기분이 들었다. 내가 심했나? 내가 병적인가?

외르타는 인사하고, 문을 밀어 닫는 그의 모습을 멀거니 지켜보았다.

움직일 수 없었다. 위선자라는 말에 급소를 찔린 까닭이다. 아니, 정직해져야지. 그가 언제 위선자라는 말을 담았나. '그렇게 말씀하셔도 사실 거절하고 계시잖느냐' 담백하게 말했다. 위선자라는 말은 스스로 발견했다. 지레 놀라 고개를 젓던 와중 머리칼에 걸린 단어였다.

그녀는 방문을 살짝 짚었다. 그러나 열지 않았다.

외르타는 최악의 상상을 하면서, 현실의 발렌시아를 생각하지 않았다. 때문에 현실의 그와 대화하며 최악을 떠올리지 않는 것도 어쩌면 자연스러운 일이다. 진짜는 그 중간 어디쯤에서 두서없이 헤매고 있을 것이다. 그가 자신에게 욕심을 품어 역겨운 것은 여전했다. 그러나 그가 가진 것이 욕심뿐만은 아니란 사실을 알아, 모질지 못했다. 이것이 밑바닥 상상과 현실의 차이일 테지.

받아 줄 마음도 없으면서 너무 여러 번 희망을 주었나 보다. 그것이 위선처럼 보일 수도 있겠다. 하지만 그렇게 단언하기에는 사람에게 품은 우정이 너무 부질없지 않나. 욕심과 애정은 불가분일지 몰라도, 애정과 우정은 그리 단순하게 나뉘는 것이 아니다. 그 모든 것이 엉켜서 그녀를 힘들게 했다. 그중에 일부만 소중히 품을 수 없을지 궁금했다. 궁금하다기보다는 그러기를 바랐다. 그와의 어떤 관계를 잃고 싶지 않았다.

외르타는 이처럼 자신을 궁지에 몬 상대에게 화를 낼 수도 있었다. 당신이 선을 넘어 욕심을 품었기 때문에 내 상황이 어렵다고. 받아들이려 노력했으나, 받아들이는 체했으나, 몸에 닿는 무언가, 밤과 함께하는 바람들은 미처 떠올리지 못했다고. 당신이 노골적이지 않아도 방향이 뚜렷하다면 사실 답을 내리기는 쉬운 일 아니겠느냐고.

그러나 소리 지를 의욕이 없었다.

그녀는 문에 이마를 댔다.

"그걸 위선이라고 하면 안 돼."

소리는 아주 작았다. 거의 속삭였다. 그러나 그가 듣고 있으리라는 확신이 있었다.

"실제로는 그럴 마음도 없으면서, 예의 바르고 싶어서 당신을 위한다고 생각하면 안 돼. 내 선의를…… 당신과의 관계에서 일부만 가지고 싶은 마음을 비웃으면 안 돼."

발렌시아는 오래도록 자신을 안심시켰다. 그러나 오로지 무심하고도 냉정한 부분에 위안을 받았으므로, 그가 검질기게 녹아내린 지금은 아주 달랐다. 이제 그는 투박하고도 섬세한, 어떤 인간이었다. 자신을 안심시키는 것이 아니라 자신이 안심시켜야 하는 종류의 사람. 그러나 책임져야 할 그녀 역시, 머리 위에 진 불이 뜨거워서 펄쩍펄쩍 뛰어다니고 있었다. 이제 서로를 달래지도 못하고 평생 초조히 지낼 것이다.

"우린 생각보다 너무 달라."

그녀는 뒤로 세 걸음 물러났다. 더 물러났다. 침대에 털썩 주저앉았다.

외르타는 새벽 속에서 생각했다. 자신은 결론을 내려야 했다. 이렇게마냥 상대를 무서워하며 여행길에 함께할 수는 없었다. 그를 믿든 믿지 않든 선택이 필요했다.

질문은 하나였다.

거절하면, 그가 받아들일까?

애정보다 더 좁은 범위의, 어떤 욕망을 거절하고자 했다. 그녀는 죽었다 깨어나도 그 손길을 받아들일 수 없었다. 포옹과 입맞춤 그리고 잠자리를 겪느니 차라리 죽는 게 낫다. 어떤 방식의 죽음이든 그보단 평화로웠다.

물론 문 앞에 선 발렌시아에게 묻는다면, 당연히 당신 뜻에 따라 물러나겠다고 대답할 것이다. 질문하기도 전에 답을 알고 있었다. 그러니 그에게 답을 듣기보단 스스로 결론지어야 하는 문제였다. 내가 그를 그만큼 신뢰하나? 그는 여전히 '그럴 사람이 아닌'가?

몇 시간 동안이나 문을 노려보았다. 욕조 속에서 그랬던 것처럼 상상의 나래를 펼쳤다. 발렌시아가 문을 열고 들어와 욕심내는 모습을 떠올리려 노력했다.

그러나 자꾸만 실패했다. 삼류 광대의 얼토당토않은 농담 같았다. 그렇게 헛웃음을 터뜨리다가도, 스스로 방심하여 겪은 삶이 있어 흠뻑 젖었다. 자신을 적신 것은 기억일 수도 눈물일 수도, 아니면 식은땀일 수도 있다. 모골이 송연했다.

그러나 네가 아무리 멍청한 겁쟁이라도 기억하겠지. 발렌시아는 한 번도 자신에게 접근하지 않았다. 결단코 먼저 손대려 하지 않았다. 특히 들통난 뒤로는 더더욱 주의했다. 발에 입 맞추고 일그러지던 얼굴이 떠올랐다. 스스로를 경멸하는 표정. 그러지 말라고 달래야 했을 지경이다.

외르타는 조금 우울해졌다. 결국 자신은 발렌시아가 근사하게 말하지 못했다고 도망친 셈이다. 행동이 아니다. 오로지 말이었다. 왜 그토록 고지식하고 단단하게 말하는지 몰랐다.

발렌시아. 당신도 보다 세련되게, 천천히, 관상어처럼 올 수도 있었을 텐데.

자신은 발을 드러낸 뒤로도 그에게 거리낌 없이 다가갔다. 평소처럼 대하길 넘어서, 오히려 더 살갑게 굴었던 것 같다. 그가 고백해도 우리 관계는 견고하다고 뽐내고 싶었을까? 거짓이기에 자랑하려 했을까? 그녀는 말했다. 서로 보다 많이 말하고 정직해지자. 그렇게 나아가 보자. 그는 자신이 진심이라고 생각했으리라. 그렇기에 허락받은 마음을 거듭 고백했더니 갑자기 날 해칠 심산이냐는 악다구니를 뒤집어썼지. 이 변덕에 놀라지 않을 사람도 드물 것이다.

어쩌겠니. 이런 나인데. 욕심을 보자마자 기겁해선 죄악이라고 고래고래 소리치는데. 알드 바제사에 미친 노인네처럼 한자리에서 맨발로 뛰어다니는데. 그렇게 도망가지도 못하고 요란하게 욕설만 내뱉는, 보잘것없는 가시를 가졌는데.

그러나 여전히 그가 돌바닥에서 밤을 지새우도록 둘 수는 없었다. 수치스럽고, 모욕적인 일이었다.

그녀는 어떤 사소한 결단을 내렸다.

"같이 말에 타자."

"……."

"내가 알아서 잘 붙잡을게. 영지에 빨리 가야 할 것 같아."

외르타는 하루도 못 참았다. 미라이예 본 영지는 훨씬 안전하니, 적어도 그가 제 방문 앞을 지킬 필요는 없을 것이다. 방법은 적었다. 열심히 뛰기엔 체력이 미천했다. 발렌시아는 자신 하나쯤은 뒤에 매달고도 잘 달릴 수 있을 것이다.

그는 인상을 찡그릴 뿐 대답하지 않았다.

그녀는 그를 기다리지 않고 흑마에 올라탔다. 안장을 꾹 짚은 뒤, 슬금슬금 뒤로 물러나 손짓했다.

"발렌시아, 여기 앞으로."

이미 톨레도 경은 어디론가 시찰을 나간 뒤였다. 이 새벽에 누군가 자신들을 훔쳐보진 못할 것이다. 그리고 이미 여행길에 선 마당에, 말을 같이 탄다고 더 흠 잡힐 것 같지도 않았다.

"고집 피울래?"

"……."

"어제처럼 사흘은 더 가야 한댔지? 같이 타면 얼마나 걸리니?"

"내일 정오까지 도착할 수 있습니다."

"그러면 왜 고민해?"

그는 여전히 무언가 언짢은 듯한 얼굴이었다.

"외르타, 이미 한 번 에둘러 거절하셨습니다. 왜 다시 권유하시는지 모르겠습니다. 제 이해가 미진하여 적절히 답하지 못하는 점, 양해 부탁드립니다."

물론 외르타는 스스로 지껄였던 말을 기억했다.

"말에 나를 함께 태우면 훨씬 빨리 갈 텐데."

그를 노려보며 말했다. 그는 떨떠름하게, 당신이 싫어하시리라 생각했다고, 저를 시험하시지 말라고 항의했다. 그 한 문장을 가지고 또 싸웠는데 이제 와 같이 타자면 좀 우습기도 할 것이다.

"지금은 상황이 달라졌잖니."

"무엇이 다릅니까?"

"당신이 내 방문 앞을 지키고 섰잖아. 한시라도 빨리 끝내야지."

"……."

"이게 타협점이야. 당신이 그만 불편했으면 좋겠어. 하지만 내가 위험한 것도 맞고……. 그러니 빨리 가자."

침묵이 흘렀다.

마침내 그가 말에 올랐다. 외르타는 열기도, 옷깃도 닿지 않도록 반사적으로 몸을 물렸다.

발렌시아는 안장과 등자를 점검한 뒤 자세를 고정했다. 꼭 승마 교본에 나오는 그림 같았다. 그녀는 하마터면 자신이 어떤 상황에 처해 있는지 잊을 뻔했다. 그러나 그가 고삐를 쥐자 그녀도 더 이상 미룰 수 없었다.

외르타는 양손을 들었다. 손가락만 꾹 움켜쥐다가, 마침내 그의 허리를 감쌌다. 물론 그다지 호의적이진 않게. 팔만 쭉 뻗어 어정쩡한 모양이었다. 그녀는 그와 자신 사이에 텅 빈 공간을 내려다보았다.

"얼마나 빨리 갈 거니?"

"안전한 자세가 좋겠습니다."

그가 권유했기에 결국 몸을 당겼다. 매달리지 않고선 그의 허리를 안을 수 없었다. 그녀는 애써 간격을 유지하려다 결국 포기했다. 그의 등으로 엎어졌다. 말 잔등 위에서 대롱대롱 매달렸다.

발렌시아는 더 재촉하지 않고 고삐를 당겼다. 말이 투레질을 하더니 터벅터벅 걷기 시작했다. 새벽은 조용하고, 느리고, 어두웠다. 한참을 쉰 흑마도 함께 여유로운 모양이었다. 외르타는 조금 투덜거렸다. 물론 요새 안에서 바로 달릴 필요는 없지만, 이렇게 느린 말 위에서 그를 껴안고 있으려니 너무 바보 같다는 생각이 들었다.

"혹시 피로하시면 즉각 말씀하십시오. 말은 숙소에서 언제든 구할 수 있습니다."

"알겠어."

그렇게 말하고도 속으로 같잖다고 투덜거렸다. 나도 이 정도 속도론 말을 몰 수 있다고 불평했다. 지지대가 편치 않다고 불만만 가득했다. 그러다 한순간 손가락으로 그를 꾹 찌르고선, 깜짝 놀랐다. 옷이 두껍고 단단해서 다행히 상대를 꼬집지는 못한 모양이었다.

외르타는 그제야 자신이 긴장했다는 사실을 깨달았다. 아무리 가을 외투를 챙겨 입은들 그가 느껴지지 않는 것은 아니었다. 손아귀와 옷자락 너머 사람이 있다는 사실을 무시하기 어려웠다. 예전이라면, 그가 고해하기 전이었다면 좋았을 텐데. 편하게 안장을 나누어 갈 수 있었을 텐데.

그때라면 사람을 안았겠지만 지금은 남자를 안은 것에 가까웠다. 붙잡은 허리뿐만 아니라 가끔 스치는 팔뚝마저 얼어붙은 것처럼 딱딱했다. 옷이 그처럼 단단하지는 않을 것이다. 꺼림칙했다. 그가 살짝 자세를 바꾸기만 해도 곤두서서 고개를 들었다. 그가 숨을 쉬면 손가락이 어쩔 줄을 모르고 떨어졌다가, 깜짝 놀라 다시 붙었다. 마치 앞에 있는 이가 살아 있지 않았으면 좋겠다는 투였다.

"외르타, 주의하십시오."

그녀는 가까스로 말을 삼킨 채 다시 그를 껴안았다. 머리 위로 요새 그림자가 넘어가는 순간, 갑자기 말이 바닥을 긁었다. 발굽이 흥분한 것처럼 딱딱 돌에 부딪쳤다.

외르타는 발렌시아가 자신의 양손을 잡아당기는 것을 느꼈다. 기겁했다. 그는 그녀를 더 확실히 잡아당겨 제 허리를 감싸도록 도왔다. 아무래도 힘이 마뜩잖았나 보다. 무언가 마음에 들지 않는 듯한 한숨과 함께……. 그는 그녀의 오른손을 놓았으나, 왼손까지 놓지는 않았다. 단단히 누른 힘을 떼지 않았다. 고개를 들자 한 팔만으로 고삐를 내려치는 모습이 보였고, 갑작스레 속도가 올라갔다.

속도는 규칙적으로 빨라졌다. '어, 어' 하는 사이에 여섯 걸음씩 빨라지다가 적당한 시점에 평형을 유지했다. 물론 그것은 객관적으로 평가했을 때에 가깝고, 외르타의 경우, 위아래로 대중없이 흔들리며 박자에 맞추려 애쓰는 모양이었다.

외르타는 자평했다. 품위 없이 끌려가네.

타인의 승마 습관에 맞추기란 쉬운 일이 아니다. 그녀는 얼마 지나지 않아 그의 등에 기댈 수밖에 없었다. 이마를 꾹 눌렀다. 그래도 목숨은 소중하다고 그를 감싸 안은 팔에 힘을 주었다. 여전히 제 왼손을 지탱하고 있는 발렌시아도 도움이 되긴 했을 것이다.

그는 거의 일어서기 직전의 기수처럼 말을 몰았다. 지금까지 일정에 문제가 없다고 한 것이 죄다 헛소리처럼 느껴졌다. 이렇게 급하게 달음박질치는데 시간이 충분했다고?

외르타는 예의 바른 짐이 되기 위해 그의 허리를 더 단단히 껴안았다.

외르타는 기진맥진하여 숙소에 도착했다. 스스로 말을 탈 때보다 배는 피곤했다. 세 시간에 한 번씩 말이 거품을 물었고, 그 바람에 세 시간에 한 번씩 말을 갈아타야 했다. 겨우 땅바닥에 내려오면 제자리에서 뛰뛰다 새로운 말로 빠르게 올라탔으며, 또다시 그의 높낮이에 적응하지 못하곤 대롱대롱 매달려 속도를 견뎠다.

그가 기어이 그녀의 손을 놓지 않아 왼 손등은 계속 땀에 젖어 있었다. 유일한 보호 장치인 것을 알기에 항의할 수도 없었다. 오히려 불평한다면 그가 안전하지 않게 한 손으로 말을 몬다는 점이었는데, 어쨌든 몸 성히 도착했으니.

물론 발렌시아는 어떤 노동을 한 것처럼 보이지도 않았다. 아무리 실제로 말을 몬 사람과 억지로 박을 맞춰야 하는 사람이 다르다지만, 변하지 않은 얼굴이 놀라웠다.

"괜찮으십니까?"

"아……."

"그렇게 빠르진 않았습니다."

"알아."

"남이 인도하는 승마에 익숙지 않으실 수 있습니다. 그쪽이 더 힘들기도 합니다."

"알아."

그녀도 다 알았다. 속도는 느린 질주에 가까웠다. 뒤에 앉아서 힘든 것도 이해했다. 그가 애써 승마에 대해 설명해 주지 않아도 자신이 알고, 또 배운 내용이었다. 그래서 더 억울했다.

"나도 안다고……. 힘드니까…… 그만큼 빨리 왔다고 해 줘. 그래야 해."

"내일 오전 중 도착 예정입니다."

"좋아……."

그녀는 먼지가 엉겨 붙은 망토 자락을 뜯어 팔뚝에 걸쳤다. 바로 들어가 쉬어야겠다. 알로지아드 숙소가 불을 밝히고 있었다. 그녀는 앞서서 대문을 지났다. 길을 틀어 곧장 건물 안으로 미끄러지려 했다.

그러던 와중 잠시 뒤를 돌아보았다. 발렌시아가 십수 걸음이나 뒤처진 채 움직이지 않고 있었다. 눈이 마주치자, 그는 그대로 가시라며 손짓했다. 외르타는 생소한 몸짓에 하마터면 웃음을 터뜨릴 뻔했다. 그러나 불평하지 않고 방금보다 더 요란한 소리를 내며 건물로 향했다.

숙소가 시끌벅적했기에 그녀의 발자국 소리는 거의 들리지도 않았다. 문을 열었다. 그녀는 사람들이 왕왕 떠드는 홀로 들어가서 잽싸게 바깥을 내다보았다. 창문 너머, 한참 앞에서 몸을 기울인 그의 모습을 보았다. 단순히 몸을 숙였을까? 품속의 무언가를 쥐고 있는 것 같기도 했다.

외르타는 그제야 긴장하여 얼굴을 굳혔다. 무슨 일이지? 나는 아무것도 못 느꼈는데. 어수대가 따라붙었을까? 괜찮을까? 어떻게 눈치챘을까?

다음 순간, 발렌시아가 정문을 넘어온 누군가의 멱살을 잡아 올렸다. 상대의 목 위로 중검에 가까운 칼이 짓눌렀다.

외르타는 기겁해서 한달음에 달려 나갔다. 이미 발렌시아가 상대에게 경고한 눈치였다. 살 위로 피가 배어나고 있었다.

그녀는 등불에 비친 낯선 이를 보는 순간 무언가를 깨달았다.

"잠깐!"

"……."

"발렌시아, 경, 내가 알아……!"

그는 여전히 상대의 목숨 줄에 날붙이를 누르며 물었다.

"어떻게 아십니까? 어수대입니까?"

"아니…… 무명. 잉그레에 머무를 때 봤던……."

무어라 지칭해야 할지 알 수 없었다. 자신이 아는 무명의 이름은 —그것을 이름이라고 할 수 있다면— 시월 삼이 전부였다. 저 사람은 단 한 번, 자카리와 면담할 때 본 기억이 있었다. 남인 듯 뒤돌아 지키고 있던 옆얼굴을 기억했다.

발렌시아가 천천히 칼을 놓았다.

"확인해."

"이월 스물입니다. 먼저 하문하셨다면 좋았을 텐데요."

상대는 뻔뻔하리만큼 침착했다. 외르타는 이해했다. 잉그레의 무명다웠다. '이월 스물'이 애매한 이름이라도 이름은 이름. 이름으로 구분 지을 수 있는 무명은 잉그레 직속이었다.

"기회는 충분했다."

"구태여 길에서 뵙고 싶지 않았습니다. 저는 합하께서 일부러 저를 기다리고 계신 줄 알았습니다."

발렌시아는 조용히 중검을 꽂아 넣었다. 그들은 그제야 한 발자국 거리를 둘 수 있었다.

"용건은?"

"발미레 백작은 게외보르트의 전쟁 명분입니다."

외르타는 누군가와 똑같이 말하는 무명의 얼굴을 바라보았다. 다시, 발렌시아를 응시했다.

"엊그제쯤 따라잡았습니다. 하나보단 둘이 나을 겁니다. 저는 영지에 도착한 뒤에도 도울 예정입니다."

"폐하의 명이로군."

"예. 좌하를 안전히 오스페다로 모셔 가는 것이 제 임무입니다."

"일정은?"

"자율입니다."

그녀는 자카리의 후한 결정에 깜짝 놀랐다. 발렌시아와 자신은 누군가에게 알리지 않고 도망쳤다. 그래, 도망쳤다는 말이 가장 적절하리라. 아무에게도 떠난 이유를 알리지 않아 오해의 소지가 있었다. 특히 딤니팔의 왕이라면 노발대발하여 지금 당장 왕도로 돌려보내라고 외쳐도 이상한 일이 아니었다.

외르타는 결국 참지 못하고 내뱉었다.

"폐하께서?"

"예."

"따로 전하시는 말씀은 없니?"

"없습니다. 저는 단지 언제가 되었든 좌하를 안전히 오스페다로 모시라는 명을 받았습니다."

그녀는 자카리가 노여워했을지 궁금했다. 혹은 박수를 쳤을지, 침을 뱉었을지 궁금했다.

그러나 무명에게 왕의 '명령' 외에 다른 질문을 하기는 어려웠다.

"그러면……."

"예. 금일부터 두 분을 따르겠습니다."

외르타는 눈치채지도 못한 사이 안도의 한숨을 쉬었다.

그러다 발렌시아와 눈이 마주쳤다.

그도 그녀도 눈을 피하지 않았다.

"폐하의 후의에 감사드린다."

"예. 합하의 노력을 아오나, 저 역시 최선을 다하겠습니다."

발렌시아는 더 대답하지 않고 몸을 돌렸다. 그녀를 지나쳐 숙소로 향했다.

외르타는 본의 아니게 무명과 눈을 마주쳤다. 웃음 짓지는 않았다. 어색하지 않기 위해 웃는 것은 나약한 인간들이나 하는 짓이다.

그녀는 문득, 발렌시아와 어색해지지 않기 위해 자신이 저질렀던 웃음들이 기억났다.

"……."

"들어가십니까?"

"아, 그래."

문을 통과한 발렌시아를 따라갔다. 초라한 나무판자가 삐걱삐걱 요란했다.

외르타는 벌써 알로지아드 관리인과 이야기를 나누고 있는 발렌시아를 바라보며 콧방귀를 뀌었다.

"세 번째 층 제일 왼쪽 방으로 가시면 됩니다."

"알겠어. 당신들은 어디 묵게?"

외르타는 자연스레 묻고서 입술을 깨물었다. 오늘 하루 종일 말을 함께 탄 이유가 가까스로 떠올랐다. 설마 이번에도 내 방 앞에서 지키겠다고 고집을 피울까?

"저는 좌하의 방에서 지키겠습니다."

물론, 그녀는 더 최악이 있을 줄 상상하지 못했다.

외르타는 딱딱하게 굳은 얼굴로 무명을 노려보았다. 무슨 말을 하려다가, 욕설을 내뱉지 않기 위해 꾹 참았다. 잠깐이라도 억눌러야 했다.

"……내 방에서 지키겠다고?"

"예. 그간 합하께서 고생하셨을 테니, 오늘부터 며칠은 제게 맡겨 두셔도 됩니다."

"방 안에 들어오겠다는 거니?"

"……?"

"내가 자는 방에, 들어오겠다고?"

"예. 불편하게 느껴지실 수 있으나, 아시다시피 불가피한 일입니다. 이곳이 알로지아드 요새도 아닌데 멀리 떨어진 곳에서 좌하를 호위할 수는 없습니다. 최대한 신경 쓰이지 않으시도록 가장 구석진 자리에 뒤돌아 앉아 있겠습니다."

외르타는 기가 막혔다.

그 기색을 눈치챈 발렌시아가 말을 받았다.

"바로 아래층, 그리고 문 앞을 지켜도 충분하다. 호위를 위해 일부러 꼭대기 층을 잡았다."

"그 경우 불순분자들을 알아차릴 순 있어도, 일이 발생했을 때 대응하기 어렵습니다. 그리고 둘 모두 밤을 새기보단 합하라도 쉬셔야 합니다. 그 편이 합리적입니다."

무명은 왜 당연한 이야기를 해야 하느냐는 듯 무료한 시선이었다. 외르타는 입술을 꽉 깨물었다. 그로선 이치에 맞는 설명이리라. 목숨 걸고 호위해야 하는 대상이라면, 가능한 한 한 공간에 밀접하게 붙어 방어하는 편이 맞았다.

외르타는 그제야 지금껏 발렌시아가 얼마나 곤두서 있었는지 깨달았다. 어쩌면, 여행 첫날 제 방문을 열고 들어온 것이 그 때문이었을지도 몰랐다. '내가 같은 방에서 당신을 지켜야 한다.' 그러나 그녀가 발작하자 떠날 수밖에 없었고 그 뒤 바위틈 따개비처럼 문 앞을 수호한 것이다.

"기각한다. 백작께서 충분히 휴식하실 수 없다."

"저라면 휴식과 목숨 중에는 목숨을 선택할 겁니다. 이것은 폐하의 명입니다."

무명은 더 말하지 않고 입을 다물었다. 이것으로 논쟁을 마무리하자는 투였다. 어떤 면에서는 그가 맞기도 했다. 외르타는 스스로와, 난처해하는 발렌시아를 구원하기 위해 나섰다.

“내가 문을 열어 두고 자면 어때?”

“안 됩니다. 공간은 밀폐되어 있어야 합니다. 지금 여행길도 안전하지 않은데, 밤중에 그런 위험을 감수하지 마십시오.”

“여행길이 위험하다고?”

“혼자 말을 부리셨을 때는 합하께서 충분히 보호할 수 있으셨겠지만, 같은 말에 타신다면 뒤에서 꽂히는 살을 막기란 불가능한 일입니다. 이에 합하께서도 오늘 최대한 방향을 바꾸어 다니신 것으로 압니다. 그래서 느리지 않은 속도로 왔음에도, 겨우 이곳까지밖에 못 오신 겁니다. 설명이 되셨으면 좋겠습니다.”

바늘 꽂을 틈조차 없었다. 무명은 침착하게, 당신 안전에 관한 사실을 적시하자며 말했다. 사무적이었다. 그녀 역시 그가 아무 감정이 없다는 사실을 알았다. 심지어 그녀를 보호해야 한다는 사명감조차 없을 것이다. 오로지 왕명이고, 왕명을 따를 가장 효율적인 방법 또한 왕명의 권위에 맞먹는다고 믿을 인간이었다. 그것에 강짜를 놓는 스스로가 싫었다.

“외르타.”

그녀는 고개를 살짝 들었다.

“제가 문 앞을 지키고, 무슨 일이 있다면 바로 들어가겠습니다.”

“아…….”

“용서하십시오. 그러나 무명이 당신에게 위험한 일을 하지는 않을 것입니다. 보이지 않도록 기척을 숨길 수 있는 자입니다.”

바로 그래서 무서운 건데. 외르타는 다른 말로 자신의 감정을 전해 보기로 했다.

“나는 불을 켜 놓고 자.”

“…….”

그는 곧장 이해한 것처럼 보였다. 말이 사그라졌다.

외르타는 한 손으로 이마를 짚었다. 자신들을 자유롭게 둔 왕의 후의에 감사하기는커녕, 그가 마지막으로 내건 요구조차 거절하겠다고? '무명의 호위를 받을 것.' 이것이 딤니팔 왕의 조건이리라. '안전하게 돌아오도록, 짐이 유일하게 믿는 무명의 호위를 받을 것.'

이마저 거절할 수는 없었다. 후환이 두려웠다.

그녀는 결단을 내렸다.

"그러면, 발렌시아 당신이 들어와."

무명이 눈을 굴렸다. 무언가를 계산하는 눈치였는데, 다행히 말도 안 된다고 내치지는 않을 것 같았다. 그녀는 약간 안심했다.

그러나 발렌시아가 눈살을 찌푸렸다.

"제가 당신의 방을 지키길 원하십니까?"

외르타는 그가 언짢아하는 이유를 얼핏 짐작하면서도, 모른 척하기 위해 노력했다. 장막을 들추기가 싫었다. 그래서 오히려 더 당당한 태도로 말했다.

"그래. 무명보다는, 날 잘 아는 당신이 나을 것이다."

잠깐 침묵이 흘렀다가, 무명이 먼저 말을 받았다.

"문제없습니다. 그렇다면 제가 문 앞과 아래층을 오가며 지키겠습니다."

"……원하는 대로 하십시오. 먼저 방을 살피겠습니다."

발렌시아가 조용히 대답했다. 등 돌려 성큼성큼 계단을 걸어 올라간다. 그녀는 입술을 깨물었다. 자신이 그의 기분을 상하게 했을까?

물론 무명은 숙고할 시간을 주지 않았다. 그는 당장 여독을 푸는 것이 지상 과제인 양, 화가 나 올라간 공작에게 개의치 않은 채 식당 쪽을 손짓했다.

"실례되는 말씀이오나, 저희 먼저 식사를 드는 것은 어떨까요?"

"……"

"위험하니 사람은 제가 내쫓겠습니다."

아, 무명이지. 발렌시아가 안전을 위해 식사를 따로 올려 보내라 명할 사람이라면, 무명은 기어이 권력을 휘두를 족속이었다. 그녀는 보일 듯 말 듯 마뜩잖게 고개를 끄덕였다. 즐거운 일은 아니었지만 무명의 말을 어기고 싶지 않았다. 그는 딤니팔의 왕에게 보고하는 사람이었다.

무명은 이미 발렌시아에게 이야기를 들은 듯 고개를 깊이 숙인 알로지아드의 관리인에게 다가갔다. 짧고 명확하게, 식당의 모든 사람을 물리라고, 이것은 잉그레의 명령이라고 선언했다. 관리인은 한 치의 의심도 없이 그러마고 대답한 뒤 식당으로 달려갔다.

잠깐의 소란 뒤, 기어이 열 명이나 될 법한 사람들이 투덜대며 뒤도 안 돌아보고 흩어졌다. 뒤를 돌아보지 않는 것은 어느 정도 의도된 행동인 듯 보였다. 무명을 주의 깊게 보았다간 아마 목숨이 위태로울 테니까. 그녀는 적으나마 어수대를 접해서, 수족들의 행동 방식을 조금 알고 있었다.

"깨끗하게 치우기까지 기다릴 필요는 없으니, 먼저 들어가지."

"예."

그들은 다들 내팽개치고 떠나 살풍경하기까지 한 식당에 들어섰다. 그녀는 홀 중앙에 유일하게 정돈된 테이블에 앉아선 이마를 짚었다.

무명과 함께라면 앞으로도 계속 요란하게 주변을 청소하며 지나갈 것 같았다. 그로선 가장 효율적으로, 개미 새끼 한 마리 없도록 자신의 주변을 치우는 것이겠지만, 외르타는 이것이 오히려 주의를 끌지 않을까 의심했다. 걱정되지는 않아도, 효과적인 방향인지 확신하기 어려웠다.

무명은, 그렇게 표현할 수 있다면, 친절하고도 무료해하는 태도로 그녀 맞은편에 앉았다. 그는 어떤 사적인 대화도 시도하지 않았다. 그녀에게 무신경한 것을 넘어서, 앞에 사람이 있다고도 생각지 않는 모양이었다. 이렇게 요란하게 주변을 싹쓸이하고, 기어이 단둘이 있을 땐 바위처럼 고요한. 발렌시아와는 정반대의 방식이었다. 발렌시아는 아주 조용히 길을 터 주고, 자신 곁에선 끊임없이 불편한 것이 있는지 질문하는 사람이었다.

외르타는 문득 생각을 멈췄다. 자신이 무의미하게 두 사람을 비교하고 있다고 생각했다. 어쩌면 무명이 제기한 방법이 마음에 들지 않아, 그를 트집 잡으려는 것인지도 몰랐다.

사실 외르타는 무명에게 감사해야 했다. 그가 앞으로 백작을 함께 호위할 것이라 말했을 때 그녀는 안도의 한숨을 쉬었다. 더 이상 아무도 모르는 곳에, 자신을 아는 사람도 없이 발렌시아와 단둘일 필요는 없는 것이다. 무명이 인간 같지 않다고 한들 결국 인간이었다. 무명은 모든 것에서 자신을 보호할 것이고, 그것은 가능하다면, 발렌시아에게서 닥치는 공격도 포함한다.

외르타는 스스로 생각하고도 배 속이 싸해지는 기분을 받았다. 어쩌면 발렌시아를 무명과 비교하여 계속 치하하려 했던 이유는 숨기고 있던 이 비열함 때문일 것이다. 발렌시아가 자신을 위해 그토록 노력한 것을 알고도 무명이 와서야 안심했다. 제삼자가 생긴 이후에야 한시름 놓은 표정이었다.

돌이킬 수 없는 죄악이라고 떠들더니 다른 사람이 생기자마자 머저리처럼 안도하는군. 외르타는 투덜거렸다.

발렌시아 역시 이 사실을 알았다. 그렇기에 숙소 앞에서 안심하던 자신을 노려보고 있었다. 무명이 함께한 뒤에야 그를 향한 경계를 푼다면 화가 날 수도 있을 것이다. 아니다. 화가 날 것이 분명했다. 마치 자신이 감시 없이는 무례를 저지를 망나니처럼 느껴졌으리라.

심지어 더 나아가, 밀폐된 공간에서 함께 밤을 지내도 상관이 없다고 말했지. 역시 무명이라는 감시자가 있었기 때문이다.

그녀조차, 딱 한 가지 조건에 따라 손바닥 뒤집듯 하는 태도를 불신할 수밖에 없었으리라. 어느 날에는 세상이 무너진 듯 반응했다가, 어느 날에는 언제 그랬냐는 듯 포옹해 준다. 외르타도 자신이 싫었다. 자신은 타인이 있다고 행동이 바뀌는 종류의 사람이 아니었다. 때문에 누군가 다른 사람이 있을 때와, 단둘이 있을 때 낯빛을 바꾼다면 역겨울 것 같았다. 그 사람을 믿을 수 없을 듯했다. 이렇게 빠른 시간 안에 신뢰했다가, 신뢰하지 않았다가, 다시 신뢰로 미끄러져 들어오는 일련의 과정.

그러나 '발렌시아'와는 전혀 무관한 변화였다. 오로지 주변이 있느냐, 없느냐, 다시 있느냐.

그렇다면 자신이 노력한들 무엇이 바뀌겠느냐 생각하는 것이 당연했다.

외르타는 벌써 식사를 마치고 사방을 둘러보는 무명을 바라보았다. 보호해야 할 대상보다, 주변의 살인 도구들에 더 관심이 많은 모양이었다. 저 사람에게 자신은 돌덩이보다 조금 못할 텐데, 그의 존재 여부가 자신의 태도를 바꾸었다면.

그녀는 발렌시아에게 미안했다.

발렌시아는 끝끝내 식당으로 내려오지 않았다. 외르타는 그가 그랬던 것처럼 먹거리를 챙겨 방으로 향했다. 푸짐하지는 않아도 요기를 할 정도는 될 것이다. 무명은 양손을 비운 채 전혀 도와주지 않더니, 그녀가 방문을 열어젖힘과 동시에 칼을 뽑아 들었다.

"무슨……!"

그는 가만히 앉은 발렌시아를 보며 기세를 가라앉혔다. 기합 소리도, 사과의 말도 없이 무감동한 눈으로 칼을 회수하는 모습이었다. 일상적인 경계인가?

그녀는 기가 질렸다.

"합하, 그러면 저는 아랫방을 점검하러 가 보겠습니다. 수시로 오갈 테니 문 앞을 신경 쓰지 마십시오. 제가 일부러 기척을 크게 내겠습니다."

"그래."

무명은 상대를 신뢰하는 얼굴로 뒤돌아 내려갔다. 그녀는 문이 닫히는 것까지 확인한 뒤에야 겨우 발렌시아를 돌아보았다. 품에 든 몇 가지 주전부리들을 흔들었다.

"왜 식사를 들지 않았어? 간단하지만 조금 가져왔단다."

"괜찮습니다."

발렌시아는 고개를 들지 않은 채 무언가를 쓰고 있었다. 반쯤 그녀를 등진 모습이었다. 그녀는 주섬주섬 요깃거리를 내려 두었으나, 상대는 올려다보지도 않았다.

"화났니?"

"아니요."

"화났는데."

"제가 화를 내야 할 이유를 모르겠습니다."

그러나 여전히 자신을 바라보지 않고 있었다.

"내가 안심해서 화가 났잖아."

그는 올라가기 전, 분명 화를 냈다. 시선이었지만 명확했다. 자신의 백 가지 말, 백 가지 행동보다 남의 감시에 더 도움을 받으시냐고 항의했다. 그러나 지금 지껄이는 내용이라곤…….

"저는 항상 당신이 저를 두려워하지 않으시길 바라고 있습니다. 당신이 안심하셨다면 제 기쁨입니다. 분노라니 당치 않습니다."

외르타는 혀를 찼다. 그는 그녀가 무슨 이야기를 하는지 정확히 알면서 고집을 부리고 있었다.

내가 무명이 곁에 있어 당신에 대해 겨우 안심하고 있다고.

가슴에 손을 얹고 더 정직히 말하자면, '당신'의 '공격'에서 안전해져 한숨 돌렸다고.

"계속 그럴 거야?"

"외르타, 쉬십시오."

그녀는 열기가 느껴질 만큼 가까이 다가갔다.

그제야, 발렌시아가 확 물러났다.

외르타는 의자가 끌리는 소리에 순간적으로 놀라 눈썹을 치켜세웠다. 이 정도로 격렬한 반응을 기대하진 않았다.

"쉬십시오. 원하신다면 당신을 등지고 있겠습니다."

그녀는 인상을 찌푸리곤 다시 다가갔다.

그러자 그는 급기야 일어섰다.

"부디 살펴 주십시오."

"대체 뭘?"

"저는 꼭 필요한 경우가 아니라면 당신에게 예의를 차리고 싶습니다."

"예의를 차린다는 건, 닿지 않겠다는 뜻이야?"

"어떤 부분에서는 그렇습니다."

"발렌시아."

"당신은 저를 무서워하셨습니다. 혼란스럽습니다. 자꾸만 말씀을 번복하지 않으셨으면 좋겠습니다."

"사소하게 닿는다고 변하는 것은 없잖니."

"제가 무너집니다."

외르타는 한숨을 쉬었다.

"저는 당신의 말씀을 꾸준히 좇을 정도로 성숙하지 않습니다. 제 접근을 허락하셨다가, 무서워하셨다가, 다시 이처럼 다가오시는 것을 이해할 수 없습니다. 이해할 수 없어 고통스럽습니다. 그러니 잠시라도, 제가 정돈할 수 있도록 헤아려 주십시오."

"당신도 내가 왜 병자처럼 오락가락하는지 이유를 알고 있잖니. 바로 보기 싫은 거야?"

발렌시아는 침묵했다. 외르타는 그를 급습할까 생각하다가, 그의 손이 살짝 떨리는 것을 보고 멈추었다. 상대에게 너무 여유가 없어 보여서 슬펐다.

"무명이 있어 제가 아무 짓도 저지르지 않으리라 생각하십니까?"

물론, 그는 정확히 알고 있었다.

"실제로 그렇다는 건 아니야. 그냥 내가 그렇게 안심했단다. 감정을 조절할 순 없잖니."

"예. 알겠습니다."

그러나 그녀가 한 발자국 다가가자, 그는 다시 물러섰다.

"쉬십시오."

"당신이 이렇게 도망가면 어디 마음 편히 쉬겠어?"

"밤새 이럴 수도 있습니다. 그만하시면 좋겠습니다."

"내가 괜찮대도, 계속 고집 피울 거야? 무엇 대단한 걸 하겠단 것도 아니고……."

"제가 괜찮지 않습니다."

그는 철벽에 가까웠다.

외르타는 자신에게 절대 잡히지 않을 기세인 기사를 보고, 가까스로 포기했다. 저 고집불통이. 이 바보가. 지금이 보다 안정된 상황에서 유대를 쌓을 수 있는 기회인 줄도 모르고 밀치고 있었다. 무명이 있어서 안심하는 자신을 기회로 삼아 가까이서 두런두런 이야기를 나눌 수 있는 것 아닌가. 스스로 원하는 바이기도 했다. 각자 비이성적으로 도망가지 말고, 좀 더 이야기를 하자고. 그것을 위해 확보한 두 주 아니냐고.

외르타는 한숨을 쉰 뒤 침대로 물러났다. 발렌시아 역시 같은 줄에 이끌린 듯 다시 의자에 앉아 자세를 바로 했다.

"발렌시아."

"예."

"내가 누구를 죽이라면 죽일 거야?"

그녀는 그제야 그와 눈을 마주칠 수 있었다. 둘 중 누구도 니소르나 그의 무장에 시선을 두지 않았다. 사변적이고, 시험에 가까운 이야기라는 점을 잘 알았다.

"예."

답은 단순했다.

"내 남편을 그래서 죽였니?"

혹시 그 옛날부터 내게 욕심을 가졌던 거야?

"아니요. 그것은 제 임무였습니다. 그자가 너무 분노해 있어, 그를 죽이지 않고 벗어나기가 어려웠습니다."

그는 시험에 빠지지 않았다. 외르타는 스스로를 두 번 혐오하고 다시 입을 열었다.

"그러면 내게 목은 왜 바쳤니?"

"당신의 복수를 존중하고자 했습니다. 저는 모든 것을 너무 늦게 알았습니다."

"미리 알았더라면 임무가 아니라 나를 위해서였을까?"

"모르겠습니다. 다만 온전히 임무에 충실하지는 못했으리라 생각합니다."

"그러면 이제는?"

"당신이 명령하면 누구든 해치겠습니다."

"이렇게 쉽게 이야기하면서."

외르타는 눈살을 찌푸리며 신발을 벗었다. 그를 올려다보지 않았지만 왼발을 따라오는 시선이 느껴졌다. 이제는 일상이었다. 조금 화가 나네.

"내가 한번 가까이 앉자고 이야기하면 무조건 싫다지. 이렇게 내 말이라면 쓸개도 빼 줄 듯하면서 사실 본인을 망가뜨리지 않는 것에만 후하지. 여기서 내가, '원한다면 당신 스스로를 찌를 수도 있느냐'고 묻지 않는 것은 내 자존심 문제도 있지만, 그보단 당신에게서 거짓말을 듣고 싶지 않기 때문이기도 하단다. 당신은 스스로를 해치는 것에 극도로 민감하거든. 마치 내가 그렇듯이."

"……."

"그러니 같이 이야기하고, 나아가 보자고 했던 것 아니야. 서로 이 나이를 먹고도 알지 못하는 부분들이 있으니 나처럼 어쩌다 발견할 수도 있고, 문제를 알면 더 정확히 해결할 수도 있고. 이렇게 만년 피하기만 하면 어떡하려고? 내가 당신이 무섭다고 했으면 영원히 그걸로 끝이야? 내가 당신을 영원히 무서워했으면 좋겠어?"

"저는 그 문제를 해결할 수 없습니다. 수차례 당신을 존중할 것이라 말씀드렸고, 절대 먼저 가까이 뵙지 않았습니다. 이것이 제 해결책이었습니다."

"그러니까, 이러는 내가 정상적이냐고 묻잖니. 내가 이 상황에 머물러 있길 바라는 것처럼 보이냐고."

그녀는 이불 속으로 몸을 숨겼다. 누웠으나, 그를 똑바로 바라보았다.

"내가 이렇게 영원히 입도 못 맞추고, 뒤에서 닥치면 기절하고, 안기면 눈을 뒤집는 상황이 좋은 것이냐고 묻잖아. 내가 그렇게 남으면 누구의 승리겠어? 당신은 도대체 뭘 존중한다고 하며 피하는 거야? 당신은 겁쟁이야."

"당신이 거부하셨습니다. 아무리 로크뢰에게서 비롯되었다 하나, 이제는 당신의 일부이기도 합니다. 제가 그것에 함부로 대적하다 당신을 상처입히느니 차라리 영원히 멀리하는 것이 낫습니다. 그렇게 당신을 존중하고자 합니다."

그녀는 결국 화를 못 참았다. 시선은 항상 제 발에서 초조해하고, 자신과 불가피하게 가까워졌을 때 손을 떨고, 그렇게 노력해도 상대가 설득당하지 않자 고통스러운 얼굴이면서, 지금 뻔뻔하게 지껄이고 있었다. 마음과 다른 말들만 폭포수처럼 쏟아졌다. 누굴 바보로 아는 거야?

"겁쟁이!"

"……."

"내가 당장 나를 안으라거나, 뭐, 어떤 요구를 한 게 아니란 걸 알기는 알지? 대화하자고 한 걸 이해하곤 있는 거지?"

"……."

그는 끝끝내 대답하지 않았고, 그녀는 진심으로 화가 났다.

"바로 나를 받아 달라, 아니면 아무것도 아니다! 지금 이 소리 하는 거지! 대화하기는 싫다는 거지? 시워지?"

"아닙니다. 제 불민한 말재주가 당신을 어지럽힐까 두렵습니다."

"아, 정말!"

외르타는 뒤로 홱 돌아누웠다. 그 모든 것을 감수하고 그를 따라 나왔는데, 주변의 소문, 여행길의 노고, 자카리의 시선 등이야 어쨌든 그와 좀 더 대화할 수 있으면 족하다고 밀치고 나왔는데, 그는 아무것도 하지 않고 있었다. 어떻게 발전해야 할지 감이 안 잡혔다.

그가 게으른 길을 선택해서 마음이 좋지 않았다. 허락하거나, 아니면 거절하거나. 자신을 여행길로 불러낼 때만 그런 태도인 줄 알았는데 실상 그의 모든 행동이 그러했다. 설득하거나 대화할 능력이 없으니 정공법으로 사람을 괴롭게 하지.

그녀는 너무 실망했다. 자신이 헤매고 있는 것처럼, 그 역시 헤매다 보면 어느 날 마주칠 수 있을 줄 알았다. 그런데 상대는 너무도 단단히 붙박여 움직이지 못하고 있었다. 그러면 그 천길을 자신만 걸어가야 했다. 막막했다. 고작 열흘밖에 남지 않았는데, 서로가 만날 수 있을지도 잘 몰랐다.

속이 쓰렸다.

발렌시아는 외르타를 가만히 바라보았다. 그녀는 잠들어 있었다. 등 돌린 어깨에 분노를 잔뜩 얹고 있다가, 졸려 미끄러진 뒤에야 겨우 평온한 모양이었다. 벌써 밤이 지나갔건만 그녀의 잠든 모습을 보는 것은 처음이었다. 그동안 감히 볼 용기를 내지 못했다. 잠깐 졸거나, 서류를 보거나, 다시 눈을 붙여도 결코 고개만은 들지 않았다.

그러나 이처럼 가까스로, 여섯 시간 만에 보았을 때, 천천히 오르락내리락하는 이불, 베개 위로 잔뜩 흐트러진 머리칼, 그에 아슬아슬하게 매달린 머리끈, 곧게 뻗어 움직이지 않는 다리, 가끔 터뜨리는 숨의 투명한 궤적을 볼 때.

그는 다듬던 서류를 엎어 두곤 일어섰다.

그렇게 일어선 뒤 한참이나 그 자리에 있었다. 무슨 의도로 일어섰는지 스스로도 알 길이 없었다.

그러나 이제 그녀를 바라볼 때 떠오르는 목소리는 단 하나였다.

"난 아직도 당신이 다가오면 무서워."

그 말이 그를 틀어막았다. 계속 거리를 재던 시선이, 긴장하여 꾹 다문 입이 그녀의 감정 그 자체였다.

자신을 무서워한다고 했다.

누군가 붉은색으로 선명한 금을 그어 두었다. 결코 넘어갈 수 없었다. 그것을 위반하느니 차라리 제 사지를 자를 것이다.

"이런다고 내가 당신에게 고마워할 줄 알아?"

그녀는 완전히 틀렸다. 지금까지 외르타가 감동하길 바라며 한 일은 하나도 없었다. 그보단 스스로 고통받지 않기 위해 노력한 것에 가까웠다.

제 눈을 보고 공포에 시달리는 그녀를 참을 수 없었다. 어떤 각오도, 그녀의 달래는 말도 그 표정을 보는 순간 힘을 잃었다. 잠깐 숨이 멎고, 흠칫 놀라고, 발에 힘이 들어가는 그 찰나의 경계. 그것이 그를 깊게 죽였다.

"너는 로크뢰와 같을 수 없다. 그녀도 그것을 안다. 큰 차이가 있을 거다."

자신의 왕은 틀렸다. '그녀는 그것을 몰랐'다.

아니, 어쩌면 당연한 일일지 모른다. 왕에게 대답하며 그 자신부터 확신을 잃었다. 그렇다면 외르타가 눈치채지 못했겠는가?

제 바닥은 누구나 훔쳐볼 수 있도록 빈곤하게 드러나 있었다. 일평생 속을 덮고 있던 일천한 양식良識이 완전히 부서져 흘러나왔다. 터지는 둑을 가까스로 틀어막은 사람이 정상적인 판단력을 가졌을 리 없다. 그처럼 부실한 이를 신뢰하지 못한다면, 그것이 과연 그녀의 잘못이겠는가?

가진 감정이 너무도 모호하여 움직일 수 없었다. 언어로 표현하기는 커녕 마음을 정리하기조차 어려웠다. 이 상황에서 결론을 낸다면, 그 자신에게 기만당해 공범이 될 것이다. 그는 그 결말이 무서웠다.

외르타가 싫어할 어떤 일도 하지 않을 것이다. 그녀가 원하는 대로, 안온하게 삶을 지탱하기를 바랐다.

그러나 자신이 항상 그녀 곁에 있고자 했다.

이 선량하고 이기적인 마음가짐들이 도무지 하나의 원 안에 들어가지 않아 혼란스러웠다.

그렇다면 이것을 '로크뢰'로 정의하지 못할 이유는 무엇이라는 말인가? 대체 자신의 왕은 그를 어떤 의미로 정의하고 있기에 그토록 자신만만했나?

그는 본질을 의심했다. 물론 폭행은 감히 입에 담을 수조차 없겠으나, 그녀를 향한 마음가짐이라면 대체 무엇이 다르다는 말인가? 그 근원적인 욕망이라면 그와 자신이 다르다고 일컬을 수 있나? 이미 온 천하에 들통이 나서, 외르타조차 명백히 '당신이 무섭다'고 표현하지 않았나?

그녀의 경계심을 마주하기 힘들어 수십 발자국이나 물러났다. 끝끝내 따라와 노력하자고 권유하던 외르타는, 그 와중에도 깜짝깜짝 놀라곤 했다. 때문에 그녀의 말이 더 이상 들리지 않았다. 시선을 견디기 어려웠다. 자신이 그녀를 놀라게 한다면 그것을 죄악 외에 다른 단어로 부를 수 없었다. 이미 똬리를 튼 어떤 감정이 죄악이라면, 노력한들 한 줌 해결책조차 자아낼 수 없으리라. 그것을 고칠 수는 없다. 존재를 고칠 수는 없는 법이다.

무명이 있기에 겨우 안도하는 외르타라면 그리 새로운 광경도 아니었다. 외르타는 자신이 화를 냈다고 주장했지만, 전혀 틀린 이야기였다. 그녀의 반응은 이미 익숙한 내용을 확인시켜 줄 뿐이었다. 자신은 죄악이다. 불측한 이의 곁에 있다면 경비병을 들이는 행동은 또 당연한 일이었다. 무명이 허물을 감시하리라.

"내가 당신이 무섭다고 했으면 영원히 그걸로 끝이야? 내가 당신을 영원히 무서워했으면 좋겠어?"

물론 그는 외르타가 자신을 영원히 무서워하길 바라지 않았다. 그러나 첫 순간에는 내가 노력하지 않았나? 그녀에게 최초로 들통난 뒤 셀 수 없이, 진심을 담아 그녀에게 감정을 이야기하지 않았던가?

그럼에도 그녀는 길을 떠나는 순간부터 자신을 경계했다. 마치 지금까지 그가 말한 것을 이해하지 못한 듯, '당신이 무섭다'고 말했다.

그는 이제 노력하기가 두려웠다. 자신은 이전처럼 끊임없이 감정을 토로하는 방법밖에 몰랐다. 그러나 그것은 아무짝에도 도움이 되지 않았다. 다른 방식은 모른다. 그리고 그녀는 아직도 자신을 무서워한다.

그녀의 제안대로 보다 말을 많이 하다가, 넋이 나가 아무렇게나 입을 놀릴 자신을 떠올리자 혐오스러웠다. 반드시 실수할 텐데, 이제 실수한다면 그것은 단순한 실수가 아니었다. 자신의 실수는 그녀를 할퀼 것이다. 아주 강하게, 전쟁터의 시체가 되도록 할퀼 것이다. 자신은 아무것도 모르는 상황에서 그녀를 죽일 것이다. 도저히 그것을 감당할 수 없었다. 저울의 반대편 추로 무엇이 놓이든 양보가 안 되었다. 그녀를 상처 입히는 것이 다른 누구도 아닌 자신이라면—.

"내가 그렇게 남으면 누구의 승리겠어?"

차라리 그가 승리하는 편이 나았다.

잠깐 숨이 멈췄다.

이불 사이로 외르타의 여윈 등이 얼핏 보였다. 등불을 켜 두고 자는 사람이라, 주변은 아직 희미하게 밝았다.

그는 순간적으로 역겨워졌다. 저 등을 보고도 그가 승리하는 편이 낫다고 말한 자신에게 구역질이 났다. 저렇게 작은, 그러나 자존심 강한 등. 어떻게 범인을 떠올리고도 차라리 그가 승리하기를 바랐나? 그는 아직도 왕에게 취한 삼례三禮에 칼을 분지르고 싶었다. 분노가 치밀면서도, 어느 시점부터는 외르타의 말을 곧이 듣지 않았던 제 죄가 크다고 생각했다.

그러나 여전히 후회는 가라앉지 않았다. 이런 것들은 가라앉힐 수 있는 종류가 아니었다.

이처럼 스스로 공로를 세우고도 평생 반성하는데, 로크뢰가 승리하게 둔다?

—하지만 외르타는 홀로 복수하지 않았나?

누군가 채신머리없이 끼어들었다. 자신의 가장 옹졸한 부분이었다.

그녀는 그 모든 것에도 불구하고 고독하게 일어서 상대의 등에 칼을 박았다. 그리고 점차 걷고, 달려와, 이제는 죽은 딸을 만나고도 나아갔다고 다짐하고 있었다. 또한 그 끔찍한 기억에도 불구하고 언제나 자신을 돌아보려 노력했다. 이 사람은 이미 완성되었다.

이런 승리자를 도울 수 있다는 생각은 자만심에 가깝다. 자신은 대화 자리 자리마다 발이 묶일 것이다. 마음속 가장 오물 같은 부분만 말로 오려 낼 것이다. 그녀가 곧게 나아가는 도중 고생스럽지 않도록 자신이 이바지하는 방법은 단 하나였다. 그녀의 눈에 띄지 않는 것. 둔하고 멍청한 인간을 차라리 그녀 눈에 보이지 않도록 가두는 것.

그녀의 말마따나 자신은 겁쟁이였다. 그러나 적어도 주제를 알았다.

외르타에게 감사했다. 그녀가 두렵다고 말하지 않았더라면, 자신은 본분도 모른 채 무턱대고 그녀의 발에 입을 맞출 뻔했다. 아니, 이미 그 지경이었다. 그 정도로 정신을 못 차렸다. 처음 맛보는 감정에 기도가 막혀선 숨을 쉬어 보겠다고 무례했다.

“아…….”

발렌시아는 그녀의 목소리를 신호로 하여 한 걸음 앞으로 내디뎠다. 외르타가 홱 돌아 이불을 잡아당겼다. 아직 잠들어 있는 듯했다. 그는 자신도 모르는 새 그녀에게 가까이 온 것을 깨닫곤 이를 꽉 사리물었다.

여러 발자국 뒤에서 손만 내밀었다. 손톱이 뽑힌 것처럼 고통스러웠다. 소리를 지르기 직전에, 마치 그러려고 작정했던 것처럼 칼자루를 움켜쥐었다. 칼자루는 차가웠다. 불에 덴 손이 냉정을 만나자 번개같이 아팠다. 고통을 피하기 위해 고통으로 찾아들었다. 그러나 그녀를 깨울까 두려워 한숨조차 쉴 수 없었다. 방은 아주 조용했다. 바람 소리도 잦아들었다.

그녀의 얼굴이 어스름한 빛에 비쳤다. 그의 어깨가 살짝 들렸다가 떨어졌다. 여전히 칼자루를 쥐고 있었다. 칼자루가 바스러질 정도로 쥐고 있었다. 그렇게 물러나다가, 탁자에 치였다. 도망치려는 힘이 너무 강해 탁자가 미끄러졌다. 그는 급하게 몸을 틀었지만, 이미 참나무 다리가 나무 바닥을 거칠게 긁은 뒤였다.

외르타가 양손을 들어 얼굴을 짚었다. 무어라 짜증스럽게 웅얼거리더니, 갑자기 이상한 천장에 놀란 듯 눈을 번쩍 떴다.

깜박, 깜박.

그녀는 고개를 돌렸다. 그를 발견하곤 안도하다가, 다시 불쾌한 얼굴이 되었다.

"……조용히."

외르타는 희미하게 투덜댔다. 겨우 잠들었나 싶었는데 저 칠칠맞은 인간 탓에 깬 것 같았다. 베개를 끌어모아 귀를 틀어막고 그를 보지 않도록 등졌다.

"죄송합니다."

그녀는 고개만 흔들었다.

"무명과 교대하겠습니다."

외르타는 베개를 감싸 쥔 채 몸만 빙글 돌렸다. 다시 그를 마주 보았다.

"안 돼."

"……."

그녀는 채 잠이 깨지 않은 상태에서도, 그가 떠나려는 이유를 알고 있었다. 이미 합의한 마당에 구태여 무명과 교대할 이유는 없다. 그러니 가장 단순한 해석이 맞을 것이다. 자신에게 감정을 가졌다면 같은 방에서 마음을 추스리긴 어려울 터, 그러나 외르타는 그것을 허락하고 싶지 않았다. 이미 겁쟁이인데, 도망치도록 둔다면 다시 얼굴을 볼 수 있을지조차 확신하기 어려웠다.

“둘이 그러기로 했니? 나는 모르는 일인데.”

“아닙니다. 제가 눈을 붙이려 합니다.”

외르타는 할 말을 잃었다. 그에게 쉬지 말라고 강요할 수가 없었다.

“…….”

“…….”

그녀는 돌아가지 않고, 직접 물어보기로 했다.

“당신이 여기 있으면 안 돼?”

“…….”

“눈은 저기 소파에서 붙이면 되잖아…….”

“방 안에 무명이 있는 것이 불편하시다면, 따로 이야기해 보겠습니다.”

“발렌시아, 내가 당신을 믿어. 당신이 여기서 날 지켰으면 좋겠어.”

발렌시아는 한숨을 쉬며 칼자루를 놓았다.

“싫다면 어쩔 수 없지만.”

“외르타, 방 바깥에서 지킬 수 있도록 무명과 협의해 보겠습니다.”

여전히 자신의 말은 들은 체도 하지 않았다. 잠들기 전 충분히 포기했다고 생각했는데, 다시금 실망스러운 감정이 치밀었다.

“그래. 더 이상 말하기도 싫다. 당신 알아서 하렴.”

“…….”

“나랑 이제 대화도 안 하려고? 오늘 말 타고 갈 때도 입 벙긋 안 할 거지?”

“외르타, 제가 당신을 피하는 것처럼 말씀하지 않으셨으면 좋겠습니다.”

“그럼 증명해 보렴. 난 제발, 당신이 스스로에게라도 거짓말을 안 했으면 좋겠어.”

“제가 당신에게 거짓말을 한다고 생각하십니까?”

그는 여전히 자리에 붙박인 듯 서 있었다.

“힘든 여행길에 당신을 모시게 되어 죄송스럽습니다. 특히 당신이 저를 두려워하실 수 있다는 점을 미처 생각지 못했고, 그 탓에 너무 많은 실수를 저질렀습니다. 이에 늦게나마 잘못을 만회하려 합니다. 저는 단 한 번도 당신에게 거짓을 고한 적이 없습니다."

"그래, 그래."

그녀는 그와 똑같이 굴기로 했다. 들은 척도 안 하고, 자신이 하고 싶은 말만 할 것이다.

그는 잠시 침묵했다.

그러나 곧, 인사도 없이 뒤돌아 나갔다.

외르타는 이불을 휙 벗어 던졌다. 새소리가 들렸다. 날이 밝고 있었다.

교대는 무슨 놈의 교대. 그녀는 화를 내며 침대에서 내려왔다.

—나무를 담벼락에 끌고 들어가지 말라 3부 중권에서 이어집니다.

나무를 담벼락에 끌고 들어가지 말라 3부 상

초판 인쇄 2019년 8월 1일
초판 인쇄 2019년 8월 9일

지은이 윤진아
펴낸이 신현호
편집부장 예숙영
책임편집 박상희
편집디자인 한방울
영업 · 관리 김민원 조인희
물류 이순우 최준혁 박찬수

펴낸곳 ㈜디앤씨미디어
출판등록 2002년 5월 1일 제117-90-51792호
주소 서울시 구로구 디지털로 26길 111 JnK디지털타워 503호
대표전화 (02)333-2513 팩스 (02)333-2514
전자우편 dncbooks@dncmedia.co.kr
디앤씨북스 블로그 http://blog.naver.com/dncbooks

ISBN 978-89-267-0677-0 (04810)
ISBN 978-89-267-2611-2 (세트)

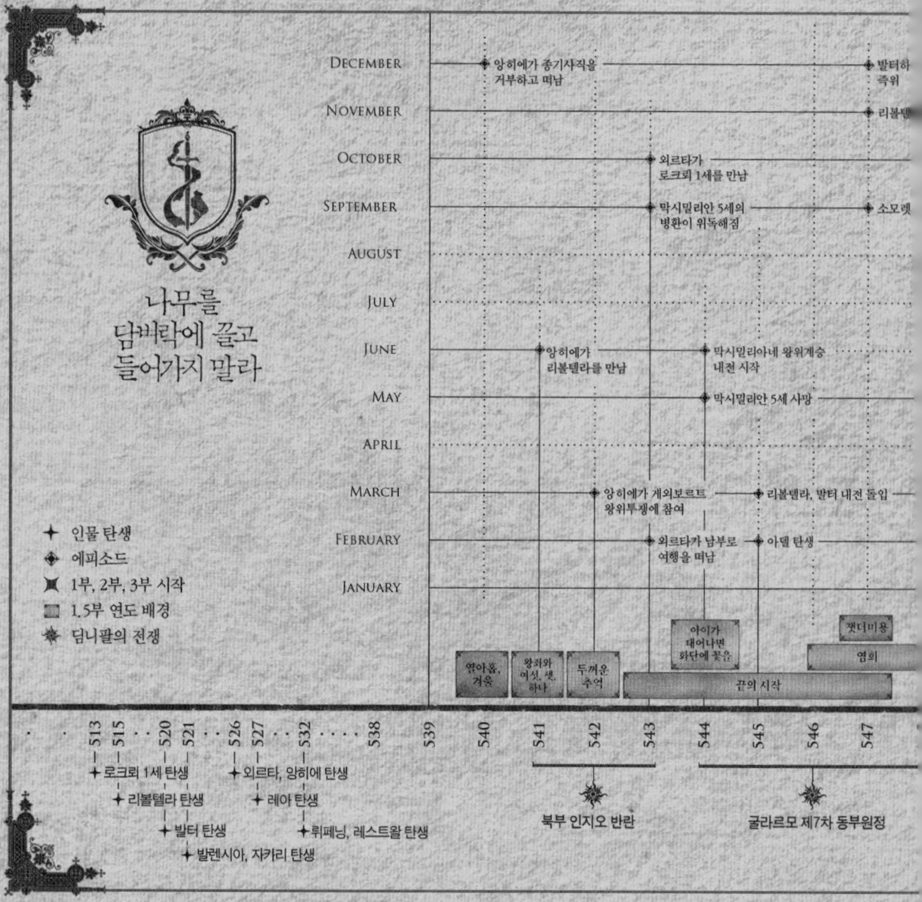
나무를
담벼락에 끌고
들어가지 말라
인물 탄생
에피소드
1부, 2부, 3부 시작
1.5부 연도 배경
딤니팔의 전쟁
DECEMBER
NOVEMBER
OCTOBER
SEPTEMBER
AUGUST
JULY
JUNE
MAY
APRIL
MARCH
FEBRUARY
JANUARY
앙히에가 종기사직을 거부하고 떠남
발터하 즉위
리볼텔
외르타가 로크뢰 1세를 만남
막시밀리안 5세의 병환이 위독해짐
소모렛
앙히에가 리볼텔라를 만남
막시밀리아네 왕위계승 내전 시작
막시밀리안 5세 사망
앙히에가 게외보르트 왕위투쟁에 참여
리볼텔라, 발터 내전 돌입
외르타가 남부로 여행을 떠남
아델 탄생
엽아홉, 겨울
왕좌와 여섯, 셋, 하나
두꺼운 추억
아이가 태어나면 화단에 꽃을
끝의 시작
잿더미용
염희
513
515
520
521
526
527
532
538
539
540
541
542
543
544
545
546
547
로크뢰 1세 탄생
리볼텔라 탄생
발터 탄생
발렌시아, 자카리 탄생
외르타, 앙히에 탄생
레아 탄생
뤼페닝, 레스트왈 탄생
북부 인지오 반란
굴라르모 제7차 동부원정

2부 시작
외르타, 발렌시아,
포티미외를 떠남

·외르타, 알론조 캄비 도착
·앙히에, 솔렘 노트란트 도착
·발렌시아, 알로지아드 레발로 도착

볼-나더스디 종전 협정

비스 회전
바 회전

·발렌시아 외르타에게 청혼
·발렌시아, 볼-나더스디 전쟁 출전
·외르타, 어수대 은닉의 죄를 물어
잉그레의 철에 투옥

게외보르트, 딤니팔에 선전포고,
볼-나더스디 전쟁 시작

시작
르타, 딤니팔에 투항

3부 시작
외르타, 뤼페닝의 독에서 깨어남

외르타, 발렌시아와 재회 〈완결〉

안베르사 델비나
발미레 얀 미라이에
후계자 임명

스트레파르 공성전

외르타, 뤼페닝의 독에 중독

외르타, 욜란다와 함께 알론조 캄비를 떠남

안베르사 델비나
발미레 얀 미라이에 탄생

·외르타, 뤼페닝과 조우
·발렌시아, 외르타의 목숨을 수호할 것을 맹세

·외르타, 발렌시아, 오스페다 도착
·외르타, 미라이에의 객이 됨

·앙히에, 잉그레 도착
·딤니팔-게외보르트 밀약 체결

·외르타, 발렌시아에게 첫 편지를 씀
·앙히에, 발렌시아와 재회

551 552 557 559

볼-나더스디 전쟁